SIMONE NEUMANN

Das Geheimnis der Magd

GOLDMANN
Lesen erleben

Buch

1529 bei Hameln: Die junge Magd Johanna muss mitansehen, wie ein ihr aus Kindheitstagen bekannter Mann ihren grausamen Herrn, Ritter Eicheck, ermordet. Da sie die einzige Zeugin des Verbrechens ist, flieht sie von der Burg nach Hameln, um nicht selbst in Verdacht zu geraten. Bei der Gewürzkauffrau Margarethe Gänslein findet sie eine neue Anstellung als Magd. Margarethe ist eine starke, handelsbegabte Frau, die in einem prachtvollen Kaufmannshaus residiert. Die Herren der Stadt jedoch möchten sie wieder verheiratet wissen oder wenigstens einem Vormund unterstellen. Besonders der niederträchtige Apotheker Hasenstock, den ein düsteres Geheimnis mit Margarethes verstorbenem Mann verbindet, scheut keine Intrige, um an ihr Vermögen zu kommen.

Als Johanna schließlich dem jungen, attraktiven Philipp in der Stadt begegnet, den sie als Ritter Eichecks Mörder wiedererkennt, ist ihr eines schnell bewusst: Nicht nur ihre Herrin droht in dem Strudel aus Gier und Gewalt unterzugehen, sondern auch sie selbst hat das blutige Geheimnis ihrer Vergangenheit eingeholt …

Autorin

Simone Neumann wurde 1977 in Höxter geboren. Nach ihrem Studium der Geschichte und Slavistik arbeitete sie in einem Münchner Verlag als Lektorin. Seit der Geburt ihrer beiden Kinder ist sie freie Redakteurin und Autorin und kann sich endlich einen Jugendtraum erfüllen – das Schreiben historischer Romane. Simone Neumann lebt in München.

Von Simone Neumann außerdem bei Goldmann lieferbar:

Des Teufels Sanduhr. Roman (46971)
Die Schlüsselträgerin. Roman (47291)

Simone Neumann

Das Geheimnis der Magd

Roman

GOLDMANN

MIX
Papier aus verantwortungsvollen Quellen
FSC® C014496

Verlagsgruppe Random House FSC-DEU-0100
Das FSC®-zertifizierte Papier *München Super* für dieses Buch
liefert Arctic Paper Mochenwangen GmbH.

1. Auflage
Originalausgabe Juni 2012

Umschlaggestaltung: UNO Werbeagentur, München
Umschlagmotiv: © FinePic c/o Zero Werbeagentur
Redaktion: Eva Wagner
MR · Herstellung: Str
Satz: Buch-Werkstatt GmbH, Bad Aibling
Druck und Einband: GGP Media GmbH, Pößneck
Printed in Germany
ISBN: 978-3-442-47690-9

www.goldmann-verlag.de

Für Leonard und Matilda

PROLOG

In den Tiroler Bergen im Jahre 1505

Reinold Gänslein wusste nicht mehr weiter.

Nach drei Jahren harter Arbeit als Laufbursche in der Fondaco dei Tedeschi, dem Kauf- und Lagerhaus der deutschen Fernhändler in Venedig, hatte er sich zwar zahlreiche wertvolle Kenntnisse angeeignet, aber alles andere verloren. In seiner jetzigen Situation nutzte es ihm wenig, sämtliche Tücken des Gewürzhandels zu kennen und gewieft genug zu sein, um drei verschlagene Zwischenhändler gleichzeitig betrügen zu können. Denn um mit diesem Wissen etwas anfangen zu können, fehlte ihm nicht nur das Kapital – nein, ihm fehlte zum ersten Male in seinem Leben auch die Hoffnung. Er hatte alles in Venedig zurücklassen müssen, alles außer seinem Leben, welches unter diesen Umständen weniger wert schien als je zuvor.

Dabei hatte es so vielversprechend begonnen, als der mittellose Knabe sich vor wenigen Jahren allein und in schlechtem Schuhwerk über die verschneiten Bergpässe aufmachte, um im reichen Norden Italiens sein Glück zu suchen. Er hatte kein Empfehlungsschreiben eines wohlhabenden Oheims in der Tasche gehabt, er sprach kein Wort Italienisch und war nicht in der Lage, auch nur einen Groschen Lehrgeld zu zahlen, aber dennoch hatten Fleiß und Klugheit ausgereicht, um sich bei den deutschen Händlern in Venedig recht bald unentbehrlich zu machen.

Ja, die Zeiten hatten sich geändert, unmerklich für die meisten, wohlbemerkt für einen hellwachen Burschen wie Reinold Gänslein, seines Standes dritter Sohn eines bitterarmen Bauern aus dem Schwäbischen. Wo sich andere aus Tradition in ihr Schicksal fügten, hatte Reinold bald erkannt, dass es in diesem Erdenleben durchaus Möglichkeiten gab, seine Wünsche zu verwirklichen. Es bedurfte allein des Glaubens an die eigene Kraft. Wie sehr doch hatte es ihn fasziniert, als eines Tages ein Geschichtenerzähler in ihrem Dorfe erschienen war und gegen einen kleinen Obolus die wundersame Erzählung von einem Manne preisgab, einem genuesischen Seefahrer namens Kolumbus, der, im festen Glauben, die Erde sei eine Kugel, in Richtung Westen gesegelt war, um das östlich gelegene Indien zu erreichen. Verrückt, mochte man meinen, verwegen, von allen guten Geistern verlassen, aber dennoch – oder gerade deshalb – erfolgreich. Zwar hatte der Abenteurer sein eigentliches Ziel nicht erreicht, dafür jedoch war ihm dank seines Mutes etwas noch viel Größeres gelungen: Er hatte eine gänzlich neue, bis dato unbekannte Welt entdeckt.

Es war also möglich. Das war die Aussage dieser Geschichte gewesen, die den jungen Reinold Gänslein nicht mehr losließ. Und so war er nur wenig traurig gewesen, als er bald zu der Einsicht gezwungen war, dass es auf dem Hofe des Vaters keinen Platz mehr für ihn gab. Reinold hatte nicht etwa gehen müssen, weil der alte Gänslein zu viele gesunde Söhne gezeugt hatte, denen er unmöglich sein weniges Land in gleichen Teilen vererben konnte. Nein, Reinold war einst wegen des Hirtenjungen Sebastian Eberle gegangen.

Und nun hatte er wieder gehen müssen. Doch anders als damals, als er die schwäbische Heimat verließ, wusste er nun nicht, wohin es ihn zog. Wieder hatte er kopflos gehandelt, wieder hatte er sich von der Liebe zu etwas Gefährlichem hinreißen lassen, wieder stand er an einem Scheideweg. Aber dieses Mal führte der Weg ins Verderben. Das ahnte er.

Reinold Gänslein hatte Angst. Er hatte große Angst, Angst vor der Strafe und vor dem Tod, die ihn sehr bald ereilen würden. Sie würden ihn finden, das stand fest. Denn niemand anderes als der Herrgott selbst hatte es derartig schneien lassen, um ihn, den Brandstifter und Mörder, an seiner Flucht durch die Berge zu hindern, ihn in dieser Herberge festzusetzen und schlussendlich der gerechten Bestrafung durch seine Verfolger zuzuführen. Ja, Reinolds Angst war so groß, dass er sich in seiner Verzweiflung am gestrigen Abend zum ersten Male in seinem jungen Leben maßlos betrunken hatte.

Nun hockte er in der Stube des verräucherten Wirtshauses, eines Saumbetriebes, inmitten der Tiroler Alpen. Sein Schädel fühlte sich an wie ein mit brodelndem Brei gefüllter schwerer Klumpen, er wusste nicht, wie weit der Tag schon fortgeschritten war. Jedoch wusste er, dass er gestern im Rausch etwas getan hatte, was er nun bereute.

Er hatte geredet. Zu viel geredet. Und das ausgerechnet mit diesem linkischen Fuchs, einem anderen Gast, von dem heute in der düsteren Stube weit und breit keine Spur mehr zu sehen war.

Reinold rieb sich die Stirn und trank von der ranzigen Buttermilch, welche ihm der schweigsame Wirt mit der wettergegerbten Haut ohne ein Wort vorgesetzt hatte. Seit fünf Tagen war Reinold nun hier und ertrug die mürrische Einsilbigkeit seiner Wirtsleute. Er war der einzige Gast, er und dieser miese Bursche aus dem Norden Deutschlands. Dieser Taugenichts, den der Wirt offenbar noch weniger ausstehen konnte als ihn, den Flüchtling aus Italien.

Man konnte es dem Mann nicht verdenken, denn dieser andere – Peter Hasenstock war sein Name – war tatsächlich ein mehr als unangenehmer Zeitgenosse. Nicht dass er unfreundlich oder gar brutal gewesen wäre. Nein, ganz im Gegenteil, er war durchaus gesprächig und eher schmächtig von Wuchs. Was ihn so unerträglich machte, war die Tatsache, dass er sich für klüger hielt als er war und tatsächlich glaubte, man würde seine Verschlagenheit für Aufrichtigkeit halten können.

Reinold wusste, dass er nichts zu verlieren hatte, dass er längst verloren war, und es reute ihn nicht, mit jemandem über seine Sünden gesprochen zu haben, zumal sich weit und breit kein Priester fand, dem er hätte beichten können. Dennoch hatte ihn gleich heute Morgen, als er mit einem schalen Geschmack im Mund und dem schier zerspringenden Schädel in seiner schäbigen Kammer erwacht war, das ungute Gefühl übermannt, dass er sich in seiner Verzweiflung ausgerechnet dem Teufel zugewandt hatte. Er hoffte inständig, diesem Burschen nie wieder zu begegnen.

Doch diese Hoffnung löste sich nun in Luft auf. Denn soeben wurde ruckartig die Außentüre aufgestoßen, und mit dem Schneegestöber wehte auch die unverkennbare Gestalt des jungen Peter Hasenstock aus dem fernen Hameln in die verrauchte Stube.

Verwirrt wirkte er, trunken gar, und seine Miene verriet Erschöpfung und Seligkeit zugleich.

Offensichtlich war diesem eingebildeten Jüngling am heutigen Tage etwas äußerst Eigentümliches widerfahren, denn als er sich zu Reinold an den Tisch setzte, konnte dieser in Hasenstocks mädchenhaftem Gesicht eine lange blutige Kratzspur erkennen, die von einem wilden Tier stammen musste.

Mit einem Pfiff und einer flüchtigen Handbewegung bestellte er beim Wirt einen ganzen Krug Wein und zwei Becher, welche der missmutige Mann sich ganz und gar nicht herbeizubringen beeilte.

»Du musst mir helfen, mein Freund«, sagte Peter Hasenstock schließlich, noch völlig außer Atem, an Reinold Gänslein gewandt. »Eine Hand wäscht die andere, nicht wahr?«

»Wie meinst du das?«, fragte Gänslein, nach wie vor benommen von dem Rausch der letzten Nacht.

»Nun, seit gestern weiß ich von dir, und gleich wirst du von mir wissen«, sprach der andere weiter und klopfte seinem Altersgenossen verschwörerisch auf die Schulter. »Es gilt mir einen Gefallen zu erweisen, mein neuer, aber teurer Freund. Verschwiegenheit muss man sich erkaufen. Sei jedoch getrost: Mein Schweigen wird dich nicht viel kosten. Es ist nur ein kleiner Dienst, den du mir erweisen sollst. Ein wenig schmutzig vielleicht, aber dennoch nicht der Rede wert.«

Dann erhob er seine Stimme und rief: »Wirt, wo bleibt der Wein für meinen Freund und mich? Wir wollen einen Pakt besiegeln.«

I

Im Herbst des Jahres 1529 auf einem Rittergut in der Nähe der Stadt Hameln

Der Tag hatte begonnen wie jeder andere Tag im Leben der Amme Johanna. Jeder andere Tag in den letzten sechs Monaten, seitdem die Milch in ihrer Brust versiegt war und sie neue Tätigkeiten zugewiesen bekommen hatte. Johanna hätte Gott danken müssen, auf diesem ärmlichen, heruntergekommenen, vor Schmutz starrenden Rittergut als Magd verbleiben zu dürfen, nachdem ihre Dienste als Nähramme des kleinen Heinrich nicht mehr benötigt wurden.

Es gab keinen Ort, an den sie sonst hätte gehen können, die einsame Frau. Dennoch fühlte sie keine Dankbarkeit. Sie verspürte nach wie vor nur Wut und Hass. Hass insbesondere auf sich selbst; darüber, dass sie zuließ, was hier auf diesem Landadelshof mit ihr geschah. Doch von all diesen Gedanken und Gefühlen ließ sie sich nichts anmerken. Sie gehorchte, und sie arbeitete, so wie es ihr gottgewolltes Los zu sein schien.

Und so war sie auch an diesem Herbsttage pflichtbewusst mit dem ersten Hahnenschrei erwacht und aufgestanden, hatte das ihr zugewiesene Kämmerlein verlassen und zusammen mit der alten Magd in der dunklen Küche des uralten, schiefen Fachwerkhauses den Haferschleim zubereitet, der lediglich für die Bediensteten gedacht war. Die Herrschaften nämlich ruhten zu dieser Stunde noch, würden es drei weitere Stunden lang tun, und das war gut so. Denn Johanna war froh, ja geradezu selig, wenn sie nicht damit rechnen musste, ihm zu begegnen.

Er war der eigentliche Grund dafür, dass sie nicht hatte gehen müssen, nachdem der Sohn des Hauses von der Brust entwöhnt worden war. Er sah sich als ihr Gönner, ihr Wohltäter. Sie aber sah ihn nur als den Mörder ihres Gatten und zudem als einen Abscheu erregenden Lüstling, vor dem man zu keiner Stunde des Tages und an keinem Ort sicher war. Fast war Johanna erleichtert, bereits im Morgengrauen eine Gruppe von Reitern auf die Niederadelsburg zukommen zu sehen. Ein Anblick, der versprach, dass er wenigstens am heutigen Tage beschäftigt genug sein würde, um seine schmutzigen Finger von ihr zu lassen.

Johanna hatte, wie an jedem Morgen, vorsichtig die wackeligen Leitern und Stiegen des hölzernen Wachturms erklommen, wohlbedacht, nichts von dem heißen Brei zu verschütten, der für den Wachposten, einen Bauernknaben aus dem nahen Ort, bestimmt war. Der Junge schlief in einer Ecke der zugigen, morschen Aussichtsplattform und erweckte nicht den Eindruck, in dieser Nacht auch nur für einen kurzen Moment dem ihm zugewiesenen Dienst nachgekommen zu sein. Johanna sah es ihm nach und dachte nicht im Traum daran, ihn bei seinem Herrn anzuschwärzen.

Wer auch sollte die Burg, die dieser Bezeichnung selbst in ihren jungen Tagen nicht gerecht geworden war, stürmen? Niemand – außer den Steuereintreibern des Herzogs oder vielleicht wütenden Kaufleuten, welchen der Herr und Ritter mitunter gern in vermummter Gestalt am Wegesrand auflauerte, um sie um ihr Transportgut zu erleichtern. Doch weder die einen noch die anderen hatten sich jemals in der Nähe dieser mit einem faulenden, morastigen Graben und einer verrottenden Holzpalisade umgebenen Wohnstatt der Ritter von Eicheck blicken lassen. Zu unbedeutend war der Herr, zu arm, zu elend, als dass man sich auch nur die Mühe hätte machen wollen, etwa Rache an ihm zu üben oder gar Geld bei ihm einzutreiben.

In letzter Zeit jedoch hatte es durchaus Besuch gegeben. Besuch von seltsamen Männern, aus deren Mitte ein Gesicht Johanna eigentümlich bekannt vorkam. Diese Männer schienen Wilhelm von Eicheck sehr aus der Fassung zu bringen. Er betrug sich ihnen gegenüber schleicherisch, fast ängstlich, und war stets bemüht, ihnen zu gefallen. Einmal hatte Wilhelm in seiner mehr als bescheidenen Behausung für sie auffahren lassen, wie es höchstens der Herzog von Calenberg vermochte. Eigens dazu hatte er sich gewaschen und war in das nahe Hameln aufgebrochen. Dort hatte er bei einem Juden Geld geliehen, um es hernach auf dem Markt der reichen Stadt in allerlei Leckereien zu investieren, welche er von einem Bauern auf einem Ochsengespann dann zu seiner Burg hatte karren lassen. Es war ein großes Schmausen und Saufen gewesen, bei dem auch der eine oder andere köstliche Happen für die Bediensteten abgefallen war. Johanna hatte es mit viel Geschick verstanden, sich an diesem Abend nicht vor den Gästen zeigen zu müssen, sondern in der Küche zu bleiben. Der Gedanke, dem Mann, den sie in einem der Besucher zu erkennen glaubte, unter die Augen zu treten, bereitete ihr Angst. Aber dennoch fühlte sie sich jedes Mal, wenn er zu Besuch war, regelrecht gezwungen, ihn heimlich durch einen Türspalt zu beobachten.

Er hatte sich nur wenig verändert, war zu einem Mann herangereift, zu einem ansehnlichen Mann. Doch der schwelende Zorn und die unendliche Traurigkeit in seinen Augen waren geblieben. Allein das hatte ihn schon damals, in ihren gemeinsamen Kindertagen, unverkennbar gemacht. Er war es, das stand fest. Und Johanna fragte sich seither, was er hier auf der Burg ihres Herrn wollte. Wer seine Begleiter waren. Und ob diese wussten, dass es sich bei ihm ganz und gar nicht um einen Edelmann handelte.

Wie alle ihre Gedanken und Gefühle behielt sie auch diese

Fragen für sich, sprach mit niemandem darüber, denn es gab niemanden, dem sie sich hätte anvertrauen oder den sie gar vor diesem ihr wohlbekannten Menschen hätte warnen wollen. Sie hatte ihn wiedererkannt und hoffte nun, dass es ihm mit ihr nicht ebenso ergehen würde. Denn nur zu gut erinnerte sie sich an das, wozu dieser Mensch, dieser Teufel, einst in der Lage gewesen war.

Jetzt waren sie wieder im Anmarsch, die eigentümlichen Gäste des Ritters von Eicheck.

Johanna blickte durch die Schießscharte des Wachturms auf den noch im Morgengrauen liegenden Weg, über welchen sich die Reiter näherten. Es waren tatsächlich dieselben. Drei an der Zahl, und auch er war unter ihnen. Sie erkannte ihn an seiner aufrechten, schlanken Gestalt. Johanna atmete tief durch. Sie war sich nicht sicher, welches für sie das geringere Übel darstellte: die grabschenden Hände ihres Brotgebers oder die Anwesenheit dieses unberechenbaren Hexensohnes.

»Heute wird dem Herrn Ritter sicher nicht langweilig«, flüsterte sie leise zu sich selbst, trat dann von dem Guckloch zurück, weckte den Knaben mit einem leichten Fußtritt auf, reichte ihm die dampfende Holzschüssel und kletterte schnell die Stiege hinunter, um dem Stallknecht Bescheid zu geben, er möge das Tor öffnen, denn der Herr empfange Besuch.

»Stell dich nicht so an.«

Er stank schlimmer als ein Misthaufen und sah auch nicht sehr viel besser aus. Sein krauses Haar und sein wirrer Bart bildeten eine Einheit, aus der nur die dicke, knollige Nase und seine winzigen, verquollenen Sehschlitze hervorblickten. Seine fleischigen Lippen waren geöffnet, er atmete schnell und hüllte Johanna ein in einen Dunst aus verfaulten Zähnen, Zwiebeln und Bier. Doch das Widerwärtigste an ihm waren die Hände, diese dicken, riesigen Pranken. Ungeschlacht und grob, waren sie dennoch überall, griffen fest zu und nahmen sich, ohne zu fragen.

Johanna versuchte, die Luft anzuhalten, als er auf ihr lag. Sie kniff die Augen zusammen und hoffte inständig, dass es bald vorüber war. Doch er war zu betrunken, um ihr eine schnelle Erlösung zu ermöglichen, aber nicht betrunken genug, um nicht zu bemerken, wie sehr sie sich gegen ihn sträubte.

»Mach mit, sonst ist es das letzte Mal, du Metze«, stöhnte er, während mehrere Tropfen seines zähen Speichels in ihr Gesicht fielen. Johanna betete, dass er diese Drohung wahr machte und es das letzte Mal sein würde.

Sie hatte so sehr gehofft, am heutigen Tage verschont zu bleiben. Und der Besuch der Reiter war tatsächlich vielversprechend verlaufen, man war zur Jagd aufgebrochen, hatte danach zusammengesessen und zu feiern begonnen. Am späten Abend waren die drei Männer wieder verschwunden, spät, aber immerhin noch so früh, dass er nicht müde und nicht trunken genug war, um wie tot auf sein Lager zu sinken. Nein, er war noch munter gewesen und hatte Johanna, als sie zusammen mit der alten Magd die Tafel abräumte, am Arm gepackt und hinter sich her die Treppe hinaufgezogen.

Jetzt lagen sie also hier in der verwaisten Knechtekammer unter dem Giebeldach des Herrenhauses, dem Ort, welcher seit der Schwangerschaft der Herrin zum Schlafgemach des Ritters Wilhelm geworden war und an dem sie sich schon so häufig mit ihm hatte treffen müssen, während seine Frau unten in ihrem Zimmer saß und stickte.

Die Herrin war eine ruhige, zurückhaltende Frau. Sie sprach nicht viel, gab den Bediensteten kaum Anweisungen, und selbst mit ihrem einzigen Kind, dem nunmehr dreijährigen Knaben Heinrich, redete sie so gut wie kein Wort. Ihre Kammer verließ sie nur selten, sie las Bücher oder verrichtete Handarbeiten. Doch manchmal, ganz unvermittelt, veränderte sie sich. Man wusste nicht, was in sie gefahren war, wenn diese Wutanfälle kamen. Vom Teufel sei sie besessen, so sprach die alte Magd hinter vorgehaltener Hand, und selbst ihr Mann, der grobe Ritter Wilhelm, bekam es in solchen, jedoch seltenen Momenten mit der Angst zu tun.

Jetzt nahte wieder einmal ein solcher Moment. So dachte Johanna, während ihr Herr, der immer noch auf ihr lag, nichts zu bemerken schien. Da waren nämlich Schritte zu hören, laute Schritte. Die morschen Stufen der Holzstiege knarrten, jemand kam die Treppe zum Dachboden herauf. Und wer anders könnte es sein als die wütende Frau, die ihren Gatten mit dessen Buhlin ertappen wollte? Nicht, dass sie nichts von dessen Zusammenkünften mit der Amme wusste. Jeder wusste es. Aber in den rasenden Momenten ihrer Wutattacken war die Dame unberechenbar und all ihr Gleichmut wie weggeblasen. In solchen Momenten war sie zu allem fähig.

»Die Herrin kommt«, keuchte Johanna und versuchte, den heißen, schweißnassen Körper des Mannes von sich zu stoßen.

Anstatt die unwillige Frau wieder in seine Gewalt zu bringen, wie es normalerweise die Art Wilhelms von Eicheck war, hielt er tatsächlich inne, lauschte mit vor Schreck geweiteten Augen, sprang dann flink wie ein Wiesel von Johanna herunter und stieß leise, aber fast panisch hervor:

»Verbirg dich in der Truhe. Schnell!«

Er hatte gerade die mit mottenzerfressenem, grauem Leinen gefüllte Holzkiste geöffnet, und Johanna war hineingeschlüpft, da sprang auch schon ruckartig die Tür zu der düsteren, kleinen Dachkammer auf. In der Eile musste sich ein Stück Leinenstoff in der Klappe der Truhe verfangen haben, sodass sie sich nicht völlig geschlossen hatte und einen Spalt breit offen stand.

Das war Johannas Glück, da sie sonst in dem massiven Ding gewiss nach wenigen Augenblicken erstickt wäre. So bekam sie also weiterhin Luft und auch die Gelegenheit, durch die schmale Ritze zu beobachten, was nun in dem Zimmer vor sich ging.

Es war nicht die Herrin, die diese für Johanna so widerwärtige Zusammenkunft jäh unterbrochen hatte.

Es war einer der Reiter. Niemand anderes als ausgerechnet er – Philipp. Er und ein weiterer, Johanna unbekannter Mann, ein Kraftprotz ohne Hals und ohne Haare, neben dem der so breite und muskelbepackte Wilhelm wirkte wie ein schmächtiges Hähnchen. Ein Hähnchen ohne Federkleid, denn er war zudem immer noch splitternackt.

Doch Johanna konnte nur auf ihn, auf Philipp, starren. »Den Schönen« nannten ihn die anderen weiblichen Bediensteten in diesem Hause, da er zweifellos über ein angenehmes Äußeres verfügte. Hochgewachsen, schlank, mit dunklem, vollem Haar und großen, grauen Augen, hätte er sicherlich jedes Frauenherz für sich gewinnen können, wenn – ja, wenn er nicht auch etwas an sich gehabt hätte, was die abergläubische alte Magd als »dämonisch« bezeichnete. Und Johanna wusste nur zu gut, wie recht die unwissende Alte damit hatte.

Nun stand Philipp also dem nackten Wilhelm gegenüber, neben ihm der Kahlkopf, welcher nichts Geringeres als eine Streitaxt in der Hand hielt, und niemand sprach ein Wort. Es war eine mehr als eigentümliche Situation, und Johanna ahnte, dass dies kein freundschaftliches Beisammensein geben würde.

»Nun?«, das war das Einzige, was Philipp nach vielen, vielen Augenblicken des Schweigens sagte.

»Ich sage dir, wo es ist, ich sag es dir«, stotterte Wilhelm. Seine Stimme klang flehentlich, ja weinerlich. So hatte Johanna ihn noch nie erlebt, und fast tat er ihr leid, dieser Widerling.

»Dann sprich.«

»Im Wald hinter der krummen Linde, dort, wo wir heute auf der Jagd Rast gemacht haben, da liegt ein alter Mühlstein. Man sieht ihn vom Wegesrand aus nicht. Geht man aber wenige Schritte hinein in den Wald, so kann man ihn nicht verfehlen. Unter diesem Stein ist es vergraben. Tief vergraben, zwei Ellen tief wenigstens.« Wilhelm bebte und zitterte. Sicherlich war die nächtliche Herbstkälte, die seinen nackten, verschwitzten Körper umfing, daran nicht unschuldig, mehr noch schien es jedoch die Angst zu sein, welche ihn mit dem Eintreten dieser beiden Männer so sehr gepackt hatte.

»Gut«, sagte Philipp nur. Sein Gesicht wirkte eisern, er verzog keine Miene. Er war nicht einmal erheitert durch den seltsamen Anblick, welcher sich ihm in Form dieses schlotternden, unbekleideten Mannes bot. Der Kahlkopf neben ihm hingegen grinste unaufhörlich.

Johanna betrachtete Philipp genau. Spurlos verschwunden war er damals. Man hatte ihn für tot gehalten, tot wie die drei anderen Buben, welche vom selben Tag an unauffindbar waren. Sie allein wusste es besser und hatte dieses Geheimnis bislang für sich behalten. Aus Angst. Angst davor, dass er eines Tages zurückkehrte und seine Drohung wahrmachte. Und diese Angst ließ sie nun inständig hoffen, nicht von ihm oder seinem Spießgesellen in der Truhe entdeckt zu werden.

Doch offenbar war ihre Hoffnung vergeblich, denn im nächsten Moment fragte Philipp den bibbernden Ritter: »Bist du allein hier?«

»Mutterseelenallein.«

Philipp neigte seinen Kopf und blickte Wilhelm von oben herab kühl und ungläubig an.

»Niemand weiß von dem Geld«, stammelte dieser weiter. »Niemand.«

Jetzt schweifte der kühle Blick durch die ganze Kammer und

fiel auch auf die Truhe. Er musste auf die Truhe fallen, denn sie war mit Ausnahme des uralten Bettes das einzige Möbelstück in dem kleinen Raum.

»Dein Weib muss tatsächlich garstig sein, dass du dich jede Nacht in ein derartiges Rattenloch verziehst, Wilhelm«, meinte Philipp schließlich und setzte sich ausgerechnet auf die Truhe, sodass sich nun doch der Deckel gänzlich schloss.

Fortan vernahm Johanna die Vorgänge im Raume nur noch dumpf und weit entfernt. Sie rang schon nach kurzer Zeit nach Atem und war so sehr damit beschäftigt, nicht zu ersticken, dass sie kaum mehr darauf achtete, was die Männer miteinander sprachen. Sie konnte lediglich ausmachen, dass Wilhelm erneut zu jammern, ja zu flehen begann und dabei immer lauter wurde, während sein Besucher nach wie vor auf ihrem Versteck sitzen blieb und sie somit bald dazu bringen würde, ebenfalls laut zu jammern.

Doch dazu kam es nicht.

Johanna hörte mit einem Mal einen dumpfen Aufprall, und dann öffnete sich ebenso plötzlich die Truhe. Zum Glück öffnete sie sich nur wieder einen Spalt weit, ebenden Spalt, der durch das eingeklemmte Leinenstück verursacht wurde. Philipp hatte sich offenbar erhoben und sprach etwas wie: »Jetzt, du abscheulicher Strolch, weißt du, mit wem du es die ganze Zeit zu tun hattest.«

Johanna hörte nicht auf diese Worte. Sie konzentrierte sich allein darauf, leise zu atmen und nicht keuchend nach der nun einströmenden frischen Luft zu schnappen. Es gelang ihr tatsächlich, sich zu beherrschen.

Vorsichtig lugte sie sodann wieder durch die Ritze. Das Talglicht, das den Raum bislang spärlich beleuchtet hatte, war umgekippt und erloschen, sodass es nun sehr viel dunkler in der Dachkammer war. Und die Laterne, welche die beiden Eindringlinge dabeigehabt hatten, verschwand in ebendiesem Moment zusammen mit ihnen durch die Tür aus dem Zimmer. Sie gingen also fort und hatten Johanna nicht entdeckt.

Sie wartete noch einen Moment in ihrer Truhe ab, aber als sich nichts mehr zu regen schien und auch der Herr Wilhelm sich nicht zeigte, um sie aus ihrem Versteck hervorzuholen, stieß sie von innen heraus den schweren Deckel der riesigen Kiste auf. Ihre Knochen schmerzten, und so konnte sie sich, nachdem sie hinausgeklettert war, nur sehr ungelenk fortbewegen.

Stockfinster war es nun, und Johanna gewann bald den Eindruck, dass sie ganz allein im Raume war. Alles war still, allein von draußen war das Rufen eines Kauzes zu vernehmen. Johanna atmete auf. Es zog sie nun in ihr eigenes Kämmerlein, in ihr winziges Reich neben der Küche, welches sie sich mit der guten alten, schnarchenden Magd teilte. Hier wollte sie in aller Ruhe den kurzen Rest dieser denkwürdigen Nacht verbringen.

Vorsichtig tastete sie sich durch die Dunkelheit. Aber nach nur zwei Schritten stolperte sie und fiel. Sie fiel weich, und sofort nahm sie einen ihr vertrauten, aber unliebsamen Geruch wahr.

Der Herr.

Sie lag auf dem nackten Leib Wilhelm von Eichecks, und dieser regte sich nicht.

Johanna durchlief ein eiskalter Schauder. Sie versuchte, sich aufzurichten, und stützte sich dabei auf seine Schultern. Etwas Feuchtes, Warmes klebte an ihren Fingern. Ohne zu wissen, was sie tat, tastete sie im Finstern nach seinem Gesicht.

Doch sie fand es nicht.

Da war kein Gesicht. Da war nichts als ein nackter, blutnasser Stumpf.

Sein Kopf fehlte.

Johanna schrie entsetzlich auf. Sie versuchte, sich zu bewegen, doch ihre Schenkel und Arme zitterten derartig, dass sie sich nicht vom Fleck rühren konnte.

Noch immer bebte sie am ganzen Leibe, als man sie schließlich blutverschmiert auf der unbekleideten Leiche des Ritters sitzend fand. Es war ihr Glück, dass die herbeieilende Herrin einen Anfall erlitt, in Ohnmacht fiel und sich tags darauf an nichts mehr erinnern konnte. Und es war ihr Glück, dass der gutmütige Hofknecht Johanna noch in derselben Nacht inständig dazu riet, den Hof des ermordeten Ritters von Eicheck schnellstmöglich zu verlassen, wenn ihr ihr eigenes Leben lieb sei.

Sie gehorchte stumpf und mit regloser Miene. Ohne zu wissen wohin, stolperte sie, nur in ihr blutiges Leinenhemd gehüllt, in die herbstliche Nacht davon.

II

»Guter Vestiarius, was verschafft mir die Ehre?«

»Ich werte es als Gunsterweisung, dass Ihr mich so formlos begrüßt, liebe Frau Margarethe.«

Mit immer den gleichen Worten wurde ein jeder Besuch des Stiftsherrn Hubertus Vestiarius bei der Kaufmannswitwe Margarethe Gänslein eingeleitet. Jedes Mal fragte sie ihn danach, was ihr die Ehre verschaffe, und jedes Mal wurde er nicht müde zu erwähnen, dass er es genoss, in ihrer Gunst zu stehen. Nach Beendigung dieses Rituals ging man meist zusammen in die Stube des prächtigen Kaufmannshauses, um bei einem Becher Glühwein und Konfekt über die neuesten Ereignisse in der Stadt Hameln, in der nahen Umgebung, im gesamten Reich, ja sogar in der ganzen Welt zu plauschen. Denn der Horizont der Margarethe Gänslein war ausgesprochen weit – ebenso wie der Horizont ihres treuen Gastes –, so weit gar, dass sie über den Rand der bis vor Kurzem noch bekannten Welt hinausgingen und gar bis zu dem neuen, noch nicht völlig erkundeten Kontinent im Westen reichten.

Margarethe Gänslein war eine Frau mittleren Alters, deren mehr als ansprechende Erscheinung verriet, dass es sich bei ihr in jungen Jahren um eine wahre Schönheit gehandelt haben musste. Dennoch war sie weit davon entfernt, eitel zu sein. Sie kleidete sich zwar teuer, aber ihrem Witwenstand entsprechend unauffällig und verzichtete gänzlich auf bunte Farben, bestickte Stoffe und ins Auge stechenden Schmuck, obwohl sie sich jeglichen Luxus beileibe hätte leisten können. Eitel war sie also nicht. Aber dennoch galt sie als hochmütig, und sie tat nichts, aber auch rein gar nichts dafür, diesen Leumund zu verbessern.

Nach dem frühen Tode ihres Gatten vor nunmehr fünf Jahren hatte die patente Witwe den Mut aufgebracht, dessen florierende Geschäfte allein weiterzuführen, und es war ihr nach anfänglichen Schwierigkeiten gelungen, den Reichtum ihres Kaufmannshauses sogar zu mehren. Margarethe glaubte diesen Erfolg der Tatsache zu verdanken, dass sie, anders als ihren seligen Reinold, keinerlei Gewissensbisse plagten, wenn es darum ging, das aus ihrem Gewürzhandel erzielte Geld gewinnbringend anzulegen und es nicht etwa zur Hälfte der Kirche und dem eigenen Seelenheil zu vermachen, so wie Reinold es zeit ihrer Ehe mit großer, inbrünstiger Andacht getan hatte. Margarethe Gänslein jedoch machte sich nichts aus Stiftungen, Ablässen, Wallfahrten und Seelenmessen. Sie hielt es nicht für verwerflich, fleißig zu sein und mehr zu erwirtschaften als andere, und wenn sie den Armen geben wollte, dann tat sie es selbst und benötigte dazu nicht den Almosenkasten in der Kirche.

Mit diesem Verhalten machte sie sich unter der führenden Geistlichkeit der Stadt – den Stiftsherren – nur wenige Freunde, sie galt als »lutherisch«, und jeder wusste, dass sie in ihrem Hause sämtliche Schriften des Reformators beherbergte. Es war nicht ungewöhnlich für einen Vertreter des Kaufmannsstandes in Hameln, dass er sich mit den Pfaffen vom Stift überwarf. Reibereien zwischen den katholischen Geistlichen und der selbstbewussten Bürgerschaft waren seit mittlerweile Jahrhunderten an der Tagesordnung und längst zur Tradition geworden. Die Stadt teilte sich also in zwei Lager: den Rat und die einflussreiche Großbürgerschaft einerseits und den katholischen Dekan mit seinen Kanonikern andererseits. Und so gab es in Hameln auch zwei Hauptkirchen, denn neben dem Münster des Stifts im Süden hatte sich die Kaufmannschaft am Pferdemarkt ein eigenes Gotteshaus errichtet, die Nicolaikirche, geweiht dem Patron der Kaufleute. Auch sie war katholisch – noch war sie es, würde es jedoch gewiss nicht mehr lange bleiben, denn Margarethe Gänslein war nicht die Einzige unter den reichen Hamelner Bürgern, der die Lehren des Herrn Luther zusagten.

Trotzdem fand die Witwe auch unter den Ratsherren und Kaufleuten der Stadt keine Freunde. Im Gegenteil, mit diesen verstand sie sich noch weniger als mit den Pfaffen des Stiftes. In diesem Fall war der Grund in ihrem berüchtigten Hochmut zu suchen: Vier Heiratsanträge hatte sie nach dem Tode ihres Gatten Reinold abgelehnt, vier vielversprechende Partien müde lächelnd abgewiesen. Und nicht nur das. Sie fand auch immer wieder schlagende Gegenargumente, wenn der Rat ihr nahelegte, als alleinstehende Kauffrau zumindest einen Vormund in geschäftlichen Dingen an ihrer Seite zu dulden. Allein ihr stets wachsender Reichtum und ihr offensichtlicher Sinn für die erfolgreiche Abwicklung ihrer Geschäfte stimmten die Ratsherren milde, denn niemand brachte zu dieser Zeit mehr Geld in die Stadtkasse als Grete Pfeffersack, wie man die Gewürzhändlerwitwe hinter vorgehaltener Hand zu schimpfen pflegte.

Alles in allem war Margarethe Gänslein also eine reiche und angesehene, aber ebenso hochmütige und unbequeme Frau, die es die meiste Zeit vorzog, sich mit einer möglichst geringen Zahl an Menschen zu umgeben.

Unter den wenigen Besuchern, die sie in ihrem imposanten Hause empfing, war der Kanoniker Hubertus Vestiarius der einzige Geistliche. Margarethe genoss die Gesellschaft dieses gebildeten und durchaus duldsamen Mannes, mit dem es möglich war, vollkommen frank und frei über Gott und die

Welt zu reden. Dabei war sie sich durchaus bewusst, dass sich Vestiarius gegenüber ihr, der störrischen Witwe, nicht gänzlich ohne Hintergedanken so freundlich und verständnisvoll verhielt. Er schwärmte für sie, doch daneben gab es weitere, triftige Gründe. Immerhin war sie kinderlos, es gab keine Erben für ihren immensen Reichtum, und insgeheim schien er zu hoffen, dass sie eines Tages, vielleicht im hohen Alter, milde würde und sich doch noch dazu bewegen ließe, das Stift mit ihrer Hinterlassenschaft zu bedenken. Diese Hoffnungen machte sich Vestiarius vollkommen uneigennützig, denn jenen Tag würde er wahrscheinlich nicht erleben, da er bereits älter als die schöne Witwe war.

Im letzten Monat hatte er sein achtundvierzigstes Lebensjahr vollendet. Er war ein stattlicher Mann, und anders als seiner Gastgeberin konnte man ihm den Vorwurf der Eitelkeit durchaus machen, denn auch wenn sein Stand ihm eine gewisse Kleiderordnung vorschrieb, so war Vestiarius einer der vielen Geistlichen seiner Zeit, die ebendiese Ordnung bis zum Maximum hin ausreizten, indem sie es verstanden, das übliche Gewand eines Kanonikers mit möglichst viel edlem Pelz, schwarzem Samt und Goldschmuck zu verfeinern. Vestiarius war nun einmal kein schlichtes Mönchlein, sondern ein Stiftsherr, er lebte nicht in der Abgeschiedenheit des Klosters, sondern war Inhaber eines Herrenhofes sowie einer Kurie und somit Verwalter zahlreicher stiftseigener Ländereien im Umland der Stadt. Zwar hatte er die Gelübde der Frömmigkeit, der Keuschheit und des Gehorsams abgelegt, nicht aber das der Armut. Das konnte man von einem Kurienverwalter nicht verlangen, widersprach es doch seinen tagtäglichen Aufgaben, die da unter anderem waren, das Hab und Gut des Stifts zu wahren und bei Gelegenheit zu mehren. Dennoch war Vestiarius nicht unbedingt ein habgieriger Mensch, vielmehr liebte er den Genuss. Und einen besonderen Genuss bereitete es ihm, einen Nachmittag in der Gesellschaft der verehrten Margarethe Gänslein zu verbringen.

So betraten sie also eine der beiden Stuben des großen Kaufmannshauses, welches unmittelbar am Pferdemarkt in Nachbarschaft zum Rathaus und zur stiftfremden Nicolaikirche gelegen war. Boden, Decke und Wände des gesamten Raumes bestanden aus einer edlen Eichenholzverkleidung, teilweise mit schlichten, aber schmuckvollen Schnitzereien versehen. Ein riesiger, grün lasierter Kachelofen, der vom Nachbarraum aus betrieben wurde, spendete in Anbetracht des ungemütlichen, nasskalten Frühherbstwetters eine wohlige Wärme. Man nahm Platz an einem großen Tisch, der von zehn schweren, gepolsterten Stühlen umgeben war. Eine junge Magd, ein hübsches, aber dümmlich dreinblickendes Ding, brachte unversehens und schüchtern lächelnd eine silberne Kanne mit dampfendem und köstlich duftendem Glühwein sowie ein ebenfalls silbernes Tablett voller verschiedenartiger Konfektstücke.

Noch während das Mädchen im Raume war, begann Margarethe das Gespräch mit ihrem Gast.

»Ruhige Tage sind es, Vestiarius, nicht wahr? Zu ruhige Tage, wie mir scheint. Oder bringt Ihr mir etwa interessante Nachrichten?«

»Nein, Frau Margarethe, nichts Neues ist mir bekannt. Nichts, außer diesem herrlichen Duft Eures köstlichen Gewürzweines. Eine solche Mischung habt Ihr mir nie zuvor kredenzt.«

»Das ist ein Claret, mein lieber Vestiarius. Man nehme einen erlesenen roten Wein, erwärme ihn und hänge ein Beutelchen mit Zimt, Ingwer, Nelken, Safran, Honig und Zucker hinein. Eine Spezialität, die mir aus Venedig geschickt wurde. Man lässt dort wieder besser mit sich handeln, nachdem die Portugiesen den eingebildeten Venezianern so ordentlich ins Handwerk pfuschen. Drei ganze Kisten voll solcher Beutelchen hat man mir zum Geschenk gemacht, nicht einmal die Kosten für den Transport über die Alpen musste ich bezahlen.«

»Bezieht Ihr also fortan Eure Waren wieder unmittelbar aus Venedig?«

»Das wird sich nicht lohnen, Vestiarius. Venedigs Stern sinkt spätestens seit seinem Konflikt mit der Liga von Cambrai immer weiter. Es rechnet sich nicht mehr, Waren über die Berge zu bringen. Selbst bei einem leichten und teuren Gut, wie Gewürze es darstellen, ist ein solch aufwendiger Transport kaum zu bezahlen. Die Zeiten, in denen ein Pfund Safran den Wert eines Pferdes überstieg, sind vorüber.«

»Aber die Venediger steuern doch auch Brügge an«, entgegnete der Stiftsherr.

»Das ist wahr«, gab Margarethe zurück, »doch selbst mit dem guten Brügge ist es bald vorbei, mehr und mehr versinkt es in der Bedeutungslosigkeit. Es heißt, dass es zusehends versandet und von großen Schiffen nicht mehr erreicht werden kann. Antwerpen heißt der neue Stern am Handelshimmel, und mit denen hat Venedig nichts zu tun. Leider auch nicht unsere gute alte Hanse. Ich fürchte, auch sie hat den Wandel nicht erkannt und ist nur noch brauchbar für den einen oder anderen Selschop, also für begrenzte Handelsgesellschaften. Nun, es bleibt mir nichts anderes übrig, als meinerseits die Zeichen der Zeit zu erkennen und mich an andere zu wenden.«

»Ihr sprecht von den Portugiesen und den Spaniern.«

»So ist es. Wir leben in neuen Zeiten, Vestiarius. Da gilt es mitzuhalten oder stehenzubleiben und zu verstauben. Seit ihr Seefahrer Vasco da Gama den Seeweg nach Indien gefunden hat, beziehen die Portugiesen die Gewürze unmittelbar vor Ort, zahlreiche Zwischenhändler fallen aus, sodass ihre Preise so niedrig sind, dass es für mich sogar günstiger wäre, meine Pfeffersäcke auf eigene Kosten aus Lissabon abzuholen, als sie über die Hanse zu beziehen.«

»Aber Ihr wollt doch nicht etwa höchstselbst …«

»Wo denkt Ihr hin, Vestiarius? Es ist nicht notwendig, dass ich mich selbst auf Handelsreise begebe. Wozu hat man all diese wunderbaren, schriftkundigen, aber auch teuren Leute vor Ort, welche die Dinge so hervorragend in meinem Sinne erledigen? Außerdem erlaubt uns unsere ungemein günstige Lage an der Weser einen florierenden Zwischenhandel, auf den ich künftig ein größeres Augenmerk legen werde.«

»Wo wir von der Zukunft sprechen: Verweilt der Sohn Eurer Base denn nach wie vor in Italien und erlernt dort den Kaufmannsberuf?«

»Wie lange haben wir uns nicht mehr gesprochen, guter Vestiarius? Ihr wisst es nicht? Er hat Italien längst verlassen. Ein Turbulentus ist er, ein Herumtreiber und Abenteurer. Ihr glaubt nicht, was er in diesem Moment gerade treibt.«

»Was, Frau Margarethe, was?« Der Besucher nutzte den Eifer seiner Gastgeberin, als sie über den geliebten Sohn ihrer Base sprach, und beugte sich, ihr tief in die Augen blickend, über den Tisch in Richtung der Dame, zu nah für einen Vertreter seines Standes. Sein Interesse an den Abenteuern des jungen Georg war aufrichtig, aber genauso aufrichtig war auch sein Interesse, in Erfahrung zu bringen, ob dieser Herumtreiber tatsächlich einen berechtigten Anwärter auf das Erbe des Gewürzhandels Gänslein darstellte.

»Er war bereits in Lissabon, und erst gestern haben seine gute Mutter und ich einen Brief von ihm erhalten, in dem er berichtet, dass er zusammen mit einem portugiesischen Händler in die Neue Welt aufbricht.«

»Nein!«

»Oh doch. Es ist eine gefährliche Reise, aber mit Gottes Hilfe wird er heil wieder in Portugal eintreffen und mir bald eine ganze Kiste voller neuer Kostbarkeiten schicken.«

»Die da wären?«

»Nun, es heißt, auch dort soll es allerlei unbekannte Gewürze geben. Eine purpurrote Schote gar, die einem ein derartiges Brennen im Hals verursacht, dass man Feuer speien möchte.«

»Aber das ist doch kein Genuss, gute Margarethe«, entgegnete der Kanoniker entsetzt.

»Geschmäcker sind verschieden. Jetzt wollen wir aber über etwas anderes reden. Habt Ihr mir wirklich nichts Neues gebracht, Vestiarius?«

»Hmmmh.« Der Gast legte nachdenklich seinen rechten Zeigefinger an die glatt rasierte Oberlippe und betrachtete eine Weile die hölzerne, polierte Decke. »Nein, mir fällt nichts ein. Nichts, außer dass vorgestern dieser so niederträchtige wie nichtige Raubritter von Eicheck gemeuchelt wurde. Und das auf seinem eigenen Gut, in seinen eigenen vier Wänden.«

»Was Ihr nicht sagt! Aber mit Verlaub, es geschieht ihm recht. Im Grunde dürfte ich es nicht sagen, ist doch meine Familie weitläufig mit derer von Eichecks verwandt. Dennoch, die Welt ist nicht ärmer ohne diesen Straßendieb und Buschklepper. Zum Glück hatte ich nie unter seinen erbärmlichen Raubzügen zu leiden. Solche Waren, wie meine Fuhrleute sie transportieren, waren wohl nicht nach dem Geschmack des Tölpels.«

»Ja, sein Tod stellt für viele wahrlich eine Erleichterung dar«, bestätigte auch Vestiarius. »Mich wundert es, dass der Hamelner Rat beim Herzog nicht schon längst die Zerstörung der Eicheckburg erwirkt hat. Dieses Schicksal haben schon die Räuberlöcher anderer adeliger Wegelagerer erfahren, zuletzt die Hermersche Burg vor etwas mehr als vierzig Jahren. Und eine Sünde ist eine solche Schleifung nun wirklich nicht, geht doch von diesen Halunken und ihren heruntergekommenen Nestern nur Übles aus.«

»Nur gut, lieber Gast, dass es meine Ahnen dereinst vorzogen, ihre verarmenden Güter aufzugeben und hinter den Mauern der Stadt Obdach zu finden. Und in diesen Zeiten haben es Edelleute noch schwerer, wenn sie nicht gerade dem erlauchten Kreise des Hochadels zuzuzählen sind. Wenig Land, wenig Einkünfte. Da bleibt vielen nur das Bauernschinden oder die Wegelagerei. Aber nun sagt mir, Vestiarius: Wer hat es getan? Wer hat den Ritter auf dem Gewissen?«

»Man vermutet einen seiner gequälten Bauern. Sein Gut war damals, vor vier Jahren, ohnehin eines der ganz wenigen in dieser Gegend, auf denen sich die Bauern im Namen des Ketzers Luther gegen ihren Grundherrn erhoben haben. Aufgehängt hat Ritter Eicheck die Empörer, eigenhändig sogar. Das wird man ihm wohl nachgetragen haben.«

»Nennt Luther nicht schon wieder einen Ketzer, lieber Vestiarius. Einen groben Polterer dürft Ihr ihn schimpfen. Ihr wisst, auch ich halte ihn nicht für einen begnadeten Denker, wie es etwa Erasmus von Rotterdam ist. Aber das, was er sagt, ist sicherlich keine Ketzerei, sondern schlicht die unverblümte Wahrheit, gekleidet in die Worte und die Redewendungen eines Bauern. Er ist frei heraus und kein vorsichtiger, abwägender, humanistischer Bücherwurm.«

»Und eben das ist das Entsetzliche an diesem Mann, liebe Frau Margarethe. Luther hat die Worte des großen Erasmus nicht erhört, als dieser ihm riet, bei Dingen, die so fest eingewurzelt sind, dass man sie nicht plötzlich aus dem Herzen reißen kann, besser beständig zu disputieren, statt schroffe Behauptungen aufzustellen. Im Gegenteil, ihm war es wichtig, Erasmus zu trotzen und sich zu gebärden wie ein grobschlächtiger Unhold. Denn nur so versteht man ihn, jeder versteht ihn, selbst der dümmste Knecht. Und das hat nicht allein damit zu tun, dass er sich ausschließlich des Deutschen bedient, sondern *wie* er sich dessen bedient.«

»So ist es, Vestiarius, und ich halte ebendiese Grobschlächtigkeit für einen mehr als klugen Schachzug, obwohl ich mir nicht sicher bin, ob dieser Mönch dies auch tatsächlich beabsichtigt hat. Er scheint mir mehr ein Mann des Herzens als einer der Vernunft zu sein und mitunter etwas unbedacht, aber gerade das wirkt so erfrischend ehrlich und verschafft Vertrauen. Ehrlichkeit, guter Vestiarius, ist in diesen Tagen eine wahrlich seltene Tugend.«

»Wem sagt Ihr das, wem sagt Ihr das, Frau Margarethe.«

»Fürwahr, fürwahr«, antwortete sie nur leise, den Gast heimlich musternd, während sie eigenhändig nach der silbernen Kanne griff. »Darf ich Euch noch etwas von dem Claret einschenken, Vestiarius?«

»Gern doch, gern. Habt vielen Dank. Dennoch«, fuhr Vestiarius mit besorgter Miene fort, »wenn ich das anmerken darf, ist es ratsam, gute Frau, nicht zu häufig und zu vehement die Ansichten dieses Luther zu vertreten. Vor allem nicht in der Öffentlichkeit.«

»Aber Vestiarius, habt Ihr in den letzten Monaten denn geschlafen? Wenn selbst unter den angesehensten Reichsfürsten brennende Verfechter der lutherischen Lehren sind, wie etwa unser Nachbar Herzog Ernst von Braunschweig-Lüneburg, dann darf doch wohl auch ein schlichtes Kaufmannsweib es wagen, sich dem anzuschließen. Das hat die Protestatio der Evangelischen auf dem Reichstag zu Speyer im vergangenen Frühjahr mehr als deutlich gemacht.«

»Das wagten sie doch nur, weil der Kaiser auf dem Reichstag nicht anwesend sein konnte. Und da Karl seinen Krieg in Italien nun erfolgreich beendet hat, wird er in Zukunft im

Reich wieder härter durchgreifen. Da könnt Ihr Euch sicher sein, Frau Margarethe. Aus brennenden Verfechtern der Lutherschen Lehre könnten dann durchaus brennende Verfechter im wahrsten Sinne des Wortes werden. Abgesehen davon gehört diese Stadt nicht zum Herrschaftsbereich des Herzogs von Braunschweig-Lüneburg, sondern zu dem des Herzogs von Calenberg. Auch wenn Ernst und Erich einer Familie angehören, so bleibt doch Erich von Calenberg der katholischen Sache verhaftet.«

»Das wollen wir abwarten. Gerüchten zufolge sieht seine Angetraute das bereits anders. Sie ist sehr angetan von den neuen Lehren. Und übrigens: Seit wann hat Erich von Calenberg wieder etwas in Hameln zu sagen? Sind wir de facto nicht längst unsere eigenen Herren? Ich verstehe gar nicht, weshalb sich der Rat so sehr ziert, sich zu Luther zu bekennen. Das wäre doch ein gelungener Schachzug im Machtkampf gegen euch katholische Stiftsherren.«

»Ihr wollt mich wieder einmal nur necken, meine Liebe. Doch das wird Euch nicht gelingen, denn nun wechsle ich einfach das Thema. Habt Ihr schon gehört, dass der Ratsherr Peter Hasenstock wieder zurück in der Stadt ist?«

»Ach.« Margarethes Gesichtszüge, die bisher eine gewisse ironische Selbstzufriedenheit verraten hatten, entgleisten plötzlich. »Dann bringt Ihr also doch noch interessante Neuigkeiten.«

III

Man hatte sie nicht einlassen wollen. Zu spät sei sie, hatte der Wächter am Ostertor missmutig geraunt, als er nach einer halben Ewigkeit vehementen Pochens endlich eine kleine Luke an dem Tor geöffnet und sein wettergegerbtes Gesicht hinausgestreckt hatte. Längst herrsche Nachtruhe in der Stadt, und er werde einen Teufel tun und einer fahrenden, fremden Dirne zu dieser Stunde Einlass gewähren.

»Ich bin keine Dirne«, hatte ihm Johanna zugerufen und dabei ihre Stimme sehr erheben müssen, um gegen den heftigen Herbstwind anzukommen, der an diesem Abend wehte und einen unangenehm peitschenden Regen zum Begleiter hatte.

»Das ist mir gleich. Komm morgen wieder, dann lass ich dich ein.«

Und mit diesen Worten war die Holzklappe krachend geschlossen worden, das Gesicht des Wärters war verschwunden, und Johanna stand nun allein im Regen vor der massiven und undurchlässigen Stadtmauer Hamelns.

»Morgen«, flüsterte sie, bibbernd vor Kälte.

In ihrem Dorf war sie gewesen, nachdem die Mordtat an ihrem Herrn verübt worden war. Dorthin hatte sie sich geflüchtet und Unterschlupf bei ihrem Schwager gesucht. Hermann war der Bruder ihres verstorbenen Mannes und der einzige Verwandte, der Johanna noch geblieben war. Doch Hermann war nicht nur arm wie ein jeder Bauer, der den Ritter Wilhelm von

Eicheck zum Grundherrn hatte, sondern ihn plagte auch seit dem Tode seines Bruders ein schlechtes Gewissen. Und von ebendiesem schlechten Gewissen wollte Johanna sich nicht abhängig machen, denn sie spürte, dass, so freundlich sich der Schwager auch gab, es ihm dennoch unwohl dabei war, Johanna in seinem kleinen Haus zu beherbergen. Ganz abgesehen davon, dass sie auf den Herrenhof gehörte, von dort geflohen war und gewiss bald gesucht werden würde.

Johanna hatte nach nur einem Tag eingesehen, dass sie hier nicht bleiben konnte. Also war sie gegangen. Nach Hameln, in die Stadt hatte es sie gezogen, dort hatte sie eine Arbeit finden wollen. Aber offenbar war sie nun zu spät.

Morgen solle sie zurückkehren. Doch wo die Nacht verbringen?

Das wollene braune Tuch, welches ihr die gute Trudi, die Frau des Schwagers, mitgegeben hatte, war schwer vom Regen und spendete schon lange keine Wärme mehr, im Gegenteil. Johanna streifte es ab und versuchte, es auszuwringen, doch die Mühe war bei diesem Wetter vergeblich.

Wollte sie sich nicht den Tod holen, dann musste sie zurück. Zurück in die Hölle. Denn nichts anderes war dieses Haus, welches sie vor weniger als einer halben Stunde auf ihrem Marsch nach Hameln passiert hatte.

Ein Nobiskrug.

Johanna wusste aus Erzählungen von derartigen Kaschemmen; sie selbst hatte nie eine betreten, denn in derlei Häusern ging es mitunter wild zu. Auf dem Hellweg, der uralten Handelsroute, die schon in heidnischen Zeiten von Aachen bis hin nach Königsberg geführt hatte, lagen zahlreiche dieser berüchtigten Absteigen. Und auch wenn niemand jemals dort ein und aus gegangen sein wollte, so waren dennoch ausgesprochen viele Erzählungen über die Räuberlöcher in Umlauf. Zu den Zeiten der Lepra, als neben Kaufleuten, Söldnern, Pilgern und Landstreichern auch Aussätzige auf dem Hellweg unterwegs waren, hatte es auf der Strecke Gasthäuser gegeben, die eigens der Aufnahme von Leprösen dienten. Nicht Erbarmen und Mitleid waren Anlass für die Wirtsleute gewesen, sich auf derartige Kundschaft zu spezialisieren, nein, das Ganze stellte durchaus ein lohnendes Geschäft dar. Denn groß war einst die Zahl derer, die an dieser Geißel Gottes erkrankt waren und verkrüppelt, zerlumpt und bettelnd durch die Lande streiften, um Almosen von ihren Mitmenschen zu erbitten und sie daran zu erinnern, dass Mildtätigkeit gegenüber den Armen Gott ein Wohlgefallen sei. Doch lange schon schien diese Plage nun ein Ende gefunden zu haben, kaum mehr wurde ein Mensch vom Aussatz befallen, die eigens am Rande der Städte errichteten Leprösenhäuser verwaisten oder änderten ihre Gestalt, indem sie zu Hospitälern oder aber zur Herberge für einsame Alte wurden. Und auch die berüchtigten, bis dato von Gesunden gemiedenen Nobiskrüge änderten ihre Gestalt. Gemieden wurden sie jedoch weiterhin, nicht etwa weil man befürchtete, sich dort eine unheilbare Krankheit einzufangen. Nein, man musste dort viel unmittelbarer mit dem Verlust seines Lebens rechnen, denn mit dem Schwinden der Siechen kamen die Räuber, Tunichtgute, Geächteten und Ehrlosen, welche die Leprosengasthöfe zu ihren angestammten Wirtshäusern machten. Den Wirten aber war dieser Wandel durchaus recht.

An einer derartigen Absteige war auch Johanna vorübergegangen, und dorthin zog es sie nun zurück, denn es war das einzige Haus weit und breit, in welches man zu dieser Stunde außerhalb der Stadtmauern noch eintreten konnte. Ihr blieb also nur die Wahl, sich in der nasskalten Nacht Schutz unter einem tropfenden Baum zu suchen oder aber die Gesellschaft unangenehmer Zeitgenossen zu ertragen. Sie entschied sich für

Letzteres, auch wenn es sie schmerzte, ihr einziges Geld, die drei Münzen, die sie nur widerwillig von Hermann in Empfang genommen hatte, in einem Nobiskrug zu lassen.

Es war ein winziges, windschiefes, strohgedecktes Fachwerkhäuschen, das inmitten des Nichts, unweit eines dunklen Waldes, aber weit entfernt vom nächsten Dorf, die frierende Johanna empfing. Vorsichtig versuchte sie, einen Blick durch die Schweinsblase zu erhaschen, welche vor das einzige kleine Fenster der Kaschemme gespannt war. Doch alles, was Johanna durch die gelblich braune Haut ausmachen konnte, war, dass Licht in der Gaststube brannte. Laute hörte sie keine, kein Grölen, kein Singen, kein Spielen von Fideln oder Flöten. Es war ruhig in dem Nobiskrug, und das beruhigte auch Johanna, die sich nun ein Herz fasste, zur Tür ging und sie vorsichtig aufstieß.

Eine angenehm trockene, aber übel riechende Wärme schlug ihr entgegen, als sie eintrat. Der Raum war ganz und gar nicht groß, hätte aber gut und gerne Platz für drei Dutzend Menschen geboten. Und dass so viele hier mitunter verkehrten, konnte man durchaus wahrnehmen, denn es stank noch immer erbärmlich nach ungewaschenen menschlichen Leibern und nach allem, was diese so von sich gaben oder geben konnten. Am heutigen Abend jedoch waren die vielen Stammgäste bloß zu riechen, nicht aber zu sehen, denn außer Johanna hielten sich nur zwei weitere Personen in der Gaststube auf: eine alte, beleibte Frau, offenbar die Wirtin, welche dösend auf einem Hocker neben dem Ausschank saß, und ein junger Mann. Dieser saß gekrümmt so weit wie möglich entfernt von der Alten in der äußersten Ecke des Raumes hinter einem runden Tisch und blickte die eintretende Johanna aus traurigen Augen staunend an.

»Gut«, dachte diese bei sich und hockte sich auf dem nächstbesten Platz neben der Tür nieder. Eine Weile saß sie nur da und rührte sich nicht. Die Wirtin döste weiter, und der Mann starrte wieder in seinen Bierkrug. Johanna war es recht, sie wrang erneut ihren triefenden Umhang über dem auf dem Boden verteilten schmutzigen Stroh aus und hängte ihn schließlich über eine Stange, die in der Nähe der Kochstelle angebracht war. Dann begab sie sich zurück zu der Holzbank und hoffte, dass die Nacht bald ein Ende finden würde.

Es war mit Sicherheit eine geschlagene Stunde vergangen, die Wirtin hatte bereits zu schnarchen begonnen, als der junge Mann schließlich das Wort ergriff und Johanna, die es bislang nicht gewagt hatte, die Augen zu schließen, ansprach.

»Wollt Ihr etwa nichts trinken oder essen?«

Johanna zuckte zusammen, obwohl er eine durchaus angenehme, leise, ja nahezu schüchterne Stimme hatte. Eine Stimme, die ganz und gar nicht zu seinem kräftigen, grobschlächtigen Erscheinungsbild passte. Nie zuvor in ihrem Leben war sie derart höflich angesprochen worden.

»Vielen Dank. Aber ich möchte die Wirtin nicht wecken. Es langt mir, mich hier ein wenig aufzuwärmen und den Morgen zu erwarten.«

Zum ersten Mal schaute sie den anderen Gast nun genauer an. Er war auf den zweiten Blick ein gar nicht so übler Bursche. Trotz seiner jungen Jahre fiel ihm das Haar schon aus, und sein Gesicht war ein wenig zu rund, aber er hatte schöne, große blaue Augen, und sein verschämtes Lächeln offenbarte gesunde Zähne.

»Wohin zieht es Euch, wenn ich fragen darf?«

»Ich wollte in die Stadt Hameln gehen, aber die Tore waren bereits verschlossen.«

»Ihr wart noch nie zuvor in Hameln, nicht wahr?«

»Woher wollt Ihr das wissen?«

»Nun, sonst wäre Euch bekannt, dass es zahlreiche Schlupflöcher gibt, um anderweitig in die Stadt zu gelangen.«

»Ach.« Johanna lächelte. Es schien ein freundlicher, harmloser Mensch zu sein, vor dem sie sich als einsame Frau nicht zu fürchten brauchte.

»Ich lebe in der Stadt und werde mich auch gleich wieder dorthin aufmachen. Wenn Ihr mögt, kann ich Euch zu Eurem Schutze begleiten und Euch eines der heimlichen Tore zeigen.«

Vielleicht hatte sie sich doch in ihm geirrt, denn Johanna stand der Sinn ganz und gar nicht danach, mit einem Fremden durch die Nacht zu streifen und sich von ihm geheime Orte zeigen zu lassen.

»Habt vielen Dank, aber ich werde bis morgen warten«, antwortete sie, nun weniger freundlich, um ihm zu verdeutlichen, dass sie nicht eine solche sei.

Er schien zu verstehen und wurde über und über rot. Fast konnte er ihr leidtun, denn Johanna hatte den Eindruck, dass er gar nicht beabsichtigt hatte, sie zu beleidigen. Er war einfach noch ein junger, unerfahrener Tölpel.

Es verging eine Weile des Schweigens, in der Johanna einer auf dem Rücken liegenden Schabe beim Sterben zuschaute. Dann fragte der junge Mann, nachdem er sich mehrere Male verlegen geräuspert hatte:

»Was treibt Euch in die Stadt?«

»Ich will mir dort eine Anstellung als Magd suchen.«

»Seid Ihr vom Lande?«

»So ist es.«

»Seid Ihr etwa schollenflüchtig?«

»Wie kommt Ihr denn darauf?« Johanna wurde nervös.

»Nun, das ist bei den meisten so, die es vom Lande in die Stadt zieht. Nach Jahr und Tag ist man frei. Wo kein Kläger, da kein Richter. Bislang hat es nur wenige Herren gegeben, die ihre Leute an den Ohren wieder durch die Tore hinausgezogen haben. Und wer sucht schon nach einem schwachen Weib?«

Jetzt wurde er offenbar munter.

»Also gibt es in Hameln viele wie mich?« Johannas Interesse war nun geweckt.

»Durchaus. Und wie gesagt: Die Grundherren suchen nur selten nach ihnen. Häufiger sind es die gehörnten Ehegatten, welche ihren Weibern nachstellen. Ihr seid nicht etwa Eurem Gatten entlaufen, oder?«

»Ich bin Witwe.«

Er schmunzelte. Diese Antwort schien ihm zu gefallen.

»Kinderlein?«

Wollte er jetzt wieder unverschämt werden?

»Auch mein einziges Kind ist gestorben«, antwortete Johanna wahrheitsgemäß.

»Dann könnte wahrlich die Stadt die einzige Rettung aus Eurer trostlosen Lage sein. Mägde werden dort durchaus gesucht. Das ist eine gute Möglichkeit für anständige Weiber, in einem reichen Haushalt unterzukommen. Derlei Haushalte gibt es viele in Hameln.«

»Wisst Ihr etwa einen, in dem eine fleißige Hand fehlt?«

»Durchaus.«

»Wollt Ihr es mir sagen?«, bohrte Johanna weiter.

»Erst gestern musste ich Gerda Klinger vor die Tore führen, weil sie sich ein Kind hat machen lassen. Das darf einer Magd nicht passieren. Sie war bei der Witwe Pfeffersack beschäftigt, und die dürfte jetzt nach einem neuen Mädchen Ausschau halten. Oh, hat die geschimpft.« Und in Erinnerung an den gestrigen Tag klopfte er sich lachend auf die Schenkel.

»Wer, die Magd?«

»Nein, die Pfeffersack. Die wollte das lose Stück behalten. Hätte nichts dagegen gehabt, deren kleinen Bastard in ihrem

Hause großzuziehen. Im Grunde ist sie nämlich ein guter Mensch. Aber was zu weit geht, geht zu weit.«

»Und was habt Ihr damit zu tun?«

Jetzt wurde er wieder stiller und spielte mit seinen Fingern verlegen an der Tischkante herum.

»Mein Name ist Justus Carnifex. Ich bin der Scharfrichter der Stadt Hameln.«

Johanna musste schlucken. Sie hatte sich tatsächlich mit einem Henker unterhalten. Das war eine Sünde, die es in jedem Fall zu beichten galt. Kein Wunder, dass sich ein unehrenhafter Geselle wie er in einer abgelegenen Spelunke wie dieser herumtrieb. Denn so wichtig seine Tätigkeit für das Fortbestehen von Sicherheit und Ordnung in einer Stadt auch war, so wenig wollte man mit diesen Leuten zu tun haben. Scharfrichter wurden gemieden, man sprach nicht mit ihnen, saß nicht mit ihnen an einem Tisch und ließ sie nach Möglichkeit erst recht nicht in sein Haus, denn das brachte mehr als Unglück: Es war eine Schande.

Dennoch beschloss Johanna, weiter mit ihm zu reden, denn das, was er da sagte, interessierte sie trotz aller Widrigkeiten ungemein.

»Was habt Ihr denn mit der schwangeren Magd gemacht?«

»Nichts. Fortgejagt habe ich sie. Das wurde mir aufgetragen, und was mir aufgetragen wird, das muss ich machen. Aber wie ich die kenne, lässt die sich den Balg von der nächstbesten Engelmacherin wegmachen und ist in der nächsten Woche wieder zurück in der Stadt.«

»Und ihr Platz bei der Frau Pfeffersack ist frei?«

»Ja, aber die heißt nicht Pfeffersack. So wird sie nur geschimpft. Gänslein ist ihr Name, und sie lebt im prächtigsten Haus am Pferdemarkt. Das werdet Ihr nicht verfehlen, wenn Ihr denn dort morgen vorsprechen wollt.«

»Habt vielen Dank für den Ratschlag.« Johanna lächelte etwas gequält. Sie fühlte sich mehr als unwohl, eine Empfehlung von einem Henker erhalten zu haben. Ein schlechtes Omen konnte das bedeuten. Dennoch beschloss sie, am morgigen Tage das Haus der Witwe Pfeffersack aufzusuchen. Schlechtes Omen hin oder her, sie musste nun einmal von etwas leben. Und besser, sie nahm den Rat eines Unehrlichen an, als dass sie sich letzten Endes gezwungen sah, selbst unehrlich zu werden, indem sie in ein Hurenhaus eintrat.

Während sie wieder nachdenklich auf die nun regungslose Schabe starrte, erhob sich der junge Mann von seinem Platz und ging zur Tür.

»Ich muss nun zurück in die Stadt. Ein wenig Schlaf sollte schon sein, bevor ich morgen in aller Früh die Jauchegrube des Bürgermeisters aushebe. Eine geruhsame Nacht wünsche ich Euch. Vielleicht sieht man sich eines Tages hinter den Mauern Hamelns wieder. Doch keine Sorge, gute Frau, ich werde Euch nicht böse sein, wenn Ihr dann so tut, als hätte es nie ein Gespräch zwischen uns gegeben.«

Er nickte höflich und verschwand dann in der stürmischen Dunkelheit.

IV

Es waren nur wenige Schritte, die Margarethe Gänslein von ihrem großen Kaufmannshaus hinüber zum Rathaus gehen musste, sie hatte sie seit gestern mehrere Male zurückgelegt – und jedes Mal vergeblich.

Beschwichtigt hatte man sie, und die Verantwortlichkeiten von einem zum anderen geschoben. Der Bürgermeister hatte sie zum zuständigen Ratsherrn Knipping verwiesen, welcher wiederum von gar nichts wusste und behauptete, allein der Vogt sei für derlei Kleinigkeiten zuständig. Dieser wiederum verweilte bereits seit mehr als einer Woche weit entfernt auf der Erichsburg bei seinem Herrn, dem Herzog von Calenberg, um ihn wieder einmal über das Treiben in der selbstbewussten Stadt Hameln zu unterrichten.

»Gute Frau Margarethe, wo kämen wir denn hin, wenn ein jeder für sich eine Sonderbehandlung in Anspruch nähme? Auch meine Magd würde der Stadt verwiesen, wäre sie nicht imstande, sich gebührlich zu betragen.«

Das waren die Worte des Bürgermeisters, als Margarethe an diesem Tag erneut in sein Amtszimmer gestürzt kam. Wohlgenährt und in eine schwarze Amtsrobe gekleidet, saß er behäbig hinter seinem mächtigen Pult und sprach langsam und dabei herablassend lächelnd auf sie ein. Ganz so, als habe er in Margarethe Gänslein eine Närrin vor sich.

»So, eine Sonderbehandlung nennt Ihr mein Ansinnen?«, erwiderte diese. »Nun, auch die Stadt Hameln erhielt von meinem verstorbenen Gemahl und selbst von meiner Wenigkeit durchaus die eine oder andere Sonderbehandlung. Ich erinnere nur an das Bedrängnis während der Stiftsfehde und das angebliche Wunder des Bonifatius, durch welches die Belagerer plötzlich zum Abzug bewogen wurden. Von wegen Wunder! Handsalben waren es, die man ihnen zahlte! Und wer trug dazu den Großteil bei? Niemand anders als mein Gemahl Reinold Gänslein. Ganz zu schweigen von den Steuern, die unser Handel Jahr für Jahr auf die Stadtwaage bringt.«

»Ich weiß, ich weiß!« Der Bürgermeister hob beschwichtigend beide Hände, um die aufgebrachte Frau wieder milde zu stimmen. »Aber dennoch, Frau Margarethe, die Jahre gehen ins Land, und noch immer stellt Ihr Euch stur. Die Zeiten des Überganges, in denen Ihr nach seinem Tode allein die Geschäfte Eures seligen Gatten übernommen habt, sind nun wahrlich vorüber. Hört auf, immerzu alleine hausen und mausen zu wollen. Ihr solltet wieder heiraten und Euch auf Eure Aufgaben als Hausfrau besinnen. Oder aber der Rat sieht sich gezwungen, einen Vormund für Euch zu bestimmen.«

»Ich benötige weder einen Ehemann noch einen Vormund. Ich will meine Magd zurück. Glaubt mir, ehrenwerter Herr, ich weiß, dass Ihr sie nur fortgejagt habt, um mich zu ärgern. Was kann denn das arme Ding dazu, dass ihre Herrin mit dem Rat der Stadt über Kreuze liegt?«

»Na, na, gute Frau Margarethe«, beschwichtigte der Bürgermeister aufs Neue. »So wollen wir das doch nicht ausdrücken. Die Stadt und sein Rat sind sehr stolz auf den verstorbenen Kaufmann Gänslein und achten den Geschäftssinn seiner Witwe sehr. Allein, wir machen uns Sorgen um Euren, nun sagen wir, Zustand. Mitunter seid Ihr aufbrausend, dann wieder besonnen, man erlebt Euch aufsässig oder aber betrübt. Eure

Launen wechseln wie das Wetter im April. Und mich deucht, dass es allein daran liegt, dass Ihr Euch zu viel zumutet. Ihr benötigt eine starke, helfende Hand, Margarethe. Ihr braucht endlich einen Gemahl. Dann kommen auch Eure Säfte wieder in Einklang.«

Margarethe starrte ihn eine Weile stumm und mit offenem Mund an, dann sagte sie bissig: »Es muss mir entgangen sein, dass es sich bei Euch um einen studierten Medicus handelt, werter Herr Bürgermeister. Wenn Ihr Euch in den Gesetzen der Stadt auch nur halb so gut auskennen würdet wie im Bereich der Frauenleiden, dann wüsstet Ihr, dass Ihr mit dem Verweis meiner Magd Gerda in die Machtbefugnisse des Vogtes eingegriffen habt.«

Trotz dieser mutwilligen Beleidigung blieb der Bürgermeister gelassen.

»Der Vogt verweilt zur Zeit nicht in der Stadt. Er ist zum Herzog beordert worden. Und wer weiß, wann er wieder zurück ist. Ihr wisst, Herzog Erich ist dafür bekannt, über seine Verhältnisse zu leben, gern veranstaltet er rauschende Feste und imposante Jagden. Da kann es gut und gerne einige Wochen dauern, bis unser lieber Herr Vogt wieder unter uns weilt. Soll die Schwangere so lange bei Wasser und Brot im nassen Kerkerloch sitzen?«

»Ich verstehe. Es hat keinen Zweck. Einen guten Tag wünsche ich«, sagte Margarethe kurz und knapp, erhob sich von dem großen lederbezogenen Stuhl und ging zurück zu der schweren Eichentür der Amtsstube.

»Am Sonnabend nach der Messe gebe ich ein kleines, bescheidenes Gastmahl zu Ehren der wohlbehaltenen Rückkehr meines Freundes Hasenstock. Auch Ihr seid herzlich dazu eingeladen, Margarethe«, rief der Bürgermeister ihr nach.

»Habt vielen Dank. Aber ich werde mich am Sonnabend gewiss unpässlich fühlen«, sagte Margarethe nur, ohne sich dabei umzuschauen, und verließ den Raum.

Margarethe hatte die alte Begine unter Verdacht. Dieses neugierige Mütterlein, welches nahezu täglich bei ihrer Base Mechthild ein und aus ging. Ein Schwätzweib vor dem Herrn, das sich einem gottesfürchtigen, mildtätigen Leben verschrieben hatte, aber stattdessen nichts anderes im Sinn trug, als sich bei anderen Leuten den Wanst vollzuschlagen und ihnen Löcher in den Bauch zu fragen.

Es gab keine Frau in dieser Stadt, an der das Weib auch nur ein gutes Haar gelassen hätte. Über jede Einzelne zerriss sie sich das Maul, und am liebsten über die Witwe Gänslein, der sie, so glaubte Margarethe selbst zu wissen, bereits die übelsten Dinge nachgesagt hatte. Margarethe betrachtete es als eine großherzige Tat, das Schandmaul dennoch in ihrem Hause zu dulden, großherzig ihrer Base Mechthild gegenüber, welche, ebenfalls verwitwet und allein, seit nunmehr zwei Jahren bei Margarethe lebte.

Der Begine – ausgerechnet Regine mit Namen – war sicherlich nicht entgangen, dass sich unter dem schlichten Gewand der Magd Gerda ein Bäuchlein zu wölben schien. Und mit Gewissheit hatte sie sodann nichts anderes im Kopf gehabt, als in die Stadt zu ziehen, um allen zu berichten, dass die Magd der Pfeffersäckin ein loses Luder sei, das sich einen unehelichen Balg eingefangen habe. Von wem? Da hielt Regine sicherlich auch schon den einen oder anderen Namen parat.

»Mechthild, darf ich eintreten?«

Margarethe war noch immer aufgebracht. Und auch wenn sie sich längst in die Schreibstube hätte begeben müssen, um die Rechnungsbücher zu kontrollieren und die Auslieferung einer ganzen Wagenladung Safran, Nelken und anderer exotischer Gewürze an den Hof des Bischofs von Paderborn vorzubereiten, so hatte sie zuvor das dringende Bedürfnis, mit ihrer Base zu reden.

Es plagte sie weniger die Demütigung, welche sie durch das Fortjagen ihrer Magd erfahren hatte, als vielmehr die erneute, unterschwellige Drohung des Bürgermeisters, die selbstständige Kaufmannswitwe in naher Zukunft entmündigen zu lassen. Margarethe wusste, dass sie den Bogen längst überspannt hatte, sie wusste, dass man von ihr mehr Dankbarkeit und Entgegenkommen erwartet hatte, da ihr nach dem Tode ihres Mannes gestattet worden war, übergangsweise dessen Geschäfte fortzuführen. Der Rat wollte sie noch immer nicht als eigenständige Kauffrau anerkennen, und er würde es auch niemals tun, da war sie sich sicher. Selbst ihr Gemahl Reinold hatte es als Neuankömmling in der Stadt in dieser Hinsicht schwergehabt, er war trotz seines Reichtums nie Mitglied der Gilde der Großen Koplute geworden, hatte nicht einmal zu der Verbindung der Kleinen Höker gezählt. Ein wohlhabender Ausgeschlossener, ein Sonderling war er geblieben, dabei hatte er nie die Stadtwaage beschwindelt, nie seine Bücher gefälscht. Man hatte es ihm gedankt, indem man seine Steuergelder mit Freuden entgegennahm. Wieso sollte es da Margarethe als seine Witwe leichter haben? Eine Frau als anerkannte Großhändlerin? Nicht, dass diese Möglichkeit vollkommen ausgeschlossen war. In der Stadt Köln, davon hatte sie erfahren, war es nahezu zur Normalität geworden, in Handelsdingen mit eigenmächtig auftretenden Frauen zu tun zu haben – und das nicht nur mit Marktfrauen und Krämerinnen, auch anerkannte Fernhändlerinnen waren unter ihnen. Doch davon wagte Margarethe nicht zu träumen. Sie würde erneut heiraten müssen, oder aber man setzte ihr bald einen Vormund vor die Nase. Und für diese Aufgabe würden sich zahlreiche Herren gerne zur Verfügung stellen, das war gewiss. Nicht zuletzt der widerwärtige Apotheker Hasenstock, zu dessen Ehrenfest der Bürgermeister Margarethe nicht ohne Hintergedanken hatte einladen wollen.

Margarethe hatte nun einmal keine direkten Erben. Sie war der letzte Spross einer ausgestorbenen Stadtadelsfamilie namens von Oldenburg, und selber hatte sie nie ein Kind geboren. Ihr Gatte, der verblichene Reinold Gänslein, war im Alter von neunzehn Jahren ganz allein aus dem Nirgendwo in diese Stadt gekommen und hatte es aus eigener Kraft, mit viel Mut, Neugierde, dem festen Glauben an sich selbst und an den Beistand Gottes geschafft, einen florierenden Fernhandel aufzubauen. Er besaß keinerlei Verwandtschaft in Hameln, zumindest nicht, dass Margarethe jemals davon erfahren hätte. Was er hingegen besessen hatte, war zeit seines Lebens ein schlechtes Gewissen, von dem noch immer die mehr als hundert Reliquien in ihren schmuckvollen Behältnissen zeugten, welche ein ganzes Zimmer im zweiten Stockwerk des Hauses füllten – ein Versuch, sich in nahezu fanatischer Weise sein Seelenheil erkaufen zu wollen. Margarethe hatte niemals nach Reinolds Herkunft und Vergangenheit gefragt, und auch ihr Vater hatte es nicht getan, als er in der Hoffnung, sein einziges überlebendes Kind an einen immerhin betuchten Mann vergeben zu haben, gestorben war.

Es gab also niemanden, mit dem die Witwe ihr Vermögen hätte teilen müssen, niemanden außer ihrer Base Mechthild und deren Sohn Georg, dem Abenteurer, der soeben über den großen, westlichen Ozean segelte. Er war Margarethes einzige Hoffnung. Ihm würde sie gerne alles vermachen, wenn er denn eines Tages wieder den Weg zurück nach Hameln fand.

Aus diesem Grund suchte sie nun ihre Base Mechthild auf, welche tagaus, tagein in einem beheizten Raum im vorkragenden zweiten Stockwerk des Hauses auf der gepolsterten Fensterbank saß, stickte oder nähte und zwischendurch aus einer Luke in den gelblichen – in dieser Stadt als seltene Merkwürdigkeit geltenden – Butzenscheiben spähte, um das Treiben auf dem belebten Pferdemarkt zu beobachten.

»Liebe Grete, wie schön, dass du mich besuchst.«

Mechthild war eine herzensgute Frau. Sie war wenige Jahre älter als ihre Base Margarethe, kleidete sich dafür hingegen umso jugendlicher. Wobei dazu zu sagen sei, dass sie vielmehr die Kleidung ihrer eigenen Jugend trug und somit ganz und gar nicht den Ansprüchen der neuesten Mode gerecht wurde. Während alle anderen Damen längst dazu übergegangen waren, eng anliegende, aber dafür reichlich verzierte Kugelhauben zu tragen, blieb Mechthild der weitausladenden Wulsthaube treu, welche sie in Form zweier mächtiger, schleierbehangener Hörner drapierte. Sie war ausgesprochen eitel, kleidete sich gerne in bunten Farben, edlen Stoffen, legte auffälligen Schmuck an, ja, sie schminkte sich das Gesicht weiß und die Lippen rot und tupfte sogar einen Schatten auf ihre Augenlider. Zudem rasierte sie sich, ebenfalls wie in alten Zeiten, die Brauen ab und auch die Stirn fast bis zur Schädelmitte aus, um ihr ansprechendes Seitenprofil zu betonen.

Alles in allem erinnerte sie mehr an einen als Frau verkleideten Komödianten in einem auf dem Marktplatz aufgeführten Mysterienspiel als an eine ehrbare Witwe. Dennoch war sie ehrbar. Ehrbarer als jede andere Frau, die Margarethe jemals kennengelernt hatte. Entgegen ihrem Erscheinungsbild führte Mechthild das Leben einer tugendhaften Witwe, sie war fromm und andächtig, sprach niemals schlecht von anderen, verließ das Haus nur zum Kirchgang und dann ausschließlich in Begleitung ihrer Freundin, der Begine Regine, welche Margarethe ganz und gar nicht ausstehen konnte. Ein lustiges Bild boten diese beiden ungleichen Frauen, wenn sie sich sonntags in der Früh aufmachten, um die Messe in der Münsterkirche zu besuchen. Die graue, vermummte Begine zum einen und die herausgeputzte, bunte Mechthild zum anderen. Margarethe hatte so manches Mal herzlich lachen müssen und ihnen durchs Fenster hinterhergeschaut, bevor auch sie zur Kirche ging. Anders als ihre Base zog sie es vor, zur Messfeier die Nicolaikirche, das Gotteshaus der Kaufleute gegenüber ihrem eigenen Heim, zu besuchen.

Nun fand sie ihre Base Mechthild allein, ohne ihren täglichen Gast Regine.

»Warst du wieder beim Bürgermeister? Ich habe dich über den Markt laufen sehen«, wollte Mechthild wissen. Sie wirkte heute ausgesprochen bedächtig, offenbar hatte sie sich wieder einmal innige Gedanken über Gott und die Welt gemacht oder aber zu viel vom Branntwein genascht. Danach hatte sie stets diesen seligen Gesichtsausdruck.

»Es hat keinen Sinn. Ich werde deinem Sohn mein gesamtes Vermögen und alle Geschäfte überschreiben müssen. Eine Schande nur, dass man ihn nun so lange Zeit nicht wird erreichen können.«

»Fluche nicht, Grete. Du selbst hast ihm diese Flausen in den Kopf gesetzt. Ich vergehe nahezu vor Sorge um ihn. Ein Kind ist er noch, und nun so ganz allein in einer völlig fremden Welt! Der Hölle soll dieses neue Land gleichkommen, und höllenartige Wesen treiben sich dort herum. Menschenfresser gar.«

Die Base ging gar nicht darauf ein, dass Margarethe soeben angekündigt hatte, den Neffen, Mechthilds eigen Fleisch und Blut, zum Alleinerben zu ernennen. Aber gerade diese Eigenschaft schätzte sie so sehr an Mechthild: Sie war ganz und gar uneigennützig, ihr fehlte jeglicher Ehrgeiz – und das im positiven Sinne. Ein neues Rätselbuch, ein Fläschchen Weihwasser, ein heimlicher Schluck Branntwein, und die Gute war glücklich.

»Ich muss mir etwas einfallen lassen, sonst steht hier noch heute ein grinsender Affe vor der Türe, der sich als mein neuer Vormund ausgibt. Fast bin ich versucht, es diesen Ratsherren heimzuzahlen und Vestiarius zu meinem neuen Bettelvogt zu machen.«

»Das würde mich sehr freuen, und es käme auch dir zugute, liebe Margarethe«, antwortete Mechthild mit andächtiger Miene.

»Warum das?«

»Nun, du tust herzlich wenig für dein Seelenheil und das Seelenheil deiner Lieben. Würde ich nicht wöchentlich wenigstens eine Kerze spenden, um die Zeit deines Vaters und deines Gatten im Fegefeuer zu verkürzen, dann müssten die Armen sicherlich noch in tausend Jahren dort elendig leiden.«

»Wer weiß denn, ob alle Seelen im Fegefeuer losgekauft werden wollen? Beim heiligen Severin und beim heiligen Paschalis soll das beispielsweise nicht der Fall gewesen sein.«

»Margarethe!« Mechthild schrie empört auf und ließ vor Schreck ihre Stickerei fallen.

»Das stammt nicht von mir. Das ist eine der Thesen Martin Luthers. Die dreißigste, wenn du es genau wissen willst«, lachte Margarethe.

»Umso schlimmer.«

Empört erhob sich Mechthild, ging eilig zu einer kleinen, vergoldeten Schale, die an der Wand neben der Zimmertür angebracht war, griff dort hinein und kam dann schnellen Schrittes und mit feuchten Fingern auf Margarethe zugeeilt, um sie zügig mit Weihwasser zu besprenkeln.

Margarethe lachte noch immer.

»Es hat keinen Zweck, liebe Mechthild. Entscheidungen, die

mit dem Verstande getroffen werden müssen, sollte ich besser alleine fällen. Und um das Seelenheil meines Gatten und meines Vaters brauchst du dich wahrlich nicht zu sorgen. Spende das Geld für die Kerzen lieber den verkrüppelten Armen und Waisen, die vor der Kirche auf ein Almosen warten.«

Sie hob die Stickereien der Base auf und geleitete diese zurück zu ihrem Platz am Fenster, von dem sie einen kleinen Ausguck öffnete, um frische Luft einzulassen.

»Schau nur, Mechthild, da gibt es ein Spektakel. Wen führt der Carnifex denn da zum Pranger? Sieht ganz so aus, als sei das wieder einmal Bäckermeister Köbel. Das kommt davon, wenn man zu kleine Brötchen backt.«

Und mit dem guten Gewissen, ihre Schwägerin wohlbeschäftigt zurückzulassen, verließ Margarethe den Raum, um sich endlich in ihre Schreibstube zu begeben, in welcher sie ihren Secretarius Bennheim schon allzu lange allein und unbeaufsichtigt gelassen hatte.

V

»So schnell sieht man sich wieder.«

Johanna erschrak. Sie erschrak, obwohl sie den Mann bereits wahrgenommen hatte, als sie, aus einer engen Gasse kommend, den großen Marktplatz betreten hatte. Vergeblich hatte sie versucht, unbemerkt an ihm vorüberzuhuschen, während er mit den letzten Handgriffen der ihm zugedachten Aufgabe beschäftigt gewesen war.

Doch nun steckten Kopf und Hände des zappelnden, dünnen Männleins im Pranger, ein Amtsdiener hatte das Urteil verlesen, und die kleinen Rachehandlungen der Bürger der Stadt Hameln an dem betrügerischen Bäcker Köbel konnten ihren Anfang nehmen. Der Henker Justus Carnifex hatte seine unblutige Tätigkeit beendet und war nun offenbar so froh, das vertraute Gesicht der Frau aus dem Nobiskrug wiederzusehen, dass er seine Versprechung vom Vorabend ganz vergaß und ihr einfach mit lauter Stimme nachrief.

Nachdem sie kurz zusammengezuckt war, beschloss Johanna, sich gar nicht erst nach ihm umzuschauen. So dankbar sie ihm war, und obwohl er ein freundlicher Bursche zu sein schien, wollte – nein: konnte sie nichts mit diesem Kerl zu tun haben; nicht, nachdem sie erleichtert war, endlich die Stadt betreten zu dürfen und sich nun bei der Witwe Pfeffersack vorzustellen zu können. Das Letzte, was sie jetzt gebrauchen konnte, war ein schlechter Leumund, und den hätte sie sich allemal eingehandelt, wenn offensichtlich würde, dass es sich bei dem einzigen Hamelner Bekannten dieser jungen fremden Frau ausgerechnet um den Scharfrichter handelte.

Carnifex schien zu begreifen. Es war nicht das erste Mal, dass ihm dergleichen widerfuhr. Eigentlich hätte er längst einsehen müssen, dass nicht grundlos seit Generationen Henker nur Henkerstöchter ehelichten. Seine Mutter war die Tochter des Onkels seines Vaters gewesen, der wiederum aus einer Verbindung zweier Halbgeschwister stammte, denn in der unehrenhaften Tätigkeit des Kopfabschneiders, Abdeckers und Grubenaushebers blieb man nun einmal so sehr unter sich, dass sich die Henker in den umliegenden Städten sogar allesamt verteufelt ähnlich sahen.

Er blickte der Frau noch eine Weile hinterher, die tatsächlich, seinem Rat folgend, auf das Pfeffersäcksche Haus zusteuerte. Dann wandte er sich um und ging gesenkten Kopfes und, ohne auch nur von einer Menschenseele beachtet zu werden, zurück zu seinem bescheidenen Heim nahe dem Weserufer an der Fischpforte.

Margarethe Gänslein hatte soeben neben ihrem alten Secretarius Bennheim Platz genommen, um mit ihm die anstehenden Geschäfte durchzusprechen, als die Köchin Immeke verlegen in der Tür der Schreibstube stand, um der Herrin des Hauses mitzuteilen, dass eine junge Frau eingetroffen sei, die nach der freien Stelle als Dienstmagd frage.

»Kaum haben sie vom Weggang der armen Gerda gehört, da schlüpfen sie auch schon wie die Ratten aus den Löchern«, kommentierte Margarethe ein wenig gereizt, erhob sich aber dennoch, um einen Blick auf das Mädchen zu werfen.

Eine neue Magd war in diesem Hause dringend vonnöten. Selbst dann, wenn es Margarethe gelingen würde, Gerda zurückzuholen, gäbe es genügend für zwei weitere tüchtige Hände zu tun. Außerdem war es besser, die offene Stelle schnell wieder zu besetzen, bevor tatsächlich stündlich ein neues, dümmlich lächelndes Ding mit fragendem Blick vor ihrer Türe stand und die Kauffrau von der Arbeit abhielt.

»Wo ist sie?«, fragte sie, während sie bereits an Immeke vorüberrauschte.

»Sie wartet in der Diele.«

Zunächst hatte Johanna geglaubt, eine Kirche zu betreten, so weit und hoch war der Raum hinter dem großen Eingangstor, durch welches sie die freundliche Köchin hereingebeten hatte. Aber es war weniger die Größe der Diele als vielmehr der sie umnebelnde Duft, der die erstaunte Johanna an ein Gotteshaus erinnerte.

Weihrauch nahm sie wahr, das stand außer Frage. Aber da hingen noch Dutzende, vielleicht sogar Hunderte anderer herrlicher Düfte in der Luft, und die meisten von ihnen waren ihr noch nie zuvor in ihrem Leben in die Nase gestiegen. Teils herb und würzig, teils lieblich und süß zogen sie in unsichtbaren Schwaden durch den Raum und versetzten die junge Frau in nur kurzer Zeit in einen regelrechten Rausch.

Fasziniert schaute sie sich um. Da waren zahllose Kisten und Säcke in der Diele verteilt, allesamt sauber und ordentlich gestapelt, manche waren geöffnet und mit kleineren Säckchen und Kästchen gefüllt. Nahezu willenlos ging Johanna auf einen der Säcke zu und erblickte darin zahllose kleine, schwarze, hakenähnliche, hölzerne Gebilde. Sie griff hinein, nahm eine Handvoll heraus und hielt sie sich unter die Nase.

Lange sog sie mit geschlossenen Augen den unbeschreiblichen Duft dieser Nägelchen ein.

»Gewürznelken«, hörte sie plötzlich eine freundliche weibliche Stimme hinter sich, und schnell ließ Johanna die Häkchen wieder in den Sack zurückfallen. Auch das noch! Man hatte sie beim Herumschnüffeln ertappt.

»Sie stammen von den Molukken. Ein herrlicher Duft, nicht wahr? Manche Leute zünden sie an und atmen dann den aromatischen Rauch ein. Diese hier sind von besonders hoher Qualität.«

Nun trat die Frau neben Johanna und griff ihrerseits in den Sack, um sich einige der Nägelchen unter die Nase zu halten.

»Wir verfügen in diesem Hause über einen Gewölbekeller und einen riesigen Speicher, aber weder oben noch unten kann ich dieses kostbare Gut aufbewahren. Im Keller fängt es an zu modern, und auf dem Speicher werden wir der Ratten und Mäuse nicht Herr, die sich daran gütlich tun. Selbst Katzen, welche wir zu diesem Zwecke eingesetzt haben, fanden schnell Geschmack an dem einen oder anderen Gewürz, oder schlimmer gar, sie verrichteten ihre Notdurft in den kostbaren Waren. Nun, deshalb lagert mein ganzes Hab und Gut hier offen in der Diele und empfängt einen jeden eintretenden Gast auf immer dieselbe Art und Weise: mit seinem faszinierenden Duft. Obgleich einigen durchaus schon übel von dem intensiven Geruch geworden ist.« Dann lächelte sie und fuhr fort: »Mein Name ist Margarethe Gänslein, Kaufmannswitwe und Bürgerin der Stadt Hameln. Und mit wem habe ich es zu tun?«

Johanna vergaß in ihrer Verwirrung völlig zu antworten. Stattdessen starrte sie die Frau mit großen Augen an.

Sie war groß und schlank, und ihr Gesicht glich dem einer Marienfigur. Ihre Haut wies bereits einige kleine Runzeln auf, war aber ansonsten so ebenmäßig und fein, dass sie selbst in dem Halbdunkel der Diele zu strahlen schien. Sie hatte wunderschöne, kluge, braune Augen, und ihr blondes Haar trug sie gescheitelt unter einer schlichten, aber dennoch kostbar wirkenden, runden Haube. Auch ihr Gewand war schlicht, obgleich aus erlesenem, dunkelbraunem Tuch geschneidert. Johanna konnte nicht anders, als diese wunderschöne Dame schweigend zu betrachten.

Margarethe hingegen war amüsiert.

Wieder einmal so ein törichtes Ding. Nun ja, bei Gerda war es nicht anders gewesen. Was wollte man auch erwarten? Hauptsache war, dass sie fleißig die ihr gestellten Aufgaben verrichtete, keine langen Finger machte und auch die Finger von den Mannsbildern ließ, denn auf weiteren Ärger wegen einer schwangeren Magd wollte sie gerne verzichten.

Nett sah sie aus, hübsch sogar. Ein wenig blass um die Nase, mit rissiger Haut und fettigem, aschblondem Haar, aber unter diesen Mängeln, die sich schnell beseitigen ließen, war sicherlich ein mehr als ansehnliches Gesicht zu finden. Und so dümmlich sie nun auch reagierte – im Grunde reagierte sie gar nicht –, verrieten ihre großen, dunkelgrünen Augen dennoch, dass vielleicht sogar mehr von ihr zu erwarten war. Ja, vielleicht war sie einfach nur überwältigt und ein wenig schüchtern, denn der Kleidung nach zu urteilen, handelte es sich bei ihr nicht um ein Gewächs der Stadt. An ihren Händen erkannte Margarethe sogleich, dass da ein Bauernmädchen vor ihr stand, wobei Mädchen nicht die richtige Bezeichnung war. Es handelte sich hier, anders als bei der blutjungen Gerda, um eine Frau, eine hoffentlich erfahrene Frau von mindestens achtundzwanzig Jahren.

»Johanna«, antwortete sie schließlich doch noch, und Margarethe nickte.

»Von wo kommt sie?«, fragte die Hausherrin nun in einem eher kühleren Ton.

»Aus dem Umland.« Johanna blieb absichtlich ungenau in ihrer Antwort.

»Ist sie etwa jemandem davongelaufen?«

Jetzt wurde es heikel. Johanna wusste, dass Stadtluft frei machte, sie wusste aber auch, dass nicht jeder Bürger einer Stadt gewillt war, einen flüchtigen Hintersassen zu beschäftigen, da ein Jahr lang stets damit zu rechnen war, dass er von seinem alten Herrn ausfindig gemacht und zurückgeholt werden könnte.

»Mein Herr ist verstorben, und somit bin ich ohne Arbeit.«

»Er wird doch aber einen Erben haben«, entgegnete Margarethe.

»Man benötigt meine Arbeit nicht mehr.« Erneut fiel die Antwort Johannas knapp aus.

»Rätselhaft. Aber gut. Wie sah ihre Tätigkeit bei ihrem vorigen Herrn aus?«

»Amme und Dienstmagd war ich.«

»Amme? Dann hat sie Kinder?«

»Mein Kind hat nur wenige Tage gelebt.«

»Das ist sehr traurig, aber leider nicht ungewöhnlich. So hat sie also ihren Milchfluss genutzt und ist Amme geworden.«

Johanna nickte.

»Was ist mit dem Vater des Kindes?«

»Man hat ihn … Er ist ebenfalls tot. Er starb, noch während ich das Kind unterm Herzen trug.«

»Man hat ihn …? Was hat man ihn?«, bohrte Margarethe weiter. Es war weniger die Neugierde, die sie trieb, als vielmehr der gesunde Menschenverstand, welcher ihr sagte, etwaiges Gesinde fortan genauer zu prüfen, bevor man es in seinen Dienst stellte.

Johanna wurde unruhig und errötete. Nervös wippte sie von einem Bein aufs andere.

»Man hat ihn leblos auf den Feldern aufgefunden«, log sie und blickte dabei auf den blankgefegten, gepflasterten Boden der Diele.

Margarethe musterte sie eine Weile. Sie konnte es sich nicht erklären, aber die junge Frau gefiel ihr. Im Grunde hatte sie keine weiteren Fragen.

»Gut, sie kann bleiben«, sagte sie plötzlich zu Johannas Überraschung. »Am besten, sie geht in die Küche und lässt sich von Immeke ihre Kammer zeigen. Immeke wird sie neu einkleiden und ihr sagen, was es am heutigen Tage für sie zu tun gibt. Außerdem gilt es, sie als Neuankömmling in der Stadt beim Rat anzumelden.«

Dann nickte sie Johanna noch einmal kurz, aber nicht unfreundlich zu und verschwand schnellen Schrittes in einem Raum auf der linken Seite der Diele, dessen Tür alsbald schwer ins Schloss fiel.

Johanna blickte noch lange auf die verschlossene Tür.

Was für eine ungewöhnliche Frau. Kühl und unnahbar, aber dennoch mit einem Blick, aus dem mehr Wärme sprach als aus ihren Worten.

Würde sie sich hier wohlfühlen können?

VI

In den nächsten Wochen lernte Johanna das Leben in der Stadt kennen. Sie hatte schon häufig von dem bunten Treiben hinter den Mauern der umliegenden größeren Siedlungen gehört, wusste, dass es dort zahllose, eng an eng stehende Häuser gab, die verschiedenartigsten Menschen, die unterschiedlichsten Gewerbe, und sie wusste auch, dass man auf den Märkten von Hameln, Minden, Lemgo oder Höxter alles Erdenkliche gegen Geld erwerben konnte. Mit eigenen Augen jedoch hatte sie all das bisher nicht gesehen, und so war es für sie jedes Mal ein großes Abenteuer, wenn sie das Handelshaus ihrer Herrin am Pferdemarkt verließ, um Besorgungen oder Erledigungen in der Stadt zu machen.

Nach nur wenigen Tagen fand sie sich gut zurecht, verlief sich kaum noch und hatte zumindest die größeren Straßen und Gassen bereits allesamt durchschritten.

Die ganze Stadt war von einer Mauer umgeben und mit sage und schreibe zwanzig Wachtürmen versehen. Drei große Tore gab es: das Oster-, das Mühlen- und das Neue Tor. Durch diese strömten die Bauern und Bewohner des Umlands nach Hameln hinein, um auf den Märkten ihre Waren feilzubieten und selbst die Güter des Hamelner Handwerks und der Hamelner Kaufmannschaft zu erwerben. Eine steinerne Brücke erlaubte es auch denjenigen, die jenseits des Weserflusses lebten, gegen einen Brückenzoll in die Stadt zu gelangen. Der große, breite

Fluss begrenzte Hameln im Westen und war vielbefahren, täglich kamen mindestens zwei bis drei große Handelskähne auf ihrem Weg nach Bremen vorbei und wurden in Hameln entladen. Johanna hatte es beobachtet: Sie mussten entladen werden, da es an dieser Stadt kein Vorüberkommen gab. Das berüchtigte Hamelner Loch zwang die Schiffer, einen Halt einzulegen und ihr Frachtgut an Land zu bringen, damit der Kahn mit Hilfe einer Winde das Gefälle überbrücken konnte, welches die Weser zum Glück der Hamelner und unter Fluchen manch eines Hanseschiffers an dieser Stelle beschrieb.

Den ganzen Tag über herrschte ein Wirrwarr an Stimmen und ein Gewusel an Menschen außerhalb und innerhalb der Mauern der Stadt. Sie trieben sich in den großen Straßen wie der Bäcker-, der Oster- und der Baustraße herum, bevölkerten aber auch die kleineren, ärmlichen Mauergassen. Die Türme zweier Kirchen prägten das Bild der Stadt. Zum einen war da die hohe, spitze Kirche, welche unmittelbar neben dem Hause der Herrin stand, zum anderen gab es da dieses breite, imposantere Gotteshaus am anderen Ende der Bäckerstraße – Münsterkirche genannt. Dieser südliche Bereich der Stadt faszinierte Johanna besonders, da er so anders war. Auch hier herrschte ein geschäftiges Treiben, jedoch bemerkte sie rasch, dass die Menschen, die hier lebten, sich von denen im anderen Teil der Stadt unterschieden. Hier begegnete man auf Schritt und Tritt Männern und Frauen in Ordensgewändern, teils prächtig, teils ärmlich – doch allesamt dienten sie offenbar der Kirche, um welche sich hier im Süden alles zu drehen schien.

Es dauerte eine Zeit, bis Johanna sich an die Hektik und vor allem an den Lärm gewöhnt hatte, welcher erst zu später Stunde ausklang, wenn die Tore geschlossen wurden und der Nachtwächter, sein Ruhelied singend, durch die Gassen wanderte. Oft lag sie dann noch hellwach in ihrem sauberen, nach Harz und

Gewürzen riechenden Kämmerlein und konnte ob der vielen, vielen Eindrücke kein Auge zubekommen.

Langsam begann sie sich tatsächlich wohlzufühlen in dieser neuen Welt. Fern von ihrem Dorf, fern von ihrer Vergangenheit und fern von ihren Geheimnissen, die hier niemanden interessierten, denn niemand interessierte sich für Johanna – und das war gut so.

Sie wollte vergessen, nicht mehr an ihr früheres Leben denken. Nicht an ihre traurige, kurze Ehezeit, nicht an ihr totes Kind, nicht an den wollüstigen Ritter Eicheck, nicht an den lieben, kleinen Heinrich und erst recht nicht an das schreckliche Wiedersehen mit Philipp. Doch ausgerechnet an diesen musste sie immer und immer wieder denken. Die Erinnerungen an ihn, alte wie neue, waren in ihrem Kopf so eingebrannt, dass sie oft, tagsüber wie nachts, von ihnen übermannt wurde. Ertappte sie sich dabei, dann verbot sie sich diese Gedanken und versuchte, sich allein auf ihr neues Leben zu konzentrieren, das Leben einer Frau, die sich nun mehr als glücklich schätzen konnte, ein neues, sorgenfreies Dasein als Magd einer betuchten Gewürzhändlerin führen zu dürfen. Was kümmerte sie also das Vergangene? Was kümmerte sie dieser verschwunden geglaubte Junge, der nun als Mann zurückgekehrt war? Was kümmerte sie ihre eigene Schuld an dem, was er einst getan hatte?

Johanna gelang es nach und nach immer besser, die Vergangenheit zu vergessen. Und das lag vor allem an dem Schutz dieses großen, sauberen, reichen Hauses, in dem sie nun lebte. Wie behaglich war es doch, so friedlich nach getaner Arbeit in seinem Bett zu liegen und die Ruhe zu genießen. Niemand pochte grob an ihre Türe, keine schmutzigen Hände griffen nach ihr, kein Kind jammerte des Nachts nach Liebe und Milch. Auch wenn Johanna am Tage hart arbeiten musste, so hatte sie doch wenigstens die Nacht ganz für sich, und sie mochte es gern, in der Dunkelheit den schlurfenden Schritten und dem Summen des Nachtwächters zu lauschen, wenn er einmal wieder bei seinem Gang durch die Stadt das Haus der Margarethe Gänslein passierte.

Auch die Kaufmannswitwe war des Nachts häufig noch wach. Anders als die übrigen Hausbewohner, nutzte Margarethe die Nacht nicht zum Ruhen. Bis in die frühen Morgenstunden saß sie oft in ihrer Schreibstube, um Rechnungsbücher und Wechsel zu prüfen sowie Aufträge an ihre Kontorgenossen in ganz Europa zu schreiben.

»Er tröstet die Seelen, welche nicht zur Ruhe finden, durch seinen frommen Gesang«, sprach Margarethe leise vor sich hin, während sie in ihrer Arbeit innehielt, um ebenfalls dem Singen des Nachtwächters zu lauschen.

Es verging kaum eine Nacht, in der sie diese Worte nicht sprach, es verging aber auch kaum eine Nacht, in der sie nicht bitter darüber schmunzeln musste.

Trost – das war ein Wort, an welches sie gar nicht denken wollte.

Glück wäre ihr sehr viel lieber.

Und nicht etwa das Glück, welches ihr seit Jahren in ihrer Tätigkeit als Kauffrau hold war. Nein, Margarethe sehnte sich nach einer anderen Form von Glück, nach dem Glück, welches man schlicht als Zufriedenheit bezeichnen konnte.

Nach dem plötzlichen Tode ihres Mannes hatte man sie nicht trösten müssen, sie hatte sich schon Jahre zuvor darauf eingestellt gehabt, dass ihre gemeinsame Zeit kurz bemessen war. Reinold war von kränklicher Natur und unstetem Geist gewesen, eine Kombination, welche einen Menschen höchst selten das Greisenalter erreichen lässt. Obwohl er sich längst auf die Arbeit gut organisierter Handelsgesellschaften hätte verlassen können und es nicht mehr notwendig gewesen wäre, als Fernhändler selbst auf Reisen zu gehen, so hatte er es dennoch Jahr für Jahr getan. Unzählige Male hatte er Italien bereist, war gar in Konstantinopel gewesen und selbst im Heiligen Land. All diese Fahrten hatte er zu seinem wirtschaftlichen Nutzen betrieben und sie gleichzeitig damit verbunden, für sein Seelenheil zu sorgen. Einen großen Teil seines Gewinns hatte er in Reliquien investiert, er hatte kaum eine Wallfahrt ausgelassen und verfügte über einen enormen Stapel an Ablassbriefen. Wertloses Papier, dessen unbedruckte Rückseiten Margarethe längst benutzte, um sich darauf geschäftliche Notizen zu machen.

Er war zeit seines Lebens ein Getriebener gewesen, ein Jäger und Sammler, ohne selbst zu wissen, warum er nicht genoss, was er erjagte, und nur stapelte, was er sammelte. Als er starb, hinterließ er ein Vermögen, und auch was sein erkauftes Seelenheil betraf, hätte er sich, den Lehren der Ablassprediger zufolge, keine Sorgen machen müssen. Ja, er hätte, wie der berühmte Johann Tetzel zu sagen pflegte, selbst der Mutter Gottes ein Leid antun können, und dennoch hätten dem Kaufmann Reinold Gänslein die Pforten zum Himmelreich weit offen gestanden. Doch nichts war ihm jemals genug gewesen, und so war er, als ihn eine einfache Erkältung nach und nach dahinraffte und er Tage und Nächte in seinem elenden Zustande damit verbrachte, zusammen mit einem Mönch zu beten, schließlich mit einer entsetzlichen Angst in den Augen gestorben.

Und diese Angst hatte daher gerührt, dass er sich eines in seinem erfolgreichen Leben niemals hatte kaufen können: Seelenfrieden.

Margarethe wollte es anders machen. Als sie die Geschäfte übernahm, war es für sie unausweichlich gewesen, neue Handelskontakte aufzubauen und Gesellschaftern, Fuhrleuten sowie Unterkäufern blind zu vertrauen, auch wenn dies in ihrer Unerfahrenheit zunächst zu zahlreichen Verlustgeschäften geführt hatte. Es war schon ungewöhnlich genug, dass sie als Frau die Fernhandelsgeschäfte ihres Mannes weiterführte, aber als Kauffrau allein in der Weltgeschichte herumzureisen, das wäre des Ungewöhnlichen zu viel gewesen und hätte sich für eine trauernde Witwe wahrlich nicht geziemt. Sie hatte schon zu Lebzeiten Reinolds alle schriftlichen Aufgaben übernommen und wusste, trotz ihrer adeligen Erziehung nach höfischer, ritterlicher Kultur, sehr bald einen äußerst vernünftigen, bürgerlichen Sinn fürs Geschäftliche zu entwickeln. Ihre bescheidenen Lateinkenntnisse hatte sie ausgebaut und dazu genutzt, Italienisch zu lernen, um selbst mit venezianischen Händlern zu kommunizieren. Überall auf dem Kontinent besaß sie mittlerweile Bekannte und Informanten, welche die Hamelner Witwe in allen Entwicklungen des Gewürzhandels in schriftlicher Form auf dem Laufenden hielten. Dies geschah nicht ohne Eigennutz, man ließ sich bezahlen; und häufig war Margarethe auch übelst betrogen und hinters Licht geführt worden. Doch diese Niederlagen wogen nur gering im Vergleich zu dem Zeitverlust, den sich Reinold durch sein monatelanges Fernbleiben erlaubt hatte, und zu der Tatsache, dass es ihm aufgrund seines Dranges, alles selbst in die Hand zu nehmen, niemals gelungen war, seine Waren gleichzeitig aus verschiedenen Quellen zu beziehen. Margarethe trieb von ihrem Schreibtisch aus den Handel nicht nur über die immer träger werdende Hanse, nein, sie bezog ihr Handelsgut mitunter unmittelbar aus Venedig, Antwerpen und jüngst sogar aus Lissabon. Die Portugiesen waren die neuen Herren der Ozeane, denn sie hatten in den letzten Jahrzehnten bis dato unbekannte Seewege entdeckt und waren, anders als die Venezianer, nicht auf den Zwischenhandel mit syrischen Karawanenführern angewiesen, sondern deckten sich unmittelbar vor Ort in Indien und Afrika mit Gewürzen ein, was sich in einem sehr viel günstigeren Weiterverkaufspreis niederschlug.

Doch Margarethe war in den letzten Jahren nicht nur erpicht darauf gewesen, ihre Güter möglichst günstig einzukaufen – mehr noch lag ihr daran, sich darum zu kümmern, dass man die erlesenen Gewürze vor Ort in Hameln auch möglichst rasch wieder loswurde. Allein das Vertreiben solch teurer und wertvoller Waren stellte eine Kunst an sich dar, denn nicht jedermann verfügte über den notwendig prallen Geldbeutel, um seine Speisen mit exotischen Gewürzen schmackhafter zu machen. Gastmahle, auf denen möglichst fremdartig und dazu stark gewürzte Gänge angeboten wurden, waren eine Frage des Ansehens, doch nicht viele konnten sich das leisten, und somit war es wichtig, einen möglichst großen Stamm an möglichst betuchten Kunden an sich zu binden. Die durchaus reiche, aber dennoch zahlenmäßig beschränkte Bürgerschaft der Stadt Hameln reichte dazu nicht aus. Margarethe lieferte über Unterhändler auch an umliegende Adelshöfe, an Klöster und in benachbarte Städte wie Braunschweig, Lemgo, Göttingen und gar bis ins weit entfernte Paderborn. Ja, sie hatte es in den wenigen Jahren nach dem Tode Reinolds fertiggebracht, das Warenkontingent an Masse und Vielfalt zu vergrößern und zudem den Vertrieb ihrer Gewürze und sonstiger Luxusgüter zu erweitern.

Das alles war ihr gelungen. Sie hatte ihren eigenen Weg gefunden. Und das war allein ihrem Mut, ihrem Ehrgeiz, ihrem klaren Verstand und ihrer durch keinerlei abergläubisches Gewäsch zu trügenden Vernunft zu verdanken gewesen.

Doch eines war bei all dem Treiben auf der Strecke geblieben: Margarethe hatte es ebenfalls nicht geschafft, zufrieden zu sein.

Mittlerweile fühlte sie sich nicht weniger getrieben als ihr Gatte Reinold. Anders als ihm jedoch ging es ihr nicht um die Erlangung des himmlischen Seelenheils, sie kämpfte allein um eines: um irdisches Glück. Doch wie dieses irdische Glück aussehen sollte, das wusste sie selber nicht. Dennoch suchte sie danach.

Und darum saß sie Nacht für Nacht über ihren Güterverzeichnissen und Rechnungsbüchern, darum stritt sie Woche für Woche mit den Ratsherren um die Bestätigung ihrer Person als anerkannte Kauffrau der Stadt Hameln, darum wurde sie immer verbitterter, darum lachte sie immer weniger, während ihr Hab und Gut wuchs und wuchs. Ja, der Bürgermeister hatte nicht unrecht gehabt, als er sagte, sie sei flatterhaft in ihren Launen. Das war sie tatsächlich, das spürte sie selbst. Sie wollte sich nicht als alternde Frau fühlen und wollte auch nicht glauben, dass die Schwankungen des Gemütes daher rührten, dass ihre fruchtbaren Jahre nun bald zu Ende gingen. Genauso wenig hatten diese Schwankungen allein damit zu tun, dass der gesellschaftliche und wirtschaftliche Ehrgeiz der Witwe unersättlich war. Margarethe wusste, dass ihre wechselnden Launen selbst dann nicht nachlassen würden, sollte ihr eines Tages die erstrebte Anerkennung gewährt werden. Nicht einmal dann, wenn sie es bis zur Bürgermeisterin der Stadt und zur Hoflieferantin des Kaisers brächte. Was nutzte all der Reichtum und die Ehre, wenn man es nicht teilen konnte? Immer häufiger ertappte sie sich in den letzten Monaten dabei, wie sie ihr Gesicht eingehend im Spiegel betrachtete. Sie wusste, dass man ihr die Jahre nicht ansah, sie wusste aber auch, dass die Jahre dennoch dahinschwanden, ohne dass es ihr bisher in ihrem Leben vergönnt gewesen war, etwas zu geben und zu erhalten, was mit Geld nicht zu bezahlen war.

Seit nunmehr fünf Jahren war Reinold tot. Er war ihr ein guter Freund gewesen, aber kein Ehemann. Sie hatte ihn geachtet, gemocht, aber niemals von Herzen geliebt oder gar begehrt. So manches Mal hatte sie es sich gewünscht, hatte es sich eingeredet und versucht, auch ihn davon zu überzeugen, dass sie nicht nur geschäftlich zusammengehörten. Doch es war ihm noch weniger möglich gewesen als ihr. Mit der Zeit hatte sie schmerzhaft begriffen, weshalb das so war. Sie verzieh ihm und war ihm dennoch all die Jahre treu geblieben, während er seine Handelsfahrten dazu genutzt hatte, um an den verschiedensten Orten der Welt flüchtige Bekanntschaften zu jungen Männern zu pflegen.

Auch während ihres Witwenstandes war sie bislang keiner Versuchung erlegen, hatte keinen um sie werbenden Galan näher als eine Elle an sich herangelassen. Sie sträubte sich gegen jegliche diesbezüglichen Wunschvorstellungen, vertrieb sie regelrecht aus ihrem Kopf, ersetzte sie lieber durch arabische Ziffern und Umrechnungstabellen und versuchte, sich dabei wohlzufühlen. Doch im Grunde ahnte sie längst, was ihr fehlte, um zufrieden, ja, um glücklich zu sein. Sie wusste, dass es das profane Gefühl der Liebe war, nach dem sie endlich suchen müsste.

Margarethe schüttelte sich. Ein eiskalter Schauder lief ihr über den Rücken, während sie sich ihrer dummen Gedanken schämte. Gedanken, die ihr immer dann kamen, wenn der Nachtwächter an ihrem Hause vorüberzog und sein tröstendes Liedchen für die Menschen sang, denen Kummer und Sorgen den Schlaf raubten.

Würde er doch endlich damit aufhören und sie nicht von ihrer Arbeit ablenken.

VII

»Hast du etwa niemals von dieser Geschichte gehört?«, fragte die Köchin Immeke Johanna, als sie beide in der Küche des Gänslein-Hauses damit beschäftigt waren, das Mittagsmahl zuzubereiten.

Es war eine riesige Küche. In keiner Weise mit dem schmutzigen, düsteren Loch zu vergleichen, in welchem Johanna ihrem ehemaligen adligen Herrn seine Speisen hatte bereiten müssen. In diesem Bürgerhaus bestand der Boden nicht etwa aus plattgestampftem Lehm, nein, er war nahezu fugenfrei mit Ziegelsteinen gemauert und stets sauber gefegt. Der Ofen war keine mit Steinen umrandete offene Feuerstelle in der Mitte des Raumes, über der ein einfacher Kessel hing – es war ein tischartiger, hüfthoch gemauerter Herd, der in einer Ecke der Küche angebracht war und über den ein ebenfalls gemauerter Rauchabzug nach oben ging. Das Beste jedoch an diesem wunderbaren Raum war die Tatsache, dass er über fließendes Wasser verfügte. Vom Hinterhof aus wurde über den dort gegrabenen Brunnen frisches, klares Wasser unmittelbar in ein steinernes Becken geleitet. Diese Küche bot alles, was das Herz einer Köchin und einer Dienstmagd begehrte: Unzählige Pfannen, Töpfe, Kessel, Siebe, Bratroste und -spieße, Hackmesser, Mörser und Krüge standen ihnen zur Verfügung, ganz zu schweigen von den erlesenen Lebensmitteln, die es zu verarbeiten galt. Fleisch und Brot wurden täglich frisch geliefert, Kuchen wurde gebacken, es gab stets frisches Obst und Gemüse, und das in Sorten, welche Johanna niemals zuvor unter die Augen oder gar zwischen die Zähne geraten waren.

Die Herrin musste wahrlich eine reiche Frau sein.

»Nein, ich habe niemals davon gehört. Das ist ja ganz entsetzlich. Wann ist das geschehen?«, antwortete Johanna nun auf die Frage der guten Immeke.

»Das ist schon eine Weile her. Frag mich nicht, wann genau, aber niemand von denen, die es miterlebt haben, dürfte noch am Leben sein. Hundert, zweihundert Jahre, vielleicht gar mehr, sind seither ins Land gezogen.«

»Und damals sind wirklich alle Kinder aus der Stadt verschwunden?«, fragte Johanna ungläubig.

»Ja, und das war ein großes Unglück für die Stadt Hameln. Durchs Ostertor sind sie ausgezogen, niemand konnte sie aufhalten. Noch immer ist es den Menschen ein Anliegen, allen Fremden von diesem Schrecken zu berichten.«

»Aber warum sind sie denn so einfach fortgegangen?«

Die Köchin schüttelte betreten den Kopf, sie wirkte so traurig, als sei ihr eigener Sprössling unter den Ausreißern dieser Legende gewesen.

»Das weiß man nicht. Der Viktor jedoch – du wirst ihn sicherlich bald kennenlernen, das ist der Laufbursche des Ratstubenwirts, ein alter Laufbursche von sicherlich fünfzig Lenzen ...« – Johanna bemerkte, dass sich das rosige Gesicht der guten Immeke bei der Erwähnung des Namens »Viktor« plötzlich purpurrot färbte –, »... nun, der Viktor hat da kürzlich etwas herausgefunden.«

»Herausgefunden? Nach so langer Zeit?« Johanna war gespannt.

»Er sprach von einem Rattenfänger, der die Kinder mit sich

genommen hat. Flöte habe er gespielt, so schön und betörend, dass die Kleinen ihm wie die Nachtwandler gefolgt seien.«

»Das ist ja schaurig. Und was hat der Rattenfänger dann mit den Kindern gemacht?«

»In einen Berg soll er sie geführt haben, und niemals mehr hat man sie gefunden. So erzählt Viktor zumindest.«

»Aus welchem Grund sollte er so etwas getan haben?«

»Vergeltung. Der Bürgermeister hatte ihm einen ganzen Batzen Gold versprochen, wenn er die Stadt von einer Rattenplage befreit. Das hat der Flötenspieler auch getan, aber als die Ratten fort waren, wollte der Bürgermeister nichts mehr von seinem Versprechen wissen und hat den Kerl einfach fortjagen lassen. Doch dann ist er eines Tages zurückgekehrt und hat alle Kinderlein geholt. So zumindest erzählt Viktor.«

»Und Viktor erzählt viel, wenn der Tag lang ist«, mischte sich plötzlich eine dritte Stimme ein. Es war die Herrin. Sie hatte sich unbemerkt genähert und gelauscht. Johanna beeilte sich, emsig weiter den Kohl zu hacken, während es Immeke gelang, sogar noch roter als purpurrot zu werden.

»Dass zahlreiche Hamelner Kinder vor weit mehr als zweihundert Jahren die Stadt verlassen haben, das ist eine altbekannte Legende«, berichtete Margarethe gutgelaunt, während sie zu dem großen Holztisch in der Mitte des Raumes ging, um sich mit den Fingern eine süße, eingelegte Kirsche aus einem Topf zu nehmen. »Doch dass da ein pfeifender Rattenfänger seine Finger im Spiel hatte, das halte ich wieder für eine der vielen, phantastischen Geschichten des guten Viktor. Recht amüsant ist es jedoch schon. War er es nicht auch, der vor einigen Jahren felsenfest behauptet hatte, auf dem Grund des Brunnens in der Fischpfortengasse lebe ein Basilisk, dessen giftiger Atem schon einige Menschen das Leben kostete?« Margarethe schüttelte lachend den Kopf und griff erneut in den Kirschtopf.

»Mit Verlaub, meine Herrin«, sagte Immeke, schüchtern auf den Boden blickend. »Aber diesen Drachen hat es tatsächlich gegeben. Mein Vetter Vinzenz war seinerzeit eines seiner Opfer. Er hatte von dem Wasser getrunken und war drei Tage danach an einem entsetzlichen Leiden zugrunde gegangen.«

»Das tut mir leid um ihren Vetter, Immeke. Aber ich für meinen Teil glaube eher an die todbringende Kraft des nach altem Fisch stinkenden, schmutzstarrenden Brunnenwassers als an den giftigen Hauch eines Basilisken.« Und das Thema wechselnd, wandte sie sich an Johanna: »Johanna? Ist sie in der Küche entbehrlich? Dann würde ich sie bitten, mir in meine Kammer zu folgen.«

Johanna nickte Immeke kurz zu. Legte das Hackmesser zur Seite, wischte sich die Finger an der Schürze ab und folgte der bereits aus der Küche hinausgetretenen Herrin hinauf in deren privates Gemach.

Nie zuvor hatte Johanna das Schlafzimmer der Witwe Gänslein betreten. Fast andächtig schritt sie nun über die Schwelle und blickte sich zunächst einmal stumm im Raume um. Es war ein äußerst freundliches Zimmer. Die Wände wurden von teuren Teppichen geschmückt, mehrere edel verzierte, fast mannshohe Truhen zeugten davon, dass die Herrin über eine große Garderobe verfügte, es gab außerdem einen hübschen Tisch, auf welchem allerlei Dosen, Kämme, Bürsten und Spangen lagen, sowie einen riesigen Spiegel, der unmittelbar hinter diesem Tisch angebracht war. Alles duftete herrlich frisch nach blumiger Seife.

Das Imposanteste in diesem Raume jedoch war die Bettstatt. Es war ein riesiger, hölzerner Kasten, der einen großen Teil des Platzes einnahm. An drei Seiten war dieser Kasten verschlossen und sein edles Holz mit kunstvollen Schnitzereien sowie einigen hübschen Bildern versehen. Nur eine Längsseite stand offen und konnte des Nachts mit einem schweren, dunkelblauen Tuch verhängt werden. Nun jedoch war dieses zur Seite geschlagen und gab den Blick frei auf einen riesigen Berg an weichen, seidenen, prall mit Daunen gefüllten, schneeweißen Kissen. Eine Truhe, aus dem gleichen glänzenden Holz wie das Bett gefertigt, ermöglichte der Herrin des Abends, des Nachts oder besser des Morgens, wenn sie müde war, den Einstieg in ihr weiches Lager, welches so weit entfernt vom kalten Boden war, dass es mit Sicherheit äußerst schmerzhaft sein musste, wenn man versehentlich im Schlafe hinausfiel.

Margarethe stand am Fenster, als ihre Dienstmagd den Raum betrat. Mit einem Schmunzeln auf den Lippen beobachtete sie die staunenden Blicke Johannas.

»Der Herr, dem sie bislang gedient hat – welchem Stande gehörte er an?«, fragte sie schließlich.

»Er war ein Ritter«, gab Johanna wahrheitsgetreu zurück.

»Ein Ritter.« Margarethe hob ihre Augenbrauen an. »Es war einst ausgesprochen ruhmreich, ein Ritter zu sein. Doch diese Zeiten sind längst vorüber. Ich nehme an, dass er nicht besonders wohlhabend war.«

Johanna zuckte nur mit den Schultern. Im Vergleich zu dem Leben, in welches sie hineingeboren war, hatte es sich bei Wilhelm von Eicheck um einen äußerst wohlhabenden Mann gehandelt. Immerhin war er Grund- und Burgherr und verfügte zudem über zahlreiches Vieh, darunter zwei edle Streitrösser und eine Meute ausgewählter Jagdhunde. Im Vergleich jedoch zu dem, was sie hier im Hause dieser Bürgersfrau zu sehen bekam, war Ritter Wilhelm wahrlich nicht mehr als ein bettelarmer Habenichts.

»Ich schließe das aus ihrem staunenden Blick. Vieles von dem, was sie in diesem Hause sieht, scheint ihr neu zu sein«, fuhr Margarethe fort und musterte Johanna dabei genau.

»So ist es. Um ehrlich zu sein, ist alles neu für mich. Prächtiger kann es selbst im Hause des Herzogs von Calenberg nicht sein.«

»Da kann ich sie beruhigen«, lachte Margarethe. »Der Herzog versteht es recht wohl, sein Leben weitaus prächtiger einzurichten, als ich es vermag. Dieses Haus glänzt durchaus durch Bescheidenheit. Sie müsste einmal nach Venedig, Florenz oder gar nach Rom reisen, um zu sehen, welcher Prunk auf Erden möglich ist. Gefällt es ihr dennoch in meinem Hause?«

»Ja, unbedingt«, antwortete Johanna rasch.

»Ich habe sie in den letzten Tagen beobachtet. Sie ist eine stille Frau, mitunter ein wenig traurig, wie mir scheint. Fleißig, verständig, und ich gewinne den Eindruck, dass ihr Geist wacher ist, als man zunächst vermuten möchte.«

Johanna wusste nicht, was sie mit diesen Worten der Herrin anfangen sollte, und schwieg, während sie den prüfenden Blick Margarethes auf sich ruhen spürte.

»Sie wird von nun an meine persönliche Magd sein. Ich habe ein neues Gewand für sie schneidern lassen«, sagte die Witwe Gänslein schließlich und deutete auf einen Stuhl, über welchem ein schlichtes, aber fein gearbeitetes, dunkelrotes Kleid, ein blütenweißes Hemd und gleich zwei gestärkte, bestickte Schürzen sowie eine hübsche, helle Haube lagen.

»Sie darf es sofort anlegen und wird mich fortan auf meinen Gängen in die Stadt und auch in die Umgebung der Stadt begleiten.«

Dann nickte sie Johanna freundlich zu und verließ ohne weitere Worte den Raum.

Ungläubig starrte Johanna auf das wunderschöne Kleid. Sollte sie sich jetzt hier, in diesem privaten Gemach ihrer Herrin, entkleiden und in die neuen Gewänder schlüpfen? Johanna zögerte eine Weile und schaute hilfesuchend zur Tür. Doch Margarethe war fort.

Begleiten sollte sie die Witwe. Das war wahrlich eine große Ehre. Leicht strichen ihre rauen Finger über den weichen Stoff.

Das bedeutete, dass sie fortan Zeit allein mit dieser ungewöhnlichen Frau verbringen musste. Ein wenig unwohl war ihr bei diesem Gedanken schon, denn einerseits bewunderte sie die schöne, stolze Margarethe, andererseits flößte sie ihr Furcht ein. Johanna war sich nicht sicher, ob es ihr gelingen würde, der Witwe Gänslein eine gute persönliche Dienstmagd zu sein.

»Wunderschön bist du.«

Immeke staunte, als die verwandelte Johanna nach einer Weile die Küche betrat.

»Hinterherlaufen wird es dir, das Mannsvolk. Nicht einmal deine verstoßene Vorgängerin Gerda kann dir das Wasser reichen. Und das war ein mehr als ansehnliches Mädchen. Komm näher, ich muss dich nur noch richtig schnüren. Das Mieder darf durchaus ein wenig enger sein.«

»Was werde ich denn nun für die Herrin tun müssen, Immeke?«, flüsterte Johanna, während die Köchin damit beschäftigt war, das von Johanna selbst nur schlecht geschnürte Mieder des neuen Gewandes aufzulösen und wieder fester zusammenzuziehen.

»Innerhalb dieser Mauern bist du fortan ihre Zofe, hilfst ihr beim Ankleiden, richtest ihr Bett, säuberst ihre Kammer und ihre Kleider. Und außerhalb des Hauses musst du nichts machen«, antwortete die Köchin hinter Johannas Rücken. »Du bist nur des Anstands wegen bei ihr. Eine Witwe sollte nicht allein das Haus verlassen, sie benötigt eine Begleitung. Die Base der Herrin, die gute Frau Mechthild, weigert sich, und so geht Frau Margarethe meist allein und ab und an halt mit einer Magd hinaus. Von den Beginen aus der Südstadt haben sich schon einige angeboten, doch das will die Herrin nicht. ›Was soll ich mit so einer grauen Maus an meiner Seite?‹, hat sie geschimpft. Ich habe es genau gehört. Sie mag halt auffallen. Und darum trägst du nun dieses hübsche Kleid. Damit will sie die Ratsherren und auch die Stiftsherren ärgern. Denen gilt sie als hochmütig, und anstatt dem bösen Leumund entgegenzuwirken, bestärkt sie sie in ihrer Meinung. So ist sie nun einmal, unsere Herrin. Wunderbar, nun bist du gut geschnürt. Bekommst du noch genügend Luft?«

»Gerade so«, keuchte Johanna. »Ich fürchte nur, dass mir jetzt bei einer unglücklichen Bewegung hier oben alles herausspringen könnte.« Und damit deutete sie auf ihre zusammengepressten Brüste. Immeke zupfte mit ihren geschickten dicken Fingerchen an Johannas Hemd herum, zog es ein wenig mehr unter dem Mieder hervor und bedeckte somit alle Stellen, die unziemlich hätten ins Auge fallen können.

»Nun kannst du dich sogar tief hinabbücken, ohne dass ungewollte Einblicke gewährt werden.«

Die Köchin ging einige Schritte zurück und begutachtete mit untergeschlagenen Armen zufrieden ihr Werk, dann fragte sie: »Wo soll es denn nach dem Mittagsmahl hingehen?«

»Das weiß ich gar nicht«, antwortete Johanna.

»Ich vermute, sie wird entweder den Stiftsherrn Vestiarius aufsuchen, oder aber sie stattet dem entsetzlichen Apotheker Vinsebeck einen Besuch ab. Die leben beide im südlichen Teil der Stadt. Würde sie hier in der Nähe vom Pferdemarkt Erledigungen machen, dann müsstest du sie nämlich nicht begleiten.«

VIII

Johanna begriff sofort, weshalb Immeke den Apotheker Hans Vinsebeck als »entsetzlich« bezeichnet hatte.

Er lebte in einer namenlosen Gasse, unweit der Stadtmauer, im südöstlichen Teil der Stadt. Sein Haus war klein, krumm und hatte sicherlich schon bessere Zeiten gesehen. Das Dach war sogar mit teuren Schieferplatten anstatt mit Stroh gedeckt, doch der Zahn der Zeit hatte schon gehörig zu nagen begonnen, und es sah ganz danach aus, als ob kein Zimmermann oder Baumeister in den letzten zwanzig Jahren Hand an dieses Fachwerkhäuschen gelegt hatte. Unmittelbar hinter der Eingangstüre, die man erreichte, wenn man von der verschmutzten Gasse aus zwei Stufen hinunterging, begann die Offizin, der Verkaufsraum des Apothekers Vinsebeck. Ein Raum, in welchem die Luft zum Zerschneiden dick war und sich aus den eigentümlichsten, beißenden, aber auch aus angenehmen Gerüchen zusammensetzte.

Vinsebeck selbst war hinter einem großen Tisch voller Tiegel, Körbe, Schalen und irdener Gefäße kaum auszumachen. Geschäftig wirbelte er hin und her, stampfte etwas mit einem Mörser klein, huschte dann flink zu einer Waage, um dort ein Pülverchen zu dosieren, und maß im nächsten Moment einen seltsamen, krummen Zweig aufs genaueste aus, um ihn dann an zwei Stellen zu zerschneiden.

Er hatte nicht einmal hochgeschaut, obwohl eine kleine Glocke erklungen war, als die beiden Frauen die Apotheke betreten hatten. Dennoch sagte er plötzlich, ohne auch jetzt seinen Blick zu heben, mit einer erschreckend hellen Stimme:

»Seid gegrüßt, verehrte Frau Margarethe.«

Diese erwiderte nichts weiter als »Vinsebeck« und schaute sich geduldig im Verkaufsraum um, während der Apotheker weiter herumhantierte. Johanna tat es Margarethe mit großer Neugier gleich, denn nie zuvor hatte sie eine Apotheke von innen gesehen. Staunend begutachtete sie einen bereits braun nachgedunkelten menschlichen Schädel, der sie von einem staubigen Holzregal hohläugig angrinste.

Welch armem Verstorbenen der wohl gehört haben mochte? Sicherlich einem Ehrlosen, einem Verdammten, dem es nicht vergönnt gewesen war, seine Gebeine bis zum Tage des Jüngsten Gerichts in geweihter Erde ruhen lassen zu dürfen.

»Buh«, machte es auf einmal neben ihr, und die in Gedanken versunkene Johanna schrie entsetzt auf.

Sie blickte sich erschrocken um, sah aber niemanden in ihrer unmittelbaren Nähe, von dem dieser Ton hätte kommen können. Erst als sie ihren Kopf ein wenig senkte, schaute sie in das Gesicht des lustigen Meisters Vinsebeck. Bisher war ihr nicht aufgefallen, dass es sich bei dem Apotheker ganz offensichtlich um einen Zwerg handelte, welcher sich soeben einen Scherz mit der neuen Dienstmagd der Witwe Pfeffersack erlaubt hatte.

Die Kaufmannswitwe wiederum stand in einer anderen Ecke des völlig überfüllten Raumes und lachte schallend. Auch Johanna begann zu lachen, weniger über den dummen Scherz als vielmehr über das wahrhaft amüsante Erscheinungsbild des kleinen Mannes.

Unter dem Tisch, an dem er soeben noch hantiert hatte, musste ein Podest angebracht sein, denn auf dem Boden stehend, reichte er Johanna nun nicht einmal bis zur Brust, sah aber ansonsten einem normal gewachsenen Mann sehr ähnlich. Sein Gesicht war faltig, in seinen Augen schien ein Schalk zu hausen, und ob sich noch Haare unter der eng anliegenden ledernen Kappe befanden, deren Seiten wie zwei lange Schlappohren bis über die Schultern hingen, das vermochte Johanna nicht zu sagen.

Flink huschte er zu dem Regal mit dem Schädel, stellte sich auf seine Zehenspitzen und nahm eilig den Totenkopf herunter.

»Gut, dass du mich aufmerksam gemacht hast, Mädchen. Es ist längst Zeit für die Fütterung.« Und mit dem Schädel unter dem Arm verschwand er eiligen Schrittes durch eine schmale Hintertür in einen zweiten Raum.

Schockiert blickte Johanna sich nach ihrer Herrin um, welche belustigt in ihren Handrücken hineinkicherte.

Im Nu war der kleine Mann zurück. Seine Miene war ernst und entschlossen, während er sich wieder seiner Arbeit hinter dem Tisch widmete. Seine Gäste schien er völlig vergessen zu haben.

»Vinsebeck, arbeitest du etwa noch immer an dem Homunculus?«, rief ihm Margarethe mit lauter Stimme zu.

»So ist es, gute Frau. Der Homunculus ist nach wie vor meine große Leidenschaft.«

Homunculus?

Dieses Wort hatte Johanna nie zuvor vernommen.

Was war ein Homunculus?

Das hörte sich nach einer schrecklichen Krankheit an. Nach einem eitrigen Hautausschlag oder gar nach einem wuchernden Geschwür an verborgenen Körperstellen.

»Und was ist mit der Alchemie? Hast du sie gänzlich aufgegeben?«, wollte Margarethe nun wissen.

Jetzt hielt der Zwerg für einen kurzen Moment in seiner Arbeit inne und schaute ein wenig betreten zu der Kaufmannswitwe herüber. Dann sagte er rasch: »Zwecklos.«

»Warum das?«, bohrte Margarethe weiter.

»Was, wenn es gelänge? Dann wäre Gold im Nu nicht mehr wert als eine Handvoll Kieselsteine«, erhielt sie zur Antwort.

»Kaufmännisch gedacht. Das gäbe eine herrliche *inflatio,* es sei denn, dir würde es glücken, deine Errungenschaft geheim zu halten«, gab Margarethe zurück.

»Ich kümmere mich lieber um den Homunculus. Denkt Ihr, gute Frau, mich gelüstet es, als Alchemist und Hexenmeister zu brennen?«

»Und du würdest nicht brennen, weiser Vinsebeck, wenn es dir tatsächlich gelänge, deinen Homunculus zum Leben zu erwecken?«

»Ach was. Ist denn etwa Albertus Magnus auf dem Scheiterhaufen gelandet?«, fragte er lapidar.

»Nein, aber auch nur deshalb, weil der große Thomas von Aquin den Homunculus des Albertus erschlagen hat, nachdem er gänzlich außer Kontrolle geraten war. Albertus hat sein Leben der Verschwiegenheit des Thomas zu verdanken.«

»Wäre Thomas verschwiegen gewesen, wüsstet Ihr dann jetzt davon?«, erwiderte Vinsebeck verschmitzt.

»Lassen wir das Gerede über den Homunculus. Ich bin geschäftlich zu dir gekommen, guter Vinsebeck.«

Jetzt ging Margarethe einige Schritte nach vorn, unmittelbar bis vor den Tisch des Apothekers.

»Ich verkaufe nur wenig von Euren Spezereien. Niemand kommt zu mir, um venezianische Seife oder florentinisches Konfekt zu erwerben. Das solltet Ihr besser dem anbieten, dessen Name mir nicht über die Lippen kommen will«, nahm Vinsebeck sogleich jedweden Verkaufsabsichten der Gewürzhändlerin den Wind aus den Segeln.

»Wegen eben diesem bin ich hier. Er soll zurück in der Stadt sein«, gab diese ruhig zurück.

»Was kümmert es mich?«, antwortete der kleine Mann gereizt. »Mein Geschäft hat er ohnehin schon ruiniert. Mehr Schaden wird er nicht anrichten können, der tumbe Scharlatan. Außerdem mag ich keinerlei Gedanken mehr an diesen Menschen verschwenden. Ihr trefft mich damit an einem wunden Punkt, gute Frau.«

»Er stellt auch meinen wunden Punkt dar, Vinsebeck«, erwiderte Margarethe.

»Ach?«, fragte der kleine Mann erstaunt und blickte seinen Gast fast entsetzt an. »Dann wisst Ihr es nun also?«

»Was weiß ich? Dass er auch mein Geschäft zu ruinieren trachtet, indem er ein zweites Gewürzkontor in einer kleinen Stadt wie Hameln aufbauen will? Ja, das weiß ich, Vinsebeck.«

Hans Vinsebeck schien erleichtert. Offensichtlich hatte er befürchtet, dass Margarethe etwas anderes sagen würde.

»Was glaubst du, weshalb er so lange fort war? In Italien, in Flandern? Kontakte hat er geknüpft, Verträge hat er ausgehandelt, und zudem versucht er beim Bürgermeister und seinen Ratskollegen gegen mich zu intervenieren. Das spüre ich. Ich hab es dem Bürgermeister schier an der Nasenspitze angesehen.«

»Aber Margarethe, das ist ein alter Hut. Wir wissen doch schon lange, dass Hasenstock der Drogenhandel allein nicht genügt. Dass er nicht schon längst mehr in Gewürzen gemacht hat, lag allein an seiner kaufmännischen Unfähigkeit. Und auf diese könnt Ihr Euch auch in Zukunft verlassen. Er ist ein Tölpel. Er muss ein Tölpel sein. Bei dem fahrenden Quacksalber Gugelmann hat er vor zwei Jahren für teures Geld Wasser erstanden, das aus dem Jungbrunnen stammen soll. Und anstatt diese aus der Weser geschöpfte Brühe gewinnbringend weiterzuverkaufen – was man ihm bei seiner fehlenden Moral durchaus zutrauen würde –, hat er es selbst getrunken, fässerweise. Besitzt er schon wenig Moral, so besitzt er von einem noch weniger: Klugheit. Dieser Mann stellt für Euch eine solch geringe Gefahr dar, wie er eine Gefahr für Euren Gatten dargestellt hat. Zumindest in geschäftlichen Dingen …«

»Es sei denn, man ernennt ihn zu meinem Vormund«, fügte Margarethe an, ohne auf den letzten, sehr nachdenklich gesprochenen Satz des kleinen Apothekers einzugehen.

»Vormund? Der?« Vinsebeck kratzte sich am Hals, dann sagte er: »Nun ja. Einfluss genug besitzt er, um sich beim Rat gehörig einzuschmeicheln und sich als den geeignetesten Kandidaten an der Seite eines hilflosen und überforderten Weibs zu präsentieren. Zumal er sich ja noch immer gern als Freund und Wegbereiter Eures verstorbenen Reinold ausgibt. Vielleicht, Margarethe, hättet Ihr ihn doch ehelichen sollen, als er nach dem Tode Eures Gatten um Eure Hand anhielt.«

»Das meinst du doch nicht im Ernst, lieber Vinsebeck.«

»Warum denn nicht?« Wieder musterte der kleine Mann die Witwe aufmerksam.

Johanna hatte den Eindruck, er wolle ihr ein Geheimnis entlocken, von dem er sich nicht sicher war, ob sie es überhaupt kannte. Doch Margarethe schien arglos zu sein.

»Weil er ein Widerling ist, ein Mensch, mit dem ich nicht einmal eine halbe Stunde in ein und demselben Raume verbringen kann, ohne nach Luft zu ringen, geschweige denn, dass ich mir vorstellen könnte, mit ihm das Bett zu teilen.«

»Das ist alles?«

»Vinsebeck, was soll die seltsame Fragerei?«, wies Margarethe das Männlein harsch zurecht. »Hören wir auf zu schwatzen, und kommen wir zu meinem eigentlichen Anliegen.«

»Und das wäre, Frau Margarethe?«

»Du musst mich heiraten. Oder zumindest sollten wir eine Verlobung eingehen, so lange, bis mein Neffe zurück in der Stadt ist.«

Johanna schluckte hörbar, sie traute ihren Ohren kaum.

War das möglich?

Hatte sie richtig gehört?

Das konnte doch nichts anderes als ein Scherz sein.

Es musste eindeutig ein Scherz der Witwe gewesen sein, denn auch der Meister Vinsebeck fing mit einem Male herzlich an zu lachen.

»Denke darüber nach! Du bist der einzige vertrauenswürdige Kandidat in dieser Stadt, und es wäre nicht zu deinem Nachteil«, sagte Margarethe ebenfalls mit heiterer Stimme. Dennoch gewann Johanna den Eindruck, dass es ihrer Herrin durchaus ernst war.

Im nächsten Moment stand die Witwe auch schon in der Türe und winkte Johanna zu sich, den noch immer belustigt den Kopf schüttelnden Apotheker zurücklassend.

»Darf ich eine Frage stellen?« Johanna brannte es, seit sie das schäbige Haus des Apothekers Vinsebeck verlassen hatten, auf den Lippen. Erst als sie die zurück zum Pferdemarkt führende breite Bäckerstraße schon zur Hälfte durchschritten hatten, getraute sie sich, Margarethe Gänslein anzusprechen.

»Ja, bitte, frag nur.« Ganz von sich aus war die Herrin am heutigen Tage dazu übergegangen, Johanna nun persönlich und nicht mehr in der dritten Person anzureden. Johanna wertete dies als Zeichen des Vertrauens und fragte nun endlich:

»Was ist ein Homunculus?«

Margarethe stutzte und sagte: »Ich dachte schon, du wagst es, mich nach dem Grund für diesen ungewöhnlichen Antrag zu fragen.« Dann wurde sie mit einem Mal todernst und raunte ihrer Magd leise zu: »Das mit dem Homunculus erzähle ich dir, sobald wir wieder hinter verschlossenen Türen sind. So amüsant diese Angelegenheit einerseits ist, so gefährlich kann sie für den verrückten Vinsebeck werden. Er hat wenige Freunde in dieser Stadt und zum Teil sogar mächtige Feinde.«

Und mit veränderter Stimme fügte sie plötzlich an: »Wenn man vom Teufel spricht …«

Ein großes Getümmel herrschte auf dem Marktplatz, welchen sie mittlerweile erreicht hatten. Zahlreiche Bauern waren aus der nahen Umgebung in die Stadt gekommen, um hier ihre frisch geernteten Überschüsse an Obst und Gemüse sowie Eier und Geflügel feilzubieten, eine Gruppe von Spielleuten führte zu lustiger Musik akrobatische Tänze auf, und zudem hielt es ein dominikanischer Wandermönch für notwendig, lauthals, aber dennoch unbeeindruckend, gegen die neuen Lehren zu wettern. Trotzdem entdeckte Margarethe inmitten all dieser vielen Menschen sofort den einen, welchem sie ganz und gar nicht hatte begegnen wollen.

Den Apotheker und Ratsherrn Peter Hasenstock.

Auch sie wurde ihrerseits entdeckt, und nachdem der wie ein bunter Pfau gekleidete Herr sie zunächst mürrischen, ja regelrecht angewiderten Blickes gemustert hatte, veränderte sich sein Gesichtsausdruck mit einem Mal schlagartig. Eine Reihe weißer, ungewöhnlich gerader Zähne entblößend, schritt er eiligst auf Margarethe und Johanna zu, während die beiden Frauen stehengeblieben waren, um das Nahen dieses Mannes abzuwarten.

Nie hatte Johanna einen derartig auffälligen Gockel zu Gesicht bekommen, ja, treffender war dieser Mann nicht zu bezeichnen. Seine Haare reichten ihm bis zum Kinn und umkränzten sein Gesicht wie eine Haube, ganz so, wie sie es einmal auf einem Flugblatt mit der Abbildung des Kaisers Karl V.

gesehen hatte. Auf dem Kopf trug er einen breiten, samtenen, goldbestickten Hut mit einem ganzen Busch riesiger, bunter Federn, sein karierter Umhang war mit einem breiten Schulterstück versehen, ganz offensichtlich, um den schmächtig gebauten Mann imposanter erscheinen zu lassen. Darunter trug er einen für sein Alter viel zu kurzen, ausladenden Rock, der den Blick auf seine dünnen, in engen, weißen Strümpfen steckenden Beine freigab. Sein Gesicht war blank rasiert und ganz offensichtlich stark geschminkt, denn eine solch ebenmäßige Hautfarbe konnte nicht einmal die schönste und behütetste Jungfrau aufweisen – ja, Johanna glaubte sogar erkannt zu haben, dass selbst seine Lippen und Wangen auf künstliche Weise gerötet waren. Doch all dieser Schmuck und Tand wog in seiner Übertriebenheit nichts gegen den Blick seiner langbewimperten Augen, denen es nicht gelang, sein wahres Wesen hinter einem Schleier von aufgesetzter Höflichkeit zu verbergen.

Kurz: Johanna war dieser Mann, ganz anders als der kauzige Apotheker Vinsebeck, auf Anhieb unsympathisch. Und offenbar ging es ihrer Herrin nicht anders, denn obwohl auch sie eine versucht freundliche Miene an den Tag legte, machte sie, als der Gockel auf die beiden Frauen zukam, dennoch einen verächtlich räuspernden Ton, der ihrer Magd bedeuten sollte, dass die nahende Begegnung eine von der unangenehmen Art werden würde.

»Wie ich sehe, seid Ihr wieder im Lande, Magister Hasenstock. Niemand konnte mir Genaueres über Euren Verbleib und den Zeitpunkt Eurer Rückkehr berichten. Ich machte mir schon ernsthafte Sorgen um Euer Wohlergehen.« Margarethes Stimme klang hochmütig, und es schien ihr zu gefallen, keinen Hehl daraus zu machen, dass ihre Worte geheuchelt waren.

Den Angesprochenen schien dies nicht zu bekümmern, er

verneigte sich vor ihr, als handelte es sich bei Margarethe Gänslein um eine Reichsfürstin.

»Nahezu ganz Europa habe ich bereist, zuletzt das schöne Italien, werte Frau. Ein mitunter gefährliches Abenteuer. Doch das Glück war mir in jeglicher Hinsicht hold. Wen man nicht alles trifft, mit wem man nicht alles Freundschaft schließt, in Verhandlungen tritt, lohnende Geschäfte abschließt …? Vittorio Baresi, seines Zeichens Gewürzhändler aus Venedig, und August Reinbach, Fernkaufmann aus Augsburg, lassen Euch im Übrigen grüßen, gnädige Witwe Gänslein.«

Margarethe kochte innerlich. Also waren ihre Befürchtungen berechtigt gewesen. Hasenstock versuchte, einen Konkurrenzhandel zu dem ihrigen aufzubauen und war nun dabei, sogar ihre mühsam erworbenen Kontaktleute für sich zu gewinnen. Wenn es denn stimmte, was er da sagte. Sie würde noch heute Briefe an Baresi und Reinbach verfassen. Aber konnte man es ihm verdenken? Er war nie ein begnadeter Apotheker gewesen, wie etwa ein Hans Vinsebeck, nein, dazu fehlte Hasenstock das Wissen und auch die Leidenschaft. Er interessierte sich weniger für die Heilkunst als vielmehr für die Verschönerung des Lebens. Und dazu zählten nicht nur Duftwässerchen, abdeckende Gesichtspasten und Lippenrot, sondern auch Luxuswaren wie Gewürze.

Er war nicht der erste Apotheker, der sich auf solche Spezereien spezialisierte. Margarethe selbst belieferte Apothekenhäuser in Lemgo, Göttingen und Hannover mit erlesenen Gewürzen, die nicht allein aus Heil-, sondern vorwiegend aus Genusszwecken verkauft wurden. Doch offensichtlich war ihm das Feilbieten von Gewürzsäckchen in seiner Offizin nicht mehr genug. Er wollte mehr, er wollte seinen eigenen Großhandel, und damit hielt er nicht hinterm Berg. Dennoch sah Margarethe es nicht ein, ihm die Genugtuung ihres offen zutage getragenen

Ärgers zu gönnen. Stattdessen lenkte sie das Gespräch auf ein anderes Thema:

»Ihr seid wahrlich ein mutiger Mann, Magister, wenn Ihr Euch getraut, nach Italien zu reisen.«

Hasenstocks tumbe Miene wurde mit einem Male ernst, ja hässlich, seine Mundwinkel fielen derart nach unten, dass Johanna glaubte, sie träfen sich bald wieder am Kinn.

»Worauf spielt Ihr an?«, fragte er nun mit einer fast dämonisch anmutenden Stimme. »Weshalb sollte ich es nicht wagen dürfen, über die Alpen zu gehen?«

»Nun, dort wütet doch nach wie vor dieser schreckliche Krieg«, antwortete Margarethe, die seltsame Veränderung im Verhalten ihres Gegenübers auf dessen Unwissenheit in politischen Dingen zurückführend.

»Ach, das meint Ihr bloß«, gab er zurück und gewann dabei seine alte Mimik wieder. »Aber diese Auseinandersetzungen betreffen doch nicht uns Handelsleute«, sagte er nun, ihr erneut einen Stich versetzend, indem er sich mit ihr auf eine Stufe hob.

Margarethe nickte nur verächtlich, während er ungerührt fortfuhr zu reden: »Ihr habt jedoch recht, meine Liebe. Rom konnte ich nicht besuchen. Es liegt nach wie vor in Schutt und Asche.«

»Daran habt Ihr gut getan, werter Hasenstock. *Il Sacco di Roma.* Dieser von kaiserlichen Truppen herbeigeführte Alptraum muss die Römer so sehr bestürzt haben, dass sie all ihrer Zivilisation verlustig gegangen sind. Diejenigen, die nach der Verwüstung nicht aus der Stadt geflohen sind, sollen dort nun hausen wie die Tiere. Mord, Todschlag, Raub und Schändung in allen Gassen. Aber wer weiß, mein guter Hasenstock, vielleicht hättet Ihr Euch doch recht wohlgefühlt in der heiligen Stadt?«

»Warum sollte ich mich zwischen Mord und Todschlag wohlfühlen?« Wieder veränderte er seine Miene. Johanna glaubte, dass tiefer Hass aus seinen Augen sprach, doch das schien Margarethe nicht zu bekümmern.

»Ihr habt mich missverstanden. Ich wollte auf die Heiligkeit Roms hinweisen, auf seine herausragende Stellung als Pilgerstätte, an der einem nahezu für jede Sünde Ablass gewährt werden kann.«

Offenbar genoss die Herrin es, diesen Gockel immer mehr in Verlegenheit zu bringen. Ungeduldig begann er nun von einem seiner dünnen Beinchen aufs andere zu wippen, dabei verlor er die Witwe Gänslein jedoch nicht aus den Augen. Ja, er schien regelrecht in ihrem Gesicht zu forschen.

»Was kümmert uns das ferne Italien, gute Frau?«, sagte er schließlich und schaute dann gespielt überrascht an Margarethe vorbei, um sofort zu rufen: »Oh, ich sehe, da geht mein Freund und Ratsherr Walter. Entschuldigt mich, es gibt Dringendes mit ihm zu bereden.« Ihre Hand nehmend und küssend, eilte er schließlich mit den Worten »Wir werden uns in Bälde wiedersehen, Gnädigste!« davon.

Margarethe schaute sich belustigt um. Von dem Ratsherrn Walter war nicht die geringste Spur zu sehen.

Dieser Hasenstock war und blieb doch nur ein aufgeblasener, hohler Gockel, vor dem man sich nicht zu fürchten brauchte. In geschäftlichen Dingen würde sie es leicht mit ihm aufnehmen können, solange er nicht zu ihrem Vormund ernannt wurde. Das allein galt es zu verhindern. Aber vielleicht war auch in dieser Hinsicht ihre Sorge übertrieben. Vielleicht ließ sich der Rat noch eine Weile hinhalten, und vielleicht war sie zu voreilig gewesen, Vinsebeck heiraten zu wollen. Doch Vorsicht war stets besser als Nachsicht, und sie würde Peter Hasenstock, den sie nie hatte ausstehen können, gut im Auge behalten.

Ein wenig erleichtert setzte sie nun, Johanna freundlich zuzwinkernd, die letzten Schritte bis zu ihrem Hause fort.

»Ein Homunculus ist ein vom Menschen erschaffenes, menschenähnliches Wesen«, antwortete Margarethe auf Johannas Frage, sobald sie in die Diele des Kaufmannshauses eingetreten waren und die schwere Tür hinter ihnen ins Schloss gefallen war. Sie streifte ihren pelzbesetzten, dunkelbraunen Umhang ab, reichte ihn Johanna und ging sofort in ihre angrenzende Schreibstube, die Magd hinter sich herwinkend.

Mit einem Nicken bedeutete sie Johanna, auch die Tür zur Schreibstube zu schließen. Der Secretarius Bennheim war an diesem Tage nicht anwesend. Es handelte sich bei ihm um ein bescheidenes, dünnes, altes Männlein, welches den Titel eines Sekretärs nicht wirklich verdiente, denn Bennheim hatte niemals eine Schule besucht, hatte es jedoch vollbracht, sich schon als Knabe selbst das Lesen, Schreiben und Rechnen beizubringen. Fähigkeiten, die in einer kleinen, abgelegenen Stadt wie Hameln jedoch recht selten unter den einfachen Leuten zu finden waren und den guten Mann schließlich mehr als ausreichend dazu qualifizierten, auf Anraten Margarethes seine Arbeit in der Sägemühle niederzulegen und in die Dienste der reichen Kaufmannswitwe zu treten. Seither war der spätberu fene Schreiberling der schönen Witwe treu ergeben und zu ihrer unabkömmlichen rechten Hand geworden. Dennoch erledigte Margarethe die meiste Schreibarbeit nach wie vor selbst und war mitunter froh, wenn sie den alten Secretarius auf Geschäftsreise in eine der Nachbarstädte schicken konnte und somit ihre Schreibstube für sich allein hatte.

Laut aufatmend, setzte sie sich auf einen weich gepolsterten, mit hohen Armlehnen versehenen Stuhl hinter dem mit unzähligen Papieren übersäten riesigen Tisch, während Johanna noch immer mit dem kostbaren Umhang über dem Arm an der Türe stand.

Was hatte Margarethe Gänslein da soeben gesagt?

Ein Homunculus war ein von Menschenhand erschaffenes, menschenähnliches Wesen?

Das war Teufelei.

Ohne Frage, es war eindeutig Hexenwerk, was der Zwerg Vinsebeck da in seinem Hinterzimmer betrieb.

Wenn es denn der Wahrheit entsprach – denn Johanna traute sowohl ihrer Herrin als auch dem lustigen Zwerg zu, dass sie sich einen Spaß daraus machten, die neue Magd für dumm zu verkaufen.

Johanna spürte wieder einmal den stummen Blick Margarethes auf sich ruhen. Sie versuchte schon lange, sich an diesen bohrenden Blick, der ihrer Herrin so zu eigen war, zu gewöhnen. Margarethe Gänslein prüfte nun einmal alles haargenau, nicht nur ihre Wechsel und Waren, nein auch ihre Mitmenschen. Zunächst hatte Johanna diese Eigenschaft als unangenehm empfunden, gar als böswillig. Aber mittlerweile hatte sie erkannt, dass nichts anderes als Vorsicht dahintersteckte – Vorsicht und Verletzlichkeit.

»Aber der Apotheker Vinsebeck versucht das nicht wirklich?«, stotterte sie schließlich.

»Durchaus versucht er es. Jedoch recht erfolglos, wie mir scheint. Wie auch sollte so etwas gelingen?«, antwortete Margarethe, aus ihrer prüfenden Starre erwacht.

»Aber wie macht er das, wenn ich fragen darf?«

»Das interessiert dich, nicht wahr? Was glaubst du, wie sehr es alle anderen interessieren würde, wenn sie davon erführen? Schweig bloß stille darüber, sonst geht es dem armen Vinsebeck gehörig an den Kragen. In dieser Stadt haben durchaus schon Leute gebrannt.«

Johanna blickte nach den ermahnenden Worten Margarethes betreten zu Boden. Sie hatte sich mit ihrer Neugierde offenbar zu viel herausgenommen.

»Er versucht es bisher nur an Katzen und Hunden.« Die Stimme der Kaufmannswitwe klang wieder etwas versöhnlicher. »Doch allein das würde ausreichen, um ihn anzuklagen. Also Stillschweigen, Johanna, hast du verstanden?«

Johanna nickte.

»Vinsebeck«, fuhr Margarethe fort, »ist ein originelles, buntes Kerlchen. Ich mag ihn sehr gern, auch wenn ich annehmen muss, dass sein Geist mitunter verwirrt ist. Doch wer von uns ist frei von verrückten Gedanken? Er tötet halt räudige Katzen und streunende Hunde und versucht, sie dann wieder zum Leben zu erwecken. Ja, er behauptet sogar, es sei ihm bereits gelungen, und er werde nun zum Nächsten schreiten. Das halte ich für einen makabren Scherz. Nichts weiter. Doch spielt er mit derlei Scherzen Leuten in die Arme, die es nicht gut mit ihm meinen. Leute wie den Herrn, welchem wir soeben begegnet sind.«

»Auch Ihr versteht Euch nicht gut mit diesem anderen Apotheker, Herrin.«

»Werde nicht unverschämt«, herrschte Margarethe Johanna an, welche sich vor Schreck sofort eine Hand vor den Mund hielt, wobei der wertvolle Mantel zu Boden fiel. Margarethe stand auf und ging auf Johanna zu, doch anstatt ihr eine Ohrfeige zu geben, hob sie den Umhang auf, legte ihn über einen Stuhl und nickte Johanna fast ein wenig traurig zu.

»Du hast ja recht, Johanna«, sagte sie dann leise. »Ich weiß, dass ich es nicht besser mache als Vinsebeck. Zwar versuche ich mich nicht darin, dem Schöpfer ins Handwerk zu pfuschen, aber dennoch begebe ich mich mit meinem Starrsinn und meinem Hochmut in nicht minder große Gefahr. Man duldet mich, ja, aber man liebt mich nicht. Und dulden wird man mich auch nur so lange, wie meine Fuhrwerke genug Waren auf die Stadtwaage bringen. Ein misslungener Handel oder ein Monat Bettlägerigkeit, und sie verjagen mich wie eine tollwütige Hündin. Ich bin allein. Ich habe keine Familie hier, keine einflussreiche Sippschaft, keinerlei verwandtschaftliche Verbindungen zum Patriziat oder zu den Gilden, und somit genieße ich auch keinen Schutz. Ich bin allein. Und das ist meine eigene Schuld. Ich hätte es anders haben können, aber ich wollte es nicht. Ich suche die Einsamkeit und empfinde sie dennoch als unerträglich. Ist das nicht seltsam?«

Johanna wusste nicht, was sie zu diesen unerwartet offenen Worten sagen sollte. Sie fürchtete sich, wieder zu forsch zu sein und die Herrin erneut zu erzürnen. Deshalb schwieg sie.

»Ach, was rede ich denn da?«, lachte Margarethe nun etwas verlegen auf. »Du hast noch reichlich zu tun, und auch ich habe Korrespondenz zu erledigen. Würde doch zu gern wissen, welchen Eindruck der gute Hasenstock auf meine Freunde Baresi und Reinbach gemacht hat.«

Und mit einer nicht unfreundlichen, aber deutlichen Kopfbewegung wies sie Johanna nun an, den Raum zu verlassen.

IX

Herrin, ich kann das nicht tun.«

»Aber gewiss kannst du das. Was ist denn schon dabei? Eine kurze Handbewegung, und die Sache ist erledigt.«

»Die gute Frau Mechthild wird sicherlich wütend sein.«

»Ach was. Zorn ist eine Gefühlsregung, welche meiner liebenswerten Base vollkommen fremd ist. Einsicht hingegen ebenso. Hunderte Male habe ich ihr dazu geraten, doch sie wollte nicht auf mich hören. Jetzt jedoch wird es höchste Zeit! Wirf nur einen Blick vor die Tür, hinauf zum Dach der Kirche, Johanna, sie versammeln sich bereits alle. Hörst du nicht den Lärm, den sie machen? Wenn wir jetzt nicht handeln, dann ist es zu spät, und er wird elendig vor Einsamkeit zugrunde gehen.«

»Nun gut.«

Johanna verließ die Diele, in welcher Margarethe zusammen mit ihrem Secretarius den Warenbestand prüfte, und machte sich auf den Weg auf die Galerie, von wo sie die Kammer betreten konnte, welche die Witwe Mechthild nur zu drei Zwecken verließ: zum Gang in die Kirche, zum Gang in ihre Bettstatt und zum Gang ins heimliche Gemach, das im Hinterhof untergebracht war. In ebendieses hatte sie sich vor kurzer Zeit begeben, und aus Erfahrung wussten Margarethe und auch Johanna, dass eine solche nachmittägliche Sitzung bei der lieben Frau Mechthild eine ganze Weile in Anspruch nahm. Zeit genug, um ein längst fälliges Vorhaben in die Tat umzusetzen.

Johanna schlich vorsichtig in die überheizte Kemenate, in welcher Mechthild tagaus, tagein auf der gemütlichen Fensterbank in ihrem Erker saß, stickte, nähte, den Rosenkranz betete oder einer äußerst zweifelhaften Tätigkeit, nämlich der Beschäftigung mit Los- und Wahrsagebüchern, nachging. Dieser Aberglaube war neben ihrer Putzsucht die einzige Sünde der herzensguten Frau, es sei denn, man zählte ihre Gewohnheit, jeden Tag der Gesundheit wegen mindestens einen Löffel Branntwein zu schlürfen, ebenfalls zu den bußfertigen Taten.

Mechthild war also nicht im Raume, und auch ihre Freundin, die schroffe Begine Regine, wurde an diesem Tage nicht erwartet, sodass Johanna ungehindert ihren Auftrag erledigen konnte. Ein Auftrag, der ihr persönlich nicht einleuchtete, welcher jedoch Margarethe ein großes Anliegen war.

Der Käfig stand ebenfalls auf der Fensterbank, das Fenster jedoch war verschlossen und musste erst mühsam geöffnet werden, um dem kleinen Ding die Freiheit zu schenken. Es war ein Star – einer von der Sorte Vögel, wie sie sich seit zwei Tagen auf den Dächern der umliegenden Häuser und auf dem Turm der Nicolaikirche versammelten, um gemeinsam ihre Reise in den Süden anzutreten. Mechthild hatte diesen kleinen Vogel im Frühjahr von dem Stiftsherrn Vestiarius geschenkt bekommen. Ein kleiner Begleiter und Zeitvertreiber für die alleinstehende Frau sollte es sein, welche, so anders als ihre geschäftige Base, in reiner Kontemplation und Abgeschiedenheit einem idealen Witwendasein nachging.

Johanna hatte das Fenster bereits geöffnet und steckte den Kopf heraus, um nachzusehen, wo sich die Artgenossen des Vögelchens aufhielten. Sie waren nicht zu verfehlen. In fast bedrohlichen Mengen hockten sie überall und ließen so manchen Marktbesucher schimpfen, da sie nicht nur entsetzlich laut waren, sondern nicht selten ein unwillkommenes Muster auf Kappen, Hauben oder Mänteln der Leute hinterließen.

»So, jetzt flieg!«, rief Johanna, während sie den winzigen hölzernen Käfig aus dem Fenster hielt und dessen kleine Klappe öffnete.

Es dauerte eine Weile, bis der Gefangene sich dazu entschloss, sein vertrautes Heim zu verlassen, und als er endlich hinaushüpfte, wäre er sogar beinahe abgestürzt, so wenig Übung besaß er darin, frei zu sein. Doch zu Johannas Erleichterung fing er sich schnell wieder und flog dann so eilig davon, dass es ihr nicht gelang, seinen Weg zu verfolgen.

Johanna blieb noch eine Weile am Fenster und schaute etwas verträumt hinaus, doch dann entsann sie sich, dass Frau Mechthild nun wirklich bald von ihrem heimlichen Gang zurückkehren müsste, und sie empfand wenig Lust, für die Befreiungstat verantwortlich gemacht zu werden. Diese Bürde sollte die Herrin auf sich nehmen.

Gerade wollte sie das Fenster wieder schließen, da fiel ihr Blick auf einen Mann, der soeben unmittelbar unter dem Kaufmannshaus entlangging. Er war hochgewachsen und schlank und trug ein langes, schwarzes Gewand, wie es üblich für Amtspersonen oder Angehörige gelehrter Berufe war. Selbstbewusst schritt er einher, und es gab kein Weibsbild, welches dieser Erscheinung einen anerkennenden Blick versagte. Vor der Türe des Gänslein-Hauses blieb er stehen und ging einige Schritte zurück, um es in seiner ganzen Pracht in Augenschein zu nehmen. Dabei fiel sein Blick unweigerlich auch auf das geöffnete Fenster, aus dem sich eine Magd mit einem leeren Vogelkäfig in der Hand lehnte.

»Oh, Schreck«, entfuhr es Johanna.

Sie beeilte sich, vom Fenster zu verschwinden. Hinter dem Vogelkäfig ihr Gesicht verbergend, stolperte sie rücklings in den Raum, fiel dabei sogar unsanft aufs Hinterteil, raffte sich aber rasch auf und ließ sodann den Ausguck scheppernd und krachend zuschlagen, um ihn schließlich fest zu verriegeln.

Aschfahl war sie im Gesicht, als sie wieder hinunter in die Diele ging, in welcher Margarethe und der alte Bennheim noch immer mit der Aktualisierung der Bestandsliste beschäftigt waren und sämtliche Kisten und Säcke auf Schimmel- und Insektenbefall prüften.

Margarethe schaute kurz zu Johanna herüber, als sie deren Schritte hinter sich wahrnahm.

»Was ist los mit dir? War es so entsetzlich, das kleine Ding fliegen zu lassen? Du siehst ja aus, als sei dir der Teufel persönlich begegnet.«

»Das ist er auch«, stotterte Johanna leise und für Margarethe unhörbar vor sich hin und verschwand in der Küche.

Im selben Moment kehrte die Witwe Mechthild durch die Hintertür aus dem Hof zurück. Noch lächelte sie gütig und erleichtert. Wenige Augenblicke später, als sie die Treppe zu ihrer Stube hinaufgegangen war, vernahm man jedoch ihr unterdrücktes Aufschreien.

»Et eunt homines mirari alta montium et ingentes fluctus maris et latissimos lapsus fluminum et Oceani ambitum et gyros siderum, et relinquunt se ipsos …«

»Grete, du weißt genau, dass ich das Lateinische nicht beherrsche. Du machst mir fast Angst, wenn du so dastehst, vor dich hin murmelst und in den Sternenhimmel starrst. Gruselt es dich denn gar nicht? Sieh nur, der guten Johanna ist an diesem Ort auch alles andere als wohl zumute.«

Die drei Frauen befanden sich auf der Höhe eines der vielen die Weser umgebenden Berge. Ihr Wagen mit dem Burschen wartete recht weit entfernt von ihnen auf dem Weg, während

Margarethe, Mechthild und Johanna durch den Wald bis hin zu der steilen Klippe gestiegen waren, die schroff hinunter ins Wesertal zeigte.

»Augustinus«, erhielt Mechthild zur Antwort.

»Augustinus?«, fragte sie zurück.

»Diese Worte sind aus den Bekenntnissen des Kirchenvaters Augustinus. Petrarca hat sie gesprochen, als er vor zweihundert Jahren den Mont Ventoux in seiner südfranzösischen Heimat bestiegen hatte. Ich übersetze sie euch: Und da gehen die Menschen dahin und bewundern die Höhen der Berge, das mächtige Wogen des Meeres, die breiten Gefälle der Ströme, die Weiten des Ozeans und den Umschwung der Gestirne – und verlassen dabei sich selbst.«

»Und wir müssen es nun diesem Petrarca gleichtun?«, wollte Mechthild wissen, während sie sich ängstlich in der mittlerweile dunklen, verlassenen Gegend umsah.

»Genieße einfach einmal die Freiheit und die Friedlichkeit der Natur, gute Base. Das ist der Grund, weshalb ich dich hierhergebracht habe.«

»Frei fühle ich mich gewiss nicht, wenn ich annehmen muss, dass mich gleich ein wilder Wolf in seine Fänge nimmt. Und die Vorstellung, im Dunkeln diesen schroffen Abhang hinabzustürzen, ist alles andere als friedlich.«

»Die Natur ist nicht unser Feind, Mechthild. Sie ist von Gott geschaffen, und wir sollen uns an ihr erfreuen. Ebenso sollen wir uns an unserem Leben erfreuen. Warum wartest du nur still und stumm auf deinen Tod und betrachtest dein irdisches Dasein lediglich als traurigen und Verderben bringenden Weg ins Jenseits? Das nenne ich Verschwendung! Das kann Gott nicht gewollt haben, als er all dies für uns erschaffen hat.«

Und mit diesen Worten breitete Margarethe ihre Arme aus, während sie vom Mond beschienen am Rande der Klippe stand.

Johanna fröstelte es bei dem Anblick. Ihre Herrin war wahrlich nicht bei Verstand, sie redete wirr, und ihr Verhalten war mehr als verdächtig. Hoffentlich wurde niemand anders Zeuge dieser seltsamen abendlichen Zusammenkunft der drei Frauen. Leicht hätte man ein solches Szenario missdeuten können. Hatte Immeke nicht erst kürzlich von vermeintlichen Hexentänzen auf einem nicht weit entfernten Hügel namens Köterberg erzählt?

»Ich will wieder zurück in die Stadt. Die Tore werden gleich geschlossen, und außerdem friert es mich. Wenn ich diesen Ausflug als Entschuldigung für den Verlust meines Haustieres betrachten soll, so sei dir vergeben, liebe Base Margarethe. Aber nun würde es mich freuen, wenn wir uns endlich wieder auf den Heimweg machten. Dir geht es nicht anders, nicht wahr, Johanna?«

Johanna nickte und ging zu Mechthild hinüber, um ihr beim Abstieg über Wurzeln, feuchtes Laub und Geröll zu helfen.

Margarethe blieb noch eine Weile zurück. Sie wusste, dass sie ihrer Base unrecht tat, wenn sie ihr freiwillige Gefangenschaft und Verschwendung von kostbarer Lebenszeit vorhielt. Denn es war nicht die ausgeglichene und ruhige Mechthild, der man diesen Vorwurf machen konnte.

Diese Worte hatte sie allein an sich selbst zu richten. Was war nur los mit ihr? Sie erkannte sich in letzter Zeit selbst nicht wieder. Hatte der Bürgermeister etwa recht gehabt, als er andeutete, ihre Körpersäfte seien nicht im Einklang? Litt sie tatsächlich an einem Überschuss schwarzer oder gar gelber Galle? Vielleicht würde ein Aderlass Abhilfe schaffen? Vielleicht sollte sie weniger Wein trinken, nur kalte Speisen essen und weniger ihrer eigenen, scharfen Gewürze zu sich nehmen, wie es der Stadtphysicus Menschen von cholerischem Temperament riet.

Nein, das würde nichts nützen, so wie es bei niemandem jemals etwas nützte. Sie war einfach nur müde – müde, kraftlos und verwirrt. Sie wünschte sich nichts sehnlicher, als dass ihr Neffe Georg ein Lebenszeichen aus der Neuen Welt schickte, zurück nach Hameln kam und die Geschäfte seiner Tante übernahm. Das wäre die beste, die vernünftigste und die angenehmste Lösung aller Probleme.

Doch was würde sie, was würde Margarethe dann tun?

Was?

In einem Erker sitzen, aus dem Fenster schauen, sticken und in Orakelbüchern blättern?

Niemals.

Nein, sie musste weitermachen. Allein. Das war nun einmal ihr Los, und was nahm sie sich überhaupt heraus, sich darüber zu beschweren, dass der Herr es so gut mit ihr gemeint hatte? Schön war sie, reich war sie und klug.

Wie töricht, wie vermessen, noch mehr als das haben zu wollen.

Oder wollte sie gar nicht mehr?

Wollte sie vielleicht nur etwas ganz anderes?

Traurig ließ Margarethe die Arme wieder sinken und schickte sich an, ihrer Base und ihrer Dienstmagd zu folgen.

X

Peter Hasenstock, seines Zeichens Apotheker und Ratsherr der Stadt Hameln, lebte in einem ansehnlichen, jedoch beileibe weniger imposanten Hause, als das der Witwe Pfeffersack es war. Es war in der Osterstraße gelegen, einer der beiden Hauptstraßen der Stadt; ein Erbe seines bei einem Unglück verstorbenen Onkels, von dem der Neffe auch den Berufsstand des Apothekers übernommen hatte, welchen er, gemessen an seinem Können, mit erstaunlich großem Erfolg ausübte.

Denn anders als es sein Feind und Mitstreiter, der erbärmliche Zwerg Vinsebeck, im entlegenen Süden Hamelns handhabte, konzentrierte sich Hasenstock weniger auf das Mischen von Arzneien, Wundsalben, Heilsäften und Pillen, sondern hatte vielmehr sein Gewerbe in den letzten Jahren zu einem kleinen Kontor für Luxusgüter aller Art ausgebaut. Besonders den Damen der Stadt – vorausgesetzt, sie verfügten über einen genügend großen Geldbeutel – bereitete es eine wahre Freude, die Offizin des Apothekers Hasenstock zu betreten, denn dort gab es alles, was das eitle Herz begehrte: venezianische Seifen, die nach Jasmin, Rose oder Zimt dufteten, Püderchen, welche selbst das hässlichste Furunkel wie von Zauberhand verschwinden ließen, Salben, die auch bei Frauen im reifen Alter eine Haut erzeugten, so glatt wie das Hinterteil eines Kleinkindes. Des weiteren bot er Lippenrot an, welches den Geschmack frischer Erdbeeren hatte, scharfe Anispastillen, die einen schlechten Atem überdeckten, Duftwässerchen in allen erdenklichen Geschmacksrichtungen sowohl für die Herren als auch für die Damen. Unter der Hand wusste er sogar asiatische Wurzeln und Knochen fremdländischer, längst vom Erdboden verschwundener Tiere unter seinem Apothekertisch hervorzuholen, die, zerstoßen und in einem Becher Wein aufgelöst, beim Manne ungeahnte und verschollen geglaubte Kräfte wieder aufleben ließen. Und auch der Gaumen kam nicht zu kurz. Beim Apotheker Hasenstock konnte man neben dem erlesensten Konfekt aus Italien auch zahllose weitere süße Köstlichkeiten erstehen, wie gebrannte Mandeln, kandierte exotische Früchte, Gewürzkuchen sowie in portionsgerechte Säckchen abgepackte orientalische Kräuter und fernöstliche Gewürze.

All das verkaufte er in – für Margarethe Gänsleins Verhältnisse – winzigen Mengen, was ihn in der Stadt aber dennoch zum schärfsten Konkurrenten des an Markttagen geöffneten Fensterladens der Gewürzhändlerin machte. Es war Hasenstock niemals in den Sinn gekommen, die Gewürzwaren in seinem Verkaufsraum über die hiesige Fernhändlerin zu beziehen. Selbst dann nicht, wenn ihm dies viele Umwege, viele Kosten und viele Mühen erspart hätte. Und das alles hätte er sich wahrlich gespart. Doch stärker noch als sein ausgeprägter Sinn für das lukrative Geschäft mit dem Luxus und der Eitel keit war seine Missgunst.

Er hasste die Witwe Pfeffersack, und er wünschte sich zuweilen nichts mehr – vor allem des Nachts, wenn er schlaflos neben seiner jüngst geehelichten, drallen, blutjungen Frau lag –, als dem hochnäsigen Kaufmannsweib endlich beweisen zu können, dass er, Peter Hasenstock, besser, mächtiger, ja stärker war als sie. Diese Rachegelüste hatten nichts mit der Tatsache zu tun gehabt, dass Margarethe vor einigen Jahren seinen Heiratsantrag zurückgewiesen hatte. Nein, sein Schmerz saß tiefer, war älter. Im Grunde war dieses Weib sogar vollkommen unschuldig an den schrecklichen Gefühlen, die den armen Hasenstock plagten. Denn der Schuldige war längst unter der Erde. Der Auslöser für Hasenstocks Unmut nämlich war der Kaufmann Reinold Gänslein gewesen. Margarethe hatte also mit dem Tode ihres Mannes nicht nur dessen Vermögen, sondern leider auch die Missgunst des Apothekers Hasenstock geerbt.

Über einen ausgefeilten Plan, wie er es anstellen sollte, die Kaufmannswitwe zu überwältigen, sie entweder ins Verderben oder in sein Bett zu treiben, gleichzeitig an ihr Vermögen und ihre geschäftlichen Verbindungen zu kommen – über einen solchen Plan verfügte Hasenstock nicht. Nicht, solange ihm nicht klar war, ob sie etwas über ihn wusste, was sie besser nicht wissen sollte. Andeutungen in diese Richtung hatte sie heute gemacht und ihn damit gehörig in Schrecken versetzt. Er war also noch immer machtlos. Genauso wie damals, als er hatte zusehen müssen, wie dieser gemeine Nutznießer von Gänslein fast in Geld zu ersticken drohte, während Hasenstock sich mit einem leidlich gehenden Geschäft zufriedengab. In Anbetracht ihrer gemeinsamen Vergangenheit, in Anbetracht des Paktes, der einst zwischen ihm und Reinold bestanden hatte, hatte er dies als maßlose Ungerechtigkeit empfunden. Und an diesem Empfinden hatte sich nach dem Tode Gänsleins nichts geändert. Und das, weil sie an seiner statt weitermachte.

Wer war dieser Bauerntölpel schon gewesen, als er ihn in den Bergen aufgelesen hatte? Nichts weiter als ein sodomitischer Brandstifter. Und sein Weib? Adelig? Ach was! Verarmte und zudem ausgestorbene Hungertuchnager waren sie gewesen, die nichts weiter als einen elenden Stammbaum besaßen, von dem man leider nicht abbeißen konnte.

Allein ihm, Peter Hasenstock, hatten sie es zu verdanken, dass es ihnen in Hameln so gut ergangen war.

Gut? Von wegen. Prächtig war es ihnen ergangen.

Ins gemachte Nest hatte er sich gesetzt, der Schwabenlümmel, und schnell war er hochmütig geworden. So hochmütig, dass er sogar vergaß, wer sein Gönner gewesen war.

Umbringen hätte Hasenstock diesen Taugenichts sollen, abschlachten oder wenigstens verraten, so viel Dreck, wie der am Stecken hatte. Doch das war nicht möglich gewesen, und es war auch jetzt nicht möglich, etwas gegen dessen Witwe zu unternehmen, denn Reinold hatte ihn erpresst. Auf hinterhältige Art und Weise erpresst. Und kurz vor seinem Tode hatte er Hasenstock sogar noch ein Schreiben zukommen lassen, in dem er versicherte, dass er auch für den Fall seines frühen Ablebens vorgesorgt habe und ein Paktbruch des alten Freundes für diesen böse Folgen nach sich ziehen würde.

Wie auch immer er das gemeint hatte. Was auch immer Gänslein sich in seinem schlauen Kopf ausgedacht hatte, um ihn noch nach seinem Ableben zu überwachen. Hasenstock wusste es nicht, aber er fürchtete sich. Denn eines war ihm stets schmerzlich bewusst gewesen: Das Bauernbürschlein war klüger als er.

Ja, Andeutungen hatte Margarethe gemacht. Vielleicht wusste sie etwas. Hasenstock war lange fort gewesen, in der Zwischenzeit hatte viel geschehen können. Möglicherweise war sie dahintergekommen, hatte die Wahrheit erfahren – eine Wahrheit, vor der sich auch ihr Gemahl zeit seines Lebens sicher gehütet hatte, Margarethe davon zu berichten. Denn für Reinold Gänslein war diese Wahrheit ebenso bitter wie für Peter Hasenstock. Allein Gänslein besaß nun den schlagenden Vorteil, dass er nicht mehr lebte.

Misstrauen war also angesagt. Vor allem jetzt, da auch noch dieser eigentümliche Mensch in Hasenstocks Haus erschien.

Woher kannte er diesen Mann?

Irgendwo waren sie sich schon einmal begegnet.

Wenn er sich doch nur erinnern könnte!

Ein willkommenes Angebot wollte der Fremde ihm unterbreiten, jedoch so willkommen und so plötzlich, dass Peter Hasenstock sich fragte, ob nicht vielleicht Margarethe Gänslein den mysteriösen Gast geschickt habe, um Hasenstock zu prüfen.

Der schwarz gekleidete Mann hatte gleich beim Eintreten unverblümt zu ihm gesprochen. Nun schwiegen sie, saßen sich in der Stube des Apothekerhauses gegenüber, und während der Gastgeber nachdenklich seine Hände betrachtete, maß ihn der andere mit einem kühlen, selbstsicheren Blick.

»Nun, das ist eine Menge Geld«, sagte Hasenstock schließlich, während er noch immer seine sauberen, gepflegten Fingernägel betrachtete. Dieser Fremde bereitete ihm großes Unbehagen. Wer war das? Doch so sehr er versuchte sich zu erinnern, er konnte ihn nicht einordnen.

»Als Kaufmann sollte man immer gewillt sein, Neuland zu betreten, sonst wird man früher oder später untergehen«, sagte der andere ruhig.

»Aber ich kenne Euch doch gar nicht. Ihr seid ein Fremder in dieser Stadt. Wie soll ich Euch da vertrauen?«

»Ihr müsst nicht mir, sondern ich muss Euch vertrauen«, erhielt Hasenstock nun zur Antwort.

»Es ist nicht so, dass mich Euer Angebot nicht reizen würde. Jedoch sehe ich da ein Problem.«

»Und das wäre?«

»Versteht mich nicht falsch, ich kann Euer Geld gut gebrauchen und habe auch nichts dagegen, bei einem Handelsgeschäft einen stillen Teilhaber an meiner Seite anzuerkennen. Nur: Wer soll mir die ganze Ware abkaufen?«

»Ich bin zu Euch gekommen, weil ich in Euch einen aufstrebenden Kaufmann vermutete. Gewitzt und findig in seinen

Geschäften. Doch offenbar habe ich mich da getäuscht. Ihr seid weder zu Veränderungen bereit, noch besitzt Ihr genügend Vertrauen in Euer eigenes Geschick.« Mit diesen Worten wollte sich der Gast von seinem Platz erheben.

»Aber, nein doch, aber nein. So bleibt!«, lenkte Hasenstock hastig ein, sodass sich sein Gegenüber wieder setzte. »Wäre ich der einzige Gewürzhändler in der Stadt und ihrer Umgebung, dann plagten mich keinerlei Bedenken. Bislang gab es zwei Steine, die mir für eine derartige Unternehmung wie die von Euch vorgeschlagene im Wege lagen: Der eine Stein war das liebe, gute Vermögen, welches in dieser Menge selbst einem nicht armen Manne wie mir fehlt. Der andere Stein hat einen weiblichen Namen.«

»Margarethe Gänslein, nehme ich an«, sagte der schwarze Mann, erhob sich nun ein zweites Mal und ließ sich nicht wieder von Hasenstock zum Bleiben bewegen. Ein kaum merkliches Lächeln umspielte seine Lippen. »Dann seid Ihr also alles andere als Freunde – Ihr und das Gewürzhaus Gänslein?«, fragte er abschließend, während er bereits den Raum verließ. Offenbar erwartete er keine Antwort auf diese Frage. Ohne sich zu verabschieden, verschwand er.

Hasenstock setzte sich wieder zurück an seinen Platz und starrte auf ein Gemälde seiner selbst, welches er von einem Meister aus Göttingen hatte anfertigen lassen. Erst als er vernahm, dass die Außentüre zugefallen war, begann er eilig, die bereits die ganze Zeit über juckenden Stellen an seinem Körper zu kratzen. Erleichtert schloss er sodann die Augen und dachte nach.

Hatte er zu viel gesagt?

Hatte er sich verplappert?

Oder war dieser Besuch doch keine böse Falle, sondern eine glückliche Fügung gewesen?

Man würde sehen.

Aber woher, in Gottes Namen, kannte er nur diesen Burschen?

»Wie, guter Vestiarius, gelangt ihr nur immer so rasch an derart neue Nachrichten?«

»Aber, liebe Frau Margarethe! Die Zeiten, in denen man hier bei uns in dunklen Wäldern hauste und nur alle halbe Jahre einmal eine Botschaft aus fernen Gegenden erhielt, sind glückseligerweise vorüber. Einer meiner Brüder hat aus Paderborn ein Flugblatt mit dieser Nachricht hierhergebracht. Das alles ist der überaus effektiven Kunst des Buchdrucks zu verdanken, sie hat halt einiges bewirkt. Jedoch nicht immer zum Guten. Liest Eure Base etwa nach wie vor in diesen gottlosen Orakelbüchern?«

»Vestiarius, Ihr selbst lasst Euch doch fast monatlich ein Horoskop erstellen. Da frage ich mich, wo da der Unterschied sein soll. Aber bleiben wir doch bei den Türken. Man stelle sich nur vor, was geschehen wäre, wenn sie Wien tatsächlich eingenommen hätten. Ich bin wahrlich erleichtert über die Kunde von ihrem Rückzug. Und soll das tatsächlich stimmen?«

»Doch, doch, es ist wahr. 150 000 Mann unter Suleiman dem Prächtigen waren es. Mehr als zwanzig Tage haben sie die armen Wiener in Schach gehalten und schließlich, oh Graus, sogar den Durchbruch durch die Stadtmauer geschafft. Mit Gottes Hilfe jedoch ist der Schutt und das Geröll nicht in die Stadt hinein, sondern auf die Belagerer gefallen und hat ihnen somit prompt den soeben durchbrochenen Weg wieder versperrt. Diese Heiden müssen es wohl als Zeichen des von ihnen gepriesenen Allah angesehen haben, denn Suleiman blies sofort zum Abzug, und Wien ist gerettet.«

»Vorerst«, entgegnete Margarethe. »Denn ich hörte, dass

das gedemütigte Frankreich nach seiner Niederlage in Italien nun Annäherungsversuche in Richtung der Osmanen unternimmt.«

»Gerüchte, Margarethe, Gerüchte. Obwohl auch ich vernahm, dass Venedig nun nicht mehr die einzige Hure sein soll, die mit den Türken schläft.«

»Vestiarius! Ihr seid ein Mann der Kirche.«

»Aber auch ein Mann von Welt«, sagte der Stiftsherr und zwinkerte dabei der Kauffrau auf eine Art und Weise zu, die sie gern missverstanden hätte.

Margarethe ignorierte diese Geste und wechselte das Thema, nachdem sie eine Glocke geläutet hatte, mit welcher sie nach ihrer Magd Johanna rief.

»Wo Ihr schon Venedig erwähnt: Der Apotheker Hasenstock hat mir gegenüber seine Italien- und Flandernfahrt offen als Handelsreise bezeichnet.«

»Ihr seid doch klug genug, Frau Margarethe, um zu wissen, dass ein Schlitzohr wie Hasenstock nicht der heiligen Stätten wegen Italien aufsucht.«

»Ich fürchte, dass er seinen Gewürzhandel erweitern wird und es nicht dabei bewenden lassen will, von auf der Weser durchreisenden Hanseschiffern kleine Mengen an Pfeffer und Zimt einzukaufen.«

»Er ist nicht geschickt genug, um eine Gefahr für Eure Geschäfte darzustellen. Vielleicht mag er den einen oder anderen hier in der Stadt beliefern, aber Ihr, gute Margarethe, Ihr habt den Gewürzhandel im gesamten Umland in der Hand. Dazu fehlen diesem unangenehmen Menschen wahrlich die Kontakte und vor allem auch das Kapital. Man sagt, er habe bei der Stadt längst mehrere Renten aufgenommen.«

»Eure Worte sind gut gemeint, Vestiarius. Wenn ich ihnen doch nur Glauben schenken könnte. Ich denke allerdings, dass der Konflikt zwischen euch Stiftsherren einerseits und den Ratsherren andererseits Eure Sicht auf die Dinge benebelt. Hasenstock ist nicht so einfältig, wie es den Anschein hat, und zudem verfügt er über einen durchaus starken Willen. Eine Eigenschaft, die oftmals mehr wiegt als Intelligenz.«

»Da sprecht Ihr wahr, Margarethe. Ah, da kommen ja die herrlichen Süßigkeiten.«

Johanna betrat soeben den Raum und trug eine neue Schale mit Konfekt herein, von dem sich der treue Gast der Herrin nahezu zu ernähren schien – zumindest deutete sein Bauch, den er als stramme Kugel stolz vor sich hertrug, darauf hin. Sie mochte diesen geschmückten Stiftsherrn, welchen sie anfangs gar nicht für einen Geistlichen hatte halten wollen. Er war freundlich und wechselte sogar ab und zu einmal ein Wort mit dem Gesinde – was im Grunde unüblich war, von Johanna jedoch als sehr nett empfunden wurde. Großmütig sah sie deshalb darüber hinweg, dass es ihm offenbar gefiel, ihr beim Reden möglichst nahe zu kommen und ihr mitunter sogar den Oberarm zu tätscheln. Solange es nur der Oberarm war, konnte man es immerhin als väterliche Geste deuten. Ganz und gar nicht väterlich waren hingegen seine Gefühle für die Herrin, das hatte Johanna sofort gespürt. Dieser Geistliche war über beide Ohren für Margarethe Gänslein entflammt, auch wenn die Gewürzhändlerin von der ihr entgegengebrachten verbotenen Liebe nichts wissen wollte. Sie verhielt sich geradezu so, als bemerkte sie es gar nicht. Was sicherlich auch das Beste in einer solchen Situation war.

Johanna stellte die Schale auf den Tisch und ging hinüber zu einem weiteren, kleinen Tisch, auf welchem in einer Kanne der Gewürzwein dampfte. Dabei schnappte sie folgende Worte des Gespräches zwischen Vestiarius und der Witwe Gänslein auf:

»Habt Ihr schon, liebe Margarethe, von dem eigentümlichen Fremden gehört, der sich in der Stadt herumtreiben soll?«

»Ein Fremder!«, rief Margarethe in gespielter Empörung. »Wie kann es ein Fremder wagen, unser behütetes Hameln zu betreten! Man sollte ihn einfangen und foltern, um sein Anliegen aus ihm herauszupressen.«

Johanna musste über die bissigen Worte ihrer Herrin schmunzeln, während sie die Kanne zum großen Tisch trug, um den Herrschaften erneut einzuschenken. Doch das Schmunzeln gefror plötzlich in ihrem Gesicht, als sie sich an ihn erinnerte – an Philipp, den sie vor wenigen Tagen vom Fenster aus beobachtet hatte. Meinte der Stiftsherr etwa ihn?

»Er schleicht in allen Gassen herum, sogar zur Nachtzeit. Ein auffälliger Kamerad. Ganz in Schwarz gekleidet. Vermutlich sucht er jemanden.«

»Hat er etwa eine Flöte dabei? Und will unsere Kinder rauben und töten? Lasst uns doch bitte über etwas Interessanteres reden, Vestiarius.«

Margarethe meinte nicht ernst, was sie sagte, und wäre diese Bemerkung auf einen anderen, gewöhnlichen Fremdling gemünzt gewesen, so hätte auch Johanna sie nicht ernst genommen. Sie jedoch wusste offenbar als Einzige in dieser Stadt, welch entsetzliche Wahrheit hinter den unwissend ausgesprochenen Worten der Witwe verborgen lag.

Er streifte also herum und suchte jemanden.

Wen?

XI

Hier ist es gut aufgehoben, Meister, das versichere ich Euch.«

»Was, wenn dein Bruder die Kiste dennoch findet?«

»Ach was! Der vertraut mir voll und ganz. Er ist eine Seele von Mensch.«

»Nun …«

»Ich weiß, was Ihr denkt: Sein Handwerk weist nicht gerade auf Friedfertigkeit hin. Doch da täuscht Ihr Euch. Er ist ebenso lammfromm, wie es unser Vater war. Der Alte musste einst zwei Halunken rädern. Haben die geschrien, als das Rad ihnen die Knochen zermalmt hat! Völlig zertrümmert, aber immer noch zappelnd, wurden sie dann von ihm an die Räder gebunden, und er hat sie an den Stangen aufgerichtet. Die Krähen haben schon gewartet. Das war ein Spektakel. Doch der Alte blieb ganz ruhig, keine Miene hat er verzogen. Daheim jedoch, da war es aus mit der Gelassenheit. Die Seele hat er sich aus dem Leib gespien und die ganze Nacht über gewinselt wie ein Hund. Und so ist es auch bei meinem Bruder. Im Grunde kann er keiner Fliege etwas zuleide tun, und er ist der ehrlichste Mensch unter der Sonne. Selbst wenn er die Kiste fände, würde er sie niemals öffnen, weil er wüsste, dass sie mir gehört.«

»Sie gehört aber nicht dir.«

»Euch, natürlich, Euch, mein Meister.«

Philipp war sich nicht sicher, ob er diesem Hohlkopf trauen konnte. Er hatte ihn vor einem halben Jahr in einer Waldschenke aufgelesen und ihn zu seinem Handlanger gemacht. Und bislang hatte Till Carnifex ihm gute Dienste erwiesen. Allein seine Dummheit und auch seine ungebändigte Brutalität könnten ihn eines Tages in Schwierigkeiten bringen. Bestehlen würde er Philipp jedoch nicht, dazu fürchtete Till sich zu sehr vor ihm. Dennoch behagte es Philipp ganz und gar nicht, eine Kiste voller Gold und Silber im Hause eines ihm unbekannten Mannes zu verstauen.

Doch er hatte keine Wahl. Vergraben wollte er sie nicht wieder, denn er musste stets Zugriff darauf haben. Und sie mit in das Gasthaus zu nehmen, in welchem er Unterkunft gefunden hatte, schien ihm zu gefährlich. Er hatte sich dort bislang freundlich, zurückhaltend und unauffällig gebärdet. Und dieser Eindruck sollte bleiben. Unauffällig jedoch wäre eine kleine, aber unglaublich schwere, mit einem großen Vorhängeschloss versehene Kiste nicht gewesen. Und so musste diese, ob Philipp wollte oder nicht, bei Till Carnifex' Bruder, dem Henker von Hameln, versteckt werden. Dort, wo auch Till selber untergekommen war, denn er und Philipp durften in keinem Falle zusammen in der Stadt gesehen werden. Eine Verbindung zu dem stadtbekannten Sohn des alten und Bruder des neuen Scharfrichters hätte zu viel negatives Aufsehen erregt und Philipps Vorhaben geschadet.

Er ahnte ja nicht, dass sich seine Ankunft in der Stadt bereits herumgesprochen hatte, dass man sich bereits das Maul über ihn zerriss und sich fragte, wer dieser junge, offenbar studierte Mensch wohl sei und was er hier, an diesem Ort, weitab von der nächsten Universität, wohl suchte.

Sie legten die Kiste schließlich gemeinsam in ein für diesen Zweck in den von Generationen von Henkern, Henkersfrauen und Henkerskindern festgestampften Lehmboden gegrabenes Loch, verdeckten dieses mit einem schmalen Brett und schoben dann den morschen, als Schlafstatt dienenden Holzkasten wieder darüber.

Philipp klopfte sich den Schmutz von seiner schwarzen, langen Robe und schaute sich danach schweigend und mit ungerührter Miene in dem einzigen Raume dieses erbärmlichen Hauses um. Das Einzige, was hier nicht verstaubt, verdreckt oder vermodert war, waren die blankgeputzten Waffen. Sie standen wohlsortiert an eine brüchige Wand gelehnt. Mit dem Finger strich Philipp über die Klinge eines enormen Beiles, und sofort quoll Blut aus einer kleinen Schnittwunde.

»Dein Bruder scheint sein Handwerk zu verstehen«, meinte er, seinen blutenden Finger betrachtend.

»Wir haben als Kinder sehr viel geübt. Zu der Zeit brauchte man sich in Hameln nicht über streunende Viecher zu beklagen«, lachte Till und machte dabei eine eindeutige Geste, indem er seinen ausgestreckten rechten Zeigefinger am eigenen Hals entlangführte.

Philipp schüttelte nur müde den Kopf und sagte: »Dass du geübt bist, ist mir sehr wohl bekannt. Wenn er noch könnte, würde Ritter Eicheck ein Lied davon singen.«

Mit stolzgeschwellter Brust und einem dümmlichen Grinsen im Gesicht antwortete Till: »Kurz und schmerzlos. Das ist eine wahre Kunst.«

»Alle Achtung, Till.«

»Stets zu Euren Diensten, Meister.«

Philipp musterte den kleineren, aber ungleich kräftigeren und muskulöseren Mann von oben herab. Dann fragte er ganz unvermittelt: »Was weißt du übrigens über die Kaufmannswitwe Gänslein?«

Die schwangere Gerda war vor wenigen Tagen heimlich in das Haus von Margarethe Gänslein zurückgekehrt und wurde dort von ihrer ehemaligen Herrin verborgen gehalten. Das Mädchen war mittlerweile ordentlich rund geworden und schien eine schwierige Schwangerschaft durchzustehen. Stets beklagte sie sich über Schmerzen und gar über Blutungen, sodass alle damit rechneten, dass es zu keinem glücklichen Ende kommen werde. Unter diesen Umständen war es Margarethe besonders wichtig, sich des armen Mädchens anzunehmen, denn sie hatte bei ihrer älteren Schwester vor vielen Jahren selber miterleben müssen, wie diese an einer durch eine tote Frucht verursachten, innerlichen Vergiftung elendig gestorben war.

»Eine Schande nur, dass wir nicht einmal eine Hebamme zu Rate ziehen können, geschweige denn den Medicus«, fluchte die Witwe immer wieder nach der Rückkehr Gerdas und beauftragte Johanna schließlich, den Apotheker Vinsebeck aufzusuchen und ihm von der versteckt gehaltenen Magd und ihrem Leiden zu berichten.

»Ich glaube zwar nicht, dass er viel helfen kann, aber er wird dir sicherlich das eine oder andere Mittelchen gegen das Ziehen mitgeben. Er ist der Einzige hier, auf dessen Verschwiegenheit ich vertrauen kann. Es hat ja keinen Sinn, wenn man jemand anderes um Hilfe bittet und sie mir am Ende wieder verjagt wird.«

Johanna machte sich also an einem verregneten Nachmittag auf den Weg zum Zwerg Vinsebeck in den Süden der Stadt. Sie erledigte diesen Gang gern – nicht nur, weil damit endlich der leidenden Schwangeren geholfen wurde, sondern auch, weil sie noch immer fasziniert von den angeblichen Experimenten des kleinen Mannes war und hoffte, einen verstohlenen Blick auf das mysteriöse Treiben werfen zu können, welches im Hinterzimmer der Offizin vor sich ging.

Ihr Weg führte sie wieder durch die breite Bäckerstraße. Es war ein wahrlich nasser, kalter Herbsttag, und Johanna stapfte schnellen Schrittes über die teils gepflasterte, teils mit Stroh bedeckte Straße, um möglichst bald wieder eine warme Stube betreten zu können. Sie hatte sich in einen langen, grünen Umhang gewickelt, damit ihr schönes Kleid nicht allzu sehr mit Unrat bespritzt und das Haar nicht nass wurde. Ihre Gedanken kreisten in diesem Moment um den Homunculus.

Ob der Apotheker Vinsebeck tatsächlich einen Toten zum Leben erwecken wollte? Wie würde er das anstellen? Etwa mit einem Wunderwasser, einem heidnischen Ritual oder gar mit teuflischer Magie?

Ein angenehmer Gruselschauder lief Johanna bei diesem Gedanken über den Rücken. Sie mochte derlei Geschichten, hatte sie schon immer gemocht und es selbst als Kind nicht lassen können, zusammen mit ihren kleinen Freunden das Haus einer als Waldhexe verschrienen Frau zu beobachten. Auch wenn ihnen dies nicht gut bekommen war. Die Erinnerung daran ließ den angenehmen in einen unangenehmen Schauder übergehen. Sie schüttelte sich kurz, um diese schrecklichen Gedanken und auch die nasse Kälte zu vertreiben.

Seither waren Jahre vergangen, und im Grunde hatte sie die Ereignisse ganz vergessen gehabt. Ihre eigenen alltäglichen Sorgen und Schicksalsschläge hatten schwerer gewogen als die bösen Kindheitserlebnisse.

Doch dann war Philipp zurückgekehrt.

Sie hatte soeben die Gasse erreicht, welche zu ihrer Rechten auf den Münsterkirchhof und zum Neuen Markt führte, da ausgerechnet erblickte sie ihn erneut. Ihn, an den sie im selben Moment gedacht hatte.

Unwillkürlich vermummte sie sich noch mehr, machte einen Buckel und neigte den Kopf in Richtung Gosse. Mit langen Schritten passierte er sie, hielt keinen Moment inne, zögerte nicht und schien sie also nicht erkannt zu haben. Johanna blieb stehen und sah ihm vorsichtig nach.

Er war es. Das stand außer Frage.

Lediglich seine Kleidung hatte er geändert. Nun war er nicht mehr der junge Edelmann, als welcher er bei Eicheck erschienen war, sondern glich vielmehr einer Amtsperson. Ganz so, wie sie es vom Fenster aus bereits gesehen hatte.

Wieso nur hatte er sich wieder verkleidet?

Sie wusste nur zu genau, dass er weder ein Edelmann noch ein Studiosus oder ein Ratsherr war.

Irgendetwas führte er also im Schilde.

Und Johanna schwante, dass es nichts Gutes war.

Ihren Auftrag für einen Moment vergessend, begann sie ihm zu folgen. Sie war von Kopf bis Fuß in ihren Umhang gehüllt, und außerdem erlaubte das dichte Netz des Nieselregens ohnehin nur eine schemenhafte Wahrnehmung der Umgebung. Er würde sie sicher nicht bemerken, geschweige denn erkennen.

Nach nur wenigen Schritten bog er in den engen Durchgang zwischen zwei Häusern ein und lief dann über matschige Hinterhöfe und an Tagelöhnerunterkünften vorbei in Richtung Weser. Hier waren die Gassen eng und dunkel, es stank nach Müll und verrottendem Fisch. Kinder spielten im Matsch, Ratten kreuzten selbst am helllichten Tag ihren Weg. Johanna versuchte, Philipps davoneilende Gestalt im Auge zu behalten. Doch das war in der düsteren, vom Regenschleier verhangenen Enge dieses Viertels kaum möglich.

Sie sah ihn gerade noch in der niedrigen Türe einer kleinen Kate verschwinden, als sich ihr plötzlich eine verwahrloste Gestalt in den Weg stellte.

»Stockfisch, junges Weib? Stockfisch? Riecht noch gut. Probier einmal. Halt dein Näschen dran. Riech, riech!«

Angewidert wandte Johanna sich von dem elenden Mann mit dem fast schwarzen, verdorrten Fisch in den Händen ab. Sie empfand wenig Lust, an diesem getrockneten, aber nun vom

Regen bereits wieder aufgeweichten Tier zu schnuppern. Vielmehr versuchte sie, sich die Stelle zu merken, an der sie Philipp hatte verschwinden sehen.

Sie würde wiederkehren.

Sie musste wissen, was er hier trieb.

Sie musste es wissen, weil sie befürchtete, dass sein Erscheinen in dieser Stadt kein Zufall war.

»Komm nur herein, aber verriegele bitte die Türe gut.«

Der kleine Vinsebeck hatte sie mit einem geheimnisvollen, ja verschwörerischen Gesichtsausdruck begrüßt, als Johanna seine Offizin betrat. Jetzt verschwand er, ohne sie nach dem Grund ihres Besuchs zu fragen, in seinem berüchtigten Hinterraum, und nachdem sie tatsächlich die Außentüre fest verschlossen hatte, rief er: »Tritt nur näher, Mädchen.«

Durfte sie nun tatsächlich diesen besonderen Raum betreten?

Johannas Herz begann wild zu klopfen. Vorsichtig schaute sie um die Ecke und erwartete, dass sich vor ihr ein grausiges Schreckensszenario auftat.

Doch dem war nicht so.

Vinsebeck saß, mit zwei kleinen, runden Augengläsern auf der Nase, an einem Tisch voller Blätter, welche weniger mit Buchstaben als vielmehr mit Zeichnungen versehen waren.

Schönen Zeichnungen.

Schön jedoch nur in dem Sinne, dass sie äußerst lebensnah gefertigt waren. Denn das, was Johanna unschwer auf ihnen erkennen konnte, war alles andere als schön.

Da waren abgetrennte Gliedmaßen gezeichnet, aus denen sogar noch blutige Stränge und Fetzen heraushingen. Herzen, Nieren, Lebern, Gehirne und andere Innereien waren auf weiteren Blättern zu sehen – alles Dinge, welche Johanna nur zu gut kannte, jedoch lediglich von Schweinen, Rindern und sonstigem Schlachtvieh. Diese hier sollten aber das Innere eines Menschen darstellen, was man unschwer an den Umrissen des Körpers erkennen konnte, welcher nur schemenhaft und leicht um ebendiese Organe herumgezeichnet worden war.

»Ich sammle Erfahrungen über uns Menschen, über das Innere unserer Leiber, um genauer zu sein«, sagte Vinsebeck, der Johannas Erstaunen offenbar, ohne seinen Blick zu heben, bemerkt hatte. »Was nutzt Galens Säftelehre allein, wenn wir doch aus weit mehr als Schleim, Blut und Galle bestehen? Ein Schlachtermeister weiß über die innere Anatomie des Lebens mitunter besser Bescheid als ein studierter Physicus. Das darf nicht sein.«

Johanna schluckte, wagte es aber nicht, die in ihr brennenden Fragen zu stellen. Stattdessen besann sie sich auf ihr eigentliches Anliegen und stammelte:

»Die Herrin schickt mich, es geht um eine Schwangere. Wir befürchten eine zu frühe Niederkunft.«

Vinsebeck schien wenig überrascht, schaute, wie gewohnt, nicht einmal auf und murmelte dann nur:

»Da bin ich der Falsche. Geh zu einer der Hebammen, die wissen in der Hinsicht besser Bescheid als ein Pillendreher und Bücherwurm wie ich.«

Er war in eine seiner Zeichnungen vertieft, eine menschliche Hand, von welcher jedoch die Haut gänzlich abgezogen war. Johanna schüttelte es bei diesem entsetzlichen Anblick.

»Das ist nichts Ekelhaftes«, schimpfte er plötzlich, jedoch mit einem heiteren Unterton in der Stimme. »Wunderschön sieht das aus. Unser Schöpfer, wer immer es sein mag, ist ein wahrer Meister seiner Kunst.«

»Woher, wenn ich mir die Frage erlauben darf, habt Ihr denn all dieses Wissen über den Menschen?«, fragte sie nun doch, scheu, aber dennoch ihre unterdrückte Neugier überwindend.

»Erfahrung.« Mehr sagte Vinsebeck nicht und überließ alles andere der Phantasie seines Gastes. Und in Johannas Geist taten sich wahrhaftig mit einem Mal unglaubliche Bilder auf, die sie mit einem schnellen Kopfschütteln wieder vertrieb.

»In Italien lebte bis vor wenigen Jahren ein großer Meister namens Leonardo«, begann Vinsebeck mit feierlicher Stimme zu berichten, nahm die eigentümlichen Gläser von der Nase und schaute Johanna nun endlich einmal aus seinen kleinen, schwarzen Äuglein an. »Ihn interessierte alles – der Mensch von innen wie von außen, die Welt der Tiere und der Pflanzen, die Kraft des Wassers und des Windes, die Gesetze der Chemie sowie die Möglichkeiten der Mechanik. Ununterbrochen trieb er seine Studien, forschte und erfand. Er bezeichnete sich selbst als einen »›*omo sanza lettere*‹«, als einen Menschen ohne Bildung. Sein ganzes Wissen und Können beruhte allein auf Erfahrung. Er erkannte, dass es in dieser Welt nichts Zufälliges gibt, alles hat seinen Sinn, seine Funktion, seine Notwendigkeit, und ebendies gilt es durch rastloses Suchen und Versuchen mit Hilfe der Erfahrung zu ergründen. Wir Menschen dürfen nicht einfach hinnehmen, was der Weltbaumeister erschaffen hat, wir müssen es auch begreifen. Und um nichts anderes bin auch ich bemüht: Ich versuche zu verstehen, was sich der Schöpfer dabei gedacht hat, als er den Menschen so und nicht anders erschaffen hat. Manche mögen das für verwerflich oder gar teuflisch halten, tatsächlich ist es vielmehr eine Lobpreisung oder besser eine Achtung des Lebens.« Und mit weniger feierlicher, sondern eher nüchterner Stimme fügte er an: »Übrigens schreckte auch Leonardo nicht davor zurück, Leichen zu öffnen.«

Johanna fuhr bei diesen Worten ein wenig zusammen, obwohl sie bereits befürchtet hatte, dass Vinsebeck seine detailfreudigen Zeichnungen nicht allein mit Hilfe seiner Phantasie hatte anfertigen können: »Macht Ihr das etwa auch?«

Er lächelte nur verschmitzt.

»Was plagt denn eure Schwangere?«, wollte er nun wissen, Johannas Frage unbeantwortet lassend.

»Frühzeitige Wehen hat sie, obwohl das Kind erst in vier Monaten erwartet wird.«

»Dann soll sie liegen und drei Mal täglich dieses Pülverchen zu sich nehmen. Zwei Prisen in heißem Tee verrührt, haben eine beruhigende Wirkung und lösen die Spannung des Mutterleibes.« In Windeseile war der Zwerg aufgesprungen, zu einem Regal geeilt und hatte mit Hilfe einer kleinen Trittleiter ein winziges, versiegeltes Tongefäß heruntergeholt. »Gewonnen aus der Keimzumpe, auch Brutblatt oder Lebenszweig genannt. Das ist ein Gewächs, dessen Keime sich leicht einnisten. Die abergläubischen Weiber behaupten, diese Pflanze übertrage als Arznei ihre Wirkung auf schwangere Frauen, indem sie dabei hilft, dass auch die menschliche Frucht sich leicht und fest einniste. Aberglaube hin oder her, das Zeug tut tatsächlich seine Wirkung. Drei Mal täglich verabreichen. Ach, bevor ich es vergesse: am besten in Johanniskrauttee geben. Auch den habe ich vorrätig, er beruhigt ebenfalls. Hinzu kommt natürlich: Ruhe, Ruhe, Ruhe! Sonst helfen die besten Arzneien nichts. Und bitte keine Birnen essen, auch wenn sie zu dieser Jahreszeit noch so verführerisch sind. Sie führen ab, nicht nur Schlacke, sondern leider auch die Leibesfrucht. Und das gilt es zu verhindern.« Er räusperte sich und machte eine kurze Pause, dann sagte er: »Nun muss ich weiterarbeiten, das Leben ist nicht zum Plauschen da. Richte deiner Herrin meine allerbesten Grüße aus und teile ihr mit, dass mir ihr unerwartetes Angebot sehr schmeichelt und mir angenehme Gedanken bereitet.

Mehr richte ihr nicht aus, denn mehr vermag ich noch nicht zu sagen. Sie wird es verstehen.«

Eilig geleitete er Johanna zur Tür, ohne sich für seine Dienste und die ausgehändigten Arzneien bezahlen zu lassen, und noch bevor sie ein Wort des Dankes sagen konnte, wurde die Tür hinter ihr auch schon verriegelt.

Eine Fischer- oder Tagelöhnerhütte war es. Etwas anderes konnte es nicht sein, nicht in diesem flussnahen, häufig überschwemmten und unglaublich verwahrlosten Teil der Stadt, der aufgrund seines ungesunden Klimas einfach nur »Dunse« genannt wurde. Im Grunde durfte es Johanna nicht verwundern, dass er sich hier herumtrieb, denn sie allein wusste nur zu gut um seine wahre Herkunft, die ganz und gar nicht seinem jetzigen Erscheinungsbild entsprach. Philipp war das Kind einer Verstoßenen, einer Zauberin und Dirne, aufgewachsen in einem aus Brettern, Zweigen und Reisig gefertigten Unterschlupf. Er war Schlimmes gewöhnt, und ihn schreckte sicher eine solch elende Behausung nicht wie die, in der er vorhin verschwunden war und zu welcher Johanna nun, nach dem Besuch bei Hans Vinsebeck, zurückgekehrt war.

Dennoch fragte sie sich, wer dort lebte und bei wem er dort untergekommen war.

Was führte er nur wieder Unheilvolles im Schilde?

Johanna überlegte einen Moment, ob sie ihm mit ihren Vermutungen nicht vielleicht unrecht tat. Denn das Unheilvolle, was Philipp bisher getan hatte und von dem Johanna wusste, war es nicht immer aus der Not heraus oder in der Absicht, Gutes zu tun, vollbracht worden?

Hatte es nicht immer solche getroffen, von denen man behaupten konnte, sie hätten es nicht anders verdient?

An die schrecklichen Ereignisse aus ihren Kindertagen wollte

Johanna nicht zurückdenken, aber den Gedanken an den Tod des Unholds Eicheck ließ sie nun zu. Dem Widerling war durchaus recht geschehen. Johanna hatte ihn gehasst. Sie hatte ihn, noch bevor er jemals Hand an sie gelegt hatte, glühend verabscheut, denn ebendiese Hände waren es gewesen, die sie einst zur Witwe werden ließen. Eicheck war der Mörder ihres Konrad und als solcher des Todes würdig, zumindest in Johannas Augen. Dankbar könnte sie Philipp also sein, dass er sie aus den Fängen dieses Tieres befreit hatte. Im Grunde war er ihr Retter aus der Not – und das nicht zum ersten Male.

Doch diese Gedanken waren kindisch, entsprachen mehr den Heldensagen fahrender Geschichtenerzähler als der nackten Wahrheit, die gewiss nichts mit ihr, Johanna, zu tun hatte. Denn Philipp war nicht ihr Held, ihr persönlicher Racheengel. Allein der Zufall hatte sie zweimal im Leben zusammengeführt. Und wenn sie genauer darüber nachdachte, dann durfte Johanna fest davon ausgehen, dass, hätte er sie an jenem Abend auf der Burg Eicheck in der Truhe aufgespürt, auch sie nun in zwei Teile gehauen im Grabe liegen würde. Denn ein zweites Mal hätte er sie sicherlich nicht verschont, so wie es damals, vor nunmehr fünfzehn Jahren, der Fall gewesen war.

Und jetzt schien sich eine dritte Begegnung zwischen den beiden anzubahnen. War es wieder Zufall? Würde es wieder zu einer Schreckenstat kommen? Und würde diese Schreckenstat wieder ein für Johanna glückliches Ende nehmen, während andere eines grausigen Todes starben?

Nein, das konnte, das durfte nicht sein. Sie wollte es nicht glauben, aber genauso wenig konnte sie die Augen davor verschließen, dass er nun einmal wieder aufgetaucht war – dieser Dämon.

Sein Erscheinen in Hameln verhieß nichts Gutes. Das wusste Johanna mit Sicherheit.

Doch was sollte sie dagegen tun?

Sollte sie mit ihm reden und damit ihr eigenes Leben riskieren?

Sollte sie ihn anschwärzen und damit die Dankbarkeit, die er als ihr Lebensretter verdient hatte, verraten?

Oder sollte sie abwarten und ihn beobachten, darauf hoffend, dass er genauso plötzlich, wie er erschienen war, auch wieder verschwand, ohne einen Schaden anzurichten und ohne ihrer Gegenwart gewahr zu werden?

So dachte sie, im Schlamm stehend und die bescheidene, kleine Kate anstarrend. Da vernahm sie eine tiefe, männliche Stimme hinter sich, die sagte:

»Wollt Ihr mir etwa einen Besuch abstatten, Johanna? Das hätte ich niemals zu hoffen gewagt.«

Johanna wandte sich ruckartig um und blickte in ein vertrautes, freundliches Gesicht.

Erleichtert stellte sie fest, dass es nur der Scharfrichter Justus Carnifex war. Sie hatte Schlimmeres befürchtet. Doch die Erleichterung verflog in dem Moment, in welchem sie neben dem netten Henkersgesicht einer weiteren, weniger netten, eher lüstern blickenden Visage gewahr wurde. Es war jedoch weniger seine Lüsternheit, die Johanna so erschreckte, als vielmehr die Tatsache, dass sie sich nur allzu gut an diesen Mann erinnern konnte.

Das war der Kopfabschläger.

Philipps Handlanger.

Der Mörder Wilhelms von Eicheck.

Fassungslos betrachtete sie den Mann, während Justus Carnifex zu sprechen fortfuhr:

»Nicht erschrecken, Johanna, das ist mein Bruder Till. Ein Haudegen, aber dennoch ein guter Bursche. Er tut Euch nichts, auch wenn seine Narben eine andere Sprache sprechen. Was hat Euch hierhergeführt? Darf ich Euch einen Gefallen erweisen?«

Und mit diesen Worten deutete er auf den Eingang seiner Hütte, eben der Hütte, vor welcher Johanna stand und in die auf ihrem Hinweg Philipp in aller Heimlichkeit hineingeschlüpft war.

Johanna schüttelte nur verstört den Kopf, machte dann kehrt und ging eilig zurück zum Hause ihrer Herrin, um der armen Gerda endlich die versprochene Arznei zu bringen.

XII

Margarethe machte sich große Sorgen.

Aschfahl war das Mädchen, und sie zitterte am ganzen Leibe. Der Tee und das Pülverchen, welches Johanna vom Apotheker Vinsebeck mitgebracht hatte, zeigten kaum Wirkung. Gerdas Krämpfe waren so stark und traten in solch kurzen Abständen auf, dass sie kaum mehr ein Auge zubekam. Sie fieberte stark, doch auch die Tatsache, dass Johanna die Füße des Mädchens unermüdlich mit Salz und Essig einrieb, verschaffte ihr keine Linderung. Es sah ganz danach aus, als würde Gerda sehr bald niederkommen, und das zu einem Zeitpunkt, an dem es für das Kleine unmöglich sein würde zu überleben.

Die Kleinen, um genauer zu sein – denn Johanna, die mehr Erfahrung mit Schwangeren hatte als ihre Herrin, behauptete steif und fest, dass die junge Gerda Zwillinge erwarte –, die neue Magd hatte den immer wieder steinhart werdenden Bauch mehrmals abgetastet und ließ keinen Zweifel an ihrer Vermutung, welche, sollte sie sich bewahrheiten, die Sache nicht einfacher für Gerda machte.

»Johanna, geh bitte in eines der umliegenden Dörfer und frage dort nach einer Hebamme. Versprich ihr viel Geld für ihre Hilfe und ihr Schweigen. Geh, beeile dich!«

Margarethe nahm ihrer Magd, welche soeben das Zimmer betrat, die Kanne mit dem heißen Tee ab und ging selbst zu der stöhnenden Gerda, während Johanna wieder kehrtmachte, um ihren Auftrag zu erledigen. Sie eilte die Treppe hinunter, griff in der Küche nach ihrem an einem Wandhaken hängenden Umhang und öffnete gerade die schwere Außentüre, als sie dort auf der Schwelle der Begine Regine in die Arme lief. Die Alte schaute mürrisch und misstrauisch drein, ganz so wie immer. Anders an ihr war an diesem Tag lediglich, dass sie in Begleitung war. In Begleitung einer weiteren Frau in der Tracht der Laienschwestern sowie in Gesellschaft eines sehr jungen, verstört auf den Boden blickenden Mannes, welcher den Eindruck erweckte, den beiden Beginen nicht freiwillig gefolgt zu sein.

»Wir wollen zu Margarethe Gänslein. Wo kann ich sie finden?«, zischte Regine und bahnte sich bereits den Weg vorbei an der noch immer in der Tür stehenden Johanna.

»Ich werde ihr Bescheid geben«, erwiderte Johanna rasch und versuchte, die Alte, welche bereits die Stufen zur nächsten Etage hinaufging, auf der Treppe zu überholen.

»Du brauchst nichts vor mir zu verheimlichen, Dienstmagd Johanna. Ich weiß, wen deine Herrin bei sich versteckt hält«, keuchte die Begine hinter der an ihr vorüberhastenden Johanna.

Johanna blieb auf der letzten Stufe stehen und wandte sich um.

»So?«, fragte sie.

»Darum habe ich die beiden Leute mitgebracht. Agnes ist eine Mitschwester von mir und hat Erfahrungen als Geburtshelferin. Und der Grünschnabel, das ist Karl Schlierenkamp, seines Zeichens Schusterlehrling und verantwortlich für das Leiden der Dienstmagd Gerda. Es geht nicht an, dass sich die Mannsbilder immer davonschleichen, wenn es für sie brenzlig wird. Der soll sehen, was er angerichtet hat.«

Johanna überlegte kurz, dann entschied sie, die Begine vorzulassen. Immerhin schien diese tatsächlich Hilfe zu bringen –

rascher, als Johanna es vollbracht hätte, wenn sie erst in eines der nächsten Dörfer hätte laufen müssen. Stumm wies sie Regine den Weg zu dem Raum, in welchem Margarethe ihrer davongejagten und zurückgekehrten Magd Gerda ein Ruhelager eingerichtet hatte.

Was würde nun geschehen? Wie würde die Herrin reagieren?

Johanna wusste nur zu gut, dass Margarethe die Begine Regine ganz und gar nicht mochte, sie für ein verfressenes Schwätzweib hielt und ihre Gegenwart in diesem Hause nur aus Liebe zu ihrer Base Mechthild duldete, welche wiederum großes Vertrauen in die alte Laienschwester setzte. So viel Vertrauen, dass sie ihr offenbar von dem Versteckthalten der schwangeren Magd berichtet hatte.

In Erwartung dessen, dass Regine alsbald wieder des Hauses verwiesen werden würde, blieb Johanna auf der Galerie stehen, um sofort bereit für die Fortsetzung ihres Auftrages zu sein. Doch anstatt dass ein Toben und Zetern der beiden Streithennen ausbrach, kam Regine nach einem kurzen Augenblick vollkommen ruhig zurück und rief die Treppe hinunter:

»Agnes, wo bleibst du denn? Und du, mein Lotterbürschchen, setz ebenfalls deine Beine in Bewegung.«

Genauso sicher, wie Margarethe sich war, dass Gerdas frühzeitige Wehen nichts mit der Tatsache zu tun hatten, dass die Schwangere an einem Galgen vorübergegangen war, so sicher war sie auch, dass die Heilung der jungen Frau nicht durch die Maßnahmen der Begine Agnes herbeigeführt wurde. Die nach Urin stinkenden, zermatschten Kräuter, welche Agnes, ununterbrochen Gebete murmelnd, auf den Bauch der Schwangeren aufgetragen hatte, waren wohl kaum die Ursache für die nach nur einer Stunde verblüffend positive Wandlung Gerdas. Nein, es war weder die Paste, noch waren es die Gebete. Vielmehr war es der Schusterlehrling, dessen überraschendes Erscheinen die junge Gerda glücklich machte und alle Spannung in ihrem Körper löste. So zumindest glaubte Margarethe.

Rührend war es, diesen beiden Turteltäubchen zuzuschauen, wie sie sich verlegen anblickten, einander die verschwitzten Hände hielten und nicht recht wussten, was sie reden sollten, obwohl sie ganz offensichtlich wenigstens schon einmal Gelegenheit gefunden hatten, sich durchaus näherzukommen. Es war ein warmes, wunderbares Gefühl, das sich Margarethes bei diesem Anblick bemächtigte, es war wunderbar und schmerzhaft zugleich. Sie freute sich für die beiden jungen Menschen, deren gemeinsames Schicksal noch lange nicht besiegelt war, die aber in diesem Moment dennoch glücklich waren, weil sie einander hatten. Ja, Margarethe freute sich, musste sich aber dennoch eingestehen, neidisch zu sein. Es war jedoch nicht etwa Neid aus Missgunst, sondern die traurige Erkenntnis, solch eine Liebe, so kurz sie auch dauern mochte, niemals erfahren zu haben.

Der Herrgott hatte nun einmal ein anderes Leben für sie vorgesehen. Und wer wusste, ob nicht auch sie selbst ihren Teil dazu beitrug, dass ihr bislang so manche Freude verwehrt geblieben war? Mit einem betrübten Lächeln auf den Lippen ging sie nun aus dem Raum hinaus und ließ die beiden jungen Leute allein zurück. Sie atmete dreimal tief durch, bevor sie ihre gewohnt selbstsichere Miene aufsetzte, um dann die Stube ihrer Base zu betreten, in welcher Mechthild mit den beiden Beginen plauderte.

»Nach diesem ereignisreichen und freudigen Tag ist es mir eine Ehre, Euch, gute Regine und gute Agnes, zu einem bescheidenem Gastmahl willkommen zu heißen«, sagte Margarethe gutgelaunt an die Frauen gewandt, die diese Einladung gerne annahmen.

Die Köchin Immeke war eine wahre Künstlerin. In atemberaubender Schnelligkeit hatte sie an diesem Abend ein Mahl gezaubert, wie es selbst dem Leibkoch des Kaisers unter diesen Umständen nicht besser gelingen konnte.

Johanna hatte den Tisch mit dem kostbaren Tafelgeschirr eingedeckt, jedoch die Gabeln weggelassen, da dieses neumodische Besteck, gern auch als Teufelsforken angesehen, die Beginen nur verwirren würde. Nun servierte die Magd den vier daran sitzenden Damen nacheinander Mandelmus mit Zuckerbrot, in Wein gesottene Forellen, dann gedämpftes, mit Muskat gewürztes und mit Rosinen gespicktes Hammelfleisch, in Honig eingelegte Feigen, gebratene, mit indischen Gewürzen gefüllte junge Hühner, schließlich Schmalzgebäck mit Weinbeeren sowie Käse und eingedickte Kirschen. Dazu wurden verschiedene Weine aus Zypern und Italien gereicht.

Die Beginen waren mehr als zufrieden, ja, sie waren so zufrieden, dass sie während der gesamten Speisenfolge kein Wort sagten. Nichts außer »Ah« und »Oh«, »Hmmmh« und »Köstlich«. Erst nachdem die Bäuche prall gefüllt und auch die letzte Hähnchenkeule genüsslich abgenagt war, entwickelte sich eine richtige Unterhaltung zwischen den vier Frauen. Und zwar eine solch angeregte Unterhaltung, dass Johanna, die weiterhin in der Stube mit dem Abdecken der Tafel und dem Einschenken des Weines zu tun hatte, mitunter befürchtete, gleich werde es doch noch zu einer handfesten Auseinandersetzung zwischen Margarethe und der Begine Regine kommen.

»Um ehrlich zu sein, gute Regine, so erstaunt mich Euer uneigennütziger Beistand sehr. Wieso habt Ihr das für meine Magd getan? Allein aus Nächstenliebe?«, begann die Witwe Gänslein das Gespräch.

Regine schien ein wenig überrascht, nach einer solch großzügigen Einladung plötzlich so unverblümt zur Rede gestellt zu werden. Dennoch blieb sie ruhig und antwortete auf die schnippische Bemerkung der Hausherrin:

»Ich weiß, Margarethe, Ihr nehmt an, es sei mir zu verdanken, dass man das arme Ding aus der Stadt gejagt hat. Und jetzt könnt Ihr Euch nicht erklären, weshalb ich ihr plötzlich helfend zur Seite stehe.«

»So ist es doch, oder etwa nicht?«, erwiderte Margarethe, die Begine scharf im Auge behaltend.

»Nein, so ist es nicht«, mischte sich ihre Base Mechthild ein. »Du tust Regine unrecht, sie ist ein durch und durch aufrichtiger Mensch.«

»Tatsächlich?« Margarethe schien wenig überzeugt.

Auch Johanna war verwirrt und begriff nicht, weshalb ihre Herrin den Frauen zunächst ein solch opulentes Mahl kredenzt hatte, um sie danach so hart ins Gericht zu nehmen. Es schien eine Eigenart der Margarethe Gänslein zu sein, ihre Mitmenschen durch ihre wechselhaften Launen schier in den Wahnsinn zu treiben.

Selbst die sonst so resolute Begine Regine geriet etwas aus der Fassung. Fast wurde sie ein wenig rot um die Nase, was jedoch auch von dem guten Wein herrühren konnte, den sie mittlerweile reichlich genossen hatte.

»Ich gebe ja zu, dass mich das schlechte Gewissen plagte«, meinte sie schließlich kleinlaut, eine Art, welche so gar nicht zu dem sonst so herrischen, mürrischen Wesen der Laienschwester passte.

»Mehr wollte ich nicht hören«, antwortete Margarethe und lehnte sich zufrieden in ihrem hohen Stuhl zurück. »Ich möchte lediglich sichergehen, Schwester Regine und auch Schwester Agnes, dass ihr beiden nicht gleich in die Stadt hinauszieht, um die Kunde von der heimlichen Rückkehr der vertriebenen Magd zu verbreiten.«

»Wieso sollten wir derart unchristliche Dinge tun? Wissen wir doch genau, dass es ihr Ende bedeutete, wenn das Mädchen in seinem Zustand erneut allein, bei Wind und Wetter, vor das Tor gebracht würde«, gab Regine ein wenig erbost zurück.

»Nun, welches Handeln christlich und welches unchristlich ist, darüber scheinen wir nicht immer einer Meinung zu sein, Regine. Aber ich denke, dass ich Euch dieses Mal vertrauen kann.«

»Ihr habt nie einen Hehl daraus gemacht, dass Ihr mich für geschwätzig, gefräßig, neugierig und zänkisch haltet, nicht wahr, Margarethe?«, fragte Regine nun in lauterem Ton und hob eine Hand, als Mechthild wieder einmal schlichtend eingreifen wollte.

»So ist es. Genauso wenig habt Ihr Euch zurückgehalten, mich öffentlich als hochmütig, gierig, selbstherrlich und gottlos zu bezeichnen, nicht wahr, Regine?«

»Richtig.«

Die Begine Agnes und die Base Mechthild schauten sich nur stumm an, unfähig, sich an dem Schlagabtausch der beiden anderen Frauen zu beteiligen, und hoffend, dass alles eine gute Wendung nahm. Johanna war ein wenig amüsiert und versuchte, nicht zu grinsen, als sie den Damen erneut nachschenkte. Es war bereits später Abend, aber dieses weibliche Gastmahl schien noch lange kein Ende zu finden.

»Was müsste ich anders machen, damit Ihr mich achtet, Regine?«

»Euch wie eine anständige Witwe benehmen. So einfach ist das.«

»Wie benimmt sich eine anständige Witwe?«

»Sie lebt zurückgezogen, bescheiden, gibt ihr Vermögen den Armen und Bedürftigen oder stiftet es einer wohltätigen Gemeinschaft. Sie verbringt ihre Zeit mit stillem Gebet und Handarbeit, meidet die Gesellschaft von Männern, nimmt keine heißen Bäder und unterlässt es, Speisen zu essen, welche anregend auf die Sinne wirken. Sie schmückt sich nicht, trägt einen Brustschleier, der auch ihr Kinn verdeckt, hält den Blick stets gesenkt und geht niemals alleine aus dem Haus.«

»So ist das also. Gut, dass Ihr mich aufklärt«, erwiderte Margarethe spöttisch, einen Schluck aus ihrem Weinglas nehmend. Ein edles Stück aus venezianischem Glas, allein mehr wert als das gesamte Geschirr des Ritters Wilhelm zusammengenommen. Langsam setzte sie es wieder auf den Tisch und fragte: »Und wie benimmt sich eine anständige Begine?«

»Wollt Ihr mich etwa reizen, Frau Margarethe?«

»Durchaus nicht. Ich achte Euer Haus sehr, und es ist in meinen Augen eine notwendige und gute Sache, dass es alleinstehenden Frauen ermöglicht wird, ohne Klostergelübde dennoch in einer gottesfürchtigen, keuschen Gemeinschaft Halt und Obdach zu finden. Damit ist nicht nur den Beginen Gutes getan, nein, auch die Arbeit, welche sie verrichten, die Pflege der Kranken und Waisen, ist ein großes Verdienst. Das Ideal einer solchen Frauengemeinschaft behagt mir durchaus.«

»Das Ideal? Was meint Ihr damit?«, fragte Regine.

»Nun, sind wir nicht alle unvollkommen?«

»Worauf wollt Ihr hinaus? In unserem Hause geht alles mit rechten Dingen zu. Nicht eine Frau wurde jemals der Unkeuschheit überführt.«

»Das glaube ich Euch gern und würde es niemals in Zweifel ziehen. Vielmehr frage ich mich, weshalb es laut Euren Statuten verboten ist zu lästern, zu zanken, Kranke zu schlagen oder ihnen das Essen zu stehlen, einander an den Haaren zu ziehen oder schimpfliche Wörter zu benutzen? Derartige Verbote werden doch nicht ohne Grund erlassen.«

»Woher wisst Ihr denn so genau von unseren Statuten?«

»Ich lese halt gern, und ich lese alles, was mir zwischen die Finger gerät.«

»Wenn Euch diese Leselust nicht noch zum Verhängnis wird, Frau Margarethe. Vestiarius hat Euch eine Abschrift der Statuten gebracht. Ist es nicht so?«

»Ihm ist es ebenfalls ein Anliegen, aus mir eine fromme Witwe zu machen, und darum ist er kurzzeitig auf die Idee verfallen, dass ich Eurer Gemeinschaft beitrete.« Dieser Gedanke war für Margarethe so abwegig, dass sie nicht anders konnte, als darüber herzlich zu lachen.

»Auch Euren Hochmut werdet Ihr eines Tages bitter bereuen, Frau Margarethe. Hütet Euch! Mich mögt Ihr reizen, aber dennoch nicht gegen Euch aufbringen. Bei anderen, mächtigeren Leuten in dieser Stadt sieht das hingegen anders aus«, erwiderte Regine bitter.

Margarethe verstummte. Hatte es sich bislang um Sticheleien zwischen zwei zänkischen Weibern gehandelt, so war mit einem Male die Luft zum Zerschneiden dick. Es herrschte eine bedrohliche Stille.

»Was wollt Ihr damit sagen?«, fragte Margarethe schließlich.

»Nicht mehr, als ich bereits gesagt habe: Hütet Euch. Seht Euch vor. Verhaltet Euch unauffällig, schmiegt Euch an, so schwer es Euch auch fallen mag.«

»Solch ein Rat von einer Frau, die anschmiegsam ist wie ein unbehauener Stein?«, erwiderte Margarethe. Ihre Stimme jedoch klang verunsichert.

»Wir sind beide aus dem gleichen Holz geschnitzt, Margarethe Gänslein. Das spürt Ihr genauso wie ich. Es ist nicht einfach, als Frau allein zu leben. Machen wir uns nichts vor, wir sind auf Duldung angewiesen. Wir Beginen genauso wie ihr selbstständigen Witwen. Will man aber geduldet werden, so sollte man auch erdulden können. Das ist eine schwere Lektion für ein störrisches Weib, das weiß ich besser als Ihr, aber dennoch ist es eine wichtige Lektion, wenn man überleben will.«

»Haben Eure rätselhaften Worte mit Hasenstock zu tun?« Margarethe wurde immer unruhiger und verlor offensichtlich die Kontrolle über dieses Gespräch, welches bislang allein von ihrem fast boshaften Spott beherrscht worden war.

»Weshalb ausgerechnet Hasenstock?«, wollte Regine wissen, die spürte, dass sie langsam die Oberhand gewann.

»Ist es nicht stadtbekannt, dass wir keine Freunde sind?« Margarethe ärgerte sich über ihre eigene Unsicherheit.

»Nun, Euer verstorbener Gatte und Peter Hasenstock waren durchaus Freunde. Einst. Als sie noch nicht zusammen in einer Stadt lebten und der eine durch die Gunst des anderen reicher wurde als sein Gönner. Aber über die gemeinsame Vergangenheit der beiden Männer dürftet Ihr, Frau Margarethe, besser Bescheid wissen als selbst die neugierigste Begine.« Regine war mit ihren Worten sehr zufrieden und genoss Margarethes fragenden Blick.

»Eine gemeinsame Vergangenheit?« Nun war Margarethe vollkommen ratlos.

»Stellt Ihr Euch nur unwissend, oder seid Ihr tatsächlich solch ein Schaf?«, fragte die Begine, doch ihre Worte klangen nicht so hart, wie ihr Inhalt vermuten ließ. Sie spürte, die Witwe Gänslein tief getroffen zu haben, und das war ihr bei all der ihr eigenen Schärfe dennoch unangenehm. Versöhnlich beugte sie sich ein wenig über den Tisch, sah Margarethe tief in die Augen und sagte:

»Es mag sein, dass nicht alles, was ich zu wissen glaube, der Wahrheit entspricht, darum werde ich kein Wort darüber verlieren. Aber dennoch bitte ich Euch, Margarethe: Traut niemandem! Euer Gatte hat Euch nämlich mehr vermacht als nur ein ansehnliches Vermögen und eine Kammer voller Reliquien.«

XIII

Seit dem Jahre 1410 besaß der Rat der Stadt Hameln das Recht der ordentlichen Blutgerichtsbarkeit. Von da an also war der Landesvater und Herzog nicht mehr befugt, in Hameln über Leben und Tod zu entscheiden. Bisher hatte diese Aufgabe der Verwalter des Herzogs, der Stadtvogt, übernommen, doch wurden dessen Kompetenzen nach und nach beschnitten, da der Landesvater dem Rat der Stadt Hameln immer mehr Rechte zugestand. Dies lag nicht etwa daran, dass er diese in seinem Herrschaftsbereich liegende Stadt so sehr liebte, sondern vielmehr an der Tatsache, dass der Herzog nicht in der Lage war, das Geld, welches ihm zu verschiedensten Zwecken von den reichen Bürgern Hamelns geliehen worden war, zurückzuerstatten. Er beglich also seine Schulden durch das Gewähren von Zugeständnissen an die Stadt, wie das Braurecht, den Weinschank, das Jagdrecht, die Zollfreiheit oder die Münzgerechtigkeit. Und da die Landesherren im Laufe der Jahrzehnte zwar wechselten, die finanziellen Nöte jedoch bei einem jeden von ihnen die gleichen blieben, gelang es den reichen Bürgern Hamelns, ihre Stadt de facto zu einer freien Stadt zu machen. Ein großer Schritt in diese Richtung war zudem die Eindämmung des Aufgabenbereiches des Vogts gewesen, welcher alsbald in der Stadt gleichsam nurmehr die Funktion eines vom Herzog beauftragten Beobachters ausübte.

Im Jahre 1410 verlor die herzogliche Stadtvogtei somit die

Hochgerichtsbarkeit in Hameln. Damals endete ohnehin an vielen Orten im ganzen Reich die althergebrachte Form der Sühne- und Bußenstrafe – eine Art der Rechtsprechung, die etwa einem heimtückischen Mörder auferlegt hatte, durch eine Wallfahrt nach Rom seine schwere Sünde wiedergutzumachen. Anstelle dieser alten Sühneordnung traten nun ordentliche Hals-, Hand- und Geldstrafen; als Relikt aus den heidnischen Zeiten der Urväter war aber auch die Verbannung aus der Stadt als Strafe geblieben und wurde gern praktiziert. Alles in allem trat also eine gewisse Einheitlichkeit im Umgang mit Übeltätern ein, und da Bußeleistungen als einzige Strafe für schwere Vergehen abgeschafft waren, nahm zwangsläufig die Anzahl der Hinrichtungen im gesamten Reich zu. Ja, öffentliche Vollstreckungen von Todesurteilen erfreuten sich wachsender Beliebtheit und verblüfften durch mannigfaltige Varianten.

In der Stadt Hameln jedoch kam es nur äußerst selten zu spektakulären Hinrichtungen. Es war eine ehrbare Stadt mit ehrbaren Bürgern, und somit musste nur dann und wann einmal jemand durch Gerichtsbeschluss auf blutige Art und Weise vom Leben in den Tod befördert werden. Innerhalb von hundert Jahren nach Erlangen des Halsrechtes war es zwar zu Verbrennungen von Zauberinnen, zu Enthauptungen von Totschlägern und zum Rädern von Halsabschneidern gekommen, aber das in sehr geringer Zahl. So gering, dass sich ein jeder Hamelner noch an einen jeden Fall erinnern konnte, selbst dann, wenn er davon nur aus den Erzählungen von Eltern und Großeltern wusste.

Anders jedoch sah es natürlich mit den Galgenstrafen aus. Denn für Diebe herrschte schon zu Zeiten der Bußgerichtsbarkeit kein Pardon. Während der Mörder seiner eigenen Frau mit Eisenketten behangen und mit Nägeln in den Schuhen nach Rom pilgern musste und nach seiner Rückkehr zwar geächtet, aber dennoch jenseits von Kerkermauern weiterleben durfte, lag für einen gemeinen Dieb schon seit jeher der Strick bereit. Und somit verfügte auch die Stadt Hameln nicht nur über zwei Galgen – einen, der mitunter auf dem Pferdemarkt am Stockhaus aufgebaut wurde, und einen ständigen, welcher außerhalb der Stadt, auf einem kleinen Hügel, natürlich Galgenberg genannt, stand –, nein, sie verfügte auch über zahlreiche hingerichtete Diebe, die ihre letzte Ruhe zusammen mit ungetauft verstorbenen Neugeborenen, Selbstmördern, Geächteten sowie Unehrlichen auf dem Schindanger fanden. Einem Friedhof, welcher ebenfalls weit außerhalb der Stadtmauern lag und lediglich von einer Schar Krähen besucht wurde.

An diesem Abend jedoch fanden sich hier im Dunkeln zwei Besucher ein, deren schwarze Silhouetten im Mondenschein ein eigentümliches, ja sogar unheimlich anmutendes Bild lieferten. Denn während die eine Gestalt groß, breit und kräftig dastand, war die andere um mehr als vier Köpfe kleiner, schmächtig und in einen Kapuzenmantel gehüllt. Zwei düstere Sagenwesen, die an einen Troll und einen Gnom erinnerten. Tatsächlich jedoch handelte es sich um den gutmütigen Scharfrichter Carnifex und den ebenfalls gutmütigen Apotheker Vinsebeck, welche sich an ebendiesem Tag an ebendiesem Ort verabredet hatten. Denn vor etwa dreißig Stunden war auf wenig aufsehenerregende Weise einem notorischen Pferdedieb sein angemessenes Ende bereitet worden, und ebendiesem unfreiwillig Verstorbenen galt es nun einen Besuch abzustatten.

»Du hast ihn ja doch schon begraben.«

»Natürlich, was sollte ich denn machen? Sei froh, dass ich ihn überhaupt abnehmen durfte. Eigentlich hätte er noch eine Weile am Galgen baumeln müssen. Aber deine Idee hat gefruchtet. Ich sagte ihnen, er sei voller Pestbeulen, und schon durfte ich ihn sofort verscharren. Davongelaufen sind sie, die Ratsherren und das schaulustige Volk, als sei der Teufel hinter ihnen her. Auf den Schwarzen Tod will jeder gern verzichten.«

»Sehr gut. Dumm nur, dass er jetzt so schmutzig ist, wenn wir ihn ausgraben, nach dem Regen in den letzten Tagen. Ach, was soll's. Ich hätte ihn ohnehin waschen müssen.«

»Ich will gar nicht wissen, was du mit ihm anstellst, Meister Vinsebeck. Gib mir das Geld, lade ihn auf den Wagen und karre ihn in dein Haus.«

Vinsebeck reichte dem großen Mann ein Beutelchen, welches dieser kurz an seinem Ohr hin und her schüttelte, um es dann mit einem zufriedenen Gesichtsausdruck in seiner Gürteltasche verschwinden zu lassen.

»Nur die Daumen, die musst du mir lassen«, sagte der Henker, während er von dem mitgebrachten Schubkarren eine Schaufel nahm, um mit der Ausgrabung zu beginnen.

»Abergläubisches Gewäsch«, murmelte Vinsebeck nur, während er, die kurzen Arme vor der Brust verschränkt, dastand, um Carnifex bei seiner Arbeit zuzuschauen.

»Das kann man sehen, wie man will. Aber dafür bekomme ich eine Menge Geld. Ach, und seine Sackhaare brauchst du sicherlich auch nicht, oder?«

»Dass es Glück im Spiel bringt, wenn man den Daumen eines Hingerichteten in der Tasche hat, davon habe ich bereits gehört. Aber was in aller Welt stellst du mit seiner Geschlechtsbehaarung an, Carnifex?«

»Ich verkaufe sie«, antwortete der Scharfrichter, während er grub. »Frag mich nicht, wie sie es machen, aber es gibt Frauen, die brauen daraus ein Gesöff, dass unfruchtbare Weiber gebärfreudig macht.«

Der kleine Apotheker schüttelte den Kopf. »Unglaublich. Wo bleibt da nur der Verstand?«

»Das musst gerade du sagen, Vinsebeck. Ich frage mich, wo

dein Verstand bleibt, wenn du glaubst, diesen Kerl hier wieder zum Leben erwecken zu können.«

»Halt bloß dein Schandmaul!«, zischte der Zwerg. »Das habe ich niemals behauptet.«

»Ich bin ja ruhig, ich bin ja ruhig. Ah, da haben wir ihn.«

»Nicht einmal in Sackleinen gewickelt hast du ihn, Carnifex. Mit den Augen kann ich jetzt gar nichts mehr anfangen. Da waren schon die Ameisen und Würmer am Werk.«

»Das geht schneller als gedacht.« Carnifex hievte mit Leichtigkeit die Leiche des schmächtigen jungen Mannes aus dem Loch, legte sie ab, zog ein scharfes, blitzendes Messer aus dem Gürtel und machte sich sogleich ans Werk, um die ihm zustehenden Trophäen zu ergattern.

»Die Daumen hätte ich gut gebrauchen können«, schimpfte Vinsebeck.

Dann holte er mehrere Säcke und Leinentücher von dem Karren und wickelte den Toten darin ein. Carnifex half ihm und hievte das große Bündel danach allein auf den Karren. Abschließend wurde der Schubwagen noch mit Reisig beladen. Der Henker verabschiedete sich auf ein Bier im Nobiskrug, während der Zwerg, allein den Karren schiebend, zum Ostertor zurückeilte, bevor dieses schloss.

Niemand hatte den Ausflug der beiden seltsamen Gestalten bemerkt, und auch der Torwächter empfand es nicht als eigenartig, dass der Apotheker Vinsebeck des Abends mit einem Fuder Brennholz in die Stadt zurückkehrte. Der kleine Mann galt ohnehin als komischer Kauz, und wenn er meinte, zu dieser Tageszeit Holz sammeln zu müssen, dann würde er seine Gründe dafür haben.

Ungesehen fuhr Vinsebeck durch die dunklen Gassen und bog in den Hinterhof seines kleinen Häuschens ein. Er schaffte es ganz allein, das schwere und unhandliche Gepäckstück vom

Hinterhof aus in seinen Arbeitsraum zu bringen, und es gelang ihm sogar, den Toten mit Hilfe einer aus einem Brett gefertigten Rampe auf den großen Tisch zu befördern.

Völlig außer Atem, verschwitzt und erschöpft, stand Vinsebeck da. Ein zufriedenes Grinsen breitete sich auf seinem runzligen Gesicht aus, als er seine neueste Errungenschaft betrachtete.

Er war bereit.

Endlich war er bereit.

Dann klatschte er jedoch eilig in die Hände und begab sich umgehend an die Arbeit. Er machte Feuer, setzte Wasser auf, holte Essig herbei und eilte wie ein Wiesel von einer Ecke zur nächsten. In seinem Kopf schwirrte es wie in einem Bienenstock. Halb singend, halb murmelnd, gab er kleine, selbst gereimte Verse von sich. Das waren Anweisungen an sich selbst, welche er gedichtet hatte, um auch ja keinen Schritt seines wichtigen Vorhabens versehentlich außer Acht zu lassen.

So beschäftigt war der kleine Mann, dass er gar nicht hörte, wie jemand mit der Faust gegen seine Hintertüre pochte.

»Der arme Teufel.«

Vinsebeck fuhr derartig zusammen, dass er für einen kurzen Moment glaubte, das Herz in seiner Brust hätte aufgehört zu schlagen. In seinem emsigen Streben musste er ganz vergessen haben, die Hintertüre zu verriegeln, denn nun stand er hinter ihm, der Sensenmann. Gevatter Tod war es, lang und dünn, gehüllt in einen schwarzen Kapuzenmantel, allein die Sense fehlte ihm. Das also nun war die Strafe für all die Vinsebeckschen gottlosen Taten, für sein selbstherrliches Zweifeln an den Mächten von Himmel und Hölle, für sein unaufhörliches Streben nach Erkenntnis, für seine unstillbare Neugier und fehlende Demut.

Jetzt war er da. Jetzt holte er ihn. Plötzlich und unerwartet.

Oder war es gar nicht der Tod?

War es vielleicht ein ganz anderer?

Etwa der Höllenfürst, der ihm einen Pakt anbieten wollte?

Über eine solche Möglichkeit hatte Vinsebeck durchaus schon nachgedacht und sich vorgestellt, wie wunderbar es sein könnte, sich die mühsam erarbeiteten, aber dennoch unbefriedigenden Antworten auf seine unzähligen Fragen einfach zu erkaufen. Ganz so, wie es in dieser Geschichte über einen Wittenberger Gelehrten der Fall war, welcher dem Teufel seine Seele vermachte, um dafür die universale Erkenntnis zu erhalten. Mit einem Mal wechselten die bis dato ängstlich überraschten Züge des Zwerges hin zu einem fast schon übertrieben erwartungsfrohen Mienenspiel. Eine Wandlung, die selbst den Kapuzenmann zu amüsieren schien, denn er fing an zu lachen und schlug mit einer kurzen Handbewegung seinen Umhang nach hinten, wodurch das Gesicht eines jungen, ungemein ansehnlichen Mannes zum Vorschein kam.

Vinsebeck war enttäuscht. Das war weder Tod noch Teufel, das war schlicht ein fremder Eindringling aus Fleisch und Blut, der ihn nicht nur von seinen Aufgaben abhielt, sondern auch noch Dinge vor Augen bekam, die nicht für die Öffentlichkeit bestimmt waren.

»Verlangt Ihr etwa nach einer Arznei?«, fragte er nun harsch, während der Fremde nicht aufhörte, ihn freundlich anzublicken.

»Du erkennst mich nicht?«, gab dieser nur zurück.

»Ich merke mir keine Gesichter. Damit verschwende ich nur unnötigen Raum in meinem Gedächtnis. Wer seid Ihr? Was wollt Ihr? Sprecht rasch, denn ich habe zu tun.«

»Das ist der Pferdedieb, den man heute in aller Frühe gehängt hat, nicht wahr?«, wollte der Besucher wissen, ohne auf die Fragen des Apothekers zu antworten.

Schnell zog Vinsebeck ein Leinentuch über den Verstorbenen und blickte den Eindringling aus seinen kleinen, schwarzen Augen glühend an.

»Du kanntest meine Mutter, Meister Vinsebeck«, sagte der Lange nun in einem ernsteren, fast traurigen Ton.

Und jetzt begann auch Vinsebeck zu begreifen. Dieses Gesicht, die Augen, der Mund, die Stirn, ja – das war sie, sie in männlicher Gestalt.

»Philipp?«

»So ist es.«

»Wo bist du all die Jahre gewesen?«, rief der kleine Alchemist begeistert und empört zugleich. »Ich suchte nach dir, als ich hörte, dass deine Mutter auf die Burg gegangen war, ohne dich mitzunehmen. Es hieß jedoch, du seist tot. Du und noch einige andere Knaben aus dem nahen Dorf. Ich grämte mich sehr, fühlte mich schuldig.«

Der Zwerg schaute betreten zu Boden, damit der Gast die Tränen nicht sah, die ihm in die Augen schossen.

Philipp jedoch schüttelte nur den Kopf und sagte: »Dich trifft keine Schuld. Im Gegenteil, ich bin gekommen, um dir zu danken, Meister Vinsebeck. Du warst immer gut zu ihr. Du warst der Einzige, der immer gut zu ihr war.«

Dem kleinen Apotheker wurde bei diesen Worten heiß und kalt zugleich, sein Herz raste. Die Erinnerungen an Maria, Philipps Mutter, schmerzten ihn sehr.

»Sie ist tot, nicht wahr?«, murmelte er leise.

»Ja, sie starb vor etwas mehr als einem Jahr. Es ging ihr bereits sehr schlecht, als ich zurückkehrte. Nur um zwei Tage überlebte sie meine Ankunft.«

Philipp legte eine Hand auf die schmale Schulter des Zwerges. Eine Weile schwiegen sie, dann sagte der Gast in gefassterem Ton:

»Er wird dir verfaulen, Vinsebeck. Du willst doch sicherlich mehr als eine Woche an ihm arbeiten. Dann solltest du ihn mumifizieren. Weißt du, so, wie es die alten Ägypter gemacht haben.«

»Woher weißt du …?« Vinsebeck starrte Philipp nun fassungslos an.

»Ich weiß mehr, als vielen Leuten lieb ist. Aber ich weiß nicht genug, guter Vinsebeck. Du jedoch brauchst dich vor meinem Wissen nicht zu fürchten. Was genau hast du mit diesem Elenden vor?«

»Ich habe da meine eigene Methode entwickelt. Soll ich dir alles erklären, Philipp? Du wirst es mir nicht glauben, aber ich bin der festen Überzeugung, dass das Blut in unseren Leibern im Kreise läuft und von nichts anderem als dem Herzen durch alle Gliedmaßen gepumpt wird. Stirbt ein Mensch, so benötigt man zu dessen Auferstehung nichts weiter als frisches Blut und eine mechanische Pumpe, eine Art Wasserrad. Handbetrieben noch, aber daran werde ich feilen. Mit Tieren schlug ein solches Experiment bislang fehl, ihnen mangelt es am notwendigen Seelenstoff. So ist zumindest meine Überzeugung. Aber ein menschlicher Körper dürfte, jedenfalls so kurz nach seinem Ableben, beseelt genug sein, um erneut zum Leben erweckt zu werden. Rein mechanisch, versteht sich, wir sprechen hier nicht von einem Menschen mit Geist und Verstand. Es ist eine Art, wie soll ich sagen, eine Art …«

»… willenloser Machina«, ergänzte Philipp.

»So ist es«, rief Vinsebeck erfreut aus. Plötzlich war er wieder der quirlige kleine Alchemist, dem nichts weiter in seinem klugen Kopf herumspukte als der Drang nach Mehrung seines Wissens.

»Weißt du, ich halte nichts von diesen abergläubischen Versuchen, bei denen männlicher Samen in einem Haufen Pferdemist ausgebrütet wird, um auf diesem Wege ein künstliches Menschlein zu erzeugen. Ich glaube an die Kraft der Mechanik, an die Kraft der Vernunft und der Erfahrung. Und meine Erfahrung, Philipp, sagt mir: Eines Tages wird ein Wesen durch die Gassen Hamelns streifen, das ohne Seele und Gewissen allein einem ihm befohlenen Auftrag folgt. Das mag dem Gottesfürchtigen ein Gräuel sein, doch solange die Mission eine gute ist, muss man sich doch nicht um das Gewissen kümmern. Was meinst du?«

»Du weißt gar nicht, wie wahr du soeben gesprochen hast, lieber Vinsebeck«, sagte der Gast nachdenklich, beugte sich dann nach vorn und klopfte dem kleinen Mann freundschaftlich auf die Schulter.

XIV

Johanna war die Erste, welche von dem entsetzlichen Geschrei erwachte. Im Nu sprang sie hellwach aus ihrem Bett. Blitzschnell war sie in ihren leinenen Unterrock geschlüpft und eilte in den stockfinsteren Flur hinaus. Es war ein furchterregendes Gebrüll, und es kam aus dem Stockwerk unter ihrer Mägdekammer. Verzweifelt tastete Johanna sich an der Wand entlang, um zu der Stiege zu gelangen, die in die nächste Etage führte. Sie ahnte, von wem das schreckliche Kreischen herrührte, und sie ahnte ebenfalls, was es zu bedeuten hatte.

Glücklicherweise wurde im gleichen Moment unten ein Licht entzündet. Johanna vernahm die aufgeregten Stimmen ihrer Herrin und deren Base. Auch sie waren von dem lauten Schreien aus dem Schlaf gerissen worden. Dank des Lichtes war Johanna bald die knarrenden Stufen hinuntergeeilt.

Gestern noch hatte die Begine Agnes die schwangere Gerda untersucht und erleichtert festgestellt, dass die frühzeitigen Wehen offenbar glücklich überwunden waren und der Bauch der jungen Frau sich beim Abtasten weich und lebendig anfühlte. Johanna hatte die Hebamme darauf hingewiesen, dass sie glaube, Gerda erwarte zwei Kinder, doch das hatte Agnes ausgeschlossen. Sie hatte ihr Ohr für eine Weile ganz nah an den runden Bauch gehalten und aufmerksam gelauscht. Da poche nur ein Herzchen, das sei gewiss, so beharrte sie steif und fest, woraufhin Johanna nachgab. Agnes war in diesen Dingen nun einmal erfahrener, sie musste es besser wissen. Alles schien demnach wieder in bester Ordnung zu sein, Gerda war rosig und hungrig, aß und trank reichlich, schlief ruhig und fest.

Aber nun dieses unglaubliche Geschrei.

Als Johanna ins Zimmer der Schwangeren kam, waren Margarethe und Mechthild bereits vor Ort. Auf der Stiege konnte man zudem die schweren Schritte der Köchin Immeke vernehmen.

Das Erste, was Johanna in dem von zwei Öllampen beleuchteten Raum wahrnahm, war Blut. Das ganze Bett war rot, und inmitten ihres eigenen Blutes saß Gerda mit starren Augen und aschfahlem Gesicht. Sie schrie nicht mehr, sie saß nur da, kerzengerade, mit gespreizten Beinen und dieser entsetzlichen Todesangst im Gesicht. Margarethe war in einer dunklen Ecke des Zimmers verschwunden und hielt etwas im Arm, woran sie immer wieder sanft, aber entschieden herumdrückte. Dabei schüttelte sie verzweifelt den Kopf. Mechthild hingegen tat nichts, als sich ununterbrochen zu bekreuzigen und das Ave Maria zu beten.

Nachdem Johanna begriffen hatte, was hier vor sich ging, begab sie sich rasch zu dem verängstigten Mädchen, schob die betende Mechthild aus dem Weg und nahm Gerda in die Arme. Sie zitterte wie Espenlaub und brach vollkommen entkräftet in sich zusammen, als sie die Berührung der anderen Magd spürte.

»Bring es bitte fort, Immeke. Sie soll es nicht vor Augen haben«, sagte Johanna leise zu der nun ebenfalls in den Raum stürzenden Köchin. Sie deutete auf einen kleinen, blutigen Klumpen, welcher zwischen Gerdas Beinen gelegen hatte. Die Köchin reagierte sofort. Ihr Gesicht verriet weder Ekel noch Entsetzen, sie handelte so, als packe sie Schlachtabfälle fort.

Frau Mechthild hingegen übergab sich in den Nachttopf,

während Margarethe Immeke ohne Worte anwies, das tote Kind in ein Tuch zu wickeln. Das zweite, welches sie bislang in den Armen gehalten hatte, legte sie sacht daneben auf einer Truhe ab und wickelte es ebenfalls in ein Tuch. Dann nickte sie Immeke zu, welche sogleich begriff, die beiden winzigen Bündel nahm und sie hinaustrug.

»Wir müssen nun doch den Medicus holen, Johanna. Schnell«, flüsterte Margarethe aufgeregt, während sie aufs Bett zuging und dabei über ihre Base stolperte, die noch immer am Boden vor der Schüssel hockte.

Doch Johanna rührte sich nicht. Sie blieb weiterhin auf dem Bett sitzen, den Kopf Gerdas hielt sie an die Brust gepresst, Tränen standen ihr in den Augen. Sanft streichelte sie Gerdas nassgeschwitztes, strohblondes Haar und schüttelte dann langsam den Kopf.

Margarethe nickte stumm und ließ sich entkräftet auf einer Truhe nieder.

»Es ist allein meine Schuld. Ich störrisches, selbstgefälliges Weib«, sagte sie und verbarg ihr Gesicht in den Händen.

Es war schwer für ihn, Ruhe zu finden. Nachdem er vor nunmehr zwei Jahren aus seiner alten Heimat hierher zurückgekehrt war und seine Mutter verhungernd und verwahrlost aufgefunden hatte, hatte es keine einzige Nacht gegeben, in der Philipp schlafen konnte. Auch in dieser Nacht hatte er kein Auge zugetan. Nun hockte er in seiner einfachen Gästekammer einer bescheidenen Hamelner Herberge und versuchte, seiner Gedanken und Gefühle Herr zu werden.

Er kannte sie nur zu gut, diese Wut und diese Traurigkeit. Zeit seines Lebens waren sie da gewesen. Er war mit diesen Gefühlen groß geworden, sie hatten ihn durch seine unglückliche Kindheit und Jugend begleitet und wurden nun, da er zu einem

Mann herangereift war, durch einen unerträglichen Hass sowie eine noch unerträglichere Unruhe ergänzt.

Hass worauf und auf wen?

Manchmal wusste er es selber nicht.

Ja, oft war er sich nicht sicher, ob die, die er zu hassen glaubte, diesen Hass verdient hatten.

War es nicht vielmehr sein Schicksal oder gar Gottes Wille gewesen, ein solch demütigendes Leben führen zu müssen?

Oder war es gar die Schuld seiner Mutter, dass alles so gekommen war? Lag es an ihrem unsteten Wesen, an ihrer unstillbaren Gier, mit der sie sich und ihre Familie ins Verderben getrieben hatte?

Nein, auch sie war nur ein Opfer, ebenso wie er, das damals unschuldige kleine Kind.

Aber ein Opfer zu sein, das vertrug sich nicht mit Philipps Stolz. Und dieser Stolz hatte ihn insbesonders eine Lektion gelehrt: Wozu Mitleid haben, wenn man selbst nie Mitleid erfahren hatte?

Wilhelm von Eicheck, Peter Hasenstock und Reinold Gänslein – das waren die Namen der Männer, welche seine Mutter auf dem Sterbelager immer und immer wieder gemurmelt hatte. Auch Hans Vinsebeck wurde mehrmals genannt, dieser aber in einem anderen, einem liebevollen Ton, genauso wie der Name seines Vaters, Sebastian Stadler, stets in guter Erinnerung geblieben war. Philipp wusste nicht viel von seinem Vater, ja, eine Zeitlang hatte er nicht einmal gewusst, wer sein Vater war. Holzfäller, so hatte sie ihm erst in späten Jahren erzählt, sei er gewesen, rechtschaffen, ehrlich, stark und fleißig, jedoch bitterarm. Hunger hätten sie gelitten, zwei Kinder seien ihr deshalb gestorben, und darum sei sie manches Mal, wenn der Mann in den Wäldern war, ausgegangen, um Reisenden, welche die Berge auf dem Weg nach Italien und zurück passierten, Dienste zu erweisen. Sie hatte nicht gesagt, welcher Art diese Dienste waren, aber Philipp hatte dennoch verstanden. Er hatte es ohnehin geahnt, da sie mit derlei Dienstleistungen auch nach dem Tode des Vaters niemals aufgehört hatte.

Was er jedoch nicht geahnt hatte und erst am Sterbelager der Mutter erfuhr, war, dass sein Vater ermordet worden war. Erschlagen hatte man ihn mit einer Axt. Zwar wollte sie nicht sagen, wer es gewesen war, aber Philipp konnte sich aus dem Wirrwarr ihrer im Fieber gesprochenen Worte zusammenreimen, dass es einer der beiden jungen Männer gewesen sein musste, die Mutter und Kind nach dem Tode des Vaters mit nach Hameln nahmen: Peter Hasenstock oder Reinold Gänslein, wahrscheinlich sogar beide. Nur dunkel erinnerte er sich an diese beiden Männer, die Mutter hatte sie mitunter in Hameln besucht. Sie waren nie unfreundlich zu ihm gewesen, hatten sich aber auch nicht weiter um das Kind gekümmert, es vielmehr fortgeschickt, um mit Maria allein zu sein. Reich waren sie beide, der eine sogar reicher als der andere. Und dieser Reichtum, so hatte sie mit einem ihrer letzten Atemzüge gehaucht, sei allein auf dem Fundament der Verschwiegenheit erbaut. Ein unsicheres Fundament, welches allein durch Brechen dieser Verschwiegenheit zusammenstürzen musste.

Viel mehr wusste Philipp nicht, aber er war gewillt, mehr herauszufinden.

Gänslein und Hasenstock waren die Träger des Rätsels, Eicheck hingegen war nur ein dunkler Fleck in dieser ohnehin düsteren Geschichte gewesen, ein Fleck, den Philipp bereits mit Leichtigkeit beseitigt hatte. Anders sah es mit den beiden anderen aus, denn Gänslein war bereits tot, er ruhte samt seiner Schuld unter der Erde. Doch sein Vermögen, das er auf dieser Schuld errichtet hatte, dieses Vermögen bestand noch. Und es wurde verwaltet von einer bemerkenswerten Frau.

Philipp hatte sie in den letzten Tagen beobachtet und sich zudem vorsichtig nach ihr erkundigt, er hatte seinen Handlanger Carnifex und auch den guten Vinsebeck ein wenig ausgefragt.

Sie war mutig, ehrgeizig, starrsinnig und kalt wie eine Hundeschnauze. Letzteres hatte Carnifex behauptet. Vinsebeck jedoch war voll der guten Worte gewesen, ja, ein leichtes, verschmitztes Lächeln hatte seine Lippen umspielt, als er von Margarethe Gänslein als einem Prachtweib mit großem Herzen sprach, welches von den meisten Menschen in dieser Stadt leider verkannt werde.

Er hatte nicht viele Blicke auf sie werfen können, doch das, was Philipp von der Kaufmannswitwe gesehen hatte, bestätigte die Aussagen seiner beiden Informanten. Zudem jedoch gewann Philipp den Eindruck, dass eine entscheidende Tatsache hinzukam: Margarethe Gänslein war eine einsame, eine verlassene Frau. Die Bewegungen ihres Körpers, ihre Mimik, ja, ihr gesamtes öffentliches Auftreten verrieten, dass sie stets bemüht war, ihre Einsamkeit zu verbergen. Sie machte es sogar gut, wirkte hart, selbstsicher, überlegen. Aber für den geübten Beobachter war sofort zu erkennen, dass unter der kraftstrotzenden Hülle ein verletzlicher Kern verborgen schien. Und Philipp war ein geübter Beobachter.

In dieser Nacht hatte er die ganze Zeit in einer der Nischen der Kaufmannskirche gestanden, sich vor dem hin und wieder vorüberwandernden Nachtwächter verborgen und auf das Haus der reichen Witwe gestarrt. Nicht einmal für einen kurzen Moment waren die Lichter in dem großen Fachwerkgebäude erloschen. Philipp hatte hinter den teilweise verglasten Scheiben Schatten eilig hin und her laufen sehen. Gegen Morgen dann – es dämmerte bereits – war eine vermummte Magd aus dem Haus geschlichen und nach nur kurzer Zeit mit einem alten Mann zurückgekehrt. Wenig später war das große Tor des

Hauses geöffnet worden, und ein Wagen war herausgekommen, ein einfacher Zweispänner, gelenkt von dem alten Mann, der ein ernstes Gesicht machte und zusah, möglichst rasch an den sich langsam auf dem Marktplatz einfindenden Kleinhändlern und Bauern vorüberzufahren. Neben ihm hatte die Magd gesessen, nun hatte sie ihre Kapuze zurückgeschlagen. Bedrückt war sie gewesen, schien geweint zu haben.

Philipp hatte einen Moment lang seinen Augen nicht trauen wollen.

Das Mädchen Johanna.

Konnte das sein?

Schon wieder?

Er hatte sie doch erst auf der Burg Eicheck gesehen, als sie verzweifelt versucht hatte, nicht von ihm wiedererkannt zu werden. Was ihr jedoch nicht gelungen war.

Und nun war sie ausgerechnet hier?

Es musste eine Täuschung sein.

Er hatte keine Ahnung, ob es einen Sinn ergab, ob er zu Fuß schnell genug war. Aber es war ihm nicht anders möglich. Er folgte der Kutsche, die der alte Mann auf dem kürzesten Weg hinaus aus der Stadt lenkte.

»In unseren Herzen ist dies Gerdas Trauerfeier, Johanna. Denke daran, wenn du betest«, flüsterte Margarethe ihrer Magd zu, als sie am zweiten Tage nach dem frühen Tod der jungen Frau und ihrer beiden neugeborenen Kinder die sonntägliche Messe besuchten.

Alles war so schnell und heimlich vonstatten gegangen, dass Johanna noch immer vollkommen durcheinander war. Sie wusste nicht, ob es rechtens gewesen war, was sie und der alte Sekretär Bennheim mit der verstorbenen Gerda und ihren winzigen Kindern angestellt hatten. Doch die Herrin hatte darauf bestanden, und ihre Worte waren einleuchtend gewesen. Es war ein wunderbarer Ort, ein wunderschönes Grab, auch wenn es dort keine geweihte Erde gab und kein Geistlicher zugegen sein durfte. Johanna hatte ein Fläschchen Weihwasser aus dem reichlichen Vorrat der frommen Mechthild mitgenommen und zudem alle ihr bekannten Gebete gesprochen, ja, sie hatte sogar gesungen. Und auch Bennheim hatte sich würdevoller verhalten als ein Dorfpfarrer, seine Miene hatte gar der eines hohen Geistlichen, eines Abtes oder gar eines Bischofs geglichen.

Aber dennoch war Johanna unwohl. Es war eine große Sünde und schlimmer noch: Es war eine wiederholte große Sünde, denn Ähnliches hatte sie vor vielen Jahren schon einmal erlebt. Und sie wollte es doch so gerne vergessen.

Aber Gerdas Tod sollte nicht vergessen werden. Am heutigen Tage würden sie während des gesamten Gottesdienstes stumm für sie und ihre Kinder beten. Zu dritt hatten sie nun Ruhe gefunden, waren beieinander, und die ungetauften Totgeburten mussten nicht zusammen mit Mördern und Räubern auf dem Schindanger liegen. Außerdem konnte man das Grab jederzeit besuchen. So war es Margarethes Wille gewesen. Und gegen diesen Willen, das wusste Johanna nur zu gut, war kein Ankommen. Sie wünschte sich nur sehnlichst, nicht bei der gottlosen Tat beobachtet worden zu sein.

Gemeinsam betraten die beiden Frauen nun die Kirche. Die Halle war bereits gut gefüllt, doch vorn in der zweiten Reihe waren noch Plätze für die Kaufmannswitwe und ihre Begleitung frei. Jeder angesehene Bürger verfügte über seinen angestammten Platz, und so konnten Margarethe und Johanna sicheren Schrittes an allen übrigen vorüber in Richtung Altar gehen.

Gleich unmittelbar hinter der Eingangspforte – Johanna hatte nur kurz den Kopf gehoben, um einem alten Mann mit Krücken auszuweichen – erblickte sie Philipp erneut. Da stand er und schaute unverwandt in ihre Richtung. Jedoch sah er nicht sie, Johanna, an, sondern hatte nur Augen für ihre Herrin, die wiederum so sehr in Gedanken verloren war, dass sie den ihr fremden Mann ihrerseits nicht wahrnahm. Schnell richtete Johanna ihren Blick wieder auf den Boden des Gotteshauses und neigte den Kopf zusätzlich zur anderen Seite.

Nun war es also so weit.

Nun würde es beginnen.

Ihr Herz wollte fast zerspringen, als sie verzweifelt versuchte, während der Messfeier der jüngst Verstorbenen zu gedenken. Es gelang ihr kaum. Vielmehr schoss ihr immer und immer wieder nur ein und dieselbe Frage durch den Kopf:

Was wollte dieser Teufel von ihrer Herrin?

Verstohlen lugte Johanna zu Margarethe hinüber, die jedoch schien tief in sich gekehrt zu sein. Sie war blass und wirkte mitgenommen von den schrecklichen Ereignissen der letzten zwei Tage.

Johanna war sich nicht sicher.

Sollte sie Margarethe vor ihm warnen?

Oder bildete sie sich all das in ihrem gequälten Geist nur ein?

XV

Noch am selben Tag fiel der erste Schnee. In dichten Flocken legte er sich auf die Dächer der Stadt, bedeckte den gefrorenen Matsch in den Straßen und hüllte selbst die dampfenden Misthaufen vor den Türen der Bürgerhäuser nach und nach in weiße Laken.

Es ging sehr schnell, sehr friedlich und sehr leise vor sich.

Im Hause der Kaufmannswitwe Margarethe Pfeffersack begann sich bereits der Duft des Mittagsmahles auszubreiten. Doch Margarethe verspürte keinen Hunger. Sie hatte sich nach dem Kirchgang in ihre Schreibstube zurückgezogen, wo sie sich, die sonntägliche Ruhe missachtend, um ihre Korrespondenz kümmern wollte. Doch sie fand nicht die nötige Muße dazu. Stattdessen schaute sie bereits seit einer Stunde mit leerem Blick aus einer winzigen, geöffneten Luke im Fenster ihrer Schreibstube und verfolgte die wundersame Veränderung, welche der Schnee über den Marktplatz der Stadt Hameln brachte. Ihr Kopf war völlig leer, nichts ging in ihm vor, keine Wünsche, keine Sorgen, keine Hoffnungen, nicht einmal Trauer, er war ebenso leer wie ihr Blick. Dennoch verspürte sie ein beengendes Gefühl in sich. Eine beunruhigende Enge, die nicht zu dem herrlich friedlichen Winterbild passte, das sich nun schon seit geraumer Zeit ihren Augen bot.

Sie verharrte noch eine Weile am Fenster, dann aber war es ihr nicht mehr möglich zu bleiben. Plötzlich erwachte sie aus ihrer starren Haltung, verließ den Raum, um sich in ihr Schlafgemach zu begeben, wo sie einen herrlichen Pelz aus einer großen Eichentruhe nahm. Sie legte ihn sich um und eilte die Treppe hinunter. Ohne sich von ihrer Base und ihrem Gesinde zu verabschieden, öffnete sie die Haustüre und trat hinaus an die frische Luft.

Mit diesem ersten Schritt war sie verflogen, die beengende Unruhe – sie war fort, und stattdessen bemächtigte sich ihrer ein befreiendes Gefühl.

Zielstrebig machte sie sich auf den Weg.

Sie ging die Ritterstraße entlang, um das nahe Neue Tor zu erreichen, der kürzeste Weg, um die Mauer der Stadt so schnell wie möglich hinter sich zu lassen.

Kaum eine Menschenseele war an diesem Sonntagvormittag zu sehen. Allesamt saßen sie in ihren bescheidenen und weniger bescheidenen Häusern, kochten sich eine dünne Hühnersuppe oder ließen sich einen mit Feigen gefüllten Fasan zubereiten. Lediglich einige im Müll wühlende Hausschweine kreuzten Margarethes Weg und zerstörten in ihrer rücksichtslosen Unwissenheit die herrlich weiße Pracht. Und natürlich waren da die Kinder. Die Kinder der Armen, die aus ihren engen Buden in den engen Mauerstraßen und Hinterhöfen hervorgekrochen kamen, um an diesem wunderschönen Sonntag, zumeist barhäuptig und teils sogar barfüßig, im Schnee zu spielen.

Niemand störte sich an der in edlen Pelz gehüllten Frau, nicht die Schweine und auch nicht die Kinder. Lediglich eine blinde, entsetzlich pockennarbige Bettlerin, die ihr unweit des Tores in der engen Gasse entgegenkam, streckte ihre knochigen Finger nach Margarethe aus, als sie deren Anwesenheit gewahr wurde. Doch Margarethe hatte kein Geld dabei. Sie hatte nichts mitgenommen auf ihren Weg.

»Ich gebe dir später, gute Frau«, sagte sie rasch und eilte an der Blinden vorüber, um bald darauf das Neue Tor zu passieren. Der Wärter, ein junger Mann von nicht einmal achtzehn Jahren, nickte ihr nur müde zu, während sie den Weg in Richtung Osten nahm.

Sie bewegte sich nach wie vor im Bannkreis der Stadt, innerhalb des äußeren Ringes, der Landwehr, welcher ebenfalls gut bewacht und gut beschützt wurde, mögliche Feinde jedoch nur durch Wall und Graben, nicht aber durch eine massive Mauer davon abhielt, nach Hameln einzudringen. Dennoch fürchtete Margarethe sich nicht. Es herrschte Frieden, die letzte große Fehde war bereits seit sechs Jahren vorüber, und außer einer kleinen, unbedeutenden Plänkelei in diesem Jahr hatte es keine Übergriffe auf die stolze Stadt gegeben. Hameln war selbstbewusst und stark. Als Bürger dieser Stadt konnte man sich sicher fühlen, auch dann, wenn man sich im Bereich der Landwehr aufhielt. Außerhalb dieses Dunstkreises jedoch sah es vollkommen anders aus. Doch dahin zog es die Witwe Gänslein nicht. Sie ging einen gewohnten Weg, einen Weg, den sie schon oft allein gegangen war. Denn hier, außerhalb der Mauern, dort, wo vereinzelt die Baracken der ganz Armen standen, wo aber auch die Felder der Ackerbürger, die Bienenstöcke und Obstbäume manch eines Handwerksmeisters und die Rosengärten der Kaufleute zu finden waren – hier verfügte auch Margarethe über ein kleines Refugium. Einen umfriedeten, wunderschönen Platz, zu dem es sie nicht oft zog; aber wenn, dann schier magisch.

Der Garten war von einem hohen, dichten Weidezaun umgeben und zu jeder Jahreszeit wild zu nennen. Seit dem Tode Reinolds hatte sich niemand mehr regelmäßig darum gekümmert, lediglich den Zaun hatte Margarethe hier und da ausbessern und zweimal den Wildwuchs ein wenig zurückschneiden lassen. Dennoch gediehen die Rosen prächtig und bedurften offensichtlich nicht der pflegenden Hand eines Gärtners. Selbst jetzt, zu Beginn des Winters, gab es noch vereinzelte Blüten. Schneebedeckt waren ihre roten Blätter an diesem Tage, an welchem Margarethe nach langer Abwesenheit wieder das leichte Tor öffnete, um ihr Reich zu betreten.

Die Laube war bereits kahl. Sie hatte sich aller Blätter entledigt, bot aber dennoch durch ihr dichtes, nacktes Geäst ausreichend Schutz vor dem nun in immer dichter werdenden Flocken vom Himmel fallenden Schnee. Margarethe musste sich bücken, um durch den verwachsenen Eingang in das Innere der an eine riesige Kugel erinnernden Laube zu gelangen. Der Boden war fest und gefroren und leicht mit Schnee bedeckt. Es war kaum zu erkennen, dass er erst am gestrigen Tage ausgehoben worden war. Bennheim hatte trotz seiner mageren Gestalt und seines fortgeschrittenen Alters gute Arbeit geleistet.

»Und der Himmel hat den Schnee geschickt, als Zeichen deiner und deiner Kinder Unschuld, liebe Gerda«, flüsterte Margarethe leise, während sie das Kreuzzeichen machte. »Ruhet in Frieden an diesem wunderschönen Ort.«

Sie verharrte eine Weile regungslos und zu Boden blickend. In Gedanken sprach sie ein Vaterunser, ohne dabei jedoch die tiefe Verbundenheit zu Gott zu spüren. Ihr Weg zu Gott war längst ein anderer, er war kein Bitten, kein Flehen, sondern vielmehr ein Ratsuchen. Die Entscheidung, dass die junge Magd nicht in geweihter Erde und nicht im Beisein eines Geistlichen ihre letzte Ruhe gefunden hatte, bereute Margarethe nicht. Vielmehr dachte sie an die Worte des weisen Erasmus von Rotterdam, nach denen in einem jeden Menschen Gottes Kraft zu finden sei, ein jeder somit in der Lage sei, selbst Entscheidungen zu treffen. Denn warum sonst habe Gott uns zu denkenden Menschen gemacht?

Und darum hatte Margarethe nach ihrem eigenen, besten Gewissen gehandelt. Und wenn der Herr wahrhaft gütig war, dann würde es ihm ein Leichtes sein, seine toten Schäfchen überall zu finden, selbst die ungetauften winzigen Kinder. Allein die Tatsache, dass kein katholischer Pfarrer die beiden Frühgeburten auf einem Kirchhof bestattet hätte, da ihre ungetauften Seelen unweigerlich dem Fegefeuer angehörten, rechtfertigte den heimlichen Schritt, welchen die Witwe Gänslein nach dem schrecklichen Tod der drei veranlasst hatte. Außerdem war dieser Ort vor den Mauern der Stadt eine herrliche Ruhestätte. Margarethe liebte den Garten.

Mit der bloßen, unbehandschuhten Hand wischte sie den Schnee von der steinernen Bank in der Laube und setzte sich. Sie atmete hörbar und lange aus, streckte sich und begann sodann wohlwollend in den winterlichen Garten zu schauen. Sie sog die frische Luft ein. Kein lästiger Geruch nach Gewürzen aller Art, kein beißender Rauch, kein Gestank von Kohl, Zwiebeln und Geräuchertem, keine menschlichen Ausdünstungen. Hier war alles natürlich und rein. Lediglich der Zaun störte die Witwe in der Wahrnehmung dieser ersehnten Freiheit, doch er musste nun einmal sein. Selbst eine Frau wie Margarethe hätte sich allein und ohne diesen Schutz unwohl gefühlt.

Lange saß sie dort, verspürte weder Hunger noch Durst, weder Kälte noch Unruhe. Sie saß einfach dort und rezitierte aus dem Gedächtnis Lieder und Dichtungen aller Art, alles, was ihr in den Kopf kam, und dabei sprach sie, in der festen Annahme, mutterseelenallein zu sein, immer lauter zu sich selbst.

Ein verrücktes Weib war das. Vollkommen verrückt.

Aber gerade das machte sie interessant, und für ihr Alter war sie zudem noch äußerst ansehnlich. Philipp beobachtete sie schon seit geraumer Zeit. Er war ihr von dem Moment an gefolgt, als sie ihr Haus am Pferdemarkt verlassen hatte. Die Zeit war reif für eine Begegnung, auch wenn er sich nicht sicher sein konnte, wie diese Frau auf sein plötzliches Erscheinen reagieren würde. Sie war unberechenbar, aber Philipp scheute keine Herausforderung. Und darum beschloss er, nachdem er bereits vollkommen eingeschneit war und die Kälte langsam unter seinen dicken Mantel kroch, sich zu erkennen zu geben.

Doch wie stellte man es geschickt an?

Es ärgerte ihn, als er bemerkte, dass er nervös wurde.

Jedes an sich selbst wahrgenommene Zeichen von Schwäche ärgerte ihn.

Doch dann hellte sich seine Miene mit einem Male auf, und die Unsicherheit war verflogen. Denn wie von Gott gesandt, lief ihm ausgerechnet in diesem Moment ein geeigneter Anlass über den Weg, um die Aufmerksamkeit der einsamen Witwe zu erheischen: eine grau gestreifte Katze. Wohlgenährt, wie sie war, hatte sie Mühe, den Zaun zu erklimmen, und wagte es nicht, als sie schließlich oben saß, hinunter in den Garten zu springen. Fast anklagend begann sie zu miauen, und sofort wurde ihr Befehl erhört. Denn im Nu unterbrach die Witwe Pfeffersack ihr Singen und eilte auf den Zaun zu. Sie schien das Tier zu kennen.

»Mein Liebling, was machst du denn hier? Bist du mir gefolgt?«, vernahm Philipp die nahende Stimme der Frau. Und prompt reagierte er.

»Niemals hätte ich zu hoffen gewagt, so angenehm empfangen zu werden«, sagte er, indem er galant die Katze vom Zaun hob und sie der Dame hinüberreichte, welche ihn stumm und staunend anstarrte.

Er war kein Schwächling, aber dennoch bereitete es ihm sehr viel Mühe, das dicke Ding so lange mit ausgestreckten Armen in der Luft zu halten, zumal es begann, sich mit Krallen und Zähnen zu wehren. Doch das schien das Weib gar nicht zu bemerken. Sie starrte ihn mit einem Ausdruck in ihrem schönen Gesicht an, der lediglich verriet, dass sie noch nicht genau wusste, wie sie auf diesen Zaungast reagieren sollte. Er hatte sie offenbar nicht nur überrascht, sondern auch verwirrt. Ja, Philipp gewann sogar den Eindruck, dass sie leicht errötete.

Ihm gefiel diese Reaktion Margarethe Gänsleins außerordentlich gut. Er hatte sich also nicht darin getäuscht, dass ihr kühles Auftreten nur Fassade war. Das würde die Sache um einiges erleichtern.

Margarethe hingegen hasste in diesem Moment keinen Menschen inniger als sich selbst. Was nur war in sie gefahren? Sie war doch kein dummes, kleines Ding, welches sich durch das plötzliche Erscheinen eines jungen Fremdlings völlig verwirren ließ.

Wie lange hatte dieser Mann schon dort gestanden?

Was hatte er alles gehört?

Wusste er von dem Geheimnis unter der Laube?

Musste sie sich ihrer Selbstgespräche schämen?

Schließlich fasste sie sich doch, nahm die zappelnde Katze entgegen und setzte sie auf dem verschneiten Boden ab. Sofort verschwand das Tier unter Margarethes schwerem Rocksaum, wo es auch blieb, und woraufhin dieser ohnehin schon unverschämte Mensch noch unverschämter zu grinsen begann.

»Es ziemt sich gar nicht, eine Frau derartig zu erschrecken, und noch weniger ziemt es sich, ihre Worte absichtlich misszudeuten, um sie in eine unangenehme Lage zu bringen.«

Margarethe hatte nun endlich zu ihrer alten Form zurückgefunden. Der Gesichtsausdruck des Mannes wurde plötzlich ernst, sein Blick jedoch blieb weiterhin keck. Es ärgerte Margarethe, feststellen zu müssen, dass ihr sein schlechtes Betragen durchaus gefiel.

»Sollte ich Euch beleidigt haben, so möchte ich aufrichtig um Verzeihung bitten.« Er verneigte sich ein wenig, wandte aber dennoch seine Augen nicht von ihr ab.

Margarethe hatte wieder das Gefühl zu erröten, deshalb drehte sie sich rasch um und wollte schnurstracks und erhobenen Hauptes zurück zu ihrer Laube gehen, als sie über die noch immer unter ihrem Gewand verweilende Katze stolperte und es trotz aller Mühe nicht verhindern konnte, zu Boden zu stürzen. Das Tier fauchte und tobte, war aber im nächsten Moment bereits behände über den Zaun gesprungen und eilte über die Felder davon – der Schreck hatte offenbar ungeahnte Kräfte in dem fetten Ding zutage gefördert. Margarethe jedoch war nicht so schnell wieder auf den Beinen.

»Habt Ihr Euch verletzt?«

Er hatte das Tor geöffnet und kniete nun neben ihr.

»Nein«, sagte sie rasch und weigerte sich, seine Hand zu nehmen. Stattdessen griff sie lieber in einen dornigen Rosenzweig, um sich wieder aufzurichten.

Und während sie sich den Schnee und den Schmutz von ihrem wertvollen Pelz klopfte, musste sie zu ihrem Entsetzen vernehmen, dass dieser Fremde laut zu lachen anfing.

Er lachte sie aus.

Er lachte die stolze, erhabene Margarethe Gänslein einfach aus.

Empört warf sie ihm einen bitterbösen Blick zu.

Im Nu verstummte er und hatte wieder dieses ernste, abwartende Gesicht.

Doch es dauerte nicht lang, und er begann erneut zu grinsen. Und dieses Mal konnte auch Margarethe ein verschämtes Lächeln nicht unterdrücken.

»Wenn ich mich vorstellen darf: Mein Name ist Philipp Stadler«, sagte er schließlich.

»Gibt es einen Grund dafür, dass Ihr an meinem Gartenzaun erschienen seid?«, fragte Margarethe, nachdem sie sich geräuspert und somit ihre verlorene Ernsthaftigkeit wiedergefunden hatte.

»Nun«, antwortete er und schaute dabei zum ersten Mal zu Boden. »Ich ging so meines Weges, und da hörte ich diesen lieblichen Gesang.«

»Wollt Ihr mich für dumm verkaufen?«, fragte Margarethe scharf.

»Durchaus nicht. Es muss Euch nicht peinlich sein. Jeder Mensch hat seine Eigenarten. Auch ich bin nicht frei davon.«

»Wollt Ihr damit etwa sagen, es sei eigenartig, wenn eine Frau in einer Laube sitzt und singt?«

»Um Gottes willen, nein«, sagte er, aber seine süffisanten Züge verrieten etwas anderes. Margarethe musterte ihn streng.

Mit den Augen einer Kauffrau betrachtet, handelte es sich um ausgezeichnete Ware. Wäre er ein Sack voll Safran, so gäbe es für sie keinen Grund, um den Preis zu feilschen. Aber dennoch stimmte irgendetwas mit diesem Mann nicht. Das gleiche Gefühl hatte sie schon einmal bei einer Ladung ausgezeichneten Pfeffers gehabt. Ein findiger Bursche hatte ihn ihr auf der Messe in Frankfurt zu einem guten Preis angeboten, doch dann hatte sich herausgestellt, dass es sich um Diebesgut handelte. Margarethe war damals mit einem blauen Auge davongekommen, sie hatte ihre Unwissenheit durch das Zahlen einer unbedeutenden Summe unter Beweis stellen können, der Bursche jedoch war mitsamt seiner Hehlerware verbrannt worden.

Philipp bemerkte sofort, dass ihm die bislang glückliche Situation zu entgleiten schien. So schnell käme er nicht erneut in eine derartig günstige Lage, deshalb galt es, die Dame wieder in den Griff zu bekommen.

»Einen schönen Garten habt Ihr. Ist es Absicht, dass Ihr der Natur freie Hand lasst?«

»Ihr versteht es, Euer Gegenüber mit einem jeden Wort, das Ihr von Euch gebt, zu reizen«, antwortete Margarethe.

»Nun, daran ist eine Eigenschaft schuld, auf die man nicht immerzu stolz sein darf.«

»Und diese Eigenschaft nennt sich Dreistigkeit?«

»Ich würde sie eher als Ehrlichkeit bezeichnen.«

»Was treibt Ihr in Hameln?«

»Ihr wisst, dass ich mich zur Zeit in Hameln aufhalte?«

»Man redet über Euch. Fremde benötigen keine bunt gestreiften Kleider, lustige Kappen und Pfeifen, um in dieser Stadt aufzufallen.«

Philipp kratzte sich nachdenklich am Kopf, indem er seine samtene Kappe ein wenig nach hinten schob, was Margarethe unwillkürlich ein anerkennendes Lächeln abverlangte. Dieser Mann war wahrlich eine Augenweide. Seine Gesichtszüge waren ebenmäßig, seine Nase gerade, der Mund nicht zu voll und nicht zu schmal, die Augen ausdrucksstark, und sein dunkles Haar – das mochte Margarethe besonders gern – war gelockt.

»Nun, ich hoffe, ich bin bislang nicht unangenehm aufgefallen«, sagte er nachdenklich.

»Dazu kann ich nichts sagen, da Ihr *mir* bislang überhaupt nicht aufgefallen seid. Ich habe lediglich andere von Euch reden hören.«

»Hoffentlich nur Gutes.«

Margarethe legte den Kopf leicht zur Seite und hob die Augenbrauen, während er sich nun verlegen an der Nase kratzte.

In diesem Moment vernahmen beide ein Scheppern und

Klappern, welches von dem kleinen Pfad außerhalb des Gartentors herrührte.

»Einen wunderschönen Wintertag wünsche ich Euch, gute Kauffrau Gänslein«, war eine leicht krächzende Stimme zu vernehmen.

»Auch Euch wünsche ich einen wunderschönen Wintertag, guter Jakob«, rief Margarethe dem Mann zu, der an dem geöffneten Tor stehengeblieben war. »Seid Ihr heute wieder fleißig?«

»Ihr wisst doch: Der Sonntag ist nicht uns Juden zur Ruhe bestimmt. Altes Eisen habe ich besorgt, von der Burg Eicheck.«

»So weit seid Ihr schon gegangen an diesem Tag? Dann wünsche ich Euch für die kommende Woche viel Glück beim Verkauf Eures alten Eisens, Jakob.«

»Es ist schon verkauft, gute Frau. Das erhält alles der Apotheker Vinsebeck. Er baut eine *Machina*, sagt er. Er baut einen Golem, sagen andere. Ich aber frage nicht nach und bin froh, dass er mir meine Ware abnimmt. Ich frage nie nach, das ist besser für unsereins. Glück jedoch kann ich immer gebrauchen, und Glück wünsche ich auch Euch, Frau Margarethe.«

Mit diesen Worten griff er gezielt in seinen Handkarren und zog einen Gegenstand heraus. Philipp wunderte sich. Nicht nur, dass die Witwe freundlich zu einem Juden sprach, nein, sie ließ es jetzt auch noch zu, dass dieser ungebeten ihr Grundstück betrat. Er hielt ein rostiges Hufeisen in der Hand, welches er Margarethe Gänslein mit einem breiten Lachen in seinem faltigen, bärtigen Gesicht reichte.

Sie nahm es dankend entgegen, während der Alteisenhändler, leichte Verbeugungen machend, rückwärts wieder aus dem Garten hinausging.

»Ihr seid wahrlich eine außergewöhnliche Frau«, staunte Philipp noch immer, nachdem das Scheppern und Klappern des mit Alteisen beladenen Schubkarrens in der Ferne langsam verklang.

»Was ist daran außergewöhnlich, wenn man nicht jedem Menschen grundlos argwöhnisch entgegentritt?«

Diese Frau begann ihm zu gefallen. Er würde leichtes Spiel mit ihr haben.

»Nun, dann kann ich mich ja als Fremder zusammen mit dem Juden glücklich schätzen, ein paar Worte mit einer solch edlen Dame wie Euch wechseln zu dürfen. Wenn ich den alten Mann richtig verstanden habe, so steht mir also die Kauffrau Margarethe Gänslein gegenüber.«

»So ist es. Habt Ihr das etwa noch nicht gewusst?«

»Nein«, log er. »Alles, was ich bislang von Euch wusste, war, dass Ihr zu Euch selbst sprecht, einen wilden Garten außerhalb der Stadtmauern zu bewohnen scheint und Euch mit Katzen und Juden abgebt.«

»Wie schmeichelhaft«, lachte sie.

Philipp nickte zufrieden. Er schien tatsächlich auf dem richtigen Weg zu sein.

XVI

Hans Vinsebeck wusste sich nicht mehr zu helfen. Er hatte alles versucht, was in seiner Macht stand. Dennoch wollte es nicht gelingen. Die Zeit verstrich, aber das Leben kehrte trotz ununterbrochener Mühen des kleinen Alchemisten nicht in den Körper des toten Diebes zurück. Im Gegenteil, das Versuchsobjekt begann nun endgültig zu stinken, und selbst Unmengen an Weihrauch konnten die Tatsache nicht überdecken, dass der Apotheker im Hinterzimmer seiner Offizin eine Leiche verborgen hielt.

Dabei hatte er so voller Hoffnungen gesteckt, hatte sich einreden wollen, dass seine aus Altmetallen konstruierte Pumpvorrichtung unbedingt funktionieren musste. Er hatte aus den verschiedensten Essenzen eine Flüssigkeit gebraut, welche das Blut ersetzen sollte, und er hatte, als auch dies nicht gelingen wollte, auf das frische Blut von streunenden Tieren zurückgegriffen, von denen langsam in der Stadt Hameln der Vorrat ausging. Alles zwecklos. Wahrscheinlich gab es ihn gar nicht, diesen Seelenstoff, auf den Vinsebeck so sehr gesetzt hatte, wahrscheinlich schlummerte in einem toten Menschen genauso wenig Göttliches wie in einem toten Stück Vieh. Es war einfach ein verrottender Kadaver, und etwas anderes anzunehmen nichts als tumber Aberglaube. Aas blieb Aas, ob menschlich oder nicht, und die Entschuldigung, ein unredlicher Mann sei gewiss bereits zu Lebzeiten seines Seelenstoffes beraubt gewesen, wollte der Wissenschaftler in Hans Vinsebeck erst recht nicht glauben. Hätte er es geglaubt, so müsste er nun losgehen und mit eigenen Händen eine unschuldige Jungfrau töten, um an dieser zu experimentieren. Doch auch diese würde gewiss nach wenigen Stunden zu stinken und zu faulen beginnen.

Er war zu eitel gewesen, sich seiner Sache zu sehr gewiss, als er ausgeschlossen hatte, bereits im Vorhinein etwas gegen das Einsetzen der Verwesung zu unternehmen. Er hatte doch tatsächlich angenommen, schnell genug zu sein und mit der Pumpe wieder Leben und damit auch Frische in den toten Körper zurückzubringen.

Jetzt jedoch war es zu spät und Vinsebeck am Ende seiner geistigen und körperlichen Kräfte. Dennoch, oder gerade deswegen, war es ihm nicht möglich aufzugeben. Er wollte und konnte es nicht wahrhaben, er musste weitermachen, eine Lösung finden. Zum Ausruhen war nicht der richtige Zeitpunkt.

Philipp.

Er hätte sich doch den Ratschlag von Marias Sohn anhören sollen, als dieser ihn vor einigen Nächten besucht hatte. Schon als Kind war Philipp kein Dummkopf gewesen, und nun, in den Jahren seiner mysteriösen Abwesenheit, schien er sich eine Menge an Wissen angeeignet zu haben. Nicht einmal die größten Gelehrten dieser Zeit hatten auch nur einen blassen Schimmer von dem großartigen Treiben der alten Ägypter. Philipp hingegen kannte sich aus. In Wien, hatte er erwähnt, sei er lange gewesen, auch in Paris, wo er sogar an der Sorbonne studiert habe, bis aufgeflogen sei, dass es sich bei ihm um einen Schwindler handelte und er hatte fliehen müssen, aber dennoch habe er einiges gelernt. Doch Vinsebeck war zu nervös gewesen, um ihm zuzuhören. Zu sehr von seinen eigenen Ideen und Künsten überzeugt, hatte er nicht einen Gedanken daran verschwendet, andere Meinungen zu Rate zu ziehen. Nicht einmal

Philipps Worten über die in Jahrtausenden gereifte ägyptische Erfahrung hatte er Gehör schenken wollen. Und jetzt wurde er für diesen Hochmut schimpflich bestraft.

Wenn er doch nur wüsste, wo Philipp zu finden war.

Egal, er musste hinaus in die Gassen der Stadt und nach ihm suchen.

Peter Hasenstock war mehr als zufrieden, als er das Rathaus verließ und über den schneebedeckten Pferdemarkt zurück zu seinem Haus in der Osterstraße ging.

Er warf einen triumphierenden Blick zu dem prächtigen Heim der verhassten Frau und hoffte heimlich, dass diese leider allzu begehrenswerte Hexe ihn durch eine ihrer teuren Glasscheiben beobachtete. In diesem Moment war er sehr von sich und seinem Glück überzeugt. Er hatte in den letzten Monaten wertvolle Handelskontakte geknüpft, auch in finanzieller Hinsicht hatte er ein zwar dubioses, aber verlockendes Angebot erhalten, und heute war ihm mir nichts, dir nichts ein zusätzlicher Trumpf zugespielt worden, der ihm seine Angelegenheit noch um einiges erleichtern würde. Im Grunde war doch alles zu schön, um wahr zu sein, und auch wenn Misstrauen bei all diesen wunderbaren Fügungen angebracht gewesen wäre, so verspürte Peter Hasenstock nicht die geringste Lust, misstrauisch zu sein. Vielmehr wollte er den Moment genießen, ihn auskosten, auf ein weiterhin gutes Gelingen hoffen. Ja, er war an diesem Tage so sehr mit sich und seiner Welt im Reinen, so sehr überzeugt von seiner eigenen Tatkraft und Geschicklichkeit, dass er nicht einmal die zunehmend juckenden Pusteln an seinem Leibe verspürte.

Kurz überlegte er, ob er direkt zu dem garstigen Weib gehen sollte, um ihr mitzuteilen, was der Rat der Stadt Hameln soeben beschlossen hatte. Aber da dieser Beschluss noch längst nicht offiziell war, musste er sich noch ein wenig in Geduld üben und konnte sich derweil seinen Triumph vor dem geistigen Auge in den buntesten Farben ausmalen. Das war ihm ohnehin lieber als die oftmals enttäuschende und bald langweilige Wirklichkeit.

Man würde Margarethe Gänslein natürlich erst einmal vorladen und sie zu der Sache befragen. Sicherlich durfte sie ihre Meinung äußern, und sicherlich wäre man bereit, ihre Wünsche anzuhören. Aber dennoch hatte der Bürgermeister Hasenstock versichert, dass er alles daransetzen werde, dass die Pfeffersäckin den soeben gefassten Beschluss der Ratsherren annahm. Denn der Bürgermeister, dieser Trottel, war tatsächlich der Meinung, ebendiese Lösung sei das Beste für die in sämtlichen Dingen des alltäglichen und geschäftlichen Lebens überforderte Witwe.

»Sie benötigt Hilfe. Und wer könnte ihr besser behilflich sein als ein Mann, der sich ausgerechnet in den Geschäften, die ihr verstorbener Gatte betrieben hat, bestens auskennt?«

Das waren die Worte des Bürgermeisters gewesen, und zu diesen Worten hatte Hasenstock mit einem mitleidigen und gleichzeitig großherzigen Blick genickt.

»Wunderbar«, sprach er nun zu sich selbst, während er in freudiger Erwartung die in feinstes Leder gehüllten Hände aneinanderrieb. Sie würde ihm also doch noch in die Falle gehen, er würde sie einwickeln, vielleicht sogar abhängig von sich machen, so abhängig, dass sie erst gar nicht auf den Gedanken verfiel, die Drohungen ihres verstorbenen Mannes wahrzumachen und alles zu verraten, was Reinold über Peter Hasenstock gewusst hatte. Ohnehin war gar nicht sicher, inwieweit diese Frau all die verschlungenen, düsteren Geheimnisse der beiden Männer kannte, vielleicht war sie sogar vollkommen ahnungslos. Doch das würde er nun herausfinden können. Sie müsste ihm nur endlich Gelegenheit bieten, ihr näherzukommen.

Und bislang hatte keine Frau, die ihm diese Gelegenheit geboten hatte, es je bereut. So zumindest war Hasenstocks feste Überzeugung.

In derart angenehme Gedanken versunken, entdeckte er plötzlich den Zwerg.

Wie eine orientierungslose Ratte huschte er auf dem Pferdemarkt hin und her. Schaute in alle Richtungen, lief zur Kirche, vor der soeben der fahrende Wundarzt Gugelmann seinen Stand aufschlug, lief zum Rathaus und wieder zurück. Erbärmlich sah es aus, das Männlein, irgendetwas schien es verloren zu haben, und das amüsierte Hasenstock sehr.

Es war tatsächlich ein guter Tag für ihn.

»Was sucht Ihr, werter Kollege?«, rief er dem kleinen Vinsebeck zu, als er zum zweiten Male an Hasenstock vorübereilte.

Das Kerlchen war vollkommen blass im Gesicht, wirkte übernächtigt und abgemagert, seine Augen lagen in tiefen Höhlen.

»Ich suche einen großen Mann.«

Vinsebeck war so außer sich, dass er gar nicht bemerkte, mit wem er da sprach. Eigentlich hatte er sich geschworen, nie wieder ein Wort mit diesem Widerling von Hasenstock zu wechseln. Aber in seiner Verzweiflung wäre ihm jetzt sogar die Hilfe des Feindes lieb.

»Einen großen Mann sucht Ihr? Was Ihr nicht sagt«, erwiderte der andere Apotheker, verächtlich auf den Kleinwüchsigen herabblickend. »Da kommen, von Eurer Warte aus betrachtet, sämtliche Männer in dieser Stadt in Frage.«

»In Schwarz ist er gekleidet. Nicht mehr als dreißig Jahre zählt er. Ein angenehmes Äußeres. Vielleicht etwas streng. Mitunter düster wirkend.«

Hasenstock hörte auf zu lachen. Er wusste sofort, wen Vinsebeck so verzweifelt suchte.

»Was wollt Ihr denn von diesem Mann?«

»Er verfügt über Wissen, das ich mit ihm teilen will.«

Was war nur in Hans Vinsebeck gefahren?

Wäre er bei Verstand gewesen, hätte er schnell bemerkt, dass er zu offen zu seinem ärgsten Widersacher sprach.

Aber Vinsebeck war nicht bei Verstand. Er konnte es nicht sein, denn er hatte seit drei Tagen nicht geschlafen, nicht gegessen, kaum getrunken und stattdessen während seiner verzweifelt durchgeführten Experimente ununterbrochen giftige Dämpfe eingeatmet.

»So, so. Wollt Ihr nicht auf einen kleinen Umtrunk mit in mein Haus kommen, werter Kollege? Ihr erweckt den Eindruck, als würdet Ihr im nächsten Moment ohnmächtig werden. Stärkt Euch ein wenig bei mir, erzählt mir von dem, was Euch so quält, und wer weiß, wer weiß, vielleicht kann ich Euch dann sogar weiterhelfen, diesen besagten Mann zu finden.«

Wie ein kleines Kind ließ sich Hans Vinsebeck von dem Apotheker Hasenstock an die Hand nehmen und zu dessen Haus führen.

»Ihr seht nicht gesund aus, Vinsebeck. Erlaubt mir, Euch einen Becher starken Weines zu reichen, dann wird es Euch im Nu besser ergehen.«

Hans Vinsebeck bemerkte erst jetzt, wo er sich aufhielt. Er saß doch tatsächlich zusammen mit dem Mann, den er aus so vielen verschiedenen Gründen verachtete, in dessen Stube. Und das Schlimme war: Es machte ihm nichts aus. Es bereitete ihm kein Unbehagen, im Gegenteil, er fühlte sich sogar wohl, genoss die Wärme des Kamins und freute sich auf einen kräftigenden Trank. Wenn man aus der Hölle kam – und nichts anderem glich im Moment das stinkende, verseuchte Heim des kleinen Alchemisten –, so musste einem die Vorhölle als wahres Paradies erscheinen.

»Was weiß denn nun dieser besagte Mann, den Ihr so verzweifelt sucht?«, begann Hasenstock seinen Gast unverblümt auszuhorchen, nachdem er die Türe zur Stube verriegelt und Vinsebeck einen randvoll gefüllten Becher roten Weines gereicht hatte.

»Apothekerwissen«, murmelte der Angesprochene nur und nahm dann einen enormen Schluck. Hasenstock grinste verächtlich. Welch erbärmliches Bild bot doch dieser Zwerg mit dem riesigen Gral in den kleinen Händen. Dennoch begann sich gleichzeitig seine gute Laune etwas zu trüben. Hatte der Fremde etwa auch vor, mit dem unbedeutenden Winzling Geschäfte zu machen?

»So? Hat er Euch dieses Wissen etwa angeboten?«

»Ja, das hat er. Und ich Tölpel habe es abgelehnt, dachte, ich wüsste es besser.«

»War es nur Wissen, das er Euch angeboten hat, oder etwa auch Geld?«

Vinsebeck stellte den Becher auf den Tisch. Er war leer, in nur zwei Zügen hatte er ihn vollkommen ausgetrunken. Nun schwirrte es vor seinen Augen, bunte Schmetterlinge tanzten, und auch ihm war nach Tanzen zumute. Er war nach nur einem Becher Wein heillos betrunken, kein Wunder, so übernächtigt und halb verhungert wie er war.

»Geld? Wieso sollte Philipp mir Geld anbieten? Er hat doch selber keines.«

»Ihr scheint ihn gut zu kennen, diesen schwarz gekleideten Herrn.«

»Ich kannte ihn bereits, als er ein Bub war, und auch Ihr, Hasenstock, müsstet Euch an ihn erinnern können. Oder besser, an seine Mutter. Dürfte ich um einen weiteren Becher Eures köstlichen Weines bitten?« Und damit reichte der kleine Mann seinem Gastgeber keck, aber bereits ordentlich zitternd das leere Gefäß.

»Gern doch«, antwortete dieser etwas abwesend. Er überlegte, wie er die Worte Vinsebecks einordnen sollte. Der Fremdling war ihm tatsächlich vom ersten Moment an seltsam vertraut erschienen. Er sollte also einst Bekanntschaft mit dessen Mutter geschlossen haben. Nun, das machte die Sache nicht einfacher, denn die Anzahl der Frauen, mit denen Peter Hasenstock in seinem Leben Bekanntschaft geschlossen hatte, war groß. Unwillkürlich begann es ihn wieder schrecklich im Schritt zu jucken.

»Ich rate Euch von einem Schwitzbad mit Quecksilbersalben ab, Hasenstock. Das macht es nicht besser, im Gegenteil«, sagte sein Gast unerwarteterweise, als Peter Hasenstock ihm erneut nachschenkte.

»Was meint Ihr damit?«, fragte dieser irritiert.

»Nun, Ihr wisst schon. Eure Sache.« Und damit wies Vinsebeck mit dem Zeigefinger zwischen seine eigenen Beine und lachte ein wenig dreckig. »Vor mir könnt Ihr das nicht verbergen, Hasenstock, ich bin ein erfahrener Apotheker und zudem schon ein wenig in der Welt herumgekommen. Aber keine Sorge, nicht jeder stirbt daran. Es ist halt äußerst unangenehm, nicht wahr? Ich frage mich nur, wie Euer Weib damit umzugehen pflegt.«

Hasenstock wurde über und über rot. Es waren Scham und Wut zugleich, die ihn schier innerlich zerplatzen ließen. Doch er versuchte, sich zu beherrschen, denn immerhin wollte er etwas von dieser lächerlichen Gestalt. Und darum versuchte er, die beleidigenden, aber leider treffenden Worte seines Gastes zu übergehen, indem er auf das eigentliche Thema zurückkam:

»Ich war also mit der Mutter dieses Fremden bekannt, so behauptet Ihr zumindest.«

»Das muss ich nicht nur behaupten, das weiß ich allzu gut.« Wieder nahm Vinsebeck einen gehörigen Schluck Wein.

»Wie war der Name dieser Frau, wenn ich fragen darf?«

Krachend setzte der Zwerg den Becher zurück auf den Tisch, sodass sein Inhalt sich rot auf das weiße Tuch ergoss. Hasenstock zuckte regelrecht zurück, denn das bis dato belustigende Gesicht des Gnoms glich nunmehr einer angsteinflößenden, hasserfüllten Fratze.

»Maria«, fauchte er. Und da ging Hasenstock plötzlich ein Licht auf. Ein unangenehm grelles Licht. Zwar hatte es in seinem Leben zahllose Marias gegeben, aber an eine erinnerte er sich nur allzu gut. Es würde doch wohl nicht diese sein, von welcher der Zwerg sprach?

Gequält lächelnd führte der Gastgeber nun seinerseits seinen Becher an die Lippen. Er sagte nichts weiter und kümmerte sich auch nicht um Vinsebeck, welcher ihn nach wie vor aus bösen Augen anblitzte.

Marias Sohn. Das konnte nichts Gutes verheißen.

Sein Misstrauen war demnach berechtigt gewesen, und das Geschäft, was ihm dieser Halunke angetragen hatte, war gewiss nichts weiter als eine Falle. Mit Sicherheit sann dieses elende Otterngezücht auf Rache. Doch auf solch ein Spiel hatte Peter Hasenstock ganz und gar keine Lust.

»Ich entsinne mich dunkel«, sagte er nun leise. »Wie geht es denn der guten Maria? Sie müsste nun bereits eine alte Frau sein.«

»Tot ist sie«, lallte der Zwerg.

Hasenstock war erleichtert: »Und was treibt ihren Sohn nun nach Hameln?«

»Er will sich nicht mehr im Wald verstecken müssen«, gab Vinsebeck zur Antwort, ohne den eigentlichen Grund für Philipps Rückkehr zu kennen, denn danach hatte er den jungen Mann gar nicht gefragt.

»Ein wahrlich betrübliches Schicksal, das die beiden ereilt hat«, fuhr Hasenstock fort. »Eine fremde Frau aus den Bergen mit einem rotznäsigen Balg an ihrer Seite. Nun, zum Glück haben sie in Reinold Gänslein einen Wohltäter gefunden. Wobei sich gewiss die Frage stellt, warum er sich ausgerechnet dieser beiden angenommen hat. Es gibt doch so viele andere Arme und Bedürftige.«

Vinsebeck brummte nur unwillig bei diesen Worten, doch das störte Hasenstock nicht, er redete weiter:

»Ihr, mein lieber Kollege, versteht Euch doch prächtig mit der Witwe Reinold Gänsleins. Wie steht sie zu der Tatsache, dass dieser junge Mann wieder in der Stadt ist?«

»Haltet Margarethe aus dem schmutzigen Spiel heraus. Sie ist unwissend und unschuldig«, fuhr ihn der kleine Vinsebeck an.

»Oh, Ihr scheint sie regelrecht zu verehren.«

»Das tue ich. Und anders als Ihr werde ich erfolgreich um ihre Hand anhalten.«

Nun spie Hasenstock in einem Anfall unerträglichen Amüsements den Schluck Wein, den er soeben genommen hatte, auf den Tisch und wischte sich hernach laut lachend den Mund am immer mehr befleckten Tischtuch ab.

»Ihr braucht gar nicht so zu lachen, werter Kollege. Margarethe selbst hat mich regelrecht angefleht, sie zur Frau zu nehmen.«

Vinsebeck war bereits so betrunken, dass er nicht einmal im Nachhinein spürte, wie er sich um Kopf und Kragen redete.

»Warum sollte sie ausgerechnet Euch zum Manne nehmen?«

»Ich weiß, wie gering Ihr mich erachtet. Aber dennoch habe ich Euch einiges voraus, Hasenstock. Bei mir weiß eine Frau, dass sie in guten Händen ist, dass ich sie hoch achte. Ein Weib wie Margarethe darf nicht unterjocht werden. Welch anderer Mann, außer mir, würde ihr ihre Selbstständigkeit erlauben?«

Hasenstock hielt nun inne. Die Worte des kleinen Mannes, so trunken dieser auch war, ergaben durchaus Sinn. Er war ein

Niemand, ein Verrückter, ein bedeutungsloser Alchemist und Giftmischer und dennoch zufrieden mit dem, was er tat. Er würde sich nicht für die Handelsgeschäfte einer Gewürzkauffrau interessieren, nicht für ihr Hab und Gut, wahrscheinlich nicht einmal für ihren Leib. Er war in dieser Stadt der einzige halbwegs standesgemäße und dennoch ungefährlichste Heiratskandidat für die reiche Witwe Gänslein, trotz seiner lächerlichen Gestalt. Dieser kleine Mann, dieser vermeintlich harmlose Wicht, konnte ihm also das ganze Spiel verderben.

Nicht nur, dass er ihm unverblümt erzählt hatte, dass Hasenstocks möglicher Kapitalgeber der rachedurstige Sohn einer verstoßenen Hure war. Nein, der Zwerg wollte ihm auch den heute errungenen Trumpf zunichte machen und die Hasenstock in Aussicht gestellte Vormundschaft über Margarethe Gänslein entwerten, indem er die Witwe selbst ehelichte.

So rasch also konnte Glück in Unglück umschlagen.

Eine einzige zufällige Begegnung auf dem Marktplatz, und aus dem mit sich und der Welt rundum zufriedenen Peter Hasenstock war ein zutiefst besorgter Mann geworden. Doch dem dumm plappernden Zwerg durfte man keinen Vorwurf machen. Im Gegenteil, er musste ihm eigentlich dankbar sein, denn so verfügte er nun wenigstens über die Wahrheit, auch wenn es schmerzte, dass diese den wohlgewobenen Schleier der Illusion so jäh zerrissen hatte.

Der Fremde war Marias Sohn, und Margarethe Gänslein gedachte den Gnom Vinsebeck zu ehelichen. Ganz zu schweigen von der Tatsache, dass man in der Stadt offenbar auch schon von dem heimlichen Leiden Hasenstocks wusste, ein Leiden, welches er sich selbst nicht einmal einzugestehen wagte.

All diese neuen Informationen galt es zu verarbeiten.

»Ihr antwortet nicht mehr? Dann werde ich mich wohl wieder auf den Weg machen«, sagte Vinsebeck plötzlich in das bereits länger bestehende Schweigen hinein und machte Anstalten, von seinem Stuhl herunterzurutschen. »Könnt Ihr mir denn nun sagen, wo ich Philipp finde?«

»Nein«, sagte Hasenstock nur einsilbig.

»Na, dann. Mich zieht es ohnehin zurück in mein Heim. Dort wartet jemand auf mich.«

»Etwa Eure Verlobte Margarethe?«

»Nein.« Und jetzt richtete sich der kleine Mann in voller, etwas schwankender Größe vor seinem Kollegen auf: »Ein Objekt der Wissenschaft, mit dem es Fortschritte zu machen gilt. Ein wahrer Meister seiner Zunft, guter Hasenstock, gibt sich nicht mit dem Mischen von Pusteln abdeckenden Pülverchen zufrieden.«

Hasenstock war nur wenig beleidigt, ihn überraschte nun gar nichts mehr. Gelangweilt fragte er nur:

»Sondern womit?«

»In Bälde könnt ihr mich einen Prometheus nennen, wenn Euch denn die Sagen der Antike bekannt sind. Was ich jedoch stark bezweifle.«

Und damit wankte Vinsebeck erhobenen Hauptes und sehr mit sich zufrieden aus dem Hause seines Feindes. Noch war er der festen Überzeugung, über den verhassten Mann triumphiert zu haben, aber noch umnebelte der reichlich genossene Wein seinen Verstand.

Peter Hasenstock jedoch triumphierte nicht. Er war verwirrt und mit all den neuen Erkenntnissen heillos überfordert.

Erst als er zu seinem reichlich bestückten, aber wenig genutzten Bücherregal ging und eine verstaubte Enzyklopädie hervorzog, um sich danach zu erkundigen, was in drei Teufels Namen ein »Prometheus« sei, begann sich seine Miene wieder aufzuhellen.

»Hab ich dich, Vinsebeck. Dafür wirst du brennen.«

Als Hans Vinsebeck wieder in sein Heim in der engen Gasse an der Ostseite der Stadtmauer zurückkehrte, war er noch immer in frivoler Stimmung, ja geradezu euphorisch. Er hätte singen und tanzen können vor Freude. Doch dieser Zustand kehrte sich nun schlagartig um. Die frische Winterluft hatte das Ihrige dazu beigetragen, dass der kleine Mann schnell wieder ausnüchterte, und seine Rückkehr in die gewohnte, düstere, übelriechende Umgebung seines Hauses tat das Übrige. Im Dunkeln stolperte er über seine Trippen, die Fußuntersätze, welche er, ähnlich einem Gassenkehrer, stets anlegte, sobald er das Haus verließ. Es war nicht etwa der Ekel vor dem knöcheltiefen Schmutz der Straßen, der ihn diese hohen Holzklötze anschnüren ließ, wenn er in die Stadt ging. Nein, sie sollten ihn schlichtweg größer machen, was sie auch taten, um einen halben Kopf gar. Er hatte es sich bereits so sehr zur Gewohnheit werden lassen, außerhalb seiner eigenen vier Wände diese Dinger zu tragen, dass er eher seine Kappe oder seinen Geldbeutel daheim liegen ließ, als seine Trippen zu vergessen.

Er musste demnach in arger Bedrängnis gewesen sein, als er vor einigen Stunden fluchtartig aus dem Häuschen gestürmt war. Und das wurde ihm nun erst bewusst, nun, wo er die Holzgestelle aufgehoben hatte, in den Händen hielt und die gewöhnlichen Trippen betrachtete, als handele es sich dabei um heilige Reliquien aus dem Grabe Jesu Christi.

»Was habe ich diesem Hasenstock nur erzählt?«, fragte er die Fußuntersetzer. Doch sie antworteten ihm nicht.

»Ich bin der größte Narr des gesamten Universums.«

Dann überlegte er eine ganze Weile, dumpf in die nur von einem winzigen Talglicht beleuchtete Düsternis seiner Offizin blickend.

»Er ist ein Zauberer«, sagte er schließlich. »Ich habe ihn

schimpflich unterschätzt. Er hat mir etwas in den Wein gemischt, sodass ich nicht aufhören konnte zu reden.«

Vinsebeck war mit einem Mal fest davon überzeugt, das Opfer böser Magie geworden zu sein. Ihm, der von sich behauptete, vollkommen gegen Aberglauben gefeit zu sein, stand nun deutlich vor Augen, dass der Halunke Hasenstock ihm einen Zaubertrank verabreicht hatte, einen, der ihn, den armen Zwerg, auf sämtliche Fragen des anderen Apothekers wahrheitsgemäß und damit unvorsichtig hatte antworten lassen.

Und auch wenn dem nicht so gewesen war, auch wenn Hasenstock schlicht das Glück besessen hatte, zur rechten Zeit am rechten Ort zu sein, um den kleinen Apotheker in einem verzweifelten Zustand selbstverschuldeter geistiger Umnachtung anzutreffen, auch dann änderte das nichts an der Tatsache, dass Hans Vinsebeck sich nicht nur um den Verstand, sondern wohl auch um sein Leben geredet haben könnte.

Und nicht nur sich.

Der arme Philipp, die arme Gänslein. Von ihnen war ebenfalls die Rede gewesen.

Er musste sie warnen.

Doch zunächst einmal hieß es, die Reste des stinkenden mechanischen Menschen zu beseitigen, bevor die Büttel des Vogts vor seiner Türe standen.

Wie viel Zeit blieb ihm noch?

Einen ganzen Tag würden die Vorbereitungen schon in Anspruch nehmen.

Es war zu hoffen, dass der eitle Pfau von Hasenstock ihm diesen Vorsprung gewährte.

Alle Müdigkeit, alle Verwirrung war nun von dem kleinen Mann abgefallen, weder Wein noch giftige Gase trübten mehr seinen Verstand. Er dachte plötzlich hell und klar und wusste, was zu tun war.

XVII

Der an diesem Tage erneut frisch gefallene Schnee war rot von Blut. Schön sah das Zusammenspiel der beiden reinen Farben aus, die einen solch herrlichen Kontrast zueinander bildeten.

Doch Johanna hatte nicht das Bedürfnis, sich der Schönheit dieses Farbenspiels zu widmen. Vielmehr interessierte sie der Vorgang, der zu ebendiesen Blutstropfen im Schnee geführt hatte und immer noch führte. Denn in ebendiesem Moment spritzte eine riesige Fontäne aus dem geöffneten Mund des jungen Mannes, welcher dort auf einem wackeligen Schemel saß und von gleich drei kräftigen Burschen festgehalten wurde, während ein bunt gekleideter Herr mit lustigem Hut triumphierend einen riesigen Zahn samt Wurzel in die Höhe hielt und ihn der jubelnden Menge präsentierte, welche sich auf dem Pferdemarkt um den Zahnbrecher Gugelmann und seinen Wagen versammelt hatte.

»Seht her, gute Leute von Hameln! Ein kurzes Ziehen, und das Leiden des armen Felix hat nun ein Ende. Wie fühlst du dich, mein Junge?«

Felix antwortete nicht, er grinste nur erleichtert und zeigte seine verbliebenen dunklen, blutigen Zähne. Es schien ihm tatsächlich sehr viel besser zu gehen, anders als der armen Immeke, welche bereits auf einer kleinen Bank neben dem Tisch des fahrenden Baders Platz genommen hatte und mit bleichem Gesicht – Gebete an die heilige Apollonia ausstoßend – dessen harrte, was da bald kommen würde. Sie hatte schreckliche Angst, und es half ihr nur wenig, dass Johanna sie auf diesem schweren Gang begleitete und ihr beruhigend die Hand auf die Schulter legte.

»Wer ist der Nächste?«, fragte Gugelmann, mit seinen blitzblauen Augen aufgeweckt in die Runde blickend. Unwillkürlich ging ein jeder einen Schritt zurück und versuchte, sich ein wenig kleiner zu machen, aber dennoch suchte niemand das Weite. Zu spektakulär war ein jedes Mal das Auftreten dieses fahrenden Heilers, der sich, zum Leidwesen des Stadtphysicus und anderer Hamelner Heilkundiger, Scherer und Barbiere, regen Zulaufes und außerordentlicher Beliebtheit erfreute.

Götz Gugelmann – er schimpfte sich selbst einen Wundarzt – hielt nichts von Schröpfen, Aderlass und Quecksilberkuren. Vielmehr war der Großteil seiner Arbeit rein wiederherstellender, praktischer Natur. Er richtete alles, was nicht mehr so war, wie es der Herrgott am Tage der Schöpfung bestimmt hatte. Ausgekugelte Arme und Beine wurden eingerenkt, gebrochene Knochen geschient, faulende Gliedmaßen zur Not abgetrennt, Geschwüre weggeschnitten und schmerzende Zähne gezogen. Auch wenn er sich damit pries, seinen Patienten den Operationsschmerz durch einen mit Alraunenöl getränkten Schwamm, welcher unter die Nase gedrückt wurde, nehmen zu können, war dennoch alles, was Gugelmann tat, äußerst schmerzhaft und meist blutig – aber wirksam. Nur wenige, die es gewagt hatten, sich öffentlich von dem Zahnbrecher behandeln zu lassen, waren hernach dem alten Haufen zugeführt worden, das heißt an den Folgen der Behandlung verstorben. Und diejenigen, welchen dieses Unglück wiederfahren war, hätten dem Meister Gugelmann nicht einmal einen Vorwurf machen können, denn hätten sie ihn eher aufgesucht, wären gewiss auch sie gerettet worden.

Und nun war die arme Immeke an der Reihe. Ihr Leiden stellte keine Gefahr für ihr Leben dar, war aber dafür unglaublich lästig. Und seit gestern hatte es sich dahingehend entwickelt, dass Immekes ohnehin dickes Gesicht auf einer Seite noch weiter angeschwollen war und sie kaum mehr ein deutliches Wort hervorbringen konnte. Ja, sie begann sogar zu fiebern, und deshalb war es ein Glück, dass ausgerechnet jetzt Gugelmann in die Stadt kam, denn zu dem brutalen Schmied Anger wollte Immeke sich ganz und gar nicht aufmachen.

»Der Junge hier war zuerst da«, sagte sie rasch und wies auf einen Bierbrauerlehrling mit einer gequetschten Hand, welcher neben ihr auf der Wartebank hockte und gerade erst eingetroffen war, während Immeke sich nun schon seit einer ganzen Stunde auf der Bank herumdrückte und nicht den Mut finden konnte, die drei Schritte auf den durchaus freundlichen Wundarzt zuzugehen.

»Immeke, wir müssen endlich zurück ins Haus. Es gibt noch viel Arbeit zu erledigen«, flüsterte Johanna ihr von hinten ins Ohr und drückte ein wenig fester ihre Schultern.

»Ich habe solche Angst, Johanna. Lass uns einfach weggehen.«

»Das tun wir nicht. Der Junge ist der Letzte, dem du Vortritt gewährst. Hast du mich verstanden?«

»Schon gut, schon gut.«

»Du brauchst dich nicht zu fürchten, Immeke«, mischte sich nun eine junge Frau, offenbar ebenfalls eine Magd, ein. »Gugelmann ist ein wahrer Meister. Ist dir die Schwarze Hedi bekannt?«

»Meinst du etwa die Hübschlerin aus dem Frauenhaus? Das Zigeunerweib?«, fragte Immeke mit leidender, aber dennoch neugieriger Stimme.

»Genau die«, meinte die Frau und trat etwas näher zu Immeke und Johanna. »Wusstet ihr, dass die, als sie nach Hameln kam, keine Nase hatte?«

»Was?«

»Ja. Abgeschnitten hatte man sie ihr. Schnipp-schnapp. Eine Brandmarkung, damit jeder gleich erkennen sollte, was für ein loses Luder sie ist. In Göttingen soll das geschehen sein.«

»Aber die hat doch eine Nase«, erwiderte Immeke ungläubig.

»Ebendrum. Und weißt du, wer ihr die gemacht hat?«

»Der Gugelmann?«

»So ist es. Aus einem Stückchen Fleisch, das er ihr aus dem Oberarm geschnitten hat. Daraus hat er eine neue Nase geformt und sie ihr einfach angenäht.«

»Wie bei einer Stoffpuppe?«

»Ganz genau. Schau sie dir bei Gelegenheit an, dann kannst du es erkennen. Aber wann kommt man einem solchen Weib schon nahe, wenn man selber anständig ist? Sei's drum, falls sie dir doch einmal über den Weg läuft, wirst du sehen, dass die Haut ganz dunkel ist und ein wenig verformt. Aber immerhin besser als gar nichts. Und mit ein wenig Puder vom Hasenstock – und das kann sie sich offenbar leisten – ist auch das zu verbergen.«

»Das wusste ich noch nicht«, staunte Immeke.

»Na, jetzt weißt du es. Also brauchst du wegen eines wunden Zahnes keine Angst zu haben, denn ich kann dir noch etwas erzählen. Erinnerst du dich an den einäugigen Gregor, den Bruder des Nachtwächters? Der, und das glaubst du nicht, war beim Gugelmann …«

Johanna hatte bis dahin ebenfalls dem Bericht der ihr fremden Magd gelauscht. Derlei Geschichten interessierten sie sehr, mehr jedenfalls als die wenig aufsehenerregende Behandlung des Jungen mit der gequetschten Hand. Erst als dieser gequält aufschrie, schaute sie wieder in Richtung Gugelmann, und dabei entdeckte sie in der gaffenden Menge ihn.

Da war Philipp schon wieder. Langsam wurde er zu einem gewohnten Anblick.

Er stand auf der Johanna gegenüberliegenden Seite des Kreises von Leuten, die sich um den Wagen des Zahnbrechers reihten. Doch anders als die anderen schien ihn Gugelmann und dessen Patienten nicht zu interessieren. Sein Blick war starr auf Johanna gerichtet.

Jetzt war also geschehen, was geschehen musste. Er hatte sie wiedererkannt.

Johanna spürte, wie plötzlich alles um sie herum verschwamm. Sie hörte die Stimme der Magd nur noch undeutlich in weiter Ferne, sie nahm Götz Gugelmann und den von ihm versorgten Jungen nur noch schemenhaft wahr, sie spürte auch ihre Hände nicht mehr, die wie zwei tote Fische auf den kräftigen Schultern der Köchin Immeke lagen.

Und dann begann sie schrecklich zu frieren.

»Johanna! Johanna! Wo steckt sie nur?«

Margarethe war bereits frühzeitig zusammen mit dem treuen Bennheim vom Besuch eines ihrer verpachteten Landgüter im Umland der Stadt zurückgekehrt. Es war zu einem Ritus geworden, dass sie vor Weihnachten derartige Kontrollgänge verrichtete, um zu schauen, dass der in Ländereien investierte Teil ihres hart erwirtschafteten Kaufmannskapitals auch gut und sorgsam angelegt war. Und das war er. Die Verwalter aller drei Höfe waren ausgesprochen tüchtige Männer mit fleißigen Ehefrauen an ihrer Seite und prächtig heranwachsenden Söhnen. Von Letzteren konnte die Kaufmannswitwe sich versprechen, dass sie in Zukunft neben dem unsicheren, aber dafür ungleich höheren Gewinn aus dem Fernhandel auch auf die Sicherheit gewährenden landwirtschaftlichen Erträge ihres Grundbesitzes zurückgreifen konnte.

Kaum ein zu Geld gekommener Kaufmann Hamelns und anderer deutscher Städte verzichtete auf diese traditionelle Form der Geldanlage, auch wenn die Zeiten sich dahingehend zu ändern schienen, dass Überschüsse gewinnbringender in den zahlreich aus dem Boden schießenden italienischen und süddeutschen Bankhäusern angelegt waren. Doch der Besitz von Grund und Boden bedeutete nicht nur Sicherheit, er bedeutete auch Ansehen. Es war eine beständige, sichtbare Größe, die einem jeden den Wohlstand des Eigentümers vor Augen führte, ein Wohlstand, der sogar im Falle eines gewöhnlichen Getreidekaufmanns das Hab und Gut manch eines Landadeligen übertrumpfte. Und allein diese Tatsache war Balsam auf die noch immer nach Anerkennung heischende Seele des reichen, aber außerhalb seiner Stadt verhältnismäßig rechtlosen Bürgerstandes.

Nun also war Margarethe zurück und suchte nach ihrer Magd, welche jedoch im gesamten Haus unauffindbar war.

»Margarethe?«, vernahm sie plötzlich die verschlafene Stimme ihrer Base Mechthild.

»Oh, ich wollte dich nicht in deiner Mittagsruhe stören«, entschuldigte sich Margarethe, während sie über den bitterkalten Gang im Obergeschoss auf ihre Base zuging, die, ihrer Wulsthaube entledigt, mit kleinen, ungeschminkten Augen und rosigem Gesicht in der Tür ihrer Schlafkammer stand.

»Es ist schon gut, ich war längst erwacht. Du bist bereits wieder zurück? Wir haben dich nicht vor dem Abend erwartet.«

»Das ist mir nicht entgangen, liebe Mechthild. Ist die Katze aus dem Haus, tanzen die Mäuse auf dem Dach. Wo ist Johanna?«

»Beim Zahnbrecher Gugelmann. Sie begleitet Immeke. Du weißt doch, sie hat diesen wehen Zahn.«

»Und dann geht sie zu diesem Leutbescheißer! Ich habe ihr

mehrmals angeboten, den Schmied oder auch den Medicus für sie zu bezahlen.«

»Aber Margarethe, du kennst sie doch. Sie fürchtet sich.«

»Vor Gugelmann sollte sie sich fürchten. Ich hätte mir denken können, dass er in der Stadt ist, als ich bei meiner Rückkehr die Meute auf dem Pferdemarkt stehen sehen habe. Nun schließe wieder die Türe, liebe Mechthild, damit du dich nicht erkältest. Ich werde hinuntergehen und nach den beiden schauen. Hoffentlich lebt die arme Immeke noch. Nicht, dass er ihr den ganzen Kopf vom Halse gedreht oder ihr gar eine seiner den Geist umnebelnden Kräuter zu kauen gegeben hat, der Scharlatan.«

»Sonst bist du doch nicht so harsch gegenüber Menschen, die ein ungewöhnliches Leben führen, Gretchen. Was hat der Gugelmann dir nur getan?«, fragte Mechthild erstaunt.

Margarethe verzog ein wenig beklommen den Mund, dann sagte sie: »Nichts, und das wird auch so bleiben. Selbst wenn mir die Zähne im Munde schwarz werden, den ließe ich niemals an mich heran.«

Und mit diesen Worten schritt sie hinunter in die Diele, um von dort aus den verschneiten und belebten Pferdemarkt zu betreten.

Margarethe hatte es nicht weit bis zum Stand des fahrenden Zahnbrechers, der sich noch immer an dem Bierbrauerlehrling versuchte. Ein Junge, den Margarethe sehr gut kannte, schenkte sie ihm doch mitunter heruntergebrannte Kerzen, nachdem er in der Nikolaikirche beim Diebstahl derselben ertappt worden war und dann vom Henker Carnifex böse verdroschen werden musste. Es war eine Tradition, dass die Lehrburschen ihren Meistern das Lehrgeld in Form von Beleuchtungsmaterial entrichteten. Viele Handwerksmeister sahen über diese für ihre Schützlinge recht kostspielige Angelegenheit großmütig hinweg, nicht so der brutale Brauer Riethmeier. Er bestand auf der Ablieferung von Wachs und ließ sich nicht mit günstigen Kienspänen oder Tran abspeisen. So war der arme Bursche zum Diebstahl gezwungen gewesen. Und dass die gequetschte Hand nicht unbedingt von einem Unfall herrührte, davon war, wenn man den schlagfreudigen Riethmeier kannte, auszugehen.

Margarethe vermied es, einen Blick auf den Wundarzt Gugelmann zu werfen, diesen Prahlhans und Schwerenöter, aber dennoch genoss sie es, aus den Augenwinkeln wahrzunehmen, dass er seinerseits ihrer gewahr geworden war und sogar für einen Moment in seiner Arbeit innehielt. Absichtlich blickte sie nun in eine andere Richtung.

Und da stand er – Philipp Stadler, der junge Mann aus dem Rosengarten. Doch zu Margarethes Enttäuschung schien er sie heute gar nicht zu bemerken. Großgewachsen und aufrecht stand er da und schaute unverwandt geradeaus, jedoch nicht dorthin, wo das schmerzhafte Spektakel an dem armen Lehrjungen vollzogen wurde. Vielmehr schien er ins Nichts zu blicken und zu träumen. Der Ausdruck, der sich dabei auf sein Gesicht legte, gefiel Margarethe, er hatte etwas Knabenhaftes, Liebenswertes, ja, Verletzliches.

Sie ging einige Schritte auf ihn zu und stellte sich dann neben ihn. Erst als sie sich leise räusperte, erwachte Philipp aus seinem starren Traumzustand.

»Welch freudiges Wiedersehen«, sagte er leise, den Blick jedoch wieder von Margarethe abwendend. Sie deutete sein distanziertes Verhalten dahingehend, dass er sie als alleinstehende Frau offensichtlich nicht in eine missliche Situation bringen wollte, indem er öffentlich mit ihr vertraulich tat. Immerhin war er ein Fremder und zudem um viele Jahre jünger als sie.

»Ganz meinerseits«, sprach sie leise, ihn ihrerseits nicht anschauend.

»Das freut mich sehr. Es wäre mir eine Ehre, wenn es zu weiteren solcher Begegnungen kommen würde, ob zufällig oder nicht«, flüsterte er nun, sich ein klein wenig nähernd.

Margarethe glaubte zu spüren, dass seine Hand ihre Hüfte streifte.

Ein wohliger Schauder durchzog sie. Sie lächelte, den Blick auf das Gugelmann-Spektakel gerichtet.

Und Götz Gugelmann hielt wieder in seiner Arbeit inne und lächelte zurück.

Johannas Kinnlade klappte nach unten.

Das war nicht möglich. Da stand ihre Herrin. Sie hatte sich unmittelbar zu Philipp gesellt, und täuschte sie ihr Eindruck nicht ganz und gar, dann unterhielten sich die beiden sogar miteinander, auch wenn sie sich dabei nicht anschauten. Es war dennoch unverkennbar, zumindest für Johanna.

»Gute Frau, nun seid Ihr endlich an der Reihe. Ihr wartet wahrlich schon lange«, vernahm sie plötzlich die Stimme des Meisters Gugelmann, der auf einmal vor Immeke stand, sie am Ellenbogen fasste und zu sich an den Tisch führte. Immeke warf Johanna einen flehentlichen Blick zu, der so viel hieß wie: Lass mich nicht allein.

Prompt schüttelte Johanna alle wirren Gedanken von sich ab und tat, wozu sie das Haus der Witwe Gänslein verlassen hatte: Sie begleitete die leidende Immeke auf ihrem schweren Gang und hielt ihre Hand, während diese auf dem Schemel saß und ihren Mund so weit öffnete, wie es irgend möglich war.

»Da sind meine Magd und meine Köchin«, murmelte Margarethe nun. »Hoffentlich fügt dieser Tunichtgut ihnen kein Leid zu.«

»Wäre das ein großer Verlust für Euch?«, fragte Philipp leise, Johanna, die nun auf dem Podest stand, beobachtend.

»Aber natürlich«, gab Margarethe zurück, ihr Spielchen unterbrechend, indem sie ihn nun doch scharf von der Seite anblickte.

Jetzt wirkte sein Gesicht gar nicht mehr jungenhaft und friedlich. Fast hätte man es als schmerzverzerrt bezeichnen können. Margarethe führte es darauf zurück, dass Philipp in diesem Moment mit Immeke mitfühlte, welcher Gugelmann gerade einen dicken Backenzahn aus dem Kiefer brach.

Doch Philipp kümmerte sich nicht um die Köchin. Er sah sie gar nicht. Er hatte nur Augen für Johanna und für die schmerzhaften Erinnerungen, welche diese Frau für ihn verkörperte.

XVIII

Die Arbeit ging ihr an diesem Abend leicht von der Hand.

Nahezu beschwingt erledigte Margarethe Gänslein, noch zu später Stunde in ihrer Schreibstube sitzend, eine unangenehme Aufgabe nach der anderen. Sie prüfte Rechnungen, antwortete auf den bösen Brief eines Kontorgenossen aus Brügge und setzte Mahnschreiben an so manchen Abt oder Burgherrn auf, der es in letzter Zeit versäumt hatte, die ihm gelieferten Luxuswaren zu bezahlen.

Ihr ging es gut. Endlich spürte sie wieder Hoffnung in sich aufkeimen, auch wenn sie den Grund für dieses unerwartete Gefühl nicht verstand, vielmehr nicht verstehen wollte, denn ihr Stolz verbot es, näher darüber nachzudenken, was sie in diese außergewöhnliche Stimmung versetzte. Dabei gab es eigentlich keinen Anlass zur Freude. Zwar gingen die Geschäfte nach wie vor gut. Jedoch war ihre Zukunft als Kauffrau ungewisser denn je, zudem plagten sie Probleme privater Natur – nicht zuletzt der grausame Tod ihrer Magd Gerda, deren Leichnam sie heimlich hatte vergraben lassen.

Im Grunde hätte Margarethe von Kummer und Ängsten zerfressen sein müssen, doch das war sie ganz und gar nicht.

Musste sie sich etwa dafür schämen?

Nein, sie betrachtete es vielmehr als Segen, trotz allem so voller Tatendrang zu stecken, sich derart lustvoll in die Arbeit stürzen zu können. Das konnte keine Sünde sein, nicht, solange sie frei von sündhaften Wünschen war – und das war sie. Zumindest glaubte sie, es zu sein. Erst als jemand an die kleine, vereiste Scheibe ihrer zum Marktplatz zeigenden Schreibstube klopfte, stand ihr mit einem Mal ein ganz deutlicher Wunsch vor Augen. Ja, dieser Wunsch war so konkret, dass sie schier zu wissen glaubte, wer es war, wer es sein musste, der sie hier heimlich zu fast nächtlicher Stunde besuchte.

Ihr Herz begann zu rasen, als sie sich von ihrem Stuhl erhob und zu dem Fenster ging, um die kleine Luke zu öffnen. Furcht erfüllte sie keine, vielmehr war sie in freudiger Erwartung. Ein Gefühl, wie sie es höchstens aus Kindheitstagen kannte und für welches sie sich selbst, käme sie wieder zu klarem Verstand, hart ins Gericht nehmen würde.

Die Luke war zugefroren, und Margarethe benötigte einige Kraft, um sie mit einem Ruck aufzureißen. Doch als ihr dieses schließlich gelungen war und sie hinausschaute, sah sie niemanden. Dort draußen vor dem Fenster stand keine Menschenseele. Lediglich dicke Schneeflocken wehten ihr ins Gesicht und brachten ihr die notwendige Abkühlung. Sie musste sich getäuscht haben und war wütend über ihr eigenes dummes Wunschdenken. Gerade wollte sie das Fenster wieder schließen, da vernahm sie eine dumpfe Stimme.

»Halt.«

Es klang ein wenig erstickt und ganz so, als würde jemandem eine Hand vor den Mund gehalten werden. Margarethes Herz begann wieder schneller zu klopfen, dieses Mal jedoch aus Unbehagen. Irgendetwas war hier nicht in Ordnung. Dennoch wagte sie es, den Kopf ganz aus dem kleinen Fenster zu strecken.

»Ich bin es«, hörte sie nun das erstickte Stimmchen von unten.

»Vinsebeck?«

»Genau der.«

»Aber was tust du denn da unter meinem Fenster?«

»Bin gezwungen, unten zu bleiben, reiche nun einmal nicht bis oben heran.«

»Nimm doch bitte das wollene Tuch von deinem Gesicht, wenn du mit mir sprichst. Ich kann kaum eines deiner Worte verstehen.«

»Oh, ich vergaß. Die Kälte, gute Frau. Ihretwegen habe ich mich derartig vermummt.«

»Was willst du?«

»Lasst mich zu Euch herein, und ich werde es Euch sagen.«

»Nun gut. Aber das nächste Mal, Vinsebeck, wäre ich dir dankbar, wenn du zu günstigerer Stunde zu mir kämst.«

»Aber Ihr seid doch ohnehin des Nachts wach. Und außerdem habe ich es eilig.«

»Geh zur Eingangspforte, ich bin im Nu dort und öffne dir.«

Schon bald saß das verfrorene Männlein auf einem der großen Armstühle in Margarethes Schreibstube. Es hatte ihn einige Mühe gekostet, dort hinaufzuklettern, jetzt jedoch machte er es sich bequem, indem er seine hohen Trippen abschnallte, sie polternd zu Boden fallen ließ und dann die Beine ausstreckte, welche nicht einmal bis über den Rand der Sitzfläche reichten.

Er machte einen seltsam erleichterten, fast seligen Eindruck. Ganz so, als sei eine zentnerschwere Last von ihm gefallen. Dabei waren es doch nur seine Holztrippen gewesen.

»Es muss ein dringliches Anliegen sein, das dich zu mir führt, Vinsebeck. Sag mir nicht, dass es mit unserer Hochzeit zu tun hat. Was diese Sache betrifft, bin ich mehr als enttäuscht von dir. Ja, geradezu beleidigt.«

Hans Vinsebeck wusste, dass die Witwe Gänslein im Scherz sprach, und somit war es ihm ein Leichtes, ihre Worte einfach zu übergehen, ohne sich dabei unbehaglich zu fühlen.

»Margarethe, ich komme her, um mich zu verabschieden. Viel Zeit bleibt mir nicht mehr.«

»Aber Vinsebeck – was ist geschehen?«

»Ich hatte heute früh eine Unterredung mit Hasenstock.«

»Wie kam es denn dazu?«

Hans Vinsebeck atmete lange und vernehmlich aus und blickte sich dann eine Weile mit hochgezogenen Augenbrauen im Raume um.

»Vinsebeck«, ermahnte ihn Margarethe in strengem Ton.

»Er muss mir ein Wahrheitsserum in den Wein gemischt haben. Die Folge war, dass ich sämtliche seiner hinterlistigen Fragen getreu beantwortete. Und ich befürchte, ich erzählte sogar noch einiges darüber hinaus.«

Margarethe blieb stumm.

»Unter anderem«, fügte Hans Vinsebeck etwas verlegen an, »weiß er nun auch, dass Ihr um meine Hand angehalten habt.«

Nun schlug die Witwe beide Hände vors Gesicht und fragte dann in ähnlich ersticktem Ton wie dem, welchen sie von Vinsebeck unter dem Fenster vernommen hatte: »Hast du dich etwa auch derartig ausgedrückt, als du ihm dieses erzähltest?«

»Ich fürchte, das habe ich.«

»Und wie hat er die Nachricht aufgenommen?« Margarethe nahm vorsichtig die Hände wieder fort.

Vinsebeck zuckte nur mit den Schultern: »Soweit ich mich erinnere … Zu meiner Entschuldigung muss ich vorbringen, dass ich mich in einem erbärmlichen Zustand befand. Soweit ich mich also erinnere, hat er zunächst nur gelacht. Dann aber ist es ihm bitter aufgestoßen.«

»Hast du ihm etwa auch den Grund für diesen Antrag genannt?«

»Zu meinem Bekümmern glaube ich eine gewisse Andeutung gemacht zu haben. Dahingehend, dass Ihr nun einmal eine Frau seid, welche sich auch in der Ehe nicht in ein Kämmerlein sperren lässt. Und dahingehend, dass ich nun einmal ein Mann bin, der ausgerechnet diese Aufsässigkeit an Frauen zu schätzen weiß.«

»Er ist nun also alarmiert«, sagte Margarethe schließlich nachdenklich.

»Das ist er. Und es ist gewiss nicht in seinem Sinne, dass Ihr einen Mann ehelicht, der für ihn zu einem ernst zu nehmenden Widersacher werden könnte.«

Margarethes Mundwinkel verzogen sich bei diesen Worten des Apothekers zu einem leichten Schmunzeln. Sie blickte ihn kurz an, um sicherzugehen, dass er tatsächlich überzeugt war von dem, was er da gerade gesagt hatte. Sein Gesichtsausdruck verriet nichts Gegenteiliges.

Dann klatschte sie in die Hände, stand auf und ging auf ihren Gast zu. Kurz vor seinem Stuhl blieb sie stehen.

»Mein Freund, dann bleibt uns nichts anderes übrig, als uns zu beeilen.«

Vinsebeck sah zu ihr hoch und wurde plötzlich ganz blass um die Nase.

»Das ist unmöglich, gute Margarethe. Versteht mich nicht falsch, aber ich habe da durchaus andere Verpflichtungen …«

Nervös rutschte er auf seinem Stuhl hin und her, die kleinen Füßchen aneinanderreibend und immer wieder ängstlich zu der Frau aufblickend, die da so herrisch und schön vor ihm aufragte. Nicht, dass Hans Vinsebeck sich verboten hätte, über die möglichen Annehmlichkeiten einer Ehe mit Margarethe Gänslein nachzudenken. Er hatte sehr viel darüber nachgedacht. Und eine solche Verbindung brächte nicht nur finanzielle Vorteile mit sich. Schließlich war er zwar klein, aber dennoch ein ganzer Mann aus Fleisch und Blut, und es gelang ihm sogar besser als manch einem großen Kerl, eine Frau nach allen

Regeln der Kunst zu beglücken. So versicherten es ihm zumindest sämtliche Damen der Frauenhäuser, welche er ab und an aufsuchte. Aber dennoch gab es Wichtigeres im Leben als Geld und Fleischeslust, und das war nun einmal das Leben selbst. Und Hans Vinsebeck hing sehr an seinem Leben.

»Was für Verpflichtungen?«, fragte Margarethe erstaunt.

»Nun, es ging nicht nur um Euch in diesem Gespräch. Was Euch betrifft, so werden meine unbedachten Worte lediglich zu manch einer Unannehmlichkeit führen, zu Geplänkel mit dem Rat, zu Handelskämpfen mit Hasenstock, zu hämischen Blicken der Leute. Zu mehr jedoch nicht.«

»Wie beruhigend«, unterbrach ihn Margarethe.

»Andere Leute hingegen«, sprach der kleine Mann weiter, »könnten meiner Geschwätzigkeit wegen ernsthafteren Schaden erleiden. Meine Wenigkeit eingeschlossen. Es geht um Leben und Tod.«

»Warum das? Habt Ihr etwa auch von Eurem Homunculus gesprochen?«

»So ist es. Und zudem habe ich düstere Geheimnisse aus einer Vergangenheit ausgeplaudert, an die ich mich selbst nicht gern erinnere und an die ein Tunichtgut wie Peter Hasenstock erst recht nicht erinnert werden sollte. Geheimnisse, die auch Euren nunmehr toten Gatten Reinold betrafen, für Euch aber ohne Belang sein sollten. Deshalb fragt mich nicht dazu. Nehmt Euch lediglich in Acht und geht Hasenstock in jeder Hinsicht aus dem Wege, macht ihn Euch aber auch nicht zum Feinde. Verhaltet Euch ruhig und unauffällig. Das ist mein Rat.«

Margarethes Augen wurden groß und größer, sie vergaß fast zu atmen. In ihr stieg eine schreckliche Wut auf. Der kleine Apotheker sprach nahezu die gleichen Worte, welche sie vor wenigen Tagen erst von der Begine Regine vernommen hatte. Es waren mysteriöse Warnungen, unlösbare Rätsel, eine nahezu verschwörerische Heimlichtuerei – und beide Male war sie darauf hingewiesen worden, dass man ihr, der stolzen, starken Frau, die ganze Wahrheit ersparen müsse, um sie zu schonen, ihr aber dringend dazu rate, vorsichtig zu sein.

»Behandelt mich nicht wie ein rohes Ei, Vinsebeck. Sprecht!«, forderte sie ihn im strengen Tone auf. Doch ihre Stimme verfehlte ihre Wirkung, denn er antwortete nur:

»Das ist eine lange Geschichte, die selbst ich nicht zur Gänze kenne und verstehe.«

Wieder waren seine Worte denen der Begine so verteufelt ähnlich. Was wussten sie? Im Grunde ahnte Margarethe längst, worum es ging, sie glaubte es zumindest zu erahnen. Sie glaubte, dass Regine und Vinsebeck von dem Margarethe durchaus bekannten Geheimnis ihres Gatten sprachen. Ja, sie dachte, dass die Laienschwester und der Apotheker sie vor dem Wissen über Reinold Gänsleins verbotene Vorlieben bewahren wollten, um ihr eine nachträgliche Demütigung zu ersparen. Aber was hatte Hasenstock damit zu tun? Er – und das stand außer Frage – war dem weiblichen Geschlecht holder als hold. Niemals waren er und Reinold ein Liebespaar gewesen, niemals, dafür hätte Margarethe die Hand ins Feuer gelegt. Vielmehr sollte sie sich vor Hasenstock in Acht nehmen, weil auch er über Reinold Gänsleins Vorlieben Bescheid wusste und dieses Wissen gegen dessen Witwe verwenden könnte. Aber wenn dem so wäre, dann hätte Peter Hasenstock das doch schon längst getan. Weshalb sollte er zögerlich sein? Das wäre ganz und gar nicht seine Art.

Unverwandt fragte sie nun: »Hasenstock kennt demnach Reinolds Geheimnis?«

Vinsebeck stutzte ein wenig, er schien irritiert. Kritisch beäugte er eine Weile die noch immer vor ihm aufragende Frau und überlegte genau, wie er nun antworten sollte.

»Er weiß mehr als alle anderen. Es ist eine Geschichte, die beide zusammen erlebt haben und die mir nur in ihren traurigen Konsequenzen bekannt ist. Über die aber kann und will ich nicht sprechen. Ich mag niemandes Namen und Ehre beschmutzen, indem ich Halbwahrheiten ausplaudere. Lasst Euch aber gesagt sein: Hasenstock selbst hat so viel Dreck am Stecken, dass er seine Zunge im Zaume halten muss. Aber dennoch sollte man einen Löwen nicht zu sehr reizen, meine Liebe. Also geht ihm aus dem Weg.«

Mit pathetischer Miene griff er sodann nach Margarethes Händen und sah zu ihr auf. Offenbar hatte er diesen Moment lange vorbereitet, denn alles wirkte ein wenig aufgesetzt und zu abrupt.

Laut sprach er: »So sehr ich Euch schätze und bewundere, Margarethe Gänslein, so kann ich dennoch nicht Euer Gemahl werden. Ihr werdet sicherlich einen anderen finden, der Euch die verdiente Ehre und Liebe erweist! Nun muss ich von dannen eilen. Der Feind ist mir auf den Fersen. Fragt nicht nach meinem Wohin, ich selbst kenne die Antwort nicht.«

Dann bückte er sich nach seinen Trippen, schnallte sie im Nu an und war verblüffend rasch, ganz, als liefe er in Siebenmeilenstiefeln, verschwunden.

Hans Vinsebeck ließ eine für den Moment völlig rat- und hilflose Margarethe Gänslein zurück.

Stockfinster war es, aber dennoch herrschte auf dem nahen Marktplatz ein Heidenlärm. Johanna fürchtete, verschlafen zu haben. Im Grunde passierte ihr so etwas nicht, nicht einmal zur dunklen Jahreszeit, wenn es hieß, weit vor Sonnenaufgang die Bettstatt zu verlassen. Aber die letzte Nacht hatte sie lange wach gelegen. Zu verwirrend waren die Ereignisse des vergangenen Tages für sie gewesen, hatten ihr den Schlaf geraubt, und nun wunderte es sie nicht, dass auf dem Markt bereits das übliche Tagesgeschäft seinen Anfang nahm, während sie völlig übernächtigt in den Federn lag.

Noch immer war sie nicht ganz bei sich, als sie die nackten Füße auf den Holzboden ihrer Kammer stellte und sich die Augen rieb.

Das hört sich etwas seltsam an, war alles, was sie dachte, doch zu müde war sie, um sich eingehender über die von draußen in ihr Zimmerchen dringenden Geräusche zu wundern.

Johanna kleidete sich im Dunkeln an. Ihr Kopf brummte, und sie konnte die Augen nur mit Mühe offen halten. Am liebsten wäre sie einfach wieder nach hinten ins Bett zurückgefallen und hätte weitergeschlafen. Dann jedoch hörte sie dieses Wort. Es war bereits mehrmals gefallen, doch die schläfrige Magd hatte es bei all dem hektischen Gemurmel auf den Straßen nicht deutlich wahrgenommen. Aber die laute, dunkle Stimme eines Mannes, der unmittelbar unter dem Hause der Margarethe Gänslein stehen musste, ließ nun kein müdes Überhören mehr zu.

»Feuer«, schrie er, »Feuer!«

Mit einem Mal war Johanna hellwach, und im selben Moment begann auch die Sturmglocke zu läuten. Nicht einladend, wie dann, wenn vom Kirchturm aus zum Besuch der heiligen Messe gerufen wurde, sondern schrill und warnend. Die Vertreter der drei Wehrquartiere der Stadt wurden mit diesem Läuten zusammengerufen, um die ihnen obliegenden Löschaufgaben zu übernehmen.

Johanna lief hinaus in den dunklen Flur und dann die Stiege hinunter. Die große Ausgangstüre stand weit offen, eine eisige Kälte wehte ihr entgegen. In der Türe standen die Köchin Immeke und die Base Mechthild. Beide waren sie in Decken gehüllt und trugen noch ihre Nachthauben. Sie sprachen mit einem Mann.

»In der Südstadt soll es sein. Ich war noch nicht dort. In einer der engen Mauergassen. Verheerend! Nicht weniger als sieben Häuser sollen brennen.«

»Um Gottes willen! Und das so kurz vor dem Weihnachtsfest«, rief Mechthild und wollte klagend die Arme erheben, bemerkte aber frühzeitig, dass sie somit ihrer Umhüllung verlustig ginge, und ließ es bleiben.

»Johanna, die Stadt brennt!«, sagte Immeke zu der Magd, welche sich nun zu den beiden Frauen und dem Mann gesellte.

»Wo ist die Herrin?«, fragte Johanna. Sie wusste selber nicht, weshalb ihr ausgerechnet diese Frage als Erstes in den Sinn kam.

»In ihrem Schlafgemach wird sie sein«, antwortete Immeke, schaute dann aber mit einem ungläubigen Blick die Treppe hinauf, auf der sich trotz des nun zunehmenden Tumultes noch immer keine Margarethe Gänslein zeigte.

Sehr ungewöhnlich war das.

XIX

Margarethe Gänslein hatte gegen Morgen in aller Eile das Haus verlassen. Sie war bis zu diesem Zeitpunkt noch immer in ihrer Schreibstube gewesen, ohne einen Finger zu rühren. Nur dagesessen und nachgedacht hatte sie. Aber keiner ihrer Gedanken hatte einen befriedigenden Sinn ergeben, alles glich einem mehr als eigentümlichen Mysterienspiel. Und sie steckte mittendrin in dieser Aufführung, ohne jedoch den Sinn der von ihr vorzutragenden Passagen zu begreifen.

Das musste sich ändern, aber es konnte sich nicht ändern, wenn sie nur tatenlos abwartete. Eilig habe er es, die Stadt verlassen wolle er. Das hieß also, sie musste sich sputen, um den kleinen Mann ein letztes Mal abzufangen und ihn nach dieser bereits von Regine angedeuteten »bösen Geschichte« auszufragen. Sie hatte das Recht dazu. Immerhin war sie die Witwe Reinold Gänsleins, der bei alldem, was sich hier hinter Margarethes Rücken zutrug, eine entscheidende Rolle zu spielen schien, und das, obwohl er nicht mehr lebte. Margarethe wollte Klarheit.

Aus diesem Grund also hatte sie sich lange vor der Morgendämmerung allein auf den Weg in die Südstadt gemacht. Sie lief hastig, wollte keine weitere Zeit sinnlos verstreichen lassen und hoffte inständig, dass er noch in seinem krummen Häuschen damit beschäftigt war, seine Siebensachen zu packen. Die Straßen waren menschenleer, vereinzelt jedoch konnte man bereits Lichter hinter den verschlossenen Läden brennen sehen. Bald würden sich die Ersten an ihr Tagwerk machen, noch aber war Margarethe Gänslein allein in den Straßen Hamelns unterwegs. Selbst die Bettelleute hatten bei der eisigen Kälte, die in dieser Nacht herrschte, an irgendwelchen verborgenen Orten Unterschlupf gesucht. Ja, nicht einmal streunende Hunde und Katzen kreuzten Margarethes Weg, was jedoch weniger an der Kälte lag als vielmehr an den Experimenten des Alchemisten Vinsebeck, zu dessen Heim sie nun eilte.

Überall konnte man den beißenden Rauch der Feuerstellen riechen. Er stammte sicherlich aus den Backhäusern in der Bäckerstraße, denn dort wurde schon seit einigen Stunden fleißig gearbeitet. Zudem stieg bei diesem Frost schwarzer Qualm auch des Nachts aus den Schornsteinen der Reichen und aus manchen Rauchlöchern der Armen auf, vorausgesetzt, Letztere verfügten über genügend Brennmaterial. Immeke und Johanna waren ebenfalls von ihrer Herrin angehalten worden, drei- bis viermal in der Nacht die Kamine zu versorgen, denn Margarethe hasste es, des Morgens in ihrem eigenen Hause frieren zu müssen. So war sie also in diesem Winter längst an den stets präsenten, rußigen Geruch gewöhnt, der ihr auch nun wieder in die Nase stieg. Er störte sie nicht, und sie dachte sich nichts Ungewöhnliches dabei – nicht, solange sie nicht in die kleine Mauergasse abgebogen war, in welcher das Apothekerlein lebte.

Dort nämlich brannte es.

Vinsebecks Haus stand in Flammen.

Zumindest aus dem oberen Stockwerk schlugen feurige Zungen und erhellten die noch immer im Dunkel der Nacht liegende ärmliche Gasse.

Margarethe schlug sich die Hand vor den Mund, um nicht zu schreien. Sie konnte sich selbst nicht erklären, warum sie es sich verbot, laut Alarm zu schlagen. Stattdessen lief sie rasch und allein zur Eingangstüre des brennenden Häuschens und fand sie zu ihrer Überraschung geöffnet. Die Offizin war unversehrt, das Feuer offensichtlich oben ausgebrochen, dort, wo sich die privaten Gemächer Hans Vinsebecks befanden.

Eilig stürzte Margarethe zur schmalen Stiege, die sich verborgen hinter einem mit Gläsern und Krügen gefüllten, wackeligen Holzregal befand. Nur ein einziger Gedanke schoss ihr durch den Kopf: Selbstmord.

Sie hätte es ahnen müssen, als er zu ihr kam, um sich zu verabschieden. Er war so seltsam ruhig gewesen, so sehr mit sich und seiner in Trümmern liegenden Welt im Reinen.

Wie konnte sie nur derartig dumm sein? Wieso hatte sie wieder einmal nur an sich gedacht? Jetzt war es zu spät.

Gerade hatte sie die ersten beiden Stufen erklommen, da wurde Margarethe plötzlich und unerwartet von hinten brutal am Arm gepackt und zurückgerissen. Noch bevor sie aufschreien konnte, legte sich eine Hand fest auf ihren Mund.

Das kann niemals der Zwerg Hans Vinsebeck sein, war alles, was sie dachte. Dann wurde ihr schwarz vor Augen.

»Das muss der Zwerg Hans Vinsebeck sein«, sagte der Braugeselle ruhig, als er auf die winzige verkohlte Leiche schaute, die in den dampfenden Resten der Apotheke gefunden worden war.

Der junge Lehrbursche neben ihm konnte sich nicht so gut beherrschen und gab sein spärliches Frühstück wieder von sich, woraufhin er eine schallende Ohrfeige von dem Gesellen empfing.

»Stell dich nicht so an!«, brummte dieser nur und verließ die niedergebrannte Ruine. Der Junge hingegen blieb. Seine Neugier war größer als das Grausen, oder besser, gerade wegen des Grausens war seine Neugier so groß, dass er nicht anders konnte, als auf die schwarzen, menschlichen Überreste zu starren, welche in dem eingestürzten Bett des kleinen Apothekers lagen.

Den komischen Gnom hatte das Feuer im Schlaf überrascht. Nun war er tot, und offenbar hatte er sich nicht einmal gegen das Sterben gewehrt. Denn obwohl er pechschwarz und noch kleiner und verschrumpelter war als sonst, so wirkte er dennoch friedlich auf den Jungen. Ja, ganz so, als habe er dieses Schicksal geduldig erwartet. Der Bursche ging noch ein wenig näher auf die Leiche zu, um sie genauer in Augenschein zu nehmen.

Der Zwerg hatte sämtliche jungen Leute der Stadt schon seit deren frühen Kindheitstagen fasziniert. Er war hässlich, lustig und geheimnisvoll, man hatte ihm Schimpfnamen gegeben und ihm üble Streiche gespielt. Doch wirklich in seine Nähe gewagt hatte man sich nie. Nun bestand also endlich einmal die Möglichkeit, sich diese Missgeburt von Nahem anzuschauen.

Von seinem Kopf war nicht mehr viel übrig, aber der Rest des kleinen Leibes war recht gut erhalten. Große Füße hatte er im Verhältnis zu seinem Körper. Das konnte man selbst jetzt noch erkennen. Und auch die Hände waren riesig. Regelrechte Pranken. Lag das am Feuer? Hitze veränderte die Größenverhältnisse des Körpers, das hatte der neugierige Junge von seinem vielgereisten Vetter erfahren, welcher schon einmal dem Flammentod einer Zauberin beigewohnt hatte.

Der Bursche nahm nun vorsichtig von den nur noch wenig Vertrauen erweckenden schwarzen Dielen einen langen Nagel hoch und stocherte mit diesem an Vinsebecks Händen herum. An andere Stellen des toten Körpers wagte er sich nicht heran. Man konnte sogar noch die langen, selten geschnittenen Nägel erkennen. Heiß war das Feuer also nicht gewesen, nicht so heiß, wie es gemacht wurde, um Hexen und Ketzer zu verbrennen. Seine Finger waren alle erhalten.

Aber was war mit seinen Daumen geschehen?

Wieso hatte die Leiche keine Daumen mehr?

»Was machst du da, Veit Dummfratz?«, vernahm der Junge nun hinter sich die Stimme des Gesellen. Er war mit zwei anderen zurückgekehrt, um die sterblichen Überreste zu bergen. »Der faule Tropf, glotzt lieber tote Krüppel an, als endlich mal ein Weib in Augenschein zu nehmen. Wäre längst an der Zeit, kleiner Schlappschwanz.«

Und während der Geselle eine mehr als unanständige Geste mit seinem Unterleib machte, brachen die beiden anderen anwesenden Männer in schallendes Gelächter aus. Der Lehrjunge Veit hingegen blieb still, blickte beschämt zu Boden, lief rot an und beschloss, lieber nichts über seine Beobachtungen an der Leiche des Hans Vinsebeck zu erzählen. Er wollte sich ja nicht noch weiterem Gelächter aussetzen.

»Was ist geschehen? Ist er tot?«

»Ich habe Euch doch gesagt, dass Ihr in meinem Kämmerlein bleiben sollt, Margarethe. Die Geschwätzigkeit meiner Mitschwestern ist, auch wenn Ihr das nicht glauben wollt, um einiges größer als die meine. Was, wenn eine von ihnen Euch hier sieht?«

Die Begine Regine führte die noch immer rußbeschmierte und völlig zerzauste Margarethe Gänslein unter Anwendung sanfter Gewalt zurück in die kleine, holzvertäfelte Kammer des Beginenhofes und wies sie an, auf dem einfachen, mit Stroh gefüllten Bett Platz zu nehmen.

»Wie geht es Euch?«, fragte Regine mit ungewohnt sanfter Stimme.

»Gut«, log Margarethe. Sie war gerade erst aus einem totenähnlichen Schlaf erwacht und konnte sich beim besten Willen nicht daran erinnern, wie sie ausgerechnet hierhergelangt war.

Hierher, in die enge Gasse zwischen Bäckerstraße und Münsterkirchhof, wo sich das Heim der armen Laienschwestern von Hameln befand. Und nicht nur das: Ausgerechnet in der Kammer der Begine Regine war sie erwacht.

»Warum seid Ihr gestern Nacht zu mir gekommen, Margarethe?«, fragte Regine. Sie stand groß und schwer vor der wie ein Häufchen Elend auf der Bettkante hockenden Kaufmannswitwe. Margarethe blickte zu ihr hoch und schüttelte langsam den Kopf.

»Bin ich das? Ich kann mich nicht erinnern.«

»Ihr standet vor dem Haus und habt leise, aber wiederholt nach mir gerufen. Ihr könnt von Glück sagen, dass nur ich es vernommen und Euch eingelassen habe.«

Ein wenig dämmerte es Margarethe nun. Sie war wirr durch die Gassen der Südstadt getaumelt, es war dunkel gewesen, ihr Kopf und ihre Glieder hatten geschmerzt. Sie hatte nicht gewusst wo sie war, bis sie schemenhaft das Haus der Beginen erkannt hatte. Es war ihr wie ein Geschenk des Himmels erschienen, und die bald in der Tür auftauchende Gestalt der Regine war für sie niemand Geringeres als die leibhaftige Mutter Gottes gewesen. Aber hatte sie nach ihr gerufen? Daran erinnerte sie sich nicht, obgleich sie sich besann, dass es viele Fragen gab, die sie Regine und auch Vinsebeck stellen musste.

Vinsebeck. War er tot?

»Was ist mit ihm?«, fragte sie, sich nun hastig erhebend.

»Ihr sprecht von dem Apotheker Vinsebeck, nicht wahr?«, fragte Regine traurig und wies Margarethe an, sich zusammen mit ihr wieder hinzusetzen. »Wart Ihr etwa in seinem brennenden Haus? Euer Zustand ließe das vermuten.«

»Ich wollte ihm einige Fragen stellen.«

»Mitten in der Nacht?«

»Er hatte mich einige Stunden zuvor aufgesucht, um mich

zu warnen, ähnlich wie auch Ihr es getan habt. Ist er nun tot? Antwortet mir endlich.«

»Ja, das ist er. Die Kunde verbreitete sich vor weniger als einer halben Stunde. Er ist in seinem Bett verbrannt. Ein Unglück war es. Ein Glück jedoch, dass das Feuer nicht auf weitere Häuser in der engen Gasse übergesprungen ist und noch mehr Schaden angerichtet hat.«

Ungläubig starrte Margarethe der Laienschwester ins Gesicht. Nur langsam setzte sich die Gewissheit, dass der gutmütige, lustige Geselle nun für immer von dannen gegangen war. Ein Unglück also, ein Versehen. Aber konnte das wahr sein?

Margarethe versuchte angestrengt, sich zu erinnern. Sie wusste noch, dass er sie besucht hatte, sie wusste, was sie geredet hatten, sie wusste auch, dass sie dann zu ihm gelaufen war und dass sein Haus in Flammen stand, als sie ankam. Sie erinnerte sich, wie sie das Haus betreten hatte. Doch dann rissen die Erinnerungen ab. Das Nächste, was ihr ins Gedächtnis kam, war, wie sie unter Schmerzen und mit wirrem Geist durch die Gassen zum Beginenhaus irrte. Was aber war in der Zwischenzeit geschehen?

Ihr Kopf wollte fast zerspringen, so sehr bemühte sie sich nachzudenken. Es hatte keinen Sinn, Schmerzen und Unwohlsein verwirrten Margarethe den Verstand. Alles um sie herum begann erneut zu verschwimmen, zudem packte sie jetzt ein trockener Husten und schüttelte sie so sehr, dass sie sich wieder auf das Bett niederlegen musste.

»Ihr habt zu viel Rauch eingeatmet, meine Gute. Ruht Euch aus«, vernahm sie wie von ferne die Stimme Regines. »Ich werde frisches Wasser holen. Ihr solltet viel trinken, und gewaschen werden müsst Ihr ebenfalls. In einem solchen Zustand dürft Ihr niemandem unter die Augen treten. Es soll ja keiner Verdacht schöpfen, wo Ihr in der letzten Nacht gewesen seid.«

Was hatte die Begine da gesagt?

Hatte Margarethe richtig gehört?

War das möglich?

Hatte das Schwätzweib wahrhaftig vor, Stillschweigen über das nächtliche Auftauchen der Kaufmannswitwe im Hause der Laienschwestern zu bewahren?

Margarethe versuchte mühsam, sich im Bett aufzurichten. Es galt, die Fassung zu wahren – oder besser, zurückzugewinnen. Sie musste wieder klar werden. Und tatsächlich ging es ihr ein wenig besser, nachdem sie eine nicht geringe Menge schwarzen Schleims in ihren Rock gehustet und gespuckt und sich mit selbigem den Mund abgewischt hatte. Ja, das war besser, aber dennoch: In einem solch erbärmlichen Zustand war sie nie zuvor in ihrem Leben gewesen.

Und noch immer konnte sie sich nicht erklären, wie all das geschehen war. Es musste ein böser Traum sein.

Vinsebeck verbrannt, und sie hier? Verwahrlost in der Obhut einer Frau, mit der sie bislang nichts als Verachtung und Misstrauen verbunden hatte?

In diesem Moment kehrte Regine zurück ins Zimmer, einen großen Krug und ein graues, zerfranstes Tuch in den Händen. Sofort gab sie Margarethe zu trinken, die gierig das kühle Wasser ihre trockene, verbrannte Kehle hinunterspülte.

»Ich glaube Euch, Margarethe«, sagte Regine, während sie mit dem angefeuchteten Tuch behutsam das rußige Gesicht der Kaufmannswitwe zu säubern begann. »Obgleich Eure Geschichte nicht wahrhaftig klingt, glaube ich Euch. Ihr habt weder mit dem Feuer noch mit dem tragischen Tod des Meisters Vinsebeck zu tun. Es war Euer Unglück, zur falschen Zeit am falschen Ort gewesen zu sein. Deshalb sollten wir niemandem davon erzählen und zusehen, Euch möglichst heimlich in Euer Haus zurückzubringen.«

»Warum seid Ihr so freundlich zu mir?«, murmelte Margarethe etwas schwach und ungläubig.

»Ihr habt Euch stets in mir getäuscht, Margarethe. Ich mag meine Laster haben, aber ebenso vermag ich Gut von Böse zu unterscheiden. Vielleicht ist diese Gabe sogar meiner sündhaften Neugierde zu verdanken. Ohne sie hätte ich nicht derlei viele Erfahrungen gesammelt und mir nicht ein derlei ausgefeiltes Bild über so manchen Zeitgenossen machen können.«

»Und so habt Ihr Euch auch ein Bild von meinem Gatten gemacht.«

»Ja. Von ihm und von Peter Hasenstock, denn beide haben viel gemeinsam.«

»Was meint Ihr damit, Regine? Ich verstehe es nicht. Auch Vinsebeck sprach in derlei Rätseln, und nun ist er tot.«

»Glaubt Ihr etwa, dass es kein Unglück war?« Regine hielt in ihrer Arbeit inne. Sie war soeben dazu übergegangen, Margarethes verschmutztes Kleid abzuklopfen.

Diese zuckte bekümmert mit den Schultern.

»Dann war er es«, sagte die Begine, den Blick stumpf auf die Wand gerichtet.

»Wer?«

»Hasenstock hat Vinsebeck aus dem Weg geschafft.«

»Ja, das ist möglich«, bestätigte Margarethe. »Aber nun sagt mir endlich, was er und Reinold gemeinsam hatten.«

Regine räusperte sich mehrmals, bevor sie sehr leise, fast unverständlich murmelte: »Sie hatten eine Frau gemeinsam. Und ein Kind gab es ebenfalls.«

»Das kann nicht sein«, rief Margarethe entrüstet und erhob sich so rasch, dass ihr schwarz vor Augen wurde. Dennoch fing sie sich und sagte nur: »Ich danke für Eure Gastfreundschaft und Verschwiegenheit, gute Frau, aber ich muss nun nach Hause gehen.«

»Erlaubt mir, Euch zu begleiten«, rief Regine ihr nach.

»Vielen Dank, aber das wird nicht nötig sein«, gab die Gewürzhändlerin entschieden zurück, während sie bereits auf der dunklen Stiege nach unten verschwunden war.

Sie nahm den Weg durch eines der vielen Schlupflöcher der Stadtmauer und ging den weiten Weg an der äußeren Seite der Mauer herum, um im Norden durch ein weiteres Schlupfloch wieder in die Stadt zu gelangen. Von hier aus war es zum Pferdemarkt und zu ihrem Haus nicht mehr weit. Sie erreichte es von der Rückseite, von der Emmerngasse aus, indem sie sich zwischen den eng an eng gebauten Häusern vorbei in den eigenen Hinterhof schlich.

Niemand hatte sie bislang gesehen, und niemand sollte sie jetzt sehen, wenn sie das Haus durch die Hintertüre betrat. Heimlich wollte sie sich in ihre Kammer schleichen, sich waschen, umziehen, frisieren und den Tag beginnen wie jeden anderen. Auch wenn dieser Tag nicht wie jeder andere sein würde, denn ihr Freund Vinsebeck war tot. Und Margarethe glaubte zu wissen, warum er hatte sterben müssen.

Der Zwerg war im Weg gewesen. Er war einem ganz bestimmten Menschen im Weg gewesen.

Und gegen diesen Menschen galt es nun einen Kampf vorzubereiten. Das hatte Margarethe auf ihrem einsamen Weg um die Stadt herum entschieden.

XX

Johanna irrte des Morgens ebenfalls durch das so friedlich verschneite Hameln, wo dennoch eine aufgewühlte, nervöse Stimmung zu spüren war.

Nachdem sich die Kunde von einem Brand im Süden der Stadt verbreitet hatte, waren viele Leute aus ihren Unterkünften gestürmt, um sich das befürchtete Inferno anzuschauen. Auch Johanna hatte es nicht mehr im Haus am Pferdemarkt gehalten. Eine böse Ahnung stand ihr vor Augen. Rasch war sie angekleidet, hinaus in die eisige Kälte gestapft und hatte sich mit der Masse hin zu der Gasse treiben lassen, in der zur Erleichterung der meisten und zur Enttäuschung mancher nur ein einziges Haus in Flammen stand. Und dieses wurde bereits von den eingetroffenen Mannen des Osterquartiers, welche für die Brandbekämpfung in diesem Bereich der Stadt zuständig waren, erfolgreich gelöscht.

Johanna konnte durch die dicht an dicht gedrängten neugierigen Leiber nicht ausmachen, wessen Haus betroffen war. Doch sie glaubte es bereits zu wissen. In der Nacht, als sie aufgestanden war, um den Kamin anzuheizen, da hatte sie beobachtet, wie der kleine Meister Vinsebeck das Haus ihrer Herrin betreten hatte. Und am Morgen waren beide nicht mehr da, ja, auch von Margarethe Gänslein fehlte jegliche Spur.

Zwar verhielt sich die Witwe häufig eigentümlich, vom kleinen Vinsebeck ganz zu schweigen, aber dennoch war Johanna heute besorgter denn je. Und das hatte eindeutig mit Philipp zu tun. Die Tatsache, dass sie ihn und die Herrin am gestrigen Tage zusammen gesehen hatte, hatte ihr Angst bereitet. Vielleicht war es eine unberechtigte Angst, aber ihre Erfahrungen sprachen nun einmal für sich. Und nun, da sich durch die schaulustige Menge die Nachricht verbreitete, das Heim des Alchemisten brenne, wusste Johanna: Es konnte kein Zufall sein.

Verzweifelt begann sie sich zu recken und hin und her zu bewegen, um eine bessere Aussicht zu erlangen, doch das war in der engen Masse warmer, ungewaschener Leiber nicht möglich. Besser, sie verließ sich auf ihr Gehör. Und damit vernahm sie alsbald, dass es einen Toten geben solle. Und zwar den kleinen Vinsebeck selbst.

Johanna schlug die Hände vors Gesicht.

Dieser lebensfrohe, frivole Wicht? Verbrannt? Tot? Zu Asche zerfallen? War denn das möglich?

Nein.

Sie konnte es nicht fassen.

Ihr nächster Gedanke jedoch galt Margarethe.

»Gibt es weitere Opfer?«, rief sie in die Menge hinein. Doch niemand schien auf sie zu hören. Sie wiederholte ihre Frage noch vernehmlicher, ja, sie schrie, so laut sie konnte.

»Nein, nur einer«, kam nun die Antwort eines riesigen, bulligen Mannes zurück, der einige Schritte weiter vorn stand und ob seiner Größe einen guten Überblick über das Geschehen genoss.

Nur einer.

Nur der arme Hans Vinsebeck.

Wo aber war Margarethe Gänslein?

Bis dahin war sich Johanna sicher gewesen, die Herrin habe gewiss zusammen mit ihrem nächtlichen Gast das Haus verlassen. Doch nun begann sie zu zweifeln. Vielleicht war sie gar nicht mit Vinsebeck gegangen, vielleicht war sie bei jemand anderem.

Einige Augenblicke verharrte Johanna noch an ihrem Platze. Doch als sie bemerkte, dass dies keinen Sinn hatte, bahnte sie sich ihren Weg zurück. Es stand ihr nicht zu, ihrer Herrin nachzuspionieren. Und auch wenn diese glaubte, sich des Nachts mit einem fremden Manne außerhalb ihres eigenen Heimes treffen zu müssen, dann durfte ihre Magd sich darüber keine Meinung bilden. Aber heute war ein schreckliches Unglück geschehen. Ein guter Freund, ja, der mutmaßliche Verlobte Margarethes, war ums Leben gekommen. Und deshalb war Johannas Sorge um ihre Herrin mehr als berechtigt. Sie musste also nach ihr suchen, und sie glaubte auch zu wissen, wo sie zu finden war.

Ihre Schritte wurden langsamer, als sie sich der Hütte des Henkers in der Nähe des Weserflusses näherte. Dieser Ort war ihr aus so vielen Gründen unheimlich. Nicht nur, dass es das Heim eines Unehrenhaften war, von dem auch nur mit dem kleinen Finger berührt zu werden ebenfalls unehrenhaft machte. Nein, vielmehr hauste hier zudem der Kopfabschläger des Ritters Eicheck, und vermutlich fand hier auch Philipp Unterschlupf.

Margarethe Gänslein konnte unmöglich einen Fuß in dieses Haus gesetzt haben. Das stand für Johanna fest. Aber vielleicht hatte sie es auch nicht freiwillig getan. Und davon galt es sich nun zu überzeugen. Hoffentlich reichte ein Blick durch das kleine Windauge an der Seite des Gebäudes aus. Vorsichtig blickte die Magd sich um. Die Gasse war alles andere als leer. Überall trieben sich Menschen herum, allesamt von der Sorte, denen man nicht des Nachts begegnen wollte, aber gerade deshalb auch von der Sorte, die sich nicht darum scherte, ob jemand etwas Anrüchiges im Schilde führte. Und das, was

Johanna in diesem Moment wagte, war anrüchig, zumindest in ihren Augen. Sie blickte nämlich in das Fenster des Scharfrichter-Hauses, und darin erkannte sie – nichts.

Es war ein einziger, sehr übersichtlicher Raum, den sie da vor Augen hatte. Und allem Anschein nach war er verlassen. Niemand war dort, weder Justus Carnifex noch sein Bruder, auch von Philipp keine Spur und erst recht nicht von Margarethe. Doch erleichtert war Johanna darüber nicht. Ratlos wandte sie sich von dem schändlichen Bauwerk ab, und während sie überlegte, wohin sie ihre Suche nun führen sollte, da vernahm sie plötzlich das Rattern und Klappern eines Handkarrens, der sich voll beladen seinen Weg durch die enge Gasse bahnte.

Sie wich einen Schritt zur Seite, um den jüdischen Alteisenhändler Jakob passieren zu lassen, und der dankte ihr diese freundliche Geste mit einem gutmütigen Lachen. Solch höfliche Aufmerksamkeit geschah dem Mann nicht alle Tage. Meist wurde er beschimpft, beleidigt, bestohlen und auch mit Schmutz beworfen. Ja, bei der letzten Fastnacht hatten sich einige Halbstarke sogar ein Schandspiel mit ihm erlaubt, ihn gezwungen, sich auf ein großes Stück Tuch zu legen, mit dem sie ihn immer und immer wieder in die Luft warfen und dabei unflätige Lieder sangen.

»Das ist hübsch freundlich von Euch, junge Magd«, sagte er nun, und als Johanna sein Lächeln ein wenig verlegen, aber aufrichtig erwiderte, blieb er sogar stehen und fragte: »Ihr seid das Mädchen von Frau Grete Gänslein, nicht wahr?«

Johanna nickte und blickte sich um. Doch niemand hier in der nach fauligem Fisch und Unrat stinkenden Gasse interessierte sich dafür, dass sie zu einem Juden sprach.

»Ja, so ist es.«

»Gute Gewürze führt sie. Ein guter Mensch ist sie dazu. Nur altes Eisen, das braucht sie leider nicht.«

»Nein, das braucht sie nicht«, antwortete Johanna knapp. Auch wenn das Männlein mit seinem langen Bart und seinen großen, gütigen braunen Augen nett war und ihr ein wenig leidtat, so hatte sie es doch eilig, und ihr Sinn stand ihr in diesem Moment gar nicht nach einem Plausch.

»Nein, das braucht sie nicht, und leider braucht der Meister Vinsebeck es nun auch nicht mehr. Dabei hat er mir so viel abgenommen, um seinen Golem zu bauen. Gut bezahlt hat er sie, die Ware.«

»Ja, leider, leider, der arme Meister Vinsebeck«, sagte Johanna. Sie war bereits dabei, sich an dem sperrigen Karren vorbeizustehlen, um zurück zum Marktplatz zu gehen.

»Warum, liebes Fräulein, hat er denn die Stadt so schnell verlassen müssen? Vielleicht wisst Ihr es, da er doch ein Freund Eurer Herrin ist«, sprach der jüdische Hausierer weiter, ohne sich an der offensichtlichen Eile der Magd zu stören.

Johanna blieb nun ruckartig stehen und starrte ihn mit offenem Mund an.

»Die Stadt verlassen?«, fragte sie.

»Ja, heute Nacht. Ich bin immer des Nachts unterwegs. Das ist sicherer für uns Juden. Keine keifenden Bäuerinnen, keine Steine werfenden Kinder, keine schlagwütigen Burschen, nur der ein oder andere Wolf kreuzt meinen Weg. Aber der ist mir allemal lieber. Heute jedoch sah ich auch den Meister Vinsebeck. Er galoppierte rasch an mir vorüber, aber er war es, da bin ich mir sicher. Er und dieser fremde Mann, der um die Gunst Eurer Herrin buhlt.«

»Aber Vinsebeck ist heute Nacht in seinem eigenen Hause verbrannt«, erwiderte Johanna, begann aber bereits an ihren eigenen Worten zu zweifeln.

»So? Na, dann hat er wohl einen Zwillingsbruder, oder es ist ihm gar wirklich gelungen, einen Golem nach seinem Antlitz zu formen. Doch wen kümmert's? Mich fragt keiner, und ich sag's auch keinem. Einen schönen Tag wünsche ich!«

Und dann schob der fahrende Jakob seinen Karren an der noch immer staunend und schweigend dastehenden Johanna vorüber.

Johanna und Margarethe trafen sich, als die eine durch die Vordertüre, die andere durch die Hintertüre das Haus am Pferdemarkt betrat.

»Da seid Ihr! Wir hatten Angst um Euch, Herrin«, rief Johanna und stürmte auf die vollkommen erschöpfte Margarethe zu.

»Ich muss in mein Schlafgemach. Niemand anders soll mich in diesem Zustand sehen. Komm mit mir, Johanna«, sagte diese leise und nahm ihre Magd am Arm.

Erst in der hellen, privaten Kammer der Kaufmannswitwe konnte Johanna erkennen, in welch erbärmlichen Zustand sich Margarethe befand. Ihr Haar war stumpf und zerzaust, ihr Gesicht aschfahl, die Augen mit tiefen Ringen versehen und das Kleid schmutzig und zerrissen.

»Ich werde sofort einen Kessel mit heißem Wasser aufsetzen und Euch ein Bad bereiten, Herrin«, schlug Johanna vor, doch Margarethe hielt sie zurück.

»Nein, Johanna, später. Es muss schneller gehen. Eine Katzenwäsche sollte ausreichen.« Und damit begab sie sich zu ihrem fein geschnitzten Tisch, auf dem bereits eine duftende venezianische Seife, ein Krug frischen Wassers sowie eine Schüssel und ein sauberes Tuch bereitlagen. Johanna besorgte derweil neue Unter- und Oberbekleidung für Margarethe und half ihr sodann dabei, sich umzukleiden.

Erst als Johanna sich daran machte, das verfilzte und rußige Haar ihrer Herrin zu bürsten, begannen die beiden Frauen miteinander zu reden.

»Hat es sich schon herumgesprochen, Johanna?«

»Ihr meint den Brand?«

»Ja, Vinsebeck …« Margarethe musste schlucken, es war ihr nicht möglich weiterzusprechen. Auch Johanna hielt in ihrer Arbeit inne, und beide Frauen schauten sich nun in dem wunderschönen, riesigen Spiegel an.

»Ich … Ich muss Euch etwas sagen, Herrin«, stotterte Johanna dann.

»Was musst du mir sagen?«

»Man erzählt sich, der Apotheker Vinsebeck sei in seinem Hause verbrannt …«

»Das weiß ich doch längst. Hast du dich noch nicht gefragt, weshalb du mir Ruß aus dem Haar herausbürsten musstest?«

»Habt Ihr ihn etwa gesehen?«

»Nein. Es war zu spät, als ich sein Haus erreichte. Die Begine sagte mir, man habe seine verkohlte Leiche gefunden. Das ist ein solches Unglück, Johanna, ich will es gar nicht für möglich halten. Und wieder fühle ich mich schuldig am Tod eines mir nahen Menschen. Ich bin ein törichtes, stures Weib und habe die Hölle verdient.«

Nicht einmal nach dem grausamen Tod der Magd Gerda hatte Johanna Margarethe weinen sehen, doch nun liefen zum ersten Male Tränen über die Wangen der Witwe.

»Erlaubt mir, Euch zu erzählen, was ich soeben von dem Juden Jakob erfahren habe, Herrin«, versuchte Johanna nun erneut, ihren Bericht zu beginnen.

Margarethe nickte nur und wischte sich die Tränen mit der bloßen Hand fort.

»Der Trödler will Hans Vinsebeck heute Nacht im Wald außerhalb der Stadt gesehen haben. Er sei eilig an ihm vorübergeritten, fort von Hameln. Und er war in Begleitung.«

»Was ist das für ein Unsinn?«, erwiderte Margarethe, doch

Johanna glaubte einen Anflug von Hoffnung im Spiegelbild ihrer Herrin erkennen zu können.

»Nun, ich weiß selbst nicht, ob man das glauben soll. Aber es ist doch immerhin wert, erwähnt zu werden.«

»Durchaus, Johanna. Ich danke dir.« Dann stutzte sie und meinte: »Zuzutrauen wäre es dem kleinen Mann allemal. Wer aber war dann die Leiche, die man fand …?«

Und noch während Margarethe sich diese Frage stellte, fiel ihr auch schon die Antwort ein.

Es kam einem Mirakel gleich, wie sich ein Gesicht innerhalb nur eines einzigen Augenblicks verändern konnte. Johanna beobachtete die Veränderung, welche im Antlitz ihrer Herrin vonstatten ging, im Spiegel und sah sich gezwungen, ebenfalls zu lachen, ganz so, wie es Margarethe nun tat. Von Trauer und Selbsthass war nicht mehr die geringste Spur zu erkennen, vielmehr strahlte die Witwe nun schöner als eine junge Braut am Tage ihrer Vermählung.

»Dieser Fuchs. Und ich hatte schon den tumben Hasenstock unter Verdacht, meinen kleinen Verlobten aus Neid getötet zu haben. Du kannst dir denken, Johanna, was Vinsebeck an seiner statt ins Bett gelegt hat, nicht wahr?«, sagte sie nun in einem gespielt verschwörerischen Ton.

»Ja, das kann ich. Der fahrende Jakob hat mich bereits auf den Gedanken gebracht. Er jedoch nennt den Homunculus einen Golem.«

»So heißt es bei den Juden. Hoffen wir nur, dass sich der gute Jakob nicht getäuscht hat. Aber wer war denn nun Vinsebecks Begleiter? Soweit ich weiß, hat er weder Freunde noch einen treuen Knecht.«

Johanna hörte nun auf zu lachen und errötete stark.

»Was ist dir, Johanna? Hütest du etwa ein Geheimnis vor mir?«

»Der Jude meinte, es sei der Fremdling, der um Eure Gunst buhle, Herrin.« Sie benutzte absichtlich die gleichen Worte wie der alte Jakob, um nicht versehentlich eine Verbindung zu dem Mann herzustellen, den sie hinter diesem Fremdling vermutete. Das wollte Johanna besser ihrer Herrin überlassen.

Und diese schien nun mehr als erstaunt. Ihre Mundwinkel begannen nervös zu zucken, während sie nachdenklich ins Leere starrte.

»Ein Fremdling, der um meine Gunst buhlt. Wer sollte das sein?« Margarethes Worte klangen so gestelzt wie die eines schlechten Schaustellers.

Johanna bemerkte diese Verunsicherung ihrer Herrin, nahm nun all ihren Mut zusammen und sagte:

»Ich kenne ihn, diesen Fremdling, mit dem Ihr gestern bei dem Wundarzt Gugelmann zusammenstandet. Ich kenne ihn nur zu gut.«

Margarethes Gesicht wirkte mit einem Schlag wieder kühl, erhaben, ja hochmütig. »Leider weiß ich nicht, wovon du sprichst, Johanna. Ich danke dir vielmals für deine Hilfe. Du kannst nun gehen und mir ein kleines Frühstück bereiten. Der Tag sollte endlich beginnen.«

Und mit diesen Worten erhob sie sich und blickte zur Türe, was der Magd bedeuten sollte, dass sie zu verschwinden habe.

Johanna folgte der Anweisung. Es hatte keinen Zweck, Margarethe wollte die Wahrheit nicht hören. Offensichtlich war es ihm längst gelungen, sie um den Finger zu wickeln.

Wie und wann hatte er das nur geschafft?

XXI

Auch der Ratsherr und Apotheker Peter Hasenstock war anwesend, als am Nachmittag die Brandstelle und der dort aufgefundene Leichnam in Augenschein genommen wurden.

Er gab sich sichtlich Mühe, seinen zufriedenen, ja triumphierenden Gesichtsausdruck zu verbergen. Stattdessen setzte er eine wenig überzeugende, bekümmerte und entsetzte Miene auf. Grundsätzlich aber hielt er sich zurück und ließ die anderen Ratsmänner und Handwerksvertreter reden. Und die kamen schnell darin überein, dass es sich wohl um ein tragisches Unglück gehandelt haben musste, und dass der Tote zweifelsohne niemand anderes als der einzige Bewohner des teilweise niedergebrannten und nun abzureißenden Hauses sei, nämlich der Pillendreher Vinsebeck. Ein absichtlich gelegtes Feuer oder gar ein Mord waren auszuschließen, ebenso fand man keinen Grund für die Annahme, dass der kleine Apotheker seinem Leben selbst ein Ende gesetzt hatte, und so stand also einem ordentlichen Begräbnis nichts mehr im Wege. Allein die Frage des Erbes blieb ungeklärt, aber da von einem Testament nichts bekannt war, würde der Grund und Boden – denn mehr blieb nach den Flammen nicht mehr übrig – nach einiger Zeit auf die Stadt Hameln übergehen.

So schnell also wurde das Kapitel Vinsebeck geschlossen, so schnell verschwand der eigentümliche, interessante kleine Mann aus dem Gedächtnis der Stadt. Und genau das war der

Grund für die außerordentliche Zufriedenheit des Peter Hasenstock. Er war sehr damit einverstanden, dass seine Ratsfreunde und die Vertreter der Zünfte in der Annahme gingen, der müde und überarbeitete Zwerg sei gewiss eingeschlafen, ohne zuvor die Kerze in seiner Schlafkammer zu löschen.

»Vielleicht hat er wieder einmal zu viel getrunken. Das war die große Schwäche meines geschätzten Kollegen Vinsebeck«, hatte Hasenstock lediglich leise zum Besten gegeben und sich ansonsten nur durch eifriges Kopfnicken bemerkbar gemacht. Es kam ihm gelegen, wenn nicht viel Aufhebens um diese Sache gemacht wurde. Man musste ja keine alten Unannehmlichkeiten zutage fördern. Hauptsache war, dass der Wicht nun aus dem Weg geräumt war. Endgültig – und ganz ohne sein Zutun.

Dennoch – und das war Hasenstock trotz seines zufälligen Triumphes über Hans Vinsebeck bewusst – durfte nun keine Zeit verloren werden.

Was, wenn die störrische Witwe sich nach dem plötzlichen Ableben des Gnoms einen neuen Verlobten suchte?

Nein, der Vertrag über die Vormundschaft Peter Hasenstocks in geschäftlichen Angelegenheiten der Kaufmannswitwe Gänslein musste endgültig unter Dach und Fach gebracht werden. Und nachdem sich alles bisher so wunderbar gefügt hatte, würde er es noch einmal im Guten mit dem garstigen Weib versuchen.

Ein letztes Mal.

Philipp kehrte erst im Dunkeln in die Stadt zurück.

Der Besuch bei der Hütte seiner Mutter hatte ihm nicht gutgetan. Aber er hatte diesem Menschen helfen müssen, auch wenn es ihm ganz und gar nicht behagte, solche Regungen wie Mitleid, Wohlwollen oder gar Zuneigung in sich zu dulden.

Hatte es ihn doch viel Kraft und Anstrengung gekostet, genau das über viele Jahre hinweg in sich abzutöten.

Er hatte Vinsebeck nun geholfen, aber das sollte auch alles gewesen sein. Auf keinen Fall wollte er den kleinen Mann in die Sache hineinziehen und ihn auch nicht weiter als Informationsquelle nutzen. Nicht aus Rücksicht gegenüber Vinsebeck, sondern vielmehr aus Furcht davor, dass Philipp glaubte, sich mit einer anbahnenden Freundschaft zu diesem liebenswerten Gnom in eine ungewollte Abhängigkeit zu begeben. So war er also wortkarg gegenüber Hans Vinsebeck geblieben, hatte mit ihm nicht über Margarethe Gänslein sprechen wollen und auch nicht über seine Mutter. Stumm hatte er ihn lediglich begleitet, ihn sowie den unentbehrlichen Teil seiner Habe dorthin gebracht, wo Vinsebeck in Sicherheit war, wo er bleiben und wo man ihn vergessen konnte. Auch Philipp wollte ihn vergessen, er hatte nicht vor, jemals wieder diesen Wald mit der verfluchten Hütte zu betreten.

Den kleinen Apotheker aufzusuchen war ein Fehler gewesen. Die aufrichtige Freundlichkeit und unschuldige Naivität des Zwerges hatten Philipp schwankend, ja zögerlich gemacht. Doch das durfte nicht sein, er durfte sich keine Sentimentalitäten erlauben. Und eigentlich war es nur gut, dass das Männlein nun fort war aus der Stadt und ihm durch seine pure Anwesenheit nicht mehr ins Gewissen reden konnte.

Philipp war zufällig bei Vinsebeck erschienen, als dieser ihm von seinem Plan, die Stadt zu verlassen, unterrichtete. Der junge Mann hatte ihm sodann geholfen, hatte alle verdächtigen Spuren aus dem Hinterzimmer des Alchemisten beseitigt, während dieser den toten Dieb präparierte. Philipp hatte danach die um einiges verkürzte, faulende Leiche nach oben in die Schlafkammer getragen, und dann hatten sie zusammen das Feuer gelegt, wohl darauf bedacht, dass es nach Möglichkeit nicht arg um sich griff, denn die umliegenden überfüllten Katen der Armen sollten verschont bleiben. Es galt lediglich, verdächtiges Material zu zerstören und den Eindruck zu erwecken, dass Hans Vinsebeck ums Leben gekommen sei. Alles war nach Plan gelaufen, bis plötzlich diese Frau aufgetaucht war.

Sie war, in Sorge um den kleinen Apotheker, schier kopflos in das brennende Haus gestürmt. Philipp hatte sie gepackt, mit einem gekonnten Handgriff für einige Augenblicke unschädlich gemacht und sie dann im Ziegenstall des Hinterhofes abgelegt. Hans Vinsebeck war es nicht recht gewesen, wie grob sein Freund mit der geachteten Kaufmannswitwe umgegangen war, und auch Philipp selbst war nicht mit sich zufrieden. Das Erscheinen Margarethes hatte ihn irritiert, hatte ihn in seinen Zweifeln noch weiter bestärkt. Lieber wäre es ihm gewesen, wenn er in ihr eine selbstverliebte, geldgierige Händlerin vor sich gehabt hätte, die lediglich nach ein wenig Anerkennung und Zuneigung lechzte, um ihr ichbezogenes Herz zu befriedigen. Doch dieser Frau schien aufrichtig an dem Wohl des kleinen Apothekers gelegen zu sein, ganz so wie Philipp auch. Und das war alles andere als gut. Das störte ihn in der kaltblütigen Durchführung seines Vorhabens.

Und dann gab es auch noch diese dritte Person, welche sich in seine Gedanken geschlichen hatte.

Johanna.

Auch sie hätte er lieber weit, weit fort aus Hameln gewusst. Das wäre das Beste für sie, und auch das Beste für Philipp. Ja, mit ihr verband er die mehr als schmerzhafte Erinnerung, welche mit dieser verdammten Hütte im Wald zu tun hatte, aus dem er nun gesenkten Hauptes wieder nach Hameln zurückkehrte. Zu viel Schreckliches lag dort im Wald begraben, und das im wahrsten Sinne des Wortes. Zu viel, woran er sich zu erinnern verbot, war dort geschehen, aber dennoch trieben ausgerechnet diese Geschehnisse ihn noch immer. Sie waren es, die ihn so handeln ließen, wie er nun zu handeln beabsichtigte. Sie und die Vergangenheit seiner Mutter.

War es das alles wert?

Ihm stand die Welt offen.

Er war reich, er war noch längst kein alter Mann, und klug war er dazu.

Was wollte er also noch hier?

Sollte er die verlorenen Zeiten nicht besser ruhen lassen?

Auf der großen, steinernen Brücke, welche die Weser überspannte und die von Westen her in die Stadt Hameln führte, blieb er stehen und starrte ins schwarz dahinfließende Wasser.

Besser, er drehte um und verschwand für immer.

Doch das hatte er schon einmal versucht, hatte versucht, an anderen Orten sein Glück zu finden. Es war ihm nicht gelungen. Nicht, solange ihm diese Vergangenheit im Nacken saß. Sie galt es mit Haut und Haaren auszulöschen. Erst dann standen ihm alle Wege offen.

Philipp wusste, dass es ein teuflischer Zwang war, unter dem er litt. Doch er hatte sich längst an diesen Zwang gewöhnt und war sich sicher, dass nur er allein es schaffte, ihn zu überwinden. Dazu benötigte er auf keinen Fall den Beistand von Menschen, die sich zu tief in seine Gedanken bohrten. Sie störten ihn nur. Ja, Vinsebeck störte, aber nun war er fort. Und auch Johanna würde verschwinden müssen. Was aber noch schlimmer war, war die Tatsache, dass auch Margarethe Gänslein ihn als Mensch zu beeindrucken begann. Und das durfte ganz und gar nicht sein.

Er durfte keine Schwäche zeigen. Und zeigte er sie dennoch, dann würde kein Weg an der tatkräftigen, kaltblütigen Hilfe eines Till Carnifex vorbeiführen.

XXII

Vor vielen Jahren hatte Hans Vinsebeck diesen Ort regelmäßig aufgesucht. Wenigstens einmal im Monat hatte er den recht weiten Weg von der Stadt hierher genommen, um sie zu sehen. Wäre es nach ihm gegangen, so hätte er sie täglich besucht, ja, hätte sie gar mit zu sich nach Hameln genommen, sie zu seinem Weib gemacht und sich um ihren Sohn gesorgt, als wäre er sein eigen Fleisch und Blut. Doch jedes Mal, wenn er ihr diesen Vorschlag unterbreitet hatte, hatte sie nur gelacht. Sie hatte nichts geantwortet, sondern nur laut gelacht und ihm mit ihren schlanken Händen über sein borstiges Haar gestrichen. Und dann, eines Tages – es war ein schöner Herbsttag gewesen, und Hans Vinsebeck war frohen Mutes zu ihr aufgebrochen, um ihr einen wunderschönen Kristall zu schenken –, da hatte er es gehört.

Es war ein schreckliches Geräusch gewesen, und zunächst hatte er gedacht, ein Räuber sei in ihre Hütte eingebrochen und wäre nun im Begriff, sie bestialisch zu ermorden. Der Kristall war ihm aus den Händen geglitten und ins weiche Moos gefallen, Vinsebeck war gelaufen, so schnell ihn seine kurzen Beine hatten tragen können. Und dann, kurz vor der Hütte, war er stehen geblieben.

Dort nämlich auf der Schwelle saß der Junge, klein, zusammengekauert, und hielt sich mit aller Kraft die Ohren zu, um das entsetzliche Quieken der Mutter im Innern nicht mitanhören zu müssen. In dem Moment war Vinsebeck ein Licht aufgegangen, so grell und schmerzhaft, dass er sich wünschte, es wäre doch ein Mörder gewesen, der sie derartig zum Schreien brachte. Aber es war kein Mörder. Es war ein Mann, dessen dunkles Stöhnen man nun ebenfalls deutlich vernehmen konnte und dessen Pferd und dessen Jagdhunde nur unweit der Hütte an einem Baum festgebunden waren.

Traurig war er an diesem Tage von dannen gezogen, den Kristall im Moos und den Jungen auf der Schwelle zurücklassend. Tief in seinem Innern hatte er es geahnt, ja, im Grunde hatte er gewusst, dass, wenn sie nach Hameln kam, sie es nicht seinetwegen tat, sondern zwei anderen Männern einen Besuch abstattete. Doch diese Hütte im Wald, dieser verborgene Ort, an dem sie und ihr Sohn lebten, der war immer heilig, immer rein geblieben. Hier ging nur der Alchemist Hans Vinsebeck in ehrlicher Absicht ein und aus. So zumindest hatte er es sich stets gewünscht und eingeredet. Doch darin hatte er sich bitter getäuscht; so bitter, dass er von diesem Tag an seiner großen Liebe Maria nie wieder einen Besuch abstattete und auch vergeblich auf einen Besuch ihrerseits in seinem Hamelner Apothekerhaus wartete.

Jetzt jedoch war er nach vielen Jahren zu der Waldhütte zurückgekehrt. Sie aber fehlte. Begraben habe er sie unweit der Hütte, hatte Philipp ihm einsilbig geantwortet, doch er wüsste nicht mehr, wo. Vinsebeck hatte ihm nicht geglaubt, aber auch nicht weiter nachgeforscht. Er durfte nicht in Versuchung geraten, ihre tote Hülle zu bergen und wiederbeleben zu wollen. Wichtiger war ihm, dass er nun dort weilte, wo sie als Lebende gewandelt war. Und Maria hatte gelebt, ja, sie war regelrecht lebenstoll, lebenssüchtig gewesen. Ein wunderbares Weib. So lag Vinsebeck nun erschöpft, aber selig in dem Bett, in dem sie einst geschlafen, geträumt und auch geliebt hatte – er genoss es, er fühlte sich wohl.

Er dachte darüber nach, ob man nun in der Stadt Hameln seine vermeintlichen sterblichen Überreste gefunden hatte. Und es bereitete ihm Behagen, wenn er sich vorstellte, wie sie da vor der verkohlten Leiche des Gehenkten standen und annehmen mussten, es handele sich um den vom Feuer im Schlaf überraschten unglücklichen Zwerg. Unbehaglich jedoch wurde es ihm, wenn er an Margarethe Gänslein dachte.

Ihr Erscheinen in dem bereits voll und ganz für die inszenierte Katastrophe vorbereiteten Hause war nicht Teil seines Planes gewesen, ebenso wenig wie das Auftauchen Philipps. Doch Letzterer hatte dem kleinen Mann dann tatkräftig unter die Arme gegriffen und ihm auch geholfen, die Witwe zu überwältigen und zu ihrem eigenen Schutze mundtot zu machen. Denn das hätte Vinsebeck noch gefehlt, dass man die unschuldige Frau mit seinem plötzlichen, feurigen Ableben in Verbindung brachte. Hoffentlich war auch alles geglückt und Margarethe tatsächlich nichts zugestoßen. Bedauerlich nur, dass er es nicht in Erfahrung bringen konnte, denn Philipp hatte sich vor einigen Stunden für längere Zeit von seinem Freund Vinsebeck verabschiedet. Er würde als Mittler zwischen dem nun als Einsiedler lebenden Zwerg und den Ereignissen in der Stadt Hameln nicht in Frage kommen.

Hans Vinsebeck war fortan also allein.

Nein, nicht allein, sondern regelrecht einsam war er. Hier konnte er keine Türe öffnen, die ihn hinaus ins Leben, hinaus unter Menschen trug. Öffnete er die Türe dieser Waldhütte, dann stand er im Nichts, zumindest im menschenleeren Nichts, er stand inmitten der Natur, umgeben von Bäumen, Sträuchern und wilden Tieren.

»Wie wunderbar«, sagte er zu sich, die Ärmchen unter den Kopf gelegt und die morsche Decke der Kate betrachtend. »Wie wunderbar«, wiederholte er und dankte innerlich dem guten Jungen, der dem zur Flucht bereiten Zwerg diesen grandiosen Vorschlag unterbreitet hatte. So konnte er nun hier sein, ganz nah bei ihr, ja, er lebte in ihrem Heim, lag in ihrem Bett. Ein Bett, in welchem er, trotz seiner von Anbeginn tief empfundenen Liebe zu dieser Frau, nie zuvor gelegen hatte. Dennoch war er ihr nicht mehr böse, er konnte es nicht sein. Sie war noch da, das spürte er, sie war noch hier. Ganz allein, nur mit ihm – zu zweit lebten sie jetzt in diesem Wald, auch wenn ihr Körper längst verfallen war, so bildete er sich ein, dass wenigstens ihre Seele bei ihm war. Und nicht nur das, er glaubte sogar, ihren Duft in dem alten, nie gewechselten Stroh ihres lange verlassenen und längst verfallenden Lagers wahrzunehmen.

Ja, Hans Vinsebeck war in diesem Moment überglücklich und malte sich sein zukünftiges Leben in dem abgeschiedenen Wald in den schönsten Farben aus. Hier war er unbeobachtet, hier war er frei in seinem Tun. Hier konnte er forschen und experimentieren und zu Erkenntnissen gelangen, welche die Welt bislang für unglaublich hielt.

Dies war ein Ort des Erinnerns und ein Ort des Vergessens zugleich. Und Hans Vinsebeck wollte sich gern erinnern, er war wieder bereit dazu, doch ebenso bereit war er auch zu vergessen.

Sein jüngst vergangenes Leben in Hameln, ja, das durfte nun getrost dem alten Haufen zugeführt werden.

Johannas Hände waren voller Teig, doch Immeke hatte soeben die Küche verlassen, um auf den Hinterhof zu verschwinden, sodass nun sie die Türe öffnen musste, an der es gerade geklopft hatte. Sicherlich war es ein Bote, der die Post brachte. Frau Margarethe erhielt täglich stapelweise Briefe. Und heute war noch kein Bursche da gewesen. Sich die schmierigen

Finger nachlässig an der Schürze abstreifend, öffnete Johanna die schwere Eingangspforte.

Und da stand er vor ihr.

»Johanna«, sagte er nur, und sie hatte den Eindruck, als wolle er lächeln. Doch es gelang ihm nicht, sich zu verstellen. Und auch Johanna war nicht nach Lachen zumute.

»Was willst du?«, fragte sie. Es überraschte sie nun nicht mehr, ihn zu sehen, ja, sie hatte damit gerechnet, dass sein Erscheinen in diesem Hause nicht mehr lange auf sich warten ließe.

»Ich will zu deiner Herrin«, antwortete er nun kühl. Er erweckte den Eindruck, das Zusammentreffen mit dem zur Frau herangereiften Mädchen aus seinen Kindertagen möglichst kurz gestalten zu wollen.

Johanna war es recht. Ihr stand der Sinn ebenfalls nicht danach, mit diesem Mann vertraulich zu tun, aber ebenso wenig wollte sie ihn zu Margarethe vorlassen, bevor sie Gelegenheit gefunden hatte, ihre störrische Herrin vor diesem Mann zu warnen.

»Die edle Frau ist unpässlich, sie ist in Trauer um einen guten Freund, den verstorbenen Apotheker Vinsebeck.« Und bei diesen Worten stockte sie und musterte Philipp kurz. Doch dieser zeigte keinerlei Reaktion, sodass Johanna fortfuhr: »Aber ich werde ihr, sobald es ihr wieder besser geht, von Eurem Besuch berichten, mein Herr.«

Philipp nickte nur herablassend und trat nun einen Schritt nach vorn. Sein Gesicht kam dem Johannas äußerst nahe.

»Ich weiß, weshalb sie unpässlich ist, und gerade deshalb bitte ich, zu ihr vorgelassen zu werden«, raunte er hinter zusammengebissenen Zähnen und blickte Johanna dabei streng an.

»Nun gut«, antwortete diese. Ihre Stimme bebte, sie rieb sich nervös den Rest des trocknenden Teigs von den Händen und wies Philipp an hereinzutreten. Es behagte ihr nicht, die Türe hinter ihm zu schließen und nun mit ihm zusammen in einem Raum zu sein. Auch wenn es sich bei dem Raum um die riesige, offene Diele eines Kaufmannshauses handelte.

Schreckliche Bilder gingen Johanna in diesem Moment durch den Kopf, angefangen von dem warmen, blutigen Halsstumpf des Ritters Eicheck bis hin zu den offenen Bäuchen der Burschen, die, als sie noch ein junges Mädchen war, versucht hatten, ihr gewaltsam die Unschuld zu rauben.

Ohne sich noch einmal nach ihm umzudrehen, eilte sie, immer zwei Stufen auf einmal nehmend, die Treppe ins Obergeschoss hinauf, um Margarethe Gänslein den Besuch anzukündigen.

Philipp blickte ihr nach. Er musste feststellen, dass er leider noch immer unschlüssig war, was mit Johanna geschehen sollte. Und das ärgerte ihn.

Immerhin konnte sie alles verderben.

Sie konnte, wenn sie wollte.

Aber wollte sie?

Margarethe hatte sich in das kleine Gelass, die private Bibliothek und Schatzkammer ihres verstorbenen Gatten, zurückgezogen, um dort nach Hinweisen zu suchen, die sie der Lösung so manches in den letzten Wochen aufgetauchten Rätsels nahebringen könnten. Unter zahllosen Behältern mit Reliquien waren hier nämlich auch etliche persönliche Aufzeichnungen und Bücher ihres Mannes zu finden. Die Frage, inwieweit es tatsächlich eine pikante Verbindung zwischen Reinold und Peter Hasenstock gegeben hatte und ob es dabei, wie Regine angedeutet hatte, um eine Frau und ein Kind gegangen war, brannte ihr unter den Nägeln. Sie wollte Klarheit darüber, um gegen etwaige erneute unterschwellige Andeutungen oder gar böse Überraschungen gewappnet zu sein.

Das kleine Zimmerchen war über die zweite, im Obergeschoss gelegene und weniger große, aber dafür gemütlichere Stube des Kaufmannshauses zu erreichen. Und an ebendiese Stubentüre pochte nun schon seit einiger Zeit Johanna.

»Lasst mich doch einfach einmal in Frieden«, murmelte Margarethe gereizt, verließ aber dann doch das Kämmerlein und begab sich zu dem Tisch in der Stube, von wo aus sie »Herein« rief.

Einen Gast kündigte die aufgewühlte Magd an, einen Gast, nach dessen Namen Johanna offenbar nicht einmal gefragt hatte, denn als Margarethe wissen wollte, wer es sei, stammelte Johanna nur irgendetwas Unverständliches und blickte die Herrin sodann flehentlich an.

»Ihr solltet ihn nicht empfangen«, sagte sie dann.

»Wieso nicht? Wer ist es? Doch nicht etwa der Büttel, der mich mit dem vermeintlichen Tode meines Verlobten in Zusammenhang bringt?«

Johanna schüttelte den Kopf.

»Hasenstock?«

Wieder schüttelte Johanna den Kopf.

»Nun sprich schon, Mädchen, und treibe mich nicht zur Weißglut.«

»Darf ich offen zu Euch sprechen, Frau Margarethe?«

In diesem Moment wandte Margarethe den Blick von ihrer noch immer in der Türe stehenden Magd ab und schaute an ihr vorbei in die dahinterliegende Galerie. Denn dort, hinter Johannas Rücken, war Philipp Stadler plötzlich aufgetaucht und senkte mit einem nur gespielt schüchternen Blick den Kopf, um sich für sein ungebetenes Erscheinen bereits im Vorhinein zu entschuldigen.

»Ihr?«, fragte Margarethe überrascht. »So tretet doch näher und nehmt Platz«, und wieder an ihre Magd gewandt: »Johanna, bringe bitte zyprischen Wein und ein wenig Gewürzkuchen für meinen Gast und mich.«

Die kreidebleiche Magd nickte nur und war gerade im Begriff zu gehen, als er schnell und für Margarethe unbemerkt nach Johannas Arm griff und ihn so fest drückte, dass sie fast aufgeschrien hätte. Dann folgte er höflich lächelnd der Einladung der Hausherrin und betrat den Raum.

Johanna wusste Philipps Geste genau zu deuten. Es war eine Drohung, die sie dazu anhalten sollte, bloß den Mund zu halten.

Margarethe wies mit einer Hand auf den nächsten Platz an dem mit einem weißen Tuch gedeckten Tisch. Doch ihr Gast machte keinerlei Anstalten, sich zu setzen. Vielmehr schien er wie magisch angezogen von der weit geöffneten Türe im hinteren Bereich der Stube, aus welcher der Schein gleich mehrerer Kerzen leuchtete.

»Darf ich?«, fragte er, ohne auf die Erlaubnis der Hausherrin zu warten, und ging schnurstracks in Reinold Gänsleins Gelass. Ein Sakrileg, denn die sonst so fest verschlossene Kammer wurde nur von Margarethe betreten und auch das nur äußerst selten.

Ohne zu protestieren, blieb die Witwe stehen und schüttelte ungläubig den Kopf, in welchem es in diesem Moment drunter- und drüberging.

Was führte diesen dreisten Fremdling zu ihr?

Er kam ungebeten und erlaubte sich zudem, einfach in den heimlichsten Raum des ganzen Hauses einzudringen.

Warum unternahm sie nichts dagegen?

Freute sie sich etwa über sein Erscheinen?

Natürlich freute sie sich.

Sie hatte es sich sogar gewünscht. Und nun war er da.

Aber irgendetwas stimmte nicht mit diesem Mann.

Margarethe spürte es, sie hatte es schon zuvor gespürt. Und dennoch wollte und konnte sie dieses Unbehagen nicht zulassen.

Viel zu sehr genoss sie seine Anwesenheit, und es kam ihr überhaupt nicht in den Sinn, ihm zu verbieten, die heilige Reliquiensammlung ihres toten Reinold zu begutachten.

Langsam ging sie nun ebenfalls auf den Eingang des kleinen Zimmers zu, in welchem er bereits seit einigen Augenblicken verschwunden war. Sie beobachtete ihn lächelnd, wie er zwischen den zahlreichen massiven Regalen herumwanderte und deren Inhalte staunend in Augenschein nahm.

»Ich frage mich, was Ihr für all diese vielen Schätze bezahlt habt. Das ist unglaublich beeindruckend.« Nun griff er mit einer fast jungenhaften Begeisterung nach einer hölzernen und mit Edelsteinen besetzten Schatulle und las, was auf einem daran befestigten winzigen Stück Papier geschrieben stand: »›Ein Teil vom Darm des heiligen Erasmus.‹ Das ist doch jener Märtyrer, dem man bei lebendigem Leibe das Gedärm mit einer Winde herausgedreht hat. Darf ich einen Blick hineinwerfen?«

Er sah Margarethe in solch freudiger Erwartung an, dass sie nicht anders konnte, als ihm zuzunicken.

Sofort öffnete er fast andächtig die Schatulle und verzog ein wenig das Gesicht, als er darin nichts weiter als ein gräulich weißes, ledernes Röhrchen erblickte. »Vermutlich Schlachtabfälle von einem Schwein«, sagte er dann spitzbübisch und klappte das Behältnis wieder zu.

»Hütet Eure Zunge«, entfuhr es Margarethe nun in einem strengen, aber nicht unamüsierten Ton. »Dies sind die Schätze meines verstorbenen Mannes, und auch wenn ich Eure Meinung teile, so sollte man dennoch das Andenken der Toten achten und sich über ihre Marotten zu Lebzeiten nicht lustig machen. Im Übrigen habe ich Euch nicht gestattet, diesen Raum zu betreten. Was verschafft mir überhaupt die Ehre Eures unangekündigten Erscheinens? Ich kann mich nicht erinnern, Euch eingeladen zu haben.«

»Möglicherweise könnt Ihr das wirklich nicht«, antwortete er, und nun hatte sich sein Gesichtsausdruck mit einem Mal vollkommen gewandelt. Er wirkte ernst, warnend, fast ein wenig bedrohlich. »Ich bin gekommen, um mich nach Eurem Wohlergehen zu erkundigen. Es tut mir leid, dass ich bei Eurem nächtlichen Besuch im Hause Hans Vinsebecks so grob mit Euch habe umspringen müssen.«

Margarethes Miene gefror mit einem Mal zu Eis.

»Ihr wart das?«

»Es war zu Eurem eigenen Schutze. Weder Hans Vinsebeck noch meine Wenigkeit wollten, dass Ihr … Nun, dass Ihr in diese Geschichte verwickelt werdet.«

»Was habt Ihr mit Vinsebeck zu schaffen?«

»Ich kenne ihn, seit ich ein Kind war.«

»Dann hatte Johanna also recht, als sie andeutete, Ihr wäret es gewesen, der Vinsebeck des Nachts in den Wald gebracht hat.«

Jetzt wiederum durchlief es Philipp eiskalt. Er versuchte vergeblich, die Fassung zu wahren und gleichmütig zu tun, aber stattdessen verzog sich sein Gesicht zu einer Grimasse.

»Was ist Euch? Stimmt es etwa nicht? Ist er doch nicht am Leben? Sprecht.«

»Doch, er lebt. Aber das sollte ein Geheimnis bleiben«, stammelte Philipp. Er war mit einem Male vollkommen durcheinander – so sehr, dass ihm die kostbare Schatulle, welche er noch in Händen hielt, zu Boden fiel und in mehrere Stücke zerbrach. Kostbare Perlen und Edelsteine rollten zusammen mit dem Darm des heiligen Erasmus über die Dielen der kleinen Kammer.

Woher wusste sie …?

In wessen Auftrag verfolgte sie ihn?

Nein, so ging es nicht.

Johanna musste fort, ob Philipp nun wollte oder nicht.

»Wo finde ich den Wein aus Zypern?«, fragte Johanna barsch, als sie die Küche betrat, in welcher Immeke nun damit beschäftigt war, aus dem von der Magd angerührten Teig einen herrlichen Honigkuchen zu backen.

»Im Keller. Das zweite Fass an der rechten Wand«, gab Immeke zurück und wunderte sich über die üble Laune der sonst so gleichmütigen und gelassenen Dienstmagd.

Als Johanna nach wenigen Augenblicken wieder aus dem von der Küche aus erreichbaren Kellerloch nach oben stieg und einen randvoll gefüllten Krug mit dunkelrotem Wein in den Händen hielt, fragte die Köchin: »Ich habe ihn gesehen, den Gast unserer Herrin. Du kennst ihn, nicht wahr?«

Johanna erschrak bei diesen Worten und musste achtgeben, dass ihr nichts von dem edlen Tropfen überschwappte.

»Wie kommst du denn darauf?«, erwiderte sie und hätte dabei gerne gleichgültig geklungen.

»Na, weil er dich demletzt auf dem Markt angeschaut hat, als wolle er dich gleich auffressen.«

»Wie konnte dir das auffallen? Du hattest doch solche Zahnschmerzen«, entfuhr es Johanna, und sie ärgerte sich im selben Moment ihrer unbedachten Worte.

»Mir entgeht nichts«, meinte Immeke schelmisch, nahm einen feuchten, alten Lappen und wischte damit über den Rand des Kruges, welchen Johanna noch immer in ihren zitternden Händen hielt. »So, jetzt bring das zu den Turteltäubchen und nimm dich zusammen, Johanna, sonst verschüttest du noch alles. Du bist nicht die erste Magd, die sich in einen Freier ihrer Herrin verguckt.«

Immeke kniff ein Auge zu und zeigte mit ihrer kleinen, dicken Hand an, dass Johanna sich beeilen solle. Dann lief sie der Magd doch noch einige Schritte nach und rief ihr in verschwörerischem Flüsterton hinterher:

»Komm gleich sofort wieder herunter und erzähl mir alles. Ich vergehe vor Neugierde.«

Johanna war bereits die Stiege emporgelaufen und wollte soeben um die Ecke in den dunklen Flur des ersten Obergeschosses abbiegen, als sie fast mit Philipp zusammengestoßen wäre. Er stand dort wie angewurzelt mitten im Gang und starrte sie an.

»Was wirst du ihr erzählen?«, fragte er und griff mit beiden Händen nach ihren Schultern. Johanna fürchtete, er würde sie nun die steile, unmittelbar hinter ihr liegende Stiege hinunterstoßen. Ja, sie fürchtete dies nicht nur. Es war für sie in diesem Augenblick pure Gewissheit, dass er nun die günstige Möglichkeit nutzte, um sich ihrer zu entledigen.

Doch seine Hände zitterten, und auch seine Stimme bebte. Offensichtlich war er sich nicht schlüssig.

»Erzähle niemandem etwas. Deute nicht einmal etwas an«, zischte er nur, schob sie dann grob zur Seite und eilte die Treppe hinunter. Kurz darauf vernahm sie, wie die Haustüre krachend ins Schloss fiel.

Johanna ging auf wackligen Knien weiter zur kleinen Stube, um nach Margarethe zu schauen. Doch das Zimmer war leer. Die Tür zum Hinterraum jedoch war geöffnet.

Sie setzte den Krug und den Teller mit Gebäck auf dem Tisch ab und ging vorsichtig auf das ihr unbekannte Kämmerlein zu. Dort hockte sie, Margarethe Gänslein. Sie hockte auf den Knien und sammelte etwas vom Boden auf: Scherben, Bruchstücke aus lackiertem Holz, außerdem Zierrat wie Perlen und glitzernde Steinchen. Johanna ging nun ebenfalls in die Knie und half ihrer Herrin.

Margarethe schien verstört. Sie sprach kein Wort, und als Johanna zu reden anheben wollte, sagte ihre Herrin nur: »Schweig, bitte.«

Ja, dachte die Magd, vielleicht war es besser für alle, wenn sie weiterhin schwieg, obgleich die Last ihres Wissens und Gewissens immer drückender zu werden schien.

XXIII

Mitten in der Nacht klopfte es leise an Johannas Türe.

Schlaftrunken murmelte sie: »Wer da?«, als sich auch schon quietschend, aber überaus langsam die unverriegelte Luke zu ihrer kleinen Mägdekammer öffnete.

»Ich bin es nur«, vernahm Johanna eine vertraute, weibliche Flüsterstimme und atmete erleichtert auf.

»Immeke! Weißt du, wie spät es ist?«

»Ich bin halt ein neugieriges Weibsbild. Was will man da machen?« Ungefragt hatte die füllige Köchin bereits auf Johannas Bett Platz genommen und schaute diese, eine tropfende Kerze in der rechten Hand, mit wachen, erwartungsvollen Augen an. »Wer ist nun dieser Mann?«, fragte sie dann in freudiger Erwartung.

Johanna musste ein wenig lachen, wurde dann aber sehr nachdenklich. Sollte sie die Last nun endlich von sich geben? Wenigstens einen Teil davon? Immeke war ein guter, vertrauenswürdiger Mensch, das wusste Johanna. Mit niemand anders in dieser fremden Stadt hätte sie besser über ihre Sorgen reden können. Nicht mit der weltfremden Mechthild und erst recht nicht mit der verbohrten Margarethe. Immeke hingegen war ein durchaus kluges Frauenzimmer, das zudem über eine große Portion gesunden Menschenverstandes verfügte und eine durch und durch ehrliche Haut zu sein schien.

Warum also nicht endlich das quälende Schweigen brechen?

Er würde es nicht erfahren. Und auch Margarethe würde es nicht erfahren, und vielleicht wusste ja Immeke einen guten Rat, wie man der Kaufmannswitwe verdeutlichen konnte, dass sie sich auf ein gefährliches Spiel mit diesem Manne einließ.

»Sie ist noch immer wach. Sitzt in ihrer Schreibstube, arbeitet aber nicht. Ich lauschte an der Tür: Sie singt«, begann Immeke nun in verschwörerischem Ton.

»Sie singt?«

»Ja. Das tut sie, und sie tut es wegen diesem jungen Mann. Weißt du, Johanna, seit dem Tode ihres Gatten sind nun viele Jahre vergangen. Seither hat sie zahlreiche Freier abgewiesen. Und es waren sehr gute Partien darunter, gut vom Stande und auch gut von der Erscheinung. Schöne, reiche Männer, nach denen sich ein jedes Weib in dieser Stadt die Finger abgeschleckt hätte. Nicht so unsere Herrin. Aber dieser, der scheint nun einen Weg gefunden zu haben, sich in ihr Herz zu stehlen. Wie auch immer er es geschafft hat. Sie ist ja völlig verändert, man erkennt sie in letzter Zeit gar nicht wieder. Und du weißt, wer er ist, da bin ich mir sicher. Erzähl mir also von ihm. Ich verspreche dir, bei allem, was mir heilig ist, dass ich darüber Stillschweigen bewahre.« Dabei hob sie ihre rechte Hand und nickte Johanna auffordernd zu.

»Sein Name ist Philipp. Philipp den Narren hat man ihn als Kind genannt«, begann diese. Sie wollte und konnte sich nicht länger bitten lassen. Es verlangte sie regelrecht danach zu reden.

»Du kennst ihn schon seit seiner Kindheit?«

»Ich kenne ihn nur aus der Kindheit. Als herangewachsenen Mann habe ich ihn erst hier wiedergesehen, aber sofort erkannt«, log Johanna. Und es war ihr unangenehm, die gutmütige Köchin schon zu Beginn der Geschichte anzuflunkern. Doch ihr auch von den Ereignissen um Ritter Eicheck zu berichten, würde zu weit gehen und zu privat werden, auch wenn es Immeke sicherlich sehr interessiert hätte.

»Hat er in der Nähe deines Dorfes gelebt?«

»Ja, zusammen mit seiner Mutter. Im Wald hausten sie.«

»Hausten? Ist er etwa kein Edelmann?«

»Nein, Immeke, wo denkst du hin? Er ist der Sohn einer …«, Johanna stutzte. Hexe hatte sie sagen wollen, doch sie wählte eine andere Umschreibung: »… einer einfachen Landlosen.«

»Eine Vagabundin?«

»Nein, sie waren durchaus sesshaft. Aber niemand wusste ganz genau zu sagen, womit sie sich ihr Brot verdiente. Mitunter trug sie edle Gewänder. Manchmal war sie ganz in roten Samt gehüllt, wenn sie bei den Bauern im Dorf Wurst und Brot kaufte. Sie soll mit Silberlingen bezahlt haben, Münzen, die niemand in der Lage war zu wechseln. Und auch der Knabe sah stets ordentlich aus, trug gar lederne Schuhe, obgleich sie im Wald lebten.«

»Das klingt wie ein Märchen, Johanna. Woher hatten sie all das Geld und den Tand?«

»Das fragte sich jeder. Ich weiß, dass meine Eltern häufig des Abends, wenn wir Kinder schon im Bette waren, über diese Frau sprachen. Oft stellte ich mich schlafend und lauschte ihnen. Meine Mutter nannte sie dann eine Zauberin, mein Vater nannte sie eine Dirne. Ich weiß nicht, wer von ihnen recht hatte. Vielleicht beide.«

»Dann könnte es sich bei ihm um Hexenbrut handeln?« Immeke war trotz der Empörung, welche aus ihren Worten sprechen sollte, begeistert und ermunterte Johanna durch reges Kopfnicken dazu, mit ihrer Erzählung fortzufahren.

»Er war als Knabe immer sehr scheu. Versteckte sich, wenn ihm andere Kinder begegneten. Und das aus gutem Grund. Denn wir waren allesamt nicht besonders freundlich zu ihm«, berichtete Johanna weiter. Sie hatte ihre Erinnerungen an Philipp noch nie zuvor in Worte gefasst, und es tat ihr gut, endlich darüber zu sprechen. Kurz überlegte sie, ob sie es wagen konnte weiterzuerzählen. Und beschloss, es zu tun:

»Eines Tages – es war im Herbst, und ich zählte zwölf oder dreizehn Jahre –, da geschah es.«

»Was?« Immeke rückte näher.

»Es gab Gerüchte, dass seine Mutter schon seit einigen Wochen nicht mehr in der Hütte lebte. Ein Edelmann, unser Grundherr, habe sie mit zu sich auf seine Burg genommen. Der Junge aber hause weiterhin alleine im Wald. Niemand wusste, ob dieses Gerede stimmte, denn keiner suchte den Weg zu ihrer Hütte. Dazu waren die Leute zu faul oder zu feige, aber das Maul zerrissen haben sie sich durchaus. Und auch ich war neugierig. Meine Mutter hatte mich zum Pilzesammeln geschickt. Und da passierte es, dass ich beim Suchen nicht unbedingt zufällig in die Nähe des Hexenhauses kam.«

»Und dann?«

»Als ich zu der Lichtung kam, auf der die Hütte stand, da hörte ich bereits, dass er nicht allein war. Da waren noch die Stimmen anderer Jungen zu vernehmen. Jungen aus meinem Dorf, drei an der Zahl, auch sie in meinem Alter. Sie hatten ihn an einen Baum gebunden. Bespuckten ihn, schnitten ihm sein Haar mit stumpfen Messern ab und versengten seine Haut mit glühenden Holzstäben. Doch er ließ alles über sich ergehen, rührte sich nicht, verzog keine Miene, sondern schaute sie nur unverwandt an. Er tat mir schrecklich leid. Ich rannte zu ihnen und schimpfte mit ihnen. Ich kannte sie gut, da ich mit ihnen zusammen in einem Dorf groß geworden war. Aber sie stießen mich nur fort und riefen, ich solle verschwinden. Doch ich verschwand nicht. Ich griff sie immer wieder an und wollte sie von ihrem Vorhaben abbringen. Und dann …«

Johanna brach an dieser Stelle den Bericht ab und betrachtete ihre im Schoß gefaltenen Hände. Sie hatten zu zittern begonnen. Immeke legte nun ihre kleine, feiste Hand auf Johannas und streichelte sie sanft.

»Du musst nicht weitersprechen, wenn das, was nun kommt, schwer auf deiner Seele lastet. Ich wusste ja nicht, dass es eine furchtbare Geschichte ist, die dich und diesen Mann verbindet.«

Aber Johanna fuhr dennoch mit veränderter, leiser Stimme fort. »Bis dahin waren wir Kinder gewesen. Wir hatten zusammen Steine von den Äckern gelesen, hatten auf der Dorfstraße Fangen gespielt, Äpfel aus dem Garten des Pfarrers gestohlen. Aber an diesem Tag waren sie plötzlich so anders. Zunächst prügelten sie nur auf mich ein, schlugen immer wieder meinen Kopf gegen einen Baum, und dann, als ich schon ganz schwach war … Ich wollte das nicht, was sie mit mir anzustellen versuchten, Immeke.«

»Ich kann mir denken, was es war.«

»Es ging nicht bis zum Äußersten, nicht ganz. Und dann … Ich weiß nicht, wie er es geschafft hat. Er muss das Messer die ganze Zeit bei sich gehabt und damit die Seile durchtrennt haben, mit denen er an den Baum gefesselt gewesen war. Plötzlich stand er über uns. Über mir und den drei Burschen, die allesamt auf mir lagen. Und dann stach er zu.«

»Oh Gott!« Immeke machte rasch das Kreuzzeichen.

»Zunächst dachte ich, er wolle mir helfen, mich retten. Doch er hörte nicht auf, auf sie einzustechen. Sie regten sich schon lange nicht mehr. Und dann befürchtete ich, dass er gleich auch mich töten würde. Er tat es nicht meinetwegen, er tat es seinetwegen. Er tat es, weil er diese Burschen hasste, weil er uns alle hasste. Irgendwie gelang es mir, unter den regungslosen Jungen hervorzukriechen. Er hatte auch mich verletzt. Mein Bein blutete stark. Ich weiß nicht, ob es Absicht war oder im Eifer des

Gefechts geschehen war. Und dann wurde mir übel. Ich musste mich übergeben, alles verschwamm vor meinen Augen. Mein Kopf dröhnte, mein Bein schmerzte, und ich verlor immer wieder die Besinnung. Darum kann ich mich an das Folgende nur noch vage erinnern. Ich erinnere mich an Unmengen von Blut, ja, an Gedärm und an den Geruch, der aus den aufgeschnittenen Leibern frisch geschlachteter Rinder strömt. Alles war wie ein schrecklicher Traum, in dem man handeln will, aber nicht handeln kann. Und dann wurde ich vollkommen ohnmächtig. Als ich wieder zu mir kam, war es bereits dunkel. Ich denke, es war Nacht. Da entdeckte ich ihn. Er war gerade dabei, ein Loch zuzuschaufeln. Das Grab der Burschen, die ihn gefoltert und mich geschändet hatten. Heimlich versuchte ich, mich davonzustehlen, doch mein verletztes Bein trug mich nicht weit. Ich fiel, und schon war er da. Er schaute mich nur an. Lange schaute er mich an, und dann sagte er: ›Wir beide haben sie getötet. Du und ich. Vergiss das nicht, wenn es dir einfallen sollte zu reden.‹ Ich nickte nur und stimmte ihm dadurch zu. Ich wollte einfach nur fort, fort aus diesem Alptraum und weiterleben. Und er ließ mich tatsächlich gehen.«

Johanna atmete tief durch und starrte stumm auf die dunkle Wand ihrer Kammer, an welcher ein schlichtes Holzkreuz hing.

»Und du hast ihn niemals verraten?«, fragte Immeke.

Johanna schüttelte den Kopf.

»Wieso nicht?«

»Ich weiß es selber nicht. Zum einen habe ich mich geschämt. Ich fühlte mich schmutzig und auch schuldig. Und dann hatte ich stets das Gefühl, ihm dankbar sein zu müssen. Wie sollte ich jemanden verraten, der mir vielleicht das Leben gerettet hatte? Außerdem habe ich ihm versprochen, nicht zu reden. Und dann war da auch noch diese unausgesprochene Drohung. Ich hatte einfach Angst, Angst vor ihm und auch vor den Zauberkräften seiner Mutter. So vieles sprach dafür zu schweigen, und nur wenig sprach dafür zu reden.«

»Und was geschah dann? Man vermisste die Jungen doch, oder etwa nicht?«

»Natürlich wurden sie vermisst und auch gesucht. Doch man fand sie nicht. Man erfand zahllose Geschichten, die das Verschwinden der vier Burschen erklären sollten. Denn auch Philipp wurde von da an nie wieder gesehen. Ich wurde zum Glück niemals damit in Verbindung gebracht. Mein Bein heilte, ohne dass selbst meine Mutter etwas von dieser Verletzung bemerkte. Und dann kam das Vergessen.«

»Bis er wieder auftauchte. Und das ausgerechnet hier in Hameln im Hause der Witwe Gänslein, bei der du als Magd tätig bist«, ergänzte Immeke.

»Kann man das einen Zufall heißen, Immeke?«

»Ich weiß es nicht, Johanna. Und ich weiß auch nicht, was ich von dieser Geschichte halten soll. Ist dieser Mann nun gut, oder ist er böse? Auf jeden Fall müssen wir die Herrin vor ihm warnen.«

»Ja, sie sollte tatsächlich über ihn Bescheid wissen. Ich habe bereits zwei Mal versucht, mit ihr zu sprechen. Ein wenig halbherzig vielleicht, weil auch mir nicht wohl bei der Sache ist. Bislang jedoch wollte sie mir nicht zuhören.«

Immeke strich ein paarmal freundschaftlich über Johannas Oberarm.

»Versuche es ein weiteres Mal, Johanna. Gleich morgen in der Früh«, riet die Köchin. Dann erhob sie sich und sagte leise: »Ich hoffe, es hat dir gutgetan, davon zu sprechen. Und jetzt versuch zu schlafen. Wir benötigen beide ein wenig Nachtruhe.«

Johanna kam nicht dazu, mit ihrer Herrin zu reden, denn gleich am nächsten Morgen stand ein Amtsdiener vor der Türe und brachte eine förmliche Vorladung für die Witwe Gänslein vorbei. Sie habe sich unverzüglich im Rathaus einzufinden, der Bürgermeister und einige Ratsherren erwarteten sie.

Margarethe versuchte, unbekümmert zu wirken, und erklärte dem verunsicherten Boten, dass man einer geschäftigen Frau wie ihr nicht derlei kurzfristige Einladungen zukommen lassen könne. Er solle dem Bürgermeister ihre besten Grüße ausrichten und ihm sagen, dass sie, sobald sie ihre Arbeit erledigt habe, gern den Weg zum Rathaus fände. Doch der Amtsdiener, so schüchtern und rot angelaufen er auch war, wollte sich mit dieser Antwort nicht zufriedengeben. Er müsse, so beharrte er, hier an Ort und Stelle auf die Witwe Gänslein warten, um sie die wenigen Schritte hin zum Rathaus zu begleiten, so sei seine Anweisung. Und von dieser Anweisung werde er auch keinen Abstand nehmen.

»Nun gut«, hatte Margarethe ruhig gesagt und den beflissenen Mann eine geschlagene Stunde in der kalten Diele stehen lassen, während sie ihr Frühstück ausfallen ließ und sich stattdessen allein hinter die geschlossene Türe ihrer Schreibstube zurückzog.

Als sie wieder herauskam, ließ sie sich von Johanna einen Mantel bringen, nickte der Magd nur freundlich zu und verließ dann zusammen mit dem Amtsdiener das Haus.

»Hoffentlich geht es nur darum, dass man sie nicht allein arbeiten lassen will«, meinte Immeke, welche nun im Eingang zur Küche auftauchte und mit einem fleckigen Tuch einen kupfernen kleinen Topf polierte. »Wenn jemand das mit der toten Gerda herausbekommen hat, dann stecken sie unsere Herrin gewiss ins Blumenloch. Und uns ganz bald dazu.«

Es war fast Mittag und Margarethe Gänslein noch immer nicht in ihr Haus zurückgekehrt. Johanna machte sich auf zum Schlachter Wulfmann, um den notwendigen Vorrat an frischem

Fleisch und Wurst für die kommenden Tage zu bestellen. Alles sollte seinen geregelten Gang nehmen, auch wenn im gesamten Hause Gänslein eine eigentümliche Stimmung herrschte. Ihr Weg führte die Magd nicht zufällig vorbei an dem mächtigen Rathaus, in dem Margarethe nun bereits Stunden verbrachte.

Was sie darinnen wohl mit ihr anstellten?

Sie gingen doch wohl gut mit ihr um?

Oder führten sie sie gar in die Kammer im Keller, von der es hieß, dass dort die garstigsten Folterinstrumente untergebracht waren?

Vielleicht saß sie bereits an Ketten gebunden, barfüßig und nur in einen leinenen Fetzen gehüllt im kalten Blumenloch, wie nicht nur die Köchin Immeke den feuchten Kerkerraum des Rathauses schimpfte?

Im Grunde war es unmöglich, sich vorzustellen, dass einer Frau wie Margarethe Gänslein so etwas widerfahren könnte. Aber dennoch hatte Johanna ein ungutes Gefühl. Sie war sich sicher, dass man nicht friedlich in der prächtigen Amtsstube des Bürgermeisters zusammensaß, plauderte, lachte und dabei süße Kringel aß. Zu viel war in letzter Zeit geschehen: die Rückkehr und der Besuch von Margarethes erklärtem Feind Hasenstock, der von allen vermutete plötzliche Feuertod des Apothekers Vinsebeck, ganz zu schweigen von der Heimlichtuerei um die arme Gerda, deren Leiche bei Nacht und Nebel fortgebracht worden war.

Es gab also viele Möglichkeiten, weshalb man Margarethe ins Rathaus hätte berufen können. Und wenn Johanna länger darüber nachdachte, gab es sogar genügend Möglichkeiten, um die Kauffrau zum Richtblock zu führen.

Johanna blieb vor dem Rathaus mit seinen Händlerbuden im Erdgeschoss und seiner Ratsstube in der oberen Etage stehen. Aus der Weinschenke im Keller drangen bereits fröhliche

Laute, etwaige Geräusche aus dem ebenfalls im Keller befindlichen Kerker und der Folterkammer waren nicht zu vernehmen. Selbst wenn Johanna es gewagt hätte, so wäre es ihr nicht gelungen, einen Blick durch die Fenster des Gebäudes zu werfen, denn die Läden waren wegen des eisigen Wetters allesamt geschlossen. Sie stand vor einer Mauer, einer wehrhaften, trutzigen Mauer, und hinter dieser dicken Wand saß, stand, lag oder hing bereits Margarethe, wurde auf die Streckbank gebunden oder an den auf den Rücken gefesselten Armen an einem Seil nach oben gezogen. So zumindest sahen die Bilder aus, welche sich vor Johannas innerem Auge zeigten. Unwillkürlich ging sie einige Schritte nach vorn, legte ihr Ohr an die kalte Rathauswand und versuchte zu lauschen. Sie erwartete, Schreie zu hören. Doch stattdessen vernahm sie nichts weiter als die Rufe der Marktfrauen und das Lachen von Kindern, welche auf dem angrenzenden Platz ihrem alltäglichen Treiben nachgingen.

Über ihr eigenes seltsames Verhalten den Kopf schüttelnd, ging sie fort von der Wand und wollte gerade ihren Weg zum Schlachtermeister Wulfmann fortsetzen, als sie den Scharfrichter Carnifex aus einem tiefer gelegenen Nebenausgang des Rathauses kommen sah. Er trug einen schweren Schlüssel in der Hand, mit welchem er die eiserne Tür, die sicherlich in den Kerker führte, hinter sich abschloss, um dann die wenigen, verschneiten Stufen hinaufzugehen, die hin zum Pferdemarkt führten.

Johanna blieb stehen und schaute ihn an. Auch er bemerkte die ihm bekannte Frau, doch anstatt sie anzulächeln, wie Johanna es von ihm gewohnt war, blickte er nur zu Boden und ging schnurstracks an ihr vorüber.

»Carnifex?«, rief sie ihm nach, woraufhin die starken Schultern des jungen Mannes zusammenzuckten, als seien sie von einer riesigen Streitaxt getroffen worden. Abrupt blieb er stehen und drehte sich um. Sein Kopf war über und über rot angelaufen.

»Frau Johanna, ich habe Euch gar nicht gesehen«, log er ganz offensichtlich. Johanna verzieh ihm, da es mehr als deutlich war, in welche Verlegenheit sie ihn unbeabsichtigt gebracht hatte.

»Hattet Ihr im Rathaus zu tun?«, fragte sie und ging nun auf den noch wie angewurzelt dastehenden Scharfrichter zu. Er wiederum wich einen Schritt zurück und kratzte sich verlegen am Kinn.

»Man muss auch dort hin und wieder nach dem Rechten sehen«, antwortete er so leise und nuschelnd, dass man ihn kaum verstehen konnte.

»In der Folterkammer etwa?«, Johannas Worte spiegelten weniger Neugierde als vielmehr Sorge wider, doch das bemerkte Justus Carnifex nicht.

»So ist es. Auch das ist meine Aufgabe. Eine leidliche zwar, aber eine notwendige.«

»Gab es dort etwa heut zu tun?«, wollte Johanna nun wissen. Ihre Stimme bebte.

»Und ob«, sagte er. »Ihr könnt Euch nicht vorstellen, was es da drinnen alles zu tun gibt. Ich könnte ganze Tage und Nächte dort verbringen, und noch immer wäre die Arbeit nicht erledigt.«

Nun wurde er ein wenig munterer. Johanna hingegen blickte ihn mit vor Schreck geweiteten Augen an.

»Was ist mit meiner Herrin?«, fragte sie dann vorsichtig.

»Die? Der werde ich wohl sehr bald wieder einen Besuch abstatten müssen. Ob sie will oder nicht.« Er klang fröhlich, ganz so, als bereite es ihm Vergnügen, was er mit Margarethe angestellt hatte und noch weiterhin anstellen würde.

»Ist sie noch immer dort?«

»Im Rathaus? Ja, gewiss ist sie noch dort. Ich konnte aber ein wenig mit ihr reden und habe ihr gesagt, dass wir die Sache so schnell wie möglich hinter uns bringen sollten. Natürlich ist das nichts Schönes. Wer hat es schon gern. Aber Notwendigkeit ist Notwendigkeit, und wenn sie keinen Ärger mit dem Stadtrat bekommen will, muss sie das halt über sich ergehen lassen. Doch für sie wird es ja nicht so arg. Sie hat mit der Sache im Grunde nichts zu tun. Für Euch, Johanna, wird es viel unangenehmer werden.«

Johanna traute ihren Ohren kaum und wich nun ihrerseits ein wenig zurück.

Was sprach dieser Mann da?

Er redete so, als sei es eine Selbstverständlichkeit, dass die angesehene Witwe Gänslein an diesem Tage bestialisch gefoltert worden war und weiter gequält werden würde. Aber nicht nur das. Er kündigte zudem beiläufig an, dass auch sie, die Magd Johanna, eine ähnliche, ja schlimmere Tortur, erwarte.

Es musste mit Gerdas Tod zu tun haben.

Dennoch wollte sie es genau wissen.

»Was habe ich denn verbrochen, dass es für mich noch schlimmer wird?«

Jetzt lachte er schallend, und spätestens in diesem Moment fielen zahlreiche Blicke von den auf dem Markt versammelten Hamelner Bürgern auf den Henker und die Magd, mit welcher sich der Ehrlose köstlich zu unterhalten schien. Doch das argwöhnische Kopfschütteln der Frauen und das schmutzige Lachen der Männer bekümmerten Johanna heute nur wenig. Sie bedrückten andere Sorgen.

»Na, Ihr seid die Magd. Ihr werdet mir alles zeigen müssen.«

»Mit Verlaub, ich verstehe Euch nicht, Carnifex.«

»Ich habe heute Morgen die Witwe Gänslein auf dem Weg zum Rathaus getroffen. Wir liefen uns über den Weg. Anders als andere Leute hat sie keine Angst, das Wort an mich zu richten. Und so fragte sie mich, ob es denn wirklich dringend sei, dass man ihre Grube im Hinterhof ausheben müsse. Natürlich sei es dringend, antwortete ich ihr. Deshalb verabredeten wir, dass ich in der nächsten Woche zu Euch kommen werde, um die Deckssache zu erledigen. Und dabei werdet Ihr mir helfen müssen, während Eure Herrin sich in eines ihrer vielen Gemächer zurückziehen und alle Luken dichtmachen kann. Habt Ihr mich nun verstanden, Johanna?«

Johanna atmete hörbar auf und hielt sich erleichtert eine Hand vor die Brust. Dann jedoch fragte sie: »Und was habt ihr mit Margarethe Gänslein in der Folterkammer zu schaffen gehabt?«

»Nichts«, antwortete er empört. »Sie ist vorgeladen bei den Ratsherren. Ich weiß nicht, worum es da geht. Ich sprach lediglich hier draußen vor der Türe mit ihr, und dann machte ich mich auf, die Instrumente zu reinigen, zu ölen und die eine oder andere Verbesserung an ihnen vorzunehmen. Ein Fass ohne Boden ist das, dabei nutzen wir sie gar nicht so oft. Aber gerade das lässt sie rosten.«

Er winkte ab.

Und Johanna prustete erneut erleichtert. Was war sie nur für ein dummes Huhn! Aber dieser Carnifex hatte sich auch wirklich missverständlich ausgedrückt. Er war halt noch ein junger Kerl, und offensichtlich schien sie ihn ein wenig zu verwirren. Nun ja, damit galt es zu leben. Besser den Henker zum Freund als ihn zum Feind zu haben.

Aber war er tatsächlich ihr Freund?

Konnte sie vertraulich mit ihm reden?

Denn eine Frage brannte ihr sehr auf der Seele. Und nun nahm sie sich ein Herz und stellte sie.

»Darf ich Euch fragen, guter Carnifex, wer der Herr Eures Bruders ist?«

Verdutzt blickte er sie an.

»Der Herr meines Bruders? Mein Bruder hat keinen Herrn. Er war Söldner, hat sogar gegen die Türken gekämpft. Aber im Moment wüsste ich nicht, dass er einem Herrn dient. Er arbeitet vielmehr als mein Knecht. Als Henkershelfer sozusagen.«

»Na gut. Dann muss ich ihn verwechselt haben«, stotterte Johanna.

»Ich könnte ihn für Euch fragen«, schlug Carnifex vor.

»Bloß nicht«, rief Johanna und fasste den jungen Mann vor Schreck an die Hand. Dieser zog rasch seinen Arm fort und schaute in die Runde.

»Ihr dürft mich doch nicht berühren. Nicht, wenn andere Leute zugegen sind«, flüsterte er dann.

»Verzeiht«, stammelte Johanna nur und setzte endlich ihren Weg zum Fleischer fort.

»Bis bald«, murmelte er leise und sah ihr glücklich nach, die teils empörten, teils belustigten Blicke der Marktbesucher missachtend.

»Nun gut, dann wiederhole ich mich zum fünften Mal: Ich komme allein zurecht. Ich bin in der Lage, meinen Haushalt zu führen, meine Handelsgeschäfte mit Erfolg zu betreiben und zusätzlich meinen Bürgerpflichten nachzugehen. Was, meine Herren, erwartet Ihr mehr?« Margarethe Gänslein blieb, trotz dieser deutlichen Worte und ganz entgegen ihrem berüchtigten Naturell, ruhig und gelassen. Ein Verhalten, welches die anwesenden Herren, insbesondere den Apotheker Peter Hasenstock, nicht nur überraschte, sondern auch etwas verunsicherte.

Nervös knabberte Hasenstock nun bereits an seinem neunten süßen Kringel herum und konnte seinen hassvollen Blick nicht von der Witwe Gänslein lassen. Er hätte es doch nicht im Guten mit ihr versuchen sollen.

Denn sie schaffte es. Sie schaffte es immer wieder, den Bürgermeister und die anderen Dummköpfe um den kleinen Finger zu wickeln. Sie schaffte es. Und er musste dabei zusehen. Immerzu war es das gleiche Spiel, schon zu Zeiten Reinold Gänsleins war es so gewesen: Er, Peter Hasenstock bemühte sich, und die Gänsleins ernteten. Doch dazu hatte er nun ganz und gar keine Lust mehr. Seine Geduld und seine Gutmütigkeit waren am Ende.

Immerhin hatte er noch einen Trumpf im Ärmel, und diesen Trumpf müsste, ja, wollte er nun ausspielen. Allein die Art und Weise, wie er das anstellen sollte, war ihm noch nicht ganz klar. Denn er durfte auf keinen Fall den Eindruck vermitteln, dass er diese Frau zu erpressen versuchte. Wenn er doch nur in der Lage gewesen wäre, einen klaren Gedanken zu fassen. Doch er konnte sich heute ganz und gar nicht konzentrieren – dieses furchtbare Jucken nahm kein Ende, es wurde schlimmer und schlimmer. Seit Wochen ließ ihn seine junge Frau deshalb schon nicht mehr beiliegen, und auch als Apotheker war er in dieser Hinsicht genauso ratlos wie unwissend. Doch er hütete sich, einen Medicus aufzusuchen. Das konnte er sich als angesehener Bürger nicht erlauben, denn im Grunde seines Herzens ahnte Peter Hasenstock, was für ein Übel er da mit sich herumtrug. Verzweifelt versuchte er, seine Oberschenkel aneinanderzureiben, um sich wenigstens ein wenig Linderung zu verschaffen, aber mit dieser heimlichen Maßnahme gelangte er leider nicht an die richtige Stelle. Er würde am Nachmittag die Badestube aufsuchen, um sich dort unten gründlich zu reinigen oder, besser, sich dort unten gründlich reinigen zu lassen. Am liebsten von Susanna, dem jungen Ding mit den braunen Augen, die ihn schon so manches Mal an Maria erinnert hatte. An die wilde Maria, als sie noch jung und frisch gewesen war, damals in den Bergen. Ja, seitdem der elende Zwerg – Gott hab ihn selig – sie erwähnt hatte, ging Hasenstock die Erinnerung an diese Frau nicht mehr aus dem Kopf. Doch wo dachte er hin? Jetzt war nicht der richtige Zeitpunkt, um sich derlei lüsternen Gedanken hinzugeben, hier ging es um wesentlichere Dinge: Hier ging es um die Zukunft des Peter Hasenstock und um das Ende des Gewürzhandels Reinold Gänsleins.

»Aber, meine gute Margarethe, wer wüsste das besser als wir?«, antwortete der Bürgermeister und wiederholte sich nun auch zum mindestens fünften Mal.

Hasenstock wurde es zu bunt. Das Jucken im Schritt machte ihn schier verrückt. Er stand auf, und ohne nachzudenken, sagte, nein, schrie er fast:

»Wenn Ihr doch so gut zurechtkommt, Frau Margarethe, weshalb wolltet Ihr dann den Zwerg Vinsebeck ehelichen? Doch nicht seines immensen Vermögens und seiner schönen Gestalt wegen.«

Margarethe erstarrte für einen Augenblick. Sie hätte mit einem solchen Angriff seitens ihres Rivalen rechnen müssen, denn immerhin war ihr bekannt, dass Vinsebeck sich ihm gegenüber verplappert hatte. Schnell fasste sie sich und erwiderte: »Was, in Gottes Namen, redet Ihr da, werter Hasenstock?«

»Ihr wisst genau, wovon ich rede. Kein Geringerer als Vinsebeck persönlich hat es mir erzählt. Ihr höchstselbst sollt ihn regelrecht angefleht haben, dass er Euch zur Frau nimmt, damit Euch vom Rat kein Vormund bestimmt wird.«

»Welch ein Unsinn«, lachte Margarethe und schaute dabei zum Bürgermeister, der hinter seinem Pult saß und verwundert die Augenbrauen hob. Dann sagte sie in gewohnt kühler Manier: »Ich halte es für eine große Schmach, das Ansehen eines unlängst Verstorbenen derartig zu beschmutzen, indem man Lügengeschichten über ihn verbreitet, weil man weiß, dass er sich dagegen nicht mehr zur Wehr setzen kann.«

»Ist man etwa beschmutzt, wenn man Euch zur Braut hat?«,

erwiderte Hasenstock, worauf er ein unterdrücktes Lachen der anwesenden Herren erntete. »Und außerdem …« Er machte eine Pause, in welcher er jeden im Raume, außer Margarethe, eindringlich anschaute. »Außerdem ließe sich durchaus vermuten, dass es kein Unfall war, durch den der bedauernswerte Vinsebeck vom Leben in den Tod befördert wurde.«

»Ach?«, meinte Margarethe. Leider wusste sie nichts weiter zu erwidern. Das heißt, sie hätte eine Menge zu erwidern gewusst, aber all das wäre in diesem Fall äußerst ungünstig für sie oder aber für ihren Freund Vinsebeck gewesen, über den sie in Erfahrung gebracht hatte, dass er durchaus noch lebte.

»Ja, ach«, sagte Hasenstock. Seine Stimme klang jedoch etwas gequält. Und Margarethe bemerkte, wie er seine Leistengegend an der Tischkante rieb. Unter anderen Umständen wäre sie belustigt gewesen, doch heute war ihr nur wenig zum Lachen zumute. »Des Weiteren«, fuhr er fort, nachdem er seine nicht unbemerkt gebliebene Handlung zur Linderung des Juckreizes beendet hatte, »… des Weiteren seid Ihr in der Tatnacht nicht in Eurem Hause gewesen, Witwe Gänslein.«

»Woher wollt Ihr das wissen?«, fragte Margarethe scharf.

»Ihr wurdet gesehen, und der Zustand, in dem Ihr gewesen sein sollt, sei am besten mit dem Wort ›verwahrlost‹ zu beschreiben. Sehr ungewöhnlich für eine sonst so gefasste und, mit Verlaub, gepflegte Frau, wie Ihr es seid.«

Margarethe spürte, wie ihr die Röte ins Gesicht stieg, und das machte sie nur noch wütender. Doch sie versuchte, weiterhin ruhig zu bleiben, auch wenn es ihr zunehmend schwerfiel. Dieser Mann wurde ausfallend, und das war ihr Vorteil. Denn sie kannte den Bürgermeister gut genug, um zu wissen, dass Unbeherrschtheit eine Eigenschaft war, auf welche er mit großem Unbehagen reagierte. Schließlich war er es, den es hier und jetzt zu überzeugen galt.

»Es betrübt mich sehr, werter Ratsherr Hasenstock, dass ein Mann, der mir seine Hilfe als Freund und Berater anbieten will, solch schimpfliche Gerüchte über mich verstreut. Wie« – und damit wandte sie sich an den Bürgermeister –, »wie nur, mein geehrter Herr Bürgermeister und meine geehrten Herren Patrizier, soll ich Peter Hasenstock vertrauen können, ihn gar als meinen Vormund annehmen, wenn es ihm beliebt, mir zu unterstellen, dass ich des Nachts mein Bett verlasse und durch die Straßen der Stadt streune wie eine räudige Katze? Kann er das beweisen?«

»Nun …«, antwortete Hasenstock ein wenig verunsichert. Er hatte diese Information von einer Badehaushure erhalten, ebenjener Susanna, zu der er sich noch heute begeben wollte. Eine wenig ehrenhafte Quelle, die besser unerwähnt bleiben sollte.

Der Bürgermeister erhob sich und klopfte mit der flachen Hand zweimal auf sein Pult.

»Wir verschieben diese Angelegenheit. Zu viele Ungereimtheiten scheinen sich uns noch in den Weg zu stellen. Stunden haben wir nun hier verbracht, ohne zu einer Lösung zu kommen. Mir drückt empfindlich der Magen. Meine Herren, lasst uns nun hinüber in die Schmeckstube im Neuen Schaden gehen.« Und mit einem deutlichen Kopfnicken wies er die Anwesenden an, dass sie jetzt den Raum verlassen durften.

Peter Hasenstock blickte ihn einen Moment lang fragend an, doch der Bürgermeister schien das nicht zu bemerken. Er näherte sich vielmehr der etwas blassen, aber vorerst erleichterten Margarethe und raunte ihr zu:

»Heiratet! Bald!«

XXIV

Schon am ersten Tage nach seiner Ankunft hatte sich die anfängliche Euphorie des Hans Vinsebeck deutlich gelegt. Die Nacht über war er aufgewühlt, ja überwältigt von den selbst herbeigeführten Ereignissen in Hameln gewesen, und zudem hatten ihn die warmen Erinnerungen an diesen Ort, an dem er nun Zuflucht gefunden hatte, verdrängen lassen, wie ungemütlich und bitterkalt die verlassene Hütte im Grunde war. Natürlich war es in ihr nicht so eisig wie draußen im Wald, wo der Wind durch die kahlen Äste pfiff und der Schnee ins Gesicht des kleinen Apothekers gepeitscht wurde. Aber dennoch hatte er es in dem zugigen Verschlag nicht mehr ausgehalten.

Nicht ohne Feuer.

Im Feuerlegen war Vinsebeck ein Meister, das hatte er unlängst bewiesen. Und nun würde er wieder eine Flamme entfachen müssen, weniger um des Zerstörens als vielmehr um des Wärmens willen. Seine Trippen hatte er nicht angeschnallt, als er die Hütte verließ, um den nahen Wald nach Brennholz abzusuchen, mit ihnen wäre er noch tiefer im Schnee versunken. Ja, der Wind hatte sogar zwischen den Bäumen zu solchen Verwehungen geführt, dass Vinsebeck mitunter vollkommen, bis über den Scheitel, in einem Berg aus kaltem Weiß versank.

»Verflixt«, fluchte er. »Den Flammen entkommen und nun im Schnee erfroren. Der Schöpfer treibt ein spöttisches Spiel mit mir.«

Die Tatsache, dass selbst im Wald der Schnee zu hoch lag, um brauchbares Brennmaterial auf dem Boden zu finden, zwang den kleinen Mann, vereinzelte Äste abzubrechen. Und da er wusste, dass das Holz toter Bäume besser brennt, machte er sich also auf die Suche nach verendeten, aber noch immer stehen gebliebenem Gehölz. Eine Suche, die ihn immer tiefer in den Wald geraten ließ. Doch Vinsebeck sorgte sich nicht, er konnte sich nicht verlaufen, hinterließ er doch im Schnee tiefe, deutliche Spuren, welche es einfach zurückzuverfolgen galt. Und so lange, bis diese gänzlich verweht oder zugeschneit werden könnten, würde er schon nicht hier draußen bleiben.

So verbrachte der kleine Mann einen guten Teil des Morgens damit, einen Arm voll Brennholz zu sammeln, und freute sich bereits auf seine Rückkehr in Marias Hütte, wo sein Reisebeutel mit Brot, Käse, Wurst, Zwiebeln, Wein und allerlei weiteren Köstlichkeiten auf ihn wartete. Als er jedoch zu seiner frostigen Unterkunft zurückkam, da erblickte er dort etwas, was er Jahre zuvor schon einmal vor dieser Hütte gesehen hatte.

Ein reiterloses Pferd.

Nein, dieses Mal waren es gar zwei reiterlose Pferde.

Damals – und das hatte Vinsebeck im Nachhinein zu seinem Leidwesen erfahren müssen – war es das Ross des Grundherrn Eicheck gewesen, das diesen zur Hütte der schönen Waldfrau gebracht hatte, um der offensichtlich nicht nur von Vinsebeck verehrten Dame einen Besuch abzustatten. Doch diese Dame lebte nicht mehr, und soviel dem Apotheker zu Ohren gekommen war, lebte auch der Ritter Eicheck nicht mehr. Ermordet, der Unmensch, den Kopf soll man ihm gar abgehackt haben in seinem eigenen Schlafgemach.

Eicheck war es also nicht, der nun hergeritten war. Es sei denn, sein verfluchter Geist fand keine Ruhe. Doch an Geister glaubte der kleine Apotheker nicht, er glaubte nur an die

Wissenschaft und an die Erfahrung. Und um zu erfahren, wer sich erdreistet hatte, seine, die nun Vinsebecksche Hütte, einzunehmen, müsste er nun dorthin gehen, um nachzusehen. Er war fest davon überzeugt, einen Anspruch auf Wohnrecht an diesem Ort zu haben, denn immerhin hatte Philipp ihm gestattet, hier zu leben.

Ja, Philipp.

Vielleicht war er es; zurückgekehrt aus der Stadt, um dem alten Freund seiner verstorbenen Mutter Proviant und warme Decken zu bringen.

So würde es sein.

Weniger mutig als vielmehr selbstverständlich stapfte der Zwerg nun auf die Hütte zu. Doch kurz vor dem Eingang wurde ihm mit einem Mal klar, dass es auch die Büttel des Vogtes sein könnten, die ihn hier suchten.

Ihn, Hans Vinsebeck, den Brandstifter und Leichenfledderer.

Darüber galt es nachzudenken, bevor man forsch die Hütte betrat.

Schnell kam Hans Vinsebeck angesichts dieser Überlegung zu dem Schluss, sich doch besser nicht blicken zu lassen und stattdessen um das Häuschen herumzugehen und ein Ohr an die windschiefen, geschlossenen Läden zu halten, um zu erlauschen, was darin vor sich ging.

»Vielleicht trifft sich hier auch ein Liebespärchen zu einem Stelldichein«, murmelte er vor sich hin und schüttelte dann entschieden den Kopf. »Nicht zu viel rätseln, Vinsebeck, nicht zu viel rätseln. Es gilt zu erforschen, nicht zu vermuten!« Und mit diesen geflüsterten Worten schob er seine Kappe zur Seite und entblößte eines seiner beiden überproportional großen Ohren, um es an die eiskalte Lade zu legen.

Und tatsächlich, er vernahm von drinnen deutliche Stimmen. Zwei konnte er unterscheiden. Beide männlich. Und beide nicht aus dieser Gegend. Dennoch sprachen sie mit deutscher Zunge. Ganz so, wie auch Maria gesprochen hatte. Aus dem Süden mussten sie stammen, aus den Bergen, ganz so wie Maria. Verwandte waren es. Bruder? Vetter? Neffe? »Nicht rätseln, herausfinden, Vinsebeck«, sagte er wieder zu sich. Angestrengt lauschte er auf das, was sie sprachen.

»Übers Ohr gehauen hat er uns.«

»Wundert's dich? Aber immerhin wissen wir nun, wo er untergekommen ist.«

»Meinst du wirklich, dass dies seine Hütte ist?«

»Die Leute im Dorf haben es gesagt. Hier hat er gelebt. Zusammen mit seiner Alten.«

»Aber er soll schon vor Jahren verschwunden sein. Seither hat man ihn nicht wieder zu Gesicht bekommen. Man hält ihn für tot.«

»Wir wissen doch, dass er nicht tot ist. Schau nur her, jemand hat hier wenigstens eine Nacht verbracht.«

»Ein Landstreicher, ein Geächteter oder ein Pilger. Wer sagt dir, dass er es war?«

»Dieser Mantel hier sagt es mir. Das ist seiner. Ich war dabei, als er ihn in Wien beim Kartenspiel gewonnen hat.«

»Zeig her. Bist du dir sicher?«

»Natürlich. Hier, diese Stickerei, das sind die Initialen des Vorbesitzers. Ein reicher Student aus Mähren. Der hat geschimpft wie ein Rohrspatz, als er ihm das gute Stück abgenommen hat.«

»Na, dann. Irgendwo muss er sich ja auch verborgen halten. Immerhin kann er sich denken, dass wir ihm auf den Fersen sind.«

»So ist es. Er wird sich wundern, dass es uns gelungen ist, die schäbige Heimstatt seiner Kindheit ausfindig zu machen. Der feine Herr! So hat er also gehaust. Pah!«

Vinsebeck vernahm von drinnen das wohlbekannte, aber unangenehme Geräusch, wie jemand aus den Tiefen seines Körpers gelben Schleim nach oben in den Mundraum befördert, um ihn dann möglichst schnell über die gespitzten Lippen nach draußen abzugeben. Dieses Geräusch war für den kleinen Apotheker wie ein Signal, sein Lauschunternehmen nun abzubrechen, um sich besser in Sicherheit zu begeben.

Er hasste Mutmaßungen. Aber nun mutmaßte Vinsebeck, dass es sich bei diesen beiden Burschen um gefährliche Menschen handelte, die wohl kaum Brüder, Vettern oder Neffen der verehrten Maria waren, sondern eher erklärte Feinde ihres Sohnes Philipp. Sie suchten diesen, und sie waren ihm ganz offensichtlich nicht wohlgesinnt.

»Philipp muss gewarnt werden«, murmelte das Männlein vor sich hin, als es sich möglichst leise von der Hütte davonschlich.

»So, muss er das?«, fragte nun eine raue Stimme von hinten.

Im selben Moment wurde Hans Vinsebeck ein Sack über den Kopf gestülpt, sein kleiner Körper wurde in die Luft gehoben und einfach davongetragen.

Als Johanna mit einem ganzen Beutel frischen, blutigen Fleisches in der Hand das Haus der Witwe Gänslein betrat, raunte ihr Immeke sogleich von der Küche her zu:

»Sie ist zurück. Und auch er ist wieder da.«

»Verflucht!«, zischte Johanna und warf den rot tropfenden Sack auf den hölzernen, von zahllosen Messerspuren zerfurchten Küchentisch.

»Er belagert sie regelrecht. Wahrscheinlich will er niemand anders an sie herankommen lassen«, meinte Immeke, während sie das durchtränkte Leinen aufwickelte, um Johannas Einkauf zu begutachten. »Wahrscheinlich«, und jetzt klang die Stimme der Köchin besorgt und geheimnisvoll zugleich, »wahrscheinlich weiß er, dass du ihm gefährlich werden kannst. Hast du schon einmal darüber nachgedacht, Johanna, dass du dich vor ihm fürchten müsstest?«

»Und ob«, antwortete Johanna, schüttelte dann aber den Kopf und fragte: »Sind sie versorgt, oder kann ich ihnen noch etwas bringen?«

»Ich glaube nicht, dass sie gestört werden wollen. Gekichert hat sie wie ein albernes Ding. Wenn der ihr mal nicht heute an die Wäsche geht.«

»Immeke!«

»Was denkst du denn? Nur weil sie eine feine, reiche Dame ist, heißt das doch nicht, dass sie nicht auch solche Dinge macht wie unsereins.«

»Ich will gar nicht wissen, was du damit meinst, Immeke.«

In diesem Moment hörten sie das dunkle Klingeln der nicht gerade kleinen Glocke, welche, draußen an der Türe angebracht, einen jeden möglichen Besucher oder auch Kunden des Gewürzhändlerhauses ankündigte.

»Das ist bestimmt die Begine Regine«, sagte Johanna und machte sich auf, um die Türe zu öffnen.

Doch anstelle der erwarteten Besucherin der Base Mechthild stand niemand anderes als der Stiftsherr Vestiarius draußen im Schnee und erbat Einlass. Johanna war erleichtert. Der Herr kam gerade recht, um einen wunderbaren Anlass zu finden, Philipp in seinem seltsamen Spiel mit der unwissenden Margarethe zu stören.

»Kommt doch bitte herein, hochwürdiger Stiftsherr, draußen ist es furchtbar kalt«, sagte Johanna, während Vestiarius keine Sekunde zögerte, an der Magd vorbeischritt und ihr dabei in die Wange kniff. Sie sah es ihm nach.

»Würde sie mich bitte bei ihrer Herrin ankündigen, gute Johanna?«

»Aber gern doch.«

Johanna ging hinüber zu der schweren Türe, welche zu der großen, im Erdgeschoss befindlichen Stube führte. Für einen Augenblick verharrte sie dort. Kein Laut war von drinnen zu hören, aber das verwunderte bei dem schweren Eichenportal auch nicht. Kurz klopfte sie mit dem gusseisernen Schlegel an und stieß sodann, ohne auf eine Antwort zu warten, die massive Türe auf. Ohne dass sie das beabsichtigt hatte, öffnete diese sich äußerst schwungvoll.

Margarethe war froh, ihn gleich an diesem Tage wiederzusehen. Seine Anwesenheit war so viel frischer, so viel angenehmer als die der verstaubten Ratsherren. Und darum nahm sie seine erneut aufrichtig vorgebrachte Entschuldigung gerne an und verzieh ihm den angeblich zu ihrem eigenen Schutze erfolgten Überfall im brennenden Haus des kleinen Apothekers.

»Ihr könnt mir also versichern, dass es meinem Freund Vinsebeck bestens geht?«, fragte sie ihren Gast, nachdem sie in größtmöglichem Abstand voneinander am Tisch Platz genommen hatten.

»Nun, versichern kann ich es nicht, da ich ihn habe allein zurücklassen müssen. Aber ich denke, er wird sich zurechtfinden«, antwortete Philipp, wohl darauf bedacht, nicht zu viel, aber auch nicht zu wenig zu sagen, denn immerhin galt es, das Vertrauen dieser Frau zu gewinnen. Und Vinsebeck – wer hätte das gedacht? – schien ein passender Schlüssel dazu zu sein.

»Wo kann ich ihn finden?«

Auf diese Frage Margarethes schüttelte der Gast nur den Kopf, blickte sie dabei aber freundlich an.

»Woher, das frage ich mich, wusste Eure Magd davon, dass Hans Vinsebeck und ich des Nachts die Stadt verlassen haben?«, stellte Philipp stattdessen die ihn quälende Frage.

»*Quid pro quo.* Antwortet mir, so antworte ich Euch«, gab Margarethe schelmisch zurück.

»Vertraut Ihr diesem Mädchen?«

»Wie viele Fragen wollt Ihr mir noch stellen?«

»Vertraut Ihr ihr?«

»Durchaus.«

Wieder nickte Philipp nur und blickte sein Gegenüber eine Weile stumm und nachdenklich an. Margarethe begann die Situation unbehaglich zu werden. Sie hatte sich so sehr auf ein nettes und unverfängliches Gespräch mit diesem interessanten und intelligenten jungen Mann gefreut. Nun aber wurde er wieder so eigentümlich, so mysteriös, und das machte ihn fragwürdig. Johannas angedeutete Bedenken und auch Margarethes Unwohlsein schienen berechtigt. Ihm war gewiss nicht zu trauen, auch wenn Margarethe diese Feststellung sehr bedauerte.

In ebendem Moment flog plötzlich die Stubentüre schwungvoll auf, woraufhin ausgerechnet Johanna auf der Schwelle erschien und sagte:

»Erlaubt mir, einen weiteren Gast anzukündigen, Herrin. Der Stiftsherr Vestiarius bittet darum, Euch einen Besuch abstatten zu dürfen.«

»Oh ja. Es ist wieder an der Zeit. Ich vergaß«, stammelte Margarethe nur und warf Philipp einen wehmütigen Blick zu, der ihm bedeuten sollte, dass sie im Grunde seine Gesellschaft der des Stiftsherrn vorziehen würde, dies aber leider nicht möglich sei.

»Dann werde ich mich wohl verabschieden müssen«, sagte er mit fester Stimme, jedoch enttäuscht darüber, schon wieder nicht viel in diesem Hause erreicht zu haben.

»Und?«, fragte Immeke, als Johanna zurück in die Küche kam, um das gewünschte Konfekt für den Stammgast der Kaufmannswitwe zu holen.

»Nichts Besonderes«, antwortete diese nur und verschwand rasch wieder in der Stube.

»Nichts Besonderes«, murmelte Immeke, während sie einen Topf Sauerkraut vorbereitete. »Da geht ein flüchtiger Kindermörder, Bauchaufschlitzer und Sohn einer Hexe in unserem Hause ein und aus, und Johanna meint, das sei nichts Besonderes.«

Sie bemerkte den Schatten nicht, der sich ganz in der Nähe der Küche in einer Nische der großen Lagerhalle verborgen hielt und ihre unbedacht vor sich hingesprochenen Worte durchaus vernommen hatte.

Auch Johanna bemerkte ihn nicht, als sie wieder die Küche betrat und den Küchenabfall nahm, um ihn hinauszutragen.

In Gedanken versunken, leerte sie den Kübel mit Essensresten und sonstigem Unrat über dem Misthaufen im Hinterhof aus. Der Hof war groß und abgeschirmt, einsehbar nur aus den oberen Stockwerken der umliegenden Häuser. Er war weniger Refugium als vielmehr Wirtschaftsraum, ausgestattet mit einem Pferdestall, einem Brunnen, einer Leine zum Wäschetrocknen, einem winzigen, aber nun verschneiten Kräutergarten, einem Misthaufen und einem kleinen Häuschen, das als Abort diente. Ebendieses Häuschen passierte sie soeben, als jemand sie von hinten packte, in das kleine Kämmerchen stieß, selbst mit hineinschlüpfte und im Nu die schlichte Bretterluke von innen verriegelte.

Johanna war wenig erschrocken, in ihrem Angreifer Philipp zu erkennen.

»Wieso verfolgst du mich?«, flüsterte Philipp. Vielmehr zischte er es, seine Stimme klang streng und ungehalten.

»Ich soll dich verfolgen? Wie kommst du darauf?«, gab Johanna verwirrt zurück.

»Du glaubst wohl, ich sei blind. Was willst du? Geld?«

»Ich verstehe nicht.« Johanna griff nach dem Riegel, sie wollte hinaus, doch seine Hand war schneller. Grob riss er sie von dem Türöffner fort.

»Du verstehst sehr wohl. Seit Wochen spionierst du mir nach. Wo ich bin, bist auch du. Das kann kein Zufall sein.«

Johanna war verblüfft. Offenbar schien er sie in der Burg des Ritters Eicheck doch bemerkt zu haben. Aber wieso kam er auf den Gedanken, dass sie ihn verfolgte? War es nicht umgekehrt?

»Ich verfolge dich nicht. Wieso sollte ich das tun?«, stotterte sie.

»Was weiß ich? Weiber machen mitunter unsinnige Dinge.«

»Was willst du von meiner Herrin?«, wagte Johanna nun ganz unverblümt zu fragen. Die unfreiwillige körperliche Nähe in dem mehr als privaten Raum schuf eine plötzliche Vertrautheit zu diesem Mann, die Johanna bislang nie für möglich gehalten hätte. Sie verspürte so gut wie keine Angst. Ja, sie war sich mit einem Mal sicher, dass er ihr nichts antun würde. Niemals.

»Das soll nicht deine Sorge sein. Deine Sorge allerdings ist es, den Mund zu halten. Das habe ich dir bereits gesagt, aber offensichtlich hast du das wieder vergessen«, gab Philipp nun zurück.

Johanna antwortete nichts, sondern sah ihm nur fest in die Augen. Er hingegen konnte ihrem Blick nicht standhalten.

»Ich habe nichts gegen dich, Johanna. Ganz im Gegenteil«, sagte er nun. Seine Stimme sollte weiterhin kalt und hart klingen, doch vielmehr schien sie ein wenig zu beben. »Du warst nie dabei, wenn sie mit Steinen nach mir warfen, du hast mir nie einen Schimpfnamen zugerufen oder mich in Schweineställe gesperrt. Das ist mir in Erinnerung geblieben, und dafür bin ich dir dankbar. Und ich bin dir auch dankbar, dass du mir beigestanden hast an jenem Tag.«

»Ich habe dir nicht beigestanden. Ich war lediglich Zeugin des Geschehens«, ergänzte Johanna nun.

»Sie haben es zu weit getrieben, aber das muss ich dir ja nicht sagen. Sie haben verdient, was sie bekommen haben, genauso wie dein alter Herr Eicheck selbst schuld an seinem Schicksal war. Beide Male hast du mir keinen Ärger bereitet. Und so soll es auch bleiben, nicht wahr?«

Seine Stimme klang eigentümlich. Johanna war sich nicht sicher, ob Aufrichtigkeit oder Spott darin klangen. Wahrscheinlich beides. Dieser Mann war beides: Er war aufrichtig und spöttisch zugleich.

»Willst du auch sie töten?«

»Wen? Etwa Margarethe Gänslein? Bislang hat sie mir nichts getan. Und wenn sie unwissend bleibt, dann werde ich keinen Grund haben, sie zu töten.«

Johanna verstand diese Drohung nur allzu gut.

»Aber was hat Eicheck dir getan?«

»Das ist eine andere Geschichte, die dich nichts angeht. Alles, was dich angehen sollte, ist dein Wohl und das Wohl der Menschen, die dein Vertrauen genießen. Schenke ihnen nicht zu viel davon, denn das könnte gefährlich für sie werden. Und glaube nicht, dass es dir etwas nützt, wenn du mich beim Vogt oder beim Stadtrat anschwärzt. Ich bin schneller als die. Und abgesehen davon: Wer sollte dir glauben?«

»Verschwinde von hier«, antwortete sie nur, ihn immer noch unverwandt fixierend.

»Den Gefallen werde ich dir bald tun, sehr bald.«

Dann packte er sie mit beiden Händen fest an den Schultern und erwiderte endlich ihren Blick. Seine Miene war starr und hart, seine Augen aber verrieten das Gegenteil.

»Ich weiß nicht warum, aber ich gebe zu, es fällt mir schwer, dir zu drohen. Noch schwerer hingegen würde es mir fallen, einen anderen, einfacheren Weg zu wählen. Zwinge mich nicht dazu. Behalte unser Geheimnis für dich, und niemandem wird ein Leid zugefügt.«

Dann gab er ihr einen Kuss auf die Stirn und verließ das heimliche Gemach.

Johanna stand noch eine Weile wie benommen da. Ihre Stirn brannte, ihr Herz raste.

Margarethe war mit den Gedanken nicht bei Hubertus Vestiarius, welcher ihr nun bereits seit einer halben Stunde gegenübersaß und von den Neuigkeiten erzählte, die es über den Herzog von Calenberg zu berichten gab. Dessen Geliebte, Anna von Rumschottel, die einst der Herzogin aus Eifersucht ein Gift verabreicht habe, sodass diese beinahe das Wochenbett nicht überlebt hätte, sei noch immer flüchtig. Hingegen nehme die Zahl der Urteile über die Frauen, die ihr bei der Zauberei behilflich gewesen seien, zu. Mehrere hätten bereits gebrannt, nicht so die Übeltäterin Rumschottel selbst. Denn niemand Geringeres als der Herzog, so vermute man, habe seiner Geliebten zur Flucht verholfen, während er der aufgebrachten und mittlerweile wieder genesenen Gemahlin reuig jeden Wunsch von den Augen ablas und ihr ersatzweise die Köpfe der angeblichen Hinterfrauen der Rumschottel auf dem Silbertablett servierte.

»Doch Elisabeth von Calenberg will nur Anna von Rumschottel bestraft wissen. Und angeblich soll Erich langsam nachgeben. Nun, die Liebe zu einer Gespielin erkaltet schnell, wenn man ihren heißen Leib nicht mehr in seiner Nähe weiß.«

So endete Vestiarius seinen Bericht in der Erwartung, einen Rüffel oder zumindest einen schiefen Blick Margarethes ob dieser unkeuschen Worte zu ernten.

Doch diese starrte weiterhin mit glasigen Augen ins Leere. Sie hörte ihm nicht zu, hatte es die ganze Zeit über nicht getan. Zunächst hatte er gehofft, ihr eigentümliches Betragen stehe im Zusammenhang mit dem unglücklichen Todesfall des Apothekers Vinsebeck, zu welchem, das wusste er, Margarethe Gänslein ein freundschaftliches Verhältnis gepflegt hatte. Doch die Erwähnung des verbrannten kleinen Mannes gleich zu Beginn des Gesprächs hatte die Witwe seltsam ungerührt gelassen. Plagten sie etwa geschäftliche Sorgen? Hatte es mit dem Bürgermeister, dem Stadtrat, dem hinterhältigen Hasenstock zu tun?

Nein, dagegen sprach dieser entrückte, teils selige, teils leicht schmunzelnde Ausdruck in ihrem Gesicht, das mehr dem einer von einer göttlichen Vision erfüllten Mystikerin als dem einer kühlen Kauffrau glich.

Vestiarius befürchtete Schlimmes.

Er hatte ihn gesehen, den jungen Fremdling. Er war ihm entgegengekommen, als er die Stube Margarethe Gänsleins betreten hatte. Er hatte auch ihren verlegenen Blick bei der Begrüßung des Stiftsherrn wahrgenommen.

Sie war doch nicht etwa mit diesem …?

Nein, das wagte sie nicht.

Nicht die anständige Witwe Gänslein.

Nicht diese stolze, unnahbare Frau. Und dann mit einem Dahergelaufenen. Einem undurchsichtigen Habenichts, dessen Stand nicht einmal geklärt war.

Andererseits: War es damals bei Reinold Gänslein nicht ähnlich gewesen?

War er nicht auch ein undurchschaubarer Fremder gewesen, von dem es gar geheißen hatte, er sei nichts weiter als ein armer Bauernlümmel mit ein wenig Verstand? Dennoch hatte sie ihn geheiratet – sie, die sie aus einer zwar verarmten, aber immerhin aus einer Adelsfamilie stammte und auf einen ehrenhaften Stammbaum zurückblicken konnte.

Vielleicht war Vestiarius' schwärmerische Meinung von dieser Frau tatsächlich zu hoch. Vielleicht war sie nicht die Unberührbare, für die er sie so gerne halten wollte. Vielleicht hatte dieser mysteriöse Mensch, der seit einigen Wochen durch die verschneiten Gassen der Stadt streifte, in kurzer Zeit erreicht, wovon der Stiftsherr Vestiarius nicht einmal zu träumen wagte.

Dieser Gedanke schmerzte. Er schmerzte ihn so sehr, dass er nicht anders konnte, als nun zu einem Mittel zu greifen, dessen er sich bislang in den Gesprächen mit Margarethe nicht bedient hatte. Bewusst hatte er sich nie so mit ihr unterhalten, wie es ihm als Geistlichem zustand, wie es seine seelsorgerische Pflicht gegenüber einer einsamen, schutzlosen Witwe gewesen wäre. Er hatte es nicht für nötig gehalten, da es ihn selber abstieß, ja, ihn schrecklich langweilte, derart sprechen zu müssen. Aber jetzt sah er sich gezwungen, der verehrten Frau zum ersten Mal in ihrer langjährigen Freundschaft eine Predigt zu halten, eine Moralpredigt, wenn man so wollte.

Besser jetzt, wo sich ihm nur diese unschöne Vermutung aufdrängte, als später, wenn es längst zu spät sein könnte.

An seinen Bericht über die schrecklichen Hexenverfolgungen zu Calenberg anknüpfend, sprach er nun etwas langsamer und lauter: »Ja, die fleischliche Begierde kann den Menschen schnell in die Irre führen. Nicht einmal ein besonnener Herrscher wie unser Herzog ist davor gefeit. Und seht, Margarethe, wohin diese kopflose Sünde geführt hat. Man muss immer das Für und das Wider abwägen, selbst bei Entscheidungen, die wir lieber unserem Herzen oder, besser, unseren Lenden überließen. Hört Ihr mir überhaupt zu, Margarethe?«

»Ja, ja, durchaus«, erwiderte sie mit belegter Stimme. »Ihr spracht von Lenden, nicht wahr?«

»Von dem Für und Wider, das auch in Herzensdingen erwogen werden muss«, korrigierte er sie.

»Und das hat der Herzog nicht gemacht. Da habt Ihr recht, Vestiarius«, antwortete sie und bemerkte selbst, dass sie ganz und gar nicht bei sich war.

»So ist es. Und man sollte es ihm nicht gleichtun, Margarethe. Einem Herzog bietet sich allein ob seiner Macht und seines Reichtums zahlloses Weibsvolk an. Doch stecken nicht immer die ehrlichsten Absichten hinter diesen Angeboten. So war es auch im Falle Rumschottel, die ihm beinahe Frau und Kind getötet hätte.«

»Aber das ist doch nicht zu beweisen«, erwiderte Margarethe nun. Sie war mit einem Mal wieder erwacht und tat endlich – so bemerkte ihr Gast erleichtert – ihre eigene Meinung kund, auch wenn diese, wie so oft, der seinen entgegenlief.

»Ganz gleich, ob zu beweisen oder nicht: Leichtfertig war es allemal und zudem eine große Sünde, sich mit einem anderen Weib einzulassen. Vor allem mit einem solch heimtückischen. Selbst wenn der Herzog Witwer gewesen wäre, hätte das die Sache nicht besser gemacht. Denn auch dann ist es unabdingbar, seine Wahl genauestens zu prüfen.«

»Ich denke nicht, dass der Herzog eine Frau wie die Rumschottel geehelicht hätte, wenn er denn frei gewesen wäre«, antwortete Margarethe ein wenig gelangweilt.

»Natürlich nicht. Wie könnte er? Ihr wisst, dass ich dem Gedanken von Reformen in unserem Reich nicht abgeneigt gegenüberstehe, aber dennoch bin ich der Ansicht, gute Margarethe, dass der Geburtsstand und mit ihm der Anstand gewahrt bleiben müssen. Wo kämen wir sonst hin?«

»Worauf wollt Ihr hinaus, Vestiarius?«

»Nehmen wir einmal Euch als Beispiel, meine Gute. Ihr seid eine Frau, der es gelungen ist, einen eigenen Weg zu gehen. Dieser Weg war steinig, Ihr musstet ihn allein bestreiten, aber mit Gottes Hilfe ist es Euch gelungen. Sehr außergewöhnlich ist

Euer Leben, aber anständig. Sicherlich gibt es genügend Menschen, die Euch beargwöhnen, doch Ihr seid stark genug, diesen zu trotzen. Und so soll es doch auch bleiben, oder etwa nicht? Ich kann mir schlecht vorstellen, Margarethe, dass Ihr ein Opfer kopfloser Gefühle werden könntet, wie es unserem guten Herzog Erich widerfahren ist, der sicherlich bald seine eigene Geliebte verbrennen lassen muss.«

»Ihr sprecht noch immer in Rätseln, mein Guter.«

»Dann will ich meine Sorge deutlich machen: Ich fürchte, verehrte Frau, dass Ihr in der Festigkeit Eures gottgewollten Witwenstandes zu schwanken droht.«

»Habt Ihr etwa auch von meiner unglücklichen Verlobung mit dem jüngst verstorbenen Vinsebeck vernommen?«, fragte Margarethe in vorgetäuschter Verwunderung.

Vestiarius starrte sie an, als säße mit einem Male der Leibhaftige vor ihm. Er war sprachlos. Offenbar war diese Nachricht vollkommen neu für ihn.

»Habe ich richtig gehört?«, stotterte er schließlich.

»Aber nein doch«, beschwichtigte Margarethe. Sie bereute ihre unbedachten Worte bereits. »Es ist ein böses Gerücht, das über mich und den armen Toten gestreut wird. Und sein Urheber ist niemand Geringeres als mein treuer Feind Hasenstock.« Wohl war ihr nicht dabei, ihren Vertrauten Vestiarius anzulügen, doch noch weniger wohl wäre ihr gewesen, ihm die ganze verzwickte Wahrheit zu sagen. Zumal ihn das alles im Grunde nicht zu interessieren hatte.

»Nun, so leid es mir um den komischen Kauz tut – man munkelt ja, es sei Selbstmord gewesen –, bin ich dennoch erleichtert, dass Ihr nicht ernsthaft über eine Vermählung mit ihm nachgedacht habt. Schließt Ihr denn grundsätzlich aus, wenn ich mir diese Frage erlauben darf, Euch wieder zu vermählen?«

»Mit wem sollte ich mich vermählen?«, lachte Margarethe.

»Ich habe doch schon sämtliche Kandidaten vergrault. Und Ihr, lieber Freund, kommt nun einmal ganz und gar nicht infrage.«

Vestiarius war mit dieser Antwort sehr zufrieden: »Das ist gut. Die wahre Witwe dient unserem Herrn Jesus allein, er ist ihr neuer Gemahl. Der Tod eines Gatten, Margarethe, kann durchaus als Erlösung gesehen werden, als Erlösung von den Lasten des Ehestandes. Denn dieser Stand bringt nicht nur Freude, da sind wir uns sicherlich einig. Weshalb also noch einmal verschlingen, was man gerade ausgespien hat?«

»Jetzt tut ihr meinem guten Reinold herzlich Unrecht.«

»Es geht nicht um den toten Kaufmann Gänslein, Gott hab ihn selig. Vielmehr wäre es gewiss in seinem Sinne, wenn Ihr die alleinige Verwalterin seines Vermögens bliebet. Nehmt Euch ein Beispiel an den Krähen, Margarethe: Sie bleiben nach dem Tode des Gefährten bis zu ihrem eigenen Ableben allein.«

»Wollt Ihr mich etwa mit einer Krähe vergleichen, Vestiarius?«

»Aber nein doch, liebe Frau. Eine Krähe seid Ihr gewiss nicht. Aber ein junges Reh seid Ihr auch nicht mehr.«

»Das ist das erste Mal, dass Ihr mich beleidigt.«

»Zu Eurer Warnung, Margarethe, allein zur Eurer Warnung. Schminke, Putz und ein praller Geldbeutel fesseln einen jungen Mann nur so lange, bis er erreicht hat, was er haben wollte. Ein Milchmund bleibt lange ein Milchmund, aber eine reife Frau wird schnell noch reifer.«

»Und irgendwann ist sie faulig, das wollt Ihr mir doch sagen. Ich bin empört.« Margarethe war tatsächlich empört. Am liebsten hätte sie ihrem Gast die Türe gewiesen, aber etwas hielt sie davon ab. War es der Schock und die Tatsache, dass ihr Freund Vestiarius niemals zuvor so offen mit ihr geredet hatte? Oder war es, weil sie selber ahnte, dass er recht hatte und sie ihm die Möglichkeit einräumen wollte, sie weiter von der bitteren Wahrheit zu überzeugen? »Übrigens: Wie kommt Ihr auf den Gedanken, dass ich mich an einen jungen Mann binden will?«

»Missversteht mich nicht, Margarethe. Ich denke nicht an jemand Bestimmtes. Es ist nur allgemein gesprochen.«

Margarethe schaute ihren Gast schief an und bemerkte, dass er unter diesem Blick leicht errötete. Dann nahm sie sich ein Herz und sagte: »Um ehrlich zu sein, hat der Rat mich erneut gedrängt, eine Vormundschaft hinzunehmen oder aber möglichst bald zu heiraten.«

»Das dachte ich mir bereits.«

»Ersteres würde ich niemals dulden. Und für Letzteres kommt kaum mehr jemand in Frage. Es war vorhin kein Scherz von mir, als ich sagte, dass ich sämtliche Kandidaten bereits abgewiesen habe.«

»Und das befürworte ich. Ihr seid keine von den Witwen, denen man von geistlicher Seite eine Wiederheirat nahelegen müsste.«

»So? Bin ich das nicht?«

»Nein, das ist nur bei viererlei Frauen der Fall: Dann, wenn die Witwe noch sehr jung ist und gewiss viele weitere Kinderlein von ihr und einem neuen Gemahl zu erwarten wären. Dann, wenn sie zu arm ist, um sich und ihre Brut aus erster Ehe allein zu versorgen. Dann, wenn sie zu dumm ist, um selbstständig ihr Leben meistern zu können. Und schließlich dann, wenn es ihr nicht gelungen ist, ihre Lust mit dem ersten Manne zu begraben. In solchen Fällen ist es ebenfalls ratsam, sie heiratet erneut, als dass sie ihren Leumund ruiniert. Auf Euch, Margarethe, trifft keiner dieser Gründe zu. Zumindest will ich das nicht hoffen.«

»Auch wenn von geistlicher Seite eine Wiederheirat nicht ratsam für mich wäre, so wünscht der Bürgermeister als Vertreter der weltlichen Seite etwas anderes«, erwiderte Margarethe nüchtern.

»Das verwundert mich nicht.« Vestiarius legte nachdenklich seinen rechten Zeigefinger an die Oberlippe, dann fragte er: »Aber weshalb sträubt Ihr Euch so sehr gegen eine Vormundschaft? Es muss ja nicht zwingend Peter Hasenstock sein, der Euch berät und zur Seite steht.«

Margarethe lachte auf. »Ich weiß, worauf Ihr hinauswollt. Doch einen Vormund nehme ich noch weniger an als einen neuen Ehegemahl. Ganz gleich, ob es sich dabei um einen Feind wie Hasenstock oder um einen Freund wie Euch handeln würde. Denn wenn es ums Geld geht, das wissen wir doch beide, wird aus jeder Freundschaft eine Feindschaft.« Süffisant fügte sie an: »Dennoch danke ich Euch, lieber Vestiarius, für Euer uneigennütziges Angebot. Und erst recht möchte ich meinen Dank für Eure wertvollen, sittsamen Ratschläge aussprechen.«

Darauf erhob sie sich, um Vestiarius anzuzeigen, dass sie nunmehr wenig Lust verspürte, seiner Witwenpredigt weiter zu lauschen.

Wenige Augenblicke später verließ der Stiftsherr enttäuscht das Haus der bis dato verehrten Frau. Er war fest entschlossen, alles über diesen Menschen in Erfahrung zu bringen, den er unter Verdacht hatte, sich in das Leben der reichen Kaufmannswitwe einzuschleichen.

XXV

Der Fensterladen des Gewürzhauses Gänslein am Pferdemarkt war an diesem Tag wieder einmal geöffnet.

Es stellte für Margarethe nicht mehr als ein Zubrot dar, eine Gefälligkeit, welche die Gewürzhändlerin ihren Hamelner Mitbürgern erwies, denn die Einnahmen, welche sie durch den Fensterladen erzielte, wogen nur gering im Vergleich zu den Summen, die sie durch das Beliefern ganzer Schlösser, Abteien und anderer Städte erwirtschaftete.

Immeke jedoch freute sich ein jedes Mal, den Laden zu öffnen und vom Inneren des Hauses aus Gewürze, Pfefferkuchen und allerlei andere Spezereien an die meist betuchte Kundschaft feilzubieten. Es war ihre Aufgabe, und das bereits seit Jahren.

An diesem sonnigen Wintertag liefen die Geschäfte ausgesprochen gut, denn besonders in der Zeit unmittelbar vor dem Weihnachtsfest standen fremdländische Gewürze auch bei den Bürgern, die sich derlei Luxus nur selten leisteten, hoch im Kurs. Und Immeke war schon jetzt stolz darauf, der Herrin am Nachmittag eine prall gefüllte Schatulle mit Münzen übergeben zu können.

Nelken, Zimt, Kardamom und Vanillestangen erfreuten sich an diesem Tag bei der Kundschaft besonderer Beliebtheit. Ja, selbst die Frau des Bürgermeisters erschien höchstpersönlich in Begleitung ihrer Tochter, um gleich fünf Beutelchen der besten Gewürzmischungen zu erstehen. Immeke war in ihrem Element. Sie plapperte und plauderte, lästerte und lachte mit den Kunden, und wenn einmal niemand vor ihrem wunderbar geschmückten und bestückten Laden auftauchte, so lauschte sie derweil dem Musizieren der Spielleute, deren Lauten, Fiedeln, Rasseln und Trommeln vom Marktplatz herüberschallten.

In einem solch ruhigeren Moment – Immeke war soeben dabei, singend eine bereits leere Schüssel mit Pfefferkörnern aufzufüllen – erschienen plötzlich zwei Männer an ihrem Fenster, welche sie noch nie zuvor in der Stadt gesehen hatte.

Auch wenn zu dieser Jahreszeit so gut wie keine Boote auf dem Fluss unterwegs waren, vermutete Immeke in den Fremden Weserschiffer, die bekanntlich gezwungen waren, in der Stadt Hameln eine Rast einzulegen, da an ebendieser Stelle des Flusses kein ungehindertes Weiterkommen möglich war. Sie lächelte die beiden Männer freundlich an, erhielt aber nur einen mürrischen Blick zur Antwort.

»Wir sind auf der Suche nach einem Entlaufenen«, knurrte der eine nur. Ein eher gedrungener Kerl mittleren Alters mit einem mächtigen Bart und kleinen schwarzen Augen. Seine Worte klangen fremd in Immekes Ohren, jedoch nicht derart, wie die Hanseschiffer aus Bremen oder Lübeck zu sprechen pflegten.

»Ein Bauer?«, fragte die Köchin. Es kam nicht häufig vor, war aber auch nicht selten, dass die Häscher eines Grundherrn in den Städten auf die Suche nach geflohenen Leibeigenen gingen.

»Er ist etwa im dreißigsten Lebensjahr, sehr groß, dunkles Haar, dunkle Augen. Euch Weibsvolk mag er als schön erscheinen«, erhielt sie zur Antwort von dem zweiten Mann, einem drahtigen Burschen mit langen, zotteligen Haaren. Er sprach in der gleichen Zunge wie der andere, jedoch war seine Stimme weniger tief, aber ebenso bedrohlich.

Das waren keine gewöhnlichen Kopfgeldjäger eines betrogenen Landadeligen, das waren Halunken von anderem Schlag. Immeke war sich nicht sicher, ob sie ihnen antworten sollte, aber die Beschreibung, die sie ihr geliefert hatten, machte sie stutzig.

Sollte sie besser Johanna holen und zu Rate ziehen?

»Wartet einen Augenblick, ich werde eine andere Magd herbeirufen. Vielleicht kann sie euch weiterhelfen«, erwiderte sie nun rasch, ging von dem am Küchenfenster angebrachten Laden fort und rief nach Johanna, welche soeben damit beschäftigt war, die große Diele auszufegen.

Arglos kam Johanna herbei. Sie wusste, dass Immeke sich im Rechnen ein wenig schwertat, und in jenen Fällen, in denen Kunden ungewohnte Mengen an Waren kauften, rief die Köchin gerne einmal nach Johannas Hilfe.

»Die da fragen nach dem Fremdling Philipp«, raunte Immeke der Magd zu, als sie gemeinsam zum Fenster zurückgingen. Allein diese Worte ließen Johanna kurz den Atem stocken. Als sie dann aber die beiden Männer erblickte, hätte sie am liebsten sofort Fersengeld gegeben. Doch es war zu spät.

Das Erstaunen war nicht nur auf Johannas Seite. Auch die zwei Fremden starrten die Magd an, als handele es sich bei ihr um ein dreibeiniges Höhlenwesen, das auf Jahrmärkten zur Schau gestellt wurde. Dann jedoch begann einer der beiden, und zwar der mit den langen, zotteligen Haaren, laut zu lachen.

»Was macht denn die Metze vom Eicheck hier?«, fragte er seinen Kumpanen, welcher Johanna hingegen misstrauisch beäugte.

Diese blieb starr stehen, während Immeke mit riesengroßen Augen abwartete, was nun geschah.

»Na, dann haben wir ja ganz zufällig am richtigen Häuschen angeklopft. Du kennst den, den wir suchen, Mädchen.«

Vor Philipp hatte sie sich auf der elenden Burg Eicheck zu verstecken versucht, auch wenn es ihr, wie sie nun wusste, nicht gelungen war. Doch vor diesen beiden Männern, die stets in seiner Begleitung als Gäste bei Ritter Wilhelm erschienen waren, hatte sie sich nicht verborgen, obgleich das besser für sie gewesen wäre. Einer der beiden, der Stämmige, hatte ihr gleich mehrmals beim Misthaufen im Burghof aufgelauert. Und nur mit äußerster Mühe war es ihr gelungen, sich von ihm zu befreien. Der andere hingegen, der Zottelige, war weniger den Weibern als mehr dem Wein zugetan. Er war ihr so manches Mal in den Keller oder besser in das unterirdische Loch gefolgt, aus welchem sie für den Herrn und seine Gäste Nachschub an berauschenden Getränken zu Tage befördern sollte. Seine Hände hatte er von ihr gelassen, aber gesprochen hatte er mit ihr, wenn sie da unten waren. Und darum wunderte es sie nun nicht, dass beide Männer Johanna sogleich erkannt hatten. Es hatte also keinen Sinn, sich zu verstellen und so zu tun, als läge eine Verwechslung vor.

»Wen genau sucht ihr?«, fragte sie nun.

»Den langen Tiroler. Unseren Landsmann und Freund. Er ist einigen Leuten noch eine Kleinigkeit schuldig. Außerdem haben wir da etwas aufgeschnappt, was für ihn von Interesse sein könnte«, antwortete der Zottelige wieder.

Und der Stämmige murmelte nur, den Blick nicht von Johanna lassend: »Fragst du dich nicht, Bruder, warum das Weib ausgerechnet an diesem Ort ist?«

Doch der winkte nur ab.

»Er ist in der Stadt«, stieß Johanna schnell und aufgeregt hervor.

»Ja, das ist er«, mischte sich nun auch Immeke zu Johannas Verwunderung ein. »Er ist ein elender Betrüger und Mörder, es wird Zeit, dass er dingfest gemacht wird. Ich hoffe, ihr seid gekommen, um ihn zu schnappen und für immer mit euch von hier fortzunehmen.«

»Immeke«, zischte Johanna und stieß der Frau mit dem Ellenbogen in die Seite, doch die Köchin hörte nicht.

»Ihr braucht bloß in der Nähe zu bleiben und abzuwarten. Er wird gewiss erscheinen. Denn dieser Unverfrorene erlaubt sich jüngst oft einen unangekündigten Besuch in diesem Haus«, sprudelte es aus der Köchin hervor.

Beide Männer grinsten und nickten zur Verabschiedung. Johanna hingegen war kreidebleich. In ihr kochte es.

»Immeke, was ist in dich gefahren? Du kannst doch den Teufel nicht mit dem Beelzebub austreiben!«, fuhr sie die andere an.

»Warum denn nicht?«, fragte die Köchin nur frivol. »So werden wir ihn gewiss bald los. Er hat nichts Besseres verdient.« Und dann rief sie laut: »Frischer Ingwer, liebe Leute. Kauft frischen Ingwer, er bringt euch gesund über den Winter.«

Tatsächlich, da standen sie in Sichtweite des Hauses, lässig an die Außenwand der Marktkirche gelehnt, und ließen das Haus der Witwe Gänslein nicht mehr aus den Augen.

Johanna konnte es deutlich vom Fenster der guten Frau Mechthild erkennen, welcher sie soeben einen Kräutertee aufgebrüht und in ihre Witwenkammer gebracht hatte.

»Was beunruhigt dich so sehr, Johanna?«, fragte nun die Base Margarethes, von ihren Stickereien aufblickend.

»Nichts weiter, Frau Mechthild. Ich überlege nur, ob wir noch genügend Brot im Hause haben. Vielleicht sollte ich einen Laib besorgen gehen.«

»Ich mag zwar eine zurückgezogene, einsame Witwe sein, aber dumm bin ich deshalb noch lange nicht, Johanna. Was geht hier in diesem Hause vor? Meine Base spricht kein Wort, wenn man sie fragt. Und auch du machst auf mich in den letzten Tagen einen eigentümlichen Eindruck. Trauer ist es nicht, die aus euren Augen spricht, auch wenn ich das zunächst vermutete, nachdem Margarethe in kurzer Zeit zwei schmerzliche Verluste verkraften musste. Vielmehr verspüre ich bei ihr eine fast wahnsinnige Ungeduld, während du auf mich sehr ängstlich wirkst.«

»Es sind lediglich Erinnerungen, gute Frau, schlimme Erinnerungen, an die ich sehr viel denken muss. Aber diese Zeit wird wieder vergehen«, antwortete Johanna. Es war ihr nicht möglich, Mechthild anzulügen.

Diese griff nach Johannas Hand und sagte dann: »Meine liebe Johanna, leben wir nicht alle in der Vergangenheit? Meine Base Grete macht mir das stets zum Vorwurf, aber schlussendlich ist sie es, die ständig von ihrem eigenen Erbe eingeholt wird. Es wäre ratsam, wenn sie sich endlich öffnen und sich helfen lassen würde. Ich fürchte um ihr geistiges Wohlergehen. Sie wähnt sich klüger und erfahrener, als sie ist.«

Johanna nickte. Sie war soeben im Begriff, den Mund zu öffnen und zu reden, als sie es sich dennoch anders überlegte. Nein, die Drohungen dieses Mannes waren durchaus ernst zu nehmen. Er spaßte nicht, wenn er sagte, dass sie jeden in Gefahr brachte, mit dem sie ihr Wissen über ihn teilte. Es reichte, dass sie mit Immeke gesprochen hatte, welche noch vor wenigen Momenten sehr unvorsichtig mit diesem Geheimnis umgesprungen war. Nein, besser war es, die Sache allein in die Hand zu nehmen. Auch wenn es sicherlich das Beste für sie war, wenn diese beiden Spitzbuben sich Philipp griffen und damit das Problem aus der Welt schafften, so behagte ihr dieser Schachzug dennoch ganz und gar nicht. Sie konnte sich nicht dagegen erwehren, aber plötzlich verspürte sie den Drang, ihn warnen zu müssen.

»Wenn Ihr mich entschuldigt«, murmelte sie nun leise an Mechthild gewandt. »Ich werde doch noch einen frischen Laib Brot kaufen gehen. Das alte ist schon zu hart geworden.«

»Bringst du mir dann auch von den süßen, gefüllten Krapfen, Johanna? Aber sage es bitte nicht Margarethe. Auch sie muss nicht all meine kleinen Geheimnisse kennen.«

»Natürlich«, sagte Johanna lächelnd und verließ dann eilig die Stube.

Sie wählte den Weg über den Hinterhof, um nicht von den beiden Männern gesehen zu werden, welche vor dem Haus auf den Besuch Philipps bei der Gewürzhändlerin Gänslein warteten. Auf Umwegen gelangte sie in die miefigen Gassen der Fischpforte. Wieder einmal zog es sie zum Heim von Justus Carnifex, und sie war noch nicht ganz dort angekommen, als sie seinen Bruder erblickte, wie er soeben einem verendeten Gaul das Fell abzog.

Er hingegen hatte sie noch nicht wahrgenommen. Und sie war sich auch noch nicht sicher, ob es besser wäre, einfach kehrtzumachen und wieder zu verschwinden. Aber trotz dieser Gedanken schlich sie sich langsam immer näher. Das Pferd stank fürchterlich, es war ein Klepper von der bereits zu Lebzeiten bemitleidenswerten Sorte, mager und ausgemergelt. Der Tod war für dieses abgearbeitete Tier gewiss eine Erlösung gewesen. Und jetzt wurde seine verwesende Hülle weiterverwertet – restlos.

Johannas Herz schlug bis zum Hals, als sie da hinter dem Mann stand und ihn beobachtete, wie er mit seinen muskulösen, trotz der Winterzeit nackten Armen das Stück Aas zerlegte. Sein Nacken war so breit wie der eines Stieres, sein Kopf war kahlrasiert und teilweise von einem roten Schorf bedeckt, an dem er sich mit seinen schmutzigen Fingern immer wieder kratzte. Er schnaubte wie ein Jagdhund, und sicherlich troff ihm auch Speichel aus dem Mund, doch das konnte sie zum Glück von ihrer Warte aus nicht sehen.

»Hmmmmh«, räusperte sie sich nun.

Sofort hielt er in seiner Arbeit inne, drehte sich um und begann breit zu grinsen, als er die junge Frau erblickte. Anders als bei seinem Bruder waren seine Zähne braun und faulig. Johanna ekelte sich.

»Was willst du, Weib?«, fragte er, noch immer das vom Leichensaft triefende Messer in der riesigen Pranke.

»Ich suche einen Mann namens Philipp. Man sagte mir, Ihr seid mit ihm bekannt.« Johanna staunte selbst über ihre Courage.

»So, sagte man das? Wer sagte das? Mein dummer Bruder vielleicht?« Er schien überrascht und aggressiv zugleich, ganz wie ein bissiger Wachhund, den man aus dem Schlaf gerissen hatte.

»Wisst Ihr, wo er sich aufhält?«

»Das geht dich gar nichts an, du dumme Gans.«

»Ich will ihn auch gar nicht sehen. Aber vielleicht könnt Ihr ihm etwas von mir ausrichten.«

Jetzt erhob sich Till Carnifex und ging auf Johanna zu. Er roch nach altem Schweiß und Fäulnis. Unwillkürlich machte sie einen Schritt zurück. Ihr Mut schien sie wieder zu verlassen.

»Was?«

»Die beiden Männer von der Burg Eicheck warten vor dem Hause der Margarethe Gänslein auf ihn. Das ist alles, was er wissen muss.«

»Ach. Und wer schickt dich, Mädchen? Die Witwe selbst?«

Johanna zögerte.

»Das ist alles, was er wissen muss«, wiederholte sie nur. »Ihr solltet Euch beeilen, es ihm zu sagen«, fügte sie noch an und lief dann fort, in der Hoffnung, das Richtige getan zu haben.

Till Carnifex ließ das verendete Pferd liegen, wo es war. Er wusste, dass niemand von den verwahrlosten Gestalten, die in dieser Gasse hausten, es wagen würde, sein Hab und Gut anzutasten. Er war darauf angewiesen, sich als Knecht seines Bruders zu verdingen, und dazu zählte, neben dem Beseitigen der Müllberge hinter der Marktkirche, auch die leidliche Arbeit als Schinder und Abdecker. Mit dem Fett, der Haut und dem Fell der verreckten Viecher konnte man durchaus Geschäfte machen, indem man Seifensieder, Gerber, Schuster und auch Schneider belieferte.

Ja, Till Carnifex war auf diese Drecksarbeit angewiesen, weil sein feiner Herr und Meister zu geizig war, um ihm, dem treuen Diener, einen angemessenen Lohn für all seine Mühen zu zahlen. Philipp hatte Till ganze zwei Dukaten für dessen bisherige Handlangerdienste gegeben. Das klang nach viel, nach unglaublich viel sogar. Wenn man jedoch bedachte, dass der feine Herr über eine ganze Kiste mit Gold und Silberlingen verfügte, war es fast lachhaft. Zumal Till diesen Lohn schon gleich in der ersten Nacht verhurt, versoffen und verspielt hatte. Jetzt war er blank und bettelarm, und Philipp zeigte nicht die Spur von Mitleid. Im Gegenteil, er hatte sogar die im Hause von Tills Bruder versteckte Truhe geborgen und an einen heimlichen Ort fortgeschafft, weil er seinem Diener nicht mehr traute.

Doch Till ahnte, nein, er wusste, wo genau dieser heimliche Ort war. Es war ein Platz, an den es diesen eigentümlichen Mann ab und an zog und wohin Till ihm schon zwei Mal heimlich nachgeschlichen war. Ein Ort, den selbst Carnifex, obgleich er in Hameln aufgewachsen war, zuvor nicht gekannt hatte. Doch bislang wagte er es nicht, allein dorthin zu gehen und sich zu nehmen, was ihm zustand. Er wagte es nicht, weil er sich vor Philipp fürchtete. Er traute diesem Menschen alles zu, alles.

Aber vielleicht war der feine Herr doch nicht so unverwundbar, wie er gedacht hatte. Vielleicht gab es doch noch eine Möglichkeit, sich von ihm frei zu machen und sich zusätzlich an ihm zu bedienen.

Dieses dürre Weib, die Magd der Gänslein, hatte ihn auf eine Idee gebracht.

Es war immer der gleiche Traum gewesen, und er war nun die fünfte Nacht in Folge zurückgekehrt. Seit zwanzig Jahren hatte Peter Hasenstock nicht mehr an dieses Loch gedacht, diesen schmutzigen, verborgenen Verschlag in der Stadtmauer, welchen er früher zusammen mit längst verstorbenen Freunden als heimlichen Spielplatz genutzt hatte. Ja, es war wahrlich ein Spielplatz gewesen und geblieben, selbst noch für den erwachsenen Peter Hasenstock, denn an diesem Ort hatte er stets Maria auf sich warten lassen. Die dreckige Bruchsteinhöhle mit ihren Ratten, Fledermäusen und Spinnen hatte die passende Stimmung für ein Stelldichein mit dieser Wilden geboten, eine Stimmung des Düsteren, des Schmutzigen, des Verbotenen, ganz nach Peter Hasenstocks Geschmack. Nie wieder hatte er mit einer Frau solch unvergessliche Erlebnisse gehabt. Ja, in der Hinsicht war Maria einzigartig gewesen, aber dennoch war sie ihm irgendwann langweilig geworden.

Doch nun war die Erinnerung an sie zurückgekehrt, an Maria und diesen schmutzigen Ort. Und darum war Peter Hasenstock jetzt hier.

Nun saß er schon seit zwei Stunden in dem düsteren Loch. Es war kalt, es roch nach Kot und feuchtem Schmutz, aber dennoch war es für den Apotheker ein solch sinnlicher und aufregender Moment, dass er das Nahen von Eindringlingen in sein heimliches Versteck erst bemerkte, als die drei Männer bereits im Begriff waren, durch die schmale Spalte in der Mauer zu schlüpfen.

Hasenstock war erbost. Also hatte schlussendlich doch Bettelvolk diesen Mauerspalt als Unterschlupf für sich entdeckt. Wie hatte er auch annehmen können, dass der Raum immer geheim bleiben würde? Ja, ganz nach Bettelvolk sahen diese drei Kerle aus, denen Hasenstock seine Kerze unverzüglich in die Gesichter hielt, um ihnen lediglich ein kühles »Verschwindet umgehend!« entgegenzubringen.

Doch die drei Männer verschwanden nicht.

Im Gegenteil, sie blieben sogar lange. Sehr lange. Und zwischen ihnen und dem zu Anfang überraschten, aber dann umso glücklicheren Peter Hasenstock entwickelte sich ein interessantes Gespräch. Ja, es wurde gar ein Pakt geschlossen.

Und das – darüber hatte der Apotheker eine feste Meinung – war stets eine gute Sache.

Philipp liebte Kirchen. Es war weniger ihre Heiligkeit oder ihre beeindruckende Schönheit und Größe, die ihn in Gotteshäuser zogen, sondern vielmehr der Geruch. Besonders leere Kirchen, in denen der stinkende gottesfürchtige Pöbel fehlte, zogen ihn magisch an. Sie waren ein Ort der Stille, in der er den Weihrauch atmen und in Gedanken versinken konnte. Gedanken, welche in den wenigsten Fällen mit Gebet und religiöser Andacht zu tun hatten.

So stand er nun, an eine Säule im Innern der großen Stiftskirche gelehnt, hatte die Augen geschlossen und grübelte darüber nach, wie nun weiter zu verfahren sei.

Johanna hatte über ihn gesprochen, sie hatte der Köchin von ihm erzählt. Es war also nur noch eine Frage der Zeit, bis auch Margarethe Gänslein alles erfuhr. Till Carnifex war bereits damit beauftragt, die Köchin auszukundschaften, doch Philipp wusste, dass das sinnlos war. Sie würde gewiss plaudern. Andererseits: Was konnten zwei einfache Gesindekräfte schon gegen ihn ausrichten, zumal Johanna nur einen Teil der Wahrheit kannte? Selbst wenn sie ihrer Herrin von ihm als Mörder dreier Burschen und eines Burgherrn berichtete, so wäre dies nur wenig verheerend und mit ein wenig Geschicklichkeit zu entkräften. Wichtig war nur, dass Margarethe nichts über den Zusammenhang von Philipps Leben mit dem Leben ihres verstorbenen Gatten erfuhr. Allein das würde alles verderben. Aber in dieser Hinsicht konnte Johanna ihm nicht gefährlich werden, denn davon hatte sie nicht die geringste Ahnung. Dennoch wäre es ihm mehr als lieb, wenn sie verschwand, bevor die Geschichte ungemütlich wurde.

»Verzeiht, mein Herr, ich störe Euch nur ungern in Eurer stillen Gottergebenheit, aber ich würde gern die Gunst der Stunde nutzen, um mich Euch vorzustellen.«

Philipp öffnete ein Auge, um zu sehen, wer der Mann war, der ihn soeben mit einer angenehmen, jedoch etwas hellen Stimme angesprochen hatte.

Dieser?

Philipp erinnerte sich sogleich.

Was wollte ausgerechnet er von ihm?

»Mein Name ist Hubertus Vestiarius, Kanoniker und Stiftsherr zu Hameln. Wir sind uns kurz im Hause der verehrten Margarethe Gänslein begegnet, falls Ihr Euch entsinnen könnt.«

»Oh ja. Mein Name ist Philipp Stadler. Jurist und Durchreisender.«

Vestiarius hob bei diesen Worten ungläubig eine Augenbraue, der Rest seines perfekt rasierten Gesichtes verriet jedoch ausgesprochene Höflichkeit. Philipp spürte, dass man diesem Mann nichts vormachen konnte, dennoch lächelte er ihn vergnügt an.

»Nun, Frau Margarethe ist eine sehr interessierte, weltoffene und äußerst kluge Dame. Und dennoch hochanständig. Ich kann mir vorstellen, dass sie einen guten Eindruck auf Euch gemacht hat.«

»So ist es«, erwiderte Philipp freundlich. Was wollte dieser Kerl von ihm?

»Ihr seid auf der Durchreise, sagtet Ihr? Wie lange werdet Ihr noch in Hameln verbleiben?«

»Das kann ich nicht genau sagen. Ich warte auf die Ankunft eines Freundes aus dem Norden, mit dem ich dann weiter nach Magdeburg reisen will. Doch leider habe ich noch kein Lebenszeichen von ihm erhalten. Ich fürchte langsam, dass er nicht mehr hier eintreffen wird.«

»Wie ärgerlich. Das heißt, Ihr werdet Euch also in Kürze allein auf den Weg nach Magdeburg machen. Werdet Ihr dort bleiben? Es ist eine ausgesprochen schöne Stadt. Ich kenne sie gut.«

Philipp war vergnügt. Das war es also, worauf dieser geistliche Schwerenöter hinauswollte. Es galt sicherzustellen, dass er, Philipp, möglichst bald das Weite suchte und nicht mehr im Hause der reichen Witwe ein und aus ging, um letztendlich diesem herausgeputzten Gottesmann den Rang streitig zu machen.

»Ja, es kann gut sein, dass ich bald abreise. Vorher gilt es allerdings noch einiges zu erledigen. Eine schöne Kirche ist das«, wechselte er nun das Thema. »Sie gefällt mir besser als die andere am Pferdemarkt.«

»Durchaus. Ein Vergleich zwischen diesen beiden Gotteshäusern verbietet sich fast von selbst. Darf ich Euch herumführen? Es ist für Gäste immer ein besonders interessantes Erlebnis, über das Kuppeldach zu gehen und die wunderbare Baukunst unserer Handwerker zu bestaunen. Im Übrigen bietet sich von oben ein hervorragender Blick über die gesamte Stadt und ihre Umgebung.«

Der eifersüchtige Pfaffe will mich gewiss vom Kirchturm stoßen, dachte Philipp bei sich, nachdem er beobachtet hatte, wie Vestiarius einen Schlüssel hinter einer Marienstatue hervorzog, damit eine Türe aufschloss und den jungen Mann bat, ihm auf den Turm zu folgen. Philipp war neugierig, und zudem war er sicher, dem feisten, ungelenken Mann im Fall der Fälle mit Leichtigkeit zuvorkommen zu können.

Vestiarius keuchte wie ein altes Weib und musste sich eine Weile mit den Händen auf den Knien abstützen, nachdem sie die letzte Stufe der stets im Kreise hinaufführenden Stiege erklommen hatten. Philipp sah sich derweil ein wenig um und fand sich schon bald oberhalb der Decke des imposanten Gewölbes der Hallenkirche wieder.

Von dieser Warte aus betrachtet, hatte die Gewölbedecke einen ganz anderen, durchaus interessanten Reiz. Wie riesige, mehlige Teigberge ragten die einzelnen Kuppeln nach oben, und selbst Philipp hatte einen Moment darüber nachdenken müssen, worum es sich bei diesen eigentümlichen Gebilden handelte, deren Form und Anmutung unter dem herkömmlichen Giebeldach der Basilika keinerlei vernünftigen Sinn ergaben. Hätte man die Decke der sich unter ihm befindlichen Kirche eben gestaltet, so hätte man den enormen Raum unter dem Dach wenigstens als Speicher nutzen können, aber so türmten sich hier diese weißen Klumpen und erlaubten, dass man sich lediglich auf schmalen Brettern zwischen ihnen hindurchbewegen konnte.

Verwundert schüttelte Philipp den Kopf.

Von hier aus betrachtet, war nichts mehr übrig von der imposanten Gewölbehalle mit ihren riesigen gotischen Fenstern, die ihn zuvor noch in ihren Bann gezogen hatte. Vielmehr glaubte er, sich hier oben in einer absurden Welt wiederzufinden, einer Kulisse, die ihn an ein Gemälde des Meisters Hieronymus Bosch erinnerte, das er vor einigen Jahren in Spanien gesehen hatte. Es würde ihn nicht wundern, wenn gleich seltsame Schnabelwesen oder grotesk verformte Gnome hinter diesen überdimensional großen Teigklumpen zum Vorschein kämen und kleine rote Teufelchen sich daran machten, böse, nackte Sünder mit ihren Forken zu pieksen.

Er musste laut lachen.

Alles war eine Frage der Sichtweise. Jede prächtige Fassade hatte ihre dunkle, verborgene Seite. Und wenn Philipp darüber nachdachte, so musste er zugeben, dass ihm diese Seite sogar ein wenig besser gefiel.

»Jugend ist durchaus von Vorteil«, vernahm er nun die japsende Stimme des Stiftsherrn hinter sich.

»Nun, als jung würde ich mich nicht mehr bezeichnen. Aber vielleicht seid Ihr nur ein wenig aus der Übung, hochwürdiger Herr«, antwortete Philipp und nahm den Arm des anderen, damit dieser, noch immer vor Anstrengung schwankend, nicht von dem schmalen Brett auf einen der kalkigen Hügel stürzte.

»Es sind nun mehr als dreihundert Jahre vergangen, dass man das Münster mit diesem Gewölbe versehen hat. Zuvor war es flach gedeckt, nach einem Feuer jedoch hat man sich für diese prächtigere Form des Wiederaufbaus entschieden. Die Wirkung auf die Gläubigen ist eine unvergleichbar größere. Unter einem Gewölbe stehend, fühlt man sich dem Himmel gleich näher«, begann der Stiftsherr nun zu erklären.

»Und über einem Gewölbe stehend, glaubt man sich in einem eigentümlichen Fiebertraum oder gar zum Tag des Jüngsten Gerichts versetzt«, antwortete Philipp kühl.

»Ich verstehe, was Ihr meint«, schmunzelte Vestiarius nun. »Beides hat seinen Einfluss auf unseren Geist. Beide Seiten wirken anregend. Anders, als es einfache, flache Holzdielen vermögen. Darum komme ich so gern hierher. Auch Frau Margarethe liebt diesen Ort.«

»Ihr scheint ihr recht nahezustehen.«

»Nun, mir ist sehr an ihrem Wohl gelegen. Und darum ist es mir auch wichtig zu wissen, mit wem sie sich umgibt. Der Leumund einer Witwe, die derartig in der Öffentlichkeit steht wie Margarethe Gänslein, nimmt sehr schnell und oft auch ungerechtfertigterweise Schaden. Das gilt es als guter Freund zu verhindern.«

»Ich verstehe«, sagte Philipp nur knapp.

»Verzeiht mir meine Offenheit, aber darf ich fragen, was Eure Absichten gegenüber der Kauffrau Gänslein sind?«

»Meine Absichten?« Philipp stutzte ein wenig. »Wie kommt Ihr darauf, dass ich irgendwelche Absichten verfolge?«

Vestiarius wies Philipp mit einer Geste den Weg über die Holzbretter hin zu dem zweiten, jüngeren, größeren Turm der Basilika und sagte, während sie über die schmalen Pfade balancierten:

»Nun, zwar bin ich Angehöriger des geistlichen Standes, aber dennoch ist mir das Weltliche nicht fremd. Insbesondere kann ich in Gesichtern und in Gesten einiges lesen.«

»Ach, und was lest Ihr dann in meinem Gesicht?«

»Nichts. Und das beunruhigt mich.«

Philipp lachte wieder, doch nun klang sein Lachen ein wenig verunsichert. Was wusste dieser Mann über ihn?

»Im Gesicht der verehrten Witwe Gänslein jedoch vermag ich ein wenig mehr zu sehen«, fuhr Vestiarius fort.

»Und was, wenn ich fragen darf?«

»Das werde ich Euch nicht sagen. Nur so viel: Auch das beunruhigt mich.«

»Und Ihr glaubt, ihr Betragen habe mit den Absichten zu tun, die ich ihr gegenüber Eurer Meinung nach hege.«

»So ist es. Und mit diesen Absichten, junger Mann, begebt Ihr Euch auf aussichtslose Pfade. Ganz gleich, was genau Ihr im

Schilde führt und wie immer Ihr es zu erreichen versucht – es wird böse enden.«

Sie hatten nun den Turm erreicht und stiegen erneut eine schmale Treppe nach oben. Vestiarius musste in seinem Reden innehalten, zu anstrengend war für ihn jede außerordentliche körperliche Betätigung. Philipp hatte also genügend Zeit, um darüber nachzudenken, inwieweit ihm dieser Stiftsherr tatsächlich gefährlich werden könnte.

»Glaubt Ihr, ich beabsichtige, der Witwe den Hof zu machen, sie zu ehelichen und mich dann an ihrem Reichtum gütlich zu tun?«, fragte er schließlich, als sie die oberste Ebene des Glockenturms erreicht hatten.

»So ist es«, keuchte Vestiarius erneut.

»Gesetzt den Fall, es wäre so: Warum sollte das böse enden?«

»Lasst Euch gesagt sein, junger Mann: Mitunter werde ich auch als Beichtvater konsultiert. Zwar unterliege ich in dieser Hinsicht dem Gebot der Verschwiegenheit, aber dennoch ist es mir erlaubt, Gefahren, die mir durch die Beichte zu Ohren gekommen sind, auf Umwegen abzuwenden. Müsste der weltliche Arm in dieser Sache entscheiden, so würde wohl am Ende der Richtblock stehen. Ich hoffe, Ihr versteht, was ich meine.«

Vestiarius plagten keinerlei Gewissensbisse, als er seinem Gegenüber diese Lüge erzählte. Im Grunde war es nicht mehr als eine kleine Flunkerei, die notwendig war, um ein Übel abzuwenden. Ein Übel, welches darin bestehen würde, dass die verehrte Witwe Gänslein mit diesem verschlagenen Milchgesicht einen unverzeihlichen und fatalen Fehler beging. Niemand hatte Vestiarius gebeichtet, noch nie in seinem geistlichen Leben hatte er jemals die Beichte abgenommen, doch das brauchte dieser Mensch, den er für einen Betrüger hielt, ja nicht zu wissen. Und weil er ihn für einen Betrüger hielt, ging Vestiarius fest davon aus, dass der vermeintliche Jurist und Durchreisende ordentlich etwas auf dem Kerbholz hatte. Also wäre gewiss eine jede, selbst leere Drohung durchaus geeignet, ihn zu verunsichern.

Und so schien es auch zu sein, denn der bis dato so hochmütige Mensch war offensichtlich sehr verwirrt. Und das gefiel Vestiarius. Am liebsten hätte er sich die Hände gerieben, aber diese Geste des Triumphes unterließ er besser. Stattdessen beobachtete er seinen Rivalen, der langsam auf eines der großen gotischen Turmfenster zuging.

Johanna, dachte Philipp. Immer wieder Johanna. Sie war es gewiss gewesen, die diesem geistlichen Gockel gebeichtet hatte.

Nachdenklich starrte er hinunter vom Turm, hinab auf die Straßen der Stadt. Und mit einem Male vergaß er den hinter ihm stehenden Stiftsherrn und die Verräterin Johanna, denn er erblickte etwas ganz anderes.

Was in Herrgottsnamen war das?

Auch wenn der Turm hoch und die Menschen unten klein wie Ameisen waren, so erkannte Philipp die beiden Gestalten, welche da durch eine der breiten Gassen der Stadt schritten, sofort. Sie suchten ihn, das wusste er. Aber er hätte nicht gedacht, dass sie ihn so rasch finden würden.

Die Sache entglitt ihm nun völlig.

XXVI

Es behagte Immeke ganz und gar nicht, sich des Nachts aus dem Hause zu schleichen, und es behagte ihr noch viel weniger, ihre Herrin zu bestehlen. Sicherlich hätte die Witwe Gänslein auch freiwillig gegeben, wenn Immeke sie darum gebeten hätte. Aber wie sollte sie der Herrin weismachen, dass es ihr ein Anliegen war, ausgerechnet die Kinder des Laufburschen Viktor Rossbein mit Brot, Kohlköpfen, Eiern und Wurst zu versorgen? Seine Frau war im letzten Winter gestorben, und seither kümmerte sich Immeke nicht nur um das Wohl der armen Waisen, sondern auch um das Wohl des Vaters. Und genau das hätte sich Margarethe gewiss denken können, wenn Immeke ihr von dem Hungerleiden der Familie Rossbein berichtet hätte. Denn Hungerleider gab es außer diesen in der Stadt noch genügend andere, aber einen solch netten Mann wie Viktor gab es für Immeke nur einmal. Und eben das brauchte Margarethe Gänslein nicht zu wissen. Niemand sollte es wissen.

So klopfte ihr Herz in freudiger Erwartung, als die Köchin sich in der Dunkelheit durch die Fischpforte in Richtung Weser schlich, wo der arme Viktor mit seinen sechs Kindern in einer erbärmlichen Hütte lebte.

Als wäre das schlechte Gewissen nicht schon Unbehagen genug, kam auf Immekes nächtlichen Gang plötzlich ein weiteres mulmiges Gefühl hinzu. Zunächst dachte sie, der Nachtwächter sei ihr auf den Fersen, als sie Schritte hinter sich vernahm. Und allein das wäre unangenehm genug. Er würde sie gewiss rügen, denn zu dieser Stunde hatten sämtliche anständigen Bürger in ihren Betten zu liegen. Alles Herumtreiben war verboten, und wurde man beim nächtlichen Ausgang erwischt, musste man schon einen guten Grund vorbringen, um nicht am Ende einen Tag am Pranger zu stehen oder gar eine ganze Woche mit einer eisernen Schandmaske auf dem Kopf herumlaufen zu müssen. Darum drehte sich Immeke schuldbewusst um, während sie sich im Kopf bereits eine Ausrede zurechtlegte.

Doch zu ihrer Verwunderung war der Nachtwächter nirgendwo zu sehen. Der Mond warf sein gespenstisches Licht durch die schmale Gasse, wo in dem verschmutzten Schnee deutlich Spuren zu erkennen waren. Spuren, die nur wenige Schritte hinter Immeke endeten und nach rechts in den stockfinsteren Zwischenraum zweier Häuser verschwanden.

Jemand verfolgte sie.

»Wer da?«, fragte Immeke mit schwacher Stimme. Sie wusste selbst nicht, was sie tat und warum sie es tat. Besser wäre es sicherlich gewesen, den schweren Korb fallen zu lassen und so schnell wie möglich davonzulaufen. Doch das tat sie nicht. Wie angewurzelt stand sie da und wiederholte ihre Frage: »Wer da?«

Eine Antwort erhielt sie nicht. Stattdessen legte sich plötzlich von hinten eine Hand auf ihren Mund, ihr Kopf wurde brutal herumgerissen, durch Hals und Nacken fuhr ein schrecklicher Schmerz. Und dann verlor Immeke die Besinnung.

Sie erwachte erst, als sie eine schockierende Kälte in ihrem Gesicht verspürte. Jemand drückte ihren Kopf mit Gewalt unter Wasser. Sie lag irgendwo im Uferschlamm der Weser, so viel nahm sie wahr. Sie versuchte, sich zu wehren, zwei- oder dreimal. Doch sie war nicht stark genug, kam nicht gegen den Gewalttäter an.

Wieder wurde ihr schwarz vor Augen.

»Immeke?«

Der Ofen war kalt, der Kessel leer, und in der Küche huschten einige Mäuse umher, doch von der Köchin fehlte jede Spur. Dabei war es doch stets Immeke, die noch vor dem ersten Hahnenschrei ihr Bett verließ, um die Vorbereitungen für den Tag im Haushalt der Gewürzhändlerin Gänslein zu treffen.

Johanna schaute vor die Türe und ging danach in den Hinterhof hinaus. Nichts. Immeke war offenbar noch nicht aufgestanden.

Lag sie etwa krank im Bett?

Möglichst leise, um die schlafende Herrin und deren Base nicht zu wecken, ging Johanna hinauf in das oberste Stockwerk des Hauses, dorthin, wo die Köchin ihr Kämmerlein hatte. Sie klopfte und wartete. Stille, absolute Stille. Nicht einmal Immekes Schnarchen war zu hören, das üblicherweise des Nachts durch sämtliche Fugen und Ritzen des Gebäudes drang. Johanna klopfte erneut und lauschte dann an der dünnen Türe. Wieder keine Antwort.

Jetzt erst fiel ihr auf, dass die Kammer von außen verriegelt war.

»Dann ist sie also doch schon aufgestanden«, murmelte sie leise. Dennoch schob sie den Riegel zur Seite und schaute in das Zimmerchen hinein. Es war noch dunkel und kaum etwas auszumachen. Johanna hielt die kleine Laterne, die sie bei sich trug, in den Raum.

Da war nichts. Gar nichts.

Nicht nur keine Immeke, sondern auch sonst war die Kammer vollkommen leer. Zwar besaß die Köchin nicht viele eigene Dinge, aber immerhin hatte sie ein schönes Sonntagsgewand, in welches sie seit Jahren nicht mehr hineinpasste, das sie aber dennoch stets sorgfältig ausbürstete und sorgsam gefaltet auf einer kleinen Truhe platzierte. Es war fort. Ebenso die kleinen Wachsamulette, die Bernsteinkette und die bronzene Marienstatue, welche auf dem Nachttischchen gelegen hatten. Auch die Holzschuhe fehlten.

Im Grunde fehlte – außer dem Kissen und der Decke, die offenbar in dieser Nacht unbenutzt geblieben waren – alles im Kämmerlein der Köchin.

Johanna schüttelte ungläubig den Kopf.

Das war ganz und gar nicht Immekes Art. Irgendetwas stimmte hier nicht.

Im selben Moment vernahm sie die aufgebrachte Stimme der Witwe Mechthild, deren Kemenate unmittelbar unter den Schlafräumen des Gesindes lag.

»Räuber!«, rief die Frau. »Es waren Räuber in meinem Zimmer!«

Johanna beeilte sich, der erschrockenen Base ihrer Herrin zur Hilfe zu eilen. Und tatsächlich: Als sie unangekündigt in das Schlafgemach der frommen Mechthild stürzte, stand diese mit zerzaustem Haar und lediglich in Unterröcken vor einer großen, bunten Schatulle und starrte ins Leere.

»Mein Schmuck, Johanna! Mein Schmuck ist fort!«

Am Nachmittag hatte man noch immer kein Lebenszeichen von der guten Immeke erhalten. Margarethe Gänslein war darüber schlechter Laune, ja sie war sehr schlechter Laune. Und zwar deshalb, weil sie zu wissen glaubte, was in der letzten Nacht geschehen war. Dennoch sprach sie ihre Vermutung nicht aus, und sie hütete sich auch, den Büttel zu rufen, um die Flucht und den Diebstahl in ihrem Hause zu melden. Enttäuscht war sie, so enttäuscht, dass sie bislang zu niemandem außer dem alten Bennheim ein Sterbenswörtchen gesprochen hatte. Und auch mit diesem wechselte sie lediglich geschäftliche Worte, während sie mit ihm hinter der verschlossenen Türe der Schreibstube arbeitete.

»Sie weiß es so gut wie ich«, sagte die Begine Regine, als sie am selben Tage die bestohlene Mechthild besuchen ging.

»Was weiß sie?«, fragte diese, heute ganz ohne den zwar nicht sonderlich wertvollen, aber dafür reichlichen und auffälligen Schmuckbehang.

»Margarethe weiß, dass Immeke wegen eines Mannes davongelaufen ist. Und du, meine Liebe, müsstest wissen, dass man wertvolle Dinge nicht einfach so herumliegen lässt. Jeder hätte sich an deinem Geschmeide bedienen können. Wie ein Almosenkasten stand sie da, die Schatulle, und rief regelrecht: Erleichtert mich, erleichtert mich, meine Last ist so schwer!«

»Niemand hat Zutritt zu meinem privaten Gemach«, entgegnete Mechthild, die noch immer bedrückt und traurig war.

»Niemand, außer solchen, die sich Zutritt verschaffen. Zürne der armen Immeke nicht. Sie wurde nun einmal vom giftigen Pfeil der Liebe getroffen, da sollen selbst die treuesten und anständigsten Seelen zu wahren Irrtätern werden. Glücklicherweise ist mir ein derartiges Schrecknis noch nie im Leben widerfahren. Betrachte den Verlust deines Schmucks als edle Spende an eine treue Dienerin, die leider ohne Ankündigung nach vielen Jahren ihren Dienst quittiert hat. Ich möchte nur zu gern wissen, ob es tatsächlich der Laufbursche Rossbein ist, dem sie ihr Herz geschenkt hat. So zumindest habe ich es munkeln hören.«

»Margarethe soll entscheiden, wie wir mit dem Verschwinden Immekes verfahren. Ich fühle mich nicht imstande, sie des Raubes zu bezichtigen.«

»Hüllt den Mantel des Schweigens und des Abwartens darüber, Mechthild. Margarethe plagen genügend andere Sorgen, da werdet Ihr den Raub deines Geschmeides verkraften können. Es war doch nicht von großem Wert, oder?«

Mechthild zuckte nur müde mit den Schultern.

»Nichts im Vergleich zu den Kostbarkeiten, die Margarethe wohlverschlossen in ihrer Kammer hütet und niemals, nicht einmal zu Festtagen, anlegt. Aber dennoch hat mir mein Schmuck gefallen und mir sehr viel Freude bereitet.«

»Ich kauf dir neuen«, vernahmen sie nun die Stimme Margarethes, welche, wie so oft, unerwartet in der Türe erschienen war. Sie wirkte müde, aber dennoch seltsam erregt. »Auch ich bin enttäuscht von meiner treuen Köchin. Man blickt nun einmal nicht in die Köpfe der Menschen hinein, und selbst die schlichte Immeke scheint für uns überraschenderweise ein Buch mit sieben Siegeln gewesen zu sein. Geben wir ihr ein paar Tage Zeit, vielleicht kommt sie ja wieder zur Vernunft und kehrt reumütig zurück.« Dann fuhr sie, ein wenig leiser, ja sogar etwas verlegen sprechend, fort: »Ich bin gekommen, Mechthild, um mich für eine Stunde zu verabschieden. Soeben habe ich Nachricht erhalten, dass ich mich unverzüglich in der Stiftskirche einfinden soll. Johanna wird mich nicht begleiten, wir benötigen ihre Arbeit im Hause nun dringlicher als zuvor.«

»In die Stiftskirche?«, fragte Regine. »Ich kann mit Euch gehen, Margarethe. Mein Rückweg führt ohnehin dort vorbei.«

»Habt Dank, Schwester Regine, aber ich werde mich wohl kaum verlaufen.«

»Warum ruft Vestiarius dich schon wieder ins Münster? Er war doch am gestrigen Tage erst hier?«, wollte nun Mechthild wissen.

Margarethe zuckte nur leicht mit den Schultern und wich dem bohrenden Blick ihrer Base mit einem mädchenhaften Lächeln aus.

»Eine Stunde«, sagte sie dann und strich ihrer Base zum Abschied über die gepuderte Wange.

»Mir schwant Böses«, meinte Regine nur kopfschüttelnd, als Margarethe den Raum verlassen hatte.

»Vestiarius ist es gewiss nicht, zu dem es sie zieht«, bestätigte auch Mechthild die Vorahnung ihrer Freundin.

Derweil stürzte Johanna sich in ihr Tagwerk, als sollte es kein Morgen für sie geben. Sie schuftete schon seit Stunden ununterbrochen, knetete Teig und zerlegte ein Huhn für die frischen Pasteten, die heute von Immeke hätten zubereitet werden sollen, sie wusch Laken und Tücher, schrubbte und polierte die Dielen der Stube, entstaubte Schränke und Truhen, fegte den Keller aus und versprengte Wasser mit Koriander auf allen Betten, um die Flöhe zu vertreiben.

Ja, sie verbot sich regelrecht, an etwas anderes zu denken als an ihre Pflichten. Und ihre Pflichten als Magd waren es nun einmal, fleißig zu arbeiten, nichts zu sehen, nichts zu hören und vor allem nichts zu sagen.

Alles sah danach aus, als dass Immeke aus freien Stücken gegangen war. Nichts deutete auf ein Unglück oder gar einen Mord hin.

Aber dennoch konnte und wollte Johanna es nicht glauben.

Immeke hätte niemals gestohlen, und erst recht nicht den Schmuck der gutmütigen Witwe Mechthild. Niemals.

Allerdings war die Köchin zwar stets eine gute Zuhörerin gewesen, hatte aber über sich selbst nie sehr viel gesprochen. Johanna hatte längst geahnt, dass es im Leben Immekes einen heimlichen Liebsten gab. Doch dies hatte sie bloß an kleinen Versprechern und den dann rot werdenden Wangen der Köchin ausmachen können. Ja, vielleicht hatte sie tatsächlich ein Geheimnis, die liebe Immeke. Vielleicht hatte sie tatsächlich einfach Reißaus genommen und den Schmuck der armen Frau Mechthild als eine Art Saatgut für ihr neues Leben mitgenommen. Hoffentlich.

»Nicht nachdenken«, verbot sich Johanna nun wieder, während sie den Besen in die Hand nahm, um nun auch den großen Lagerraum auszufegen. Beinahe hätte sie in ihrer Rage der Herrin den Besenstiel ins Gesicht gestoßen, denn diese war mit einem Male hinter der Magd aufgetaucht. Schön hatte sie sich gemacht, sie schien sogar ein wenig geschminkt zu sein. Das Haar trug Margarethe nur leicht frisiert, mehrere dicke Strähnen fielen ihr sanft auf die Schultern, sie war in ein neues, goldbraunes Kleid geschlüpft, welches äußerst eng anlag und die ungeahnt üppigen Rundungen der Witwe betonte.

Sie sah aus wie eine Königin.

Von Johannas staunendem Blick irritiert, warf Margarethe sich rasch einen schlichten Mantel über und bedeckte ihr Haar mit einer Kapuze. So war sie ihrem Stande angemessen verhüllt. Doch jeder, der erblicken durfte, was sie darunter trug, würde ebenso erstaunt sein wie Johanna, die mit dem Besen in der Hand in der Diele zurückblieb, als Margarethe wortlos aus dem Haus verschwand.

Sie traf sich mit ihm.

Das war sicher.

Der Laufbursche hatte unmittelbar vor dem Fenster ihrer Schreibstube gestanden und laut ihren Namen gerufen. Margarethe kannte den Jungen, ein pfiffiges Kerlchen von etwa zehn Jahren, das mit allerlei kleinen Diensten und auch Spitzbübereien seine ganze Familie ernährte. Der Bub hatte ihr schon häufiger Nachrichten gebracht, meist eilige Bestellungen von Handwerksmeistern, Ratsherren oder hohen Geistlichen der Stadt, ebenso Einladungen oder kleine Botschaften, etwa von Hubertus Vestiarius. Letzteren hatte sie zunächst auch hinter diesem kryptischen Schreiben vermutet, welches sie dazu aufforderte, zu einem heimlichen Treffen über dem Kuppeldach der Stiftskirche zu erscheinen. Sie war schon häufiger mit dem

Stiftsherrn an diesem Ort gewesen. Sie liebte den Platz. Und vor allem liebte sie den herrlichen Ausblick, den man vom Glockenturm über die Stadt und das gesamte Umland Hamelns genoss. Bislang, und das gewiss zum Unwillen des Kanonikers, war sie stets in Begleitung erschienen, zuletzt noch mit der nun verstorbenen Magd Gerda. Doch die Handschrift dieses heutigen Schreibens stammte eindeutig nicht von Vestiarius, und das ließ Margarethe glauben, ja, es ließ sie gar hoffen, dass jemand anderes hinter der Einladung steckte. Dem Inhalt nach zu urteilen, kam nur ein Einziger in Frage.

Aus diesem Grunde hatte sie beschlossen, allein zu gehen. Johannas Andeutungen, diesen Mann betreffend, behagten ihr nicht. Ja, war Margarethe ehrlich zu sich selbst, so wollte sie gar nicht wissen, was ihre Magd ihr über Philipp zu sagen hatte. Lieber war es Margarethe, den Augenblick zu genießen – und vor allem das, was dieser Augenblick aus ihr, der bis dato so verschlossenen und kalten Geschäftsfrau, machte. Ganz gleich, welche wahren, vielleicht bösen Absichten sich hinter Philipps charmantem Gebaren verbargen, sie würde es früh genug erfahren. Immerhin war sie eine gestandene Frau, die sich nicht allzu leicht an der Nase herumführen ließ. Aus jedem Handel ließ sich ein Vorteil schlagen, und wenn der einzige Vorteil für sie aus diesem Handel darin bestand, dass sie sich für einige Tage und Nächte schöne Gedanken hatte machen können, dann war es die Sache wert.

Und so hatte sie nach Erhalt der Nachricht auch kurzerhand beschlossen, der Einladung Folge zu leisten, und sich zu diesem Zweck frisch frisiert und umgezogen.

Auf halbem Wege zum Münster in der Südstadt jedoch kamen ihr Zweifel. Sie fühlte sich plötzlich gar nicht mehr so sicher, so stark und gefestigt. Vielmehr begann sie sich zu schämen. Vor allem schämte sie sich für ihren übertriebenen Putz.

Was tat sie da eigentlich? Lächerlich machte sie sich, indem sie diesem jungen Menschen hinterherlief wie ein dummes Bauernmädchen einem durchziehenden Landsknecht.

Sollte sie nicht besser wieder kehrtmachen und die Botschaft ignorieren?

Was, wenn es eine Falle war und der elende Hasenstock dahintersteckte?

Oder gar tatsächlich Vestiarius, der sie nach seiner Witwenpredigt prüfen wollte?

Dummes Zeug. Sie würde weitergehen, sich von keinerlei Bedenken hemmen lassen. Außerdem war sie längst an dem imposanten Gotteshaus angekommen und konnte jetzt nicht mehr feige umdrehen und davonlaufen. Nein, eine Margarethe Gänslein fürchtete sich nicht, auch dann nicht, wenn sie Neuland betrat. Gerade das, so war sie nie müde gewesen zu betonen, bereitete ihr besondere Freude: nämlich neue Erfahrungen zu machen, neue, unbekannte Wege zu gehen – doch hatte sich diese Neugierde und Tatkraft bislang auf rein geschäftlicher und eventuell auch geistiger Ebene abgespielt. Denn in zwischenmenschlichen Dingen war Margarethe Gänslein – und das wusste nur sie allein – mindestens so unerfahren wie ein dummes Bauernmädchen, das einem fahrenden Landsknecht hinterherläuft.

Voller Elan öffnete sie nun die Hauptpforte der Kirche, die sie noch nie zum Zwecke eines Gottesdienstes betreten hatte. *Nur Mut, Margarethe,* dachte sie bei sich und schaute beim Hineintreten noch einmal an sich herunter. Der Straßenschmutz hatte lediglich ein paar kleine Flecken auf ihrem Mantel hinterlassen. Wichtig war allein, dass das Kleid unbeschadet geblieben war.

In diesem Moment – ihr Blick war noch auf ihre Füße gerichtet – prallte sie mit einem herauskommenden Gläubigen zusammen und wäre fast hintenübergestürzt.

»Verzeiht, ich war zu schnell und unachtsam«, entschuldigte sie sich, als sie dem Mann ins Gesicht sah. Er war unmittelbar vor ihr zum Stehen gekommen und hielt sie noch an den Hüften fest, damit sie nicht zu Boden fiel. Obwohl sie längst wieder fest auf beiden Beinen stand, machte er keine Anstalten, Margarethe loszulassen. Stattdessen starrte er lüstern auf ihr stramm geschnürtes Dekolletee, denn durch seinen festen Handgriff war ihr der das offenherzige Kleid verhüllende Mantel verrutscht.

»Verstehe«, lachte er nun. »Verstehe.« Dann kam er ihr näher und flüsterte: »Dies ist zwar ein Gotteshaus, aber dennoch wünsche ich viel Freude, schöne Kauffrau Gänslein. Wir sehen uns gewiss bald wieder.«

Mit diesen Worten versetzte er ihr einen Klaps auf den Hintern und verschwand.

Margarethe war schockiert. Sie war so schockiert, dass sie kein Wort herausbringen konnte, ja, sie war nicht einmal in der Lage, empört zu sein. Alles, was sie tat, war, hinter ihm herzuschauen und zu murmeln: »Und ich dachte schon, unser Scharfrichter Carnifex würde es wagen ...«

Doch auch wenn sie es anfänglich befürchtet hatte, so war sie sich doch sicher, dass es sich bei diesem Ungehobelten nicht um den Henker der Stadt Hameln gehandelt hatte. Er hatte ihm lediglich verteufelt ähnlich gesehen.

»Ihr seid tatsächlich gekommen.«

Margarethe hatte die Tür zum Turm geöffnet vorgefunden. Die Kirche war leer. Nur eine steinalte Frau kniete laut betend und in sich gekehrt ganz vorn am Altar, sodass niemand bemerkt hatte, wie sich die bekannte Gewürzhändlerin nach oben in den Turm schlich. Und da wartete er tatsächlich auf sie, ganz so, wie sie es gehofft hatte.

Doch glücklich wirkte er nicht. Er war blass, sein Gesicht eingefallen, der Blick müde. Er versuchte, sie zur Begrüßung anzulächeln, doch dieses Lächeln gefror auf seinen Lippen. Sie hatte ihn schöner in Erinnerung und schämte sich plötzlich wieder dafür, solch einen übertriebenen Putz zu tragen.

»Ich war mir nicht sicher, von wem die Botschaft stammte, aber ich hoffte, sie sei von Euch«, stammelte sie. Ihr war unwohl. Ihrer schützenden Umgebung beraubt und in der Aufmachung einer besseren Straßendirne, fehlte Margarethe Gänslein nun sämtliche Sicherheit. Sie kam sich schwach und unbeholfen vor und betete, dass er ihre Verwirrtheit nicht bemerkte. Was hätte sie in dieser Situation für einen kräftigenden Schluck Wein oder gar Weinbrand gegeben!

»Es ist wegen Eures Freundes Vinsebeck«, sagte er nun.

»Ist ihm etwas zugestoßen?«

Das Stelldichein nahm nun eine Wende, mit der Margarethe ganz und gar nicht gerechnet hatte. Er hatte sie offenbar nicht gerufen, um mit ihr an einem heimlichen Ort allein zu sein. Es ging um Wichtigeres. Sie schämte sich entsetzlich und hätte sich am liebsten die widerliche Schminke aus dem Gesicht gerieben und die wallenden Haare zusammengeknotet.

»Man ist seiner habhaft geworden«, antwortete er leise.

»Wo und wer?«

»Dort, wo ich ihn sicher wähnte. Doch leider war diese Sicherheit trügerisch. Die ihn gefangen haben, wissen jedoch nichts davon, dass er für tot gilt. Und zu seinem Schutze ist es besser, wenn sie es nicht erfahren.«

»Also wurde er nicht von den Bütteln des Vogtes gefasst.«

»Nein.«

»Woher wisst Ihr davon?«

Philipp schaute sie nun lange schweigend an. Er war traurig, und diese Traurigkeit schien nicht gespielt zu sein. Zum ersten

Male, seit sie ihn kannte, hatte Margarethe den Eindruck, dass er grundehrlich war. Zumindest in diesem Moment.

»Man hat mir eine Nachricht zugespielt. Ein Lösegeld wird verlangt.«

Jetzt jedoch wurde Margarethe stutzig. Ein Lösegeld? Für Vinsebeck, von dem sie nicht einmal wusste, ob er tatsächlich noch am Leben war? Und gewiss sollte sie es zahlen.

»Er ist also als Geisel genommen worden«, stammelte sie nun.

Philipp zuckte nur leicht mit den Schultern, die Situation schien ihm unangenehm zu sein. Oder tat er lediglich so, als sei sie ihm unangenehm? Margarethe war sich nicht mehr allzu sicher, was ihren vorherigen Eindruck seiner Ehrlichkeit betraf.

»Wieviel will man?«

»Zweihundertundfünfzig Dukaten.«

»Was?«

»Ihr habt recht gehört. Ich hätte es zahlen können, doch ich wurde in der letzten Nacht bestohlen. Ich weiß, es klingt alles unglaubwürdig, aber dennoch müsst Ihr mir glauben. Ich bitte Euch, mir zu helfen.«

»Euch oder meinem Freund Vinsebeck?«

Wieder schaute er eine Weile schweigend und betreten zu Boden.

»Ihr helft mir genauso wie ihm, Frau Margarethe. Zahle ich nicht, dann geht es nicht nur ihm an den Kragen.« Jetzt hob er den Blick und sah ihr direkt in die Augen. Margarethe musste tief durchatmen, um in dieser Situation allein als Geschäftsfrau denken und handeln zu können.

»Lügt Ihr mich an, Philipp?«

»Nein.«

»Zeigt mir das Schreiben.« Sie streckte eine Hand in der Erwartung aus, dass er eine Ausrede vorbringen würde. Doch er griff tatsächlich unter seinen Rock und holte ein schmutziges, zerrissenes Stück Papier hervor.

Margarethe nahm es und las:

»Haben deinen Zwerg. 250 Venediger, und du erhältst ihn zurück. Fliehst du, ist er tot, und wir werden dich finden. Zahlst du nicht, seid ihr beide tot. Das versprechen wir dir. Gezeichnet, deine Freunde aus Wiener Tagen.«

Philipp schmunzelte eisig, als Margarethe die Zeilen laut vorlas.

»Es geht also um Euch, Philipp, und gar nicht um Vinsebeck.«

Wieder zuckte er nur mit den Schultern.

»Habt Ihr ihn absichtlich ins Messer laufen lassen, als Ihr ihn bei Nacht und Nebel aus Hameln fortgeschafft habt?«

»Nein, das habe ich nicht. Das müsst Ihr mir glauben. Diese Männer verfolgen mich bereits seit einer Weile. Es geht um … es geht um Spielschulden, die ich bei ihnen habe.«

»Spielschulden in Höhe von 250 Golddukaten? Was für ein Spiel soll das gewesen sein?«

»Ich zahle es Euch zurück. Es ist lediglich eine Anleihe. Ihr dürft den Betrag verzinsen, wenn Ihr wollt.«

»Würde ich Euch das Geld geben, so ist es allein meines Freundes Vinsebeck wegen, und nicht, um ein Geschäft zu machen. Woher aber weiß ich, dass er noch lebt?«

»Davon werde ich mich selbst erst am Tage der Übergabe überzeugen können.«

»Eine gefährliche Angelegenheit, wenn Euch diese Freunde aus Wiener Tagen so wenig wohlgesinnt sind. Was habt Ihr sonst noch auf dem Kerbholz, Philipp? Warum ist meine Magd Johanna regelrecht panisch, wenn sie Euren Namen vernimmt?«

»Ich würde Euch gern alles erzählen, Margarethe, aber das

hätte keinen Sinn. Meine wahre Geschichte ist so unglaubwürdig, dass Ihr nichts mehr mit mir zu tun haben wolltet und mich für einen Lügner halten würdet, wenn Ihr alles wüsstet.«

»Johanna spricht von Euch als einem Mörder.«

»Tut sie das?«

Margarethes Herz begann nun schneller zu schlagen. Seine Augen, bisher trüb und traurig, begannen mit einem Male gefährlich zu funkeln.

»Es gab Gerüchte über mich und meine Mutter. Hirngespinste, die allesamt der Wahrheit entbehren. Diesem Gerede ist Eure Magd aufgesessen. Aber was soll ich dagegen machen?«

»Ihr stammt also aus dieser Gegend?«

»Nein. Ich habe hier lediglich einen Teil meiner Kindheit verbracht.«

»Mit Eurer Mutter.«

»Ja. Helft Ihr mir nun? Ihr seid der einzige Mensch, an den ich mich vertrauensvoll wenden kann, Margarethe. Denn Ihr seid die Einzige, der an dem Fortleben des Zwerges genauso gelegen ist wie mir.«

»Und ich bin die Einzige, die über so viel Geld verfügt. Wer sagt mir, dass Vinsebeck nicht tatsächlich in seinem Haus verbrannt ist und Ihr diese Geschichte über sein Fortleben und die Entführung nur erfunden habt, um mich um ein kleines Vermögen zu bringen?«

Jetzt lachte er. »Das hätte ich gewiss einfacher haben können, nicht wahr?«

»Einfacher, wie?«

»Ich hätte Euch bestehlen können und wäre dann geflohen. Zutritt zu Eurem Hause hatte ich häufig, und wenn Ihr mich fragt, wo man was bei Euch finden kann, so habe ich da durchaus meine Vermutungen. Doch darum ging es mir nicht.«

»Um was ging es Euch dann?«

Philipp ging nun einige Schritte auf sie zu. Er schaute sie nicht an, blickte vielmehr zu Boden. Erst als er unmittelbar vor ihr stand, hob er den Kopf und fragte leise: »Das wisst Ihr nicht?«

Nein, das wusste sie nicht. Sie wusste nicht, was sie von diesem jungen Mann halten sollte. Sie wusste nicht, ob er ehrlich war. Sie konnte sich nicht vorstellen, es mit einem Mörder zu tun zu haben, aber für einen Spitzbuben ging er ganz sicher durch. Dennoch mochte sie ihn, ja, sie mochte ihn sehr. Oder zumindest mochte sie das, was er für sie verkörperte. Dieses Unerfüllte, lang Ersehnte, von dem sie bislang nur zu träumen gewagt hatte.

Margarethe antwortete nicht, sie wartete lediglich ab. Und diese Zeit des Wartens erschien ihr wie eine halbe Ewigkeit.

Tu es, dachte sie, tu es einfach.

Und dann tat er es.

Nie zuvor in ihrem Leben war Margarethe Gänslein leidenschaftlich geküsst worden. Nie. Sie hatte es aus der Kutsche heraus gesehen bei jungen Paaren vor den Mauern der Stadt, in verborgenen Nischen, wenn sie sich unbeobachtet wähnten. Sie hatte es auch auf kleinen Bildchen gesehen, die es in belehrenden Büchern über sittsames und unsittsames Betragen zu betrachten gab. Sie hatte auch schon betrunkene Männer und Frauen, die nicht immer unbedingt zusammengehörten, auf Volksfesten derartige Zärtlichkeiten austauschen sehen. Doch selbst hatte sie es nie erfahren, nie. Einen flüchtigen, freundschaftlichen Kuss, das ja, das hatte Reinold ihr manches Mal gegeben, doch so etwas wie das, was sie nun in diesem Moment mit dem um einige Jahre jüngeren Mann erlebte, war für sie vollkommen neu. Das allein war 250 Dukaten wert.

Der Anstand jedoch gebot ihr, sich nach einer ganzen Weile, die jedoch wie im Rausch vorübergegangen war, von ihm loszureißen.

»Ich habe wohl kaum eine Wahl«, flüsterte sie nur. »Gebt mir bis morgen Zeit.«

Und dann schwankte sie, ganz so, als habe sie ein halbes Fass Wein geleert, in Richtung der steilen Turmstiege davon.

Philipp nickte zweimal, als er sie fortgehen sah, und wischte sich dann mit dem Handrücken den Mund ab.

XXVII

Justus Carnifex hatte sich schon lange auf diesen Tag gefreut. Nun war es endlich so weit. Das Wetter erlaubte das Vorhaben, kalt war es, aber dennoch nicht so kalt, dass das Zeug gefroren und zu fest sein würde, um es ans Tageslicht zu befördern. Zudem war nicht die Jahreszeit für störende Fliegen und anderes Getier, auch der Gestank wäre bei diesen kühlen Temperaturen noch erträglich.

Die Witwe Gänslein hatte ihn schon seit Jahren nicht mehr gerufen. Das letzte Mal war er noch zusammen mit seinem Vater auf dem Hof der Gewürzhändler zum Aushub erschienen. Es stand ihm also eine mühselige Arbeit bevor, die er aber dennoch kaum abwarten konnte, weil er so sehr hoffte, dadurch einen ganzen Tag in Johannas Nähe zu sein.

Am liebsten wäre er ganz allein bei der Pfeffersäckin erschienen, um die unappetitliche Arbeit im Hinterhof zu verrichten. Doch einerseits war dies selbst für einen erfahrenen Grubenausheber wie ihn eine kaum zu bewältigende Aufgabe, und andererseits hatte sein Bruder Till vehement darauf bestanden, Justus an diesem Tag behilflich zu sein.

»Ich will's mit eigenen Augen sehen«, hatte Till vor sich hin gemurmelt, als sie zusammen den noch leeren, aber dennoch schmutzigen Schubkarren durch die Gassen hin zum Hause der reichen Witwe schoben. Und als Justus ihn fragte, was er mit eigenen Augen sehen wolle, hatte der Bruder nur breit gegrinst.

Justus war nicht entgangen, dass sich Till, seitdem er vor einigen Wochen wieder in der Heimatstadt aufgetaucht war, seltsam betrug. Er war schon immer anders gewesen als Justus – lauter und mutiger, aber auch brutaler und dümmer. Nie jedoch hatte Till ein Geheimnis für sich bewahren können. Nie. Dazu war er von viel zu prahlerischem Naturell. Seit seiner Rückkehr jedoch war das anders. Es gab da ein Geheimnis, zumindest eine geheime Quelle, die Till mit nichts anderem als Golddukaten und offenbar auch mit kostbarem Schmuck versorgte. Denn mit solch edlen Münzen hatte er vor einigen Wochen im Nobiskrug geprasst, und am gestrigen Tage hatte Justus ihn dabei ertappt, wie er tagsüber auf seiner Liege ruhte und eine perlenbesetzte, goldene Halskette durch seine riesigen, schmutzigen Pranken gleiten ließ.

Wie auch immer er an diese Kostbarkeiten herangekommen war, auf rechtmäßigem Wege würde es sich nicht zugetragen haben. Zudem war es bei diesem plötzlichen Reichtum im Grunde auch ganz und gar nicht mehr notwendig, sich als Schinder, Abdecker, Grubenausheber und Henkersknecht zu verdingen. Doch offenbar wollte Till seinem Bruder auch weiterhin zur Hand gehen. Warum sonst war er so besonders erpicht darauf gewesen, ihn heute zum Hause Pfeffersack zu begleiten?

»Warst du schon mal drinnen, im Pfeffersack-Haus?«, fragte Till schließlich, als sie noch immer den Karren durch die holprigen Gassen schoben.

»Nein«, antwortete Justus. »Sie ist zwar stets freundlich zu mir, aber das ginge nun doch zu weit.«

»Ich war drinnen«, erwähnte Till nun bemüht lapidar.

»Wann?«

»Noch gar nicht lange her.«

»Was hast du dort gemacht?«

»Etwas abgeholt und gleichzeitig etwas hingebracht.«

»Etwas abgeholt und hingebracht? Haben sie dich etwa hereingelassen?«

»Ich habe doch das hier«, und bei diesen Worten zog Till breit grinsend einen schweren Schlüssel unter seinem löchrigen Wams hervor.

»Das ist doch nicht etwa ein Schlüssel zum Hause der Pfeffersäckin?« Justus war sprachlos.

»Oh doch.«

»Wie bist du daran gekommen?«

»Sagen wir, ich habe ihn gefunden. An der Weser. Und was man findet, das darf man behalten, oder etwa nicht?«

»Gib ihn mir«, forderte Justus den Bruder auf und streckte seine Hand nach dem Schlüssel aus. Er war aufgebracht und kurz davor, dem eigenen Bruder die Faust ins Gesicht zu schlagen.

Doch Till steckte den Schlüssel wieder zurück.

»Lass gut sein, Justus. Was du nicht weißt, macht dich nicht heiß.«

»Hast du sie bestohlen?«

»Wo denkst du hin? Aber mal sehen, wozu es nütze ist, dass ich diesen Schlüssel habe. Vielleicht hilft es dir ja sogar, an dieses dürre Gerippe heranzukommen, auf das du ein Auge geworfen hast. Johanna heißt sie, nicht wahr?«

»Woher weißt du …?« Justus Carnifex war außer sich vor Scham und Wut. Er hatte seine Gefühle und Wünsche diese Frau betreffend bislang für sich behalten, es war sein unbeflecktes, unschuldiges Geheimnis. Ja, er dachte viel an Johanna, er dachte nahezu ununterbrochen an sie, seit er sie zum ersten Male in dem außerhalb der Stadt liegenden Nobiskrug gesehen hatte. Doch das ging seinen unflätigen Bruder einen feuchten Dreck an, denn dieser sah in jeder Frau, ganz gleich, welchen

Alters und welchen Erscheinungsbildes, nichts anderes als ein Stück Fleisch – die einen genießbarer als die anderen, aber allesamt zum Verzehr geeignet. Doch das sollte Johanna nicht widerfahren. Und darum war es Justus unangenehm, dass sein Bruder ihn an diesem besonderen Tage begleitete, und es war zudem nahezu erschütternd, dass Till offenbar im Hause Gänslein ein und aus ging, in dem Hause, in dem Johanna allein in ihrer Kammer zu ruhen pflegte.

»Woher ich das weiß? Das hab ich deinem Gesicht abgelesen, du Dummhans, als wir sie ertappt haben, wie sie vor unserem Hause herumgeschlichen ist. Die will dich, und du merkst es nicht einmal. Allerdings könnte es auch sein, dass sie mich will. War demletzt bei mir und hat mich besucht.«

»Was?«

»Keine Sorge, die ist nichts für mich. Hab sie mir heute Nacht angeschaut in ihrem Kämmerlein. Da ist nix dran. Haut und Knochen, kein Arsch und winzige …«

»Halts Maul«, unterbrach ihn nun Justus. Sie waren stehen geblieben und kurz davor, sich einer Prügelei unter Brüdern hinzugeben.

»Hab dich nicht so. Das war doch nur ein Scherz. Ich will dir helfen, Justus. Nichts weiter als helfen.« Beschwichtigend klopfte Till dem Älteren auf die Schulter. »Schließlich bin ich ein wenig erfahrener mit den Weibsbildern als du. Ich bring sie so weit, dass sie dir zu Füßen liegt, das verspreche ich dir. Denn allein – da müssen wir uns nichts vormachen – kriegst du das in diesem Erdenleben nicht mehr hin. Dieser Schlüssel ist auch dein Glück, Bruderherz.«

Till spie genüsslich auf den Boden und machte sich dann daran, pfeifend den Karren weiterzuschieben, während Justus, sich am Kopfe kratzend, noch eine Weile in der Gasse verharrte. Dann folgte auch er dem Bruder auf den Pferdemarkt, wo bereits die ersten Händler an diesem Februarmorgen ihre Buden errichtet hatten und über das feuchte Tauwetter schimpften.

Tatsächlich, sie öffnete die Türe, nachdem Justus Carnifex mit zitternden Händen an der Glocke gezogen hatte.

»Da bin ich«, stotterte er nur und konnte ihr kaum ins Gesicht sehen. Sie aber blickte an ihm vorüber und schaute unverwandt den Mann an, der ein wenig weiter ab von der Türe beim Wagen stehen geblieben war: seinen Bruder.

»Ihr seid nicht allein?«, fragte sie schließlich.

»Nun, der Unrat von mehreren Jahren ist nicht so einfach zu heben. Es sei denn …«, und nun errötete Justus stark, »es sei denn, Ihr wollt mir tatsächlich dabei behilflich sein, Johanna.«

»Ihr könnt den Weg über die Emmerngasse auf den Hinterhof nehmen, ich werde euch dort erwarten«, sagte sie rasch, ohne auf seine unbeholfenen Worte zu reagieren.

»Allein oder mit meinem Bruder?«

»Was?« Sie hatte die Türe schon fast wieder geschlossen.

»Soll Till nun mitkommen, oder werden wir zwei die Sache gemeinsam erledigen?«

Johanna schüttelte nur verwirrt den Kopf und zog die Brauen zusammen. »Euer Bruder wird den Karren schon durch die kleine Gasse zwischen den Nachbarhäusern schieben können. Ich werde das rückwärtige Tor für euch öffnen.«

Sie schien übel gelaunt zu sein. So abweisend hatte Justus Carnifex Johanna noch nie erlebt. Dennoch zitterte er voller Wohlbehagen am ganzen Körper.

»Tölpel«, warf Till ihm lediglich zu und klapperte mit dem Schlüssel, der an seinem Gürtel hing. »Worte helfen bei der nicht viel. Du musst Taten sprechen lassen.«

Und somit machten sie sich auf den Weg, das Haus von hinten zu erreichen. Offenbar kannte Till sich sehr gut aus. Ohne dass Justus ihm den Weg zeigen musste, lenkte er das sperrige Schubgefährt zunächst in die Emmerngasse und dann durch einen engen Pfad zwischen zwei Häusern vorbei in den Hinterhof des Kaufmannshauses. Dort hatte Johanna bereits das Tor geöffnet, nickte den beiden Männern nur von weitem zu und verschwand dann rasch über den Hof ins Hausinnere. Krachend schlug die Hintertüre zu, und die Henkersbrüder fanden sich allein im Hof der Witwe Gänslein wieder.

»Na, hoffentlich ist die Alte daheim«, murmelte Till, als er die Türe zu dem kleinen Aborthäuschen öffnete und einen kurzen Blick in das Dunkle des Schachtes hinter dem Donnerbalken warf.

»Wieso soll sie daheim sein?«, fragte Justus, der sich, noch immer klopfenden Herzens, daran machte, die Vorbereitungen für die längst zur Routine gewordene Aufgabe zu machen. Gruben auszuheben war ihm allemal lieber, als Leute aufzuknüpfen, auch wenn man sich bei Letzterem die Hände sehr viel weniger schmutzig machte.

»Na, weil ich ihr Gesicht sehen will«, antwortete Till.

Justus blickte ihn nur fragend an.

»Die ist nicht ohne, die Alte. Eigentlich ganz nach meinem Geschmack. Hab sie schon betastet. Fühlt sich noch gut an«, ergänzte Till nun.

»Ach, so meinst du das. Ich dachte schon, du wolltest sie mit etwas überraschen«, gab Justus zurück und holte zwei riesige Schaufeln von dem Wagen.

»Warte ab, Bruderherz, warte ab.«

»Johanna!«

Es war das erste Mal seit zwei Tagen, dass die Herrin nach ihr rief. Johanna hatte sich nach dem Verschwinden Immekes vorgenommen, fortan Stillschweigen zu bewahren und sich in keinerlei Hirngespinste oder Verfolgungsphantasien mehr zu verstricken. Zudem gab es im Hause, nachdem die Köchin nicht wieder heimgekehrt war, so viel für sie zu tun, dass kaum Zeit zum Atmen blieb. In der Stadt hatte sich herumgesprochen, dass die Gewürzhändlerin Gänslein von ihrer bis dato treuen Küchenfee bestohlen worden war. Man glaubte sogar, die Köchin des Nachts über die Weserbrücke zusammen mit einem Mann davonlaufen gesehen zu haben. Und auch Johanna wollte das gerne glauben. Was sonst hätte sie auch tun sollen?

»Komm nur herein und schließe die Türe hinter dir.« Margarethe wirkte äußerst gefasst und freundlich. Sie saß hinter ihrem riesigen Schreibpult und lächelte der eintretenden Magd sogar zu. Dann bückte sie sich, verschwand für einen Moment unter dem Tisch und kam dann wieder mit einem offensichtlich schweren Säckchen in den Händen nach oben. Sie hievte den Beutel auf das Pult, öffnete ihn und ließ einen Teil seines Inhalts auf die Tischplatte kullern.

Es waren Goldmünzen.

Mit offenem Mund und großen Augen verfolgte Johanna diesen Vorgang.

»Der Jude Jakob – er war sich sicher, Vinsebeck lebendig gesehen zu haben?«, fragte Margarethe dann und wies Johanna mit einer Geste an, sich auf einem Stuhl niederzulassen.

»Ja, er schien sich sehr sicher«, antwortete Johanna vorsichtig.

»Und er sei in Begleitung eines weiteren Mannes gewesen, so sagte Jakob, nicht wahr?«

»Ja.« Worauf wollte Margarethe hinaus? Das hatte Johanna ihr doch schon längst alles erzählt.

»Wie hat er diesen Mann noch gleich beschrieben?«

»Er meinte, es handele sich um einen Mann, der Euch den Hof mache.«

»Ja, er hat uns zusammen gesehen. Im Rosengarten«, sprach

Margarethe leise zu sich selbst. Johanna jedoch verstand ihre Worte sehr gut. Die Herrin hatte sich mit Philipp an einem solch privaten Ort getroffen?

»War es eine zufällige Begegnung, die du mit dem Juden hattest?«, setzte Margarethe nun ihr Verhör fort.

»Ich habe mich gewiss nicht mit ihm verabredet.«

Margarethe nickte. Ihrer Miene nach zu urteilen, schien sie Johanna zu glauben.

»Und du hattest auch nicht den Eindruck, dass Jakob dich absichtlich aufgesucht hat, um dir ebendiese Geschichte unbedingt zu erzählen?«

»Nein, er erwähnte es beiläufig.« Wieder kniff Johanna ihre Brauen zusammen und musterte Margarethe. Hätte die Herrin bei all den Fragen nicht eine solch freundliche, entspannte Miene aufgesetzt, wäre der Magd nun mehr als mulmig zumute. So aber verspürte sie lediglich eine irritierende Neugier. Worauf wollte die Witwe mit ihren seltsamen Fragen hinaus? War das eine Prüfung?

»Erzähle mir nun von Philipp Stadler. Woher kennst du ihn?«

»Stadler?«

»Ist das etwa nicht sein Name?«

»Ich … ich weiß nicht. Man nannte ihn damals anders.«

»Damals? Wann damals?«

»Wollt Ihr das wirklich wissen? Er drohte mir, wenn ich darüber spreche, dann …«

»Was, dann?«

Johanna kam sich plötzlich furchtbar albern vor. Wieso nur hatte sie sich so einschüchtern lassen? Wieso glaubte sie, nicht einfach alles preisgeben zu können, was sie wusste? Hatte er seine Ohren etwa überall? Verfügte er über Zauberkräfte?

Aber immerhin war die einzige Person, mit der sie darüber gesprochen hatte, nun verschwunden. Doch selbst Johanna war sich nicht mehr sicher, ob Philipp hinter dem Verschwinden Immekes steckte. Zumindest wollte sie es nicht für möglich halten, da dieser Gedanke schier unerträglich gewesen wäre, weil er sie zur Mitschuldigen machte.

»Dann …«, fuhr sie zögerlich fort. »Dann sorgt er dafür, dass diejenigen, mit denen ich gesprochen habe, schweigen.«

Margarethe lachte leise und spielte dabei mit einem Goldstück in ihren Händen.

»Und damit hat er dir wirklich Angst machen können?«

»Ja.«

»Ich frage mich, Johanna, warum er es sich dann so schwermacht.«

»Wie meint Ihr das?«

»Nun, wenn er doch so böse und kaltblütig ist, wie du behauptest, und jeden umbringt, dem du sein Geheimnis anvertraust, weshalb schafft er dann nicht gleich dich aus der Welt? Das wäre doch die einfachste Lösung, nicht wahr?«

»Ihr glaubt mir nicht, oder?«

»Was soll ich dir glauben?«

»Dass er zu allem fähig ist. Er hat drei Knaben aus meinem Dorf getötet, ich habe es mit eigenen Augen gesehen. Auch den Ritter Eicheck hat er einen Kopf kürzer machen lassen, und das von keinem Geringerem als dem Mann, der soeben in Eurem Hinterhof die Grube aushebt.«

Jetzt war es gesagt, und Johanna atmete hörbar auf.

Margarethe hingegen starrte sie ungläubig an.

»Carnifex hat den Ritter geköpft? Das hätte man doch erfahren. Es gab keinerlei Gerichtsverhandlung, und zudem gilt das Hamelner Halsrecht, dessen ausführende Kraft unser Henker ist, nicht bis ins weite Umland hinein. Nicht, dass ein Räuber wie Eicheck es nicht verdient hätte, zum Richtbock geführt zu werden …«

»Nicht Justus Carnifex war es, sondern dessen Bruder. Er begleitet den Henker schon seit Wochen, tatsächlich aber ist er die rechte Hand Philipps. Ich habe es …«

»… mit eigenen Augen gesehen«, setzte Margarethe den Satz ihrer Magd fort. »Findest du es nicht ungewöhnlich, dass du Zeugin so vieler seltsamer Begebenheiten wirst, Johanna? Verfolgst du ihn etwa?«

»Wen? Philipp?«

Margarethe nickte nur und wartete die Antwort der Magd mit zusammengekniffenen Augen ab.

»Nein«, stotterte Johanna. Und sie ärgerte sich schrecklich, dass sie dabei rot wurde. Jetzt musste die Herrin denken, dass sie log, und das dachte Margarethe ganz offensichtlich, denn die Art und Weise, wie sie ihre Magd nun gütig und scheinbar wissend musterte, sprach für sich.

»Glaube mir, Johanna, ich kann dich sehr gut verstehen. Aber wir sollten nun alle persönlichen Wünsche hintenanstellen, denn hier geht es um eine bitterernste Angelegenheit. Es geht um das Leben des guten Vinsebeck.«

»Schon wieder?«

»Ja, schon wieder. Man soll ihn entführt haben und nun eine Lösegeldforderung stellen. Ich habe dich gerufen, weil ich, bevor ich auf diese Erpressung eingehe, sicher sein wollte, ob ich Philipp Stadler, oder wie auch immer er heißen mag, zumindest in dieser Sache trauen kann.«

»Ich verstehe nicht.«

»Nun, es ist auch äußerst verwirrend, aber ich will ehrlich zu dir sein. Es gibt da zwei Männer, die offensichtlich sehr verärgert über Philipp sind. Er schuldet ihnen Geld. Offenbar haben diese Halunken herausgefunden, dass es einen Menschen gibt, der Philipp sehr viel bedeutet. Und das ist – jetzt darfst du bitte nicht lachen – ausgerechnet der Zwerg Vinsebeck.«

Johanna schlug sich die Hand vor den Mund. Fast hätte sie, trotz der schrecklichen, aber durchaus absurden Situation, zu lachen begonnen.

»Beruhige dich, bitte«, sagte Margarethe, aber auch sie schien ein wenig amüsiert. »Die Lage ist ernst.«

»Wieso sollte der Meister Vinsebeck ihm so viel bedeuten?«, fragte Johanna nun, noch immer mit bebender Stimme. Dann jedoch begann sich vor ihren Augen ein Schleier zu lüften.

Der Zwerg.

Sie selbst hatte ihn nie zu Gesicht bekommen, aber in ihrem Dorfe hatte es damals geheißen, die Hexe im Walde empfange von Zeit zu Zeit einen hässlichen Gnom, mit dem sie gewiss keine unschuldigen Dinge hinter den Wänden ihrer verwunschenen Hütte treibe.

Der Zwerg. Sollte das etwa Vinsebeck gewesen sein?

Kannte Philipp ihn tatsächlich aus Kindertagen?

Konnte es wahr sein, dass er diesen kleinen Mann wirklich und ehrlich ins Herz geschlossen hatte?

»Soll ich oder soll ich ihm nicht das Gold geben, um Vinsebeck freizukaufen? Du verstehst, dass ich mit diesem Anliegen schlecht zum Bürgermeister und dem Rat gehen kann, denn immerhin glaubt man, dass mein kleiner Freund längst verstorben ist. Ihm würde als Brandstifter der Prozess gemacht, und du weißt, welcher Tod auf Feuerleger wartet.«

»Das Feuer«, antwortete Johanna abwesend. Sie dachte nach. Dann sagte sie mit fester Stimme: »Ich weiß, dass er gesucht wird. Die Männer waren vor einigen Tagen hier und fragten nach Philipp. So viel ist an seiner Geschichte also wahr. Wenn Ihr ihm nun das Gold gebt, dann wird er so oder so verschwinden. Entweder er behält den Schatz für sich und flieht, oder aber er übergibt es seinen Häschern und kauft Vinsebeck frei, aber auch dann wird er fliehen müssen. Denn diese beiden

Männer werden ihn nicht in Frieden lassen, solange sie wissen, wo er ist. Da bin ich mir sicher, denn ich habe …«

»… sie mit eigenen Augen gesehen«, ergänzte Margarethe erneut. »Dir ist also daran gelegen, dass Philipp für immer fortgeht, und darum rätst du mir, ihm diesen Sack zu übergeben.«

»Wenn Ihr einen solchen Verlust verwinden könnt, Herrin.«

»Welchen Verlust meinst du, Johanna?«

»Na, das Gold. Was sonst?«

»Es geht mir lediglich darum, das Leben eines Freundes zu retten.«

»Eines Freundes, von dem Ihr nicht einmal wisst, ob er noch lebt …«

»… und von dem ich nicht weiß, ob nicht auch er vielleicht ein falsches Spiel mit mir treibt. Jedoch wäre Vinsebeck nach meiner lieben Base der Letzte, dem ich so etwas zutrauen würde. Nun gut. Ich habe mich entschieden. Du wirst Philipp heute Abend dieses Säckchen bringen.«

»Ich?«

»Ja, du. Wer sonst? Und zwar in den Rosengarten. Du kennst den Weg.«

Margarethe hatte lange darüber nachgedacht. Der Gedanke reizte sie durchaus, ihn erneut wiederzusehen und zu wiederholen, was zwischen ihnen geschehen war. Doch irgendetwas hielt sie davon ab. Es war ein Gefühl, welches ihr sagte, dass sich etwas Besseres als das, was in der Kirche geschehen war, nicht mehr zwischen ihnen ereignen werde. Um einer möglichen Enttäuschung aus dem Wege zu gehen, würde sie Johanna schicken, nun, da sie eingeweiht war.

»Jetzt muss ich mich weiter um die Geschäfte kümmern, Johanna. Der Vogt hat mir eine Wunschliste des Herzogs übermittelt. Erich von Calenberg benötigt für ein Frühlingsfest im Mai Gewürze und Spezereien. Eine solche Lieferung muss wohlorganisiert sein.«

Ja, der Herzog wollte tatsächlich Gewürze bei Margarethe Gänslein kaufen. Unmengen davon. Es war ein großer, ein bedeutender Auftrag, der die völlige Aufmerksamkeit der Kauffrau verlangte, denn sie versprach sich davon mehr als nur volle Kassen. Im Grunde versprach sie sich gar kein Geld, sondern eine andere Form der Bezahlung. Ein Gedanke, der ihr sogleich gekommen war, als ihr die Liste des Herzogs übermittelt wurde.

Immerhin war Erich der eigentliche Herr dieser Stadt. Jeder – selbst diejenigen, die nicht das Bürgerrecht besaßen und nur in strohgedeckten Unterkünften an der Stadtmauer hausten –, jeder wusste allerdings, dass er im Grunde nichts mehr zu sagen hatte. Denn Erich war abhängig, abhängig vom Reichtum der Städte seines Herrschaftsgebietes. Mit der Erwirtschaftung dieses städtischen Reichtums hatte er nichts zu tun, davon verstand er nichts und davon ließ er, der sein Geld mit offenen Händen auszugeben pflegte, auch besser die Finger. Also war er nicht nur abhängig, sondern auch dankbar, dass die Bürger seiner Städte, darunter auch das betuchte Hameln, ihn wiederholt aus misslicher, finanzieller Lage befreit und ihm sogar schon einmal den Kaufpreis für ein edles weißes Ross zur Verfügung gestellt hatten. Dies geschah nicht ohne Eigennutz, denn Erich erwies seinen Dank meist durch das – nicht immer ganz freimütige – Gewähren von Rechten.

Und so hoffte nun auch Margarethe Gänslein darauf, dass der Herzog sie anstatt mit Geld, von dem sie genügend hatte, besser mit einem Recht entlohnte. Ein Recht, durch das ein Großteil ihrer jüngsten Probleme gelöst wäre: die Anerkennung als ordentliche Gewürzhändlerin der Stadt Hameln. Sie wusste, dass bereits die Ahnen des Herzogs dazu sämtliche Befugnisse an den Stadtrat abgetreten hatten, aber immerhin hoffte sie auf den Einfluss, den der Landesherr durchaus noch hatte. Und dieser Einfluss wäre ihr eine kostenlose Gewürzlieferung für das große Bankett des Herzogs wert.

Dort würde geprasst, dass sich die Balken bogen, das stand außer Frage. Die Verschwendungssucht Erichs war legendär, und da man mit Gewürzen ohnehin verschwenderisch umzugehen pflegte, wenn man sie sich denn leisten konnte, potenzierte sich das Ganze noch einmal. Eine enorme Wagenladung allein an Säcken und Kisten mit Pfeffer, Nelken, Muskat, Ingwer und Safran würde es sein, eine zweite voller Spezereien wie Marzipan, exotischem Trockenobst, Nugat und Gewürzkuchen. Waren, die Margarethe nicht sämtlich auf Lager hatte und noch bis zum Frühjahr herbeischaffen musste.

Die Geschäfte. Bei all dem verwirrenden Treiben und dem Chaos, das um sie herrschte, durfte, ja, wollte, nein: *konnte* Margarethe die Geschäfte nicht aus den Augen lassen. Denn allein in dem Erfolg, den sie mit Fleiß und Mut unermüdlich erwirtschaftete, fand sie Kraft. So war es nun einmal, auch wenn sie in ihren schwachen Momenten anders darüber dachte. Ja, diese schwachen Momente. Gab das Geschäft Kraft, so spendeten sie Hoffnung. Früher hatte Margarethe sie gehasst. Aber mittlerweile war es anders. Mittlerweile lechzte sie gar nach den gedankenverlorenen, melancholischen Minuten, in denen sie mitunter bereit war, alles aufzugeben. Ja, manchmal wünschte sie sich gar in diesen Momenten, vom Schicksal oder von Gott dazu gezwungen zu werden, sich nie mehr in ihrem Leben um das Halten und Mehren ihres Reichtums kümmern zu müssen. Wirklich frei zu sein. Ganz von vorn zu beginnen.

Aber bevor sie wieder in derartige Hirngespinste verfiel, schlug sie sich selbst mehrmals mit der rechten Hand auf die Wange, raunte sich ein »Wach auf, Margarethe« zu und widmete sich erneut der Liste des Herzogs.

Sie hatte gerade damit begonnen, da vernahm sie die entsetzte Stimme Johannas, die erst vor wenigen Augenblicken den Raum verlassen hatte.

Margarethe stand auf und stürzte hinaus in die Diele, wo sie sogleich ihrer Magd in die Arme lief. Johanna war kreidebleich im Gesicht, und sie stank erbärmlich.

»Das kann nicht sein. Das kann nicht sein«, wiederholte Johanna immer wieder. Im selben Moment tauchte Justus Carnifex hinter der Magd auf. Auch seine Miene verriet Entsetzen, was bei einem abgebrühten Mann wie dem Henker sehr viel bedeuten musste. Ja, er schien so entsetzt, dass er ganz vergessen hatte, wie vermessen es von ihm war, ungebeten das Haus einer ehrenhaften Bürgerin zu betreten und es damit auch im wahrsten Sinne des Wortes zu besudeln. Denn im Vergleich zu Johanna, welcher lediglich der Geruch der Kloake anhaftete, hatte Carnifex gleich einen großen Teil der Kloake selbst mit hereingebracht. Es troff ihm regelrecht von Händen und Füßen, während er, ungläubig den Kopf schüttelnd, nur in der Diele stand und stammelte:

»Das solltet Ihr Euch ansehen, Frau Margarethe.«

Margarethe wagte nicht zu fragen. Wortlos folgte sie den beiden in den Hinterhof, wo bereits der Knecht, vermutlich der von Johanna erwähnte Bruder des Henkers, mit seinem wie angewachsenen, breiten Grinsen im Gesicht wartete und mit dem Finger auf etwas deutete, das vor ihm auf dem Boden lag.

Margarethe erinnerte sich an den Burschen. Es war der Kerl, der sie am gestrigen Tage am Ausgang zur Kirche begrabscht hatte. Dieser Widerling also war es, von dem Johanna behauptete, es handele sich bei ihm um den Spießgesellen Philipps.

Doch die Überlegungen zu Till Carnifex wurden mit einem Schlag aus dem Kopfe der Witwe Gänslein getilgt, als sie nämlich dem Fingerzeig dieses Unholds mit dem Blicke folgte und erkennen musste, was dort am Boden lag.

Ja, sie erkannte sie sofort, obwohl die kleinen Körper vollkommen verschlammt waren und mehr den Überresten gehäuteter Kaninchen ähnelten als den Leichen zweier neugeborener Menschenkinder.

Das kann nicht sein, dachte nun auch Margarethe, ganz so, wie ihre Magd es zuvor gestammelt hatte.

Bennheim und Johanna hatten sie doch begraben. Draußen im Rosengarten vor der Stadtmauer. Margarethe hatte das ungewöhnliche, aber schöne Grab besucht, hatte die frisch aufgeschüttete Stelle unter dem Schnee deutlich erkannt.

Es konnte einfach nicht sein.

»Das müssen wir dem Vogt mitteilen«, meldete sich der widerliche Mensch, der dem Henker so ähnlich und so unähnlich zugleich war, genüsslich zu Wort. Und dabei musterte er die Witwe, die noch immer starr vor Schreck vor ihm stand, von oben bis unten.

»Sind das deine?«, fragte er dann. Und Margarethe, die vor Schock nicht einmal die doppelte Unverfrorenheit seiner Frage bemerkte, schüttelte nur mit dem Kopf.

»Wärst nicht die erste Witwe, die auf diese Weise loswird, was sie nicht haben dürfte.«

»Halts Maul«, herrschte ihn nun der Bruder an. Justus stand unmittelbar neben Johanna, bereit, sie zu stützen, falls sie zusammensackte, denn das konnte, so wie sie aussah, jeden Moment der Fall sein. Starr blickte Johanna auf ihre Herrin, die Lippen zusammengekniffen, ganz so, als seien sie fest vernäht, damit bloß kein falsches Wort herauskommen konnte.

Margarethe erging es nicht anders. Auch sie wusste nicht mit dieser unfassbaren, grausigen und auch gefährlichen Situation umzugehen. Es hatte keinen Sinn, sich zu fragen, wie die beiden

Totgeburten in die Kloake hinter ihrem Haus gelangt waren. Es hatte auch keinen Sinn, Ausreden für diesen Fund zu suchen. Ebenso gefährlich war es, sich unwissend zu stellen, denn dann würden der Henker und sein Knecht ihre Entdeckung gewiss weitererzählen, was eine Untersuchung durch den Rat oder den Vogt nach sich zöge. Immerhin hatte Margarethe unrecht gehandelt, als sie die der Stadt verwiesene Gerda bei sich aufgenommen hatte, und unchristlich hatte sie gehandelt, als sie die Leichen der Magd und ihrer Kinder in ihrem Rosengarten beigesetzt hatte. Das waren beides keine geringen Vergehen und könnten auch Margarethe zumindest einen Stadtverweis und eine gehörige Bußstrafe eintragen, wenn nicht gar mehr.

Es blieb also nur eine einzige Möglichkeit. Eine, die ihr zuwider war, an der jedoch kein anderer vernünftiger Weg vorbeiführte. Margarethe versuchte, sich zu beherrschen und den Blick von dem schaurigen Bild abzuwenden, dann sagte sie:

»Was kostet Euer Schweigen?«

»Aber, gute Frau …«, vernahm sie die Stimme des Scharfrichters hinter sich.

»Billig wird es nicht für dich, Pfeffersäckin. Du kannst auf zweierlei Art zahlen. Ich lass dir die Wahl«, unterbrach ihn der andere.

»Till, da mache ich nicht mit«, rief Justus Carnifex empört.

»Ach, du willst also die Kindsmörderin lieber pfählen? Na, wenn dir das mehr Freude macht, Brüderchen, dann bringen wir sie halt vor Gericht.«

»Ich weiß, dass es zwecklos ist, Euch die Lage zu erklären. Alles Leugnen machte es nur schlimmer, und die Wahrheit würde man mir niemals glauben. Darum gebe ich Eurem Bruder recht, Carnifex.« Margarethe wandte sich mit kreidebleichem Gesicht dem Henker zu. »Wenn Ihr mir versprechen könnt, über Euren grausigen Fund zu schweigen, dann würde ich alles geben, um nicht im Blumenloch auf meine Hinrichtung zu warten.«

»Wirklich alles?«, flüsterte der Widerliche und kam ihr dabei so nah, dass der faulige Geruch seines Atems sogar den Gestank des ausgehobenen Abortes übertünchte.

»Was erlaubt er sich, mir nichts, dir nichts in meiner Apotheke zu erscheinen?«

Peter Hasenstock beeilte sich, hinter seinem Gast die Türe zu verriegeln, damit kein Kunde mehr in die Offizin kommen und ihn mit einem derart zweifelhaften Besucher sehen konnte. Till Carnifex jedoch schien sich von dem Unbehagen des Apothekers nicht beirren zu lassen. Triumphierend wedelte er mit zwei großen Blättern edlen Papiers in der Hand.

»Was hat er da?«, fuhr Hasenstock ihn an.

»Weiß ich doch nicht. Kann nicht lesen. Aber dass es vom Herzog ist, das erkenn ich am Wappen, und dass es etwas Wichtiges sein muss, vermute ich, weil ich es vom Schreibpult der Witwe Gänslein entwendet habe.«

»So?«, Hasenstocks Miene hellte sich nun auf. »Reiche er es mir!«

Er riss dem Gast die Briefe aus der Hand und studierte sie eine Weile still und dabei immer weiter grinsend.

»Sehr gut«, sagte er dann. Faltete die Listen zusammen und steckte sie unter sein fein gearbeitetes kalbledernes Wams.

»Was bringt er mir noch für Nachrichten?«

»Sie ist weichgekocht.«

»Tatsächlich?«

»Wir haben den Fund heute gehoben.«

»Und sie hat alles mit angesehen?«

»Ja.«

»Nun, muss ich ihm die Worte einzeln aus der Nase ziehen?«

»Nichts weiter. Sie ist entsetzt und will, dass mein Bruder und ich schweigen.«

»Schweigt meinetwegen, nehmt sie aus wie eine Weihnachtsgans, aber lasst meinen Namen aus dem Spiel. Hat er das verstanden?«

»Ja, das hat er verstanden.«

»Hat er schon Geld von ihr erhalten?«

Carnifex grinste wieder nur breit als Antwort auf diese Frage.

»Nun, es soll mir gleich sein«, winkte Hasenstock ab.

»Wen vermutet sie hinter dieser Tat? Hat sie eine Andeutung gemacht?«, fragte er dann.

Carnifex zuckte nur mit den Schultern.

»Nun, mir käme es gelegen, wenn sie denkt, sein ehemaliger Herr, der vermeintliche Advokat, könnte damit zu tun haben. Bringt sie ihn denn wenigstens schon mit dem Verschwinden der Köchin in Zusammenhang?«

Wieder zuckte Till Carnifex nur mit den Schultern.

»Um den müsst Ihr Euch nicht weiter scheren, Apotheker Hasenstock, der ist ohnehin bald erledigt. Morgen schon, wenn er den Zwerg auslöst.«

»Aber ihm traut er nach wie vor.«

»Ja, er traut mir. Hat noch nichts gerochen.«

»Das ist gut. Nun darf er mir den Schlüssel reichen.« Wieder streckte Hasenstock dem Henkersbruder die Hand entgegen.

»Wieso?«

»Ich habe im Hause Gänslein zu tun. Er hat die Liste aus der Schreibstube der Frau entwendet, nehme ich an.«

»Ja, als sie mich hineinbat, um mir mein Schweigegeld auszuhändigen.«

»Ist dieser Raum gesondert verriegelt?«

»Das nehme ich an.«

»Wie dumm. Wo, glaubt er, könnte die Dame Schriftstücke

von persönlicherem Wert als solche Bestelllisten aufbewahren?«

»In ihrer Schlafkammer, kann ich mir vorstellen. Oder aber in dem Zimmerchen im ersten Stock. Das ist voll mit Regalen, Schachteln, Kisten und Büchern.«

»Im ersten Stock also. Ein Zimmerchen. Er kennt sich aus im Hause Gänslein, Carnifex.«

»Ja, das tu ich. Der Schlüssel zu dem Raum liegt in einer Nische neben dem Kamin.«

»Sehr gut. Aber bitte nichts stehlen, wenn er sich dort herumtreibt, das gehört sich nicht.«

»Ich stehle nur, wenn es unserer Sache hilft, sonst lasse ich mir lieber freiwillig geben. Das ist sicherer.«

»So ist es recht. So ist es recht.«

XXVIII

Noch immer saß Johanna der Schrecken in allen Gliedern, als sie sich im Dunkeln aus dem Hause stahl, um, ganz so, wie ihre Herrin es wünschte, die Übergabe des Lösegeldes für die Geisel Vinsebeck zu erledigen. Aber sie hatte nicht nur den Beutel mit den geforderten Dukaten bei sich, nein, sie trug noch eine leichtere, aber dennoch ungleich schwerere Last – gewaschen und in mehrere Schichten parfümierter Laken gehüllt.

»Begrab sie genau an dem Ort, von welchem sie so schändlich gestohlen worden sind«, hatte Margarethe ihr mit auf den Weg gegeben. »Erzähle Philipp von dem Geschehnis auf unserem Hof und beobachte genau, wie er sich verhält.«

Johanna hatte nur stumm genickt und sich sodann mit dem Segen ihrer Herrin aus dem Hause geschlichen.

Kein Wunder, dass Margarethe nach einem solch grausamen Fund auf ihrem eigenen Grund und Boden von allen Seiten Drohungen auf sich zukommen sah. Ja, in einem ersten Anflug von Wut und Enttäuschung hatte sie gar ihrem treuen Bennheim und Johanna unterstellt, die beiden hätten aus purer Faulheit die Kinderleichen in die Grube geworfen, damit sie sie nicht im gefrorenen Rosengarten vergraben müssten. Natürlich war auch Hasenstock unter den Verdächtigen, genauso wie Philipp, welchen Margarethe am heutigen Tage zum ersten Male laut infrage gestellt hatte. Doch schlussendlich waren die Witwe Gänslein und auch Johanna zu dem Schluss gekommen, dass es sich allein um die geschmacklose und vollkommen verruchte Tat dieses Henkersbruders handeln musste, welcher auf die Art und Weise schlicht an das kommen wollte, was er schlussendlich auch erhalten hatte: Geld. Dennoch galt es, Philipp als den Dienstherrn des rauen Burschen Carnifex scharf im Auge zu behalten.

Johanna hatte Angst, ja, sie fürchtete sich sehr vor der ihr bevorstehenden Erledigung. Dennoch ging sie langsam, aber entschlossen ihres Weges, und es gelang ihr, sich heimlich durch ein enges Schlupfloch in der Stadtmauer zu stehlen, um ungesehen zu dem berüchtigten Rosengarten zu gelangen. Stockfinster wurde es langsam, und sie hatte kein Licht dabei.

Es würde schwierig genug sein, in der Dunkelheit den Weg zu finden.

Und dann? Angekommen im Rosengarten?

Am besten war es, erst gar nicht darüber nachzudenken, wie sie die zu erledigenden Aufgaben bewältigen sollte. Doch das war nicht möglich. In Johannas Kopf schwirrte es nur so.

Das Einfachste würde es noch sein, ihm den schweren Beutel mit Geld auszuhändigen. Schrecklich würde es dann, ein Loch für die beiden leblosen Körperchen zu graben und sie endgültig zur Ruhe zu betten. Als fast unmöglich stellte sie sich vor, ihn darüber zu befragen, was er mit der begangenen Leichenfledderei im Hinterhof des Gewürzkaufmannshauses zu tun hatte. Und generell war es gefährlich, sich mit diesem Mann heimlich, außerhalb der Stadt, ohne Anwesenheit einer anderen Menschenseele zu treffen.

Warum? So dachte sie plötzlich und blieb mit dem Rücken an die kalte, äußere Mauer gelehnt stehen, warum mache ich das eigentlich?

Warum bin ich nur ein solch treudummes Schaf, das sich nicht nur freiwillig zum Schlachter führen lässt, sondern auch noch gleich das gewetzte Messer mitbringt? Ich habe hier einen ganzen Beutel voller Gold. Wieso ihn nicht einfach nehmen und auf Nimmerwiedersehen verschwinden? Wieso ins Verderben gehen und auch noch dafür bezahlen, dass man sich mir nichts, dir nichts abschlachten lässt? Nein, vielmehr könnte ich mir doch ein schönes Leben machen, könnte in eine andere, fernere Stadt ziehen, mir teure Kleider kaufen, gar ein Haus. Und eine eigene Magd könnte ich mir auch anstellen.

Johannas Herz klopfte bei diesen Gedanken. Es behagte ihr, mit derlei Vorstellungen zu spielen, auch wenn sie genau wusste, dass sie niemals, niemals den Mut und auch nicht die Kaltblütigkeit besitzen würde, so zu handeln. Immerhin galt es, ein Menschenleben zu retten. Das des kleinen Meisters Vinsebeck, und eine solche Schuld würde sie eines Säckchen Goldes wegen nicht auf sich nehmen.

Mit einem Mal – Johanna stand noch immer mit dem Rücken zur Wand – fiel ein Fackelschein auf die Mauer. Sie hatte gar nicht gehört, dass jemand in der Nähe war. Die Wachen auf dem Wehrgang über ihr hatten sie erst vor wenigen Augenblicken passiert, ohne ihrer gewahr zu werden. Doch nun näherte sich jemand von unten, von außerhalb der Stadtmauer.

»Wer da?«, vernahm sie nun die raue Stimme eines Mannes. Er trug tatsächlich eine Fackel in der Hand, welche sein Gesicht erleuchtete. Es war ein Landsknecht, diensthabender Nachtwächter der Landwehr und mit Sicherheit auf der Suche nach Strauchdieben und verdächtigem Gesindel, das sich des späten Abends in der Nähe der Stadt herumtrieb. Natürlich kannten auch die Wachleute die nur vermeintlich heimlichen Schlupfwinkel in der Mauer. So etwas sprach sich schnell herum, und gerade diese Orte wurden mitunter strenger bewacht als die Tore. Es war dumm von Johanna gewesen, ausgerechnet in der Nähe eines solch gefährlichen Ortes eine Rast einzulegen, und verstecken konnte sie sich nun auch nicht mehr, denn in eben diesem Moment richtete er sein Licht direkt auf sie.

»Wer bist du?«, fragte er barsch.

»Johanna, die Magd der Witwe Gänslein.«

»Was treibst du zu solcher Stunde hier?«

»Ich, ich …«

»Ach, halt's Maul, ich kann's mir denken«, unterbrach er sie barsch. »Dies ist nicht der rechte Ort und auch nicht die rechte Jahreszeit für ein Stelldichein unterm Sternenhimmel. Wo ist dein Liebster? Hat er dich vergessen?«

Johanna zuckte leicht mit den Schultern, sie zitterte, versuchte aber, ruhig zu bleiben. Gut, dass er sich selbst auf eine derartig falsche Fährte brachte.

»Was hast du denn da in den Säcken?«, fragte er nun. Und diese Frage war alles andere als gut für Johanna.

Sie überlegte nicht lang und sagte: »Nur etwas zu essen.«

»Hast du das deiner Herrin gestohlen? Du wärst nicht die erste ihrer Mägde, die sie beklaut. Zeig mal her.«

Nun kam er näher, und Johannas Hoffnung auf einen glimpflichen Ausgang dieser Begegnung löste sich in Luft auf. Sie versuchte erst gar nicht, zu entwischen oder ihm die Säcke zu entreißen.

»Der ist ja voller Goldmünzen!«, rief er nun und starrte ihr fassungslos ins Gesicht.

»Nimm es mit und lass mich laufen«, flehte Johanna innerlich. »Aber schau auf keinen Fall in den anderen Beutel hinein.«

Vergebens.

»Gib mir den anderen Sack.«

»Darin ist wirklich etwas zu essen.«

»Ich will es sehen.«

Er riss ihr den Beutel aus der Hand und griff hinein.

Angewidert zog er den Arm wieder heraus.

»Was ist darin eingewickelt? Es fühlt sich seltsam an.«

»Fleisch«, stotterte Johanna.

Nun war auch auf der Stadtmauer das Stapfen eines anderen wachhabenden Söldners zu vernehmen.

»Otto!«, rief nun der Landsknecht nach oben. Vielmehr, er wollte es nach oben rufen, denn urplötzlich weiteten sich seine Augen entsetzlich, und sein geöffneter Mund blieb stumm. Er kippte langsam vornüber in Johannas Arme, die ihn ohne nachzudenken auffing. Leise stöhnend sackte er schließlich in ihrem Schoß zusammen. Ein Messer steckte in seinem Nacken. Doch er atmete noch.

Im gleichen Moment griff jemand nach Johannas Arm und zerrte sie nach oben.

»Hast du das Gold?«, vernahm sie nun die vertraute Stimme Philipps.

»Er hat den Sack noch in der Hand«, stammelte sie, während sie selber nach dem am Boden liegenden anderen Beutel langte.

»Komm, wir müssen verschwinden.«

»Was ist da los?«, hörten sie nun mehrere Stimmen vom Wehrgang auf der Stadtmauer.

»Stehen bleiben!«

»Zwei sind's. Ein Mann und eine Frau.«

Und wieder: »Stehen bleiben.«

Dann gingen Pfeile auf die beiden Flüchtenden nieder. Doch sie landeten nur zwischen Büschen und im matschigen Schnee.

Johanna rannte um ihr Leben. Sie wusste nicht, wohin er sie zerrte, aber eines wusste sie: Nie wieder würde sie einen Fuß in die Stadt Hameln setzen können.

XXIX

Der Frühling zeigte sich in diesem Jahr von seiner schönsten Seite. Die Sonne meinte es gut mit Mensch, Tier und Pflanzen, es regnete selten, wunderbare, warme Brisen zogen durch die Straßen der Stadt, ließen die Menschen ihre Hütten und Häuser verlassen und den kalten, bitteren Winter vergessen.

Auch Margarethe Gänslein bemühte sich, den Winter hinter sich zu lassen. Doch anders als den lachenden und scherzenden Krämern und ihren Kunden auf dem Pferdemarkt, wollte es ihr nicht recht gelingen. Zu viel war geschehen, zu große Verluste hatte sie erleiden müssen, als dass sie erwartungsvoll in dieses neue Jahr hätte blicken können.

Krachend schloss sie die Fensterluke ihrer Schreibstube und verzichtete lieber auf die frische Frühjahrsluft, als dass sie weiterhin dem fröhlichen und beschwingten Treiben der anderen Bürger lauschen musste. Ihr war ganz und gar nicht beschwingt zumute. Die Liste ihrer Sorgen war so elendig lang, dass sie nicht einmal mehr die Kraft fand, darüber nachzudenken, wie man sie nach und nach aus der Welt schaffen konnte. Zum Glück hatten ihre Base Mechthild und deren Freundin Regine die heimgesuchte Witwe Gänslein in den letzten Wochen tatkräftig unterstützt. Regine hatte neues Personal gesucht, zwei Mägde und ein Bursche für die Küche waren in Dienst genommen worden. Die gute Mechthild hatte sich schier selbst übertroffen, als sie die drei im Hause Unerfahrenen mit einer Engelsgeduld und großem Sachverstand unterwies. Denn nach dem Tode Gerdas sowie dem Verschwinden Immekes und Johannas war das Haus Gänslein mit einem Male all seines Gesindes verlustig gegangen, sodass niemand anders als Mechthild oder Margarethe selbst die Neuankömmlinge einarbeiten mussten.

Ja, auch Johanna war fort. Zusammen mit dem Beutel voller Gold und zusammen mit Philipp, dem Mann, der sich schlussendlich doch als Betrüger herausgestellt hatte. Gegen den Schmerz, der ihr durch die Peinlichkeit des Liebesschwindels verursacht wurde, war Margarethe einigermaßen gewappnet gewesen, doch in Johanna einer treulosen Magd aufgesessen zu sein, tat ihr ungleich mehr weh. Es war eine bittere Geschichte, und manches Mal zweifelte die Witwe an sich, gab sich selbst die Schuld an all dem Geschehenen, denn immerhin waren diese beiden nicht die Einzigen, die meinten, Margarethe habe es verdient, hintergangen zu werden. Auch von ihrer lieben, guten Immeke war sie nach so vielen Jahren bestohlen und verlassen worden. Von den vielen Geheimnissen ihres verstorbenen Gatten ganz zu schweigen, ebenso von dem Apotheker Vinsebeck, der, so fürchtete sie nun glauben zu müssen, mit dem Spitzbuben Philipp unter einer Decke steckte.

Und als seien diese privaten Sorgen nicht genug, so waren in letzter Zeit auch geschäftliche Unannehmlichkeiten hinzugekommen. Dieses Mal, welch Wunder, hatten sie nichts mit Peter Hasenstock zu tun, denn der hatte sich ganz freiwillig zurückgezogen und buhlte nun nicht mehr um die Aufgabe, der Witwe als Vormund zur Seite stehen zu wollen. Ja, er war gar persönlich bei ihr erschienen und hatte sich entschuldigt, nachdem Margarethe erneut beim Bürgermeister vorgesprochen hatte, um ihn um einen Aufschub in dieser Frage zu bitten, so lange, bis Mechthilds Sohn Georg von seiner Reise aus Übersee zurückgekehrt sei. Dieser Aufschub war ihr gewährt worden, Hasenstock hatte ungewöhnlich einsichtig nachgegeben, und nachdem Margarethe ein Glasfenster für das Rathaus gespendet hatte, war sie zumindest in dieser Hinsicht guter Dinge gewesen und hatte gehofft, nun doch nicht der Hilfe des Herzogs von Calenberg zu bedürfen. Dann aber waren ganz plötzlich ihre Geschäfte eingebrochen. Mehrere Ladungen des teuersten Safran waren von Insekten befallen, der Abt von Corvey hatte ihr außerdem geschrieben, ein Großteil der von Margarethe gelieferten Pfefferkörner bestehe aus kleinen, runden Steinen, und ein weiterer Kunde, ein Großkrämer aus Göttingen, sandte einen Sack voller Muskatnüsse zurück, von denen tatsächlich ein Drittel nichts weiter als grob geschnitzte Holzkugeln waren.

Es war durchaus schon vorgekommen, dass Margarethe schlechte oder gar mit billigen Zusätzen gestreckte Waren geliefert bekam. Doch bislang war ihr dies bei ihren eigenen Begutachtungen sofort aufgefallen und hatte in der Vergangenheit bereits arge Konsequenzen für die verantwortlichen Fernhändler nach sich gezogen. Einem waren in Folge eines solchen Falschspieles mit Margarethe Gänslein alle Aufträge verloren gegangen, sodass man ihn alsbald an einem Balken seines mit getürkten Waren überfüllten Brügger Lagerhauses baumelnd auffinden konnte.

Doch eine solche Fülle von verdorbenen und gefälschten Gewürzen hatte es in der Geschichte des Gewürzhandels Gänslein noch nie gegeben. Und es war kaum mehr zurückzuverfolgen, wer dafür zur Verantwortung gezogen werden konnte. Margarethe machte sich selbst den schwersten Vorwurf. Sie war in letzter Zeit einfach zu wenig konzentriert auf ihre Geschäfte gewesen, hatte sich zu sehr von Dingen privater Natur ablenken lassen, sodass sie wahrscheinlich nicht achtsam genug bei der Überprüfung der Ein- und auch der Ausfuhren gewesen war.

Aber wenigstens das sollte sich nun ändern. Sie allein trug die Schuld an der Talfahrt ihres Handels, und nur sie allein war in der Lage, diese Talfahrt anzuhalten. Zum Glück stand noch das große Maifest des Herzogs an. Doch auch hier war sie schludrig gewesen, hatte die Wunschliste Erich von Calenbergs unauffindbar verlegt. Doch das würde nicht wieder geschehen. Von nun an war sie angespornt, all ihr Sinnen ausschließlich auf das erfolgreiche Fortbestehen ihres Gewürzhandels zu lenken.

Weiterhin das bunte Treiben auf dem Pferdemarkt ignorierend, versuchte Margarethe all ihre Gedanken nur noch um das eine kreisen zu lassen: um die Arbeit und die reichen Früchte, die sie durch Fleiß und Unerbittlichkeit gegenüber sich selbst und ihrem Umfeld daraus ernten wollte.

Eine neue, sogar erweiterte Bestellliste des Herzogs hielt sie nun in Händen und las sie sich selbst absichtlich laut vor.

Keine Ablenkung mehr.

Kein Gedanke mehr an Reinolds Heimlichkeiten.

Kein Gedanke mehr an Philipps Umarmung.

Kein Gedanke mehr an Gerdas entsetzlichen Tod und dessen noch entsetzlichere Folgen.

Kein Gedanke mehr an das undurchsichtige Schicksal ihres vermeintlichen Freundes Vinsebeck.

Kein Gedanke mehr an das Verschwinden Immekes.

Und auch kein Gedanke mehr an den schmerzhaften Betrug durch Johanna.

Nur noch diese Liste, nur noch dieser Auftrag, nur noch diese Lieferung, von deren Gelingen allein die Zukunft Margarethe Gänsleins abhängen sollte.

Entschlossen hob sie ihr Kinn und blickte unter zusammengekniffenen Brauen auf das Blatt in ihren Händen. Doch so sehr sie sich auch bemühte – die Worte auf dem Bestellbogen verschwammen immer wieder vor ihren Augen und trugen sie auf leisen Wellen zurück zu längst vergangenen Wünschen, von denen allein die Erinnerung geblieben war.

Und diese Erinnerung war schmerzhaft und angenehm zugleich.

»Vielleicht sollten wir es wagen, Johanna.«

»Wenn Ihr bereit seid, dann bin ich es auch.«

Hans Vinsebeck saß auf einem sonnenbeschienenen großen Stein inmitten einer Waldeslichtung. Seine kurzen Beine baumelten in der Luft, sein Blick war nachdenklich in Richtung der teilweise blühenden Baumkronen gerichtet. Er sah aus wie ein freundlicher, zauberkundiger Gnom aus einer sagenhaften Erzählung.

»Oder denkst du, es ist besser, wenn sie weiterhin schlecht von uns denkt? Schlussendlich wäre es allein zur Erleichterung unseres Gewissens, dass wir ihr ein Zeichen geben. Ginge es allein um Vernunft und Sicherheit, sollten wir es beim Alten belassen.«

»Glaubt Ihr denn wirklich, sie denkt schlecht von uns?« Johanna schlenderte derweil über die Lichtung, die Augen auf den Boden geheftet, um nach frischen Frühlingskräutern zu suchen.

»Natürlich denkt sie nichts Gutes. Dich hält sie für eine Diebin und mich für einen Lügner. Wäre sie von unserer Unschuld überzeugt, oder wähnte sie uns in ernsthafter Gefahr, dann wäre sie doch sicherlich auf die Suche nach uns gegangen.«

»Da habt Ihr recht, Meister Vinsebeck.« Sie war nun stehen geblieben und zupfte gedankenverloren einzelne Blütenblätter von einem weißen Gänseblümchen.

»Wenn wir des Nachts gehen, sollte es gelingen. Wir müssen auch nicht in die Stadt hinein.«

»Allein in die Nähe zu kommen bereitet mir Unbehagen, zumal man mich ausgerechnet unweit des Rosengartens ertappt hatte. Ob er mit dem Leben davongekommen ist?«

»Der Wachmann?« Vinsebeck zuckte mit den Schultern.

»Er kann so erschreckend kaltblütig sein«, murmelte Johanna und warf das entblätterte, nackte Gänseblümchen fort.

»Wäre er das nicht, so würden wir beide nicht derlei gemütliche und sorgenfreie Frühlingstage in diesem nun endlich sicheren Walde verbringen.« Bei diesen Worten schaute der kleine Mann über seine Schulter, hin zu einem mit Zweigen und altem Herbstlaub aufgeschütteten Hügel. »Wenn er die beiden Halunken nicht getötet hätte, dann hätten sie Selbiges mit uns gemacht. Mit uns allen dreien«, fügte er dann an, doch auch in seiner Stimme klang Unbehagen mit.

Nun richtete auch Johanna ihren Blick auf den Hügel, und trotz des warmen Wetters durchfuhr sie bei dem Gedanken, was darunter verborgen lag, ein kalter Schauder. Einen ganzen Friedhof legte Philipp nach und nach in diesem Wald an. Sie schüttelte sich rasch, um die Gänsehaut wieder loszuwerden.

»Wo mag er sein? Was denkt Ihr, Vinsebeck?«

»Philipp? Nun, ich weiß es nicht. Vielleicht zurück in Hameln, vielleicht zurück in Wien, in Paris, in Rom … Man kann es nicht wissen. Eines jedoch weiß ich genau: Hier an diesem Ort konnte und wollte er nicht bleiben. Der schlimmen Erinnerungen wegen.«

Johanna nickte. Auch sie hatte schlimme Erinnerungen an diesen Ort, aber solange sie nicht an die beiden Erdhaufen dachte, unter denen zum einen seit mehr als fünfzehn Jahren die drei Jungen aus ihrem Dorfe lagen und zum anderen seit einigen Wochen die beiden Entführer des Zwerges Vinsebeck – solange sie diese Gedanken verdrängte, empfand sie ihren Aufenthalt in dem Wald ihrer Kindheit als recht angenehm.

Niemals hätte sie nach der überstürzten nächtlichen Flucht damit gerechnet, dass die Sache gut für sie enden würde. Und tatsächlich war zunächst alles noch um einiges schlimmer gekommen. Denn gleich am folgenden Morgen hatte es hier an dieser Stelle eine blutige Zusammenkunft gegeben, bei der tatsächlich um ein Haar zumindest Philipp und der kleine Hans Vinsebeck ihr Leben gelassen hätten. In letzter Sekunde war es Philipp gelungen, den Spieß umzudrehen und die auf Mord sinnenden Geiselnehmer, seine ehemaligen Freunde, zu überwältigen. Einem hatte er mit einem großen Stein den Schädel eingehauen, so gewaltig, dass nur noch eine breiige Masse von seinem Kopfe übrig geblieben war, und dem anderen hatte er mit dessen eigenem Schwert die Sehnen in beiden Kniekehlen durchtrennt und ihm hernach die Kehle durchschnitten. Es war schnell gegangen, ebenso schnell wie das Abschlachten der Jungen vor so vielen Jahren. Und wieder hatte Johanna teilnahmslos zugeschaut. Hatte einerseits gehofft, durch ihn von einer Gefahr befreit zu werden, und andererseits war sie schockiert gewesen, auf welch bestialische, inbrünstige Weise er fähig war, Vergeltung zu üben.

Kein Wort hatten sie nach diesem blutigen Befreiungsakt mehr miteinander gewechselt. Er war einfach verschwunden, mitsamt dem Geld. Johanna und Vinsebeck waren allein zurückgeblieben, hatten die Leichen begraben und darüber beratschlagt, was nun zu tun sei. Beide waren sie zu dem Schluss gekommen, dass sie fortan wie Vogelfreie galten und sich auch derart betragen sollten. Das hieß, man tat gut daran, sich vor allen Menschen zu verbergen, und da sie beide keine erfahrenen Herumtreiber waren, gab es nur die eine Möglichkeit: zu bleiben, wo man war, in der Hütte der Hexe Maria, in dem Wald des Ritters Eicheck, dem nun verwaisten Jagdgebiet des verstorbenen Grundherrn, in welches sich dem Anschein nach noch immer keine seiner alten Leibeigenen hineinwagten, nicht einmal zum Brennholzsammeln.

Vinsebeck rutschte nun von seinem Stein herunter und stapfte munter zu der kleinen Hütte zurück, welche zu dieser Jahreszeit einen recht einladenden Eindruck machte.

»Ich mache es jetzt, Johanna. Ich werde ein Schreiben für sie verfassen und mir Mühe geben, dass nur sie es verstehen wird. Wir können dann später weiter darüber beratschlagen, wie wir ihr diese Nachricht überbringen.«

XXX

Wieder und wieder zog es ihn an diesen dunklen, kalten und modrigen Ort. Umgeben von Getier aller Art, von Schmutz und von Fäulnis, fühlte sich der sonst so polierte und geputzte Peter Hasenstock wohler als in seinem nach Bienenwachs und Rosenwasser duftenden Schlafgemach. Er war dem Herrgott dankbar dafür, dass ihm dieser Ort wieder ins Gedächtnis gekommen war.

Ja, diese kalte Höhle enthielt so viele heiße Erinnerungen an solch bedingungslose Hingabe und solch maßlose Selbstvergessenheit, dass sie erneut zu einer regelrechten Sucht für den Apotheker wurde. Allein hierherzuschleichen und nicht dabei beobachtet zu werden, wie man sich durch den engen Spalt in der Mauer hinein in die feuchte Grube zwängte, löste in ihm eine größere Reizwirkung aus als der heimliche Besuch des Frauenhauses, wo man auf Schritt und Tritt bekannten, verschämten Gesichtern begegnete. Hier jedoch kam niemand her, niemand außer ab und an einmal der elende Wurm Carnifex, um mit seinem neuen Meister die Lage zu besprechen. Doch dieser Halunke wagte nur auf Einladung den Weg hierher. Seine beiden Freunde jedoch, die Männer aus den Habsburger Kernlanden, waren fort, genauso wie der mysteriöse angebliche Sohn Marias, der Hasenstock ohnehin Angst gemacht hatte. Ja, all diese Leute waren fort und hatten nur Gutes hinterlassen, nämlich eine um einiges an Geld erleichterte und dafür ordentlich verunsicherte Margarethe Gänslein.

Auch an diese Frau dachte Hasenstock mitunter, wenn er, auf altes, stinkendes Stroh gebettet, in seiner Höhle lag und nicht nur den Erinnerungen, sondern auch seiner regen Phantasie freien Lauf ließ. Doch leider, leider – selbst wenn er versuchte, sich gehörig anzustrengen, blieben all seine phantasievollen Anstrengungen, Margarethe Gänslein betreffend, unbefriedigend. Und das lag daran, so musste er sich wohl oder übel eingestehen, dass er sie noch nicht voll und ganz in der Hand hatte – die schroffe, schöne Witwe.

Die Dinge entwickelten sich seit einigen Wochen zwar zu seinen Gunsten, aber alles gedieh doch äußerst langsam. Man war in Besitz des Schlüssels zum Hause dieser Frau, aber man durfte keinen merklichen Schaden anrichten. Ein paar Steinchen im Pfeffer hier, ein paar Larven im Safran da und eine Handvoll Holzkügelchen im Muskat, das hatte reichen müssen. Außerdem hatte man sich öffentlich geschlagen gegeben und gebeugten Hauptes auf die Vormundschaft für die alleinstehende, reiche Frau verzichtet, da diese nun ihr ganzes Hab und Gut dem Sohn ihrer Base, diesem Herumtreiber Georg, vermachen wollte, sobald dieser unversehrt wieder europäischen Boden betrat. Ja, Hasenstock hatte nachgegeben, um keinen Verdacht zu erwecken, denn aller Verdacht, der auf ihn als aktiven Feind der Witwe Gänslein fiele, könnte für ihn äußerst gefährlich werden. Wäre diese Gefahr nicht, so dachte er bei sich, während er eine riesige Spinne in ihrem Netz dabei beobachtete, wie sie eine Motte einspann – wäre diese Gefahr ein für alle Mal aus der Welt geschafft, dann könnte er endlich alles geben, könnte zuschlagen, könnte sie in Ketten legen lassen oder sie dazu zwingen, seine Frau zu werden.

Letzteres, das musste er sich eingestehen, war ihm mehr

und mehr der liebste Gedanke, und das lag vorwiegend daran, dass er damit mehrere Fliegen mit einer Klappe schlug. Zum einen sollte man die Kuh, die man melken möchte, nicht zur Schlachtbank führen, und dass Margarethe Gänslein die bessere und erfahrenere Kauffrau war, wusste auch er. Lebend wäre sie ihm nützlicher als tot, und zudem könnte nur so dieser plötzlich ins Feld geworfene Erbe, der Spross ihrer Base, unschädlich gemacht werden. Als Gemahl der reichen Kauffrau wäre das Dasein des Peter Hasenstock ein weitaus angenehmeres, weniger arbeitsames als das eines Apothekers, der sich nach dem Vernichten seiner Feindin als Fernhändler würde üben müssen.

Außerdem kam hinzu, dass Margarethe ihn schon immer gereizt hatte. Er hasste sie, das stand ohne Zweifel fest, aber genauso sehr wollte er sie auch besitzen, sehr viel mehr als sein zwar wunderschönes, junges, aber dafür langweiliges Weib – diese Last, die es ohnehin loszuwerden galt, bevor er frei für eine neue Heirat wäre. Doch das sollte eine nur geringe Sorge darstellen, über die es sich jetzt nicht den Kopf zu zerbrechen galt.

Wichtig war nun, endlich dieser Beweise habhaft zu werden, die, kämen sie schwarz auf weiß ans Tageslicht, ihn ins abgrundtiefe Verderben stürzen würden. Er wusste, dass es derartige Beweise gab, und er konnte sich auch vorstellen, wie sie aussahen. Es mussten Schriftstücke sein. Denn dieser elende Schuft Reinold hatte immer und überall geschrieben. Selbst unter den widrigsten Umständen, selbst bei Regen und Schnee, bei Hagel und Sturm, wenn sie auf ihrer Flucht aus den Bergen lediglich unter einer Plane oder in einem verfallenen Schober Unterschlupf gefunden hatten – auch dann hatte Reinold seine Büchlein gezückt und darin geschrieben. Und diese Tagebücher musste er gemeint haben, als er Peter Hasenstock kurz vor seinem Ableben gedroht hatte, dass er ausreichend vorgesorgt habe, falls Hasenstock ihm posthum einen Streich spielen wolle.

»Die Wahrheit nehme ich nicht mit in mein Grab«, hatte Gänslein gedroht, und Hasenstock hatte es ihm geglaubt.

»Irgendwo hat er diese Bücher versteckt, und sein Weib hat sie noch nicht gefunden. Hätte sie schon darin geblättert und alles in Erfahrung gebracht, dann würde sie sich gewiss anders betragen. Gewiss würde sie sich dann anders betragen«, so sinnierte er nun.

Bislang hatte er aus reiner Verdrängungskunst und auch aus Bequemlichkeit nicht daran gedacht, auf die Suche nach diesen verfluchten Schriftstücken zu gehen. Denn selbst wenn Margarethe alles eines Tages in Erfahrung brächte, wäre das für ihn ohne Belang, zumindest solange auch sie noch etwas zu verlieren hätte. Sie müsste schweigen, um ihre eigene Haut als Erbin eines Mörders und Betrügers zu retten. Denn auch diese Gewissheit würde sie nach der Lektüre der Tagebücher erlangen. Säße sie aber im Blumenloch, im Kerker unter dem Rathaus, wartete nichts weiter als der nackte Tod auf sie, dann würde sie singen wie ein Vögelchen, und das durfte nicht sein. Das war der unbequeme Zwiespalt, in dem Hasenstock schon seit Jahren steckte. Er wollte sie so gern vernichten oder wenigstens erobern, doch das konnte ihm nur gelingen, wenn er für dieses gerissene Weib unantastbar war. Und eine oberflächlich weiße Weste erhielt er nur dann, wenn – ja, wenn er die Beweise für den Pakt, welchen er in jungen Jahren mit Reinold Gänslein geschlossen hatte, fand und vernichtete.

Es war an der Zeit dazu, denn, so schmerzhaft dieses Eingeständnis war: Viele Jahre blieben ihm nicht mehr. Allein bei diesem Gedanken begann das entsetzliche Jucken wieder Oberhand zu gewinnen, doch hier, an diesem Ort, wo ihn lediglich Spinnen, Schaben, Fledermäuse und Ratten beobachteten, durfte er dem schrecklichen Reiz ungehemmt nachgeben und sich an allen Stellen kratzen, die dies von ihm verlangten. Vielleicht waren es noch zwei, vielleicht drei Jahre, aber sterben würde er gewiss daran, auch wenn der verfluchte Zwerg gesagt hatte, dass dies nicht unbedingt der Fall sein müsste. Hasenstock jedoch wusste von niemandem, der das überlebt hatte, nicht dauerhaft.

Es half nichts. Er war gezwungen, die vermaledeiten Bücher zu finden, bevor er starb, bevor der Herumtreiber aus der Neuen Welt nach Hameln zurückkam und bevor seine Kassen völlig leer waren. Denn aus der Geldtruhe, welche die Tiroler Halunken und Carnifex in ebenseiner, der Hasenstockschen Höhle, gehoben hatten, war ihm von seinem ohnehin gering ausgehandelten Anteil nur ein kläglicher Rest geblieben. Wieder einmal war er blank, blank wie eine nackte Maus.

Aber zum Glück hatte er ja den Schlüssel.

»Meister«, vernahm er nun die gedämpfte, raue Stimme von Till Carnifex vor dem Eingang zu seinem Unterschlupf.

Rasch nahm Hasenstock seine Hand aus der engen Strumpfhose und zog sich sein teures Wams zurecht.

»Was will er?«, raunte er sodann.

»Ihr habt mich hergebeten.« Nun steckte der hässliche Kerl seinen großen, kahlen Schädel in die Höhle. Es verwunderte ihn offenbar nicht, den feinen Herrn stets in einem solchen Drecksloch vorzufinden, zumindest machte er nicht den Eindruck, dies als ungewöhnlich anzusehen.

»Ich will, dass er das Haus der Gänslein beobachtet und mir Bescheid gibt, wenn alle Vögel ausgeflogen sind. Zur Not soll er dafür sorgen, dass die verbleibenden Mägde ruhiggestellt sind. Es werden etwa zwei Stunden völliger Ruhe benötigt, in denen ich mich sorgsam dort drinnen umsehen kann.«

»Aber gern doch«, sagte Carnifex, grinste sein übliches, fauliges Grinsen und zog den Kopf wieder aus der Höhle heraus, während Peter Hasenstock erleichtert damit fortfuhr, seinen furchtbaren Juckreiz mit aller Kraft zu bekämpfen.

Die Witwe Mechthild war nur wenigen sündhaften Lastern verfallen. Ihre Putzsucht zählte sicherlich dazu, auch wenn sie bei ihr weitaus geringer ausgeprägt war als bei anderen Hamelner Bürgersfrauen. Des weiteren liebte sie Orakel und Hellseherei, was wenig zu ihrer Gottesfurcht passte, und dann den Weinbrand, von dem sie sich täglich einen gehörigen Schluck gönnte, durchaus auch mal zwei, und wenn der Hals kratzte – was häufig der Fall war –, auch mal einen ganzen Becher. Mehr jedoch ließe sich zu ihren Ungunsten nicht anführen. Im Gegenteil, die Liste ihrer guten Eigenschaften nahm sich ungleich länger aus. Eine ihrer besten Tugenden war ihre Verlässlichkeit. Denn alles, was man dieser guten Seele anvertraute, behielt sie für sich, machte es zu ihrer eigenen Sorge und schloss denjenigen inbrünstig in ihre Gebete ein. Das Wohl ihrer Base Margarethe war schon von jeher ein wichtiger Bestandteil der Gebete Mechthilds, und das nicht etwa, weil es sich bei der reichen Kauffrau um ihre Gönnerin handelte, sondern weil Mechthild die Tochter der Schwester ihres Vaters aufrichtig liebte.

Und da sie Margarethe so sehr liebte, war sie auch sehr um deren Wohlergehen besorgt. Die letzten Wochen und Monate hatten der Hausherrin ordentlich zugesetzt, sie war abgemagert und blass geworden, von Sorgen zerfressen – berechtigten Sorgen, mit denen sie sich nur anfänglich, und das auch nur in Bruchstücken, an Mechthild gewandt hatte. Natürlich ging es dabei um turbulente Geschäfte, um untreues Gesinde, und es ging wohl auch, so vermuteten Mechthild und Regine gemeinsam, um eine unglückliche Liebe. Doch all das waren, laut Regine, nur winzige, zusätzliche Probleme, denn im Grunde drehe sich doch alles um Reinold und dessen Erbe.

Mechthild hatte den Gemahl ihrer Base niemals richtig kennengelernt. Nur auf dem Hochzeitsfest, welches in Anbetracht des Todes von Margarethes Vater wenig aufwendig gefeiert worden war, hatte sie den damals noch jungen Bräutigam zu Gesicht bekommen und nachher lediglich durch den Briefwechsel mit Margarethe von seinen Geschäftserfolgen als Gewürzhändler erfahren. Der Mensch Reinold Gänslein war ihr fremd geblieben, jedoch schätzte sie ihn als einen frommen und inbrünstigen Reliquiensammler, obgleich Margarethe der Base niemals erlaubt hatte, die für einen Privatmann enorme Sammlung in Augenschein zu nehmen.

Ja, da gab es diesen Raum.

Das stets abgesperrte Gelass, in dem all die persönlichen Dinge des Verstorbenen aufbewahrt wurden. Selten nur fand Margarethe selbst den Weg dort hinein, niemals aber jemand anders, nicht einmal Mechthild.

»Nur unnützer Tand ist dort verborgen. Damit brauchst du dich nicht abzugeben, gutes Hildchen«, waren stets Margarethes Ausflüchte, wenn Mechthild sie auf die geheime Kammer ansprach. In letzter Zeit aber hielt Margarethe sich ausgesprochen häufig in diesem vermeintlich unnützen Raum auf, ganze Sonntage verbrachte sie dort und kam nicht einmal herunter, um gemeinsam mit ihrer Base das Mittagsmahl einzunehmen.

»Es sind die Sorgen um Reinolds Vergangenheit, die sie so sehr plagen«, wiederholte Regine immer wieder, wenn Mechthild ihr davon berichtete. »Man sollte ihr helfen, meine Gute.«

Und mit dieser Hilfe hatte die Begine – so gut verstand Mechthild ihre langjährige Freundin mittlerweile – gemeint, dass man heimliche Nachforschungen betreibe.

Es war also an jenem Morgen eine Frage des Gewissens, als

Mechthild sich aufmachte, eben diese Nachforschungen zu beginnen, und damit der kurzen Liste ihrer Laster eine neue Sünde hinzufügte. Eine Sünde, von der sie hoffte, dass sie ihr als gut gemeinte Verzweiflungstat vergeben würde, diese Sünde des Hintergehens, ja der Betrügerei, wenn man so wollte.

Das Haus war leer. Margarethe, eine der beiden Mägde und ihr Sekretär Bennheim waren auf dem Weg zum entfernten Kloster Corvey, wo die Hamelner Gewürzhändlerin sich höchstpersönlich für die schlechte Qualität ihrer letzten Lieferung entschuldigen wollte. Der Küchenbursche hatte an diesem Tage frei, und die andere Magd – das hatte Mechthild vom Fenster aus beobachtet, als sie sich zu ihrer Mittagsruhe begeben wollte – war rasch über den Pferdemarkt davongeschlichen, um sich, ohne Wissen der Herrin und deren vermeintlich schlafender Base, eine faule Zeit zu gönnen.

Die beste Gelegenheit also, um sich den Schlüssel zu dem heimlichen Gemach aus dem Mechthild längst bekannten Versteck zu holen und herauszufinden, was sich, abgesehen von den wunderbaren Reliquien, noch an Sammlungen in dem Kämmerlein verbarg.

Ihre Hände zitterten, als sie die schmale und niedrige Türe zu dem Gelass aufschloss. Wie sehr hatte sie sich schon immer gewünscht, die heiligen Schätze zu bestaunen, die der Kaufmann aus aller Herren Länder mitgebracht und sorgsam verwahrt hatte. Jetzt also war es so weit, jetzt also trat sie ein in das Reich des Verstorbenen, in dem dieser, so vermutete die allwissende Regine, nicht nur Denkmale seiner Frömmigkeit aufbewahrte.

Ganz so, als betrete sie eine heilige Stätte, setzte Mechthild andächtig und vorsichtig den ersten Fuß in das Kämmerlein. Der modrige Geruch abgestandener Luft und feuchten Staubes schlug ihr entgegen, stockfinster war es, sodass sie eine Kerze aus der angrenzenden kleinen Stube holen musste.

Eine große Enge herrschte in dem Gelass, in dem zahlreiche massive Holzregale bis zur Decke reichten. Sie waren allesamt befüllt mit Schachteln, Schatullen, Büchern und auch Stapeln von losem Papier.

Mechthild sah sogleich ein, dass es nicht die geringste Aussicht darauf gab, in diesem überfüllten, ja chaotischen Zimmerchen etwas zu finden, was auch nur ansatzweise Licht ins Dunkel der Vorgänge brachte, in welche ihre unglückliche Base hineingeraten war. Ja, vielmehr musste sie sich eingestehen, dass sie gar keine große Lust verspürte, in all den verstaubten Papieren und den von Würmern zerfressenen Büchern herumzustöbern. Vielmehr reizte sie die fromme Sammlung des Kaufmanns. Ja, die heiligen Reliquien, die Haare, Knochen und getrockneten Eingeweide zahlreicher Märtyrer, die Splitter eines vom Zimmermann Josef aus Nazareth eigens gehauenen Balkens, die Tränen der Maria Magdalena, aufgefangen unter dem Kreuze Christi und in ein Fläschchen aus venezianischem Glas gefüllt, das geronnene Blut des großen Paulus, welches aus seinem Halse troff, nachdem er zum Tode durch das Schwert verurteilt worden war, nicht zu vergessen der Strick, an dem sich der Verräter Judas aufgehängt hatte. All das wünschte sie sehnlichst zu sehen, es zu berühren, dabei zu beten und zu hoffen, durch ihre fromme Inbrunst Gott ein Wohlgefallen zu sein und somit die eigene und auch die Seelen anderer zu retten oder zumindest ihre Zeit im Fegefeuer zu verkürzen.

Als Mechthild es gerade wagen wollte, eine sehr kleine, aber reich mit bunten Edelsteinen verzierte Dose zu öffnen, da hörte sie plötzlich die Dielen der nahen Stube knarren.

Schnell zog sie ihre Hand zurück und starrte zur Türe.

Jemand war im Haus!

Mechthild nahm sich nicht die Zeit, darüber nachzudenken, wer dieser Jemand sein könnte – ob es vielleicht die viel zu früh zurückgekehrte Margarethe, eine der ausgegangenen Gesindekräfte, ein unerwarteter Besucher oder gar ein brutaler Räuber war, der sich da näherte. Nein, diese Zeit nahm sie sich nicht. Rasch blies sie die Kerze aus, lief schneller, als man es von ihr erwartet hätte, durch den stockdusteren Raum bis hinter dessen letztes Regal, und verbarg sich dort in einer Ecke. Es war ein nur unzureichendes Versteck, aber eine bessere Möglichkeit, sich zu verbergen, gab es hier nicht. Nun musste sie Ruhe bewahren, still beten und hoffen, denn der ungebetene Gast hatte bereits die geheime Kammer Reinold Gänsleins betreten.

Mechthild versuchte angestrengt, in der Gestalt, die sie durch die zahlreichen überfüllten Regale hindurch nur schwer ausmachen konnte, ihre Base erkennen zu können. Angenehm wäre es ihr nicht, von Margarethe beim Herumschnüffeln ertappt zu werden, aber immerhin besser, als dass ein Einbrecher sie aufspürte und meuchelte. Zitternd lugte sie zwischen Büchern und Schatullen hindurch, wohlbedacht, nichts zu berühren, um ja kein Geräusch von sich zu geben. Doch leider konnte sie nicht mehr als einen menschlichen Schatten ausmachen, der Größe und Statur nach zu urteilen jedoch eindeutig männlichen Geschlechts. Margarethe war es nicht und ebenso wenig der schmächtige Küchenbursche, geschweige denn der dürre, krumme Bennheim.

Ein Fremder hatte sich also Zutritt zum Hause verschafft. Und sie, die fromme Witwe Mechthild, war ganz allein mit ihm.

Ihr Herz begann nun noch wilder zu schlagen. So wild, dass sie sich ihre rechte Hand beruhigend auf die Brust legte, womit sie jedoch keine Wirkung erzielte. Im Gegenteil, ihr wurde regelrecht schwindelig, sie begann zu wanken, war aber noch geistesgegenwärtig genug, sich eilig, aber leise auf den Boden zu setzen, bevor sie krachend in die Regale gestürzt wäre. Mechthild schloss die Augen und legte ihre Handflächen an die kühle

Wand, um durch die Kälte des Putzes wieder ein wenig Leben in ihren Körper zurückzubringen.

Doch seltsamerweise war da gar kein Putz. Nicht dort unten, wo sie nun hockte.

Stattdessen ertastete Mechthild Holz. Vorsichtig drehte sie sich um. In der Dunkelheit war es nicht genau zu erkennen, aber deutlich war immerhin, dass sich von dem grauen Putz der Rückwand weiter unten ein etwas dunkleres Viereck abzeichnete. Eine Luke.

In diesem Moment verließ der Eindringling den Raum. Sie hörte, wie sich seine Schritte entfernten. Jedoch ging er nicht ganz fort. Er schien in der angrenzenden kleinen Stube hin und her zu laufen.

Eilig. Suchend.

Er holt sich mehr Licht, dachte Mechthild und wusste nun, dass ihr nur wenig Zeit blieb, um sich besser zu verbergen, bevor er mit Laternen und Kerzenleuchtern den gesamten Raum erhellte.

Mechthild tastete nach der Holzluke. Und tatsächlich, welch Wunder, sie ließ sich öffnen. Nahezu lautlos ließ sie sich öffnen. Allein das Hochdrücken des Riegels hatte ein leicht scharrendes Geräusch verursacht, welches jedoch leicht mit Wühlen von Mäusen oder Ratten hätte verwechselt werden können und somit unverdächtig war. Ohne darüber nachzudenken, was sie hinter dieser geheimen Klappe erwartete, kroch Mechthild ungeachtet ihrer ungeübten Knochen hinein und schloss das hölzerne, kleine Tor wieder hinter sich.

Da saß sie nun, in diesem verborgenen Kämmerlein, das größer zu sein schien, als sie erwartet hatte. Zudem war es hier ganz und gar nicht stickig – im Gegenteil, es wehte ein leichtes Lüftchen, und der Atem ging frisch und frei. Es war eine Holzkonstruktion. Der Boden war aus Holz, und auch die Wände, denn durch die schmalen Ritzen der Bretter drang ein wenig Tageslicht herein.

Wo in Gottes Namen war sie?

Diese Frage konnte sie sich später stellen. Jetzt galt es erst einmal, sich ruhig zu verhalten, denn der Fremde schien wieder in das Reliquienzimmer zurückgekehrt zu sein. Von dort war nämlich ein durchaus vorsichtiges Wühlen und Räumen, hin und wieder auch ein leises Fluchen zu vernehmen. Derjenige, der sich in Gänsleins Gelass zu schaffen machte, ging äußerst achtsam zu Werke. Und so leise, wie er war, fürchtete er offenbar, ertappt werden zu können. Er war sich wahrscheinlich nicht sicher, allein im Hause zu sein. Wie konnte er auch? Jedermann in dieser Stadt wusste, dass die Base der Gewürzhändlerin hier Asyl gefunden hatte und das Haus am Pferdemarkt so gut wie nie verließ. Handelte es sich also um einen kundigen Räuber, so war er darüber informiert, dass wenigstens Mechthild daheim sein musste. Dieser Einfall behagte ihr ganz und gar nicht. Dennoch war sie froh, nicht in ihrem Zimmer gewesen zu sein, als der Dieb eingedrungen war, denn ein besseres Versteck als dieses, welches ihr mit Gottes Hilfe offenbart worden war, hätte sie im ganzen Hause niemals finden können.

Jetzt stahl er mit Sicherheit all die wertvollen Reliquien! Das Erbe Reinold Gänsleins. Sein Schatz, der ihm die Pforten zum Himmelsreich öffnen sollte. Welch eine Sünde, welch eine unglaubliche Sünde war es doch, einen solchen Raub zu begehen. Die Haut würde ihm bei lebendigem Leibe abgezogen, sollte man diesen Schandtäter ausfindig machen.

Margarethe hingegen, das wusste Mechthild, wäre nicht traurig, den Tand losgeworden zu sein. Allein um die goldenen Kistchen und die edelsteinverzierten Schatullen täte es ihr leid. Sie hielt die Knöchelchen, Haut- und Stofffetzen, die einst in und an den Leibern von Heiligen und Märtyrern getragen worden waren, ohnehin für Trug und Blendwerk. Und seit dem raschen Bekanntwerden der Thesen Luthers war mit Sicherheit auch der Marktwert solcher heiligen Gebeine und sonstiger Überreste gesunken. So viel hatte auch Mechthild nach jahrelangem Aufenthalt in einem Kaufmannshaus unweigerlich lernen müssen. Doch Angebot und Nachfrage hin oder her, für Mechthild waren und blieben diese Dinge unantastbar heilig, und das Vergehen, welches sich dort drüben abspielte, war ein Verbrechen, das den verantwortlichen Übeltäter mit großer Sicherheit am Fegefeuer vorbei unmittelbar in die Hölle transportieren würde.

Gerade hatte sie sich mit diesen Gedanken abgelenkt, als es plötzlich ruhiger wurde. Er schien sein Vorhaben vollbracht zu haben und war nun hoffentlich fort. Mechthild wartete eine weitere halbe Stunde regungslos. Dann – sie wagte es noch immer nicht, die Holzluke zu öffnen – erinnerte sie sich, dass sie noch den Kerzenstumpf und auch die Zündhölzer in ihrem Unterrock verborgen hielt. Es reizte sie nun doch, ein wenig mehr Licht zu machen, um zu sehen, wo genau sie sich hier befand.

Was sie dann erblickte, nachdem sie die Kerze entzündet hatte, ließ sie trotz der gefährlichen Lage, in die sie geraten war, ein wenig schmunzeln.

Hierher hatte es sie also verschlagen. In den vergessenen Erker.

Mechthild befand sich nirgendwo anders als in dem hölzernen Anbau, welcher am hinteren Teil des Hauses auf Höhe des ersten Stockwerks angebracht war. Dort stieß er fast an die Wand des Nachbargebäudes, eines Handwerksbetriebes in der Emmerngasse, und diese Nähe war es auch, welche den Erker gezwungenermaßen unbrauchbar gemacht und ihn dann in völlige Vergessenheit hatte geraten lassen. Laut Margarethe war dies die Sorge der Vorbesitzer des Kaufmannshauses gewesen, einer alten, jedoch verarmenden Stadtadelsfamilie, denen Reinold Gänslein ihr prächtiges Gebäude vor mehr als zwanzig Jahren zu einem günstigen Preise hatte abkaufen können. Zu diesem Zeitpunkt war der Vorsprung bereits seines Zweckes verlustig gegangen, denn ursprünglich hatte er als Abort gedient. Eine in jeglicher Hinsicht angenehme Idee war dies gewesen, denn zum einen hatte es mühseliges Treppensteigen erspart, man war nicht gezwungen gewesen, auch des Winters oder bei Regen den Hinterhof aufzusuchen. Und zum anderen war es auch eine weniger geruchsbelästigende Angelegenheit als ein Nachttopf im Zimmer, denn von diesem Erker aus fiel das Davongegebene durch ein Loch unmittelbar nach unten. Aber genau das war das Problem gewesen, weshalb die Adelsfamilie und der nachbarliche Handwerksmeister sogar bis vor den Rat gegangen waren. Denn die Gasse zwischen den beiden Häusern war nach einigen Jahren durch ebendieses wie ein Schwalbennest am Hause hängende, heimliche Gemach zu einem mehr als ungemütlichen Platz geworden. Und das konnten weder der Nachbar noch der Rat der Stadt weiterhin dulden. Somit war das Örtchen nun schon lange stillgelegt und vergessen, sein innerer Zugang zugemauert und lediglich mit einer hölzernen Klappe versehen worden, die Mechthild jedoch ein Rätsel aufgab.

Warum hatte man diese Öffnung offenbar nachträglich in die zugemauerte Wand geschlagen? Das sah ganz nach Heimlichkeiten aus. Jemand hatte also Grund, hin und wieder diesen verbotenen Ort zu betreten.

Es dauerte nicht lange, und die findige Frau entdeckte den Grund: als sie nämlich den runden, hölzernen Deckel von dem kastenartigen »Donnerbalken« nahm, den Deckel, der ursprünglich dazu gedient hatte, das Loch, auf dem man im

Fall des Falles Platz nehmen sollte, vor unangenehmer Zugluft zu schließen. Denn als Mechthild ebendiesen Deckel anhob, blickte sie nicht, wie erwartet, in die Tiefe zwischen den beiden Stadthäusern. Nein, das Loch war mit Brettern verstopft, und der Hohlraum mit nichts anderem als Büchern gefüllt, in Leder eingebundenen Büchern. Mehr als ein Dutzend mochten es sein.

Mechthild ließ etwas von dem Wachs ihrer Kerze auf den Donnerbalken tropfen, um das Licht dort zu befestigen, denn ihre Neugierde verlangte nun nach beiden Händen. Unverhohlen griff sie in die Tiefe und fischte eines der Bücher hervor. Es war kalt und feucht, das Leder stank modrig, und die Seiten klebten aneinander. Doch als Mechthild es auf einer willkürlichen Seite aufschlug, erkannte sie sofort, was sie da vor sich hatte.

»Tagebücher.«

Die Kerze flackerte in diesem zugigen Bau stark, das Licht war schlecht, und sie musste sich arg anstrengen, um die teils von der Feuchtigkeit verschwommene Handschrift entziffern zu können. Doch sosehr Mechthild sich auch bemühte, es gelang ihr nicht, denn die Worte waren ihr vollkommen fremd.

Allein die Jahreszahl war zu entziffern: MDV.

»Aufzeichnungen aus dem Jahre 1505«, murmelte Mechthild leise vor sich hin.

Die Base der Kaufmannswitwe wusste in diesem Moment noch nicht, dass sie soeben den Schlüssel zu einem großen Rätsel in Händen hielt.

Bedächtig, als handele es sich auch hierbei um eine heilige Reliquie, legte Mechthild das Buch zurück in den Abortkasten und verschloss diesen wieder mit dem dafür vorgesehenen Deckel. Dann lauschte sie eine Weile angestrengt. Doch als sie nichts weiter vernahm als die Geräusche des Marktes und der angrenzenden Gasse und sie nun nach so langer Zeit sicher sein konnte, dass der Wüstling das Haus verlassen hatte, öffnete sie vorsichtig die Holzluke, die wieder zurück in die Reliquienkammer führte. In der niedrigen Öffnung hockend, verharrte sie eine weitere Weile lauschend, um dann langsam in das dunkle Kämmerlein mit seinen vielen Regalen zu kriechen.

Dem Anschein nach war alles beim Alten. Nichts hatte sich verändert. Alle Kisten, Schatullen und Bücher standen an ihrem Platz.

Mechthild staunte.

Ein wenig erleichtert wagte sie, einen Blick in die angrenzende, helle, kleine Stube zu werfen.

Auch diese schien verlassen und aufgeräumt.

Ebenso das gesamte weitere Haus, dessen Räume sie in einem Anflug ungeahnten Mutes durchschritt.

Niemand, keine Menschenseele. Niemand außer den raschelnden Mäusen und den drei umherstreifenden faulen Katzen.

Hatte sie sich etwa getäuscht, und es war gar kein Räuber gewesen, der es gewagt hatte, ungefragt und unangekündigt am helllichten Tage ins Haus der Hamelner Gewürzkauffrau einzudringen?

War es etwa nur eine Traumgestalt, ein Geist gewesen?

Oder gar ein von Gott gesandter Engel, der auf diese Art und Weise der ängstlichen Frau eine bis dato unbekannte Pforte gewiesen hatte?

Mechthild war sich nicht mehr sicher.

Verwirrt ließ sie sich auf einem Stuhl in der menschenleeren Küche nieder und schenkte sich gleich einen ganzen Pokal voller Weinbrand ein. Ein Birnengeist, den Margarethe von einem entfernten Landgastwirt bezog, eine wunderbare, beruhigende Medizin. Und eine solche benötigte Mechthild nun mehr als dringend.

»Lasst mich bitte hier schon heraus, guter Mehlmann«, rief Margarethe dem pfeifenden und gut gelaunten Fuhrmann zu, der sie, die junge, neue Magd sowie den Secretarius zwei Tage lang begleitet hatte und seinen Wagen nun vom entfernten Kloster Corvey an der Weser nach Hameln zurücklenkte. Fritz Mehlmann hatte allen Grund, froh zu sein, hatte er doch ein lohnendes Geschäft gemacht.

»Mit dem Kahn den Fluss hinunter wäre es Euch günstiger gekommen«, war Bennheim die ganze Fahrt über nicht müde geworden zu betonen und hatte Margarethe damit gehörig ins Gewissen geredet, denn nachdem sie beinahe den Abt und sein Kloster als wichtige Kunden verloren hätte und die Geschäfte auch sonst alles andere als rosig liefen, wäre es tatsächlich angebracht gewesen, ein wenig sparsamer mit dem bis dato als unerschöpflich angesehenen Vermögen umzugehen.

Ja, die zwei Tage außerhalb der Stadt hatten ihr gutgetan, jedoch nur in der Hinsicht, als dass sie verdrängen konnte, was hinter den vertrauten Mauern nun wieder auf sie warten würde. Und aus diesem Grund wollte sie wenigstens noch ein halbes Stündchen hinauszögern und die Ruhe ihres nun im Frühling wunderschönen, frischen und umso wilderen Rosengartens genießen.

Allein, verstand sich, während Bennheim und das Mädchen weiter mit dem Fuhrmann in die Stadt und zu ihrem Hause fuhren.

Dort, unter jungem Löwenzahn und frischem Moos lag es, das Grab ihrer Magd, die hier, so musste Margarethe vermuten, nun allein ohne ihre Kinder ruhte. Die junge Gerda, welche, obwohl läufig und unkeusch, dennoch die treueste Seele unter den Gesindekräften der Gewürzhändlerin gewesen war. Doch daran wollte Margarethe nun nicht mehr denken.

Sie wollte vielmehr einfach nur dasitzen, dem Zwitschern der Vögel lauschen und die Seele frei sein lassen. Ja, ein leerer Kopf, der wäre seit einigen Wochen Gold wert. Doch so einfach das klingen mochte, nichts war schwieriger zu erlangen als Gedankenlosigkeit. Aber vielleicht würde es ihr ja hier, an diesem ihr eigenen, freien Ort gelingen, obgleich auch diesem so viele schwere Erinnerungen anhafteten.

Ungeachtet des Vogeldrecks und einiger Erdkrümel, die auf der steinernen Bank lagen, ließ sie sich erleichtert nieder und schloss für einen Moment die Augen. Sie legte den Kopf in den Nacken und schüttelte ihn dann leicht, um auch die Gedanken an das zunächst unangenehme Gespräch mit dem von ihren Waren enttäuschten Abt zu verdrängen. Durch Demut, hundertfache Entschuldigungen und das Versprechen, zukünftig die Gewürze für die bedeutende Reichsabtei eingängiger zu prüfen, war es ihr schließlich gelungen, den Gottesmann wieder milde zu stimmen, denn schließlich wusste er, dass weit und breit niemand derartig gute und außergewöhnliche Waren lieferte wie die Hamelner Kauffrau.

Margarethe öffnete, noch immer ihr Gesicht zur sprießenden und blühenden Decke der Laube gerichtet, die Augen. Doch mit einem Mal verengte sich ihr Blick.

»Was ist das?«, murmelte sie und stand auf. Da zwischen den Zweigen steckte ein hohles Stück Holz, aus welchem ein zusammengerolltes Papier herausschaute.

Margarethe griff nach der Röhre und zog den Brief ganz heraus.

Hastig brach sie das einfache Siegel und entrollte das Schreiben. Sofort erkannte sie in den Zeilen ein Gedicht.

Wer verbarg an diesem Ort ein Gedicht?

»Treue ist kein wertlos Gut,
nicht für verwandte Seelen.
Verzweiflung gar und kleiner Mut
zwangen einst, mich fortzustehlen.
Ich bin noch da und denke oft
an längst vergangne Stunden.
Mitunter hab ich still gehofft,
du hätt'st uns längst gefunden.
Ja, wir sind zwei, auch drei an Zahl
und leben im Verborgnen,
wo einst eine Mutter ohn Gemahl
gehaust hat voller Sorgen.
Der Zwang allein trieb uns hierher.
Es war ein bittrer Weg.
Wir fanden keinen Abschied mehr,
doch dies nun ist Beleg
für unsere Treue, unsre Kraft,
die wir noch immer leisten,
auch sie hat es hierher geschafft,
bekümmert sich am meisten.
Zur Ruhe hat gebettet er
die Früchte lieb und klein,
damit von der Wurzel nimmermehr
Sie losgerissen sei'n.
Lies diese Zeilen als einen Ruf
von dir ergebenen Leuten.
Denn was Freundschaft einst erschuf,
wird Tücke nie erbeuten.«

Margarethe ging den seltsamen Brief noch einmal durch. Erst nachdem sie sich die Worte wiederholt angeschaut und sie laut vorgetragen hatte, ging ihr ein Licht auf. Sie lächelte.

»Vinsebeck«, sagte sie dann. »Das kann nur Vinsebeck sein.«

Dann las sie ein weiteres Mal die mysteriösen Zeilen.

»Vinsebeck und zwei weitere treue Leute. Immeke und Johanna?« Margarethe war sich nicht sicher, aber sie hoffte. »Sie halten sich versteckt. Sie leben, und offensichtlich haben sie auch Gerdas Kinder wieder begraben. Er, wer immer damit gemeint ist, hat es getan.«

Und tatsächlich, dort zu ihren Füßen, konnte man eine noch nicht lange ausgehobene und wieder zugeschüttete Stelle unter altem Laub ausmachen.

Beseelt, fast glücklich ob dieser Botschaft, trat Margarethe nun den Heimweg an. Es war das erste Mal seit Wochen, dass sie sich nicht mehr betrogen, nicht mehr allein, nicht mehr wertlos fühlte. Sie hatte sich getäuscht, ja, sie hoffte inständig, sich in den Menschen, die ihr so viel bedeutet hatten, getäuscht zu haben, als sie geglaubt hatte, von ihnen allen hintergangen worden zu sein.

Noch immer mit einem Lächeln auf den Lippen, betrat sie ihr Haus. Ihre neue Magd kam ihr sogleich entgegen, nahm ihr den Umhang ab und fragte, was sie der Herrin nach der anstrengenden Reise bringen dürfe. Doch Margarethe kam nicht dazu zu antworten, denn oben auf der Treppe zum ersten Stockwerk erschien plötzlich Mechthild. Nie zuvor war ihr die Base so groß, so präsent, so entschlossen vorgekommen.

»Grete, kommst du bitte gleich in meine Kammer? Ich habe da etwas gefunden, das für dich von großem Interesse ist.«

Kein Willkommensgruß, kein erleichtertes Aufatmen seitens der stets besorgten Mechthild?

Margarethe war verwundert, jedoch nach wie vor zu gut gelaunt, um etwas Schlimmes hinter dem sonderbaren Verhalten der Base zu vermuten.

»Bringe sie mir einen kühlen, weißen Wein. Bitte von dem

Pfälzischen«, rief sie ihrer Magd zu, während sie sich bereits aufmachte, um die Witwenkemenate Mechthilds zu betreten.

»Regine! Ihr seid ebenfalls zugegen«, sagte Margarethe, nur wenig überrascht über die bereits zur Gewohnheit gewordene Präsenz der Begine. Überraschend waren lediglich die gespannt dreinschauenden Gesichter der beiden Frauen, überraschend war der seltsam modrige Geruch in der sonst nach Weihrauch duftenden Kammer, und überraschend waren insbesondere die zahlreichen vergilbten, teils zerfallenen Bücher, die aufgeschlagen auf dem Tisch, dem Fußboden und gar auf dem Bett der frommen Mechthild verteilt lagen.

»Wir wollen dich nicht beunruhigen, meine Liebe. Aber du solltest die Erste sein, die einen genauen Blick dort hineinwirft.«

XXXI

In den einfachen Kleidern eines Bauern und mit einer tief ins Gesicht gezogenen schweinsledernen Kappe auf dem Kopf fühlte Philipp sich um einiges wohler als im Talar eines Magisters oder im Gewand eines Edelmannes. Niemand hatte ihm Beachtung geschenkt, als er an diesem wunderschönen Maimorgen, über die Weserbrücke kommend, den Weg zurück in die betriebsame Stadt Hameln gefunden hatte.

Einige Wochen lang war er fort gewesen, hatte sich herumgetrieben, sich eine schöne Zeit im riesigen Köln gemacht und war bereits auf dem Weg nach Amsterdam gewesen, als er sich dazu entschloss, doch wieder dorthin zurückzukehren, wo noch so viele unerledigte Aufgaben auf ihn warteten. Es war ein unerklärlicher, innerer Drang, der ihn dazu trieb, eine Unruhe, von der er wusste, dass sie sich erst dann legen würde, wenn vernichtet war, was ihn und seine Familie einst vernichtet hatte. Das Gold Margarethe Gänsleins führte er bei sich, es war nahezu unangetastet geblieben, denn die Übergabe des entführten Vinsebeck war anders verlaufen, als zu erwarten, ja zu befürchten gewesen war. Alle, die es verdient hatten zu überleben, lebten. Und diejenigen, um die es in seinen Augen nicht schade war, hatten den Tod gefunden. Philipp plagte nicht im Geringsten ein schlechtes Gewissen.

Was ihn jedoch plagte, als er auf dem Pferdemarkt ankam und zu dem imposanten und mittlerweile vertrauten Kaufmannshaus hinaufsah, war die Unsicherheit. Ja, er war sich nicht gewiss, ob es ratsam war, an der Pforte dieses Hauses zu klopfen und bei der Frau, die sich vor einigen Wochen noch so willig von ihm hatte küssen lassen, um Einlass zu bitten. Immerhin musste sie glauben, er habe sie bestohlen und sei dann zusammen mit ihrer treulosen Magd auf und davon. Es hatte auch ganz danach ausgesehen und würde ihn mehr als nur geschickte Überredungskunst kosten, sie von der Wahrheit oder besser: von einer anderen Möglichkeit zu überzeugen.

Es behagte ihm gar nicht, dass er sich selbst dabei ertappen musste, wie seine Hände schwitzig wurden und sein Herz schneller zu schlagen begann. Nein, das passte nicht zu seinem kühlen, überlegenen, fast unmenschlich regungslosen Wesen, dem Wesen, welches er sich zu seinem eigenen Schutze als Heranwachsender erschaffen hatte. Ja, im Grunde war Philipp nicht anders als der kleine Vinsebeck. Auch er verfügte über einen Homunculus, über eine menschenähnliche, gewissenlose Kreatur, die dem Willen ihres Meisters gehorchte. Doch anders als bei Vinsebeck steckte Philipps Homunculus in ihm selbst, war ein Teil von ihm, ein brauchbarer und bislang auch funktionstüchtiger Teil. Doch was Letzteres betraf, war er sich nicht mehr so sicher. Immer und immer wieder kam es zu Störungen, verursacht durch Gemütsregungen, für die er sich hasste.

Er wollte kein Mitleid empfinden. Nicht für eine Frau, der im Leben alles in den Schoß gelegt worden war, die ihren Reichtum auf dem Unglück anderer aufgebaut hatte. Zwar war sie unwissend, doch das sollte sie in seinen Augen nicht unschuldig machen. Aber genau das geschah mit ihm, als er so unentschlossen dastand, das Haus betrachtete und daran zweifelte, ob es richtig wäre, mit dem fortzufahren, was er begonnen hatte.

Sollte er vielleicht doch einen anderen Weg wählen?

Einen friedlichen?

Einen, der alle Seiten glücklich machen könnte?

Alle außer diesem einen, von dem er nur ahnte, dass er der Auslöser in dem ganzen widerlichen Geschehen der letzten dreißig Jahre gewesen war.

Philipp schnaufte unwillig durch die Nase und machte kehrt. Er würde zunächst den Unhold Till Carnifex aufsuchen und ihn über das befragen, was in den Wochen seiner Abwesenheit in Hameln geschehen war. Zwar war er ein Tölpel, der eins und eins nicht zusammenzuzählen vermochte, aber einige wenige Informationen würde er Philipp liefern können.

Barfüßig und sich absichtlich krumm machend, schlurfte er nun wieder über den Markt davon in Richtung der elenden Gassen, die zur Weser führten. Heute lenkte er tatsächlich keinerlei Aufmerksamkeit auf sich. Keine Magd, keine Bürgersfrau, keine Bäuerin schenkte ihm einen anerkennenden Blick, so wie er es gewohnt war. Er war unsichtbar für alle.

Nicht jedoch für die gute Witwe Mechthild, die, auf der Fensterbank ihrer Kemenate sitzend, den verkleideten Mann sofort erkannt hatte.

Till Carnifex lag auf einem schmutzigen, nackten Weib, als Philipp, ohne anzuklopfen, die Henkershütte betrat. Weib war nicht der richtige Ausdruck, denn beim näheren Betrachten sah man, dass sie höchstens dreizehn oder vierzehn Jahre zählen mochte. Das Mädchen war es, das zuerst die Ankunft des ungebetenen Gastes bemerkte, Carnifex hingegen fuhr in seiner Beschäftigung energisch fort, bis seine Gespielin grob versuchte, ihn von sich zu stoßen, wofür sie eine schallende Ohrfeige erhielt.

»Ich störe nur ungern, Carnifex«, sagte Philipp ernst und beobachtete das Mädchen ungeniert dabei, wie sie sich wieder in ihre Lumpen wickelte und danach dem noch schnaubenden, aber äußerst unbefriedigt wirkenden Carnifex die Innenseite ihrer schmutzigen Hand unter die Nase hielt. Der jedoch dachte nicht daran, sie zu bezahlen, sondern spuckte lediglich in ihre Hand und drohte ihr mit der Faust. Böse Flüche hervorstoßend, machte sich das Mädchen sodann auf, die lausige Behausung zu verlassen.

Erst als der Gast ihr plötzlich einen ganzen Silberling reichte, hellte sich ihr Gesicht wieder auf. Und für einen Augenblick konnte Philipp erahnen, dass das arme, verwahrloste Ding unter anderen Umständen sicherlich zu einer Schönheit herangereift wäre. Doch leider war die Knospe bereits vor dem Erblühen verdorben, ein nicht unübliches Schicksal für ein mittelloses Gewächs der Stadt.

»Gern auch zu Euren Diensten«, stieß sie hinter mehreren fehlenden Zähnen hervor, nachdem sie gierig nach der Münze geschnappt hatte, und dann warf sie Philipp einen mehr als willigen Blick zu.

Angewidert wandte er sich ab, während Carnifex von der Bettkante aus schrie: »Mach, dass du fortkommst, du stinkende Ratte von einer Gossenhure!«

Dann, in einem weniger herrischen als vielmehr kriecherischen Ton an Philipp gerichtet: »Mein Herr, ich dachte … Ich dachte, Ihr wäret … Es freut mich, Euch lebend zu sehen.«

Philipp erwiderte nichts, sondern fixierte den hässlichen Muskelprotz mit leicht zur Seite geneigtem Kopf eindringlich. Carnifex schien nicht glücklich darüber zu sein, seinen Auftraggeber wiederzusehen. Und je länger Philipp schwieg, desto unruhiger wurde der Henkersbruder. Verlegen griff er nach seinen jämmerlichen Kleidern, die verstreut auf dem strohbedeckten Boden lagen, und zog sie sich mit zitternden Händen an, dabei immer wieder einen verstohlenen Blick auf Philipp werfend.

Nach einer ganzen Weile, die Carnifex wie eine halbe Ewigkeit erschienen sein musste, fragte Philipp schließlich: »Was ist geschehen?«

»Nun, nun …«, stotterte Carnifex. Schweißperlen begannen sich auf seiner riesigen Stirn zu bilden.

Philipp hatte es nicht beabsichtigt, nein, er hatte gar keine Notwendigkeit gesehen, seinen tumben Spießgesellen auf die Probe zu stellen. Doch nun war ganz offensichtlich, dass Carnifex etwas vor ihm verbergen wollte. Und was das war, das würde Philipp bald herausfinden.

Till Carnifex wusste noch immer nicht, wie ihm geschehen war. Wie nur hatte es dieser Mann fertiggebracht, ihn derart zu überwältigen? Zwar war Philipp um einiges größer, aber bei weitem nicht so stark wie Till. Dennoch: Nun hing er hier mit schmerzenden Knochen und Sehnen, die Hände am Rücken zusammengebunden und an einem über einen Balken gespannten Seil nach oben gezogen. Er, der Sohn und der Bruder eines Henkers, er, der selber als Folterknecht so manches Mal im Keller des Rathauses dabei gewesen war, wenn sein Vater unliebsame Arbeit verrichten musste. Er, der immer nur darüber gelacht hatte, wie rasch die Menschen zum Reden gebracht werden konnten, sobald man ihnen allein die Instrumente zeigte. Nun war er es, der Mutige, der Tapfere, der Schmerzfreie, der gezwitschert hatte wie ein Vögelchen, als ihn Philipp lediglich ein wenig mit einem Messer ritzen wollte.

Erzählt hatte Till. Von seiner Gier nach dem versteckten Gold.

Erzählt hatte er von dem Pakt mit den beiden Häschern.

Erzählt auch von seinen stillen Vereinbarungen mit Hasenstock.

Er hatte gebeichtet, die Köchin der Gewürzhändlerin überwältigt, ertränkt, danach geschändet und ihr schließlich den Schlüssel zum Hause gestohlen zu haben.

Er hatte auch gebeichtet, die Totgeburten in die Kloake des Gänslein-Hinterhofes geworfen zu haben.

Zudem habe er sich mehrfach Zutritt zum Hause der reichen Witwe verschafft, habe Schmuck entwendet und ganze Ladungen von Gewürzen mit allerlei Schädlichem verseucht.

Das alles sei im Auftrage Hasenstocks geschehen, der ihn dafür reichlich entlohnt habe, vor allem mit der Zuführung von Frauen, zahllosen Frauen – so vielen Frauen, dass Carnifex ihrer nun langsam überdrüssig wurde.

»Und nun plant er, der Gänslein ein Geschäft zu vermiesen, welches diese in Lemgo abschließen will. Es geht um Spezereien für die Tafel des Herzogs. Das ist alles, Meister. Das ist alles«, stammelte er, während Philipp ruhig auf einem alten Schemel saß und ungerührt den wimmernden, schwitzenden Mann betrachtete, dem er soeben die Schultern ausgekugelt hatte.

»Du bist ja ein Verräter, Carnifex«, sagte er ruhig.

»Ich schwöre Euch, Meister, ich schwöre Euch bei meiner Seele, dass ich Euch fortan treu ergeben sein werde. Ganz ohne Lohn. Ich schwöre es. Bitte, bitte, bindet mich los.«

Philipp nickte. Seine Miene war ausdruckslos, als er erneut zu dem Messer griff, das neben ihm am Boden lag.

Mit vor Furcht geweiteten Augen beobachtete Till Carnifex, wie der Mann mit der scharfen Waffe in der Hand auf ihn zukam. Ihn unverwandt fixierend, hielt Philipp dem Wehrlosen die Klinge an die Kehle.

»Wann soll diese Fahrt nach Lemgo stattfinden?«

»Morgen in der Früh will er aufbrechen und ihr zuvorkommen«, stammelte Till, verzweifelt auf das Messer an seinem Hals schielend.

»Gut. Du wirst mich begleiten.«

Und damit schnitt Philipp mit einem kräftigen Hieb die Fesseln los, sodass der Gefolterte krachend und jammernd zu Boden fiel.

»Dein Bruder wird gewiss die Kniffe kennen, welche notwendig sind, um deine Arme wieder gebrauchsfähig zu machen. Bete, dass er bald nach Hause kommt«, sagte Philipp beim Hinausgehen und hieb dabei das Messer in die Tür des Henkerhauses.

»Es ist mir schleierhaft.«

Zu Mechthilds Erleichterung hatte Margarethe sich mittlerweile wieder beruhigt. Mehr als empört war sie gewesen, als die Base ihr offenbart hatte, zusammen mit der neugierigen Begine in den soeben entdeckten, heimlichen Tagebüchern ihres verstorbenen Gemahls geblättert zu haben.

Einen ganzen Abend und eine ganze Nacht hindurch hatte Margarethe sich sodann in ihrem Schlafgemach mit den Büchern eingeschlossen und niemanden hereingelassen. Nur ab und an hatte sie es gewagt, einen Blick in die Schriftstücke zu werfen, angewidert und am ganze Leibe zitternd. Denn im Grunde ihres Herzens fürchtete sie sich vor dem, was sie dort erfahren könnte.

Allein, sie erfuhr darin nichts. Gar nichts. Ebenso wenig, wie Mechthild und Regine erfahren hatten, als sie sich schlechten Gewissens, aber voller Neugier und durchaus mit einem berechtigten Wohlwollen an die Lektüre hatten machen wollen.

Die Worte waren verschlüsselt.

»Ja, es ist schleierhaft. Das, was er geschrieben hat, muss von großer Wichtigkeit, aber auch von großer Brisanz gewesen sein«, flüsterte Mechthild, die froh war, dass Margarethe ihr offensichtlich die Herumstöberei verziehen hatte und nun, am folgenden Tage, wieder zu Besuch in ihrer Kemenate erschien.

»Vielleicht hat auch der Eindringling, den du gesehen zu haben glaubst, nach ebendiesen Büchern gesucht«, fuhr Margarethe nun fort. »Wäre er ein gewöhnlicher Dieb gewesen, so hätte er sich reichlich in dem verwaisten Hause bedienen können. Doch das hat er nicht getan.«

»Wer sollte danach suchen?«, fragte Mechthild, noch immer die Stimme geheimnisvoll gesenkt, obwohl die Frauen allein im Raum und Fenster sowie Türen verschlossen waren.

»Hasenstock. Ihn vermute ich übrigens auch hinter einigen anderen Übeltätereien, welche in diesem Hause vonstatten gegangen sind.«

»Ihn oder den schönen Fremdling, der wieder aufgetaucht ist«, gab Mechthild nun noch leiser, aber dafür mit eindringlichem Blick zum Besten.

»Was sagst du?« Margarethes bis dahin abgeklärt ruhige Stimme klang nun seltsam schrill und nervös.

»Ich habe ihn heute Morgen gesehen. Er stand vor dem Haus und wirkte zögerlich, er schien nicht sicher, ob er eintreten solle oder nicht. Verkleidet war er. Glich einem Bauern, aber dennoch habe ich ihn eindeutig erkannt.«

»Ich weiß nicht, von wem du sprichst, liebe Base.«

»Das weißt du sehr wohl, Gretchen, das weißt du sehr wohl.«

»Du täuschst dich. Und selbst wenn er es gewesen wäre, so hat er mit dieser Sache nichts zu tun. Viel wichtiger ist nun, dass wir die Geheimschrift entschlüsseln. Du musst mir helfen.«

In diesem Moment klopfte es an der Türe, und eine der beiden neuen Mägde steckte den Kopf herein:

»Meine Herrin, der Stiftsherr Vestiarius möchte Euch einen Besuch abstatten.«

»Ach nein«, stöhnte Margarethe. »Der gute Mann hat ein feines Gespür für den ungünstigsten Moment. Aber gut. Bitte sie ihn in die Stube. Ich werde sofort nachkommen, Lisbeth.«

Das Mädchen nickte und verschwand wieder.

»Entschuldige mich, Hilde. Ein wenig Ablenkung durch belanglose Plauschereien mit meinem treuen geistlichen Freund wird mir guttun«, murmelte Margarethe und erhob sich.

Mechthild wollte ihr gerade noch nachrufen, sie solle doch besser das Buch, welches sie noch immer gedankenverloren in den Händen hielt, dalassen, doch da war Margarethe auch schon aus dem Zimmer gerauscht.

»Schon wieder wirkt sie verwirrt. Dabei ist dieser Mann doch längst fort. Zum Glück ist er fort«, dachte Hubertus Vestiarius, als er in der Stube auf die Rückkehr der Hausherrin wartete. Sie hatte ihn nur kurz mit den üblichen Worten begrüßt und sich für einen Augenblick am Tische niedergelassen, als er ihr deutlich anmerkte, dass offensichtlich ein Schwindel oder ein Unwohlsein sie überkam. Begleiten hatte sie sich nicht lassen wollen, sondern war nur rasch wieder aufgestanden und zu dem kleinen Abort im Hinterhof geeilt.

»Es wird doch wohl nichts Ernsthaftes oder gar etwas ganz Unerwartetes sein, was die Witwe da heimgesucht hat?« Derartig in sorgenvolle Gedanken versunken, fiel schließlich der Blick des Stiftsherrn auf das Buch, welches Margarethe mitgebracht und achtlos auf den Tisch gelegt hatte. Es entsprach nicht seiner Art, in den privaten Dingen fremder Leute herumzuschnüffeln. Aber zum einen war die Gewürzhändlerin keine Fremde für ihn, und zum anderen machte er sich seit einigen Wochen ernsthafte Sorgen um sie. Da würde ein kurzer Blick in ihr Tagebuch – und um ein solches handelte es sich offenbar – vielleicht ein wenig Klarheit verschaffen. Selbstverständlich bloß zu dem selbstlosen Zweck, ihr so besser und hilfreicher zur Seite stehen zu können.

»Nanu, das ist nicht die Handschrift Margarethes«, murmelte

Vestiarius leise vor sich hin, als er das Buch auf einer willkürlichen Seite aufgeschlagen hatte. Und beim näheren Hinsehen musste er feststellen, dass die Buchstaben auch keinen zusammenhängenden Sinn ergaben. Sie waren weder in deutscher noch in lateinischer, auch nicht in italienischer oder französischer Sprache verfasst. Doch Vestiarius, der gern gegen das Übel von Orakel- und Rätselbüchern predigte, war diesem Laster durchaus selbst verfallen und pflegte zuweilen aus Langeweile dem sündhaften Zeitvertreib des Rätselns zu frönen. Ja, er war darin mittlerweile zu einem zwar heimlichen, aber wahren Meister geworden.

Und so dauerte es nur wenige Augenblicke, und er hatte den Schlüssel zu der ihm vorliegenden Geheimschrift gefunden.

Wie ein Kind freute er sich und strahlte über beide glattrasierten Wangen. Ja, er rieb sich befriedigt die Hände und hätte sicherlich auch noch »Juchhu« gerufen, wenn er nicht plötzlich gespürt hätte, dass die unbemerkt zurückgekehrte Margarethe hinter ihm stand.

»Was erlaubt Ihr Euch?«, herrschte sie ihn an, griff nach dem Buch und riss es an sich.

Beide liefen sie über und über rot an, der eine aus Scham, die andere aus Wut, und beide konnten sie einen Augenblick lang kein Wort herausbringen.

»Es tut mir unendlich leid. Unendlich leid«, stammelte der Gast nun und griff aus Verlegenheit nach gleich drei Stücken Konfekt, die er sich allesamt auf einmal in den Mund stopfte.

»Was habt Ihr gelesen?«, wollte Margarethe nun wissen. Und es war ihr gleich, dass sie mit diesem hohen Herrn nun umsprang, als handele es sich um einen Laufburschen, der beim Äpfelstehlen erwischt worden war.

»Nichts«, wollte Vestiarius antworten, verschluckte sich aber an den Unmengen von Zuckerzeug in seinem Mund, und es dauerte eine Weile, bis er sich wieder beruhigt hatte. »Nichts, meine Gute. So wahr mir Gott helfe. Es hat mich lediglich gereizt, den geheimen Schlüssel zu finden. Eine Unart von mir, eine Spielerei, eine dumme Angewohnheit. Aber ich würde mich hüten – das müsst Ihr mir glauben –, den Inhalt eines privaten Schriftstückes zu erforschen.«

»Ihr habt den Schlüssel der Geheimschrift gefunden?«, fragte Margarethe nun interessiert.

Wieder lief ihr Gast purpurrot an und sagte leise: »Ich will nicht lügen, darum gebe ich es zu: Ja, das habe ich. Und ich rate Euch, in Zukunft einen etwas komplizierteren Schlüssel zu verwenden.«

»Wie lautet er?«

Nun schaute er die Frau ratlos an. »Wisst Ihr das nicht?«

»Ich will es von Euch hören. Wie lautet der Schlüssel?«

»Nun …«, begann Vestiarius. Er konnte sich nicht erinnern, jemals in eine solch peinliche Lage geraten zu sein. Um diese Sache ungeschehen zu machen, hätte er alles getan, alles. Aus diesem Grunde folgte er nun den Befehlen seiner Gastgeberin wie ein treues Hündchen:

»Man beginnt, anstatt am Anfang der ersten Zeile, am Ende der letzten Zeile. Und zudem sind die Worte von hinten nach vorn geschrieben. Dabei werden, um das Rätsel zu erschweren, die Vokale ausgetauscht, jedes A ein I, jedes U ein E, aus O wird A, aus I wird U, und aus E wird O. Das ist alles.«

Margarethes wütendes Gesicht erhellte sich auf einmal. Und auch Vestiarius lächelte verstört, aber dennoch etwas erleichtert. War sie ihm nun wieder gut?

Schnell erhob sie sich von ihrem Stuhl und eilte hinaus aus der Stube. Noch ehe er Atem schöpfen konnte, war sie wieder zurück, Tintenfass, Feder und einen Bogen Papier in den Händen.

»Wiederholt das bitte, und wir wollen die peinliche Angelegenheit vergessen, indem wir einen guten Schluck meines besten spanischen Weins darauf trinken.«

Ihre Stimme klang nun zuckersüß. Zu süß, selbst für Vestiarius' Geschmack.

XXXII

Ihre Augen brannten wie Feuer, in ihren Ohren rauschte ein tosender Wasserfall, und der Rücken schmerzte, als würden tausend spitze Nadeln in ihm stecken. Margarethe Gänslein war in ihrem Leben noch nie so müde gewesen, aber auch nie zuvor hatte sie so sehr den Drang verspürt, wach zu bleiben.

Es war nicht notwendig gewesen, alle Bücher zu entziffern. Lediglich zwei von ihnen waren von entscheidender Bedeutung, und auch sie enthielten zahlreiche unwichtige Notizen und Listen, wie Wechselkurse, Namen und Anschriften von längst verstorbenen Hansekaufleuten, Herkunftsländer exotischer Gewürze, Wallfahrtsstätten, sortiert nach der Menge an Ablassjahren, die ein Besuch mit sich brachte, sowie Formeln allerlei Art. Und dann gab es auch noch Erlebnisberichte von solch pikanter und privater Natur, dass selbst Margarethe als rechtmäßige Erbin dieses Nachlasses sie nicht näher in Augenschein nehmen wollte.

Ja, Reinold war ein Mann des geschriebenen Wortes gewesen. Es gab nichts, was er nicht zu Papier gebracht hätte. Schon zu seinen Lebzeiten barst das Haus regelrecht unter den Massen an Schriftstücken, und die Witwe hatte nach dem Tode ihres Mannes ihre liebe Last gehabt, die Spreu vom Weizen zu trennen und Unbrauchbares auszusortieren, um es dem Kaminfeuer zuzuführen. Doch von diesen ganz privaten Büchern hatte Margarethe keine Ahnung gehabt. Wie auch? Denn immerhin hatten sie mehr als sorgsam verborgen gelegen. Nun jedoch lagen sie hier vor ihr, und sie hatte mittlerweile diejenigen Passagen, welche die Antwort auf so viele Fragen enthielten, dank des von Vestiarius gelieferten Schlüssels gleich mehrmals gelesen. Und nun machte sie sich, trotz der schmerzenden Augen und der bleiernen Müdigkeit, erneut daran, die wichtigen Zeilen laut vor sich hin zu murmeln. Sie konnte noch immer nicht fassen, was ihr Reinold da geschrieben hatte, und war fasziniert und abgestoßen zugleich.

SECHS TAGE VOR DEM FEST DER AUFERSTEHUNG DES HERRN IM JAHRE 1505

Mit diesen Zeilen soll meine, des Reinold Gänslein, Bauerssohn aus Heidenheim, Beichte beginnen. Nunmehr vier ganze Tage und Nächte lässt Gott nun Schnee vom Himmel fallen, sodass ich mich gezwungen sehe, an einem Ort zu verweilen, der mir zwar Obdach, aber keinen Trost spendet. Mein Herz sehnt sich danach, rasch weiterzuziehen, und es zerspringt mir fast in der Brust, wenn ich des Morgens die Läden meiner Kammer öffne und erkennen muss, dass der Winter mir die Fortsetzung meiner Flucht verleidet. Fast möchte ich glauben, Gott selbst will mich dazu bewegen, innezuhalten und über das zurückliegende Geschehen nachzudenken.

Vor wenigen Wochen war es, da die Fondaco dei Tedeschi in Flammen aufging. Flammen, die – der Herr möge mir vergeben – von mir gelegt worden waren. Es war eine Tat, die ich aus Liebe zu G. vollbrachte. Ein mir wertvoller Mensch, dem von vielen anderen böse mitgespielt worden war. Sein Glück, sein Fortbestehen hing allein davon ab, dass die Güter seiner Feinde zerstört wurden. Er selbst verlangte nichts von mir. Es war eine nächtliche Traumgestalt, die mir er-

schien und mich verleitete, den Brand zu legen. Doch als sich das Feuer auszubreiten begann, bereute ich mein Tun bereits und begriff, dass der Traum nicht göttlicher, sondern teuflischer Natur gewesen sein musste. Dennoch, es war zu spät. Das gesamte Haus ging in Flammen auf, das Lager mit all seinen kostbaren Waren zerbarst, und auch ein Mensch, ein Nürnberger Kaufmann, kam zu Tode. Ich floh ohne Abschied von G. und ohne Abschied von meinem Meister. Zu Fuß fand ich den Weg von Venedig bis in die rettenden Berge, doch da setzte der Schneefall ein. Nun hocke ich hier in der kalten Kammer meiner schlichten Herberge und erwarte die Strafe meiner Verfolger oder aber die Strafe des Herrn, vor dem ich in so mannigfaltiger Weise sündhaft geworden bin.

Margarethe blätterte um und las weiter:

Am Tage der Kreuzigung des Herrn im Jahre 1505
Eigentümliche Menschen leben in den Bergen. Am gestrigen Tage wollte ich mich einem Pfarrer anvertrauen, um endlich die Beichte abzulegen. Doch er schickte mich grob fort. Mein Herz ist noch immer schwer, der Schneefall hat nachgelassen, das Eis jedoch verbietet ein Weiterkommen. Kein Säumer erklärt sich bereit, mir den Weg über die glatten Pässe zu zeigen. So blieb ich allein mit meiner Schuld. Ungeachtet der Fastenzeit beging ich die Sünde, dem Wein in ungebührlichem Maße zuzusprechen. Ein Fremder trank mit mir, und wir erzählten uns unsere Geschichten. Leider bin ich nicht sicher, ob es richtig war, diesem Jüngling zu vertrauen. Er ist ein Durchreisender aus dem Norden Deutschlands. Sein Name ist Peter Hasenstock, Patriziersohn aus Hameln. Er steckt in edlem Gewand, aber ist nicht edlen Gemüts, das stellte ich alsbald fest.

Er erzählte mir, sein Oheim habe ihn aus Bologna abgeholt, wo der Jüngling ein Studium der Medizin absolviert hatte. Der Oheim jedoch, ein alter Apotheker, verstarb bereits vor einigen Wochen an den Folgen eines Sturzes vom Pferd. Dies ist auf dem Wege über die Alpen kein ungewöhnlicher Tod, und sein Neffe ließ ihn in einem kleinen Bergdorf gebührend begraben. Jedoch seinen Anverwandten gab er keine Nachricht von dem Ableben des Onkels. Stattdessen beschloss er, in diesem Tiroler Bergdorf zu verbleiben, wo – das berichtete er nicht ohne Stolz – er ein schönes Weib gefunden habe.

Ich glaubte ihm diese Geschichte zunächst. Dann aber, als wir dem Weine ordentlich zugesprochen hatten und auch ich mich dem vermeintlichen Freunde anvertraute, um ihm von den von mir in Venedig verursachten Schrecknissen zu berichten, da meinte auch er nun die ganze Wahrheit erzählen zu müssen. Es klang nach Prahlerei und weniger nach Reue oder gar Trauer, als er mir sagte, der Oheim sei gar nicht an den Folgen eines Unfalls verstorben. Ja, der Unverfrorene lachte sogar, während er mir in den deutlichsten Worten berichtete, wie er den alten Mann an einer besonders steilen und einsamen Stelle von dessen Ross gezerrt und eigenhändig eine Schlucht hinuntergestoßen hatte. Das Geräusch, wie seine morschen Knochen brachen, habe ihm wie Musik in den Ohren geklungen. Peter Hasenstock bemerkte mein Entsetzen nicht, vielmehr glaubte er in mir einen Seelenverwandten vor sich zu haben, einen, der ebenfalls ein Menschenleben auf dem Gewissen hatte. Doch anders als ihn plagte mich mein Gewissen. Er jedoch fuhr damit fort, mir heiter die Gründe für diese Mordtat an einem ihn liebenden Menschen zu erklären. Als Zweitgeborener, so erzählte er frivol, habe er nur wenig Aussichten auf das Erbe seines

Vaters, sein kinderloser Onkel jedoch, ein angesehener Apotheker in einer Stadt im nördlichen Deutschland, habe den Buben schon bald zu seinem Nachfolger auserkoren. Allein das Apothekerwesen war nicht die größte Leidenschaft des Jünglings. Aber das verschwieg er dem Oheim natürlich und ließ sich auch gern von dem erfahrenen Pillendreher nach Bologna schicken, um gar die Universität zu besuchen und sich, anders als die meisten Apotheker seiner Heimat, in den hohen Wissenschaften zu üben. Sein Oheim, so gab er zu, war stets voller Stolz auf den Jungen, schrieb ihm Briefe und fragte nach den Fortschritten, die der Student machte. Hasenstock jedoch bezahlte einen anderen deutschen Studenten dafür, dass dieser ihm sein Wissen für die Briefe an den nachforschenden Onkel diktierte, und machte sich ansonsten ein lustiges Leben im warmen Italien. Erst als der Oheim mit stolzgeschwellter Brust eigens über die Alpen gereist kam, um seinen studierten Neffen zurück in die Heimat zu holen, flog der Schwindel auf. Enttäuscht war der alte Mann, traurig, aber nicht wütend. Ja, bittere Tränen weinte er zuweilen des Nachts, wenn sie auf dem Heimweg in einer Herberge Rast machten und sich ein Zimmer teilten. Dieser Gram, so meinte Hasenstock, sei ihm unerträglich gewesen, nicht etwa aus Scham, wie man vermuten mochte, sondern allein, weil er annehmen musste, der Oheim würde ihm niemals verzeihen können und ihn seines versprochenen Erbes entheben. So schmiedete er also den Mordplan, welchen er gleich am nächsten Tage in die Tat umsetzte. Nach dem Tod des Alten jedoch verließ den Jüngling, so gab er zu, ein wenig der Mut. Er fürchtete sich vor den bohrenden Fragen der Familie über das Schicksal des geliebten, guten Onkels. Denn, so gab er mit verschmitzter Miene zum Besten, er sei nun einmal kein guter Lügner, und darum wolle er hier in den

Bergen erst ein wenig Gras über die Sache wachsen lassen, bevor er in der Lage war, seinem Vater wieder in die Augen blicken zu können.

Stumm folgte ich seiner Erzählung, und ich blieb auch stumm, als er danach beschloss, mit mir als seinem Schicksalsgenossen ewige Freundschaft zu schließen. Allein ich fürchte, dass uns lediglich das Alter und der einsame Aufenthalt in der Ferne miteinander verbinden. Dennoch ging ich auf den teuflischen Pakt ein, den er mir am heutigen Tage anbot. Erpressen will er mich, sein Schweigen will er bezahlt wissen, obwohl auch ich genug über ihn weiß, das ihm zum Verhängnis werden könnte. Doch dieser Jüngling ist zu eitel, um sich selbst in Gefahr zu sehen. Vielmehr denkt er nur an seinen Genuss, an die Befriedigung seiner Sinne, und dabei soll ich ihm auf blutige Weise behilflich sein. Gott stehe mir bei, dass ich diese Hilfe nicht leisten muss.

Margarethe hielt für einige Augenblicke inne und starrte auf die holzverkleidete Wand ihrer Schreibstube. Es wunderte sie nicht, Derartiges über Hasenstock zu erfahren. Und es wunderte sie auch nicht, dass ihr Gatte Reinold in Venedig ein amouröses Verhältnis zu einem Mann gepflegt hatte. Doch dass er aus Liebe einen Brand gelegt und dadurch ein Mensch ums Leben gekommen war, das hätte sie ihrem so nüchternen und nur in religiösen Dingen leidenschaftlichen Gemahl niemals zugetraut. Offenbar war er in der Lage gewesen, inbrünstig zu lieben. Mit dieser seiner Fähigkeit zu Liebe und Leidenschaft hatte sie, seine Witwe, nie Erfahrung machen dürfen. Ein Anflug von Eifersucht auf den Menschen, den Reinold lediglich als G. bezeichnet hatte, stieg in Margarethe auf. Lustknaben, ja, die hatte es gegeben, von denen hatte sie gewusst. Aber wahre Liebe zu einem Mann?

»Unfug«, wies sie sich selbst zurecht und rieb sich die Stirn. Denn nicht die Liebe war es, um die es in dieser Geschichte ging. Vielmehr war es der Tod. Ja, der Tod, die Schuld daran und die Sühne dafür. Margarethe nahm einen Schluck Wein und las weiter.

ZWEI TAGE NACH DEM OSTERFESTE IM JAHRE 1505

Meine Hände zittern, doch das Gewissen zwingt mich, diese Zeilen niederzuschreiben. Meine Schuld türmt sich nunmehr zu einem unüberwindlichen Berge, von welchem ich nach meinem Tode in die Hölle stürzen werde. Keine Buße wird dieses Schicksal mildern können, denn gestern Nacht tötete ich einen redlichen Menschen. Es ereignete sich im Stall unserer Herberge. Der Pakt ist nun besiegelt, meine Tat, um Hasenstocks Schweigen und Hilfe zu erhalten, vollbracht. Mit aller Kraft stach ich eine Heugabel in den Rücken eines mir fremden Mannes. Es handelte sich um einen Holzfäller, den mein neugewonnener, zwielichtiger Freund in die Falle gelockt hatte. Hasenstock, dankbar für meine Hilfe, machte dann dem armen Burschen, dessen treuer Blick, wie er da blutend am Boden lag, mich nie wieder loslassen wird, vollkommen den Garaus. Gemeinsam brachten wir den Leichnam des riesigen Mannes zu einer nahen Klamm, wo wir ihn hinabwarfen. Ungerührt berichtete mir Hasenstock, dass es sich bei dem Toten nicht, wie er mir zuvor hatte weismachen wollen, um einen Mordbuben, sondern um den Gatten seiner Liebsten handelte. Der gehörnte Holzfäller hatte von den Besuchen des Durchreisenden bei seinem Weibe erfahren und war somit zu einer Gefahr für den jungen Lüstling geworden. Ich hatte also einen Unschuldigen getötet. Untröstlich bin ich ob dieser erneut von mir begangenen Untat und empfinde den aufrichtigen Dank Hasenstocks als bitteren Hohn. Ach, wäre es mir doch ver-

gönnt, Beichte ablegen zu dürfen. Aber selbst wenn der verbohrte Pfarrer zugänglich wäre, so würde ich mich nun nimmermehr getrauen. Wie nur soll ich jemals den Weg zu Gottes Gnade finden? Ich fühle mich verloren und fürchte nichts mehr als den Tod und die mir unweigerlich harrenden Höllenqualen. Allein diese Furcht hält mich davon ab, vom nächsten Felsen in die Tiefe zu springen.

Sie hatte diesen Eintrag bereits drei Mal gelesen. Beim ersten Male war Margarethe vor Schreck erblasst, beim zweiten Male hatte sie ein ungeheurer Zorn auf ihren blauäugigen Gatten übermannt. Nun jedoch, beim dritten Male, empfand sie nichts weiter als Ekel und Abscheu. Es widerte sie an, von solchen Dingen erfahren zu müssen, derlei Geheimnisse aufzudecken, Geheimnisse, die besser im Beichtstuhl oder im Grabe aufgehoben waren. Aber dennoch – das wusste sie, weil sie bereits Ahnung von dem hatte, was nun folgte – waren die üblen Taten, die Hasenstock und Gänslein gemeinsam vollbracht hatten, nicht ohne Konsequenzen geblieben. Auf diesen geteilten Erfahrungen, auf ihren Pakt, baute das zukünftige Leben der beiden Männer auf, ein für Gänslein erfolgreiches Leben, aus dem auch Margarethe ihren Vorteil gezogen hatte, denn es hatte aus dem einst verarmten Adelsfräulein eine der reichsten Kauffrauen der Gegend gemacht. Dieses Wissen um den blutigen, schmutzigen Ursprung ihres Erfolges schnürte Margarethe nun die Kehle zu. Dennoch konnte sie nicht aufhören weiterzublättern. Nun wurden die Zeilen sehr unleserlich, eine ganze Seite fehlte, sodass die folgenden Worte aus dem Zusammenhang gerissen waren:

… die Leichen ebenfalls die Klamm hinuntergeworfen. Nun steht nicht nur er in meiner, sondern auch ich tief in Hasen-

stocks Schuld. Beide müssen wir eiligst fliehen, doch Hasenstock ist schwer verwundet. Einer der venezianischen Häscher hat ihm die Seite aufgeschlitzt. Warum nur hat er die Söldner getötet, die nach mir suchten? Ich habe nichts dergleichen von ihm verlangt. Welche Prüfung erlegt der Herr mir auf? Warum werde ich vom gewaltsamen Tode verfolgt und selbst verschont?

»Ein Blutrausch«, sprach Margarethe zu sich selbst. »Hasenstock hat ihn in einen mörderischen Sumpf hineingezogen, und solange sie sich beide gegenseitig am Schopfe hielten, gingen sie nicht unter. Oh, gütiger Herr.« Sie griff an ihren Nacken und knetete die schmerzende, steife Stelle, dann fuhr sie fort zu lesen. Von dieser Passage an fanden sich nur noch einzelne Sätze, keine vollständigen Eintragungen. Auch ein Datum wurde nicht mehr genannt. Die Worte waren hastig auf der Flucht geschrieben worden.

Wir haben nunmehr Tirol hinter uns gelassen. Die Wunden Hasenstocks beginnen zu verheilen. Er ist nur noch leicht fiebrig. Unser Weg soll uns nach Hameln führen, wo ich ihn seinem Vater übergebe. Er ist voller Dankbarkeit. Ich jedoch empfinde nichts als Verachtung für ihn und mehr noch für mich selbst.

Der nächste Eintrag lautete:

Seit zwei Tagen spüre ich, dass uns jemand auf den Fersen ist. Sollte es sich etwa um weitere Söldner aus Venedig handeln, angeheuert, um mich, den Brandstifter, zu jagen?

Und weiter:

Unser Verfolger ist eine Frau mit einem kleinen Kinde. Ich bemerkte sie am gestrigen Tage, wie sie sich hinter einem Brennholzstapel verbarg, um uns zu beobachten, wie wir in einer Scheune Rast machten. Hasenstock ist wieder fiebrig. Ich erzählte ihm von der Frau, doch er schien meine Worte nicht zu verstehen.

Margarethe überlief eine Gänsehaut bei diesen Worten. Sie wusste längst, um wen es sich bei diesem Kinde handelte, von dem die Rede war. Mit zitternder Stimme las sie flüsternd:

Die Frau ist noch immer da. Gestern Abend überraschte ich sie, wie sie versuchte, einen Kanten Brot aus meiner Tasche zu stehlen. Ich packte sie, sie biss mich und spuckte mich an, beruhigte sich aber, als ihr Kind zu weinen begann. Als ich dem kleinen Knaben ein Stück Wurst reichte, begann die Mutter zu reden. Es handelt sich um die Liebschaft Hasenstocks, die Witwe des Mannes, den ich tötete. Nun ist es gewiss: Der Herr hat mir eine Prüfung auferlegt.

An einem anderen Tag schrieb Reinold Gänslein:

Sie haben sich uns angeschlossen. Wir ließen nunmehr auch das Bayernland hinter uns. Uns erwarten nur noch wenige Tagesmärsche bis in die Heimat meines neuen Gefährten. Hasenstock gesundet, dennoch ist er weiterhin schwach. Fast bin ich darum froh, denn ich fürchte, er könnte sonst der Frau, Maria mit Namen, und ihrem Kinde ein Leid zufügen. Die Gegenwart seiner Geliebten ist ihm ein Graus, er weigert sich, das Weib und ihren Balg mit in die Stadt seiner Väter zu nehmen, und bat mich bereits, sie für ihn zu töten. Lieber stürbe ich selbst, als eine weitere Schandtat zu bege-

hen. Vielmehr sehe ich mich in der Schuld dieser Frau und ihres Kindes, denen ich Mann und Vater raubte.

Margarethe schlug das Buch zu. Sie wusste, dass nichts weiter als unwichtige Notizen folgten. Erst in dem zweiten, nun vor ihr liegenden Tagebuch, ging es mit für die Klärung des Rätsels wichtigen Eintragungen weiter. Es dauerte nicht lang, und sie hatte die richtige Seite gefunden und las:

AM TAGE MARIAE GEBURT
IM SEPTEMBER DES JAHRES 1505
Noch immer verweile ich in der Stadt Hameln. Sie ist mir nicht mehr allzu fremd, und ich beginne mich heimisch zu fühlen. Mein Freund Peter Hasenstock übernimmt nach seiner Rückkehr aus Italien und dem Tod seines Oheims nunmehr dessen Apothekerhaus. Alle wollen gerne in ihm einen würdigen Nachfolger des angesehenen Apothekers sehen, mir jedoch ist bekannt, dass er über keinerlei Wissen verfügt, und so hat er mich gebeten, ihm ein heimlicher Lehrer in der Gewürzkunde zu sein. Meine Jahre in Venedig haben mich vieles nicht nur über den Geschmack, sondern auch über die Wirkung zahlloser seltener Gewürze und Drogen gelehrt. Ein Wissen, das auch einem Apotheker von Nutzen ist. Hasenstock hat mir darob das Versprechen geben müssen, der Frau und ihrem Kinde, welche wir unweit der Stadt in einer Hütte untergebracht haben, kein Leid anzutun. Allwöchentlich findet sie den Weg in die Stadt, um sich alles zum Überleben Notwendige abzuholen. Meine Schuld gebietet es mir, ihr dafür das Geld zu geben. Der Herr möge es mir anrechnen und mir an meinem letzten Tage auf Erden nicht mehr allzu sehr zürnen. Ich verspreche ihm außerdem, schon zu Lebzeiten die Hälfte der von mir erwirtschafteten Güter der

Kirche und meinem unerschütterlichen Glauben in die Gnade des Herrn zu vermachen. Dieses Versprechen soll mir Anlass sein, mein Vorhaben zu verwirklichen und hier, in der mir fremden Stadt Hameln, ein Handelshaus zu gründen.

Erschöpft schlug Margarethe nun das kleine Buch zu. Es kam ihr so schwer vor wie die riesige Bibel aus der Druckerei des Mainzers Gutenberg, von welcher sie eines der ersten Exemplare in ihrem Schlafgemach aufbewahrte. Ja, schwer war die Last, die sich aus diesen Zeilen auf sie gelegt hatte. Unwissend war sie gewesen, dumm und einfältig hatte sie nichts als den Erfolg und das vermeintlich damit zusammenhängende Glück vor Augen gehabt, als sie die stolze Ehefrau eines aufstrebenden Kaufmanns geworden war. Das Mehren und Bewahren von Reichtum, das Zurschaustellen von Hochmut und Ehre, ein wenig gekünstelte Demut hier, ein bisschen Mitleid mit den Bedürftigen da, tumbe Plänkeleien um Anerkennung – das war ihr Leben gewesen, aber in wahre Abgründe hatte Margarethe Gänslein bislang nie blicken müssen.

Doch eben diese taten sich nun vor ihr auf, und sie war sich nicht sicher, was sie mit dem ungeheuren Wissen, über das sie nun verfügte, anstellen sollte.

Mit dem, was sie da in Händen hielt, konnte sie in zweierlei Form auftreten: als Hexe oder Heilige, als Engel der Rache oder der Wiedergutmachung. Sie hatte die Wahl.

Doch zu müde war sie, um sich gleich entscheiden zu können.

XXXIII

Hans Vinsebeck war der klügste und wissensreichste Mensch, dem Johanna bislang in ihrem Leben begegnet war. Es gab kaum ein Thema, zu welchem der kleine Mann keine Meinung hatte, und nicht ein Augenblick des Tages verstrich, ohne dass er auf Anregungen zu langen Vorträgen oder Ideen zu neuen Experimenten stieß. Tatsächlich war es interessant, was sie in den letzten Wochen alles von dem vor Energie nur so sprudelnden Zwerg gelernt hatte. Sie kannte sich nun aus in Astronomie und gar in Astrologie, wusste verschiedene Gesteine zu unterscheiden und erinnerte sich sogar an manche lateinische Bezeichnung für diverse Mineralien. Die Namen Pythagoras, Aristoteles und Platon waren ihr nicht mehr fremd, sie kannte sich aus in der Historie des alten Rom, konnte die Ilias und die Odyssee wiedergeben und zierte sich auch nicht, ihrem Hausgenossen beim Einrichten eines spärlichen, aber phantasievollen Behilfslabors zur Seite zu stehen, auch wenn dafür allerlei widerliche Essenzen von Froschlaich über Vogelexkremente bis hin zu Spinnweben gesammelt werden mussten, um die Waldapotheke oder besser: die Stube des Waldalchemisten zu füllen. Johanna musste oft den Kopf schütteln, wenn sie darüber nachdachte, dass das bislang nur vermeintliche Hexenhaus der feurigen Maria nun tatsächlich zu einem solchen umgestaltet wurde und dass sie, das Mädchen Johanna aus dem nahen Dorf, maßgeblich daran beteiligt war.

Ja, das nahe Dorf.

Bislang hatten sie noch keinen Grund gehabt, sich dort blicken zu lassen, und Johanna hütete sich, es zu wagen. Ihr neues Leben vor ihrem Schwager zu rechtfertigen und zudem Angst haben zu müssen, von Schergen gesucht und aufgegriffen zu werden, hielten sie davon ab. Und zum Glück war bislang auch kein Bauer, kein Schweinehirte und kein Holzsammler bis zu der verborgenen, aber bekannten Hütte vorgestoßen.

Vinsebeck und Johanna genossen also Frieden und Ruhe. Oder besser, sie hätten Frieden und Ruhe genießen können, wenn dabei nicht zwei Dinge erheblich gestört hätten. Und das waren zum einen die Ungewissheit und zum anderen der Hunger.

Ja, all das Wissen eines klugen Stadtmenschen galt nichts, wenn es hieß, in einem finsteren Walde, fernab von fruchttragenden Feldern und Gärten, fernab von milch- und fleischspendendem Vieh zu überleben. Und Johanna war in derlei Aufgaben ebenfalls nicht bewandert, auch wenn sie es als auf dem Lande Aufgewachsene sicherlich besser verstand, hier und da im Walde etwas Genießbares aufzutreiben. Selbst der Frühling mit all seiner sprießenden und gedeihenden Pracht machte es nicht leichter.

Bärlauch gab es in Massen, aber die Blätter allein machten kaum satt und waren wenig nahrhaft. Ebenso stand es mit Brennnesseln, ersten Erdbeeren und anderen durchaus köstlichen, aber auf der Zunge und besonders im Magen rasch vergänglichen Gewächsen. Johanna hätte alles gegeben für ein Töpfchen Rahm, für ein Stückchen Butter, für einen Schluck Milch oder gar für einen Bissen Wurst. Ganz zu schweigen von Brot. Ja, selbst Haferschleim wäre ihr wie ein Geschenk des Himmels erschienen.

»Gehen wir doch schlicht und einfach auf die Jagd«, hatte Vinsebeck schon mehrmals vorgeschlagen und dann gleich mehrere Tage damit verbracht, eine komplizierte Vorrichtung zum Erlegen gleich einer ganzen Wildschweinherde zu konstruieren – auf dem Papier, verstand sich. Denn über Papier und Tinte, das war der Hohn, verfügten die beiden in ihrer Wildnis in solchen Massen, dass sie leicht einen Handel damit hätten eröffnen können.

Zwei Fische hatte Johanna daraufhin mit Mühe und Not aus einem kleinen Bächlein geholt. Doch allein der Kraftaufwand, sie zu fangen, war ungleich größer gewesen als die wenigen grätigen Bissen, die sie, durch das Drehen am heißen Spieß geschrumpft, abgegeben hatten.

»Ich glaube, wir müssen einkaufen gehen«, sagte sie eines schönen Morgens, eines wirklich schönen, sonnigen Morgens, während sie ihr Frühstück, bestehend aus einer Handvoll unreifer Beeren, an der frischen Luft einnahmen.

»Hervorragender Einfall, Johanna. Ja, lass uns das tun. Ziehen wir gemeinsam zum Markt nach Hameln. Wir dürfen dabei aber nicht vergessen, beim Vogt vorstellig zu werden. Da sind wir! Die entlaufene, diebische Magd, welche einen Eurer Torwächter auf dem Gewissen hat, und der missgestaltete Brandstifter und Leichenfledderer, den man längst begraben glaubt. Da sind wir, und wir sind auch gleich wieder fort, benötigen nur etwas Brot, Salz und Käse. Ihr müsst Euch nicht die Mühe machen, einen Scheiterhaufen für uns zu errichten, und auch Euer Scharfrichter kann seinen schwarzen Umhang in der Truhe lassen. Wir sind gleich wieder fort.«

Vinsebeck sagte dies, ohne eine Miene zu verziehen, und auch wenn Johanna ganz und gar nicht nach Lachen zumute war – zumal die scherzhaften Worte des Zwerges durchaus ernst zu nehmen waren –, musste sie ein wenig schmunzeln.

»Ihr verliert Eure gute Laune nie, oder, Vinsebeck?«

»Wo kämen wir da hin? Ein wenig darben tut gut. Ich trug

ohnehin seit Jahren einen viel zu schweren Bauch mit mir herum. Nun ist er fort, und ich vermisse ihn keineswegs.«

»So geht es aber nun wirklich nicht weiter. Wir benötigen wenigstens etwas Mehl.«

»Ja, da hast du recht, und etwas Wein oder meinetwegen auch Bier täte meiner Seele ebenfalls gut. Gehen wir doch besser ins nahe Dorf, Johanna. Den Weg nach Hameln zurück wage ich nicht noch einmal. Beinahe hätten sie mich ertappt, nachdem ich die Nachricht für Frau Margarethe in ihrem Rosengarten verborgen hatte. Beinahe.«

Und er schüttelte sich beim Gedanken an diesen nächtlichen Ausflug, bei welchem er gleich einem ganzen Trupp wachhabender Landsknechte begegnet war. Für ein Kind hatten sie ihn gehalten, die Stimme hatte er verstellt und einige rotwelsche Worte gemurmelt. Ein kleiner Zigeunerjunge, der sicher nichts Gutes im Schilde führte, so dachten sie über ihn, hatten ihn aber mit einem gehörigen Tritt ins Hinterteil von dannen ziehen lassen.

»Nach Hameln wage ich mich genauso wenig wie Ihr zurück, aber ebensowenig möchte ich ins nahe Dorf gehen«, sprach Johanna, auf einer harten, noch grünen Brombeere herumkauend.

»Warum nicht ins Dorf?«

»Ihr wisst es gar nicht, Vinsebeck. Aber das ist das Dorf, in dem ich geboren und aufgewachsen bin. Dort habe ich geheiratet und ein Kind zur Welt gebracht. Von dort bin ich aber auch fort, nachdem mir Mann und Sohn gestorben waren.«

»So?« Der Apotheker und Alchemist schaute sie nun nachdenklich an. »Nein, das ist mir nicht bekannt. Daher also erhielt ich den Eindruck, dass du und Philipp miteinander vertraut seid. Ihr müsst euch aus früheren Tagen kennen.«

Johanna nickte.

»Warum aber willst du nicht zurück in dein Dorf? Gibt es

dort niemanden mehr, der dich mit offenen Armen empfangen würde?«

»Nur mein Schwager und dessen Familie. Doch ich glaube nicht, dass sie sich über meine Rückkehr freuen würden. Im Gegenteil.«

»Was hast du verbrochen, Johanna?«

»Nichts. Im Grunde nichts.« Johanna starrte auf die von der Sonne beschienenen, saftig grünen, fast glänzenden Blätter eines Busches und überlegte, was es eigentlich war, das sie so sehr davor zurückschrecken ließ, ins Dorf zurückzukehren.

»Ich kann das schlechte Gewissen meines Schwagers nicht ertragen«, murmelte sie leise. »Wenn er sich mir gegenüber doch ganz gewöhnlich verhalten würde. Aber nein, er versucht besonders freigiebig und freundlich zu sein. Sein Gesicht aber sagt mir, dass er mich am liebsten nie wiedersehen würde, dass er sich wünscht, ich verschwände für immer. Und diesen Gefallen, den habe ich ihm schon zwei Mal getan. Ich möchte es nicht noch ein drittes Mal tun.«

»Was steht zwischen dir und deinem Schwager, Johanna?« Vinsebeck wurde nun aufmerksam. Bislang hatte er sich nur wenige Gedanken über das Leben der Magd seiner Vertrauten Margarethe Gänslein gemacht. Sie war eben nur ein Dienstmädchen, ein einfaches Landgewächs, recht ansehnlich und freundlich, aber dennoch uninteressant und nichtssagend. Aber nun schämte er sich dieser hochmütigen Einschätzung. Natürlich blickte auch diese junge Frau auf ein Leben zurück, auf Kummer, Sorgen, Liebe und vielleicht auch auf Glück und Trauer.

»Zwischen ihm und mir steht der Tod meines Mannes Konrad, seines jüngeren Bruders.«

»Wenn du magst, so erzähle mir davon«, bot Vinsebeck ihr an, und seine kleinen runden Äuglein blickten so mitfühlend und aufrichtig, dass Johanna nicht anders konnte, als von dem

Schicksal ihres armen Mannes zu berichten. Ein Schicksal, an welches sie nach all den Irrungen und Wirrungen der letzten Zeit kaum mehr gedacht hatte.

»Es war vor nunmehr fünf Jahren, als es geschah. Ich muss dazu sagen, dass Hermann, mein Schwager, und Konrad, mein Gemahl, einander liebten. Vielleicht war die Bruderliebe sogar zu groß, denn mein Konrad – er war der jüngere von beiden – war stets bestrebt, dem klügeren und wortgewandten Hermann zu gefallen. Und das wurde ihm zum Verhängnis. Er war nicht so schlau wie sein Bruder, aber dafür war er forsch. Während Hermann sich den Kopf darüber zerbrach, wie das Dach am besten wetterfest zu machen sei, hatte Konrad bereits drauflosgezimmert. Aber leider ging es nicht immer nur um das Stopfen von Löchern im Strohdach. Eines Tages – es war im Frühsommer vor fünf Jahren, ich erwartete mein erstes Kind – setzte Hermann sich zu uns, als wir während der Heuernte eine Rast einlegten. Er erzählte meinem Manne im Flüsterton von Ereignissen, die sich in anderen Teilen Deutschlands zugetragen hatten. Großen, aber auch schrecklichen Ereignissen. Von Bauern, die sich gegen ihre Herren erhoben haben, ja, die gar ihre Grundherren der Freiheit wegen gemeuchelt hatten. Er berichtete von den Worten eines Mannes namens Thomas Müntzer, der behauptete, das irdische Reich müsse dem Himmelreich gleichen, in welchem alle Menschen gleich seien, und er redete auch von den Schriften des Martin Luther, in welchen ebenfalls die Rede von der Freiheit der Christenmenschen sei.

Konrad hörte ihm gebannt zu und nickte ununterbrochen begeistert mit dem Kopfe. Er schien nicht zu verstehen, dass Hermann zwar angetan von der Idee dieser Aufständischen war, dass er aber gleichzeitig betonte, wie entsetzlich sie allesamt geendet seien. Tausende von toten Bauern habe es in nur wenigen Wochen gegeben, alle seien sie niedergehauen worden, auch

Frauen und Kinder. Und Luther selbst habe den Adel zu diesem Schlag aufgerufen, indem er die Aufständischen als tollwütige Hunde bezeichnet hatte, mit denen man entsprechend umzugehen habe. Doch das hörte Konrad schon nicht mehr. Er hatte kein Gespür für die Zweifel in Hermanns Stimme, er sah nur den Glanz in den Augen des Bruders, wenn dieser über die Freiheit sprach. Für Hermann war die Freiheit nur ein Wunsch, ein ferner Traum. Konrad hingegen als Mann der Tat glaubte, sich und seinen Bruder mit Hilfe seiner Fäuste diesem Ziele näherbringen zu können. Er war noch ein Grünschnabel, kopflos und schnell zu begeistern, doch weder Hermann noch ich konnten ahnen, dass er noch in der gleichen Nacht auf diesen dummen und folgenschweren Gedanken kommen würde.

Unser Dorf gehörte zusammen mit einem weiteren kleinen Ort zu der Grundherrschaft des Ritters von Eicheck, und damit hatten wir es alles andere als gut getroffen. Er war arm, aber verschwenderisch und darum unerbittlich beim Auspressen seiner wenigen Bauern. Hinzu kamen seine Unberechenbarkeit und seine grausame Natur. Auf der Jagd zertrampelten die Hufe seiner Pferde unsere Felder. War er im Walde erfolglos geblieben, so ritt er zu den Weiden der Bauern und erlegte aus Wut eine Kuh samt Kalb mit seinem Jagdspeer. Es gab keine Abgabe, die er nicht einstrich, kein Recht, das er sich nicht nahm. Selbst von dem Recht der ersten Nacht machte er Gebrauch, bis ein Stiftsherr aus Hameln durch unseren Pfarrer davon erfuhr und beim Landesherrn selbst Beschwerde gegen den Ritter einlegte.«

»Ja, der Ritter Eicheck ist auch mir ein Begriff«, unterbrach Vinsebeck Johanna, gab ihr aber durch ein höfliches Zunicken zu verstehen, dass er sich wünschte, sie möge weitererzählen.

»Da nahm es also nicht wunder, dass mein Gemahl, aufgewühlt durch die Erzählungen seines Bruders von den Bauernkämpfen in anderen Teilen des Reiches, eine Handvoll anderer Burschen fand, die mit ihm bei Nacht und Nebel zur Burg Eicheck zogen. Ihre Waffen waren Sensen und Heugabeln.« Johanna lachte bitter. »Der Ritter machte kurzen Prozess. Gleich am folgenden Tage wurden die sechs Männer gefesselt und, bereits entsetzlich gefoltert, zu unserem Dorfanger gebracht, auf dem einige Apfelbäume standen. Alle Untertanen, auch die aus dem nahen Nachbarort, mussten herbeikommen und zusehen, wie der Ritter selbst die Aufständischen aufknüpfte. Jeden an einen anderen Baum. Auch meinen Konrad. Hermann, sein Bruder, sah unter Tränen und schweigend zu. Seither kann er mir nicht mehr in die Augen blicken, denn hätte er nicht so leidenschaftlich über die Freiheit gesprochen, dann wären diese sechs Burschen nicht so schmählich zu Tode gekommen. Und dann hatte er nicht einmal den Schneid besessen, vor den Ritter zu treten und die Schuld auf sich zu nehmen.

Ja, so war das. Mehr als ein Jahr lang hingen sie dort, wir durften sie nicht abnehmen, der Ritter selbst kam mehrmals in der Woche ins Dorf geritten, um nachzuschauen, dass ihre verwesenden Leichname uns nach wie vor zum Mahnmal dienten. Ich aber brauchte den Anblick meines zum Gerippe verfallenen und von Raben zerfressenen Mannes nicht länger zu erdulden …« Bei diesen Worten stockte Johannas Redefluss.

»Warum?«

»Ich ging, nachdem auch mein Neugeborenes nach nur wenigen Wochen gestorben war, auf die Burg Eicheck, um mich dort als Amme …« – sie stockte – »… und später dann als Hure des Mörders meines Konrad zu verdingen.« Nun senkte sie den Kopf, schlug die Hände vor das Gesicht und weinte.

Vinsebeck war verstört. Er wusste nicht, was er sagen sollte. Erschütternd war die Geschichte gewesen, die er aus dem Munde Johannas vernommen hatte, doch noch erschütternder war dieser Abschluss, diese Ehrlichkeit, mit der sie sich selber als eine Verworfene bezeichnete. Nachdem sie sich ein wenig beruhigt hatte, sagte sie in nicht weniger bitterem Ton:

»Philipp hat auch ihn getötet, wusstet Ihr das?«

»Wen hat er getötet?«

»Den Ritter. Er hat ihm durch seinen Handlanger den Kopf abschlagen lassen.«

»Ja«, sagte Vinsebeck gedehnt, »ja, auch er hatte Grund, diesen Mann zu hassen.«

»Ihr empfindet es nicht als schrecklich, was er tut und wie er es tut? Ihr selbst habt doch gesehen, wie er seine beiden Verfolger tötete. Hat Euch das nicht angewidert, Vinsebeck?«

»Ich habe weggeschaut, Johanna. Viel zu oft in meinem Leben habe ich weggeschaut. Kurzfristig rettet einen das vor Unbehagen, doch leider, leider bleibt auf ewig ein bitterer Nachgeschmack.«

»Darf ich Euch etwas fragen, Meister Vinsebeck? Es brennt mir schon ewig auf den Lippen, doch ich wagte es bislang nicht.«

»Nur raus mit der Sprache, mein Kind.«

»Seid Ihr der Gnom, welcher zuweilen bei der Mutter Philipps in dieser Hütte gehaust haben soll? Seid Ihr es? Man redete davon, als ich noch ein Kind war.«

Vinsebeck musste nun schallend lachen. Er klopfte sich mit seinen kleinen Händchen auf die Schenkel.

»Ein zauberkundiger Waldschrat, ja das bin ich. Ein Männlein, das unter den Wurzeln toter Bäume lebt und des Nachts mit den Hexen um ein Feuer tanzt. Oh ja, das bin ich.«

Mit einem eingefrorenen Lächeln im Gesicht starrte er nun eine ganze Weile schweigend in die Tiefe des Waldes. Auch Johanna sagte nichts. Dann ergriff er wieder das Wort und sagte mit sanfter Stimme:

»Du warst aufrichtig und hast mir eine traurige Geschichte aus deinem Leben erzählt. So werde nun auch ich ehrlich sein und dir eine bittersüße Erinnerung anvertrauen. Darf ich?«

»Aber gern.«

»Du erwähntest sie bereits – meine wunderschöne, unnahbare Maria, die Mutter Philipps. Kanntest du sie?«

Johanna schüttelte den Kopf und antwortete: »Nein, ich wusste nur von ihr. Jeder wusste von ihr.«

»Das kann ich mir gut vorstellen.« Jetzt lächelte er völlig frei, fast glücklich. »Sie war sicherlich bekannt wie ein bunter Hund, aber dennoch so scheu wie eine wilde Katze.«

»Warum hat sie verborgen im Wald gehaust?«, stellte Johanna die Frage, über welche sich die Menschen in ihrem Dorf jahrzehntelang die Köpfe zerbrochen hatten.

»Sie musste sich verstecken. So wie wir.« Vinsebeck erweckte den Eindruck, als befände er sich in einer anderen Welt. Sein Blick war verhangen, seine Züge völlig entspannt. Man mochte meinen, er sei besessen, jedoch nicht vom Teufel, sondern eher vom Heiligen Geist.

»Vor wem musste sie sich verbergen?«

»Das hat sie mir niemals genau erzählt. Aber ich vermute, dass es mit niemand Geringerem als Peter Hasenstock zu tun hatte. Sie hasste diesen Mann glühend, suchte ihn aber dennoch immer wieder in Hameln auf. Bei einem dieser Besuche in der Stadt lernte ich sie kennen. Sie war eine wunderbare, eine einzigartige Frau.«

»Und Philipp?«

»Er war anders als seine Mutter. Nicht so feurig, nicht so offenherzig. Still und verschlossen war er, aber dennoch liebte ich ihn sehr, und auch er mochte mich. Er war es, der eines Tages in meine Offizin kam, während die Mutter ›zu Besuch‹ bei dem Widerling war. Er traf sich mit ihr in irgendeinem schmutzigen

Verhau. So ein elender Drecksbeutel. Es schien ihm sogar zu gefallen, sie derartig zu demütigen. Philipp streifte derweil in der Stadt umher. Er mochte vielleicht sechs oder sieben Jahre zählen, und wie gesagt, eines Tages kam er zu mir. Und von da an kehrte er jedes Mal wieder, wenn er mit seiner Mutter die Stadt besuchte. Oder besser besuchen musste.«

Johanna lauschte gebannt.

»Das Kind musste der Mutter von mir berichtet haben, denn irgendwann stand auch sie in meiner Offizin, um den Kleinen abzuholen, und als ich sie erblickte, war es um mich geschehen. Kannst du dir vorstellen, Johanna, dass es so etwas gibt? Eine Liebe, die einschlägt wie ein Blitz?«

Ein wenig errötete Johanna bei dieser Frage und zuckte nur verlegen mit den Schultern, dann fuhr er auch schon mit einem seligen Lächeln auf den Lippen fort:

»Von da an sahen wir uns oft. Mitunter besuchte ich sie auch hier im Wald, brachte Süßigkeiten, bunte Tücher, Holzspielzeug und fühlte mich glücklich in der Nähe dieser herrlichen Frau. Sie waren aus ihrer Heimat fortgegangen. Aus Tirol in den Bergen. Sie und ihr damals gerade dem Säuglingsalter entwachsenes Kind. Der Liebe sei sie gefolgt, vor der Liebe sei sie geflohen, und von der Liebe sei sie verraten worden. So berichtete sie stets rätselhaft, und immer wenn ich mehr wissen wollte, fing sie bitterlich zu weinen an. Es war nicht möglich, Näheres zu erfahren. Und ich beschloss, sie nicht weiter zu quälen. Doch meine Vermutung war, dass dieser elende Hasenstock seine Finger im Spiel hatte. Er war als junger Mann viele, viele Jahre fort gewesen. Nach Italien soll es ihn verschlagen haben, dort, so sagte man, habe er gar die Heilkunst an der Universität zu Bologna studiert. Doch das glaube ich nicht. Dieser Mann versteht so viel vom Apothekerwesen wie ein Gockel vom Eierlegen. Er spricht ja nicht einmal Italienisch, geschweige denn ein Wort Latein. Ein Scharlatan ist er, ein Lügner und Betrüger vor dem Herrn, einer, der nicht einmal sein eigenes, offensichtliches Leiden hat erkennen können. Verrecken soll er an der Franzosenkrankheit.«

»Die Franzosenkrankheit?«

»Eine üble Lustseuche aus der Neuen Welt. Ja, der Herr Apotheker hat seinen kleinen Meister Schaft nicht unter Kontrolle, hat ihn von jeher überall hineingesteckt, und das wird ihm nun zum wohlverdienten Verhängnis.«

»Mir ist Peter Hasenstock nur selten begegnet. Aber das reichte schon aus, um zu erkennen, dass er ein schlechter Mensch ist. Auch Margarethe Gänslein ließ nie ein gutes Haar an ihm. Man munkelte, er und ihr verstorbener Gatte seien zunächst befreundet und dann verfeindet gewesen.«

»Ja, das ist wahr. Aber weshalb dem so ist, weiß ich nicht. Ich vermute, dass es nicht allein mit der Konkurrenz im Gewürzhandel zu tun hat. Maria spielt in dieser Hassgeschichte eine nicht unbedeutende Rolle. Auch Reinold Gänslein war ein guter Freund Marias. Jedoch nur ein Freund, so sagte sie, ein Gönner. Ich wollte es ihr gerne glauben, wusste ich doch, dass er – nun, wie soll ich es ausdrücken? – einem Weib mit prallen Brüsten und runden Hüften nur wenig abgewinnen konnte. Doch das Kind erzählte mir eines Tages in aller Unschuld, dass die Mutter einen Liebsten habe, einen, über den sie schöne Lieder sänge, mit dem sie gern verheiratet wäre und den sie in Hameln häufiger besuchten, um von ihm Geld und allerlei schöne Dinge abzuholen. Zunächst fiel mein Verdacht auf Hasenstock, doch nachdem der Bub mir den Mann beschrieben hatte und mir genau sagen konnte, wo er lebte, wusste ich, dass es nur der Fremdling Gänslein sein konnte. Als ich Maria darauf ansprach, da brach sie nicht in Tränen aus. Nein, sie wurde wütend, rasend, ja, sie warf gar mit Fläschchen, Krügen und Tiegeln nach mir, zerstörte einen Großteil meiner Arzneien und hinterließ in meiner Offizin ein einziges Trümmerfeld. Eine solche Reaktion konnte ich nicht anders denn als Liebe deuten. In mir keimte eine schreckliche Eifersucht, und ich begann Gänslein zu verfolgen, ihm hinterherzuschnüffeln. Erleichtert stellte ich fest, dass er tatsächlich junge Männer, insbesondere einen blonden Turmwächter, aufsuchte und diesen gar für seine Dienste bezahlte. Ein Verhalten, für das ich ihn aufs Rad hätte bringen können. Aber ich empfand keinen Hass, keine Rachegelüste gegen ihn, denn diese Liebe zwischen ihm und Maria schien einseitig und nur von ihr empfunden zu werden. Wie glücklich war ich, als er schließlich Margarethe heiratete.

Für Maria zerbrach eine Welt. Sie raste vor Zorn und rief auf Italienisch – das war die Sprache ihrer Mutter, die ich jedoch gut verstehe –, Gänslein sei ein Schwindler, denn er habe ihr die Ehe versprochen. Doch jegliches Nachfragen meinerseits wurde wieder nur mit einem weiteren Tobsuchtsanfall erwidert.

Und dann kam eines Tages der Ritter Eicheck.

Sie sah in ihm den Reiter auf dem weißen Pferd, den Erretter der holden Frau in der Not. Sie wollte es in ihm sehen, obwohl er all das ganz und gar nicht war. Während der Jagd war er auf das prächtige Weib aufmerksam geworden und gebrauchte sie von da an als seine Gespielin. Sie leistete ihm solch gute Dienste, dass er sie schließlich sogar mit zu sich auf seine elende Burg nahm, um nicht immer den langen, mühsamen Weg in den Wald nehmen zu müssen. Aber davon kannst ja auch offensichtlich du ein Liedchen singen, Johanna. Nicht einmal Lebewohl hat sie zu mir gesagt, zurückgelassen hat sie mich. Und nicht nur mich, auch ihr Kind. Dieses Weib war wild und unberechenbar. Sie liebte die, die sie verletzten, und verletzte die, die sie liebten.«

Johanna konnte sich nicht dagegen wehren, dass die Worte des kleinen Mannes sie bewegten. Sie musste mehrmals vernehmlich schlucken, und das auch deshalb, weil sie bislang nicht gewusst hatte, dass Philipps Mutter ihre Vorgängerin als Konkubine des Grundherrn gewesen war. Sie fühlte sich elend und schmutzig.

»Ja, ich war verletzt«, setzte Vinsebeck seine Lebensgeschichte fort. »Und in meinem Schmerz bemerkte ich erst zu spät, dass ich mich um das Kind hätte kümmern müssen. Wie auch sollte ich wissen, dass sie ihn allein im Wald zurückgelassen hatte und erst Jahre später, als ihr Körper verfiel und sie als Hure ausgedient hatte, in ihre Hütte zurückkehrte? Ich erfuhr durch Zufall von einer Bäuerin – vermutlich stammte sie sogar aus deinem Dorf – über Philipps Schicksal. Das Bauernweib kam häufiger zum Hamelner Markt, um dort runzelige Äpfel und Rüben zu verkaufen. Tatsächlich aber war der Grund für die weite Reise, dass sie bei mir Medizin besorgte, die ihr ein sehr privates Leiden leichter machen sollte. Sie berichtete mir, dass aus ihrem Ort, ähnlich wie vor langer Zeit in Hameln, Kinder verschwunden seien. Vier an der Zahl. Heranwachsende Buben allesamt, darunter ein Sonderling, der mutterseelenallein im Wald hauste. Meine Neugierde und auch meine Sorge waren geweckt. Ich fragte weiter und fand heraus, dass es sich tatsächlich bei einem der Burschen um Philipp handelte und dass dessen Mutter noch immer auf der Burg Eicheck ›Dienst tat‹. Von diesem Tag an war mein Herz gänzlich gebrochen.«

Vinsebeck nickte betreten. Und es war nicht schwer für Johanna, zu erkennen, wie sehr ihm diese Erinnerungen noch nachhingen.

»Glaube mir, Johanna, so erleichtert war ich, als ich den Jungen vor wenigen Monaten lebendig vor mir sah. Auch wenn er mir vom Tode seiner Mutter berichtete, so war diese Gewissheit dennoch leichter zu ertragen als ein Leben in Schuld und Sorge. Ich vertraue ihm. Ganz gleich, welcher Teufel auch in ihm stecken mag, es ist nicht seine Schuld. Im Grunde seines Herzens ist er ein guter Mensch und würde niemals einer unschuldigen Seele ein Leid zufügen.«

»Glaubt Ihr das wirklich, guter Meister Vinsebeck?«, fragte Johanna nun mit leerem Blick. »Ich selbst bin mir da nicht so sicher.«

»Oh doch, vertraue ihm. Mein Vertrauen in ihn geht sogar so weit, dass ich hier seiner harre und auf seine baldige Rückkehr warte. Er wird gewiss in den nächsten Tagen kommen, uns zu essen bringen und zudem neue Nachrichten aus Hameln. Wäre da nicht dieser Glaube in die Aufrichtigkeit des Sohnes, des Fleisches und Blutes meiner geliebten Maria, so würde ich doch nicht so lange hier in diesem Walde hausen. Sosehr ich auch deine Anwesenheit schätze, liebe Johanna. Mir wäre ein Wanderleben, wie es mein Kollege Paracelsus führt, weitaus angenehmer, als hier in dieser Wildnis untätig zu veröden.«

»So, so«, sagte nun Johanna, klopfte sich auf die Schenkel und erhob sich. »Und damit Ihr nicht verödet, lieber Vinsebeck, werde ich mich heute bei Einbruch der Dunkelheit auf den Weg zu einem Nobiskrug machen, in dem ich früher schon einmal eingekehrt bin. Dort wird man mir gegen Geld gewiss die eine oder andere Speise mit auf den Weg geben, und wenn es nur ein Säckchen voller Zwiebeln ist. Selbst für die würde ich im Moment töten. Ihr stimmt mir doch zu, dass in einem Wirtshaus, in dem nur Unredliche verkehren, kein Hahn nach uns krähen wird, oder?«

»Uns? Heißt das, ich soll dich begleiten?«

»Ihr sagtet doch, Ihr wäret gern auf Wanderschaft wie dieser Herr Parasius.«

»Paracelsus, mein Kind, Paracelsus.«

XXXIV

Der Fuhrmann Fritz Mehlmann durfte sich schon wieder über einen Auftrag der reichen Pfeffersäckin freuen. Das war immer Anlass zu guter Laune, denn sie fuhr in der Regel weit, blieb zuweilen über Nacht weg, und auch wenn die Ladung nicht schwer war, so zahlte sie dennoch gut, allemal besser als manch einer von den bekannten Hamelner Mühlsteinhändlern, für die zu arbeiten für Fuhrmann und Pferde eine knochenbrecherische Arbeit darstellte. Wieder pfiff er fröhlich, während er auf dem Bock saß und sich die Sonne auf die ohnehin schon rote Glatze scheinen ließ.

Margarethe hatte zusammen mit ihrem Sekretär und einer Magd im geschlossenen Bereich der Kutsche Platz genommen und betrachtete verträumt die an ihr vorüberziehende Landschaft. Secretarius Bennheim hingegen war in einen seligen Schlummer gefallen, während das Mädchen verschämt an ihren Fingernägeln herumspielte.

Die Kauffrau fuhr in letzter Zeit gern hinaus, und ganz besonders in einem Fuhrwerk wie diesem, einem Vierspänner mit geschlossener Kabine, der eher einem Grafen oder einem Nuntius des Papstes zugestanden hätte. Sie tat es nicht, um zu protzen, nein, vielmehr liebte sie das Private eines solchen Gefährtes. Und an nichts war ihr in diesen Tagen mehr gelegen als eben an privater Zurückgezogenheit. Es galt, Gedanken zu ordnen und zu Plänen zu schmieden, aber vor allem galt es, Wissen zu bewältigen, ein Wissen, welches sie nicht einmal mit ihrer vertrauten Base teilen wollte. Nicht bevor sie selbst mit all diesen neuen Informationen ins Reine gekommen war.

Ihr Mann war ein Mörder gewesen. Ein unfreiwilliger Mörder, aber beileibe kein unschuldiger. Und in der Gewissheit seiner großen Sünde war er, anstatt zu büßen, einen Pakt mit dem Teufel eingegangen. Der Name dieses Teufels war Peter Hasenstock. Anders als Reinold hatte dieser kaltblütig und mit gezieltem Kalkül getötet und den rückgratlosen Reinold immer tiefer mit sich in die Hölle gezerrt. Kein Wunder, dass Reinold zeit seines Lebens die Angst im Nacken saß und er die Hälfte seines Einkommens für Ablässe, Reliquien, Wallfahrten und Almosen dargereicht hatte. Und sie hatte immer gedacht, seine Furcht beruhe auf der Tatsache, dass er verbotenen körperlichen Begierden nachging oder aber, dass er dem reichen Kaufleuten gewöhnlich eigenen Unbehagen darüber anheimgefallen war, dass eher ein Kamel durch ein Nadelöhr ginge, als dass ein Reicher in den Himmel käme.

Aber nein, Reinolds Schuld war ungleich größer. Und das Fatale an dieser Schuld, die er in jungen Jahren auf sich geladen hatte, war, dass auf ihr all sein Vermögen fußte. Ohne die Begegnung mit Hasenstock, ohne dessen Freundschaft, ohne dessen Fürsprache und ohne dessen Verbindungen wäre aus dem einfachen Bauernburschen Reinold Gänslein niemals der wohlhabende Gewürzhändler geworden. Andersherum war auch Hasenstock von Reinold abhängig gewesen, hatte von dessen größerem Wissen, dessen größeren Erfahrungen und dessen größerer Klugheit profitiert, nicht zuletzt von seiner Verschwiegenheit. Denn auf Verschwiegenheit beruhte dieser Pakt. Ein Pakt zwischen zwei Menschen, die sich – das wusste Margarethe nur zu gut – in Wirklichkeit gehasst hatten.

Und dann war da noch diese Frau. Dieses Mitbringsel aus

den Bergen. Die Witwe, deren Mann sie beide gemeinsam erschlagen hatten. Sie und ihr Kind.

Margarethe war sich in dieser Sache nicht sicher. Sie wusste nur aus dem vagen Bericht Philipps, dass dieser zusammen mit seiner Mutter in einem Walde gelebt hatte. Und auch die Tiroler Frau, für die ihr Mann ohne Wissen Margarethes gesorgt hatte, war mit ihrem Sohne im Wald versteckt worden. Konnte das Zufall sein? War Philipp das Kind der Frau, deren Mann Reinold rücklings mit einer Heugabel erstochen hatte? Wenn ja, dann waren die Absichten des jungen Mannes, der es verstanden hatte, sich nicht nur in Margarethes Haus zu schleichen, sondern auch in ihr Herz, tatsächlich von Anbeginn an unlauter gewesen. Ganz so, wie Johanna es ihrer Herrin stets hatte zu verstehen geben wollen.

»Der Kreis schließt sich«, murmelte Margarethe leise vor sich hin, während sie sich weiterhin den frischen Fahrtwind, der durch die kleine Fensteröffnung strich, ins Gesicht blasen ließ.

»Was sagt Ihr, Herrin?«, fragte die schüchterne Magd. Aber Margarethe schüttelte nur den Kopf, um dem Mädchen zu bedeuten, dass es nicht gemeint gewesen war.

»War sie schon einmal in Lemgo, Lisbeth?«

»Nein, ich habe den Ring um Hameln noch nie verlassen.«

»Na, dann ist es ja ein regelrechtes Abenteuer für sie an diesem Tage. Lemgo ist ähnlich Hameln eine Hansestadt. Ich werde dort einige Kaufleute aufsuchen.«

Bei diesen Worten verzog Margarethe ein wenig das Gesicht. Aufsuchen war der falsche Ausdruck. Bittstellen wäre angebrachter gewesen. Dadurch, dass ein nicht geringer Teil ihrer Lagerbestände verdorben war und sie den Abt von Corvey mit neuen, reinen Waren hatte versorgen müssen, war sie nun in einen Engpass geraten. Und das ausgerechnet eine Woche, bevor sie die bestellten Waren für das große Fest des Herzogs von

Calenberg ausliefern sollte. Ihre einzige Möglichkeit, ihr nun lückenreiches Lager wieder einigermaßen aufzufüllen, waren ein Hanse-Händler und ein Apotheker in Lemgo, welche beide nicht ständig, aber ab und an über einen gewissen Vorrat an Gewürzen und Spezereien verfügten – ironischerweise alles Waren, die sie über Margarethe Gänslein bezogen, welche nun die Absicht hatte, sie zurückzukaufen.

Es war ein unangenehmes und verlustbringendes Geschäft, das sie da anstrebte, aber mit Verlusten war nun einmal zu rechnen, und jeder Kaufmann musste darauf gefasst sein, jederzeit. Sie würde diese schwierige Phase schon hinter sich bringen. Die Hauptsache war, dass ihr Name keinen Schaden nahm. Den Abt hatte sie beschwichtigen können, und sie würde das reiche Kloster als Kunden behalten, und auch der Herzog musste unbedingt zufriedengestellt werden. Aus diesem Grund strebte sie an, wo sie schon einmal auf dem Weg nach Lemgo war, den Schnapsbrenner Veit Freie aufzusuchen, einen Landgastwirt, der sich vortrefflich auf das Brennen verschiedenster Spirituosen verstand. Branntwein war für die meisten Menschen nach wie vor ein Teufelszeug, welches höchstens zu medizinischen Zwecken verwendet wurde. Man nahm ihn löffelweise gegen Husten oder Halsschmerzen oder verabreichte ihn in rauen Mengen als Betäubungsmittel vor einer Amputation. Manche Wundärzte schworen darauf, das brennende Zeug auf blutige Verletzungen aufzutragen, auch wenn der dadurch verursachte beißende Schmerz dem Patienten fast die Besinnung raubte und somit kaum jemandem einleuchtete, welchen Nutzen diese bestialische Maßnahme bringen sollte. Doch seit wenigen Jahrzehnten war man mehr und mehr auch auf den Geschmack des Branntweines als eines zwar tückischen, aber dennoch vortrefflichen Genussmittels gekommen. Und zur Gemeinde der Bewunderer des Feuerwassers zählte neben Margarethes Base

Mechthild auch der Herzog. Das war Margarethe zu Ohren gekommen, und darum würde sie ihm als Geschenk noch einige Flaschen von Freies Höllenwasser darbringen. Glücklicherweise kannte die Witwe den Schnaps brennenden Wirt gut und wusste um die Qualität seiner Kunst, denn ab und an kam er in die Stadt, um während der Markttage an Margarethes Fensterladen kleine Mengen verschiedenster Gewürze zum Experimentieren zu erstehen. Anis, so hatte er beim letzten Male gesagt, eigne sich am vortrefflichsten, denn ein Brand aus diesem verscheuche selbst nach dem üppigsten Mahl ein jedes Magendrücken und vermindere die Blähungen des Darms.

Margarethe versuchte sich mit derlei Gedanken über Anisschnaps abzulenken und all die Sorgen und Geheimnisse, die ihr schier den Verstand rauben wollten, zu verdrängen. Ja, trotz des anstehenden Verlustgeschäftes in Lemgo war es befreiend für sie, die Stadt hinter sich zu lassen und hinaus in die Frische der Natur zu fahren. Sie war so rein, so unverdorben, so ehrlich. Das Zwitschern der Vögel, das Blühen der Bäume, selbst der Gruß des Schäfers und das Muhen der den Weg versperrenden Kühe wirkten auf die Kauffrau beruhigend. Sie beneidete in diesem Moment sogar die Bauern, die bei der Heuernte schwitzten, die hochschwangere Leibeigene, die einen schwerbeladenen Handkarren über den holprigen Pfad zog, oder den alten abgemagerten Landstreicher, der seinen löchrigen Hut zog und zahnlos lächelte, als die Kutsche aus Hameln an ihm vorüberrollte. Mit einem jeden von ihnen hätte Margarethe in diesem Moment gerne getauscht. Mit einem jeden von ihnen.

Als sie am Nachmittag die Mauern der Stadt Lemgo passierten, nahm sie sich wieder zusammen, warf alle romantisierenden Ideen von einem einfachen Leben über Bord und konzentrierte sich ganz und gar auf die ihr bevorstehenden Handelsgeschäfte.

Allein, diese kamen nicht zustande. Nach wenigen Stunden brach Margarethe wieder aus Lemgo auf, ohne auch nur ein Säckchen Zucker erstanden zu haben. Das Einzige, was sie aus dieser Stadt mit herausbrachte, war eine ungeheure Wut. Alles war ausverkauft – alles, nicht nur Gewürze. Auch sämtliche anderen Spezereien, die es bei den Kaufleuten Lemgos zu besorgen gegeben hätte, waren erworben und fortgeschafft, darunter zwei Fässer zyprischen Weines, Kisten voller Mandeln und getrockneter Feigen sowie Säcke mit Reis. Margarethe hatte noch das Grinsen des Apothekers vor Augen, welches unverhohlen verriet, dass er soeben das Geschäft seines Lebens gemacht hatte.

»Zimt und Ingwer hat er genommen, so viel er kriegen konnte. Selbst meine spärlichen Reste an Safran hat er nicht verschmäht. Ich wies ihn darauf hin, gute Frau Gänslein, dass ich meine Waren erst vor einigen Monaten von Euch erstanden hatte und er doch sicherlich bei Euch in Hameln sehr viel mehr davon würde kaufen können, zumal er doch selbst aus Eurer Stadt angereist war. Doch davon hatte er nichts wissen wollen. Er war in einen regelrechten Kaufrausch verfallen, gerade noch, dass er die Kisten auf seinem bereits vollkommen überladenen Wagen hatte unterbringen können. Wenn dem mal nicht auf dem Rückwege die Achsen brechen. Aber was kümmert's mich, Hauptsache, der Wechsel platzt nicht.«

So waren die Worte des Lemgoer Apothekers gewesen. Und der Kaufmann, bei dem sie zuvor gewesen war, hatte ähnlich gesprochen.

Peter Hasenstock also.

Was war das wieder einmal für ein hinterhältiges Treiben?

Es konnte doch nur gegen sie, gegen die Gewürzhändlerin, gerichtet sein?

Nun, wenn er denn meinte.

Anscheinend ahnte er nicht, welche Waffen sie mittlerweile gegen ihn in der Hand hatte. Und so, wie es aussah, müsste sie sie wohl bald zum Einsatz bringen, auch wenn dies ganz und gar dem Charakter einer Margarethe Gänslein widersprach.

Müde war sie, als die leere Kutsche langsam in der Dunkelheit aus dem Lemgoer Stadttor hinausfuhr. Nun ja, wenigstens den Branntwein könnte Margarethe nun auf der Rückfahrt besorgen. Denn diese Quelle war so geheim, dass es einem Wunder gleichkäme, wenn Hasenstock auch sie ausfindig gemacht hätte.

Es war eine dieser seltenen Mainächte, die nach einem durchaus warmen Tag plötzlich mit Frost aufwarteten und den Bauern ein wahrer Graus waren. Der Mondschein ließ den Raureif auf Gräsern und jungen Trieben zauberhaft glitzern. Es war ein reines, fast unschuldiges Schauspiel, und dennoch löste es in Margarethe nicht die Faszination aus, die sie sonst in Anbetracht der Vollkommenheit der Natur empfand. Sie wollte nurmehr nach Hause, und das so schnell wie eben möglich.

»Hoh, halt«, vernahm sie plötzlich die dunkle Stimme des Fuhrmanns und musste sich am Arm des schlafenden Bennheim festhalten, um nicht von dem Ruck der urplötzlich haltenden Kutsche von ihrer Bank geworfen zu werden. Sie war offensichtlich eingenickt, denn es dauerte eine Weile, bis Margarethe begriff, dass sie noch immer unterwegs waren und der fehlgeschlagene Handel in Lemgo kein schlechter Traum gewesen war.

In der Annahme, nun das Gasthaus des Schnapsbrenners erreicht zu haben, klappte sie die Fensterluke auf und streckte ihren Kopf hinaus.

Sie befanden sich noch immer auf dunklem Wege. Von einer Behausung, geschweige denn einem Krug nicht die geringste Spur. Stattdessen tat sich vor ihnen ein enormer Tannenwald auf, der in Anbetracht dieses abrupten Haltes, dessen Grund Margarethe schleierhaft war, ganz besonders bedrohlich wirkte.

»Schaut hier heraus, meine Herrin«, sagte Bennheim leise, eine Hand leicht auf Margarethes Unterarm legend, während die junge Magd sich verängstigt in eine Ecke der Kabine drückte. Margarethe folgte den Worten des Sekretärs und blickte aus der Luke auf seiner Seite der Kutsche.

Da lag ein Wagen im nahen Graben. Offenbar war er von dem glatten Weg abgekommen und in die Böschung gerutscht. Er war leer, die Pferde bereits ausgespannt, und von einer Menschenseele ebenfalls keine Spur. Weshalb also hielt der Fuhrmann an? Es war zu gefährlich, hier zu verharren, denn immerhin könnte dieses Unglück nur vorgetäuscht und nichts weiter als ein gemeiner Hinterhalt von Wegelagerern sein.

»Was wartet Ihr, Mehlmann? Lasst uns weiterfahren«, rief Margarethe aus dem Fenster dem Kutscher zu.

»Aber, gute Frau, seht Ihr denn nicht? Da hockt einer mitten auf dem Weg«, antwortete dieser und machte sich nun vorsichtig auf, den Kutschbock zu verlassen. Dabei griff er mit einer Hand nach dem Dolch unter seinem Wams, mit der anderen nach der Laterne, die bislang neben ihm an einem Haken gehangen hatte.

Margarethe konnte die Gestalt nicht sehen, da es ihr nicht möglich war, so weit den Kopf hinauszustrecken, aber ein leises Wimmern war nun zu vernehmen.

Es klang ganz nach dem Schluchzen einer Frau, eines armen überfallenen Weibes. Eine Gänsehaut lief ihr über Arme und Rücken. Unwillkürlich griff sie nach Bennheims Hand und schaute den Sekretär fragend an. Dieser zuckte nur mit den Achseln, aber auch sein Gesicht verriet größtes Unbehagen. Die Magd zitterte vor Angst und verbarg ihr Gesicht in den Händen.

Margarethe nahm sich ein Herz, entriegelte die Türe und kletterte hinaus auf den nächtlichen, verlassenen Weg.

»Herrin, seid bitte nicht unvernünftig«, zischte Bennheim ihr ermahnend hinterher, doch da stand Margarethe bereits neben dem Kutscher, welcher seine Laterne so dicht wie möglich an die im Frost hockende Gestalt hielt.

In diesem Moment durchfuhr es Margarethe wie ein Schock. Sie wusste nicht, wie sie das Gefühl hätte beschreiben können, dass sich ihrer bemächtigte. War es Mitleid oder Häme, war es Verwirrung oder gar Glück? Sie hätte es nicht sagen können. Alles, was sie hätte sagen können, war, dass sie die Gestalt dort am Boden sofort erkannt hatte – und das, obwohl sie glücklicherweise von sich behaupten konnte, ihn niemals zuvor in ihrem Leben nackt gesehen zu haben.

»Aber Hasenstock, was ist Euch widerfahren?«, rief sie sodann.

Und trotz seiner Blöße griff sie ihm unter die Arme und wies den Kutscher an, die Beine des Halberfrorenen zu nehmen, um ihn zur Kutsche zu tragen.

Erst in der Gaststube der Roten Schenke des Brennmeisters Veit Freie kam Peter Hasenstock wieder zu sich. All seine auftauenden Glieder kribbelten und schmerzten so sehr, dass er nicht aufhören konnte zu jammern und zu schreien.

Indes hielt sich Margarethes Mitleid in bescheidenen Grenzen. Ein wenig belustigt setzte sie sich einen Krug an die Lippen und beobachtete über den Rand des Trinkgefäßes, wie sich der in mehrere schmutzige Wolldecken gehüllte und völlig zerzauste Hasenstock auf der Ofenbank hin und her wand.

Er hatte es wahrlich verdient.

»Das blühende Leben sieht anders aus, werter Ratsherr Hasenstock«, bemerkte Margarethe nüchtern, nachdem die unkontrollierten Zuckungen des Apothekers in ein einfaches Bibbern übergegangen waren und er sich nun auf der Ofenbank aufrichten konnte, um vom Wirt einen heißen Gewürzwein in Empfang zu nehmen.

Doch Hasenstock schien die Kauffrau Gänslein gar nicht zu bemerken. Völlig entkräftet und sich seines erbärmlichen Zustandes in keiner Weise schämend, gab er sich der Wohltat des wärmenden Getränkes hin, wobei er hemmungslose Stöhnlaute von sich gab.

Margarethe schüttelte belustigt den Kopf und blickte zu ihrem Secretarius Bennheim hinüber, der die ungewöhnliche Szene völlig ungerührt mit strenger Miene betrachtete.

»Ich wünschte, ich wäre mit dem Kohlestift so flink und geschickt wie Mechthilds Sohn Georg, dann würde ich dieses seltene Bild für die Ewigkeit festhalten«, flüsterte die Witwe ihrem Begleiter zu, dem nun doch ein leichtes Lächeln über die alten, schmalen Lippen huschte.

Das Gasthaus war an diesem Abend gut gefüllt. Zahlreiche Bauern aus der Gegend hatten sich zum Würfelspiel getroffen, ein einzelner Spielmann saß auf einem Schemel und ließ seine Schalmei erklingen, zudem waren noch einige Pilger und ein weiterer Handelsreisender mit seinem Gefolge zugegen. Und vor wenigen Augenblicken erst hatte auch der fahrende Arzt und Wunderheiler Götz Gugelmann mit seinem Knecht den Raum betreten, sich jedoch unauffällig und bescheiden in eine der hinteren Ecken der Taverne begeben. Aufsehen erregte nach wie vor allein Margarethe mit ihrem eigentümlichen Gefolge. Zwei ihrer männlichen Begleiter waren von den anwesenden Gästen mittlerweile als Fuhrmann und Diener eingeordnet worden, doch der Dritte im Bunde hatte allen ein Rätsel aufgegeben. Unbekleidet war er gewesen und fast ohnmächtig. Nach und nach war zu allen Anwesenden durchgesickert, dass es sich um einen Kaufmann handelte, der auf seinem Weg von Lemgo nach Hameln überfallen und beraubt worden war. Allein das nackte Leben war ihm geblieben.

Näheres war auch Margarethe noch nicht bekannt, denn bislang hatte Hasenstock kein Wort gesprochen. Eines jedoch schien klar zu sein: Er hatte alles verloren. So etwas geschah mitunter. Irgendwann im Leben eines Kaufmanns wartete nun einmal ein Strauchdieb hinter der nächsten Ecke auf ihn. Kaum einer blieb verschont. Aber dass es Hasenstock ausgerechnet heute traf, an dem Tag, als er Margarethe diesen bitterbösen Streich gespielt hatte, geschah ihm recht. Fast war sie geneigt, den verantwortlichen Buschkleppern, wer immer sie sein mochten, dankbar zu sein.

»Was ist Euch zugestoßen, werter Herr? Wollt Ihr davon berichten?«, fragte nun, nachdem Hasenstock aufgetaut war, der Wirt Freie und schenkte dem gierig danach lechzenden Gast von dem Heißgetränk nach.

»Aus dem Nichts kamen sie«, stotterte dieser, in seinen Becher starrend. Margarethe hatte den Eindruck, dass er sich ihrer Gegenwart noch immer nicht bewusst war. Vielleicht wollte er aber auch nicht wahrhaben, dass ausgerechnet die verhasste Frau es war, die ihn aus einer solch misslichen Lage errettet und ihn nun in diesem für ihn ungünstigen Zustand vor Augen hatte. »Mein Fuhrmann sprang vom Bock und gab sofort Fersengeld, als er die Räuber sah. Ich allein blieb zurück.«

»Und dann?«, bohrte der Wirt weiter. Er hatte sich mittlerweile neben den Gast auf die Bank gesetzt. Auch zahlreiche weitere Gäste hatten sich genähert und lauschten nun gespannt dem Bericht des Überfallopfers.

»Angetrieben habe ich die Gäule. Wild auf sie eingepeitscht habe ich. Und tatsächlich wurde einer der vermummten Halunken über den Haufen getrampelt. Doch dann sind die Pferde vollkommen durchgegangen, und der Wagen ist nach nur wenigen Schritten im Graben gelandet.«

Er nahm einen kräftigen Schluck aus seinem Becher. Langsam fand er ins Leben zurück. Dennoch war dieser Mann ein gelungenes Beispiel dafür, wie wahr doch die Weisheit zu sein schien, dass erst Kleider Leute machten. Niemand in Hameln hätte Peter Hasenstock in diesem zerzausten, verwahrlosten Zustande wiedererkannt. Das Puder, welches er so sorgsam auf Gesicht und Hals aufzutragen pflegte, war abgebröckelt und offenbarte auf ernüchternde Weise den Grund für diese übertrieben wirkende Schminkerei. Denn besonders Hasenstocks Stirn war übersät mit teilweise eitrigen Pusteln, die wie ein Kranz am Haaransatz entlangführten. Zudem hatte auch die Wirkung seines niemals sparsam verwendeten Duftwassers nachgelassen, denn er stank erbärmlich. So erbärmlich, dass selbst der Wirt, welcher von ausgelassenen Gästen sicherlich einiges gewohnt war, die Nase rümpfte. Ein Misthaufen war ein Rosengarten gegen diesen Geruch, welchen Margarethe bei einer gepflegten Erscheinung wie Hasenstock selbst dann nicht für möglich gehalten hätte, wenn er ein halbes Jahr lang mit keinem einzigen Tropfen Wasser in Berührung gekommen wäre. Sie führte diese absonderlichen Körperausdünstungen und den stinkenden Atem, der selbst über den breiten Tisch hinweg wahrnehmbar war, auf den Schrecken zurück, den der im Grunde bemitleidenswerte Mensch vor wenigen Stunden hatte erfahren müssen.

»Sofort waren sie da, die Wilden«, fuhr er indes mit seinem Bericht fort. »Rissen mich aus dem Graben, prügelten mich und entledigten mich all meiner Kleider. Dann luden sie sämtliches kostbare Gut auf ihr eigenes Gefährt, spannten die Pferde aus und nahmen auch diese mit. In den Wald sind sie hinein. Das war alles, was ich erkennen konnte. Dann übermannten mich Schmerz und Kälte, und ich verfiel in einen Zustand todbringender Umnachtung.«

»Aus welchem Ihr glücklicherweise von Frau Margarethe Gänslein und ihrer Gefolgschaft errettet wurdet«, ergänzte der Wirt Freie, der Witwe, welche er offensichtlich mehr als schätzte, keck zuzwinkernd.

»Die?«, rief Hasenstock nun laut, was Margarethe zusammenzucken ließ. Zum ersten Male an diesem Abend schaute er sie an. Und in seinen Augen spiegelte sich ein solcher Hass, dass die Gewürzhändlerin sicherlich hintenübergefallen wäre, wenn Blicke tatsächlich töten könnten.

»Von wegen Glück! Ein abgekartetes Spiel war das«, schimpfte er nun. »Sie war es doch, die dem Diebsgesindel den Auftrag erteilt hat, mir aufzulauern. Sie will mich vernichten. Das wollte sie schon immer.«

Margarethe versuchte, die Fassung zu wahren, während der magere, kleine Bennheim bereits, ganz entgegen seiner Art, aufgesprungen war und dem Apotheker die geballte Faust zeigte.

»Aber nein doch«, rief der Wirt mit seiner dunklen, alles übertönenden Stimme. Eine besondere Ruhe und Abgeklärtheit hafteten ihm an, offenbar hatte er schon mehr als häufig heikle Situationen auf friedvolle Weise im Keim ersticken müssen und besaß darin mittlerweile eine gewisse Übung. »Wir wollen doch nicht voreilig sein. Ich kann mir denken, werter Herr, durch wen Ihr von Euren Waren erleichtert wurdet. Nicht wahr, Alfons?«, rief er nun einem der bis dato Würfel spielenden und nun gebannt lauschenden Bauernburschen zu. Dieser, ein langer Dürrer mit einem Schopf, der aussah, als sei er mit Hilfe eines Topfes und eines stumpfen Messers in Form gebracht worden, nickte grinsend und entblößte dabei die braunen Restbestände seiner Zähne.

»Die Gebrüder Bienenfleiß«, rief er dann und genoss es, die Blicke aller Anwesenden auf sich zu ziehen.

»So ist es«, bestätigte Freie. »Die Gebrüder Bienenfleiß. Sie sind ein Haufen fauler Gesellen, die es nie verstanden haben, ihre Mäuler mit redlicher Arbeit zu stopfen. Bis vor wenigen Monaten noch waren sie im Auftrag des Raubritters Eicheck unterwegs, doch seitdem dieser das Zeitliche gesegnet hat, sind sie zu ihren eigenen Herren geworden. Sie sind so faul, dass sie nur stehlen, wenn sie etwas brauchen. Man könnte es auch Mundraub nennen. Und zudem kann man gewiss sein, dass man, wenn man zu einem ihrer Opfer auserkoren wurde, mit dem Leben davonkommt. So ist es doch, Alfons, oder?«

»So ist es. Sie morden nicht, und sie schänden nicht.«

»Das tun sie wahrlich nicht.«

»Wie ehrenhaft«, warf nun Margarethe süffisant ein, die dankbar war, dass der Wirt dieser mehr als heiklen Situation den Wind aus den Segeln zu nehmen gedachte.

»Und wer sagt mir, dass nicht sie es war, die diese Strauchdiebe angeheuert hat?« Hasenstock wollte nicht von seinem Standpunkt abweichen.

Der Bauer Alfons zuckte ratlos mit den Schultern, während der Wirt lachend rief:

»Ihr, mein werter Herr, traut einem Weibe aber mehr zu, als es zu leisten im Stande ist.« Dann erhob er sich und rief: »Die nächste Runde geht aufs Haus.«

Margarethe hob ob dieser gutgemeinten Beleidigung nur kurz die Brauen, während Hasenstock nicht aufhörte, sie böse anzublicken.

Ja, ohne eine Erklärung dafür finden zu wollen, genoss die Kauffrau die Situation und dachte keineswegs mehr an eine nächtliche Rückkehr in ihre Heimatstadt. Stattdessen bestellte sie für sich und die verwunderte Magd eine Spezialität des Hauses, einen leichten, aber dafür herrlich nach frischem Waldmeister schmeckenden Wein. Gern reichte der Wirt den Damen den gewünschten Trank und brachte zusätzlich einen Topf dampfender Zwiebelsuppe und einen Teller herrlicher Würste. Und nun konnte auch der zurückhaltende Bennheim nicht mehr widerstehen, griff herzhaft zu und gönnte sich zudem einen ganzen Krug kühlen Biers.

»Manchmal, mein lieber Bennheim, muss man einfach alle Fünfe gerade sein lassen, nicht wahr?«, sagte Margarethe, an den treuen Sekretär gewandt, und stieß mit ihm an. Dies geschah in der folgenden Stunde noch einige weitere Male. Und beinahe hätte sie bei Wein und Gesang vergessen, dass auch ihr Feind in diesem Raume anwesend war, wenn dieser nicht plötzlich, wie aus dem Nichts kommend, neben ihr gesessen hätte. Die Magd nämlich – Margarethe hatte es nicht bemerkt, sah es ihr aber nun nach, da immerhin sie es gewesen war, die das junge Ding zum Trinken animiert hatte – hopste fröhlich mit gleich zwei Burschen im Raume herum, ließ sich in die Luft werfen, wieder auffangen, herumschleudern und sogar küssen, während der durch sie verwaiste Platz neben der Herrin jetzt von Peter Hasenstock eingenommen worden war. Er wankte bereits verdächtig auf dem einfachen Hocker, und ebenso verdächtig verrutschte sein provisorisches Gewand an einigen Stellen, wodurch der Blick auf weitere Pocken und Flechten an seinem Körper freigegeben wurde. Margarethe rutschte etwas unruhig auf ihrer Bank hin und her. Es war weniger der ekelerregende Anblick seines Körpers als vielmehr dieser verwesungsartige Geruch, der die Nähe des Apothekers so unerträglich machte. Dennoch war ihr bei dieser ausgelassenen Stimmung nicht nach Streit zumute, weshalb sie sich seine Anwesenheit gefallen ließ. Ja, wäre nicht der Gestank gewesen, so hätte es ihr sogar Freude bereitet, ihn derartig absonderlich erleben zu dürfen.

»Entschuldigt meine Worte von vorhin«, lallte er nun, und dabei roch es aus seinem Rachen wie aus einer Jauchegrube, was so gar nicht zu seinen weißen, blankgeputzten Zähnen passte.

»Es sei Euch verziehen«, antwortete Margarethe schmunzelnd und rückte noch ein klein wenig zur Seite.

»Ich will Euch im Grunde nichts Böses, das müsst Ihr wissen.«

Nun wurde er zutraulich. Margarethe war sich nicht sicher, ob sie die Lage nutzen sollte, um ihm einige Geständnisse zu entlocken, die er ihr im nüchternen Zustand nicht einmal unter der Folter gemacht hätte. Andererseits wusste sie nun, dass sie immerhin einen eindeutigen Mörder vor sich hatte. Darum ließ sie ihn gewähren, ohne ihn auszufragen, und meinte nur:

»Dem Anschein nach, Hasenstock, wolltet Ihr mir bislang zumindest nie etwas Gutes.«

»Oh doch, meine Liebe. Oh doch. Ich wollte Euch immerhin ehelichen.« Und mit diesen Worten rückte er samt seines Hockers wieder näher an Margarethe heran und gönnte ihr einen anerkennenden Blick, den er über ihren ganzen Körper wandern ließ. Sie lächelte unangenehm berührt, weiter zur Seite rutschen konnte sie jedoch nicht mehr.

»Ein Prachtweib seid Ihr. Eines, das ein Bürschlein wie Reinold es war, niemals verdient hätte. Ich wette, er hat es Euch nie wirklich besorgen können.«

»Was erlaubt Ihr Euch!«

Jetzt ging er zu weit. Auch wenn sie ihm ob seiner schrecklichen Erlebnisse des heutigen Tages und des reichlich genossenen Alkohols einiges nachsah, so war eine solche Äußerung dennoch unverzeihlich.

Abwehrend hob er beide Hände und schaute sie mit großen Augen entschuldigend an: »Ich vergaß, ich habe eine Dame vor mir.«

»So ist es, Hasenstock, und ich will vergessen, was ich soeben gehört habe.«

»Ich danke Euch dafür. Wir sollten viel mehr von dem vergessen, was in der Vergangenheit geschehen ist, Margarethe. Nicht wahr? So zahlreiche ungute Ereignisse liegen hinter uns.«

»Was sprecht Ihr da an, Hasenstock?« Nun wurde Margarethe doch hellhörig. Ein seltsames Gefühl bemächtigte sich ihrer. Wusste er etwa, dass auch sie wusste?

»Hat er Euch von mir erzählt?«, fragte Hasenstock, seinen Mund so nah an Margarethes Ohr drückend, dass es von seinem widerlichen Atem feucht beschlug.

»Wen meint Ihr?« Sie wich ein wenig mit dem Kopf zurück, um dem Apotheker ins Gesicht schauen zu können.

»Euren seligen Gatten meine ich.«

Margarethe schaute ihn mit zusammengekniffenen Augen an.

»Wir teilen so manches Geheimnis«, flüsterte er nun kaum verständlich, da ihm der Glühwein im Hirn und der Schreck in den Knochen ordentlich den Geist vernebelt hatten.

»Und was wären das für Geheimnisse?«, fragte Margarethe vorsichtig.

»Böse Erinnerungen. Er war kein guter Bube damals, als wir uns zufällig in den Bergen begegneten. Er war auf der Flucht. Hatte einen Nürnberger Weinhändler auf dem Gewissen und zudem ein Lagerhaus in Brand gesetzt. Ja, so war er, der Reinold. Und das ist noch nicht alles.«

»Warum soll er so etwas getan haben?«, fragte Margarethe in gedämpftem Ton. Sie stellte sich absichtlich unwissend, um Hasenstocks Variante der Geschichte in Erfahrung zu bringen.

Dieser zuckte mit den Schultern. »Das kann ich Euch nicht sagen. Ich weiß nur, dass sein Gewissen mehr als befleckt war, als wir uns trafen, und es ihm ein großes Anliegen war, über seine Schuld zu sprechen.«

»Und anstatt zu einem Pfaffen zu gehen, hat er sich ausgerechnet Euch anvertraut?«

»So ist es. Wir vertrauten uns. Gleichen Alters waren wir, unterschiedlichen Standes, aber mit derselben Lebenslust ausgestattet. Wir waren uns einig, uns von nichts und von niemandem unsere Zukunft hier auf Erden verderben zu lassen. So ist sie, die Jugend, voller Schwung, voller Tatendrang.«

»Wer sollte denn Euch Eure Zukunft auf Erden verderben?«, wollte Margarethe nur scheinbar beiläufig wissen.

Hasenstock grinste und nahm einen erneuten Schluck aus seinem Becher, dabei lief ihm der rote Wein über Kinn und Hals. Margarethe wandte sich ab. Dann redete er weiter, nachdem er seine rechte Hand mit den gepflegten Fingernägeln auf Margarethes Knie platziert hatte. Sie war so sehr damit beschäftigt, ihre Gedanken zu sortieren, dass sie diese Annäherung gar nicht wahrnahm.

»Ihm waren Häscher auf den Fersen. Venezianische Reiter, von deutschen Kaufleuten angeheuerte Söldner, die den flüchtigen Brandstifter einfangen sollten. Sie nisteten sich eines Nachts in dem gleichen Gasthaus ein, in dem auch Reinold und ich untergekommen waren. Sie hatten keine Vorstellung, dass der Gesuchte ihnen so nah war. Wir überwältigten sie im Schlaf.«

»Ihr habt sie getötet?«

»Sagen wir, ich half meinem Freunde, diese Belästigung loszuwerden.«

Margarethe nickte nur ein Mal langsam mit dem Kopf und sagte nichts weiter als: »Ach.«

Hasenstock indessen setzte seinen Bericht ungerührt fort: »Er stand also tief in meiner Schuld, der gute Reinold. Ja, er hatte mir viel zu verdanken. Ich weiß nicht, warum, aber er tat mir leid. Also schlug ich ihm vor, ihn mit in meine Heimat zu nehmen. Kaum waren wir dort angekommen, fing er umgehend an, sich ein Nest zu bauen. Das mit Erfolg. Anfangs freute es mich für ihn, doch irgendwann musste ich schmerzhaft feststellen, dass mein guter Freund wohl ein schlechtes Dankbarkeitsempfinden besaß. Er begann mich zu meiden, obgleich doch ich es gewesen war, der ihn so sehr unterstützt hatte. Ich sah es ihm nach, glaubte vielmehr, die auf ihm lastende Schuld sei dafür verantwortlich, dass er durch mich an Dinge erinnert wurde, die er lieber vergessen hätte. Doch es stimmte mich durchaus traurig, Margarethe, und es stimmt mich nach wie vor traurig. Zumal ich niemals, niemals, und das schwöre ich bei Gott, ich wiederhole: niemals auch nur ein Sterbenswörtchen über Reinolds Untaten verloren habe.«

»Und warum erzählt Ihr nun mir davon?«

»Wollt Ihr denn immer unwissend bleiben, Margarethe?«

»Haltet Ihr mich etwa für unwissend?«

Nun stockte der Apotheker für einen Moment, und seine trunkenen Augen erweckten kurzzeitig den Eindruck von Nüchternheit.

»Was wisst Ihr denn?«, fragte er nun.

»Genug.«

Hasenstock lachte kurz und abgehackt auf, wurde dann schlagartig wieder ernst. Er schien eine Weile zu brauchen, um zu begreifen. Dann begann seine kleine Hand Margarethes Oberschenkel zu kneten, und sein Kopf kam wieder näher an ihr Ohr. Er hauchte:

»Dann haben wir eine Menge gemeinsam, Margarethe. Auch ich weiß genug. Ich weiß von toten Neugeborenen in Eurer Kloake, von verscharrten Mägden in Eurem Garten. Ich weiß von Eurem Spiel mit dem Hexenmeister Vinsebeck, und dass

Ihr gemeinsam an einem künstlichen Menschen experimentiert habt. Ich weiß so vieles, was für andere von Interesse wäre. Doch ich schweige, denn ich glaube, besser als darüber zu reden, wäre es doch, wir beide schlössen einen Pakt. Einen Pakt, den ich gleich hier und heute, oben, in einem der Kämmerlein, mit Euch besiegeln würde. Ihr würdet es nicht bereuen. Nein, im Gegenteil. Ihr würdet nicht genug davon bekommen wollen und nach mehr lechzen.«

Margarethe versuchte, Ruhe zu bewahren, obwohl ihr danach gewesen wäre, den widerwärtigen Menschen zu schlagen. Langsam griff sie nach den unverschämten Fingern des Apothekers und legte sie auf den Tisch, ganz so, als ob es sich um ekelhafte, verrottende Würste handelte.

»Ihr seid ein verheirateter Mann, und ich eine ehrenhafte Witwe, Hasenstock.«

»Ehrenhafte Witwe«, prustete er nun und zog damit die Blicke einiger anderer Gäste auf sich. »Nicht nur, dass Ihr Pfaffen und Missgeburten mit in Euer Bett nehmt, nein, auch für dahergelaufene Fremdlinge seid Ihr Euch nicht zu schade. Es rufen doch schon die Spatzen von allen Dächern der Stadt, was für eine Metze die Witwe Gänslein ist.«

Im nächsten Moment lag Hasenstock am Boden. Der Faustschlag hatte ihn mitten im Gesicht getroffen und ihn hintenüberstürzen lassen.

So etwas hatte Margarethe nie zuvor in ihrem Leben getan. Dennoch bereute sie es nicht. Auch das Gelächter der übrigen Anwesenden bewies, dass man ihr solch ein ungebührliches Verhalten an einem Ort wie diesem offenbar nicht übelnahm. Glücklicherweise war Bennheim längst in einer Ecke der Stube eingenickt, die Magd beschäftigt und der Fuhrmann zu trunken, als dass die drei mitbekommen hätten, was ihre Herrin und Auftraggeberin gerade getan hatte.

Wie ein Wurm wand sich der Geschlagene am Boden, wodurch erneut die ihn nur vage einhüllenden Decken verrutschten und ihn jetzt wieder völlig bloßlegten. Es war ein erbärmlicher Anblick, fast wollte er Margarethe leidtun. Ein Mann – es handelte sich um den Knecht des Quacksalbers Gugelmann, der sich zusammen mit seinem Herrn bislang in einer anderen Ecke der Gaststube aufgehalten hatte –, stand plötzlich bei ihnen und wollte dem hilflosen Hasenstock aufhelfen, als er mit einem Mal in seinem Vorhaben innehielt und laut ausrief:

»Meister, kommt her! Ich glaub, der hier hat eine prächtige Form der Franzosen. Das müsst Ihr Euch ansehen.«

Und in vertraulichem Ton, seinen Arm schützend um ihre Schultern legend, meinte der dümmlich dreinblickende Geselle, an Margarethe gewandt:

»Lasst besser die Finger von diesem Kerl, werte Dame. Das ist keine schöne Sache. Mein Meister kennt sich mit den Franzosen aus. Feststeht, dass so was nur von so was kommt und auch durch so was weitergetragen wird. Wenn Ihr versteht, was ich meine.«

Margarethe verstand durchaus und wollte gerade dazu anheben, den frechen Knecht zu schelten, als schon die durchaus imposante Erscheinung seines Meisters Götz Gugelmann neben ihr auftauchte. Er verneigte sich höflich und durchaus galant vor der Kauffrau und zeigte seinem Handlanger an, er solle sich nicht derart ungehobelt an eine feine Frau wie die Kaufmannswitwe Margarethe Gänslein aus Hameln wenden.

Der Scharlatan erinnerte sich also an sie und kannte sogar ihren Namen. Margarethe durchfuhr es unangenehm angenehm, und das ärgerte sie maßlos. Er jedoch schien sich nun nicht weiter für sie zu interessieren, sondern lenkte all seine Aufmerksamkeit auf den noch immer auf dem schmutzigen Lehmboden liegenden Hasenstock.

»In der Tat. In der Tat«, murmelte er nun, den Zeigefinger in Denkermanier an die Nasenspitze gelegt. Er hockte sich sodann neben den Niedergeschlagenen, der offenbar ohnmächtig oder einfach nur eingeschlafen war, und betrachtete, durch ein Augenglas blickend, ungeniert dessen teilweise entblößten Leib.

Margarethe wandte sich ab.

Wohin, in drei Teufels Namen, war sie hier nur geraten?

All das war mittlerweile so unglaublich und absurd, dass es ihr nurmehr wie ein böser Albdruck erschien. Jeden Moment würde sie aufwachen und wahrscheinlich fiebrig in ihrem eigenen Bette liegen, denn derartige Träume übermannten einen nur, wenn man gehörig krank war.

Sie schloss die Augen. Ihr war schwindelig, sie fühlte sich hilflos. Dumpf und weit, weit im Hintergrund vernahm sie die Stimme Gugelmanns, der den Leuten nun von der in dieser Region noch seltenen, aber umso gefährlicheren und soeben an diesem Manne erkannten Krankheit erzählte.

»Liebe Leute, kommt nur her und lasst euch berichten. Nein, lasst euch mahnen! Seht diesen Bedauernswerten, er soll euch ein trauriges Exempel sein. Auf den ersten Blick scheint es, dass der gute Mann an Pocken, Räude, Krätze oder wilden Warzen leide, doch dem ist nicht so. Dieser geschundene Sünder ist eindeutig ein Lustsiecher, ein Opfer der tückischen Franzosenseuche. Von dieser Geißel ist dem einen oder anderen von euch gewiss schon zu Ohren gekommen. Dennoch muss ich die Unwissenden unter euch aufklären. Bislang haben weder Chirurgie noch Schröpfkunst ein Heilmittel gegen das uns hier vorliegende Übel aus Übersee finden können.«

Und dabei deutete er mit theatralischer Geste auf Peter Hasenstock, der von alldem nichts mitbekam und nun sogar friedlich zu schnarchen begann.

»Ja, eine Lustseuche. Wie kann man vermeiden, so auszusehen wie dieser arme Teufel, fragt ihr? Allein Enthaltsamkeit oder die Treue zu seinem Ehegemahl vermögen es, gar nicht erst an dem Schrecken zu erkranken. Denn wahrlich schrecklich sind die ›Franzosen‹, und sie wüten bereits seit mehr als dreißig Jahren in Europa, seit den Tagen, als der Seefahrer Kolumbus sie von seiner Entdeckungsreise mitgebracht hat. Ja, diese Heimsuchung ist indianischen Ursprungs! Das zweifelt kein gelehrter Mediziner an. Durch den Umgang mit den Weibern der Wilden ist das Übel auf die spanischen Seeleute übergegangen. Sie brachten es sodann nach Spanien, die Spanier trugen es nach Italien, dort holten es sich die Franzosen ab und reichten es weiter an die Deutschen. Deshalb schimpft man es in unserem Lande auch schlicht ›die Franzosen‹.

Die Anzeichen der Franzosenkrankheit sind verschieden, aber immer ekelerregender und äußerst schmerzhafter Natur. Die einen sind von Kopf bis Fuß mit schwarzen Krusten übersät, andere wiederum leiden nur an den geheimsten Stellen unter juckenden, nässenden Pusteln und Ausschlägen. Immer jedoch geht von dem Kranken ein pestilenzartiger Gestank aus, sein Atem stinkt nach Aas, das Sekret seiner Warzen nach Jauche, und er klagt über schmerzende Knochen, ganz so wie nach einem heftigen Höllenritt. Diese Krankheit, liebe Leute, ist ärger als der Schwarze Tod, da sie keine Erlösung kennt, nein, sie verspricht ein langjähriges Siechtum, ja, Höllenqualen auf Erden und macht somit die von ihr Befallenen zu lebenden Leichen. Es ist eine Seuche der Lust und wird nur durch die Lust übertragen. Sie wartet auf euch nicht nur in Frauenhäusern und Badestuben, sondern auch im Schritt ehrenhafter Bürger und Bürgerinnen, ja sogar zwischen den Beinen der Päpste.«

Bei diesen Worten ging ein Raunen durch die gebannt lauschende, langsam nüchtern werdende Menge. Einige bekreuzigten sich.

»Ja, ihr habt richtig gehört. Drei der letzten Heiligen Väter waren von dieser Lustkrankheit befallen, und nur Gott allein weiß, wie Alexander VI., Julius II. und auch Leo X. sich diese Geißel zugezogen haben.«

»Nieder mit der römischen Kirche!«, rief es nun aus dem Hintergrund, was teilweise mit einem zustimmenden Gemurmel quittiert wurde. Gugelmann hob beschwichtigend die Hände.

»Dies ist keine Predigt gegen die Missstände der katholischen Kirche. Dazu bin ich nicht der richtige Mann. Das sollen andere erledigen. Ich hingegen will euch nur in nüchterner Weise davon berichten, in welche Gefahr ihr euch begebt, wenn ihr ebenso lasterhaft lebt, wie es euch einige feine Herren« – dabei deutete er wieder auf den am Boden liegenden Hasenstock – »und auch eine Vielzahl an vermeintlich keuschen Kirchenleuten vormachen. Denn nicht einmal Quecksilbersalben und Schwitzkuren können die Franzosen vertreiben. Manche versuchen mit Hilfe von Giften und Schwefel das Übel aus den Leibern der Befallenen zu verscheuchen, indem sie die Kranken dazu anregen, Unmengen an Schweiß und Speichel abzusondern. Zwecklos! Andere wiederum bieten ein teures Holz an, Guajacum mit Namen. Es stammt aus Übersee und wird angeblich bereits seit Jahrhunderten von den Indianern gegen diese Krankheit verwendet. Doch auch diese Holzkuren helfen nur denjenigen, die das Holz massenhaft aus Übersee einführen, um es hier überteuert an den leidenden Mann zu bringen. Niemand Geringeres als die berühmten Fugger in Augsburg besitzen das Monopol auf dieses Lustsiechenholz und füllen sich damit bereits seit Jahren ihre ohnehin schon berstenden Goldtruhen.

Liebe Leute, es gibt nur ein einziges Gegenmittel, und das ist …« – jetzt machte er eine längere Pause, in der er gebannt in die Menge starrte, bevor er laut ausrief: »… die Enthaltsamkeit!

Nur dieses Heilmittel, so einfach es klingen mag, ist schwierig zu erhalten. Denn sind wir nicht alle Sünder? Gerade wir, die wir uns hier zu solch später Stunde unter dem Einfluss von Unmengen an Wein und Bier zusammengefunden haben? Wir alle – und da bilde selbst ich keine Ausnahme – neigen dazu, uns gern und leicht von der Schönheit des anderen Geschlechts locken zu lassen.« Dabei fiel sein Blick auf die wie benebelt dasitzende Margarethe, welche dies jedoch nicht bemerkte.

»Aber dennoch bin ich gesund. Und auch mein Knecht Kaspar ist gesund. Und das, obwohl wir durch aller Herren Länder streifen und sogar schon den Sündenpfuhl Rom besucht haben. Uns können die Franzosen nichts anhaben. Warum, fragt ihr euch? Das ist eine berechtigte Frage.«

Wieder blickte er abwartend zu seiner andächtigen Zuhörerschaft.

»Ich nenne euch des Rätsels Lösung gern. Wir nehmen täglich einen Trunk zu uns. Ein Treuewasser. Ein Gebräu aus den alten Tagen unserer heidnischen Vorväter, das standhaft vor allen sündhaften Versuchungen des Lebens macht. Dieses Mittel ist der einzige Schutz vor dem Übel der Franzosen. Meine lieben Leute, ihr könnt nichts als vorbeugen, denn wenn es euch erst heimgesucht hat, wie diesen armen Sünder hier zu meinen Füßen, dann ist euer Erdenleben verwirkt. Von eurem Leben nach dem Tode ganz zu schweigen. Also, wenn ihr der Meinung seid, nicht standhaft den Lastern des Alltags gegenüberzutreten zu können, dann schämt euch dessen nicht, sondern begleitet mich hinaus zu meinem Wagen und lasst euch von mir das Wunderwasser geben. Es ist rein und beraubt euch keiner brauchbaren Kräfte, sondern erstickt lediglich ungebührliches Luststreben im Keime. Für Mannsvolk und Weibsvolk in gleicher Weise geeignet, ist es nur bei mir erhältlich. Nutzt die Gunst der Stunde, liebe Leute!«

Nach dieser effektvollen Rede zog Gugelmann zusammen mit einer ganzen Schar von Gästen samt Wirt hinaus zu seinem vor dem Gasthaus wartenden Gespann. Allein Margarethe, der schlummernde Bennheim sowie der ebenfalls schlummernde und zudem lustkranke Hasenstock blieben zurück.

Nur bruchstückhaft hatte die Witwe der Rede des geschäftstüchtigen Scharlatans folgen können. Sie wusste nicht, ob es tatsächlich stimmte, was er da behauptete, und der Apotheker tatsächlich derartig verseucht war. Aber eines wusste sie nun ganz genau:

Peter Hasenstock war erledigt, und dazu hatte sie nicht einmal etwas beitragen müssen. Im Grunde hätte sie darüber voller Schadenfreude und Häme sein müssen, doch dieses Gefühl wollte sich nicht einstellen. Langsam erhob sie sich, schritt auf den schlafenden Apotheker zu und bedeckte ihn. Dann wartete sie, bis die Menge zurück in die Wirtsstube kam. Margarethe suchte nicht nach ihrer Magd, sondern ließ sich von Veit Freie eine Kammer zeigen, die sie fest von innen verriegelte, um sich dann, müde und angewidert von den Erlebnissen des Tages, in das verwanzte Bett fallenzulassen.

XXXV

»Wir können ihn doch nicht in diesem Zustand zurücklassen«, wiederholte Johanna nun zum dritten Male, während Philipp damit beschäftigt war, die von Peter Hasenstock entwendeten Waren fester auf dem Handkarren zu verstauen. Zurückgekehrt war er, ganz so, wie Vinsebeck es prophezeit hatte. Ja, Philipp war zurück, hatte sogleich das Kommando übernommen und sie wieder einmal in eine brenzlige Lage gebracht.

»Soll ich seinem Leiden besser ein Ende setzen? Willst du das?«, erwiderte dieser nur kurz, während er fest an einem Seil zog, um es unter dem Wagen mit seinem Gegenstück zu verknoten.

Es begann bereits zu dämmern, sodass sich die Konturen der kleinen Waldhütte und der sie umgebenden riesigen Tannen deutlich abzeichneten. Aus der Hütte war ein klagendes, jammerndes Stöhnen zu vernehmen, ein entsetzlicher Laut, von dem Johanna sich wünschte, er möge endlich verstummen.

»Wo bleibt deine Kunst, Meister Vinsebeck?«, rief Philipp nun zur Hütte hinüber. Seine Stimme klang frivol, unberührt von den Schmerzenslauten des Mannes, der ihm doch bislang so dienstreich zur Seite gestanden hatte.

»Ich bin kein Wundarzt«, hörte man nun die verzweifelten, hektischen Worte des kleinen Mannes aus der Hütte.

»Dann bleibt mir nichts anderes übrig. Der schreit den ganzen Wald zusammen. Nicht lange, und wir haben hier eine Horde Landsknechte stehen.«

Philipp ließ das Seil nun los, welches in einem Ruck nach oben schnalzte, sodass ein Teil der Güter auf dem überladenen Wagen herunterfielen. Er stieß die sich ihm in den Weg werfende Johanna grob zur Seite und eilte schnellen Schrittes in die Hütte, in welcher er einen großen Teil seiner traurigen Kindheit verbracht hatte.

»Nein!«, schrie Johanna, als sie ihn in der Tür verschwinden sah.

Doch dann hörte sie bereits den dumpfen Laut eines Schlages, und das Stöhnen von Till Carnifex nahm ein abruptes Ende.

Margarethe schrak aus einem entsetzlichen Alptraum hoch.

Sie hatte von Peter Hasenstock geträumt. Er hatte nackt vor ihr auf dem Boden gelegen, übersät mit stinkenden Pusteln. Überall waren trunkene, schmutzige Menschen gewesen, unter ihnen auch der fahrende Bader Gugelmann. Es war ein absonderliches Szenario. Und nun, da sie erwacht war, meinte sie sogar noch den Geruch in der Nase zu haben, den Geruch nach Eiter, Schmutz, Schweiß und dem Erbrochenen versoffener Gestalten.

Doch was war das?

Wo war sie?

Margarethe schüttelte den Kopf und tastete neben sich.

Das war nicht ihr Bett.

Und dann klopfte es. Es klopfte wieder, denn durch ebendiesen Laut war sie aus ihrem kurzen, totenähnlichen Schlaf gerissen worden.

»Bitte öffnet, gute Frau!«, war von draußen die Stimme eines Mannes zu vernehmen.

Es war kein Traum gewesen. Alles war tatsächlich so geschehen, und sie lag nun in der düsteren, fensterlosen Kammer einer Landschenke.

»Gute, Frau, ich bitte Euch«, hörte sie nun erneut.

Vorsichtig stieg sie aus dem Bett und entriegelte die Türe. Sie dachte nicht darüber nach, wem sie da öffnete. Es war ihr schlicht egal, nachdem sie begriffen hatte, in welch eigentümlicher Lage sie sich ohnehin bereits befand.

Im selben Moment stürzte Götz Gugelmann, einen brennenden Kienspan in der Hand, in den Raum und schloss die Tür wieder hinter sich.

Eine Zeitlang schien er unschlüssig, wie er mit der vor ihm stehenden Frau verfahren sollte, dann steckte er den Kienspan in einen dafür vorgesehenen rostigen Halter an der Wand und packte Margarethe an den Schultern. Er schüttelte sie leicht, ganz so, als wolle er sie noch einmal aufwecken.

»Ich weiß nicht, was Ihr für ein Spiel mit dem kranken Mann aus Hameln treibt, aber mein Gefühl sagt mir, es ist kein gutes.«

»Was erlaubt Ihr Euch?«, erwiderte Margarethe nun und stieß den Mann von sich.

Der hob entschuldigend beide Hände und fuhr fort zu reden: »Er ist vor etwa einer Stunde aus seinem erbärmlichen Zustand erwacht und hat im Raume herumgeschrien, es handele sich bei Euch um eine Kindsmörderin, eine Zauberin und, mit Verlaub, um eine dreckige Hure, die es mit Missgeburten treibe. Zudem bezichtigte er Euch des Diebstahls. Ach, und Euren verstorbenen Mann klagte er der Sodomie an. Das Schweigen habe nun ein Ende, rief er immer wieder. Er habe nichts mehr zu verlieren. Dann versprach er Eurem Fuhrmann ein Säckel Gold, wenn er ihn umgehend nach Hameln brächte. Er habe mit Bürgermeister und Vogt zu sprechen.«

Margarethe setzte sich starr vor Schreck wieder auf ihre Bettstatt und starrte auf die Bretterwand, an der soeben eine dicke, platte Wanze in seliger Ruhe emporwanderte.

»Das wagt er nicht.«

»Euer Diener, dieser alte Mann, versuchte, ihn aufzuhalten. Er hat ihn niedergeschlagen. Der Wirt versorgt gerade die Beule am Kopfe des Alten.«

»Er hat Bennheim geschlagen?« Nun sprang Margarethe auf. »Ist er tatsächlich mit meinem Fuhrwerk fort?«

»Ich fürchte, ja, aber sie können nicht weit sein. Ich schlage Euch vor, dass wir ihnen gemeinsam folgen. Meine Pferde sind nicht die jüngsten, aber wohlgenährt. Könnt Ihr reiten, Frau Margarethe?«

»Ja, ich konnte es einst als junges Mädchen.«

»Nun, das ist ja noch nicht so lange her«, antwortete Gugelmann und ärgerte sich ein wenig, dass Margarethe auf dieses Kompliment so gar nicht zu reagieren schien.

»Worauf wartet Ihr?«, sagte sie nur, griff nach ihren Schuhen und ihrem Umhang und eilte, noch immer barfüßig, hinaus.

Johanna hatte auf dem langen Marsch, der sie zu Margarethe Gänsleins Rosengarten geführt hatte, nur wenig mit Philipp gesprochen. Alle Versuche, das Wort an ihn zu richten, waren fehlgeschlagen, als Antwort auf ihre Fragen hatte sie im besten Falle ein Murren erhalten.

Es war ihr nicht wohl bei dem Gedanken an das, was sie da getan hatten. Sie traute diesem Mann noch immer nicht, auch wenn der kleine, gute Vinsebeck seine Hand für ihn ins Feuer legte und ihr immer und immer wieder versichert hatte, dass Philipps Vorhaben redlich sei und allein zum Schaden Peter Hasenstocks gereiche, der eine Strafe nun wahrlich verdient habe.

Aufgelauert hatten sie ihm. Am späten Abend in der Dunkelheit. Ja, Philipp hatte sogar ein Schießeisen dabei gehabt. Auch Till Carnifex war bei ihnen gewesen. Der Widerling. Man hatte Hasenstock kein Leid zugefügt, keines außer dem, dass man ihn seiner Kleider und seiner Habe beraubte. Körperlich war bei diesem Raubzug lediglich Carnifex zu Schaden gekommen. Er war überrollt worden, überrollt von dem schweren Fuhrwerk des Hamelner Ratsherrn und Apothekers. Es war ein Wunder, dass er die Nacht überlebte. Zahllose Knochen waren regelrecht zermalmt, und die Schmerzen mussten unerträglich sein. Es sei nur eine Frage der Zeit, bis er stürbe, so hatte Philipp nüchtern gesagt, und Vinsebeck hatte dem nickend zugestimmt. Dennoch war Johanna dagegen gewesen, den Verletzten einfach im Walde abzulegen und seinem Schicksal zu überlassen, genauso wie sie dagegen war, dass Philipp seinem Leiden ein schnelles Ende setzte.

Vinsebeck hatte sie verstanden. Philipp jedoch nicht.

Es war mehr der Schrecken über Philipps erneut bewiesene Kaltblütigkeit als das Mitleid mit Till Carnifex, welches sie nun traurig stimmte. Sie hätte sich so gern in diesem Mann getäuscht, hätte so gern in ihm gesehen, was Hans Vinsebeck in ihm sah, aber sie konnte es nicht. Er war böse, und das hatte er wieder einmal unter Beweis gestellt, als er dem verletzten Carnifex im Krankenbett den Schädel einschlug.

Stumm hatten sie den mit Gewürzen, Wein, Mandeln, Reis und sonstigen Luxusgütern beladenen Karren in den wohlbekannten Garten der Margarethe Gänslein gelenkt. Als Geschenk. Als Wiedergutmachung für die Hilfe bei der Befreiung Vinsebecks. So war der Plan.

Doch Johanna hielt wenig von diesem Plan und hatte bereits am Vortage einige Bedenken geäußert.

Ob dies denn die Frau Margarethe nicht in weitere Schwierigkeiten bringen könne?

Warum man ihr denn nicht einfach das ohnehin nicht benötigte Gold zurückgebe?

Auf diese Einwände Johannas hatte bloß Vinsebeck geantwortet, und das in seiner abstrusen, wenig nachvollziehbaren Manier. Von symbolischem Charakter hatte er gefaselt, Margarethes großen Scharfsinn hervorgehoben und derlei mehr. Sein einzig einleuchtendes Argument war gewesen, dass die Kauffrau nach all den Verlusten, die sie laut Philipp in den letzten Wochen erfahren hatte, nun sehr viel mehr auf eine neue Warenlieferung als auf einen Sack voller Dukaten angewiesen war.

»Denn mit Dukaten kann der Herzog seine Speisen nun einmal nicht würzen.«

Philipp jedoch hatte geschwiegen, und er schwieg noch immer. Er und Johanna hatten bereits einen guten Teil des Rückweges vom Garten der Gewürzhändlerin hin zu ihrem Versteck im Wald hinter sich gebracht. Der Morgen graute und versprach nach einer frostigen Nacht einen heiteren Maitag. Fast erschrak Johanna, als ihr stummer Begleiter plötzlich zu reden begann:

»Falls du dir Sorgen machst, ich könnte ihn erschlagen haben, dann sind diese Sorgen unberechtigt. Carnifex lebt, auch wenn es mir nicht leid um ihn täte.«

»Was hast du mit ihm gemacht?«

»Ihn in einen heilsamen Schlaf versetzt, das ist alles.«

Johanna war ein wenig erleichtert. Sie wollte ihm gerne glauben, und sie würde sich gleich von seinen Worten überzeugen, wenn sie zurück zur Hütte kamen, wo Vinsebeck auf sie wartete. Nun, da Philipp offensichtlich sein Schweigen gebrochen hatte, könnte sie es wagen, einige längst fällige Fragen an ihn zu richten.

»Warum hilfst du meiner Herrin? Hat es damit zu tun, dass ihr Gatte dir und deiner Mutter zur Seite gestanden hat?«

»Woher weißt du davon?«, fragte er in strengem Ton zurück.

»Ich lebe seit einiger Zeit mit dem Zwerg im Wald, da tauscht man schon einmal das eine oder andere Wort miteinander.«

»Er hat uns nicht geholfen.«

»Nein? Aber Vinsebeck …«

»Vinsebeck weiß gar nichts. Der Kaufmann Gänslein ist nicht weniger verachtenswert als der Apotheker Hasenstock.«

»Was haben sie getan?«

»Sie haben meinen Vater getötet, meine Mutter geschändet und mich für mein Leben gezeichnet.«

Johanna blieb nun stehen und blickte zurück zu den Mauern der Stadt, die bereits weit entfernt im Morgengrauen hinter ihnen lagen.

»Was willst du von Margarethe Gänslein?«, fragte sie nun, noch immer in Richtung Hameln blickend.

»Wiedergutmachung. Das ist alles, was ich will.«

»Also ihr Geld?«

Philipp legte leicht den Kopf zur Seite und beobachtete Johanna, welche noch immer von ihm abgewandt dastand. Jetzt drehte sie sich um und sah ihm direkt in die Augen.

»Du willst sie bloßstellen. Sie bezaubern, benutzen und dann fallen lassen. Ist es nicht so? So, wie es mit deiner Mutter gemacht wurde.«

Er biss sich auf die Unterlippe und zuckte nur mit den Schultern.

In dem Moment vernahmen beide das Rappeln und Rattern eines sich nähernden Fuhrwerks. Es bog bereits um die nächste Weggabelung und steuerte nun auf die beiden zu. Rasch packte Philipp Johanna, stieß sie die Wegböschung hinunter und sprang ihr nach. Zu ihrem Glück fielen sie weich auf altes Laub. Instinktiv schlang Johanna die Arme um Philipps Brust und horchte auf das, was nun geschehen würde.

Hatte man sie bemerkt?

Bald waren das Klappern der Hufe und das Rollen der Räder verklungen, man hatte die beiden nicht gesehen. Aber schon näherte sich erneut das Geräusch galoppierender Pferdehufe. Auch diese Reiter preschten vorüber. Es war ihnen unmöglich, die beiden so tief neben dem Wegesrand verborgenen Menschen zu entdecken.

»Können wir weiter?«, flüsterte Johanna, leicht den Kopf hebend. Philipp war noch immer dicht bei ihr und hatte seinerseits den Kopf nach oben gestreckt, um besser lauschen zu können, was auf der nahen Straße vor sich ging.

»Die Stadttore sind noch lange nicht geöffnet. Warum hatten die es so eilig?«, fragte er laut, jedoch eher an sich selbst gerichtet.

Johanna hörte ihm nicht zu. Sie war verwirrt. Verwirrt darüber, wie sehr sie es genoss, ihm so nahe zu sein, seinen wunderbaren Geruch einzuatmen, seinen warmen Körper zu spüren. Ohne es zu beabsichtigen, schmiegte sie sich noch näher an ihn heran. Sie bemerkte diese Annäherung ihrerseits gar nicht, er jedoch nahm es durchaus wahr und senkte nun den Kopf.

Sacht fasste er unter ihr Kinn und schaute sie lange an.

Johanna kannte diesen veränderten Ausdruck im Gesicht eines Mannes, sie kannte ihn nur zu gut. Bei ihrem Mann Konrad hatte ihr dieser Blick mitunter gefallen, mitunter war er ihr leidig gewesen, beim Ritter Eicheck hatte er sie angewidert, ihr Ekel bereitet. Jetzt aber war sie weit entfernt davon, Unlust oder gar Abscheu zu empfinden. Sehr weit entfernt. Sie schloss die Augen und wartete, musste jedoch nicht lange ausharren, denn schon spürte sie seine Lippen auf den ihren, erst vorsichtig, dann aber rasch fordernder werdend.

Es sollte sein. Es musste in diesem Moment sein.

Sie durfte nicht nachdenken.

Nicht darüber, wer dieser Mann war.

Nicht darüber, ob er gut oder böse sein mochte.

Nicht darüber, dass er der Gespiele ihrer Herrin gewesen war.

Sie dachte nicht an Unrecht, an Schuld, sie dachte an gar nichts mehr.

Das Einzige, was sie dachte, als sie kurze Zeit später mit klopfenden Herzen und noch immer schwer atmend im Laub lagen, er seinen Kopf auf ihr gelöstes Mieder senkte und sie durch seine braunen Locken zu streicheln begann – das Einzige, was sie dachte, war, dass es lohnenswert war, wenigstens für einen Moment glücklich sein zu dürfen.

Unweit dieses innigen Zusammenseins fand eine weitere, weniger innige, aber dafür nicht minder aufwühlende Zusammenkunft statt. Eine, die Philipp und Johanna sehr interessiert hätte, wäre ihnen aufgefallen, um wen es sich bei dem Insassen der Kutsche und den beiden ihr folgenden Reitern, vor denen sie sich in der Böschung verborgen hielten, gehandelt hatte.

Margarethe Gänslein hatte seit vielen, vielen Jahren nicht mehr auf dem Rücken eines Pferdes gesessen. Und das bereute sie an diesem eigentümlichen Morgen zutiefst. Nicht etwa, weil das Reiten ihr schwerfiel – nein, im Gegenteil, es war ein wunderbares, ein herrliches Gefühl, im Morgengrauen über Felder und Wiesen zu preschen, den Wind in den offenen Haaren zu spüren und die frische, reine Luft der unberührten Natur zu atmen.

Ja, herrlich hätte es sein können, hätte ihr nicht die unangenehme Aufgabe im Nacken gesessen, den elenden Hasenstock einzuholen und von seinem mörderischen wie gleichwohl selbstmörderischen Vorhaben abzubringen. Margarethe und Götz Gugelmann benötigten, nachdem sie die beiden Kutschengäule des fahrenden Baders eigenhändig aus dem Stall des Wirtshauses geholt und gesattelt hatten, mehrere Meilen, bis sie endlich das Fuhrwerk des untreuen Fritz Mehlmann vor Augen hatten. Nicht mehr lange, und die Mauern der Stadt wären bereits zu sehen gewesen.

Der Mann, welchen sie bislang immer hochmütig einen Scharlatan geschimpft hatte – er ritt vor ihr, sodass Margarethe ihn ständig im Blick hatte. Und dieser Anblick gefiel ihr. Ja, es hatte wieder einmal einer ungewöhnlichen Situation und einer misslichen Lage bedurft, damit Margarethe Gänslein es zuließ, ihren falschen Stolz zu überwinden, und sich eingestand, empfänglich für ganz natürliche, angenehme Empfindungen zu sein.

»Da sind sie«, rief Gugelmann nun und drehte sich nach Margarethe um. Ihr Haar hatte sich durch den Ritt völlig gelöst, die Wangen waren von der ungewohnten Anstrengung gerötet, sie wirkte frisch und war schöner denn je, auch wenn Gugelmann schon immer ein stiller Verehrer der Anmut dieser Unnahbaren gewesen war.

»Da sind sie«, wiederholte er, um seine unangebrachten Gedanken zu vertreiben und sich allein auf die anstehende Aufgabe zu konzentrieren.

»Ich werde das allein erledigen«, antwortete Margarethe und gab dem alten Tier, dem bereits der Schaum vorm Maul stand, noch einmal die Sporen.

Nicht lange, und sie hatte die Kutsche eingeholt.

»Haltet an, Mehlmann«, rief sie dem Fuhrmann zu, der gehörig beim Anblick der Frau erschrak, welcher er bei Nacht und Nebel einfach so davongefahren war. Sofort zog er an den Zügeln und brachte seine kräftigen Pferde zum Stehen. Sein Gesicht verriet, wie peinlich es ihm war, nun so rasch und unerwartet in Erklärungsnot geraten zu sein. Doch als er den Mund öffnete, um eine Ausrede vorzubringen, winkte Margarethe nur ab und sagte: »Mit Euch werde ich später noch ein Huhn zu rupfen haben. Ist Hasenstock im Wagen?«

Sie musste die Antwort Mehlmanns nicht abwarten, denn im selben Moment streckte Hasenstock bereits seinen ungekämmten, ungeschminkten Kopf aus der Luke der geschlossenen Kabine des Fuhrwerks. Fast hätte Margarethe ihn nicht erkannt. Denn auch wenn sie ihn am gestrigen Abend bereits in diesem erbärmlichen Zustand gesehen hatte, so stand ihr dennoch in Gedanken immer der gestriegelte und gepuderte, eitle Pfau vor Augen.

»Wäret Ihr so freundlich und gebt acht, dass der gute Fuhrmann Mehlmann nicht ein zweites Mal türmt?«, wandte sie sich nun an den ebenfalls eingetroffenen Gugelmann, der ihr freundlich zunickte, dabei keck seine bunte Kopfbedeckung lüftete und dann, ganz wie ein erfahrener Galan, der Dame zur Hilfe eilte, indem er nach den Zügeln der Kutschengäule griff. Der Fuhrmann machte nicht einmal eine Geste des Widerstandes, ganz zu schweigen, dass er ein Wort hätte verlauten lassen.

Derweil stieg Margarethe von ihrem keuchenden, verschwitzten Pferd herunter und öffnete, ohne um Einlass zu bitten, die Türe der Kutschkabine. Schwungvoll stieg sie hinein und setzte sich dem verdutzten Hasenstock gegenüber.

Sie blickte ihn eine ganze Weile schweigend an, während er mit zitternder Unterlippe Unverständliches murmelte, von dem Margarethe lediglich Brocken wie: »Unverschämte Dirne« – »Hochmut kommt vor dem Fall« – »Die Wahrheit muss ans Tageslicht« und »unrechtmäßig erworbener Reichtum« verstand.

Erst als ihm bereits weißflockiger Speichel aus den Mundwinkeln und übers Kinn rann und er ihn sich mit seiner kleinen, gepflegten, nun jedoch sehr schmutzigen Hand fortwischte, ergriff Margarethe das Wort. Sie stellte nur eine Frage:

»Wie ist es, Hasenstock, wenn man einen geliebten und liebenden Menschen tötet?«

»Was?«, fragte er zurück und machte dabei ein solch dummes Gesicht, dass Margarethe fast lachen musste.

»Ich spreche von Eurem Onkel. Seid gewiss: Mir ist alles bekannt.«

»Ich, ich …«, stammelte er. »Lüge, infame Lüge«, rief er dann und formte seine Hände bereits so, als wolle er die verhasste Frau im nächsten Moment würgen.

»Ihr seid verwirrt und müde, Hasenstock, zudem sehr krank, wie mir scheint. Fahrt nun nach Hause, legt Euch ins Bett, lasst Euch von Eurer Frau pflegen, und wenn Ihr erholt seid, werde ich Euch einen Besuch abstatten. Hütet Euch jedoch vor kopflosem Handeln. Es hätte wenig Zweck, dem Rat Dinge über mich zu berichten, in die Ihr selbst verwickelt seid.«

Nun wurde er ein wenig ruhiger. Seine verzerrten Züge entspannten sich, ja, er versuchte sogar, sein widerliches Lächeln zurück in das mit roten Flechten übersäte Gesicht zu bringen.

»Also schließen wir doch einen Pakt? Wir beide? Du und ich?«

Margarethe blieb ruhig, auch wenn sie ihm am liebsten vor die Füße gespuckt hätte.

»Ja«, sagte sie nur. »Ich werde Euch besuchen.«

Dann beeilte sie sich, aus der Kutsche auszusteigen. Kurz nachdem sie die Türe hinter sich geschlossen hatte, lief sie zum nahen Straßengraben und ging dort in die Hocke. Sie hatte nicht gefrühstückt, aber dafür am gestrigen Abend reichlich Wein getrunken. Der Gestank in dem engen Kutschenraum hatte nun sein Übriges getan. Ihr war speiübel, nicht zuletzt deshalb, weil sie fürchtete, sich tatsächlich auf ein heimliches Händel mit diesem ekelerregenden Menschen einlassen zu müssen.

Das Fuhrwerk setzte sich nun wieder langsam in Bewegung.

»Ich werde dir einen angemessenen Empfang bereiten, meine Liebe«, rief Hasenstock noch aus der Luke heraus, und seine Stimme klang aufrichtig fröhlich, erleichtert, ja, ganz so wie die eines Kindes, das sich von seiner Mutter ein besonderes Geschenk erhofft.

»Ist alles in Ordnung?« Götz Gugelmann stand nun hinter Margarethe und legte leicht eine Hand auf ihre Schulter.

»Ja, es ist nur der Wein.«

»Darf ich Euch nun nach Hause begleiten?«

Margarethe drehte sich um und griff nach seiner Hand, die er ihr reichte, um ihr wieder auf die Beine zu helfen.

»Es reicht aus, wenn Ihr mich bis zu meinem Garten bringt, der vor den Toren der Stadt liegt. Dort werde ich noch ein wenig verweilen und mich sammeln. Es liegen aufwühlende Stunden hinter mir.«

»Es ist mir eine Ehre«, sagte Gugelmann und verneigte sich tief vor der Frau. Dennoch vermittelte er dabei in keiner Weise den Eindruck von Unterwürfigkeit. Im Gegenteil. Ein wenig erinnerte Margarethe diese Situation an ihre erste Begegnung mit Philipp.

Da will jemand Eindruck schinden, ohne Ehrliches im Schilde zu führen, dachte sie. Dennoch konnte sie sich nicht dagegen wehren, dass ihr die Situation gefiel.

XXXVI

Der Garten der Margarethe Gänslein blühte zu dieser Jahreszeit herrlich. Zwar standen die Rosen noch nicht in voller Pracht, aber dafür gediehen zahllose Frühjahrsblumen, sich in alle Richtungen windende grüne Zweige und üppiges Buschwerk in solchem Maße, dass man, vom Zaun aus gesehen, glauben musste, man betrete eine verwunschene, aber durchaus freundliche Höhle.

Aufgrund dieses wilden Bewuchses war selbst der Herrin des Gartens von außen nicht aufgefallen, dass innerhalb ihres grünen Refugiums wieder einmal eine Überraschung auf sie wartete. Und dieses Mal nicht etwa allein ein versteckter Brief – nein, ein ganzer Karren voller Güter stand dort neben der Laube und war lediglich mit einigen belaubten Zweigen bedeckt.

»Was ist das?«, entfuhr es Margarethe, nachdem sie sich soeben von ihrem Begleiter Gugelmann verabschiedet hatte.

Götz Gugelmann – er hatte im gleichen Moment sein Pferd bestiegen und wollte den Rückweg zum Wirtshaus antreten – schaute sich fragend nach der Frau um, die sich tatsächlich erlaubt hatte, ihn für seine Hilfeleistung bezahlen zu wollen. Noch immer war er ein wenig enttäuscht, ja, beleidigt über Margarethes Blindheit gegenüber der Tatsache, dass es sich bei ihm – zumindest in diesem Falle – um einen Ehrenmann handelte, der einer in Not geratenen Dame natürlich unentgeltlich zur Seite stand.

»Was ist Euch, gute Frau?«, rief er ihr über den Zaun hinweg zu, ohne sie jedoch zwischen dem vielen Grün ausmachen zu können.

»Was ist das?«, wiederholte diese nur, und obwohl Gugelmann sich nicht sicher war, ob er diese Aussage als Einladung werten sollte, stieg er von seinem Pferd und bahnte sich den Weg durch Blätter und Schlingpflanzen hin zu der schönen Witwe, die, ohne auf ihn zu achten, damit beschäftigt war, die Ladung eines Karrens zu begutachten, der inmitten ihres Gartens stand.

»Ein Weinfass, Krüge mit Öl und Säcke voller Gewürze«, richtete Margarethe nun wie selbstverständlich das Wort an den Medicus, der seinerseits zu dem Karren ging, um ihn in Augenschein zu nehmen.

»Wollt Ihr ein Fest in Eurem Rosengarten veranstalten, werte Frau Händlerin?«, fragte Gugelmann und erntete anstatt eines Lächelns nur einen bösen Blick.

»Das ist ein weiteres Komplott«, stieß diese bloß hervor und rauschte an dem erstaunten Wundarzt vorbei. Gugelmann folgte ihr kopfschüttelnd und blickte ihr kurz hinterher, als sie zu Fuß dem Pfad in Richtung Stadtmauer entgegensteuerte. Dann nahm er beide Pferde am Zügel und ging seinerseits langsam zurück zu dem größeren Weg, von dem sie gekommen waren.

»Weiber sind und bleiben ein Rätsel, Gugelmann. Lass dir das endlich gesagt sein«, murmelte er vor sich hin, als er an einer Gabelung stehengeblieben war, um zu überlegen, ob er nach Hameln reiten oder besser doch zurückkehren sollte zu Knecht und Wagen. Er hatte sich soeben für Letzteres entschieden, als er mit einem Mal drei bewaffnete Büttel auf sich zukommen sah.

»Na, die haben mir noch gefehlt.«

»Der Knochenbrecher Gugelmann«, rief einer von Weitem,

ein lustiger Bursche, dem der fahrende Arzt einst einen gebrochenen Arm geschient hatte. »Was treibt Euch so früh am Morgen an den Rand der Stadt?«

Gugelmann lachte laut auf und klopfte dem Burschen auf die Schulter. Er war erleichtert, ein bekanntes Gesicht unter den Bütteln erkannt zu haben, denn nicht immer gingen diese Wächter von Ruhe und Ordnung sanft mit Vertretern der fahrenden Zünfte um.

»Was macht der Arm? Lässt er sich bewegen wie eh und je?«, fragte er, geschickt der Frage des anderen ausweichend.

»Keine Schmerzen, keine Schwierigkeiten. Ich bin wieder der beste Armbrustschütze unter den Männern des Vogts. Besser noch als früher!«

»Schwätz kein dummes Zeug, Hein«, fuhr ihm nun einer der anderen beiden, ein schwerer, gedrungener Rotschopf, über den Mund.

»Was treibst du hier, Quacksalber?«, wiederholte dieser die Frage seines Kameraden, jedoch in wenig freundlicher Manier.

»Meine Pferde sind mir entlaufen. Der Knecht hat einmal wieder zu viel gesoffen und sie nicht fest genug angebunden. Verprügeln werd ich ihn, wenn ich ihn zwischen die Finger bekomme.«

Der rote Büttel brummte nur, dann fragte er: »Hast du jemanden gesehen? Zigeuner vielleicht oder anderes Diebsgesindel? Uns wurde gemeldet, dass sich am frühen Morgen Leute in den Gärten der Reichen zu schaffen gemacht haben.«

Gugelmann war ein Meister der Täuschung, und auch dieses Mal hoffte er, sich nichts anmerken zu lassen, als er log: »Ja, da sind mir vier seltsame Burschen entgegengekommen. Ich habe sie in der Eile nicht weiter in Augenschein genommen. War nur froh, dass sie meine entlaufenen Pferde nicht vor mir entdeckt hatten. Das war dort drüben, in Richtung Nobiskrug.«

Er zeigte in die Richtung, welche entgegengesetzt zu Margarethe Gänsleins Garten lag, doch leider ging seine Rechnung nicht auf, denn nun brummte der Rote:

»Hein und Johann, ihr lauft zum Nobiskrug und haltet Ausschau nach dem Pack. Ich werde sehen, was sie in den Gärten angerichtet haben.«

Gugelmann nickte zustimmend. Innerlich dachte er jedoch, dass es nun doch besser wäre, wenn er eiligst den Weg nach Hameln und nicht den zu Knecht und Wagen wählte.

»Ich werde dir später alles erklären, Mechthild. Sei bitte unbesorgt, ich bin wohlauf. Mir geht es gut.«

Margarethes Stimme klang ungehalten. Sie war ganz und gar nicht in der Stimmung, ihrer Base über ihr nächtliches Fortbleiben Rechenschaft abzulegen.

»Hilf mir lieber, aus diesem Kleid herauszukommen«, wandte sie sich an die mit sorgenvoller Miene in ihrem Schlafgemach stehende Mechthild.

»Du bist ganz verschmutzt, Margarethe. Sag mir doch bitte, was geschehen ist. Gab es etwa einen Überfall?«

»So ähnlich. Oh, könntest du mich bitte dort hinten am Rücken kratzen, liebe Mechthild? Bitte, es ist kaum mehr zu ertragen«, bat Margarethe die Base nun aus einem dringenden Bedürfnis heraus, aber auch, um sie von weiteren, bohrenden Fragen abzubringen.

»Wenn das keine Flohbisse sind, Gretchen. Wo hast du gelegen?«

»Wir mussten die Nacht in einem Gasthaus verbringen.«

»Aber wo sind die Magd und der gute Bennheim abgeblieben?«, fragte Mechthild weiter, ihre Base mit beiden Händen am entblößten Rücken kratzend.

»Sie werden bald nachkommen. Weiter unten, Hilde, weiter unten. Ja, genau dort. Ich sollte heute Abend unbedingt ein Bad nehmen.«

»Du machst mir das Leben schwerer als mein umtriebiger Sohn, Grete. Und das will schon etwas heißen.«

»Ich weiß doch, und ich werde dir alles erklären. Das verspreche ich dir.« Margarethe fing nun ihrerseits an, in ihren Armbeugen zu kratzen. Sie hoffte inständig, dass es allein Flöhe waren, die hinter diesen Juckattacken steckten, und dass nicht etwa ein Teil von Hasenstocks lepraartigem Ausschlag auf sie übergegangen war.

»Herrin!« Es war die Stimme des Küchenburschen, der nun in der offenen Türe stand und freudig auf das Szenario starrte, welches die beiden Witwen dem jungen Kerl darboten.

»Was erlaubt er sich?«, herrschte Mechthild den frechen Knaben an und bedeckte rasch den nackten Rücken ihrer Base mit einem Laken.

Margarethe hingegen wandte sich um und fragte: »Was will er?«

»Da ist jemand, der Euch dringend sprechen will. Es handelt sich um den Bader Gugelmann.«

»Gugelmann?«, fragte Mechthild erstaunt.

»Hat er es sich anders überlegt und möchte nun doch entlohnt werden?«, murmelte Margarethe vor sich hin, gab dem Jungen einen Wink, dass er zu verschwinden habe, und beeilte sich dann, in ein neues Kleid zu schlüpfen.

»Gugelmann?«, wiederholte die Base erneut.

»Ja, Gugelmann«, sagte Margarethe und warf noch einen kurzen Blick in den Spiegel, bevor sie nach unten ging.

Er stand in der als Gewürzlager dienenden Diele und hielt fast schüchtern seine bunte Mütze in beiden Händen, dieser sonst so dreiste, laute Mensch.

»Wollt Ihr Geld?«, fragte Margarethe noch von der Treppe aus.

Er blickte ihr wortlos entgegen und wartete, bis sie vor ihm stand, dann schüttelte er den Kopf und sagte: »Können wir ungestört reden?«

Nur wenige Augenblicke später saß Margarethe an ihrem Schreibpult und tauchte rasch immer wieder die lange, weiße Feder in ein Tintenfass. Mechthild wurde fast schwindelig beim Hinsehen, so schnell konnte Margarethe schreiben. Und nicht nur das – sie war gleichzeitig in der Lage, ihrer Base Anweisungen zu geben.

»Ich werde für einige Tage verschwinden müssen, Mechthild. Es ist ein Komplott gegen mich geschmiedet worden, das mich ins Blumenloch bringt, wenn ich bleibe. Erzähle in der Stadt, ich sei auf Fernreise, und gib das hier an Bennheim weiter, wenn er irgendwann am heutigen Tage wieder auftaucht. Es geht um die anstehenden Geschäfte, insbesondere um die Lieferung an den Herzog.«

Damit reichte sie zwei voll beschriebene Briefbögen an die verdutzte Mechthild und begann sogleich einen weiteren Brief zu schreiben, während sie ohne Unterbrechung fortfuhr zu reden:

»Dieses Schreiben ist für Hasenstock. Bitte lies es dir sorgfältig durch, bevor du es zu ihm bringst. Du musst es ihm persönlich überreichen.«

»Ich?« Das war alles, was Mechthild hervorbrachte.

»Der Bote muss ein Mensch sein, dem ich voll und ganz vertraue, liebe Hilde. Und wer anders sollte das sein als du? Bitte beeile dich und bringe es ihm noch heute. Leider habe ich keine Zeit mehr, dir zur erklären, warum ich ihm derartige Zeilen schreibe. Bitte erschrick nicht, wenn du sie liest.«

Nun reichte sie auch das dritte Blatt Papier über den Tisch an die Base weiter und erhob sich. Mechthild stand noch immer, einer griechischen Statue gleich, da, die Briefe in der Hand, und starrte auf den nun leeren Platz, an dem soeben noch ihre Base gesessen hatte.

»Ich muss nun gehen«, flüsterte Margarethe ihr von hinten ins Ohr und drückte ihr dann einen dicken Kuss auf die Wange. »Gib auf dich acht und hab vielen Dank.«

»Aber Gretchen, bitte erkläre mir doch …«, stammelte Mechthild schließlich. Doch im gleichen Moment vernahm sie nur noch die festen Schritte Margarethes, welche durch die nahe Halle in Richtung Hinterausgang eilte, und die verstummten, nachdem die dortige Türe ins Schloss gefallen war.

Werter Hasenstock,
gewiss ist es für Euch von Interesse zu erfahren, dass Euer Handelsgut, dessen Ihr in der gestrigen Nacht beraubt worden seid, gut sortiert und fein verpackt in meinem Rosengarten an der Südseite der Stadtmauer zu finden ist. Natürlich ist es durchaus möglich, dass Ihr über diesen Umstand bereits informiert seid, aber dennoch empfand ich es als meine Pflicht, Euch darüber in Kenntnis zu setzten, bevor sich Dritte der kostbaren Güter bemächtigen.

Nach unseren erhellenden Gesprächen der letzten Stunden und der Gewalt der Historie, auf die wir beide nicht ohne Kummer zurückblicken, sehe nun auch ich ein, dass es an der Zeit ist, einen gemeinsamen Weg zu beschreiten. Ich werde Euch nicht bitten zu schweigen, werter Herr Ratsherr, dann jedoch dürft Ihr Selbiges auch nicht von mir erwarten. In Anbetracht der Potenz unserer beider Möglichkeiten wäre es allerdings ein Hohn, würden wir uns gegenseitig zerfleischen wollen. Darin, so glaube ich, sind wir uns einig.

Dringende geschäftliche Angelegenheiten zwingen mich, für einige Tage die Stadt zu verlassen, um mich mit Kauf-

leuten meiner Handelsgesellschaft in Lübeck zu treffen. Sicherlich ist Euch zu Ohren gekommen, dass die Bewegungen der Türken sich ungünstig auf die Gewürzpreise auswirken. Dagegen gilt es eine gemeinsame Lösung zu finden. Sobald ich aus dem Norden zurückgekehrt bin, werde ich gerne auf Euer Angebot eingehen, mich als Gast in Eurem Hause zu empfangen.

Bis dahin wäre ich Euch sehr verbunden, wenn Ihr unseren gemeinsamen Zukunftsplanungen wohlgesinnt entgegenseht. Ich weiß nun, an welch schrecklicher Krankheit Ihr leidet, und bitte Euch, Euch zu schonen, zu ruhen und wieder zu Kräften zu kommen, damit unser Wiedersehen einen gelungenen Verlauf nehmen kann.

Ich verbleibe mit den besten Wünschen für Eure Gesundheit

Margarethe Gänslein, Witwe des Reinold Gänslein, Kaufmann zu Hameln

»Sie bietet sich ihm an!«, sagte die Begine Regine, nachdem Mechthild ihr mit zitternden Händen das Schreiben zu lesen gegeben hatte, welches sie so rasch wie möglich an den Apotheker Peter Hasenstock überreichen sollte.

Es war eine gehörige Überraschung für Regine gewesen, als am Morgen plötzlich ihre menschenscheue Freundin Mechthild vor dem Laienschwesternheim gestanden hatte, und das auch noch ganz ohne Begleitung. Nun, nachdem sie die Geschichte vernommen hatte, verstand die Begine die Aufregung und Eile sehr wohl und überlegte sich gut, was in dieser Situation zu raten war.

»Das war auch meine Befürchtung, nachdem ich die Zeilen gelesen hatte«, stotterte Mechthild nun. Sie war blass wie die Wand des Kämmerleins, in dem die beiden hockten, und das lag heute nicht an dem weißen Puder, welches sie gerne aufzutragen pflegte. »Das kann sie doch nicht tun. Und ich kann sie erst recht nicht dabei unterstützen, indem ich dieses unmoralische Angebot eigenhändig an den Sittenstrolch übergebe.«

»Doch, das solltest du tun«, antwortete Regine nun zu Mechthilds Erstaunen. »Geh sofort und bringe es ihm. Margarethe ist eine kluge Frau, sie wird wissen, was sie tut. Gewiss ist sie aus der Stadt fort, um Zeit zu gewinnen. Und Zeit gewinnt sie nur, wenn der Lüstling der Annahme unterliegt, einen Sieg davongetragen zu haben. Er soll sich freuen. Denn seine Freude ist die größte Sicherheit für deine Base. Was immer sie nun außerhalb der Stadtmauern zu tun gedenkt.«

Mechthild dachte eine Weile über die Worte ihrer Vertrauten nach. Dann nickte sie, nahm die Hände Regines in die ihren und sagte leise: »Nun, dann soll es wohl sein.«

Stumm verließ sie langsam, aber ohne zu zögern, das Haus der Beginen und schritt nahezu schwebend durch die Bäckerstraße bis in die Osterstraße, wo sie umgehend die Offizin des nunmehr einzigen Hamelner Apothekers betrat.

»Mein Gemahl ist unpässlich«, sagte das junge, pausbäckige Ding mit der Haut eines frischen Apfels und den ausdruckslosen Augen einer toten Kuh. »Ihr dürft mir das Schreiben geben, dann überreiche ich es ihm, sobald er erwacht ist.«

Nun streckte sie ihre zarten Fingerchen nach dem Brief aus, den Mechthild in ihren zitternden Händen hielt. Es wäre Mechthild mehr als recht gewesen, auf diese Weise ein Zusammentreffen mit dem unbeliebten Mann zu umgehen. Aber wäre es auch im Sinne Margarethes gewesen, wenn Hasenstocks Weib das Schreiben in die Hände bekäme?

Mechthild zögerte und musterte, äußerlich freundlich wie immer, innerlich verwirrt, die junge Schönheit, die – das durfte man ohne jegliche Bosheit zugeben – nicht den Eindruck erweckte, die notwendige Intelligenz zu besitzen, um neugierig zu sein. Vielleicht konnte sie nicht einmal lesen. Aber dennoch …

»Nein, ich muss darauf bestehen, ihm diesen Brief eigenhändig zu überreichen. Und zwar jetzt gleich.« Nie zuvor war die zurückhaltende, friedfertige Mechthild so entschieden aufgetreten.

Das hübsche Weib schaute noch dümmer als zuvor aus der Wäsche und ging sogar einen Schritt zurück, weil es sich offenbar vor der kleinen, dünnen, altmodisch gekleideten und frisierten Frau zu fürchten schien.

»So folgt mir. Er wird jedoch nicht erfreut sein, geweckt zu werden.«

Mechthild ging der Frau mit den schwingenden Hüften und dem runden Hinterteil nach, den Brief hielt sie fest umklammert. Vor einer verschlossenen, großen Holztüre im ersten Geschoss hielt die Schönheit an und klopfte zaghaft, fast ängstlich an. Von innen war eine zornige Stimme zu vernehmen.

»Wer da?«

»Deine Gemahlin, lieber Peter.«

»Hau ab, du Gans. Willst bloß wieder Geld, oder?«

»Ein Gast ist da. Die Witwe Mechthild aus dem Gänslein-Haus.«

Nichts als Schweigen war nun von innen zu vernehmen. Dann, nach einer ganzen Weile, die beide Frauen stumm abwartend vor der Türe verbrachten, wurde diese geöffnet.

Peter Hasenstock steckte seinen Kopf heraus, um sich davon zu überzeugen, dass die seltsamen Worte seiner Frau tatsächlich der Wahrheit entsprachen.

»Ach«, sagte er nun und versuchte, freundlich zu scheinen. Sein wie mit einer Schicht getrockneten Teigs überzogenes Gesicht jedoch wirkte maskenhaft, fast gruselig. »Tretet ein!«

Mit Schwung öffnete er nun die Türe, und ein wahrlich elender Gestank flog der guten Mechthild regelrecht entgegen. Fast wäre sie, die noch nichts gegessen hatte, in Ohnmacht gefallen. Das besonders Garstige an dem Geruch war, dass Hasenstock offenbar versuchte, ihn mit Duftwasser zu übertünchen, was die Sache jedoch nur schlimmer machte.

Ohne seine Frau eines Blickes zu würdigen, ließ er die Türe vor ihrer Nase wieder zuknallen, nachdem die Base Margarethe Gänsleins eingetreten war.

»Ich bringe Euch dieses«, sagte Mechthild nur und reichte dem Mann, der noch einen Morgenrock trug, das Papier.

»Von ihr?«, fragte er mit einer glückseligen, ja dümmlichen Miene.

»Von der Kauffrau Margarethe Gänslein«, antwortete Mechthild und fügte rasch an: »Ich gehe jetzt.«

Doch Hasenstock nahm sie längst nicht mehr wahr. Fasziniert vertiefte er sich in die Zeilen, welche Margarethe ihm geschrieben hatte, und erst nachdem er beim letzten Satz angekommen war und sich dabei unwillkürlich zwischen den Beinen kratzen musste, stellte er fest, dass die hässliche Nebelkrähe Mechthild bereits das Weite gesucht hatte.

Hämisch lachte Peter Hasenstock und legte sich zurück in sein Bett, vergaß jedoch nicht, den Brief Margarethes mitzunehmen. Es würde ihm ein besonderes Vergnügen bereiten, diesen, in seinen warmen Federn liegend, wieder und wieder zu lesen und seiner Phantasie dabei freien Lauf zu lassen.

XXXVII

Wäre die Angelegenheit nicht so verworren und gefährlich gewesen, so hätte man sie ein interessantes Abenteuer nennen können. Zumindest empfand Margarethe Gänslein ihre plötzliche Flucht aus ihrer Heimatstadt als äußerst abenteuerlich, ja sogar verwegen, wenn man bedachte, dass sie zum zweiten Mal an diesem Tage allein in Gesellschaft eines durchaus zwielichtigen Gesellen reiste.

Sie wusste von der Existenz dieses Götz Gugelmann seit dem heißen Sommertag, an dem er vor etwa zwanzig Jahren zum ersten Male nach Hameln gekommen war. Einen enormen Tumult hatte er auf dem Pferdemarkt veranstaltet, mit allerlei Können geprahlt und sogar einen Landsknecht dabei gehabt, der den Leuten erzählen sollte, wie Gugelmann ihn nach einer Schussverletzung im Schädel wieder zum Leben erweckt habe. Am Abend war er dreist bei den Gänsleins vor der Türe erschienen und hatte dem damals aufstrebenden Kaufmann Reinold angeboten, mit ihm ein lohnendes Geschäft abzuschließen. Es war um gewürzartige Pflanzen gegangen, deren Namen und Herkunft der Scharlatan nicht preisgeben wollte; braune, nach getrocknetem Kuhdung riechende Blätter, die eine gar mystische Wirkung entfalteten, wenn man sie in heißem Tee auflöste, sie kaute oder sie, so wie es die Indianer in der Neuen Welt zu tun pflegten, anzündete, um dann ihren Rauch einzuatmen. Reinold hatte diesen Handel höflich ausgeschlagen, was Gugelmann jedoch nicht davon abhielt, ausgerechnet Margarethe mit keckem Blick einen dieser kleinen Dreckklumpen zu überreichen, als handelte es sich dabei um den kostbarsten Rubin auf Erden. Damals war sie – jung, schön, unerfahren, aber dennoch stolz – furchtbar errötet, was der Wundarzt bemerkt und mit einem anerkennenden Lächeln quittiert hatte. Seither mied Margarethe Gänslein Götz Gugelmann und schalt ihn einen Quacksalber und Leutbescheißer, auch wenn sie im Grunde wusste, dass dies kein gerechtes Urteil war.

Denn Gugelmann war tatsächlich ein fähiger Medicus, zumindest auf dem Gebiet der praktischen Chirurgie, die er mit großer Geschicklichkeit und ungeheurem Erfolg beherrschte. Und ein Quacksalber war er ganz und gar nicht, denn von Quecksilber, das wurde er niemals müde zu betonen, ließ er grundsätzlich die Finger. Gesund machen wolle er die Leute, die zu ihm kämen, und sie nicht vergiften, genauso wenig wolle er ihnen durch Schröpfen und Aderlass das Blut aussaugen. Nein, Gugelmanns Heilkunst war von handfester Natur, und wenn er ab und an ein wenig mit angeblichen Wunderwässerchen und berauschenden Kräutern hinzuverdiente, so plagte ihn dabei kein schlechtes Gewissen. Wie anders könnte er einem einfachen Knecht für fünf Kupfermünzen das gebrochene Bein richten, wenn er nicht zuvor einer reichen Bürgersfrau für teures Geld ein nutzloses Pülverchen gegen Runzeln verkauft hätte?

Mit ebenjenem Mann also war Margarethe nun wieder unterwegs. Doch recht wissen, wohin es gehen sollte, tat sie nicht. Die Hauptsache war, die Stadt für einige Zeit hinter sich zu lassen, zumindest so lange, bis sie sicher sein konnte, dass Hasenstock Ruhe bewahrte und seine Drohung vergaß, Margarethe des Kindsmords, des Diebstahls, der Unzucht und gar der Zauberei zu bezichtigen.

Ja, ohnehin herrschten unruhige Zeiten, Zeiten des Aufbruchs, Zeiten der Veränderung, Zeiten, in denen von heute auf morgen nichts mehr so war wie am gestrigen Tage. Alles konnte geschehen, alles konnte sich ändern, sowohl zum Guten als auch zum Schlechten. Sosehr Margarethe es begrüßt hatte, als vor einigen Jahren dieser Mönch aus Wittenberg laut auszusprechen begann, was viele dachten, sosehr es sie freute, dass Bewegung in die alteingesessenen, bereits miefigen und längst untragbaren Traditionen geriet, so genau wusste sie auch um die Gefahr, welche mit einem jeden Wandel verbunden war.

Denn Veränderungen brachten immer auch Ungewissheit mit sich, ja, erzeugten Angst, und wenn Menschen sich fürchteten, dann wurden sie gefährlich. Die Zahl der brennenden Scheiterhaufen hatte in den letzten Jahren drastisch zugenommen. Aus zahlreichen Nachbarstädten hatte man davon gehört. Auch in Hameln war es zu Prozessen gegen Frauen gekommen, die man der Zauberei beschuldigte. Und es hatte ganz den Anschein, als könnte dieser Hexenwahn zu einer regelrechten Mode werden – einer Mode, die nicht einmal mehr vor angesehenen Bürgersfrauen haltmachte. Ganz im Gegenteil: Vestiarius wusste von Fällen im Süden Deutschlands zu berichten, bei denen es ausschließlich bis dato tugendhafte Ehefrauen von ehrenhaften Ratsherren und erfolgreichen Kaufmännern getroffen hatte – ja, solche Frauen wurden vermehrt der Hexerei beschuldigt, und nicht mehr nur, wie in früheren Zeiten, arme, alleinlebende, bucklige Kräuterweiblein.

Margarethe musste also auf die Verschwiegenheit Hasenstocks hoffen, und diese Hoffnung war keine verzweifelte, denn immerhin hatte auch sie genug gegen ihn in der Hand. Im Fall der Fälle würden sie sich also beide auf dem Scheiterhaufen die Hand reichen können. Und dass ein Peter Hasenstock, selbst wenn er todkrank war und nicht mehr viel zu verlieren hatte, auf einen solchen Abschied vom Leben gern verzichtete, das stand hoffentlich fest. Dennoch war es sicherer für Margarethe, ihm einige Tage Bedenkzeit zu lassen und sich solange nicht in seiner und auch nicht in des Vogts Reichweite aufzuhalten.

Stattdessen ritt sie nun wieder neben Gugelmann einher – Götz Gugelmann, dem Leutbescheißer, der sich seine Treue und Verschwiegenheit sicherlich teuer bezahlen lassen würde.

Doch das kümmerte Margarethe in diesem Moment nur wenig. Sie ging höflich, ja sogar dankbar mit dem Mann um, sprach nur Unbedeutendes mit ihm und umging geschickt jede seiner Fragen nach der Ursache ihrer doch recht außergewöhnlichen Lage. Stattdessen redeten sie über das Wetter, über den Kaiser Karl, der sich nach seiner Rückkehr nach Deutschland plötzlich dem wachsenden Einfluss der Lutherischen im Reichstage gegenübersah, sie sprachen über die Möglichkeit der Besiedlung der Neuen Welt und über den armen Tor Papst Clemens VII., den Medici-Bastard, welcher nicht nur von Truppen des Kaisers aus Rom vertrieben worden war, sondern auch mit Luther zu kämpfen hatte und zudem vom englischen König Heinrich VIII. mit dessen Scheidungsabsichten überrumpelt wurde.

Während sie so ritten, steuerte Margarethe unverwandt die Richtung an, an der sie den Ort vermutete, von dem sie in den Tagebüchern Reinolds gelesen hatte: die Hütte im Wald, in der einst ihr Gemahl die Frau und das Kind aus den Bergen verborgen hielt und wo Margarethe nun auch ihren Freund Vinsebeck und Johanna zu finden glaubte. Denn ganz so hatte sie das verklausulierte Schreiben des kleinen Apothekers im Nachhinein gedeutet, welches sie kürzlich in ihrem Rosengarten gefunden hatte. Dort hatte es geheißen: *»Ja, wir sind zwei, auch drei an Zahl und leben im Verborgnen, wo einst eine Mutter ohne Gemahl gehaust hat voller Sorgen.«*

»Wohin darf ich Euch eigentlich begleiten, Margarethe?«, riss Gugelmann Margarethe aus ihren Gedanken.

»Zu einem guten Freund«, antwortete diese nur lapidar und versuchte, gleich wieder an ihr letztes Gesprächsthema über die Sitten und Unsitten der letzten drei römischen Päpste anzuknüpfen. Dann aber erblickte sie von Weitem, dass ihnen der fahrende Jakob mit seinem Alteisenwagen entgegenkam.

Und das war ein großes Glück. Denn auch wenn Margarethe in etwa die Richtung kannte, in der sie zu suchen hatte, so war ihr der genaue Weg unbekannt. Der jüdische Händler jedoch könnte ihr vielleicht behilflich sein.

»Ein schöner Wald, wahrlich ein schöner Wald. Ganz ohne Störungen passiere ich ihn ein jedes Mal. Keine Holzsammler, keine Schweinehirten, keine Räuber, und auch Jagdvolk ist seit einigen Monaten nicht mehr dort.«

»Und wo genau befindet sich dieser Wald?«, fragte Margarethe den freundlichen bärtigen Mann, der sie mit einem breiten Grinsen bereits aus der Ferne begrüßt hatte.

»Am Fuße der Burg Eicheck. Verwaist ist sie, die Burg. Hole von dort schon seit einigen Wochen viel Eisen, Kupfer und auch Blei. Mache prächtige Geschäfte mit den herrenlosen Leuten, die dort hausen. Der Ritter tot, die Frau wirr im Kopf, da macht das Gesinde, was es will. Aber das soll mein Schaden nicht sein.«

»Am Fuße der Burg also. Südlich, östlich, westlich, nördlich? Ich kenne mich dort nicht aus, guter Jakob.«

»Nehmt den Weg dort, liebe Frau«, antwortete der Trödler und zeigte auf einen Pfad hinter sich, der zwischen dichtem Buschwerk verschwand. »Er wird eng und enger, aber davon dürft Ihr Euch nicht schrecken lassen. Selbst meinen Karren ziehe ich hindurch. Nicht weit, und Ihr kommt zu einer Gabelung. Wählt den rechten Weg, er führt durch Nadelgehölz. Ihr passiert einen einsamen Hof. Dort nehmt Euch vor dem bissigen Wachhund in Acht. Er hat mir erst kürzlich den Kaftan zerfetzt. Hinter dem Misthaufen fließt zu dieser Jahreszeit ein Bächlein, nicht tief, aber breit. Folgt ihm bis zu einer knorrigen, uralten Eiche. Ihr erkennt den Baum sogleich, er hat noch nicht ausgeschlagen und steht als Einziger nackt da. Dort haltet Ihr Euch linker Hand. Es gibt keinen Pfad. Wenn Ihr jedoch genau hinschaut, erkennt Ihr Trampelspuren. Reitet so lange, bis Ihr zu einer tiefen Böschung gelangt. Die gilt es zu passieren. Schwierig mit dem Karren, leichter zu Pferde. Ihr werdet eine Möglichkeit finden. Auf der anderen Seite der Böschung müsst Ihr Euch scharf rechts halten, dann gelangt Ihr wie von selbst auf einen alten Jagdweg. Er ist verwachsen, aber dennoch weiterhin gut zu erkennen. Folgt ihm nach links, und dann werdet Ihr nach einer halben Stunde die Hütte finden, wenn Ihr, aufmerksam den Blick nach rechts gewandt, mit den Augen den Wald durchforstet. Sie liegt sehr versteckt, sehr versteckt.«

»Und dort haust Vinsebeck?«, wollte sich Margarethe noch einmal vergewissern.

Der Trödler zog die Schultern nach oben, hob seine Hände in die Höhe und schaute sie an, als wolle er dafür keine Garantie geben.

»Ich vermute, ich vermute«, sagte er nun. »Ich vermute, ich vermute.«

Und dann zog er weiter. Die alten Eisenwaren in seinem Wagen schepperten, als er diesen über Steine und Wurzeln zerrte.

»Man kann ihm trauen«, meinte Gugelmann, dem alten Mann belustigt hinterherblickend. »Er weiß alles, aber er kann schweigen wie ein Grab.«

»Was bleibt ihm auch anderes übrig?«, gab Margarethe zurück. »Leute wie er tun besser daran, nicht aufzufallen. Die

Frage ist vielmehr: Könnt auch Ihr schweigen wie ein Grab, Medicus Gugelmann?«

»Das kommt darauf an, wer mich darum bittet.«

»Und wie viel derjenige zu bieten hat, nicht wahr?«

»Seid gewiss, werte Frau, Ihr habt mehr als genug zu bieten.«

Margarethe räusperte sich ein wenig verunsichert, dann sagte sie: »Habt Ihr Euch den Weg merken können, den der Jude soeben beschrieben hat?«

Gugelmann nickte und schenkte ihr dabei ein fast glückliches, knabenhaftes Lächeln.

»Gut. Ich nicht. Werdet Ihr mich also noch ein Stück begleiten? Fünf Dukaten für Eure Diskretion und weitere drei dafür, dass Ihr mir einen Tag Eures Lebens geopfert habt.«

Gugelmanns Lächeln gefror auf seinem Gesicht.

»Na gut, dann zehn statt acht«, sagte Margarethe.

Noch immer starrte er sie regungslos an.

»Zwölf?«, fragte sie. »Etwa dreizehn?«

»Ihr missversteht mich mit Absicht«, sagte er nur und trieb sein müdes Pferd an. »Hier geht es lang, Frau Margarethe.« Und bald darauf war er zwischen Haselsträuchern und Holunderbüschen auf dem engen Pfad, den ihnen der Jude Jakob gewiesen hatte, verschwunden.

Margarethe folgte ihm, irritiert den Kopf schüttelnd.

Was hatte sie denn falsch gemacht?

XXXVIII

Wieder einmal plagte Justus Carnifex ein dicker Schädel. Ja, ein Kater war gleichsam zu seinem Besten oder vielmehr treuesten Freund geworden. Denn in letzter Zeit verkehrte der Henker ein wenig zu oft im stadtnahen Nobiskrug, wo er, allein in seiner Ecke hockend, unermüdlich billigen Wein und schales Bier in sich hineinkippte. Müde war er immer nur am folgenden Morgen, welchen er regelmäßig verschlief. Er hatte es sich zum Ritual gemacht, erst dann aus seinem Rausch zu erwachen, wenn jemand gegen seine Türe pochte, um ihn für eine der vielen unappetitlichen Aufgaben anzuheuern, die ein Scharfrichter wie Justus Carnifex zu erledigen sich anbot.

Seit er denken konnte, war er ausgestoßen gewesen und allein, aber nie zuvor hatte er sich so verlassen und einsam gefühlt wie in den letzten Wochen. Und schuld daran war nicht nur seine zerstörte Hoffnung, die Magd der Witwe Gänslein betreffend, nein, Schuld daran trug auch sein Bruder, dessen plötzliches Auftauchen und ebenso plötzliches Verschwinden Justus schwer aufs Gemüt geschlagen war. Er vermisste diesen bösen Buben, ja, er hatte sich so sehr daran gewöhnt, nicht mehr allein in der Henkerskate zu hausen, dass es ihm vor allem des Abends und des Nachts schier unerträglich wurde, hier zu sein. Nicht so morgens und mittags, denn da schlief er, wie erwähnt, einen totenähnlichen Schlaf.

Vorgestern hatte ihn ein Büttel mit lautem Rufen und Pochen

geweckt, da in der Nacht tatsächlich ein Blitz in den Galgen außerhalb der Stadt eingeschlagen hatte und das Gebilde, samt der noch frischen Gebeine eines jüngst gehängten Beutelschneiders, umgekippt war. Gestern hatte eine alte Fischfrau vor der Türe gestanden, um den Henker darüber in Kenntnis zu setzen, dass die Jauche, welche er kürzlich in die Weser gelassen habe, nicht abgelaufen sei und ihr die Lachse vertreibe. Und auch heute wurde Carnifex von dem wenig freundlichen Klopfen eines Besuchers aus dem Schlaf gerissen.

»Galgenmann!«, vernahm er noch im Traume die raue Stimme eines Büttels. »Galgenmann, du alter Saufbruder. Steh auf!«

Carnifex brummte und hielt sich mit beiden Händen die Ohren zu. Sein Schädel pochte, und bei jedem Schlag, mit dem der Büttel gegen die Türe hämmerte, wollte ihm fast der Kopf zerspringen.

»Halts Maul und lass das Trommeln sein!«, rief Carnifex. »Was ist los?«

Der Mann vor der Türe begann zu lachen. Justus wusste, dass er keinen Schritt in die Kate des Ehrlosen setzen würde. Zwar war auch der Büttel ein Taugenichts und Halunke, aber die Angst vor dem Henker saß selbst – oder aus gutem Grunde gerade – bei den übelsten Burschen tief.

»Bei den Waschweibern am Ufer ist ein Kadaver angeschwemmt. Irgendein Viech. Hat sich mitten in der Weser an einem Ast verfangen und kann nicht geborgen werden. Die Weiber wollen erst dann weiterwaschen, wenn das verwesende Ding fortgeschafft ist. Beeil dich!«

Dann hörte Carnifex, wie sich die schweren Schritte des Büttels entfernten.

Stöhnend drehte er sich noch einmal auf seinem Lager um. Als die Fliegen jedoch zu lästig wurden, stand er auf, zog sich einen alten Kittel an, setzte sich seine Kappe auf und verzichtete auf Schuhe, da er die Füße ohnehin nass machen würde müssen.

»Hoffentlich ist das Aas noch brauchbar«, brummte er dann vor sich hin und machte sich auf einen Tag gefasst, an dem er eine ersoffene Kuh ausnehmen müsste. Die Haut würde bei der Hitze gut trocknen, und er könnte sie gleich heute Abend zum Gerber bringen. Vielleicht war das Fell in einem noch annehmbaren Zustand, und mit ganz viel Glück auch das Fett. Ein bisschen was einbringen würde das Aas schon, denn Geld konnte Carnifex gut gebrauchen, nachdem sein Bruder mit all seinem ergaunerten Vermögen ohne Abschied von dannen gezogen war.

Lustlos schlurfte er zum unweiten Weserufer und ging an der Stadtmauer entlang bis hin zu der Stelle, an welcher die Weiber bei schönem Wetter ihre Wäsche zu machen pflegten. Er kannte diesen Ort gut, dort hatten er und Till oft als Kinder gespielt. Justus hatte Fische gefangen, während der Bruder lieber seine Zeit damit verbracht hatte, Ratten zu ersäufen.

Etwa ein Dutzend schnatternder Weiber und mindestens doppelt so viele Kinder hatten sich heute am schlammigen Ufer versammelt, und als sie Carnifex erblickten, winkten einige den Henker wild gestikulierend zu sich.

»Änne glaubt, es ist kein Tier«, rief ihm von Weitem eine dicke Frau zu, die er als die Witwe eines Kleinkrämers aus der Osterstraße erkannte.

»Dort drüben hängt das Ding«, rief eine andere, sehr junge, sehr magere Frau und wies mit ihrem ausgestreckten, stockartigen Arm auf den Fluss.

Anders als ihre Mütter, die mit dem Henker nur von ferne sprachen, liefen die Kinder sogleich auf ihn zu, umringten ihn und fragten:

»Gehst du da jetzt hinein?«

»Holst du die Leiche heraus?«

»Glaubst du auch, dass es ein Mensch ist?«

Carnifex gab keine Antwort, sondern stapfte ungebremst und, ohne sich von dem kalten Wasser schrecken zu lassen, direkt in die Weser hinein. Er war ein guter Schwimmer und hatte keine Angst, von der Strömung erfasst zu werden. Zudem war es wahrscheinlich, dass er an dieser Stelle stehen konnte und das tote Ding zu Fuß erreichen würde.

Und so war es auch.

Lediglich bis zur Brust stieg ihm die kalte Brühe, als er bei dem großen Ast ankam, in dem sich das leblose Etwas verfangen hatte.

Carnifex hatte es bereits vom Ufer aus erkannt, war aber zu faul und zu lustlos gewesen, um auf das Geschwätz der Weiber und Kinder zu antworten: Das, was sich da in den Zweigen des dicken Astes verfangen hatte, war der aufgeschwemmte Leichnam eines Menschen. Einer Frau, um genauer zu sein. Zerfressen von Fischen und anderem Getier und bis zur Unkenntlichkeit aufgebläht, konnte man dennoch ihre eindeutig weiblichen Merkmale nicht verkennen, denn die Frau war splitternackt.

Carnifex musste nicht einmal schlucken. Ungerührt griff er nach dem Ast und schüttelte so lange mit seinen kräftigen Händen an ihm, bis sich die weiße Tote gelöst hatte. Dann nahm er ihren Arm und zog sie hinter sich her zum Ufer zurück. Er war noch nicht ganz im Trockenen angekommen, da hob bereits das Geschrei an. Man rief nach dem Herrgott, dem Heiligen Geist und der Muttergottes gleichzeitig, ging auf die Knie und schlug Hunderte von Kreuzzeichen, murmelte das Vaterunser und das Ave Maria durcheinander, und einige riefen sogar etwas vom Jüngsten Gericht oder von einem bösen Omen.

Natürlich dauerte es nicht lange, bis nach diesem ungeheuren Tumult der Waschweiber Unmengen an weiteren Menschen aus der Stadt herbeiströmten, um den grausigen Leichenfund zu bestaunen. Allein Justus Carnifex blieb ruhig und gelassen.

Doch nicht mehr lange.

Denn mit einem Male stand die neugierige Begine Regine hinter ihm und der vor ihm liegenden Leiche. Und das, was das alte Schwätzweib sagte, ließ eine böse Ahnung in dem Henker aufkommen. Eine Ahnung, die seinen Bruder Till betraf und die weitläufig auch mit dem Verschwinden der schönen Johanna zu tun hatte. Die alte Begine sagte nämlich leise, aber mit entsetzter Stimme:

»Um Gottes willen, das ist ja die Immeke.«

Dann war sie auch schon wieder verschwunden. Ganz entgegen ihrer Art gab sie ihre soeben erlangte Erkenntnis nicht lauthals preis, sondern huschte möglichst rasch durch die glotzende, aber dennoch scheuen Abstand haltende Menge davon.

»Nein.«

»Doch.«

»Nein.«

»Doch, glaube mir endlich, Mechthild. Sie war es. Von wegen fortgelaufen. Ermordet hat man sie.«

Regine hatte ihre Freundin Mechthild in leicht angetrunkenem Zustand in ihrer Kammer auf der Fensterbank sitzend vorgefunden und sogleich von dem schrecklichen Fund an der Weser berichtet.

»Das ist zu viel des Schreckens an nur einem Tage«, flüsterte Mechthild und griff erneut nach der vor ihr stehenden gläsernen Karaffe, die nur noch zur Hälfte mit einer klaren Flüssigkeit gefüllt war. Schnell nahm Regine das Behältnis fort und stellte es auf eine Truhe am anderen Ende des Raumes.

»Es gilt, einen klaren Kopf zu bewahren, liebe Freundin. Margarethe ist fort, und wir sind nun auf uns gestellt.«

»Die arme, arme Immeke. Gott stehe ihrer treuen Seele bei. Gleich werden die Büttel vor der Türe stehen«, stammelte Mechthild, noch immer auf die Stelle starrend, an der bis vor einem Moment ihr Branntwein gestanden hatte.

»Das glaube ich nicht. Sie war derart verunstaltet, dass es mich wunderte, wenn jemand Immeke in diesem bedauernswerten Wesen erkennen würde«, erwiderte Regine und setzte sich wieder neben Mechthild.

»Oh Gott im Himmel, die arme, arme Immeke«, wiederholte Mechthild. »Aber du hast sie doch erkannt.«

»Ja, ich. Aber ich bin gewiss die Einzige. So hoffe ich zumindest.«

Mechthild nickte.

»Vielleicht ist es besser für Margarethe in ihrer jetzigen, verworrenen Lage, wenn niemand herausfindet, dass es ihre Köchin ist, die da ermordet aufgefunden wurde«, meinte die Begine nachdenklich.

»Vielleicht ist sie auch einfach nur ertrunken«, wandte Mechthild ein.

»Ging Immeke nackt in der Weser baden?«

»Glaubst du etwa, man hat ihr vor ihrem Tode eine Schandtat zugefügt?« Mechthild war entsetzt.

»Man sollte nichts ausschließen, meine Liebe. Der Teufel wandelt in vielerlei Gestalt auf Erden und ist zuweilen häufiger anzutreffen als der Heilige Geist.«

Wieder nickte Mechthild zustimmend. Sie konnte es noch immer nicht fassen.

»Wer mag das nur gewesen sein?«, fragte sie dann, ihren Blick aus dem offenen Fenster auf den Pferdemarkt gerichtet. »Wer konnte einem solch lieben, herzlichen Wesen so etwas antun?« Und dann fügte sie in veränderter Tonlage an: »Der Henker.«

»Das glaube ich nicht. Er ist ein guter Junge. Man sollte nicht vorschnell urteilen«, gab Regine zurück.

»Der Henker«, wiederholte Mechthild und beugte ihren dünnen Oberkörper ein Stück weiter aus dem Fenster heraus. »Er steuert auf unser Haus zu.«

»Er hat doch wohl nicht etwa vernommen, was ich gesagt habe?«, rief Regine nun entsetzt aus und sprang sofort zur Türe, um Justus Carnifex abzufangen.

Er war ein wenig verunsichert, denn nie zuvor hatte Justus Carnifex die privaten Räume einer ehrenhaften Bürgersfrau betreten. Es kam ihm vor, als schändete er mit jedem Schritt, den er in die Kammer der guten Frau Mechthild setzte, nicht nur den blank polierten Boden, sondern auch den Leib der frommen Witwe, welche jedoch, anders als erwartet, einen recht unerschrockenen Eindruck machte, als der Scharfrichter mit einem Male im Schlepptau der Begine auf sie zukam.

Mechthild hatte die Abwesenheit der Freundin genutzt, um sich erneut eine Stärkung zu genehmigen, und diese Stärkung war so stark gewesen, dass sie nun in einen Zustand der Gleichgültigkeit übergegangen war.

»In Anbetracht der ohnehin ungewöhnlichen Lage habe ich mir erlaubt, den jungen Carnifex ins Haus zu bitten«, sagte Regine aufgeregt und wies Justus einen Platz auf einem ungepolsterten Stuhl an. »Er hat uns etwas Wichtiges mitzuteilen.«

Mechthild nickte und schenkte dem jungen Mann ein freundliches Lächeln, was Carnifex' Unsicherheit nur noch mehr förderte.

»Mein Bruder«, stammelte er nur, während er sich seine rauen Hände rieb. »Mein Bruder.«

»Er meint«, mischte sich Regine erklärend ein, »dass sein Bruder bezahlt worden sei, um Schabernack im Hause Gänslein zu treiben. Jetzt fürchtet er, nachdem Immeke tot ist, dass der Unhold sein Spiel zu weit getrieben habe und möglicherweise auch mit Johannas Verschwinden zu tun habe. Ich glaube«, und das fügte sie im Flüsterton an Mechthild gewandt an, »der arme Junge hat sein Herz an eure Johanna verschenkt.«

»Johanna ist mit dem Schönling auf und davon, so zumindest hat Margarethe es mir versichert«, lallte Mechthild.

»Aber nein doch«, rief Regine nun laut aus und warf der Freundin einen bösen Blick zu. »Nein, es könnte doch wirklich sein, dass sie entführt wurde.« Dabei stieß sie Mechthild einen Ellbogen in die Rippen, eine Geste, die der Angetrunkenen deutlich machen sollte, dass sie der Hilfe des Henkers bedurften und man ihn deshalb nicht entmutigen sollte.

»Er glaubt tatsächlich, Carnifex, dass sein Bruder der armen Immeke dieses Leid zugefügt hat?«, fragte die Begine.

Der Angesprochene nickte nur stumm.

»Hat er es aus reiner Boshaftigkeit getan, oder steckte etwa ein Auftrag dahinter?«, bohrte die Laienschwester weiter.

»Hasenstock«, stammelte Justus. »Oder aber der Fremde, mit dem Till zu tun hatte.«

»Einer von beiden also. Na, wer hätte das gedacht?«, fügte Regine an.

»Ich«, antwortete Mechthild nun. Und dann erhob sie sich und schwankte eilig zur Türe. »Ich hätte es wissen müssen.«

»Wohin gehst du?«, rief Regine ihr nach.

»Endlich Licht ins Dunkel bringen«, rief diese zurück. Und ihre Stimme klang mit einem Male wieder nüchtern.

XXXIX

Nur er kannte den Ort, an dem sie ihre letzte Ruhe gefunden hatte. Es war ein unscheinbarer Platz unter einem eigentümlich verwachsenen Kastanienbaum. Sie hatte Kastanien geliebt. Ihre Augen hatten die gleiche Farbe gehabt, dieses leuchtende, frische und gleichzeitig tiefe Braun, hinter dem sich so viel Liebe, so viel Kummer, aber auch Umtriebigkeit und Eigensinn verbargen.

Nun saß Philipp hier auf dem Waldboden neben der nicht sichtbaren Ruhestätte seiner Mutter und grub gedankenverloren mit den Händen eine keimende Kastanie an der Stelle ein, unter der ihr verfallender Leib seit nunmehr zwei Jahren lag. Dieser kleine Baum, der sich vielleicht eines Tages über ihr erheben würde, sollte alles sein, was von ihnen blieb. Nichts anderes in dieser gottverdammten Gegend durfte mehr daran erinnern, dass hier einst eine Frau aus dem fernen Tirol mit ihrem Kind gelebt hatte. Alles musste ausgetilgt werden und in Vergessenheit geraten.

Alles.

So hatte er entschieden.

Er konnte sich selber nicht erklären, warum er derartig dazu getrieben, ja regelrecht gezwungen wurde, die Vergangenheit auslöschen zu wollen. Zeitweise hatte er geglaubt, milder handeln zu können, Abstriche zu machen und, um seines eigenen Vorteils willen, ein angenehmes Leben dem Sinnen nach

Genugtuung vorzuziehen. Doch allein die Vorstellung, die Witwe des Mörders seines Vaters zu heiraten und in den Federn dieses Mannes zu liegen, ließen das ihn seit seiner Kindheit plagende Gefühl nur schlimmer werden. Er wollte keinen Vorteil, er wollte einfach nur noch Ruhe. Denn jenes Gefühl, welches ihn seit so vielen Jahren tagaus, tagein treu begleitete, war ebendiese erschreckende Unruhe, diese Rastlosigkeit, dieser nie vergehende Zustand quälender Ungeduld. Es musste endlich ein Ende haben.

Sein Leben und das Leben seiner Eltern waren ein einziges Unglück gewesen. Hätte er sich jemals an einen Priester gewandt, so wäre ihm gesagt worden, er solle nicht mit seinem Schicksal hadern, er solle von Gott nicht verlangen, was auch anderen, armen Menschen verwehrt bliebe. Doch Philipp empfand sich nicht wie alle anderen. Er hatte sich schon immer für besonders gehalten, und in diesem Empfinden hatte sie, seine Mutter, ihn stets unterstützt. Ein Teil dieser Besonderheit war sein Stolz, sein unbändiger Stolz, den man so oft zu brechen versucht hatte und der durch einen jeden dieser mitunter grausamen Versuche nur gewachsen war. Es war ihm bewusst, dass er sich dadurch bereits am Rande des Wahnsinns befand, es war ihm bewusst, dass es besser für ihn wäre, endlich von der Befriedigung dieses Stolzes abzulassen, sich eine Frau zu nehmen, ein Haus zu bauen und Kinder zu zeugen. Doch dafür war der rechte Zeitpunkt noch nicht gekommen. Nicht hier und nicht jetzt.

Sein Vater, der arme Holzfäller, hatte ein Haus gebaut, eine Hütte nur, aber dennoch ein Heim für sich, sein Weib und die gemeinsame Nachkommenschaft. Es war ein entbehrungsreiches, hartes Leben gewesen, aber dennoch ein geordnetes, und es hätte glücklich sein können, wenn diese beiden Männer nicht eines Tages in ihrem Dorf in den Bergen Tirols erschienen wären. Diese beiden unbedarften jungen Burschen hatten alles zerstört, die Mutter entehrt, den Vater erschlagen und das Kind seiner Heimat beraubt. Fortan hatten Maria und Philipp ein Vagabundenleben geführt, hatten wie Vogelfreie im Wald gehaust, waren von den Almosen derer abhängig, die ihnen zuvor alles genommen hatten. Und während diese beiden sich ein schönes Leben machten, zu Ruhm und Reichtum gelangten, sanken ihre Mitbringsel aus den Bergen immer tiefer und tiefer. Maria wurde zur Hure und Philipp zum Mörder.

Es widerte ihn an, darüber nachzudenken, aber er konnte nicht anders. Nicht, solange noch existierte, was an diese traurige Geschichte erinnerte. Dreierlei Dinge waren es, die es zu vernichten galt, bevor das Geschehene endgültig ausgelöscht war. Drei Akte waren zu vollziehen, drei unangenehme Aufgaben zu erfüllen. Und diese Aufgaben hießen: Hasenstock, das Vermögen Gänsleins und die Hütte im Wald.

Philipp atmete fast erleichtert auf, als dieser endgültige Plan nun so fest und unerschütterlich in seinem Kopfe gereift war. Es war ein schreckliches Vorhaben, und am Ende würde es keinen Sieger geben, denn auch er würde auf alles verzichten. Kein Umgarnen reicher Witwen mehr, kein Bestehlen tumber Ritter. Nichts würde er mitnehmen, wenn er schließlich diese schreckliche Gegend verließ, nichts, rein gar nichts, außer ein endlich ruhig und zufrieden pochendes Herz.

»Philipp?«

Als er plötzlich seinen Namen vernahm, schreckte er auf, als habe man ihn gellend angeschrien. Dabei war es nur die sanfte Stimme Johannas gewesen, die sich ihm langsam und vorsichtig näherte.

»Hier bist du. Darf ich mich zu dir setzen?«

Er nickte, wenig erfreut über das Auftauchen dieser Frau.

Es war nicht so, dass er sie nicht mochte. Im Gegenteil, er hatte sie gern, sehr gern sogar, aber gerade das war es, was ihn an ihr störte. Er konnte sie in dieser Lage seines Lebens nicht gebrauchen – die Liebe. Nicht die Liebe einer Frau und auch nicht die Freundschaft dieses Zwerges. Er wollte das nicht. Er wollte frei, ungebunden sein, ja, ungeliebt, gemieden, mitunter unsichtbar. Jegliche Nähe war ihm ein Graus, aber dennoch ertappte er sich dabei, dass er sie suchte, dass er sich nach Wärme und Vertrautheit sehnte, und genau das spendete Johanna ihm. Und darum fürchtete er sich so sehr vor ihr.

Er wollte sie nicht verletzen, und er hasste sich selbst dafür, dass er schwach geworden war, dass er ihr gezeigt hatte, was möglich wäre, wenn es ihm gelänge, seinen dunklen Schatten abzuwerfen. Doch längst hatte er entschieden, ihn zu behalten, den Schatten noch eine Weile mit sich zu tragen. Zwar wärmte er nicht, zwar hasste er ihn, aber dennoch bot er ihm einen Schutzschild, der ihn vor so manchen üblen Verletzungen bewahrte.

»Ich werde wieder gehen«, sagte er nur, als sie sich scheu, aber mit erwartungsvollem Blick neben ihn gesetzt hatte.

»Warum?«, fragte sie leise. In ihrer Stimme klang Enttäuschung mit.

»Dies ist kein Ort, an dem ich bleiben möchte.«

Ihre Schultern berührten sich. Es war angenehm, gerne hätte Philipp sie umarmt, doch er tat es nicht.

»Wohin wirst du ziehen?«

»Dahin, woher ich einst gekommen bin.«

Sie schwieg eine Weile. Er spürte, dass sie innerlich aufgewühlt war und es sie Überwindung kostete, ihn Folgendes zu fragen, denn sie fürchtete sich vor der Antwort:

»Gehst du allein?«

Er biss sich auf die Lippen und starrte auf eine weitere keimende Kastanie, die er in der Hand hielt. Seine Finger spielten an dem grünen Keimling herum, er war nervös, und mit einem Mal hatte er das zarte Gewächs abgebrochen. Scheinbar nachlässig warf er die Kastanie und ihren zerstörten Sprössling fort.

»Ja«, sagte er abgehackt und stand auf. Dann zog er auch sie an den Händen nach oben und gab ihr einen flüchtigen Kuss auf den Mund. Nicht einmal in die Augen konnte er ihr dabei blicken.

Es war für beide wie eine Wohltat, einige Schritte entfernt hinter dem Untergehölz plötzlich die helle Fistelstimme Vinsebecks zu vernehmen. Doch das, was dieser rief, versetzte beide in Erstaunen und lenkte sie von dem soeben erlebten traurigen Moment ab.

»Frau Margarethe! Aber Frau Margarethe! Was macht Ihr denn hier?«, rief der Zwerg aufgebracht und zugleich freudig erregt.

Johanna wusste selbst nicht, wie ihr geschah. Im Grunde hätte sie sich freuen müssen, Margarethe wiederzusehen. Sie hatte sich Sorgen um das Wohlergehen ihrer Herrin gemacht und war manches Mal von ihrem schlechten Gewissen geplagt gewesen, Margarethe könnte das plötzliche Verschwinden der Magd falsch verstanden haben. Dahingehend etwa, dass Johanna sich heimlich mit dem für Vinsebecks Befreiung bestimmten Lösegeld aus dem Staube gemacht habe. Es war eine Erleichterung für Johanna, nun von der urplötzlich in ihrem Versteck erscheinenden Kauffrau freundlich, ja herzlich begrüßt zu werden. Aber dennoch konnte sie sich eines gewissen Unbehagens nicht erwehren.

Sie weigerte sich regelrecht, in diesem Unbehagen Eifersucht zu erkennen, während sie Margarethe und Philipp traurig hinterherblickte, als diese nach der allgemeinen Begrüßung allein im Wald verschwanden.

»Man kennt sich?«, fragte nun der fahrende Heiler Gugelmann, der hinter der leicht bekümmerten Johanna stand und über dessen Anwesenheit sich zu wundern sie bisher noch keine Zeit gefunden hatte.

»Ihr meint die beiden?«, fragte Johanna stumpf, in Richtung Margarethe und Philipp nickend. »Ja, sie kennen sich.«

»Wie gut kennt man sich? Als ihre ehemalige Magd wirst du doch über derlei Angelegenheiten deiner Herrin gewiss Kenntnis besitzen.« Sein Gesicht wirkte unbefangen, ja keck, als er diese unverblümte Frage an Johanna richtete. Aber dennoch erkannte sie an seinen Augen, dass er nicht aus purer Neugier fragte.

»Selbst wenn ich über diese Kenntnis verfügte, würde ich als treue Bedienstete dazu schweigen, mein Herr.«

Nun stellte er sich unmittelbar neben sie und blickte sie fröhlich von der Seite an. Sie hatte bereits auf dem Markt in Hameln, als sie den Zahnbrecher zum ersten Male gesehen hatte, bemerkt, dass es sich bei diesem um einen zwar nicht unbedingt schönen, aber dennoch durchaus interessanten Mann handelte, welcher es verstand, insbesondere auf das weibliche Geschlecht Eindruck zu machen.

»Ist Eure Herrin nun in diesen Jüngling verliebt?« Er blieb hartnäckig.

»Wie kommt Ihr darauf?«

»Ist sie es?«

»Mit welcher Berechtigung wollt Ihr das in Erfahrung bringen?«, fragte Johanna zurück. Auch wenn er frech und neugierig war, wirkte dieser Mensch dennoch angenehm und durchaus ehrlich. Es war ihr nicht unwohl, mit ihm zu reden.

»Ich mag sie, Eure Herrin. Aber ich fürchte, es ist ihr gleich.«

Johanna räusperte sich und merkte dann etwas verlegen an:

»Mit Verlaub, mein Herr, aber ich fürchte, sie ist anderen Standes als Ihr.«

»Das weiß ich doch«, lachte er. »Und darum frage ich auch nach ebendiesem da, mit dem sie sich unbedingt unterhalten wollte. Denn der ist auch nicht ihres Standes.«

»Ich verstehe nicht, was Ihr meint.«

»Es interessiert mich herauszufinden, ob sie … nun, wie soll ich mich ausdrücken? … ob ihr viel am Dünkel gelegen ist, oder ob sie auch gewillt sein könnte, womöglich einfach ihrem Herzen zu folgen.«

Johanna blickte ihn erstaunt an: »Das habt Ihr sehr schön gesagt.«

»Vielen Dank.« Nun schien er etwas verlegen. »Ich gehe davon aus, dass dieser junge Mann, mit dem sie soeben in den Wald verschwunden ist, bereits sein Herz anderweitig verschenkt hat.«

Johanna lief rot an: »Wer sagt Euch das?«

»Die Erfahrung. Allein die Erfahrung, mein Kind«, erwiderte er spitzbübisch.

»Lieber wäre mir, wenn ich Euch um Eure Erfahrung als Knochenbrecher bitten dürfte«, lenkte sie nun vom Thema ab. »Dort im Haus haben wir einen Verletzten. Er ist vor zwei Tagen von Pferdehufen niedergetrampelt und dann von einem Wagen überrollt worden. Vinsebeck ist mit seinem Apothekerlatein am Ende, aber vielleicht könnt Ihr uns behilflich sein, Meister Gugelmann.«

»Ich werde sehen, was ich machen kann«, antwortete er und folgte der Magd in die Hütte.

Bevor sie über die Schwelle traten, warfen sie jedoch noch beide einen Blick in die Richtung, in der Margarethe und Philipp verschwunden waren.

Sie wusste also alles.

Philipp war erstaunt. Es verblüffte ihn, dass der Mörder seines Vaters so aufrichtig gewesen war, seine gesamten Schandtaten offenbar unverblümt niedergeschrieben zu haben. Ohne Auslassungen und ohne sich selbst in ein besseres Licht rücken zu wollen. Denn ganz so klangen die Worte Margarethes, als sie ihm von dem berichtete, worüber auch sie bis vor wenigen Wochen noch unwissend gewesen war.

Sie entschuldigte sich nicht für ihren verstorbenen Gatten, nahm ihn nicht in Schutz. Sie blickte Philipp nur ruhig in die Augen und erzählte alles, was sie erfahren hatte. Und einiges davon, das musste er zugeben, hatte er selbst bislang nicht gewusst. Es tat ihm weh, bestätigt zu bekommen, was er schon immer geahnt hatte – dass seine Mutter eine läufige Hündin gewesen war, dass sie sich dem jungen Peter Hasenstock selbst angeboten und damit ihren Gatten, Philipps Vater, entehrt hatte. Es schmerzte ihn zudem zu vernehmen, wie es zu dem Totschlag gekommen war. Und vor allem schämte er sich dafür, dass seine Mutter so wenig Stolz hatte und nach dem gewaltsamen Ableben seines Vaters dessen Mördern regelrecht hinterhergeschlichen war. Und das nicht etwa, um sich zu rächen – nein, sondern vielmehr, um sich ihnen weiterhin anzubieten.

Vor Ekel und Scham hätte Philipp auf den Boden speien können, doch er nahm sich zusammen und lauschte mit zusammengekniffenem Mund den ruhig ausgesprochenen Worten dieser wahrlich bemerkenswerten Frau. Sie verschwieg nichts, nicht einmal die Tatsache, dass ihr späterer Gemahl bereits in Venedig straffällig geworden war, sie erzählte auch von dem Mord Hasenstocks an dessen eigenem Onkel und von dem Komplott, welches die beiden sündhaften Burschen daraufhin geschlossen hatten. Ein Komplott, in welches Philipps arme und bis dahin unbescholtene Familie allein wegen der Schönheit seiner Mutter hineingeraten war.

»Sie haben sich in einem Teufelskreis verfangen, aus dem es kein Entrinnen mehr gab«, beendete Margarethe ihren Bericht. »Und während sie selbst es verstanden, sich innerhalb dieses Kreises einzurichten und gar ihren Vorteil aus den widrigen Umständen zu ziehen, mussten andere leiden. Allein Gott wird über Reinold Gänslein und Peter Hasenstock zu richten wissen.«

Nun lachte Philipp bitter auf.

»Damit hättet Ihr Euch fein aus der Angelegenheit herausgezogen, gute Frau.«

»Ich will mich nicht herausziehen, Philipp. Nennt mir eine Möglichkeit, das begangene Unrecht zu tilgen, und ich werde sie ergreifen«, bot sie ihm an.

»Es gibt nur eine Möglichkeit, und die wird schmerzhaft für Euch sein, Margarethe. Ich habe lange nachgedacht und meine Meinung Euch gegenüber geändert. Ihr habt es nicht verdient, betrogen zu werden. Aber dennoch kann ich nicht einfach so von dannen ziehen.«

Margarethes Mundwinkel zuckten nervös, sie glaubte die verklausulierten Worte des jungen Mannes zu verstehen. »Und darum werdet Ihr mich nicht weiter umgarnen, sondern seid damit zufrieden, wenn ich die Schuld meines Gatten mit Geld begleiche? Das werde ich gerne tun, Philipp.«

»Ihr denkt wohl, mit Eurem schmutzigen Geld könntet Ihr alles kaufen, nicht wahr?«, gab er zurück. »Aber niemand braucht es. Ich habe es versucht, von Eurem Gold zu leben, Margarethe. Bin mit Vinsebecks Lösegeld nach Köln gegangen, wollte dort feiern, schmausen, saufen und huren. Doch es ging nicht. Ich will dieses Geld nicht, ebensowenig, wie Ihr es wollt.«

Margarethe blieb eine Weile stumm. Er wollte kein Geld,

und er wollte auch ganz offensichtlich nicht sie. Was wollte er dann?

»Philipp, sagt mir, wie es weitergehen soll«, fragte sie schließlich bedrückt.

»Es muss alles anders werden, nichts darf bleiben, wie es ist«, antwortete er leise. Dann nahm er ihre Hände, betrachtete sie eine Weile mit den Augen eines kleinen, traurigen Jungen und sprach: »Erschreckt nicht über das, was kommen wird. Seht es als einen brutalen Akt der Befreiung. Es muss sein, Margarethe. Es muss sein. Und ich bin sicher, dass Ihr es mir verzeihen werdet.«

Dann küsste er ihre Hände und verschwand.

Margarethe ließ sich schwer atmend auf einem Baumstumpf nieder.

Dieser Mann war wahnsinnig, von Gott verlassen und vom Teufel besessen, er war zum Fürchten. Aber dennoch fürchtete sie sich nicht vor ihm. Nicht vor ihm, und auch nicht vor dem, was er ihr angekündigt hatte.

Aber warum hatte sie keine Angst?

Margarethe kannte die Antwort auf diese Frage selber nicht.

XL

Mein werter Kollege und Freund,
nach zwei Tagen Abstinenz bin ich nun wohlbehalten in meine Heimatstadt zurückgekehrt. Die lange Reise nach Lübeck war zu meinem Glück nicht notwendig, sodass es mir nun eine Freude ist, Euch möglichst bald wiedersehen zu können. Erweist mir bitte die Ehre und seid am heutigen Abend Gast in meinem Hause. Im kleinsten Kreise, bestehend aus niemand anderem als Euch und meiner Wenigkeit, werde ich Euch einen wahrhaft köstlichen und unvergesslichen Empfang bereiten. In ungeduldiger Erwartung
Eure Margarethe Gänslein

»So etwas würde Margarethe niemals schreiben«, protestierte Mechthild erneut.

Und während der Stiftsherr Vestiarius, dem es gelungen war, die Handschrift seiner verehrten Freundin haargenau zu imitieren, nur betreten auf den Tisch starrte, riss die Begine Regine der schimpfenden Mechthild den Brief aus der Hand, um ihn zu falten und zu versiegeln.

»Gewiss würde sie so etwas niemals schreiben. Aber hier geht es nicht darum, was Margarethe tut oder unterlässt. Hier geht es allein darum, diesen Unhold zu uns zu locken. Und wie anders sollte das gelingen, als mit einem solch eindeutigen Angebot?«, erwiderte Regine entschieden.

»Wenn ich mir diese Bemerkung erlauben darf, werte Damen, so möchte ich sagen, dass dieses von uns verfasste Angebot so eindeutig gar nicht ist«, fügte Vestiarius leise an.

»Hörst du es, Mechthild? Es geht noch deutlicher. Woher auch immer unser hochwürdiger Kanoniker Vestiarius so etwas weiß.«

»Ich möchte doch bitten«, beschwerte sich dieser bei der spitzzüngigen Begine, die im Übrigen nicht zu dem Kreise von Personen in der Stadt Hameln zählte, welche sich der Wertschätzung des Stiftsherrn erfreuten.

Nur durch Zufall war er in diese Angelegenheit hineingeraten, als er am Nachmittag der verehrten Margarethe seinen allwöchentlichen Besuch hatte abstatten wollen. Doch anstelle der schönen Witwe war er nur auf diese beiden aufgeschreckten Vogelscheuchen gestoßen – und, Gnade ihnen Gott, auf den Scharfrichter Carnifex, welcher sich jedoch, als er den ehrenwerten Gast eintreten sah, rasch empfahl. Sofort hatte Vestiarius die Tagebücher wiedererkannt, welche die beiden Frauen auf dem großen Tisch der Stube ausgebreitet hatten. Sie waren von gleicher Machart wie jenes, das ihn vor gar nicht langer Zeit in eine solch peinliche Lage der Witwe Gänslein gegenüber gebracht hatte. Er erinnerte sich nur sehr ungern und nicht, ohne erröten zu müssen, daran zurück. Nun hatten also die Base und die Begine ihre Schwierigkeiten mit der Entschlüsselung der Zeilen, und nachdem die vertrauensselige Mechthild ihn unter Protest der Laienschwester in die Verzwicktheit ihrer und auch Margarethes Lage eingeweiht hatte, war es ihm geradezu als eine Pflicht erschienen, den beiden zu helfen.

So hatte er also zunächst, dank seines Scharfsinns, die Geheimschrift erneut enträtselt, dann zu seinem eigenen und dem Entsetzen der beiden Frauen zwei Stunden lang aus den Büchern vorgelesen und danach rasch zusammen mit den beiden

Weibern den Plan geschmiedet, dem Lüstling und Mörder Hasenstock ein Schnippchen zu schlagen. Dazu war es notwendig gewesen, eine fingierte Botschaft Margarethes an den Apotheker zu entwerfen, was Hubertus Vestiarius, der die Handschrift der verehrten Witwe im Schlafe imitieren konnte, ein Leichtes gewesen war.

Und nun wurde der faule Küchenjunge gerufen, um die Botschaft abzugeben.

»Na, hoffentlich wird dieser Widerling auch so kurzfristig Zeit finden, hierherzukommen«, sagte Regine schnaufend, während sie sich, ganz so, als habe sie einen schweren Arbeitstag auf dem Rübenacker hinter sich, in dem dick gepolsterten Stuhl zurücklehnte.

»Der kommt«, ergänzte Mechthild nur. Sie hingegen machte einen wenig gefassten, ja sehr nervösen Eindruck.

Vestiarius erging es nicht anders. Am liebsten wäre es ihm gewesen, wenn er sich nun klammheimlich hätte davonschleichen können. Es war ihm ganz und gar nicht angenehm, in eine solch pikante Sache hineingezogen zu werden. Aber immerhin ging es um die Ehre, sogar um das irdische Fortbestehen Margarethe Gänsleins, und es wäre ihm sehr peinlich gewesen, wenn diese im Nachhinein erfahren müsste, dass ihr treuer Freund Vestiarius in ihrer schwersten Stunde das Weite gesucht hätte. Also blieb er und hoffte innerlich, dass Peter Hasenstock nicht zu dem in Kürze anberaumten Stelldichein erscheinen würde, um Vestiarius hier anzutreffen.

Doch diese Hoffnung war vergebens.

In seiner freudigen Erwartung konnte Peter Hasenstock gar nicht mehr damit aufhören, in die Hände zu klatschen.

»Jetzt hab ich dich so weit«, sagte er mit einem wie festgewachsenen Grinsen im Gesicht.

»Meinst du mich, mein Peterlein?«, fragte seine Gattin, die am anderen Ende des Raumes in einem kleinen Erker saß und mit einer Stickarbeit beschäftigt war.

Hasenstock beachtete sie gar nicht, und sie schien an diese Ignoranz so gewöhnt, dass sie ungerührt weiter ihrer Tätigkeit nachging und nur hin und wieder seufzend und sehnsüchtig einen Blick aus dem offenen Fensterladen hinaus auf die belebte Osterstraße warf, auf welcher das Leben an ihr vorbeizog.

»Das wird ein Fest«, sagte ihr Gemahl derweil wieder zu sich und ging, ohne sich von seiner jungen Frau zu verabschieden, aus dem Raum. Fein wollte er sich machen, ganz besonders herausputzen wollte er sich, nachdem sie ihn zuletzt in einem derart verwahrlosten Zustande gesehen hatte. Nun würde sie ihn von einer ganz anderen Seite kennenlernen, ja, das würde sie. Dumm nur, dass er ausgerechnet heute nicht besonders gut bei Kräften war. Aber was nicht ist, das kann ja noch werden, dachte er und klatschte erneut in die bereits wunden Handflächen.

Nur eine halbe Stunde später stand er vor dem Hause Gänslein und zog an der großen Glocke – innerlich amüsiert, denn im Grunde müsste er gar nicht läuten, verfügte er doch längst über einen Schlüssel zu dieser imposanten Wohnstatt. Es dauerte nicht lang, und eine junge Magd öffnete die Türe. Sie schien darüber in Kenntnis zu sein, dass der Apotheker Hasenstock erwartet wurde, und bat ihn herein. Schüchtern wies sie mit ihrer zierlichen Hand die Treppe zur Galerie hinauf und sagte so leise, dass er es kaum verstehen konnte:

»Man erwartet Euch hinter der geöffneten Türe im ersten Stock.«

Wie ein junger Hirsch sprang Peter Hasenstock sodann, immer zwei Stufen auf einmal nehmend, hinauf. Nur eine Türe auf der langen Galerie stand offen, und er ahnte, ja, er hoffte zu wissen, welcher Raum sich dahinter verbarg.

»Ja«, hauchte er und ging nun etwas bedächtiger auf ebendieses Zimmer zu. Vorsichtig lugte er um die Ecke – und tatsächlich: Was erblickte er dort? Es war ein Schlafgemach – ihr Schlafgemach. Die ganz private Kammer dieses verhassten und gleichzeitig begehrten Weibes. Flugs schlüpfte er in den – bereits für seinen Empfang erhellten – Raum und schloss die schwere Türe hinter sich. Sie war nicht dort, sie würde ihn sicherlich überraschen, wartete gewiss in dem Ankleidezimmer auf ihn. Nun, sie könnte eine gehörige Überraschung erleben.

Eilig riss er sich die Kleider vom Leibe und schritt nackt, wie er war, auf den großen Spiegel zu, in welchem er sich in all seiner bereits vergehenden Pracht betrachten konnte. Das, was er da sah, war mehr als ernüchternd, konnte jedoch einen Peter Hasenstock nicht aus der Fassung bringen. Gewandt sprang er zu dreien der brennenden Kerzenleuchter und pustete sie aus. Ein erneuter Blick in den Spiegel lieferte ein dementsprechend angenehmeres Resultat. Ein wenig Rosenwasser, an die Lenden gespritzt, rundete den Eindruck ab, sodass Hasenstock nun zufrieden und freudig erregt in das wunderbare Bett der noch zu erwartenden Frau schlüpfte.

Dort lag er, die Haltung eines griechischen Adonis nachahmend, eine ganze Weile. Es begann ihn bereits zu frieren, und der lästige Juckreiz setzte ebenfalls ein. Doch als er im Begriff war, sich mit einem der üppigen Kissen zu bedecken, öffnete sich endlich die Türe zu der Nebenkammer des Schlafgemachs.

Nun war sie also so weit.

Das Vergnügen konnte beginnen.

Neue Zeiten würden anbrechen.

Mechthild schrie entsetzt auf.

Die Begine Regine fing lauthals an zu lachen.

Und Hubertus Vestiarius wandte verstört den Blick ab.

Regine war die Erste, die ihre Fassung wiedererlangte und mit strengem Ton und lauter Stimme, an den noch immer tumb glotzenden, seine Blöße bedeckenden Hasenstock gewandt, sagte:

»Wir haben ein Wörtchen mit Euch zu sprechen, werter Herr. Es geht um Euren Onkel, es geht um den Tod der Köchin Immeke, und es geht um zahlreiche Einbrüche in ebendieses Haus. Ich nehme es vorweg: Am Ende unseres Gesprächs wird herauskommen, dass Ihr gut daran tut, für den Rest Eures kümmerlichen Daseins nichts weiter zu unternehmen, als Salben gegen Eure eigene Pestilenz anzurühren.«

XLI

In Götz Gugelmanns Augen kam es schier einem Wunder gleich, dass dieser unglückselige Mann noch lebte. Seit nunmehr zwei Tagen versorgte er ihn unter dem misstrauischen Blick des kleingewachsenen Hamelner Apothekers, welcher sich durch das plötzliche Erscheinen des Wundarztes empfindlich in seinem Wirkungskreis gestört fühlte. Wie ein Kobold war er im Raume auf und ab gesprungen, als Gugelmann begonnen hatte, die zertrümmerten Knochen des Fiebernden zu schienen. Einen Metzgermeister hatte der kleine Mensch ihn geschimpft, worüber Gugelmann nur hatte lachen müssen, denn im Grunde hatte er längst bemerkt, dass Hans Vinsebeck trotz aller Proteste ein großes, jedoch verborgenes Interesse für die Arbeit des fahrenden Medicus hegte. Mit seinen kleinen, wieselähnlichen Augen beobachtete er jeden Handgriff des anderen. Ja, ab und zu war Gugelmann regelrecht zusammengefahren, denn der Zwerg verfolgte ihn auf Schritt und Tritt – er stand sogar hinter ihm im Wald, wenn Gugelmann einmal austreten musste. Lästig hätte dies sein können, gruselig gar. Doch Gugelmann machte es nichts aus, er fühlte sich zu wohl in der Nähe Margarethe Gänsleins, als dass ihn dieser Zwerg arg hätte stören können.

Als ein wenig unheimlich jedoch empfand der Wundarzt die Tatsache, dass er den Winzling so manches Mal dabei ertappen musste, wie dieser gar sehnsüchtig darauf zu warten schien, dass der Kranke vielleicht doch bald das Zeitliche segnete. Denn auch wenn Vinsebeck Gugelmann einen Metzgermeister schimpfte, so war es doch vielmehr er selbst, der den Eindruck erweckte, in dem bettlägerigen, jungen Mann nichts weiter als ein wertvolles Stück Fleisch zu sehen, das man nach dem Tode herrlich weiterverarbeiten konnte.

Selbst für einen weitgereisten Lebemann, wie Götz Gugelmann einer war, war die Situation, in der er sich seit einigen Tagen wiederfand, mehr als eigentümlich. Er hatte in den fünfundvierzig Jahren seines Lebens eine Menge merkwürdiger Dinge erfahren, war in die verwegensten Lagen geraten – doch zusammen mit einer reichen Witwe, einem verrückten Zwerg, einer geheimnisvollen Magd und einem sterbenden Henkersknecht in einem düsteren Walde gehaust, das hatte er noch nie. Aber dennoch gefiel es ihm, es gefiel ihm sogar ausgesprochen gut, besonders nachdem dieser mysteriöse junge Kerl namens Philipp urplötzlich und ohne Abschied verschwunden war. Dieser allein war Gugelmann ein Dorn im Auge gewesen. Seine weitere Anwesenheit hätte ihm tatsächlich Unbehagen bereitet. Und das nicht allein deshalb, weil der Medicus Philipp als Nebenbuhler um die Gunst der schönen Witwe hätte betrachten müssen, nein, auch deshalb, weil dieser Mensch etwas an sich hatte, was abergläubische Leute dämonisch schimpften, ein abgeklärter Geist wie Gugelmann jedoch eher als wahnsinnig und unberechenbar bezeichnet hätte. Ja, da war der übellaunige, lästige Zwerg besser zu ertragen als dieser düstere Philipp, auch wenn dessen Verschwinden der armen Johanna, ohne dass diese sich das anmerken ließ, schier das Herz gebrochen hatte. Doch zum Glück hatte sie in dem kleinen Alchemisten einen tröstenden Freund gefunden.

Eigentlich – und das musste Gugelmann sich eingestehen, als er erneut die Schienen an den Beinen des geschundenen Till prüfte –, eigentlich mochte er Vinsebeck sogar, denn bei all seinem wunderlichen Betragen schien der Wicht doch auch einen Sinn für die Empfindungen anderer zu haben. Er war im Grunde seines Herzens ein guter Mensch, der, aus welchem Grund auch immer, ihn, Götz Gugelmann, nicht ausstehen konnte. Aber da der Wundheiler weder nachtragend noch stolz war, machte es ihm nichts aus, dass seine Sympathie zu Vinsebeck einseitiger Natur war. Solange die Sympathie zu einem anderen Menschen nicht ebenfalls nur einseitig blieb, war Gugelmann alles recht. Dennoch war er froh, wenn das Apothekerlein einmal nicht in seiner unmittelbaren Nähe weilte und wieder das Gespräch mit der Magd Johanna suchte. Es schien Vinsebeck ein Anliegen zu sein, die junge Frau aufzumuntern und ihr zuzuhören.

Und so saßen sie nun wieder einmal da, an der erloschenen Feuerstelle vor der Hütte: Johanna und das Apothekerlein, während Gugelmann ausnahmsweise allein mit dem Kranken in der Hütte weilte. Wenn er sich mit seiner Arbeit beeilte, würde er vielleicht noch Zeit finden, sich unbemerkt an dem ins Gespräch vertieften Vinsebeck vorbeizuschleichen, um nach Margarethe zu suchen und mit ihr allein zu sein, die, wie so oft in den letzten zwei Tagen, einen einsamen Spaziergang im Walde angetreten hatte.

»Du hast ihn liebgewonnen, nicht wahr, Johanna?«, fragte Hans Vinsebeck leise. Sein helles Stimmchen klang dabei so sanft wie irgend möglich.

Johanna, die einen Bund frisch gesammelten Bärlauchs in den Händen hielt, zuckte nur leicht mit den Schultern.

»Er hat die gleiche gewinnende Art wie seine Mutter. Aber er ist ein ebenso unruhiger Geist. Und zudem ein einsamer Wolf. Glaube mir, er tut gut daran, wenn er allein ist. Befindet er sich in Gesellschaft, so entwickelt er sich rasch zu einem unangenehmen Turbulentus. Darüber kannst auch du ein Liedchen singen. Ist es nicht so? Für ihn und uns alle ist es besser, wenn wir ihn ziehen lassen.«

»Ich dachte, er könnte sich ändern«, flüsterte Johanna. »Aber Ihr habt recht, Meister Vinsebeck. Und im Grunde hatte ich mir nie etwas anderes gewünscht, als dass er für immer und ewig von dannen zieht. Doch in letzter Zeit ist es anders geworden.«

»Ich weiß doch, mein Kind. Ich bin zwar verwachsen, aber blind bin ich nicht, und auch nicht taub.« Bei diesen Worten lachte er verschmitzt, und Johanna errötete tief.

»Frau Margarethe jedoch darf nichts davon wissen.«

»Dass du und Philipp einander nähergekommen seid? Glaube mir, Johanna, sie ist klug genug, um es längst erraten zu haben.«

»Meint Ihr wirklich?« Johanna schaute ihn mit entsetzten Augen an.

»Auch das ist mir nicht entgangen, dass die liebe Margarethe ebenfalls mehr als angetan von ihm war. Und dazu hat er auch gezielt das Seinige beigetragen. Doch es war nicht mehr als ein Strohfeuer. Ich weiß so etwas zu unterscheiden.«

»Glaubt Ihr das wirklich?«

»Nun ja, sie ist von der Sorte Weib, die einem Manne, dem sie wahrhaftig etwas entgegenbringen könnte, ebendas ganz und gar nicht zeigt. Vielmehr würde sie es vorziehen, in der Hölle zu schmoren. So etwas nennt man falschen Stolz, Johanna. Eine Krankheit, unter der deine Herrin bereits leidet, seitdem ich sie kenne.«

Johanna wurde endlich wieder ein wenig heiter.

»Ihr sprecht sehr weise, Meister Vinsebeck.«

»Ich spreche nicht nur so, ich bin es. Ja, ich bin weise genug, um zu wissen, dass der arme Teufel da drinnen das üble Los gezogen hat, eben diese Ignoranz der schönen Margarethe aufs Derbste zu spüren zu bekommen.«

»Ihr meint den Medicus Gugelmann?«

»Nenn ihn nicht Medicus. Einen solchen Titel sollten nur Bücherärzte tragen dürfen, und ob dieser dort jemals in einem Buche geblättert hat, wage ich ernsthaft zu bezweifeln. Und wenn, dann lediglich, um sich bunte Bildchen anzuschauen, denn des Lesens und Schreibens ist er beileibe nicht mächtig.«

»Aber er ist erfahren, und Ihr selber haltet die Erfahrung für das höchste Gut der Wissenschaft.«

Vinsebeck stutzte und starrte die neben ihm sitzende Johanna an, als sei sie soeben mit selbst gebauten Flügeln vom Monde herabgeflogen.

»Du bist klug«, stammelte er verblüfft.

»Zumindest habe ich ein gutes Gedächtnis.«

Sie war froh, dass es diesem Männlein tatsächlich immer wieder gelang, auch in den trübsten Momenten für Aufmunterung zu sorgen.

»Schaut«, sagte sie plötzlich in verschwörerischem Ton. »Er schleicht sich in den Wald. Wahrscheinlich ist er es leid, dass Ihr ihm stets auf den Fersen seid.« Und dabei wies sie auf den auf leisen Sohlen ins üppige Grün tapsenden Gugelmann.

»Dieser Schwerenöter, ich sollte ihn zur Rede stellen. Gewiss ist er hinter meiner Verlobten her.« Wie ein mittelmäßiger Schauspieler sprang Vinsebeck nun auf, wedelte wild mit den Armen in der Luft herum und stampfte mit seinen kleinen Füßen auf den Boden. Es sollte verzweifelt, rasend, ja eifersüchtig aussehen, was er da tat. Doch das Gegenteil war der Fall. Johanna musste nun schallend lachen, und für einen kurzen Moment hatte sie das untrügliche, wunderbare Gefühl, dass sich alles zum Guten wenden könnte.

Ja, vielleicht war es tatsächlich besser für sie, dass Philipp sie so feig und heimlich verlassen hatte.

»Ihr habt tatsächlich Engelwurz gefunden.«

Margarethe erschrak, als sie die Stimme hinter sich vernahm.

»Gugelmann, Ihr habt mir einen Schreck eingejagt.«

»Verzeiht. Ich wollte nur nach Euch sehen und sichergehen, dass Euch niemand gestohlen hat.«

»Stehlen kann man nur das Eigentum eines anderen. Ich frage mich, wessen Eigentum ich sein soll«, entgegnete sie ein wenig zu schnippisch.

Ungeachtet ihrer Boshaftigkeit nahm er ihr die Pflanze aus der Hand, die in üppigen, weißen Dolden blühte.

»Sie liebt es warm und feucht«, begann er, die Engelwurz eingehend betrachtend. »Und sie ist zu vielerlei gutem Zwecke zu gebrauchen. Sie vertreibt Blähungen und löst Krämpfe im Magen, selbst gegen Lungenleiden ist sie wirksam. Ein Öl aus ihren Samen vertreibt die Gicht aus den Knochen. Und einst glaubte man gar, Engelwurz könne auch die Verbreitung von Seuchen verhindern.«

»Ihr seid kräuterkundig, Gugelmann«, sagte Margarethe anerkennend, aber nicht ohne süffisanten Unterton.

»Und Ihr seid gewürzkundig, verehrte Frau Gänslein«, lachte er, erneut ihre distanzierte Manier ignorierend.

»Welches der Euch bekannten exotischen, teuren Gewürze hat eine ähnliche Wirkung wie dieses liebreizende, heimatliche Gewächs?«, fragte er nun.

»Wollt Ihr mich etwa auf die Probe stellen?« Sie legte leicht ihren Kopf zur Seite und betrachtete ihn eingehend aus ihren haselnussbraunen Augen. Gugelmann fragte sich, ob diese Frau wusste, welchen Reiz sie trotz – oder auch gerade wegen – ihrer nicht mehr allzu jungen Jahre auf Männer ausübte.

»Reiner Wissensdrang, gute Frau, reiner Wissensdrang«, erwiderte er keck.

»Nun, wenn es Euch interessiert: Anis eignet sich wunderbar dazu, lästige Blähungen zu vertreiben, ebenso Koriander und Zimt, bei Übelkeit empfiehlt sich Muskatnuss, jedoch nur in geringen Mengen, da zu viel davon genossen das Gegenteil, nämlich Brechreiz, verursacht. Auch Ingwer eignet sich hervorragend, um Magendrücken zu lindern. Gewürznelken und auch Weihrauch heilen Seuchen nicht, verhindern jedoch, von ihnen befallen zu werden. Und für die Lunge sollte man wiederum auf Anis oder Weihrauch zurückgreifen.«

Gugelmann blickte Margarethe eine Weile erstaunt an, dann sagte er, eine einzige Braue hebend: »Bei allem Respekt, verehrte Dame, aber da ziehe ich doch die einfachen, kostenlosen Dinge einem solch verwirrenden Luxus vor«, wobei er mit seinen rauen, abgearbeiteten Händen sanft über den Blütenkopf des Engelwurz strich.

Margarethe beobachtete ihn dabei. Ihr wurde ein wenig mulmig zumute, ganz so wie damals, als er ihr als junge Frau ein Stück seines Traumgestalten hervorrufenden Tees, Tabaks, oder was immer es für ein Teufelszeug gewesen sein mochte, geschenkt hatte. Und genau dieses seltsame Zeug, von dem sie niemals probiert hatte, brachte sie nun auf einen gelungenen Einwand:

»Ihr selber, werter Gugelmann, erlaubt Euch doch den Luxus, Waren aus der Neuen Welt einzuführen. Ich erinnere mich noch zu gut an diese braunen Klumpen, die Ihr einst meinem Gemahl zum Handel angeboten habt.«

»Ach«, lachte er nun auf. »Ihr erinnert Euch nur allzu gut? Das ehrt mich.«

Margarethe räusperte sich. Sie musste zugeben, dass er sie langsam aus der Fassung brachte und dass ihr dies leider zu gefallen schien.

»Das war geflunkert. In Wahrheit handelte es sich um Schierling, Bilsenkraut, Eisenhut, Nachtschatten, Schlafmohn und derlei mehr. Nichts davon exotisch, nichts davon aus der Neuen Welt. Es war die Kräutermischung eines alten Einsiedlers, den ich gut kannte. Mittlerweile ist er verstorben und hat sein Wissen mit ins Grab genommen. Leider.«

»Worauf wollt Ihr mit Eurer Rede hinaus, Gugelmann?«

»Auf nichts weiter als auf die Frage, ob Ihr das alles wahrhaft nötig habt, Margarethe?«

»Was?«

»Na, diesen Tand, diesen Luxus, dieses viele Geld, diese Sorgen und … nun, ich will Euch nicht beleidigen – diese Einsamkeit.«

Margarethe schürzte die Lippen und verzog ihre Augen zu kleinen Schlitzen. Er machte sie wütend.

»Mich umgibt weder Tand, noch lege ich Wert auf übertriebenen Luxus, mein Geld geht Euch nichts an, meine Sorgen ebenso wenig, und mir zu unterstellen, ich sei einsam, halte ich für eine Unverfrorenheit.«

»Ich wollte Euch nicht beleidigen. Aber mir ist aufgefallen, dass es Euch hier in dieser Wildnis, fernab vom Treiben der Stadt, sehr gut zu gefallen scheint. Ist es nicht so? Wisst Ihr, Margarethe, wir fahrenden Leute, wir fügen uns nur schlecht ein in die Schöpfungsordnung des Herrn. Wo ist unser Platz? Was ist unser Stand? Wir können es nicht sagen. Aber dennoch sind wir glücklich, glücklich über die Möglichkeit der freien Wahl. Und ist diese freie Wahl nicht ein Geschenk Gottes? Auch Ihr solltet einmal darüber nachdenken, ob sie Euch gegeben ist, diese Möglichkeit der freien Wahl. Ich denke, eine Veränderung könnte gut für Euch sein und würde niemand anderem zum Schaden gereichen. Mir scheint, Euch haben die letzten Tage als Kostprobe eines anderen Lebens mehr als nur gutgetan.«

»Einen solchen Eindruck habt Ihr also.«

Bislang hatte sie nicht darüber nachgedacht, aber vielleicht hatte Gugelmann tatsächlich recht. Die Umstände waren widrig, die Lage verzwickt, aber dennoch empfand sie die letzten Tage tatsächlich als eine wunderbare, erholsame Atempause. Es mochte die Ruhe vor dem Sturme sein, aber es war eine herrliche Ruhe, auch wenn sie sich dessen bislang gar nicht bewusst gewesen war. Unwillkürlich lächelte sie ihn nun an und nickte danach zustimmend.

Wie ein junges, scheues Mädchen wirkte sie in diesem Moment. So verletzlich, so rein, so natürlich. Gugelmann hatte geahnt, dass dieser besondere, wunderbare Kern in Margarethe Gänslein schlummerte. Doch nun, da sie ihn für einen winzigen Augenblick offenbarte, war er mit einem Schlag wie verzaubert.

Er wusste selbst nicht, wie ihm geschah. Er nahm sie plötzlich in den Arm und drückte ihr einen dicken Kuss mitten auf den Mund. Die darauf folgende schallende Ohrfeige war für ihn wie eine Erfrischung, und auch die Tatsache, dass sie, empörte Worte murmelnd, davoneilte, störte ihn nicht. Er wusste nun, dass es nur noch eine Frage der Zeit war, bis dieses Weib sich eingestand, was es wirklich vom Leben erwartete.

XLII

Mechthild war so aufgeregt, als würde sie in der Kutsche zu ihrer eigenen Hochzeit sitzen. Endlich war es vollbracht, endlich auch das letzte Pfefferkorn zusammengesucht, und nun musste nur noch abgeliefert werden.

Ja, in den letzten Tagen war sie schier über sich hinausgewachsen. Mit vereinten Kräften war es ihnen tatsächlich gelungen, den Wunschzettel des Herzogs von Calenberg zu erfüllen. Ohne den diskreten und emsigen Bennheim wäre es nicht zu schaffen gewesen, denn nur dieser verfügte über das notwendige Wissen in Handelsgeschäften, ohne die Begine Regine hätte es ebenso wenig gelingen können, sie war der Energiequell in der ganzen Angelegenheit, und ohne den Stiftsherrn Vestiarius hätte es ebenfalls Schwierigkeiten geben können, da er die nach außen hin notwendige, stellvertretende Autorität repräsentierte.

Doch Mittelpunkt des ganzen Vorhabens war die Witwe Mechthild gewesen, das musste sie sich selbst in all der ihr eigenen Bescheidenheit eingestehen. Sie war Anlaufstelle und Kopf des Unternehmens, von dem sie sich vorgenommen hatte, es unbedingt zu einem guten Gelingen zu führen. Das war sie Margarethe schuldig, und darum war sie nun neben der ganzen Aufregung auch unglaublich stolz und zufrieden, dass sie endlich mit einem großen, vollbeladenen Wagen und zwei angeheuerten, berittenen Männern zu ihrem Schutze auf der Landstraße in Richtung Erichsburg fuhren, um zum Feste des

Landesherrn die erwünschten Gewürze und Spezereien pünktlich abzuliefern.

Vestiarius hatte zu dem Zwecke erneut ein sehr schönes, ergebenes, freundliches Schreiben verfasst, in dem er sich für Margarethe Gänslein ausgab, welche dem Herzog leider krankheitsbedingt nur handschriftlich ihre Aufwartung machen könne. An ihrer statt sende sie ihre treue Base Mechthild und ihren guten Secretarius Bennheim zum Herrscher aus, zwei Menschen, welche die Lieferung in einem gewiss tadellosen Zustand übergeben würden.

»Es ist ein großes Glück, dass der Apotheker Hasenstock uns seine gesamten in Lemgo erstandenen, dann auf dem Wege nach Hameln abhanden gekommenen und schließlich glücklich wieder aufgetauchten Waren kostenlos zur Verfügung gestellt hat«, bemerkte Bennheim in der ihm eigenen trockenen Manier. Sein Gesicht verriet, dass er hinter dieser Geschichte ein nicht ganz ehrenwertes Vorgehen vermutete, aber sein Anstand verbot es ihm, neugierige Fragen zu stellen, ja gar darüber nachzugrübeln, was zu dieser doch recht außergewöhnlichen Schenkung geführt haben mochte.

Mechthild war ihrerseits nicht gewillt, sich an die Erpressung des Peter Hasenstock zu erinnern, deshalb nickte sie dem Sekretär freundlich zu und sagte nur: »Ja, es war eine ungemeine Erleichterung. Ohne die Lemgoer Einkäufe hätten wir es wohl nicht vollbracht, die Liste Erich von Calenbergs zu erfüllen.«

Am späten Nachmittag war es, als sie die imposante, riesige, noch nicht ganz fertiggestellte Burg des stets in tiefen Schulden befindlichen Landesherrn erreichten. Man steckte gemeinhin in den Vorbereitungen zu dem großen Feste, bei dem sich der Herzog wieder einmal nicht lumpen lassen wollte, auch wenn ebendies in Anbetracht seiner leeren Geldtruhen ratsam gewesen wäre. So rechneten auch Mechthild und Bennheim nicht damit, umgehend bezahlt zu werden. Es war schon Ehre genug, überhaupt einen solchen Auftrag erhalten zu haben, um das Eintreiben des Geldes würde Margarethe sich nach ihrer Rückkehr kümmern müssen.

Ein hektisches, aber durchaus organisiertes Treiben herrschte auf dem Hofe der Burg. Zusammen mit Mechthild und Bennheim waren noch ein Weinhändler aus Goslar und ein Kaufmann eingetroffen, der offenbar mit außergewöhnlichem Vieh handelte. Denn auf dessen Karren befanden sich Schwäne, Pfauen, ja selbst Biber, Dachse, Ottern und Eichhörnchen. Übermorgen, das ahnte Mechthild, würden diese Tiere dann, ihres Lebens beraubt, mit den von ihnen soeben herbeigeschafften exotischen Gewürzen gefüllt und gespickt, auf der langen Tafel des Herzogs zum Verzehr angeboten.

Endlich kam der Mundschenk des Herzogs auch zu ihnen. Er war nervös, aber dennoch freundlich. All die Bürde des Organisierens lastete auf seinen alten, knorrigen Schultern, er war in großer Eile und wollte das Geschäft so rasch wie möglich hinter sich bringen. In diesem Moment ahnte Mechthild, dass sie gewiss nicht zum Herzog persönlich vorgelassen würden und man es sicherlich begrüßte, wenn sie, sobald der Wagen entladen war, schnellstmöglich wieder von dannen zogen. Darüber war sie sehr erleichtert. Denn so gern die neugierige Frau sich in dem herrlichen Gebilde umgeschaut und vor allem die Gewänder der hohen Damen bestaunt hätte, solche Scheu verspürte sie auch, dem Landesherrn womöglich stotternd und errötend unter die Augen treten zu müssen. Sie überließ es dem erfahrenen Bennheim, die Lieferung zusammen mit dem Mundschenk auf Qualität und Menge zu prüfen, und vertrat sich stattdessen ein wenig die von der langen Kutschfahrt müden Beine, indem sie am Rande des Hofes auf und ab ging.

Sie versuchte niemandem im Wege zu sein, aber dennoch

möglichst viel aufzuschnappen. Denn wann würde sie jemals wieder Gelegenheit haben, ihre Witwenkemenate zu verlassen? Gerade war sie an den Stallungen für Pferde und Jagdhunde vorübergegangen, als sie durch einen großen Torbogen zwei Männer kommen sah. Sie hatte Erich noch nie von Nahem gesehen. Nur bei seinem Empfang nach der Stiftsfehde, als er in Hameln seinen Siegeslandtag abhielt, da war es ihr möglich gewesen, ihn vom Fenster aus zu beobachten. Seither waren sechs Jahre vergangen. Noch immer trug er diesen dunklen, gepflegten Bart, und dank seiner traurigen, auffällig großen braunen Augen war es Mechthild ein Leichtes, ihn zu erkennen.

Aber nicht der Anblick des Landesherrn verblüffte sie und ließ sie unmittelbar neben einem dampfenden, übel riechenden Misthaufen stehen bleiben – nein, vielmehr wunderte sie sich über den Begleiter des Herzogs, über diesen groß gewachsenen, dunkel gelockten Mann, der ihr durchaus bekannt war.

Als die beiden Mechthild passierten, verneigte sie sich und schaute dabei tief zu Boden. Die Männer gingen, ohne sie zu beachten, vorüber. Er hätte sie ohnehin nicht erkannt, denn sie waren sich nicht begegnet, als er eine Zeitlang bei Margarethe ein und aus gegangen, ihr den Hof gemacht hatte und dann schließlich mit Johanna auf und davon gezogen war. Sie jedoch hatte ihn beobachtet, vom Fenster aus, durch Türspalten und Schlüssellöcher, und sie hegte keinen Zweifel, dass er es war.

Er, den sie erst kürzlich als Bauer gewandet in Hameln gesehen hatte.

Nun also trieb er sein Spiel auf der Erichsburg.

Wie nur in Gottes Namen hatte er sich dort einschleichen können?

Ein wahrer Spitzbube musste das sein.

Sie würde gleich am nächsten Tag die schlaue Regine zu Rate ziehen müssen.

XLIII

Im Grunde widerte es Philipp an, sich bei Menschen anzubiedern, besonders wenn sie höhergestellt waren. Er tat es nur sehr ungern, wunderte sich aber jedes Mal über sein Geschick und seinen Erfolg in solchen Dingen. Nichts war leichter gewesen, als an den Herzog von Calenberg heranzukommen, denn auf nichts schaute der Landesherr mit mehr Stolz zurück als auf die nunmehr sechsundzwanzig Jahre zurückliegende, bei Regensburg stattgefundene Schlacht im Landshuter Krieg, in der er, der junge Erich von Calenberg, niemand anderem als dem großen Kaiser Maximilian das Leben gerettet hatte. Es war nicht schwierig gewesen herauszufinden, dass es sich bei dem Herzog um einen glühenden Verehrer des nunmehr verstorbenen und durch seinen Enkel Karl ersetzten Kaisers handelte, und für einen klugen Kopf wie Philipp war es erst recht ein Leichtes gewesen, sich eine daran anknüpfende Geschichte auszudenken, die ihn schnell in die Nähe Erichs brachte. Er gab sich als der Sohn eines Vertrauten des alten Kaisers aus, welcher damals bei Regensburg ebenfalls dabei gewesen sei, die Heldentat des mutigen Erich auf dem Schlachtfeld beobachtet und Maximilian danach dringend dazu geraten habe, diesen tüchtigen Jüngling zum Ritter zu schlagen.

Ob Erich die Lüge nun glaubte oder nicht, da war sich selbst Philipp nicht sicher gewesen. Gewiss war lediglich, dass der Herzog es sichtlich genoss, mit einem klugen und in politischen

Dingen und historischen Ereignissen bewanderten Menschen reden zu können und deshalb die Anwesenheit des wohlerzogenen Fremdlings in seiner neuen Burg gerne duldete. Unter der Protektion des Herzogs war es Philipp schließlich auch gelungen, in Kontakt zu einem weiteren Gast auf dem Feste Erichs zu treten. Ein Gast, mit dem es wichtig war, einige vertrauliche Worte zu wechseln, um wichtige Informationen an ihn weiterzugeben. Und bei diesem Gast handelte es sich um niemand anderen als um den vom Landsherrn in der Stadt Hameln eingesetzten Vogt. War der Vogt auch wegen des mächtigen Hamelner Stadtrates kaum mehr zu eigenen Handlungen in der Lage, so verfügte er dennoch über das Recht, Verpfändungen und Enteignungen vorzunehmen. Und um die Ausübung ebendieses Rechtes ging es Philipp.

Jetzt aber war diese unangenehme, anbiederische Angelegenheit längst erledigt und Philipp äußerst erschöpft. Lange hatte er mit dem Stadtvogt auf dem rauschenden Feste gesprochen, schwierig war es gewesen, keinen falschen Verdacht zu erwecken, naiv hatte er sich stellen müssen, nahezu unwissend und lediglich empört über die Missstände, die er, Philipp, als Gast in einem bestimmten Hamelner Haus hatte mit ansehen und anhören müssen. Er hatte den Vogt auf den Gedanken bringen können, welche Schritte unter diesen Umständen gegen diese gewisse Hamelner Person unternommen werden müssten und auch zum persönlichen Vorteil des Vogtes unternommen werden könnten. Vorteile, die nur er, der Vogt, herausschlagen könnte, ohne in Rat und Kirche der Stadt unliebsame Konkurrenten an seiner Seite zu haben.

Ja, der Plan war gut. Er war furchtbar durchtrieben, aber gut, denn niemand würde dabei körperlich zu Schaden kommen, und niemand, der es nicht verdient hätte, würde davon profitieren. Nicht, dass der Vogt ein Mensch gewesen wäre, dem

Philipp einen solchen Gewinn gegönnt hätte, aber immerhin war er in der ganzen Angelegenheit bislang unbeteiligt gewesen, und es hätte Philipp gefreut, wenn diese Marionette des Herzogs plötzlich als lachender Dritter dastünde. Denn er selbst, das hatte Philipp längst entschieden, wollte keinen Heller von dem blutigen Geld besitzen.

Aus diesem Grund hatte er sein Gold, das zu einem großen Teil von Margarethe Gänslein stammte, längst vergraben und führte nun lediglich einige wenige Stücke mit sich, als er zurück nach Hameln ritt, um dort einen vorletzten Schritt zu unternehmen. So verschlagen und schlecht er sich bei seinem mit dem Vogt geschmiedeten Plan auch vorgekommen war, so wohl fühlte er sich nun bei dem Gedanken an das, was er für diesen Abend im Sinn trug. Auch wenn dies alles andere als unblutig und sauber vonstatten gehen würde.

Er war müde, aber dennoch zuversichtlich, dass, sobald alles ein Ende gefunden hatte, die Ruhe auf ihn wartete und das unerbittliche Verlangen nach ebendieser Ruhe ein Ende fand. Ja, dieses bohrende Verlangen, welches ihn zwang, sein altes Leben und dessen Folgen auszulöschen, um ganz rein und frei von vorn zu beginnen. Ein Verlangen, das ihm sogar verbot, das wenige Gute, was er in den letzten schrecklichen Jahren erfahren hatte, mitzunehmen. Ja, es war ein gnadenloses Streben nach Ruhe, doch diese Ruhe war so erhofft, so ersehnt, dass er meinte, alles für sie opfern zu müssen.

War das Wahnsinn?

Würde irgendein anderer Mensch verstehen, was ihn trieb?

Er wusste es nicht, denn er dachte im Traume nicht daran, sich einem anderen Menschen anzuvertrauen. Er war sich selbst genug, und er hatte entschieden.

Auch wenn sein Entschluss, besonders hinsichtlich Johannas, schmerzhaft war.

Schmerzhaft war jedoch nicht, was er mit dem Halunken Peter Hasenstock zu tun beschlossen hatte. Sich an diesen Gedanken klammernd, versuchte Philipp alle anderen, sentimentalen Gemütsregungen zu ignorieren. Und je näher er der Stadt Hameln kam, desto besser schien ihm das zu gelingen.

Sie biss mit ihren krummen, gelben Zähnen auf das Goldstück und prüfte es dann lange und ausgiebig mit einem kritischen Blick. Vor wenigen Jahren noch musste sie eine Schönheit gewesen sein, doch das Leben, welches sie führte, hatte ihr übel mitgespielt. Es waren nicht das Brandzeichen auf ihrer Stirn und auch nicht die abgeschnittene und wieder geflickte Nasenspitze, die sie als eine solche ausweisen sollten, wie sie eindeutig eine war. Nein, vielmehr zeugten die eingefallenen Wangen und der von bitterer Erfahrung sprechende Zug um ihren Mund davon, dass es sich bei dieser Frau um eine Gefallene handelte. Eine Gefallene, die bereits so tief unten lag, dass es ihr niemals mehr möglich sein würde, aufzustehen.

Für sie war das, was Philipp zu erreichen sehnte, weiter entfernt als der Himmel für den Beelzebub, aber dennoch schien sie fröhlich zu sein. Zumindest war es ihr möglich, sich geschickt fröhlich zu geben.

»Und das zweite bekomme ich, wenn er bei mir war?«, fragte sie nun, ihm jenen Blick zuwerfend, der für ihr Gewerbe so eigentümlich war, welcher jedoch bei Philipp keinerlei Wirkung erzielte.

»So ist es«, bestätigte er.

»Du willst bloß unbemerkt zuschauen. Oder magst du auch mitmachen?« Nun strich sie ihm mit ihren schlanken Fingern übers Knie. Er zog sein Bein zurück.

»Nur zuschauen.«

»Es gibt nichts, was es nicht gibt«, erwiderte sie nun lapidar und zuckte mit den Schultern. »Leicht verdientes Geld ist es jedoch nicht für mich, denn dieser Mensch hat die Franzosen.«

»Nichts, womit du nicht auch schon längst Bekanntschaft geschlossen hättest, oder?«, antwortete Philipp bitter schmunzelnd und erhob sich. Er hatte nicht vor, länger als notwendig in diesem liederlichen Frauenhaus zu verweilen. Zudem galt es noch eine weitere Erledigung zu machen.

»Wenn du mir nicht so viel Geld geben würdest, hätte ich dir jetzt ins Gesicht gespuckt, du Kotzbrocken«, rief sie ihm nach. Ihre Stimme klang jedoch, lebenserfahren wie die schwarze Hedi nun einmal war, wenig empört. Sie hatte schon weitaus demütigendere Beleidigungen ertragen müssen.

»Ein Brechmittel?«

»Das stärkste, was es gibt. Eines, das alles aus dem Leib herausspült. Genauso musst du es ihm sagen: Alles soll aus dem Leibe herausgespült werden.«

»Und Ihr gebt mir tatsächlich einen ganzen Taler dafür, dass ich Euch dieses Zeug besorge?«

»So ist es.«

»Und wieso geht Ihr nicht selbst ins Apothekenhaus?«

»Wenn du noch weitere dumme Fragen stellst, Bursche, dann suche ich mir einen anderen.«

Philipp war gereizt. Der halbwüchsige Faulpelz, der vor der Marktkirche herumgelungert war und den er angesprochen hatte, erwies sich als Tölpel. Aber um in der Offizin des Peter Hasenstock die notwendige Arznei zu erstehen, würde der wenige Verstand dieses Jungen hoffentlich ausreichen. Liebend gern hätte Philipp diese Aufgabe selbst erledigt, doch leider war die Gefahr des Wiedererkennens zu groß, und ein solches Risiko wollte er nicht eingehen, nicht auf einer der letzten Stationen seiner Reise.

»Ich mach das schon«, stotterte der Bursche rasch und rannte sogleich davon.

Nach nur wenigen Augenblicken war er zurück – mit leeren Händen.

»Nur das Weib des Apothekers war zugegen, und es verstand nicht, was ich von ihm wollte. Hinausgeschickt hat es mich.« Er war sichtlich enttäuscht, denn nun glaubte er, des sicher geglaubten Talers doch nicht habhaft zu werden.

»Auch gut«, grinste Philipp. Und reichte dem dürren Kerlchen zu dessen Verwunderung den versprochenen, aber unverdienten Lohn, dann machte er sich selbst auf den Weg in die nahe Osterstraße.

Ein Glöckchen erschallte, als er den Verkaufsraum betrat. Niemand war zugegen, keine Kundschaft, und auch von der jungen Hasenstöckin fehlte jede Spur. Ein süßlicher Geruch verschiedenster Duftstoffe schlug Philipp entgegen, und auch wenn jeder dieser Düfte für sich genommen ein Labsal gewesen wäre, so war doch die überwältigende Mischung so enorm, dass man sie förmlich in die Kategorie des Gestanks einordnen musste. Philipp wurde regelrecht übel. Er wäre gern wieder hinaus an die frische Luft gegangen, doch da kam sie plötzlich aus einem Hinterzimmer herausstolziert.

Schön war sie und sich ihrer Schönheit bewusst, aber ebenso nichtssagend war ihr Gesicht. Ein dümmlicher Stolz verbarg sich hinter ihren perfekten Zügen und machte sie in Philipps Augen sogleich hässlich. Er verabscheute derartige Frauen, sie jedoch verabscheuten ihn nicht. Im Gegenteil, ausgerechnet auf diese herausgeputzten, dummen Hühner pflegte er den meisten Eindruck zu machen.

Er schenkte ihr ein falsches, aber gewinnendes Lächeln und beobachtete, wie sie in Verlegenheit geriet, es sich aber nicht nehmen ließ, ihn mit einem koketten Augenaufschlag zu belohnen.

»Welch unerwartet angenehme Erscheinung«, sagte er nun und verneigte sich ein wenig.

Sie kicherte leise.

»Ich bin gespannt, ob Ihr mir helfen könnt, schöne Frau«, fuhr er fort, während sie damit fortfuhr zu kichern und nicht den Anschein erweckte, ihm tatsächlich behilflich sein zu können.

»Es geht darum, dass ich einem lieben Freund von mir endgültige Abhilfe verschaffen möchte. Er leidet sehr und bedarf eines starken, eines sehr starken Brechmittels. Zudem ist sein Blut sehr dick. Es wäre ihm eine Wohltat, wenn es wieder leichter wäre und ihm den Leib nicht so schrecklich aufblähte.«

Philipp hatte keine Ahnung, was er da, ohne nachzudenken, zurechtlog, aber er wusste, dass sein Gegenüber noch ahnungsloser war. Und so, wie sie ihn anschaute, würde sie ihm alles geben – alles. Doch alles, was er wollte, waren ein Brechmittel und eine Arznei zur Verflüssigung des Blutes.

»Da muss ich nachsehen«, piepste sie nun und verschwand, heftigst das wohlgeformte Hinterteil schwenkend, im Hinterraum.

Nach einer sehr, sehr langen Zeit kam sie zurück – ratlos, fast weinerlich dreinblickend.

Genau das war es, was Philipp sich erhofft hatte.

»Findet Ihr es nicht?«, fragte er mit sanfter Stimme, ganz so, als spräche er zu einem kleinen Kinde.

Sie schüttelte das schöne Köpfchen und schaute ihn unter ihren langen, bereits feuchten Wimpern traurig an. Offensichtlich war sie sich ihrer fehlenden Intelligenz bewusst, aber immerhin noch klug genug, diesen Mangel als Vorteil zu nutzen. Philipp konnte sich vorstellen, dass viele Männer auf genau diese Form der weiblichen Hilflosigkeit freudig ansprangen. Nicht so er. Dennoch spielte er um seines Vorteils wegen gerne mit.

»Wenn Ihr erlaubt, schöne Frau«, sagte er nun und ging mir

nichts, dir nichts, sich eng an ihrem üppigen Leib vorbeidrückend, hinein in den weniger mit Arzneien, als vielmehr mit Spezereien gefüllten Hinterraum.

Lediglich ein Regal, das konnte er sofort ausmachen, war bestückt mit ausführlich beschriebenen Heilmitteln. Ausführlich beschrieben deshalb – da musste man nicht lange nachsinnen –, weil auch der Gemahl dieses tumben Schafes nicht mit dem für einen ordentlichen Apotheker notwendigen Wissen gesegnet war.

Philipp ging die vier Etagen des Holzregales durch, und es dauerte nicht lange, bis er gefunden hatte, wonach er suchte.

»Da haben wir es«, sagte er, an die junge Frau gewandt, die nun wieder einnehmend zu lächeln versuchte.

»Brechmittel aus Bingelkraut und anderen Essenzen. In geringen Mengen zu verabreichen, da giftig. Gefahr des plötzlichen, enormen Ausscheidens von Schlacke aus Rachen und Hinterteil besteht«, las er laut von dem unbeholfen gekritzelten, anhängenden Zettelchen vor und flüsterte danach: »Wunderbar.«

Dann griff er zum nächsten Fläschchen.

»Noch besser«, rief er aus.

»Das ist aber sehr gefährlich«, hauchte die Apothekersfrau nun neben ihm.

»Tatsächlich?«

»Ja, dieses Zeichen da …«, und damit deutete sie auf ein dickes schwarzes Kreuz auf dem Behältnis, »… mit diesem Zeichen versieht mein Gemahl nur Arzneien, die besonders giftig sind.«

»Was Ihr nicht sagt. Einen Blutsturz kann dieses Mittel im schlimmsten Falle bewirken«, murmelte Philipp, nun eingehend das kleine Papier studierend, welches an dieser Arznei angebunden war. »Ich werde es meinem Freunde in angemessener Menge verabreichen.«

»Das darf ich Euch nicht verkaufen. Nicht ohne mit meinem Gemahl gesprochen zu haben«, protestierte sie nur wenig überzeugend und wich Philipp dabei keinen Deut von der Seite.

»Aber, aber«, sagte dieser, einen Arm um ihre runden Schultern legend. »Ihr habt es bei mir mit einem studierten Medicus zu tun. Mein Name ist Philippus *medicus oculorum* de Florencia. Verzeiht, dass ich mich noch nicht gebührend vorgestellt habe.« Und dabei neigte er sein Gesicht so nah zu dem ihren, dass sie fast glauben musste, er wolle sie küssen, doch das tat er zu ihrer Enttäuschung nicht.

»Verkauft mir beide Fläschchen, schöne Frau. Und, falls sie die von mir beabsichtigte Wirkung zeigen, so wird es mir eine Freude sein, Euch einen erneuten Besuch abzustatten, um von meinem Erfolg zu berichten. Glaubt mir, meine Schöne, Ihr werdet dadurch noch sehr glücklich werden.«

Darauf drückte er ihr eine ganze Dukate in die zarte linke, küsste ihre rechte Hand und verschwand, die junge Susanna Hasenstock klopfenden Herzens zurücklassend.

Er hatte noch nicht ganz das Haus verlassen, da kam ihm aus einer engen Gasse, die in den Hinterhof des Hasenstock-Hauses führte, die Hübschlerin Hedi entgegen, bei welcher er erst vor einer Stunde vorstellig geworden war.

Sie blieb nur für einen Moment vor ihm stehen und nickte ihm kurz zu. Es war ihr bewusst, dass eine Frau wie sie nicht einfach so bei helllichtem Tage einen Mann auf offener Straße ansprechen durfte. Philipp jedoch verstand ihr Nicken. Sie hatte die Botschaft überbracht.

Der Streich würde also gelingen.

Im Grunde war ihm nicht nach derlei Verlockungen. Nicht nach all dem, was er in den letzten Tagen an Niederlagen und

Demütigungen hatte erdulden müssen. Doch andererseits könnte es eine heilsame Ablenkung sein, sich einmal wieder im Frauenhaus von der Zigeunerin Hedi verwöhnen zu lassen. Sie war ein hemmungsloses Weib und nunmehr die Einzige, die gewillt war, es mit ihm, dem kranken Hasenstock, aufzunehmen. Alles was sie heute für ihre Dienste verlangte, war ein wenig Lippenrot sowie Puder für die geschundene Nase, und das brachte er ihr gern.

Mühselig hatte er erst gegen Abend das Bett verlassen, nur wenig gegessen, kaum getrunken, und er ahnte, dass er elendig aussah. Doch auf seinen kleinen Meister Schaft, das wusste er, war immer Verlass. Immer, selbst in diesen Zeiten, wo das Übel, von welchem er befallen war, täglich unangenehmer und auffälliger zu werden schien. Doch Hedi machte sein Leiden nichts aus, so gab sie zumindest vor. Die Hauptsache war, die Bezahlung stimmte, und daran haperte es bei Peter Hasenstock niemals.

Heimlich verließ er durch den Hinterausgang das Haus und schlich über dunkle Höfe hin zu dem nahe dem Ostertore an der Stadtmauer gelegenen Gebäude, in dem niemand jemals ein und aus gegangen sein wollte, in dem aber dennoch die sieben hier lebenden und arbeitenden »freien Töchter« stets genügend zu tun hatten.

Hedi empfing ihn überschwänglich und in ein fast durchsichtiges, leichtes Gewand gehüllt. Sie beeilte sich, den Stammgast des Hauses möglichst rasch in ein stilles, privates Kämmerlein im oberen Stockwerk zu bringen. Ein Kämmerlein, in dem hinter dunkelroten Vorhängen an gegenüberliegenden Wänden zwei weiche Bettstätten untergebracht waren. Zu einem dieser Lager führte die Hübschlerin ihren Freier und war ihm gern dabei behilflich, sich seiner Kleider zu entledigen. Peter Hasenstock war kein Freund von ausgedehnten Spielereien, er kam schnell zum eigentlichen Geschehen, und so wurde der Vorhang zu dem Bett alsbald zugezogen.

Zeit für Philipp, seinerseits den Vorhang seines Lagers vorsichtig zur Seite zu schieben, um zu dem kleinen Tischchen im Raume zu gehen, auf welchem die unwissende Hure einen Krug Wein und zwei Becher vorbereitet hatte. In den ihren hatte sie bereits Wasser gefüllt. Das tat sie immer, um nicht vollkommen trunken zu sein, wenn sie mit einem jeden ihrer Freier trinken musste. Der noch leere Becher war für Hasenstock gedacht.

Philipp war nicht knauserig mit dem, was er da in den Wein schüttete. Nein, er ging ganz und gar nicht sparsam mit den beiden Arzneien um, die aus der Apotheke Peter Hasenstocks stammten und nun für ebendiesen bestimmt waren. Einige Löffel Honig dazu, umgerührt, und man würde hoffentlich keinen seltsamen Geschmack verspüren, wenn man von dem Wein kostete. Philipp war so sehr damit beschäftigt, seine Mischung anzurühren, dass er den finalen Schrei des Apothekers hinter dem Vorhang kaum wahrnahm. Gerade noch im rechten Moment war es ihm möglich, wieder in sein einsames Bett zu schlüpfen und sich dort zu verbergen. Wohlbedacht darauf, dass ein kleiner Sehschlitz zum Beobachten des nun Folgenden blieb.

»Es war großartig wie immer, mein Meister«, hauchte Hedi und ging nun zu dem kleinen Tischchen, wo sie dem schwer atmend und nassgeschwitzt in den Federn verbleibenden Hasenstock von dem Weine einschenkte.

»Gönn mir eine kurze Rast, und du wirst erneut ein Wunder erleben«, japste dieser, und während sein Blick lustvoll über den nackten Leib Hedis wanderte, zeugte das schrumpelige Gebilde zwischen seinen Beinen ganz und gar nicht von dem, was er da soeben vollmundig angekündigt hatte.

Langsam ging sie zurück und reichte ihm den Becher. In einem Zuge leerte er ihn und gab ihn ihr zurück. Zu Philipps Verwunderung und Belustigung hielt Hasenstock ihr das Gefäß erneut hin und befahl: »Mehr.«

»Unglaublich«, lachte Philipp leise hinter seinem Vorhang.

Hedi ging zurück zum Tisch und schenkte nach.

Wieder nahm Hasenstock mehrere kräftige Schlucke und sagte schließlich: »Bah, was für ein elender Fusel.« Dennoch trank er auch den zweiten Becher aus.

Das müsste reichen, dachte Philipp bei sich und wartete gespannt ab. Zunächst geschah nichts. Zu ihrer Qual musste die arme Hedi nun eine schrecklich lange Zeit mit dem Munde ihr Bestes versuchen. Philipp ersparte sich den Anblick und legte sich auf den Rücken, die morsche, modrige Holzdecke des Zimmers betrachtend. Dann endlich vernahm er ein gurgelndes Geräusch.

Es ging also los.

Die erstaunte, in diesen Teil der Geschichte nicht eingeweihte Hure beeilte sich, mit dem Gesicht möglichst schnell aus dem Zentrum des Geschehens zu verschwinden, denn Peter Hasenstock erleichterte sich zunächst stoßweise hintenherum ins Bett. Dann, fast gleichzeitig, wurde er von einem den ganzen Körper verkrampfenden und erschütternden Brechreiz geplagt. Wie ein Häufchen Elend saß er röchelnd, blass, mit zahllosen roten Pusteln und eitrigem Schorf übersät, auf der Bettkante.

Fast konnte er Philipp leidtun, fast war er versucht, aufzuspringen und ihm zu helfen. Aber dann erinnerte er sich wieder daran, dass dieser Mann in seinen Augen nichts anderes verdient hatte und von Glück sagen müsste, wenn er diese Nacht lebendig überstand.

»Ich hole Hilfe«, sagte nun, jedoch überraschend ruhig, die ratlose Hedi und blickte fragend zu dem anderen Bett hinüber, von dem sie wusste, dass sich hinter dessen Vorhang der andere

Kunde verbarg. Der, der nur hatte zuschauen und zuhören wollen.

Philipp streckte kurz seinen schüttelnden Kopf heraus, und auch Peter Hasenstock röchelte, das aschfahle, fast grüne Gesicht zu Boden gerichtet, ein entschlossenes »Nein«. Längst war sein Leib von sämtlichen üblen Säften befreit, aber die Krämpfe hielten an. Es drückte und würgte noch immer, ein unsäglicher Gestank erfüllte den Raum.

Das Husten des Apothekers musste alle übrigen Freier und Huren längst aufgeschreckt haben, aber dennoch kam niemand ins Zimmer, um nach dem Rechten zu sehen. Nicht in einem Hause, in dem Sehen und Gesehenwerden zu den Dingen zählten, die es tunlichst zu vermeiden galt.

Er hustete und würgte tatsächlich ununterbrochen, doch nicht einmal ein Tropfen Speichel wollte mehr aus seinem Munde fließen. Dann aber, und damit hatte Philipp nicht wirklich gerechnet, kam das Blut. Es kam in einem solchen Schwall, wie man es höchstens mit ansehen konnte, wenn einem an den Hinterläufen aufgehängten Schwein die Kehle durchtrennt wurde. Drei Stöße reichten aus, und Peter Hasenstock hatte sich durch den Mund einer solchen Menge Blutes entledigt, dass er wie ein Stein vornüber auf den Boden kippte und dort in einer Lache aus seinen eigenen schmierigen Säften liegenblieb.

»Er ist tot«, sagte die Hure nur und ging zu Philipps Lager.

»Scheint so«, war alles, was dieser antwortete. Er gab ihr die versprochene zweite Dukate und verschwand.

XLIV

Till Carnifex überlebte die beim Überfall auf Peter Hasenstock erlittenen Knochenbrüche um zehn Tage. Sein Tod kam grausam und schleichend in Form dessen, wogegen selbst der erfahrenste Medicus machtlos war: Wundbrand.

Allen Bewohnern der kleinen, entlegenen Hütte – und ihrer waren außer Carnifex vier – erschien sein Ableben wie eine Erlösung, auch wenn Margarethe Gänslein die Einzige war, die dies auszusprechen wagte.

»Er hat ohnehin nur unnötig gelitten, und zudem: Wer weiß, was dieser Mensch mit uns angestellt hätte, wenn er wieder genesen wäre«, meinte sie, während sie alle reglos um den Leichnam standen.

»Wo seine Seele wohl gerade sein mag?«, fragte Johanna, die leere Hülle dieses einst so grausamen Mörders betrachtend. Friedlich sah er aus und gar nicht mehr so widerlich und abstoßend wie zu Lebzeiten.

»Der lässt das Fegefeuer aus. Da geht die Wanderung gleich nach ganz unten«, bemerkte der kleine Vinsebeck, vergaß aber nicht als Verfechter von Wissenschaft und Erfahrung anzufügen: »Wenn man denn an derlei Dinge glauben will.«

»Na, na, Vinsebeck, hüte deine gottlose Zunge«, rügte ihn Margarethe. Ihre Stimme klang, obgleich sie vor einem jüngst Verstorbenen standen, fast unangemessen frivol. Ohnehin strahlte sie seit einigen Tagen etwas Frisches, Junges, Leichtes, ja, mitunter sogar Lustiges aus. Und auch wenn Johanna sich verbot, über den Grund dieser Veränderung nachzudenken, so ahnte sie doch, dass ebendieser Grund im gleichen Moment unmittelbar neben der Witwe Gänslein stand und es genoss, leicht und vermeintlich unbemerkt mit seiner rechten Hand über die Hüften der Kauffrau zu streichen.

Götz Gugelmann benahm sich wie ein kopfloser Jüngling. Er hatte offenbar ganz vergessen, dass er einem wichtigen Gewerbe nachging und dass irgendwo da draußen, außerhalb des Waldes, sein Knecht mit dem Wagen auf ihn wartete und wahrscheinlich, solange sein Meister fort war, alle fünfe gerade sein ließ. Wie ein Schatten verfolgte der fahrende Heiler Margarethe, und so sehr diese sich anfänglich geziert hatte, so sehr gewann Johanna seit zwei Tagen den Eindruck, dass das Eis mit einem Male gebrochen zu sein schien.

Vinsebeck und sie sprachen nicht darüber, aber sie wechselten durchaus eindeutige Blicke, und auch jetzt schaute der Zwerg wieder mit einem Auge zwinkernd zu Johanna herüber. Sein Gesicht verriet, wie amüsant er es doch fand, dass diese beiden Turteltauben tatsächlich glaubten, die anderen bemerkten ihre zarten Spielchen nicht.

»Dann wollen wir mal. Ich spreche jedoch kein Gebet für diesen Wüstling«, forderte der kleine Mann nun die anderen auf, sich an die traurige Pflicht des Begräbnisses zu machen.

Es war schon spät am Abend, die Sonne begann bereits unterzugehen. Bald würde der Wald in völliger Dunkelheit liegen.

»Ja, beeilen wir uns«, meinte nun auch Götz Gugelmann, ließ von seiner Nachbarin ab und griff weniger sanft dem toten Till Carnifex unter die Schultern, während die beiden Frauen seine Füße nahmen. Hans Vinsebeck fühlte sich verpflichtet, Schaufel und Fackel zu tragen.

So zog nun dieses eigentümliche Gespann durch den Wald und verschwand nach nur wenigen Augenblicken aus dem Blickfeld Philipps, der es bislang nicht gewagt hatte, sich zu zeigen, und es vorzog, hinter der Hütte verborgen zu bleiben.

Er würde nun zu einem weiteren Streich ausholen müssen. Und ihnen diesen Streich zu erklären, dazu verspürte er wenig Lust und noch weniger Mut. Besser war es, sie vor vollendete Tatsachen zu stellen und heimlich zu verschwinden.

»Ein Vaterunser sollte uns seine Seele dennoch wert sein«, bemerkte Johanna, als sie weitab von ihrer Behausung den Körper des Mörders Carnifex verscharrt hatten.

»Ja, lass es uns sprechen«, meinte auch Margarethe. Und dann murmelten sie alle vier leise und in lateinischen Worten das Paternoster, so wie sie es schon hunderte, vielleicht tausende Male in der Kirche vernommen hatten und längst auswendig kannten. Allein Margarethe und Vinsebeck verstanden die Worte, Johanna und Gugelmann sprachen für sie Unverständliches vor sich hin. Dennoch herrschte eine seltsam andächtige, tiefgreifende Stimmung, und das nicht zuletzt deswegen, weil der Wald während der Grablegung Till Carnifex' plötzlich rötlich erleuchtet schien.

Die vier nahmen dieses Licht zunächst nur schemenhaft und unbewusst wahr. Erst als ein eindeutiger Geruch und ein ebenso eindeutiges Knistern hinzukamen, war ihnen allen plötzlich schlagartig klar, dass dieser rötliche Schein nichts mit inbrünstiger Andacht, sondern vielmehr mit einem durchaus irdischen Feuer zu tun hatte.

»Die Hütte brennt«, bemerkte Gugelmann, wie aus einem Traum erwacht, und rannte los.

»Zwecklos«, rief ihm Vinsebeck nach. »Zwecklos.«

Er musste wissen, wovon er sprach, denn mit Feuer im eigenen Heim kannte sich niemand von ihnen so gut aus wie er.

»Es ist besser so. Wir hätten ja nicht ewig hier bleiben können.«

Das waren Margarethes abgeklärte Worte, als sie vor der Asche ihrer bescheidenen Notunterkunft standen.

»Zum Glück war dort drinnen nichts von Wert«, meinte nun auch Johanna. Selbst sie war ein wenig erleichtert, nun gezwungen zu sein, diesen mit zerstörter Hoffnung und düsteren Erfahrungen verbundenen Ort verlassen zu müssen.

»Ja, es wird wahrlich Zeit, dass auch ich wieder meinem ehrenwerten Geschäft nachgehe«, fügte Götz Gugelmann an, allerdings ein wenig wehmütig.

Und Hans Vinsebeck machte nur: »Mhmmmmm.«

War er hier der Einzige, der hinter diesem Brand keinen Unfall oder Zufall erblickte? War er der Einzige, der eindeutig erkannte, dass man zur Beschleunigung des Feuers Öl verwendet hatte und somit die Hütte nicht ohne Zutun so rasch und zerstörerisch in Flammen aufgegangen war? War er der Einzige, der vermutete, ja, wusste, wer hinter dieser Tat steckte?

Ja, offenbar war er der Einzige. Oder aber die anderen wagten es ebenso wenig wie er, ihre Vermutungen offen auszusprechen.

Nun, immerhin schienen sie alle einen Ausweg zu kennen. Der Leutbescheißer Gugelmann würde damit fortfahren, Leute zu bescheißen, der Gewürzhändlerin Margarethe Gänslein würde es irgendwie wieder gelingen, mit Gewürzen zu handeln, und die Dienstmagd Johanna würde gewiss wieder ihren Dienst im Hause Gänslein aufnehmen dürfen. Für diese drei käme alles ins Lot.

Nicht aber für ihn, für den kleinen Apotheker Vinsebeck. Er war ein Habenichts, und nicht nur das, er war zudem mausetot. Ja, er verfügte sogar über ein Grab auf dem Hamelner Kirchhof.

Er konnte keineswegs, nicht einmal über Umwege, in sein altes Leben zurückkehren. Für ihn stellte der Brand dieser Hütte eine Katastrophe dar.

Oder etwa nicht?

Paracelsus, schoss es ihm mit einem Male durch den Kopf.

Ja, er würde es endlich machen wie der große Meister Paracelsus. Er würde das unstete Wanderleben eines wissensdurstigen Genies führen. Er würde nach Italien gehen, auf den Spuren Leonardo da Vincis wandeln, Venedig, Florenz, Rom besuchen. Er würde über die Berge nach Avignon ziehen, nach Paris, vielleicht sogar wieder südwärts ins Königreich Spanien. Dort – ja, selbst das traute er sich in diesem Moment zu – würde er dann ein Schiff besteigen und die Neue Welt bereisen. Den Wilden im Urwald wollte er begegnen, mit ihren als Hexenmeister bezeichneten Medizinmännern sprechen.

Ach, was er nicht alles machen würde.

Innerlich erregt, freudig und traurig zugleich, stapfte er um die rauchenden Trümmer ihrer Hütte herum. Marias Hütte.

»Auch deine Heimat werde ich besuchen, geliebte Maria. Ja, in den Bergen werde ich leben. Vielleicht für immer, wer weiß. Und wenn ich mich dort als goldschürfendes Venediger Manndl verdingen müsste, es wäre mir lieber, als diese Hütte neu zu errichten und weiterhin im Dunstkreis dieser mit so vielen bittersüßen Erinnerungen behafteten Stadt zu hausen. Was will ich noch hier, Maria? Was will ich noch hier?«

Seine Stimme wurde unmerklich lauter und lauter, ja Letzteres rief er fast aus. Aber Johanna war die Einzige, die die Worte des kleinen Mannes vernommen hatte.

Sie kam soeben von einer ganz bestimmten Stelle im Wald zurück, von einem Platz, an dem sie ihn vermutet, aber leider nicht gefunden hatte. Ihn, der, das wusste sie, für diese notwendige Zerstörung verantwortlich war.

»Ein Venediger Manndl?«, fragte sie nun sanft. Sie wollte den aufgebrachten Vinsebeck nicht erschrecken, aber dennoch war es ihr wichtig, mit ihm zu sprechen, und vor allem, ihm etwas zu zeigen.

Er drehte sich um. Tränen standen in seinen kleinen Augen, aber sein faltiges Gesicht zeigte eine fast schon groteske Entschlossenheit.

»Das sind kleinwüchsige Goldsucher aus Venedig. Findige Zwerge, die in den Alpen Goldadern aufspüren und die Fundstücke in Rucksäcken zurück in die Lagunenstadt bringen.«

»Was Ihr nicht alles wisst«, antwortete Johanna mit einem liebevollen Lächeln auf den Lippen. »Kommt, ich will Euch etwas zeigen.«

Sie führte Vinsebeck fort von der nur noch schwelenden Brandstelle, während Margarethe und ihr Begleiter damit beschäftigt waren, die durch den Brand verschreckten Pferde einzufangen und zu beruhigen.

»Dort an dem Ast«, meinte Johanna, als sie bei einer alten, verwachsenen Kastanie angekommen waren. Sie reckte die mitgebrachte Fackel mit ausgestreckten Armen weit nach oben.

Vinsebeck schaute hinauf und erblickte an einem toten, blattlosen Ast einen Sack.

»Der war vorhin noch nicht da«, sprach sie nun weiter. »Ich komme mehrmals täglich hierher, und darum kann ich das mit Sicherheit sagen. Erkennt Ihr den Sack, Meister Vinsebeck?«

Er legte seinen kleinen Kopf noch weiter in den Nacken und blickte angestrengt empor.

»Es ist zu dunkel, aber ich vermute, es ist der Beutel mit meinem Lösegeld, nicht wahr?«

»Holen wir ihn herunter.« Johanna reichte ihm die Fackel

und kletterte geschickter, als sie es selbst für möglich gehalten hätte, zu dem Ast hinauf, um mit einem langen Stock, den sie von dem teils morschen Baum abbrach, den Beutel zu lösen. Schwer fiel dieser zu Boden, unmittelbar vor die Füße des Zwerges.

»Er hat das Gold hier gelassen«, flüsterte Vinsebeck nun. »Und eine Botschaft dazu.« Dann griff er nach dem eingerollten Stück Papier, das sich in dem vom Aufprall geöffneten Säckchen befand.

»In der Hoffnung«, las er mit gedämpfter Stimme, während Johanna, wieder vom Baum herabgestiegen, die Fackel hielt. *»In der Hoffnung, dass mein lieber, unbenannter Freund und die Frau, welche mein Glück hätte sein können, diesen Beutel finden, verwahre ich ihn an einem mir wichtigen Ort. Verfahrt mit diesem Gelde nach eurem eigenen Gutdünken. Ich rate euch jedoch, von dannen zu ziehen, so wie auch ich es nun tun werde. Alles, was geschehen ist, hat geschehen müssen. Gezeichnet, P.«*

Stille.

Beide standen sie lange dort, Johanna die Fackel in der Hand, Vinsebeck den Brief.

Dann sagte sie schließlich mit leiser, enttäuschter Stimme: »Ich nehme das Geld nicht.«

»Aber ich«, flüsterte Vinsebeck grinsend. »Zumindest so viel, wie ich benötige, um sicher reisen zu können. Margarethe wird das gewiss verstehen. Immerhin war das Geld ja ursprünglich für mich bestimmt gewesen.«

Das waren die letzten vernommenen Worte des kleinen Hans Vinsebeck. Von da an wurde er nicht mehr gesehen. Er verschwand noch in derselben Nacht und hinterließ Johanna und Margarethe lediglich folgende mit Kohle auf ein Holzbrett geschriebene Botschaft:

»Zögert nicht, mit Eurer Virtu die Fortuna am Schopfe zu packen!«

Margarethe hatte nur amüsiert den Kopf geschüttelt, innerlich jedoch war sie bewegt und fast ein wenig überfordert mit den von verschiedenen Seiten immer wieder auf sie einströmenden Aufforderungen, endlich ihr Glück in die Hand zu nehmen.

Als die beiden Frauen am Morgen den Heimweg nach Hameln antraten, sprachen sie lange über den verschwundenen Zwerg. Johanna erzählte ihrer Herrin sogleich, was geschehen war und auch, dass Vinsebeck sich an dem Lösegeld bedient habe.

»Eine Handvoll Münzen hat er genommen, den Rest haben wir vergraben. Hinter einer alten Kastanie.«

»Da kann es erst einmal verbleiben. Wer weiß, wann man dieses Notgroschens bedarf«, erwiderte die Kauffrau nur lapidar. Sie war alles andere als zornig auf ihren kleinen Freund. Im Gegenteil, sie schien sich sogar über sein abenteuerliches Vorhaben zu freuen.

»Auf Reisen zu gehen ist das Beste, was er in seiner Lage machen kann. Besser wahrscheinlich als das, was ich nun im Schilde führe, Johanna«, meinte sie und spähte etwas beklommen nach den bald sichtbar werdenden Mauern ihrer Heimatstadt aus.

»Gewiss hat sich alles zum Guten gewendet, werte Herrin«, versuchte Johanna Margarethe zu beschwichtigen. Sie hätte ihr gern die Furcht genommen, nach Hameln zurückzukehren, so wie Margarethe ihr, Johanna, zuvor die Furcht genommen hatte, als sie ihr erzählte, dass der Tod des Wachmanns in der Nacht von Johannas und Philipps Flucht niemand anderem als den Gebrüdern Bienenfleiß angekreidet worden war. Sie waren bereits in Gewahrsam genommen und sogar zum Galgen geführt worden. Jedoch – zu Johannas Gewissenserleichterung –

nicht in Hameln und auch nicht ausschließlich wegen des vermeintlichen Mordes an dem Landsknecht. Der Herzog selbst hatte Gericht über sie gehalten und sie wegen zahlloser Raubüberfälle auf seinen Wegen und Straßen dem Henker übergeben. Johanna musste also keine Sorge haben, wieder durch das Stadttor zu ziehen.

Nicht so Margarethe.

»Hätte ich dummes Weib doch den Gugelmann nicht fortgeschickt. Er wäre nun als Vorbote sehr brauchbar gewesen«, schimpfte sie nun leise vor sich hin, während Johanna ihrer Herrin einen skeptischen Seitenblick zuwarf.

Es war dieser Frau offenbar schier unmöglich, ihren falschen Stolz ganz und gar zu überwinden. Nicht nur, dass sie dem ihr bis dato treu zur Seite stehenden Gugelmann vor wenigen Stunden schroff zu verstehen gegeben hatte, dass sie seine Hilfe nicht weiter benötigte, und es sogar vorzog, mit Johanna den Heimweg zu Fuß anzutreten. Nein, nun redete sie auch vor ihrer Magd weiterhin so von dem Medicus, als habe es sich bei ihm all die vielen Tage um nichts weiter als eine Gesindekraft, einen Dienstleister, gehandelt. Und welche Dienste Gugelmann ganz offensichtlich geleistet hatte, darüber waren sich Vinsebeck und Johanna stets im Klaren gewesen. Doch dass Margarethe Gänslein dies tatsächlich derart kühl betrachtete, wie es auch jetzt noch den Anschein hatte, das konnte und wollte Johanna nicht glauben. Deshalb ließ sie mit ihrem verwunderten Blick auch nicht von Margarethe ab, was diese nach einer Zeit sichtlich verwirrte.

»Was starrst du so?«, fragte sie schließlich.

»Ich wundere mich lediglich«, gab Johanna zurück.

»Worüber wunderst du dich?«

»Über den Eindruck, den Ihr von dem Wanderarzt Gugelmann habt.«

»Woher willst du wissen, wie mein Eindruck von ihm ist?« Jetzt klang die Stimme der Herrin gereizt, und Johanna wusste, dass sie sich auf Glatteis begab. Dennoch sprach sie weiter.

»Er hat Euch liebgewonnen, und ich dachte …«, sie stockte einen Moment, nahm dann aber ihren Mut zusammen und sagte: »… und ich dachte, auch Ihr hättet ihn liebgewonnen.«

»Was wagst du da zu behaupten?«, fuhr Margarethe ihre Magd nun an, aber ihr Gesicht verriet dabei so eindeutig, wie sehr Johanna im Recht war, dass diese nicht anders konnte, als ihre Herrin verhalten, aber dennoch frech von der Seite anzugrinsen.

»Ich mag ihn, das muss ich zugeben«, sagte Margarethe nun schnippisch und legte dabei ihren Kopf entschieden in den Nacken. »Aber dabei wollen wir es belassen. Und zudem halte ich es nicht für angemessen, mit dir über meine … meine … meine Herzensangelegenheiten zu reden.«

»Oh«, machte Johanna nur und wiederholte leise das Wort »Herzensangelegenheiten«.

Margarethe wurde plötzlich über und über rot.

»Ich, ich … ich meinte natürlich …«, stammelte sie. Dann fing sie sich: »Ach, was. Weshalb sollte ich mich rechtfertigen. Erzähl du mir lieber von dir und Philipp.«

Nun war es an Johanna zu erröten. Sie hatte bislang vermieden, mit Margarethe über Philipp und insbesondere über sich und Philipp zu sprechen. Zu groß war ihr schlechtes Gewissen, und aus diesem Grunde freute sie sich sehr, dass es ihrer Herrin offenbar gelungen war, sich rasch zu trösten. Doch ebenso wenig, wie Margarethe über ihre unstandesgemäßen Erfahrungen mit einem fahrenden Medicus sprechen wollte, wollte Johanna an ihre bittersüßen Erlebnisse mit Philipp erinnert werden.

»Ist das da drüben nicht Justus Carnifex?«, rief die Magd schließlich, erleichtert darüber, ablenken zu können. Johanna war sich nicht sicher, ob es sich bei der Gestalt, die dort langsam, eine schwere Last hinter sich herziehend, über den kreuzenden, breiteren Weg schlich, tatsächlich um den gutmütigen Scharfrichter handelte, aber der Silhouette nach hätte er es sein können.

Nun wurde auch Margarethe aufmerksam.

»Wenn er es ist, dann solltest du zu ihm gehen und ihn aushorchen«, flüsterte sie aufgeregt und verbarg sich selbst rasch hinter einem großen Felsbrocken.

»Was sage ich ihm über seinen Bruder?«, fragte Johanna, noch immer den Blick auf den sich langsam entfernenden Menschen gerichtet.

»Du bist klug genug, um selbst zu wissen, was du tust. Mach es abhängig vom Verlauf der Unterhaltung. Sei aber gut zu ihm, er ist ein freundlicher Bursche. Wichtig ist auch, in Erfahrung zu bringen, was Hasenstock während meiner Abwesenheit getrieben hat. Finde es bitte heraus«, flüsterte Margarethe.

War es eine Traumgestalt?

Justus Carnifex traute seinen Augen nicht, als plötzlich sie, Johanna, seinen Namen rief und dann auch noch eilig auf ihn zurannte. Wie sehr hatte er sich genau das gewünscht. Tagelang war er nun auf der Suche nach ihr gewesen, hatte versucht, ein Lebenszeichen von ihr zu finden. Vergeblich. Und nun kam sie einfach so dahergelaufen – aus dem Nichts. Er war für einen kurzen Moment versucht, die Arme auszubreiten und sie leidenschaftlich in Empfang zu nehmen. Doch er wagte es nicht. Stattdessen hielt er das Bein des verendeten Hundes, den er soeben im Straßengraben gefunden hatte, noch fester umklammert und starrte ihr ungläubig entgegen.

»Tatsächlich, Ihr seid es, Carnifex«, rief sie ihm zu, sobald sie ihn erkannt hatte.

Konnte das sein? Hatte auch sie nach ihm gesucht?

»Ihr lebt, Johanna«, stotterte er nur.

»Es ist gut, dass ich dich treffe. Können wir miteinander reden?«

Sie schien aufgeregt, ihr Gesicht war stark gebräunt, ganz so wie bei einer Bäuerin, das Haar war unbedeckt und ebenfalls von der Sonne gebleicht, die Ärmel ihres Kleides waren hochgeschlagen und legten den Blick auf ihre schlanken Arme frei. Wunderschön war sie.

Mit schlotternden Knien ging er ein Stück neben ihr her, noch immer den Hundekadaver durch den Staub nach sich ziehend. Er genoss diesen Moment sehr, und noch mehr genoss er, als sie sich im Schatten eines Baumes nebeneinander auf einem im Gras liegenden, großen Ast setzten. Es war ein warmer, sonniger Tag, die Vögel sangen, die Schmetterlinge tanzten, und Justus Carnifex war ein glücklicher Mensch. Zumindest war er es, solange er zu hoffen wagte, dass sie seinetwegen neben ihm saß und mit ihm sprach. Doch bald schon musste er feststellen, dass es ihr ausschließlich darum ging, ihn auszuhorchen. Sie tat es auf eine freundliche, ehrliche, liebenswürdige Art, aber dennoch war er enttäuscht, antwortete aber, um ihre Nähe noch weiterhin auskosten zu können, gerne auf ihre Fragen.

Er erzählte ihr alles. Über den schrecklichen Leichenfund in der Weser, davon, dass nur er, die Begine Regine und die Witwe Mechthild wussten, dass es sich bei der Toten um die Köchin Immeke handelte. Er erzählte ihr, dass er die Tote längst heimlich und auf Anweisung Mechthilds vom Schindanger hin in den Rosengarten der Kauffrau Gänslein geschafft und dort vergraben habe. Er erzählte ihr auch, dass er dies aus schlechtem Gewissen getan habe, da er annähme, niemand anders als sein Bruder habe die arme Frau eines Schlüssels wegen ermordet. Er erwähnte zudem, wie sehr er befürchtet hatte, dass Till auch Johanna etwas angetan haben könnte. Dann, nachdem Johanna eine Weile still vor sich hin geweint und er sich hatte zurückhalten müssen, sie nicht in den Arm zu nehmen, berichtete er auch davon, dass sein Bruder und Peter Hasenstock zusammen Geschäfte gemacht hätten, dass Hasenstock nun aber gestorben sei. Er habe während eines Aufenthaltes im Frauenhaus einen Blutsturz erlitten. Sein Haus und die Apotheke seien sogleich dem Rat übergeben worden, da er darauf mehrere Renten bei der Stadt Hameln aufgenommen hatte, woraufhin seine junge Witwe nun mittellos dastehe. Er wusste davon zu berichten, dass man sich in der Stadt über das lange Fortbleiben der Margarethe Gänslein wundere, dass man sich aber erzählte, sie sei auf einen Hansetag nach Lübeck gereist und werde erst in einigen Tagen zurückerwartet. Auf die Nachfrage Johannas, ob irgendeine Missgunst oder trübe Stimmung in Hameln bezüglich der Kauffrau herrsche, zuckte er nur mit den Schultern und antwortete, dass er nichts dergleichen mitbekommen habe.

Danach saßen sie noch lange schweigend nebeneinander.

Johannas Gedanken waren bei Immeke und auch bei Till Carnifex, dessen grausamer Tod ihr nun noch weniger zu Herzen ging als zuvor.

»Dein Bruder ist gestorben«, sagte sie schließlich.

»Was?«, fragte er ungläubig.

»Hasenstock hat ihn mit seinem Wagen auf der Straße nach Lemgo überfahren.«

»Wie konnte das sein?«

»Es ist eine lange Geschichte. Dein Bruder war kein guter Mensch, aber dennoch solltest du wissen, dass wir alles versucht haben, um sein Leben zu retten.«

»Wer ist wir?« Carnifex stand unter Schock.

»Das kann ich dir nicht sagen. Aber wenn du magst, führe ich dich bald einmal zu seinem Grab.«

Sie legte eine Hand auf die starke, muskulöse Schulter des jungen Mannes.

»Ich danke dir für alles. Jetzt wollen wir beide erst einmal die schlimmen Nachrichten, die einer dem anderen überbracht hat, verkraften«, sagte Johanna leise.

Er starrte zu Boden und nickte.

Johanna erhob sich und ging, sich noch einmal nach Justus Carnifex umblickend, zurück zu der bereits lange in ihrem Versteck wartenden Margarethe.

Im Grunde war alles, was sie ihrer Herrin nun zu berichten hatte, entsetzlich. Alles. Auch wenn das Resultat Margarethe Gänslein erlaubte, ohne Bedenken wieder nach Hameln zurückkehren zu können.

XLV

»Margarethe! Margarethe …! Gretchen, hörst du mich gar nicht?«

Seitdem ihre Base wieder nach Hause zurückgekehrt war, gewann Mechthild zunehmend das Gefühl, eine ganz andere Margarethe vor sich zu haben. Ja, die Rollen der beiden Frauen schienen vertauscht. Während Mechthild sich nahezu ehrgeizig bemühte, bei den Handelsgeschäften des Hauses Gänslein behilflich zu sein, und sich mittlerweile in der Schreibstube ihrer Base besser auskannte als diese, erweckte Margarethe immer und immer wieder den Eindruck fast mystischer, geistiger Abstinenz. Mitunter stand sie lange Zeit regungslos da und starrte mit einem entrückten, seligen Blick ins Nichts. Oft fand Mechthild sie auch in ihrer Kammer am Fenster sitzend, wo Margarethe, den Blick fest auf den Marktplatz gerichtet, auf irgendetwas oder irgendjemanden zu warten schien. So war es auch an diesem Tag.

»Was ist nur los mit ihr? Ist ihr im Wald ein schwerer Ast auf den Kopf gefallen? Oder wurde sie bei einem Unwetter vom Blitz getroffen?«, fragte Mechthild – die noch immer keine Antwort von ihrer Base erhalten hatte – Johanna, welche soeben hinzukam, um das Bett ihrer Herrin aufzuschütteln.

Johanna lächelte und flüsterte im Vorübergehen: »Mit dem Blitz liegt Ihr gar nicht so falsch, gute Frau.«

»Ihr seid mir allesamt ein Rätsel.« Mechthild schüttelte den

Kopf und ging dann schnurstracks auf ihre geistig abwesende Base zu. Krank sah Margarethe ganz und gar nicht aus. Im Gegenteil, rosig war sie, die Augen leuchteten, ihr Haar glänzte.

»Weißt du, Mechthild, was der Gelehrte Cusanus sagt?«, richtete Margarethe unmittelbar und ganz ohne Zusammenhang das Wort an ihre Base. »Er sagt, man müsse begreifen, dass man nicht alles verstehen, alles voraussehen, alles kontrollieren kann. Der Verstand, so meint er, sei wichtiger als die Vernunft. So kann die Vernunft dir sagen: ›Hüte dich, denn schon andere haben den gleichen Fehler vor dir gemacht und ihn bereut.‹ Aber wenn der Verstand dir dann die Frage stellt: ›Warum dich hüten? Was hast du zu verlieren? Geh und versuche es einfach‹, was will man dann machen? Mechthild, wie soll man sich entscheiden?«

»Man sollte bescheiden sein, sich nicht zu wichtig nehmen und stets Gott zu Rate ziehen. Das macht man, wenn einen derlei wirre Gedanken plagen, mein liebes Gretchen.«

Margarethe lachte bei diesen nüchternen Worten der Base kurz auf und fragte dann in einem weniger verklärten Ton: »Was gibt es zu tun, Mechthild?«

»Heute kommt ein Schiff aus Bremen an. Es soll Kümmel und Salz geladen haben. Bennheim schlug vor, wir sollten die Ware prüfen, sobald sie vor dem Hamelner Loch abladen müssen, und dem Kaufmann einen Handel vorschlagen.«

»Ja, das ist eine gute Idee. Das sollten wir machen.«

Nun war Margarethe erwacht. Ihr Gesicht erhielt mit einem Mal die alte Strenge und Entschlossenheit zurück. Jetzt war sie nicht mehr ganz so schön und liebreizend wie zuvor, aber dafür der Base umso vertrauter und damit angenehmer. Dennoch ahnte Mechthild, dass dieser seltsame Zustand gewiss bald wieder zurückkehren würde, immerhin hielt er schon seit vier Wochen an. Hoffentlich hatte nicht der junge, düstere Mensch damit zu tun, den Mechthild auf der Erichsburg gesehen hatte. Dieser verschlagene Tunichtgut, der gewiss noch ärgere Qualitäten als die eines Herzensbrechers besaß. Auch wenn Johanna und selbst Margarethe ihn in Schutz genommen hatten, als sie der Base die gesamte Geschichte erzählten, in der vor allem Peter Hasenstock als Übeltäter übrig blieb, so traute Mechthild dem wahnsinnigen Philipp dennoch mehr zu.

»Selbst wenn er mit dem Tode unserer armen Immeke nichts zu tun hat, so glaube ich trotz allem, dass sein Teil der Geschichte noch nicht zu Ende gespielt ist«, hatte sie gegenüber Margarethe immer und immer wieder betont, worauf diese stets geantwortet hatte, dass Philipps Aufenthalt auf der Erichsburg in keinerlei Zusammenhang mit ihnen stehen könne. Es sei denn, er habe vorgehabt, die vom Gewürzhandel Gänslein gelieferten Waren zu vergiften, doch das schien ihm nicht gelungen zu sein, denn davon hätte man nach so langer Zeit sicherlich schon Kunde erhalten. Lediglich Johanna war traurig und still geworden, sobald sie auf Philipp auf der Erichsburg zu sprechen kamen. Meist hatte sie dann das Zimmer verlassen, und Margarethe hatte ihr einen mitleidigen Blick nachgeworfen.

Ja, die Liebe.

Wie froh war Mechthild, dass sie mit derlei Dingen längst nichts mehr zu tun hatte. Ein wahrer Segen war es, fest und gewappnet gegenüber solchen Gefühlen zu sein. Nicht, dass sie es ihrer Base nicht gönnte, aber die Kauffrau Margarethe, welche am Mittag zusammen mit Bennheim zur Weser ging, um den wegen des Hamelner Lochs zum Abladen seiner Waren gezwungenen Schiffer aus dem Norden aufzusuchen, gefiel ihr doch um einiges besser als diese verzauberte Margarethe mit dem sehnsüchtigen Blick.

Noch besser hätte ihr die Margarethe gefallen müssen, die es am Abend heftig und wortgewandt mit den Bütteln des Vogtes aufnahm, als nämlich diese zusammen mit einigen Mönchen urplötzlich das Haus Gänslein stürmten. Doch der Schreck über die nahezu brutale Hausdurchsuchung war so groß, dass Mechthild in dem Moment die Ruhe einer wartend aus dem Fenster starrenden Base vorgezogen hätte.

Was war geschehen?

Man schrieb bereits das Jahr 1530. Dreizehn Jahre waren seit dem Thesenanschlag des Mönches Luther vergangen. Die reformatorischen Lehren des Wittenbergers hatten sich längst im ganzen Reich, ja, in großen Teilen Europas verbreitet. Selbst der Kaiser vermochte nichts gegen diesen Mann und seine stets wachsende Anhängerschaft auszurichten. Die Ächtung des widerspenstigen Luther auf dem Reichstag zu Worms, das Verbot seiner Schriften und das Verschwinden des Totgeglaubten auf die Wartburg hatten lediglich bewirkt, dass die Begeisterung für den Reformator nur noch mehr wuchs. Selbst unter den Großen des Reiches kam es zu einer Spaltung in Altgläubige und Evangelische, und auch die blutige Niederschlagung des in Luthers Namen begonnenen, aber von diesem aufs Schärfste verurteilten Bauernkrieges tat der Beliebtheit der evangelischen Lehren keinen Abbruch. Im Jahre 1529 sprachen zahlreiche namhafte Vertreter der Reichsstände in Speyer ihre Protestation gegenüber der kaiserlichen Religionspolitik aus, und im folgenden Jahr war es den Evangelischen auf dem Reichstag in Augsburg sogar möglich gewesen, ihre eigenen Glaubensbekenntnisse vorzulegen.

Dennoch blieb ihnen weiterhin die offizielle Anerkennung versagt, und niemand hasste sie mehr als Kaiser Karl V., der jedoch ihrer wachsenden Masse und ihrer Inbrunst machtlos gegenüberstand. Er konnte nichts ausrichten gegen diejenigen unter den Landesfürsten, welche mit der Zustimmung zu Luthers Lehren nicht nur religiös, sondern auch politisch handelten, indem sie somit die Macht des Kaisers im Reich einzudämmen trachteten. Das Reich war also in mehrere Parteien gespalten – niemand war sich sicher, was er glauben sollte, glauben durfte, glauben wollte oder glauben musste. Von der breiten Masse bis hin in die obersten Spitzen herrschte demnach maßlose Verwirrung.

Keiner konnte mit Gewissheit sagen, wohin dieser Weg führen würde, was in nächster Zukunft geschehen könnte, und so war auch in der Stadt Hameln in Glaubensdingen Ungewissheit zu verspüren. Jeder hatte seine Meinung, viele sprachen sie auch aus, aber wirklich bekennen wollte oder getraute sich noch niemand. Man wartete.

Der Rat, bestehend zumeist aus selbstbewussten, reichen Patriziern und Kaufleuten, tendierte nahezu geschlossen zu den neuen Lehren, ohne jedoch einen eindeutigen Schritt in diese Richtung zu wagen. Der Probst, die übrigen Stiftsherren, Kanoniker und Mönche der Südstadt hingegen blieben natürlich der katholischen Sache treu, und der Stadtvogt, als dritte Macht in Hameln, saß zwischen den Stühlen. Er musste sich nach seinem Herrn richten, nach dem Herzog von Calenberg, und dieser schien kein Bedürfnis zu verspüren, sich in Glaubensdingen festzulegen. Er blieb katholisch, ließ aber allen evangelischen Bestrebungen und protestantischen Wanderpredigern in seinen Landen freie Hand, verfolgte niemanden und machte es somit vor allem denjenigen seiner Untertanen, die verantwortliche Positionen innehatten, nicht einfacher. So auch dem Hamelner Stadtvogt, der sich nach langem Hin und Her schließlich doch dazu durchgerungen hatte, in dem allgemeinen Glaubensdurcheinander einen Schritt zu wagen, der ihn entweder Kopf und Kragen kosten oder ihm zu einem netten

Wohlstand verhelfen könnte. Der Vogt hoffte auf Letzteres, als er beschloss, dem Vorschlag des Fremden von der Erichsburg Folge zu leisten.

Stadtrat und Probst waren bald über das Vorhaben in Kenntnis gesetzt worden. Während der Rat auf die wirtschaftlich ungünstigen Folgen hinwies, sich aber eines weiteren Kommentars enthielt, begrüßte die katholische Seite ein solches Exempel – und nachdem der Landesherr vollkommen gleichgültig reagiert hatte, fühlte der Stadtvogt sich nun abgesichert genug, um dem ihm von diesem gerissenen Burschen aufgezeigten Wink zu folgen.

Er rief also eines Tages seine Büttel zusammen und holte sich, da diese allesamt des Lesens nicht mächtig waren, geistliche Hilfe aus dem Süden der Stadt, um ohne Vorankündigung festzustellen, ob sich im Hause der Kauffrau Margarethe Gänslein tatsächlich verbotene lutherische, gar ketzerische Schriften befanden.

»Was untersteht ihr euch?« Margarethe war schon ganz heiser.

Als sie vom Weserufer zurückgekehrt war, waren sie bereits da und sogar in ihr Schlafgemach eingedrungen. Sie durchwühlten Truhen und Regale, rissen ihre Laken und Kissen auseinander, durchstöberten sogar ihre Wäsche.

Mechthild, Bennheim, Johanna und das übrige Gesinde hockten derweil in der Küche und wurden von einem der Büttel in Schach gehalten. Mechthild betete einen Rosenkranz nach dem anderen. Sie fürchtete, nun würden sie tatsächlich der Ketzerei beschuldigt. Johanna konnte sich all das nicht erklären, sie war sprachlos, und Bennheim schüttelte ebenfalls nur ungläubig den Kopf.

Von draußen war Margarethes Gekeife zu vernehmen.

»In jedem zweiten Haushalt würdet ihr diese Bücher finden. Warum sucht ihr ausgerechnet bei mir?«

»Das ist doch die Höhe, ihr Unholde. Das kann doch niemals rechtmäßig sein, was ihr hier treibt!«

»Sogar an die Bibliothek habe ich das eine oder andere Werk bereits verliehen. Niemals hat sich jemand daran gestoßen.«

»Vergesst nicht, in meinem Nachtschrank nachzuschauen! Dort werdet ihr ein Bild von Luther mit Heiligenschein finden.«

»Wer sagt euch, dass ich gutheiße, was in diesen Schriften steht? Wer sagt euch das? Vielleicht wollte ich lediglich meine Kenntnisse erweitern. Selbst der Kaiser hat sie schon gelesen.«

»In meinem Bücherschrank werdet ihr auch den Hexenhammer finden. Und dieses Schandwerk ist gewiss nicht nach meinem Geschmack. Dennoch besitze ich es. Doch was heißt das schon? Was heißt das schon?«

Ihre Stimme klang kläglich, verzweifelt. Aber von niemandem erhielt sie eine Antwort auf ihre Proteste. Man beachtete die bis dato ehrenhafte Bürgerin der Stadt Hameln gar nicht. Und lediglich Johanna war froh darüber. Sie fürchtete, Margarethe könne die Angelegenheit durch ihr Schimpfen und Fluchen nur noch schlimmer machen und die Büttel letztendlich dazu zwingen, sie den kurzen Weg bis zum Kerkerloch im Rathaus zu begleiten.

Am Ende des Tages verschwanden sie endlich, eine Spur der Verwüstung hinterlassend. Das, was sie in einer versiegelten Kiste mit sich nahmen, waren eine lutherische Übersetzung des Neuen Testaments, zudem Schriften mit dem Titel »Von der Freiheit eines Christenmenschen«, »An den Adel christlicher Nation« sowie »Von der babylonischen Gefangenschaft der Kirche«, außerdem vier Flugblätter, auf denen unter anderem Reden Thomas Müntzers und Karlstadts abgedruckt waren. Sogar sämtliche Werke des großen Erasmus von Rotterdam, der nun wahrlich kein Evangelischer war, hatten sie beschlagnahmt, und auch das Pamphlet eines Anonymus über das Treiben und Ansinnen der Medici-Päpste hatten sie gefunden und eingesteckt.

Zum Glück hatte Margarethe die Tagebücher Reinolds allesamt nach ihrer Rückkehr verbrannt. Aber dennoch hatten diese Burschen noch immer genügend Material gefunden, um ihr die Hölle heiß zu machen. Das wusste sie, aber dennoch konnte sie auch am späten Abend nicht fassen, was da geschehen war.

»Ich dachte, die Zeiten hätten sich geändert«, flüsterte sie vor sich hin, während sie, die Ellenbogen auf den Tisch gestützt und den schweren Kopf in die Hände legend, starr auf ihr zum fünften Mal geleertes Weinglas blickte.

Nur noch Johanna war bei ihr, alle anderen versuchten, ein wenig Ruhe zu finden. Eine der Mägde war sogar ganz aus dem Haus geflohen, von dem anzunehmen war, dass dort in den nächsten Tagen noch einiges an Unangenehmem geschehen würde.

»Ist es nicht nahezu lächerlich, Johanna? Da fürchte ich mich die ganze Zeit vor der Konkurrenz und den Intrigen Hasenstocks. Jetzt ist er tot, alles müsste gut werden – und dann das!«

»Jemand muss Euch verraten haben, meine Herrin.«

»Das ist nicht nötig, Johanna. Jeder in dieser Stadt weiß doch, dass ich Luthers Schriften lese. Daraus habe ich nie ein Geheimnis gemacht, ich war lediglich kindisch genug zu glauben, dass es keine Gefahr darstellt. Nicht hier, in einer Stadt, in der so viele diesen Ideen anhängen. Doch Hochmut kommt bekanntlich vor dem Fall.«

»Was wird nun geschehen?«

»Ich weiß es nicht, Johanna. Ich weiß es nicht.«

Alles ging rasch, sehr rasch vonstatten.

Bereits am folgenden Tage wurde Margarethe Gänslein kurzer Prozess gemacht. Sie wurde des Ungehorsams angeklagt und fiel somit in die Machtbefugnisse des Vogtes, der ihr zwölf Stunden einräumte, um die Stadt für fünf Jahre und fünf Tage zu verlassen. Ihr Haus und ihr Vermögen sollten dem Fiskus anheimfallen. Der Rat blieb stumm, man verbarrikadierte sich hinter den Mauern des Rathauses und wartete ab. Sicherlich spekulierte man auf eine Entschädigung für den Steuerausfall, den der Verlust einer solch betuchten, aber zugegebenermaßen unbequemen Bürgerin mit sich brachte. Dem Anschein nach war diese Maßnahme gegen die lutherische Kauffrau ein Sieg der katholischen Seite, der Stiftsherren, doch auch diese hielten sich zurück.

Keiner erhob einen Einwand, als schließlich der Vogt das große imposante Haus am Pferdemarkt für sich beanspruchte und es ihm schließlich auch überschrieben wurde.

Margarethe Gänslein war das Opfer eines Schwebezustands geworden, einer Zeit der Ungewissheit, einer Phase, in der es vor allem die lachenden Dritten waren, die ihre Vorteile aus dem Streit der beiden verfeindeten Lager zogen. Und der lachende Dritte war in diesem Falle der herzogliche Stadtvogt, welcher aus eigenen Stücken niemals auf diesen schwierigen Plan verfallen wäre, nun aber glücklich war, es gewagt zu haben.

Gern hätte er seinem Ideengeber, diesem Fremden, seinen Dank ausgesprochen, doch dieser war auf Nimmerwiedersehen verschwunden.

XLVI

Der Stiftsherr Vestiarius zitterte am ganzen Leib. Johanna verspürte unglaubliches Mitleid mit ihm, mehr noch als mit Margarethe Gänslein, die ausgesprochen gelassen und ruhig wirkte. Man mochte fast annehmen, dass sie regelrecht erleichtert war – ganz so, als sei eine enorme Last von ihren Schultern genommen.

Und auch die Base Mechthild reagierte anders auf das skandalöse Urteil, als man es von ihr hätte annehmen mögen: Sie betonte immer und immer wieder, als sie sich in kleiner Runde in dem rasch zu räumenden Hause Gänslein eingefunden hatten, dass sie mit einem noch viel schlimmeren Ausgang der Geschichte gerechnet habe. Die Begine Regine war derselben Meinung, sie schilderte in bunten Farben, welch entsetzlichen Verlauf Margarethes Schicksal hätte nehmen können. Der kluge, alte Bennheim enthielt sich jeglichen Kommentars und auch jeglicher Gefühlsregung, er ließ sich von seiner Herrin einen Brief diktieren, welchen er alsbald an alle Kaufleute, Unterhändler und Handelsgesellschaften, mit denen die Gewürzhändlerin Geschäfte getätigt hatte, schicken sollte.

Es herrschte also eine recht ruhige Stimmung, abgesehen davon, dass, wie erwähnt, der Stiftsherr Vestiarius von seiner Verzweiflung regelrecht geschüttelt wurde. Johanna reichte ihm einen mit einem starken Mandelschnaps angereicherten Tee, damit er sich ein wenig erhole, denn auch wenn Margarethe ihm versichert hatte, dass sie ihm glaube, nichts mit diesem Komplott gegen sie zu tun zu haben, so konnte ihn ihr Zuspruch dennoch nicht beruhigen. Er war außer sich vor Trauer, Scham und der Gewissheit, seine Freundin und heimliche Angebetete nun für immer verlieren zu müssen.

»Aber Vestiarius, nun ist gut. Ich bin ja nicht gestorben, und aus der Welt bin ich auch nicht. Nach fünf Jahren und fünf Tagen darf ich die Stadt und ihren Bannkreis wieder betreten«, versuchte Margarethe ihn erneut zu trösten, während sie die von Johanna zusammengepackten Kleidungsstücke prüfte.

Unterdessen wurde die kleine Gruppe scharf beäugt. Der Vogt hatte dafür gesorgt, dass sechs Büttel im Hause postiert wurden, die sicherstellen mussten, dass die zu verbannende Frau nichts von Wert oder Interesse unterschlug. Lediglich einen Beutel voller Kleidung, Proviant und ein wenig Geld durfte sie mitnehmen, wenn sie in wenigen Stunden vom Henker aus der Stadt geführt würde.

Nun wandte Margarethe sich mit knappen, aber freundlichen Worten an einen jeden in der Runde:

»Vestiarius, Ihr wart mir immer ein treuer Freund, und das sollt Ihr auch bleiben. Wir werden uns schreiben, das versichere ich Euch.

Schwester Regine, es ist für mich eine große Erleichterung zu wissen, dass meine liebe Mechthild in Eurem Hause unterkommen wird. Verzeiht mir, dass ich mich über Jahre hinweg in Euch getäuscht habe. Ihr habt ein großes, gutes Herz.

Mechthild«, und nun bekam sie tatsächlich Tränen in die Augen, kniete sich vor ihre Base nieder und griff nach deren Händen. »Du bist mir der teuerste Mensch, und es schmerzt mich, dich verlassen zu müssen. Aber du verstehst, dass es besser für dich ist, hierzubleiben. Verstehst du es?«

Mechthild nickte unter Schluchzen, dann umarmte und küsste sie ihre Base.

»Wir werden uns wiedersehen«, weinte sie.

»Das werden wir gewiss«, sagte Margarethe, stand auf, versuchte, sich zu fangen, und wandte sich nun an ihren Secretarius: »Guter Bennheim, solch treue und untadelige Dienste über eine solch lange Zeit! Habt tausend Dank. Besonders für die Gewürzlieferung an den Herzog stehe ich in Eurer Schuld und würde sie so gern begleichen. Leider ist es mir nicht mehr möglich, sodass Ihr Euch selber behelfen müsst. Aber Ihr wisst ja bestens Bescheid.« Dabei zwinkerte sie dem alten Mann zu, und dieser verstand, auch wenn er gern protestiert hätte. Er wollte das unterschlagene Geld vom Herzog nicht annehmen, aber er wusste ebenso gut, dass Margarethe darauf bestand. Unerwarteterweise nämlich hatte der Herzog vor einigen Tagen seine Schuld bei der Gewürzhändlerin in bar entrichten lassen – eine Zahlung, von welcher der Fiskus noch keine Kenntnis hatte und die er auch nicht mehr erhalten sollte. Denn das Geld war für Bennheim bestimmt.

»Johanna, von dir muss ich mich nun verabschieden. Du hast einen weiten Weg vor dir.« Dabei blickte Margarethe auf die teure, riesige Uhr in ihrer Stube. »Morgen beim ersten Hahnenschrei wird Carnifex mich abholen.«

Sie lächelte ihrer Magd zu und streckte die Arme nach ihr aus. Johanna ging zu ihr und ließ sich gern von ihrer Herrin ans Herz drücken.

»Auf dem Weg nach Rinteln soll er sein. Ich beeile mich«, flüsterte Johanna Margarethe ins Ohr. »Wir werden rechtzeitig zurück sein.«

»Gott sei mit dir. Was wäre ich ohne dich«, flüsterte Margarethe zurück und gab ihrer Magd einen Kuss auf die Wange.

»So!« Nun klatschte sie in die Hände. »Leider ist mein restliches Gesinde aus dem Dienst ausgeschieden, aber dennoch fühle ich mich imstande, selbst ein kleines Abschiedsmahl für uns zu kochen. Die Herren Büttel werden nichts dagegen haben, denn auch sie sind herzlich eingeladen.«

Mit diesen Worten verschwand Margarethe in der Küche, während sich Johanna aus dem Hause stahl, um so schnell wie möglich in das sechzehn Meilen entfernte Rinteln zu eilen.

Mit einem Bann belegte Leute aus der Stadt zu geleiten, war eine der leichtesten Aufgaben eines Scharfrichters, und Justus Carnifex versah diese Aufgabe stets mit einem gewissen Gleichmut. Allein das Wehklagen der Angehörigen ging ihm zuweilen ein wenig ans Herz, doch immerhin kamen die Verurteilten mit dem Leben davon und waren meist auch unversehrt. Es sei denn, er hatte sie zuvor foltern oder brandmarken müssen, doch davon war im Falle Margarethe Gänsleins abgesehen worden.

An diesem Tage war es ihm jedoch keine leichte Aufgabe, seine Arbeit zu verrichten, denn er schätzte diese Frau sehr, die so aufrecht und stolz neben ihm her durch die von gaffenden Menschen gesäumten Straßen und Gassen schritt. Und als ihr eine dumme Vettel beim Vorbeigehen ins Gesicht spuckte, konnte er nicht an sich halten und versetzte dem unverschämten Weib einen gehörigen Fußtritt, sodass es hintenüberschlug und eine Weile im Dreck liegen blieb.

Erst als sie sich bereits inmitten des Landwehrrings befanden, wurden die Schaulustigen weniger. Lediglich eine Meute Kinder lief noch hinter ihnen her, doch sie hüteten sich, Schandlieder zu singen oder gar mit Steinen zu werfen, da sie gehörigen Respekt vor dem Scharfrichter hatten.

»Wohin werdet Ihr nun gehen, Frau Margarethe?«, fragte Carnifex scheu und leise, während sie dem Ende des Bannkreises, wo er sie allein lassen würde, näher kamen.

»Er muss sich nicht sorgen, mein Lieber. Aber vielleicht nimmt er mir nun die Fesseln ab. Da ist niemand mehr, der uns beobachtet.«

Carnifex kam diesem Wunsch Margarethes nach. Und so gingen sie die letzten Schritte frei nebeneinander her.

»Dort drüben sind sie ja«, meinte Margarethe plötzlich leise, und ein unglaubliches Strahlen erschien auf ihrem Gesicht.

»Man holt Euch ab, da bin ich erleichtert«, versicherte nun auch der Henker. »Seid nämlich gewiss, dass man uns durchaus verfolgt hat.«

»Tatsächlich?«, fragte Margarethe.

»Mindestens zwei oder drei Halunken sind uns auf den Fersen. Immerhin seid ihr vogelfrei und zudem eine schöne Frau. Man kann ungestraft mit Euch tun und lassen, was man will. Allein würdet Ihr hier draußen nicht lange sicher sein.«

»Welch beruhigende Worte, Carnifex.« Etwas irritiert blickte Margarethe sich nun um – und wahrhaftig, in diesem Augenblick huschte eine Gestalt rasch hinter einen Busch, um sich dort zu verbergen.

Nicht mehr lang, und sie hatten die Weggabelung erreicht, an welcher der Bannkreis zu Ende war und an welcher der bunte und überladene Wagen des Heilers Gugelmann wartete.

Etwas verschämt begrüßte Margarethe den Mann, der, obwohl sie sich ihm gegenüber so schlecht betragen hatte und nun zu allem Überfluss auch noch eine verstoßene Obdachlose war, erschienen war, um sie zu begrüßen.

»Verzeih mir meinen Starrsinn«, flüsterte sie, als sie sich von ihm auf den Kutschbock helfen ließ.

»Hier stehe ich, ich kann nicht anders. Gott helfe mir!«, gab er schelmisch, die berühmten Worte Luthers in Worms zitierend, zurück, woraufhin er einen glücklich erleichterten Seitenblick Margarethes erntete.

Johanna, die zusammen mit dem Knecht Gugelmanns ebenfalls neben dem Wagen gewartet hatte, zögerte noch, zu ihrer Herrin auf den Bock zu steigen. Sie schritt langsam auf Carnifex zu und gab ihm die Hand.

»Auf Wiedersehen, Justus«, sagte sie.

»Du kannst doch bleiben, Johanna. Du bist nicht gebannt. Du kannst bei mir bleiben. Ich werde für dich sorgen.« Die Stimme des Henkers klang verzweifelt, und das, was er da sagte, überrumpelte Johanna vollkommen.

»Leb wohl«, erwiderte sie nun mit schwacher Stimme. »Leb wohl. Wir werden uns gewiss wiedersehen. Ich habe dir versprochen, dich zum Grabe deines Bruders zu führen, und dieses Versprechen werde ich halten.«

»Ja, leb wohl, Carnifex«, rief nun auch Margarethe. »Du bist eine gute Seele, eine der besten Seelen der Stadt.«

Nun stieg auch Johanna auf die Kutsche. Der Knecht war längst unter der Plane der Ladefläche verschwunden. Götz Gugelmann gab seinen Rössern mit einem Schnalzen zu verstehen, dass sie wieder laufen durften. Und das taten sie dann auch in einem schnellen Trab.

Carnifex blickte ihnen lange nach.

Da ging er hin, sein Traum.

Wenige Wochen später kehrte Johanna nach Hameln zurück. Sie hatten sich mit ihrer kleinen fahrenden Gruppe für eine Weile in Höxter niedergelassen, was sich offenbar bis nach Hameln herumgesprochen hatte, denn von dort erreichte Margarethe alsbald eine Nachricht ihrer Base Mechthild. Der Stadtvogt, als neuer Eigentümer des Gänslein-Hauses, erwies sich als großmütig genug, der verbannten Margarethe am Tage vor seinem Einzug zu gestatten, eine Magd ins Haus zu lassen, um letzte persönliche Dinge ihrer Herrin herauszuholen.

»Es gibt da einige Bücher über die Heilkraft von Gewürzen, die ich nun gut gebrauchen könnte. Und einige wollene Decken für den nahenden Winter wären auch vonnöten. Das ist alles«, sagte Margarethe, nachdem sich Johanna angeboten hatte, in die Stadt zurückzukehren. »Ansonsten ist es mir lediglich wichtig, Gewissheit darüber zu erhalten, dass es den wenigen mir teuren Menschen dort gut ergeht.«

Johanna nickte, sie erledigte diese Aufgabe gern. Zwar fühlte sie sich im Grunde wohl in ihrem neuen Zigeunerleben, in dem ihr Verhältnis zu Margarethe ein freundschaftlicheres, freieres geworden war. Es gab viel zu tun, man begegnete zahllosen Menschen, half ihnen und lernte täglich bislang unbekannte, interessante Dinge hinzu. Aber dennoch: Bei aller Liebe zu Margarethe Gänslein und aller Sympathie für Götz Gugelmann war es mitunter mühselig, dem Glück der beiden Tag und Nacht ausgesetzt zu sein, während Johanna selbst noch immer an ihren enttäuschten Hoffnungen zu nagen hatte. Es würde ihr guttun, allein nach Hameln zu gehen und einige Tage auf sich gestellt zu sein.

Schon am folgenden Tag schritt Johanna wehmütig durch die vertrauten, aber bereits der Veränderung preisgegebenen Räume des Gänslein-Hauses. Sie war nicht allein. Überall wirbelten Burschen und Mägde herum, die bereits alles für den Einzug des neuen Hausherrn vorbereiteten. Als Johanna gerade ein Paket mit Decken, zwei Mänteln und den gewünschten Arzneibüchern geschnürt hatte, da läutete plötzlich die Glocke an der Haustüre. Der ehemaligen Magd dieses Hauses war das Geräusch so vertraut, dass sie nicht einen Augenblick zögerte und sich sogleich verpflichtet fühlte, die Türe zu öffnen, um zu schauen, wer um Einlass ins Heim der Witwe Gänslein bat.

Doch der junge Mann, dem Johanna dann gegenüberstand, war ihr vollkommen unbekannt. Sicherlich handelte es sich um einen Freund oder einen Verwandten des Vogtes. Er war eigentümlich, ja nahezu exotisch gekleidet, von mittelgroßem Wuchs, mochte etwa fünfundzwanzig Jahre zählen, hatte zerzaustes, rotblondes Haar, leuchtend blaue Augen, unzählige Sommersprossen auf sonnengebräunter Haut, einen struppigen Bart und ein freches Lächeln.

»Da bin ich«, sagte er nur, als seien er und Johanna schon seit Jahren miteinander vertraut. Dann lüftete er seinen ungewöhnlichen, breitkrempigen Hut und betrat mir nichts, dir nichts die Diele, ganz so, als wäre er hier seit Jahr und Tag zu Hause.

»Nanu, wo sind die Waren?«, fragte er, sich verwundert im leeren Raum drehend. »Und wo ist meine Mutter? Sie schläft gewiss zu dieser Stunde, nicht wahr?«

Johanna hob nur fragend die Schultern.

»Ach, ich vergaß ganz, mich vorzustellen. Georg ist mein Name, Georg Bingelstein. Ich bin der Sohn Mechthild Bingelsteins und somit mit der Hausherrin Margarethe Gänslein verwandt. Ist denn wenigstens Tante Margarethe zu sprechen? Ich habe ihr so viel zu berichten.«

»Oh ja«, fiel es nun Johanna wie Schuppen von den Augen. »Der Weltreisende.«

»Genau. So ist es. Gesund, aber hungrig zurückgekehrt. Und leider auch mit leeren Taschen.« Dann begann er zu rufen, dass es nur so in der leeren Diele hallte. »Mutter! Mutter! Tantchen! Ratet, wer zurück ist.«

Johanna zog die Brauen hoch und seufzte: »Ihr wisst es also noch gar nicht.«

»Was weiß ich nicht?«, fragte Georg, sich nun verdutzt nach Johanna umdrehend.

»Eure Tante Margarethe … man hat ihr alles genommen. Dieses Haus gehört nun dem Vogt.«

»Das ist nicht wahr!« Er wurde mit einem Male so bleich,

dass man nicht einmal mehr seine Sommersprossen erkennen konnte. »Lebt sie denn noch?«

»Oh ja, sie lebt, und es geht ihr sogar sehr gut.«

Für eine Weile schwieg er, dann aber begann er zu lachen und rief: »Na, das ist doch die Hauptsache, dass es ihr gutgeht.« Danach wurde er wieder ernst. »Aber meine Mutter – was ist mit ihr?«

»Sie ist den Beginen beigetreten und wohnt nun in deren Haus im Süden der Stadt. Auch ihr geht es gut, ich besuchte sie heute Morgen. Jeden Tag ist sie unterwegs und hilft armen, alten und kranken Menschen.«

Wieder schwieg er einen Augenblick, dann verzog er den Mund erneut zu einem Grinsen und meinte: »Ich fand, sie war ohnehin zu viel allein in ihrer Kemenate. So kommt sie wenigstens wieder unter die Leute.«

Johanna wich erstaunt einen Schritt zurück und betrachtete den Luftikus kritisch aus der Distanz. Wie war es diesem Menschen möglich, das alles so sehr auf die leichte Schulter zu nehmen?

Als könne er ihre Gedanken lesen, sagte er nun:

»Ich habe dieses Haus nie gemocht. Es ist riesig, aber dennoch dunkel und eng. Wie ein Gefängnis erschien es mir stets, und ein Gefängnis war es auch für meine Mutter und meine Tante.«

»Und Ihr seid gar nicht traurig? Ihr hättet erben können«, fragte Johanna überrascht.

»Ach. So wie ich mich kenne, wäre mein Erbe ohnehin nach nur einem Jahr vor die Hunde gegangen.« Nun kratzte er sich am Bart, schaute dabei hingegen wie ein kleiner Junge. Man musste nicht lange überlegen, um zu erkennen, dass es sich bei diesem Burschen um einen handfesten Abenteurer und Herumtreiber handelte. Kaum zu glauben, dass das der Sohn der frommen Mechthild war.

»Na, komm, dann zeig mir mal, wo meine Mutter zu finden ist«, forderte er Johanna nun auf, ging zur Türe und winkte sie hinaus auf die Straße. »Und danach wäre es mir eine Ehre, wenn du mich zu meiner Tante Margarethe bringst. Würdest du das tun?«

Johanna hob die Brauen und schaute etwas verlegen zu Boden.

»Nun, ich gehe ohnehin zurück zu ihr, da könnt Ihr mich gern begleiten«, sagte sie dann.

»Nichts lieber als das.«

Und dann machten sie sich auf den Weg durch die Bäckerstraße hin zu den Beginen.

»Ich war in der Neuen Welt«, berichtete er Johanna, während sie nebeneinander hergingen.

»Davon habe ich gehört. War das nicht furchtbar gefährlich?«

»Mitunter schon. Aber es werden auch viele dumme Spukgeschichten erzählt. Aufgefressen haben die Wilden keinen von uns. Ich habe dir übrigens etwas mitgebracht.«

»Mir? Wir kennen uns doch gar nicht.« Johanna blickte ihn skeptisch an. Fast war dieser junge Kerl ein wenig zu frisch und frivol, aber dennoch gefiel ihr seine ungehobelte Art ausgesprochen gut. Sie konnte sich nicht dagegen wehren.

»Ja, ich denke, es könnte dir gefallen.«

Dann zog er aus einem kleinen Beutelchen an seinem Gürtel ein rotes Ding – eine Schote, nicht groß, aber von solch intensiver Farbe, wie Johanna sie nur von den Rosen im Garten Margarethe Gänsleins kannte.

»Koste davon«, sagte er und hielt es ihr unmittelbar unter die Nase. »Das ist ein Gewürz aus der Neuen Welt.«

Johanna hätte es an seinem Gesichtsausdruck erkennen müssen, dass er einen Schabernack mit ihr trieb, aber dennoch griff sie nach dem purpurnen Ding und biss herzhaft hinein.

Es dauerte eine Weile, bis sich der Geschmack der Schote in ihrem Mund oder, besser, in ihrem Rachen entfaltete. Aber dann überkam es sie wie ein Donnerwetter. Das Feuer der Hölle einzuatmen hätte nicht ärger sein können. Johanna lief ebenso rot an wie die Schote, hielt sich mit beiden Händen den Hals, beugte sich vornüber, ging fast auf die Knie und hustete sich die Seele aus dem Leibe.

Alle Leute blieben stehen und starrten sie an, sie, die Magd der enteigneten Gänslein, die nun dort auf offener Straße zu sterben schien. Alle waren sie entsetzt, voll des Mitleids, nur Georg musste schallend lachen.

»Na, da ist doch jetzt endlich mal was los in diesem verschlafenen Nest«, sagte er zu Johanna, half ihr, sich wieder aufzurichten und gab ihr aus seinem ledernen Wasserbehältnis zu trinken.

»Glaubt mir«, stammelte diese nun, sich wieder beruhigend. »Hier war während Eurer Abwesenheit mehr los, als Ihr zu träumen wagt.«

»Wirst du mir davon erzählen?«, fragte er.

»Wenn ich dieses Feuer in meinem Rachen überlebe, gern«, sagte Johanna und erwiderte sein Lächeln.

Und plötzlich war es wieder da: dieses Gefühl, welches ihr sagte, dass eines Tages alles gut werden würde.

EPILOG

In den Tiroler Bergen im Jahre 1530

Vor einigen Jahren war er schon einmal hier gewesen. War zurückgekehrt in sein Heimatdorf. Seine Tante hatte ihn sofort wiedererkannt, ihn in ihre Arme geschlossen, ihn geherzt, an seiner Brust geweint. Und das, obwohl Philipp das Dorf mit drei Jahren verlassen hatte.

Seine Rückkehr war nur von kurzer Dauer gewesen. Er hatte sich nicht wohlgefühlt, war unruhig geblieben, Albträume hatten ihn geplagt. Nun hoffte er, nach allem, was geschehen, nach allem, was er erledigt hatte, darauf, dass sein unsteter Geist endlich fand, wonach er seit fünfundzwanzig Jahren suchte.

Es stand noch, das Haus seines Vaters. Zwischenzeitlich hatte eine andere Holzfällerfamilie dort gewohnt, doch sie alle waren vor zwei Jahren fortgezogen, hatten ihr Glück in Italien gesucht. Nun war es also wieder leer und wartete darauf, vom Sohn seines Erbauers bezogen zu werden. Philipp hatte kaum mehr Erinnerungen an dieses Haus, das, etwas abseits vom Dorf, am Waldesrand unweit einer rauschenden Klamm stand. Doch als er es nun erblickte, wurde ihm warm ums Herz. Er glaubte, ja, er wusste, dass er nun endlich angekommen war.

Vorsichtig, fast andächtig öffnete er die einfach behauene, aber massive Holztüre.

Sein Herz raste vor freudiger Erwartung.

Er war endlich bereit.

Er war bereit anzukommen.

Doch das, was er dann im Dunkel des Raumes erkannte, was ihn da anblickte, ließ seine Kinnlade mit einem Male nach unten fallen.

Damit hatte er niemals, niemals in seinem Leben gerechnet.

Zunächst glaubte er zu träumen.

Er rieb sich ungläubig die Augen, doch als er sie wieder öffnete, stand es noch immer da und blickte ihn hoffnungsvoll an, dieses so vertraute Wesen.

»Ahnte ich es doch, dass ich eher hier sein würde als du. Ja, so schnell wirst du mich nicht los, Philipp«, sagte der Zwerg Vinsebeck und versuchte, seinem Freund auf die Schulter zu klopfen, doch er reichte nicht heran. Stattdessen schlang er, wie ein kleines Kind, beide Ärmchen um Philipps Oberschenkel und verharrte in dieser Position.

Auch Philipp blieb regungslos stehen. Er war so überrascht, dass er nicht wusste, ob er nun weinen oder lachen sollte. Unbeholfen hob er eine Hand und klopfte dem kleinen Mann freundschaftlich auf den Kopf.

»Schön, dich zu sehen, Vinsebeck.«